이 책은 2017~2018년도 정부(교육부)의 재원으로 한국고전번역원의 지원을 받아
수행된 '권역별거점연구소협동번역사업'의 결과물임.

This work was supported by Institute for the Translation of Korean Classics - Grant funded by
the Korean Government.

한국고전번역원 한국문집번역총서

삼산재집 4

三山齋集

김이안 지음
金履安

이상아 옮김

일러두기

1. 이 책의 번역 대본은 한국고전번역원에서 간행한 한국문집총간 238집 소재 《삼산재집(三山齋集)》이다. 번역 대본의 원문 텍스트와 원문 이미지는 한국고전종합DB (http://db.itkc.or.kr)에서 확인할 수 있다.
2. 내용이 간단한 역주는 간주(間註)로, 긴 역주는 각주(脚註)로 처리하였다.
3. 한자는 필요한 경우 이해를 돕기 위하여 병기하였다.
4. 맞춤법과 띄어쓰기는 한글 맞춤법과 표준어 규정을 따랐다.
5. 이 책에서 사용한 부호는 다음과 같다.
   ( )　: 번역문과 음이 같은 한자를 묶는다.
   〔 〕　: 번역문과 뜻은 같으나 음이 다른 한자를 묶는다.
   " "　: 대화 등의 인용문을 묶는다.
   ' '　: " " 안의 재인용 또는 강조 문구를 묶는다.
   「 」　: ' ' 안의 재인용을 묶는다.
   《 》　: 책명 및 각주의 전거(典據)를 묶는다.
   〈 〉　: 책의 편명 및 운문·산문의 제목을 묶는다.

제발 題跋

삼산재집 제9권

고문 告文

애사 哀辭

삼산재집 제10권

서序

홍백능¹에게 주는 서
贈洪伯能序

선비가 글을 읽지 않으면 업으로 삼을 바가 없다. 그러나 글을 읽기
는 하지만 그 업으로 삼을 대상을 잘못 선택하는 경우가 또한 있다.
　옛날 선비들은 도덕(道德)을 업으로 삼았을 뿐인데 오늘날은 사공
(事功)과 문사(文詞)를 더하고, 이를 따라 더 내려가서 이루 다 이름
붙일 수 없을 정도로 많으며, 옛날에 글로 삼았던 것은 육경(六經)뿐이
었는데 오늘날은 여러 사서(史書)와 제자(諸子)와 문집을 더하고, 비
슷한 것으로 확대하여 이루 다 기록할 수 없을 정도로 많으니, 어찌
옛날은 협소했고 지금은 구비되어서이겠는가.

1　홍백능(洪伯能): 홍낙순(洪樂舜, 1732~1795)으로, 백능은 자이다. 풍산(豐山)
홍씨 17세(世)이다. 저자의 둘째 누이동생의 남편이자 아버지 김원행(金元行)의 문인
으로, 저자보다 10세 아래이다. 평소 사서(史書) 읽기를 좋아하였는데, 저자에게서
저자의 증조인 김창협(金昌協, 1651~1708)이《자치통감강목(資治通鑑綱目)》의 방대
함을 꺼려 그 강(綱)만을 뽑고자 했다는 말을 듣고서 기꺼이 그 뜻을 이어《자양곤월(紫
陽袞鉞)》을 편찬하였다.《三山齋集 卷8 題紫陽袞鉞後》《洪象漢, 豐山洪氏族譜, 木版,
祖44(1768)》《豐山洪氏大同譜 卷4 文敬公系 秋巒公門中 17世》

옛날에 학문을 하는 것은 하나로 통합시킬 뿐이었다. 이를 자신에게 채워 순수하게 한 것을 '도덕'이라 하고, 이를 문사에 드러내 찬란히 빛나게 한 것을 '육경'이라 한다. 선비가 이미 도덕을 먼저 확립하였으면, 이를 통해 드러낸 것을 '사공'이라 하고, 이를 통해 발휘한 것을 '문사'라 한다. 옛날에는 글에 대해 먼저 육경을 위주로 한 뒤에 사서(史書)를 참조하여 그 이치를 증명하고 제자(諸子)와 문집을 참조하여 그 지취(志趣)를 넓혔으니, 이와 같이 할 뿐이었다.

지금은 구분하여 쪼개고 나란히 두어 견준다. 어찌 견주기만 할 뿐인가. 또 여기에서 더 나아가 배척하여 소매를 흔들며 사람들에게 외치기를 "나는 사공을 하고 나는 문사를 지으니, 그 글에 대해서도 또한 여러 사서와 제자와 문집에서 취하면 충분하다."라고 한다.

아, 그 근본을 버리고 말엽에서 찾으며 남몰래 혼자서 기뻐하니, 나는 그것이 무슨 소용이 있을지 알지 못하겠다. 저 콩과 조, 물고기와 고기, 과일과 채소는 모두 사람을 기르는 음식이지만, 반드시 콩과 조가 있고 난 뒤에 물고기와 고기와 과일과 채소를 곁들여야 한다. 이제 그 콩과 조를 버리고 물고기와 고기와 과일과 채소를 취해서 작은 것을 기뻐하고 큰 것을 잊으니, 어찌 괜찮겠는가. 또한 당장 병들어 곧 죽게 됨을 보게 될 것이다.

나의 벗 홍군 백능(洪君伯能)은 천성적으로 글을 좋아한다. 내가 보기에 백능은 15, 6세 때부터 이미 역사서 보기를 좋아하여 능히 그 치란(治亂)과 흥망성쇠의 대체를 말할 수 있었으며, 나이가 더 들어서는 또 고금의 제자(諸子)와 문집, 야승(野乘)과 패관(稗官), 보첩(譜牒)과 비판(碑版)들에 더욱 심취하여, 노는 일과 속된 이야기가 허탄하고 잡다하여 근거가 없는데도 이것들을 눈으로 보고 손으로 들추지 않는 것이 없어서 부지런히 애를 쓰며 쉬지 않았다. 종종 이를 꺼내 사람들에게 얘기하는데, 쏟아내고 늘어놓기를 마치 파사국(波斯國 페르시아) 상인들이 형형색색의 각종 기이한 보물들을 부풀려서 자랑하여 사람의 눈을 어지럽게 하듯이 한다.

아, 백능의 글에 대한 노력은 참으로 부지런하다고 할 수 있지만 도(道)에는 무슨 도움이 되겠는가. 어찌 잠시 여기에서 전거를 익히고 문장을 취해 세속에서 말하는 사공과 문사에 종사하고자 하는 사람이 아니겠는가. 또한 그저 그 해박함과 통달함을 가지고 지금 사람들보다 낫다고 자부한다면 또 수준이 더욱 낮은 것이다. 비록 그렇기는 하나 백능은 나이가 아직 젊어 뜻과 힘이 크고 굳세니 어쩌다 신나게 한 번 논 것일 뿐이리라.

그렇지 않다면 선비가 학문을 하는 것은 본래 준칙이 있다. 그 도는 하늘에서 나와 사람에게 보존된 것이며, 그 성(性)은 인(仁)・의(義)・예(禮)・지(智)・신(信)이며, 그 정(情)은 측은지심(惻隱之心)・수오지심(羞惡之心)・사양지심(辭讓之心)・시비지심(是非之心)이며, 그 펴는 곳은 군신(君臣)・부자(父子)・부부(夫婦)・형제(兄弟)・붕우(朋友)이며, 그 글은 《시경》・《서경》・《주역》・《예(禮)》와 공자(孔子)・증자(曾子)・자사(子思)・맹자(孟子)의 말씀이다. 이를 통해 미루어서 징험해나가는 것은 밝히기 쉬우며, 자신에게 돌이켜 구하는 것은 얻기가 쉽다. 이를 자신에게 행하면 편안하고 순하며,[2] 다른

---

2 편안하고 순하며 : 원문은 '安且順'으로, 살아서는 순하고 죽어서는 편안하다는 뜻이다. 송(宋)나라 장재(張載)의 〈서명(西銘)〉에 "살아서는 내 하늘에 순응하고 죽어서는 내 편안하다.〔存吾順事, 沒吾寧也.〕"라고 한 데서 유래하였다. 이와 관련하여 《논어》

사람들을 대하면 화목하고 평온하며, 천하와 국가에 시행하면 그 이치를 얻지 못함이 없으니, 성인(聖人)의 도는 이와 같이 높고 아름다운 것이다.

백능은 유독 여기에 뜻을 두지 않고 도리어 저기에 마음을 기꺼워하니, 이것이 어찌 이치에 맞는 일이겠는가. 그러나 근래 백능의 의론을 보면 또한 그러한 이치를 조금이나마 깨닫지 못한 것은 아니다. 그런데도 여전히 다시 배회하고 돌아보아 끝내 훌훌 털어버리고 돌아오지 못하니, 어쩌면 용기가 없는 자에 가까워서가 아니겠는가.

무릇 글을 읽어 도를 구하는 것은 선비가 업으로 삼는 것이며, 잘못을 서로 경계하고 바로잡아주는 것은 붕우의 일이다. 백능의 뜻과 힘이 도에 나아가기에 충분하고 그 잘못이 안타까워할 만하지 않다면 나의 말이 또한 무엇 때문에 여기에까지 미쳤겠는가.

〈이인(里仁)〉에 "아침에 도를 들으면 저녁에 죽어도 괜찮다.〔朝聞道, 夕死可矣.〕"라는 구절이 있는데, 주희(朱熹)의 주에 "도는 사물의 당연한 이치이니, 참으로 이것을 얻어 듣는다면 살아서는 이치에 순하고 죽어서는 편안하여 더 이상 여한이 없을 것이다.〔道者, 事物當然之理, 苟得聞之, 則生順死安, 無復遺恨矣.〕"라고 하였다. 《古文眞寶後集 卷10 西銘》

고군의 《강당계첩》 서
高君講堂禊帖序

음성(陰城)의 고군 사행(高君士行)[3]은 일찍이 가군(家君 김원행(金元行))을 좇아 배워 석실서원(石室書院)[4]에서 글을 읽었다. 이때 서원에는 월강(月講)이 있어 매달 16일이면 제생(諸生)이 새벽에 서원에 모여 사당 아래에서 배알하고, 마치면 읍양(揖讓)하고 당에 올라가 익히고 있는 경서를 취하여 무리 지어 앉아서 외고 질정(質正)하였다. 저녁이 되면 또 읍양하고 물러나서 부지런히 예(禮)를 익히고 자세히 담론하니[5] 제생 중에는 혹 앉은 자리에서 하품하고 기지개를 켜기도 하였는데, 사행은 그 속에 있으면서 홀로 지친 기색이 없는 듯하였다. 사행은 고향으로 돌아간 뒤에 그 고을 선비 10여 명과 약속하

3 고군 사행(高君士行) : 저자의 아버지 김원행(金元行, 1702~1772)의 문인으로 행력은 자세하지 않다.

4 석실서원(石室書院) : 경기도 양주(楊州)에 있던 서원으로, 18세기 중후반 노론의 교육 거점이자 저자의 아버지 김원행이 문인을 양성했던 곳이다. '석실'은 양주의 마을 이름이자 저자의 6대조인 청음(淸陰) 김상헌(金尙憲, 1570~1652)의 호이기도 하다. 김상헌이 청나라에 볼모로 잡혀 갔다 돌아온 후 이곳에 은거하다가 사망한 것을 계기로 1656년(효종7)에 창건하여 김상헌의 형 김상용(金尙容, 1561~1637)을 배향하고, 1663년(현종4)에 사액 받았다. 이후 김수항(金壽恒)·민정중(閔鼎重)·이단상(李端相)·김창협(金昌協) 등을 추가 배향하였다. 대원군의 서원철폐령으로 1868년(고종5)에 훼철되었다.

5 이때……담론하니 : 김원행(金元行)의 《미호집(渼湖集)》 권14 〈잡저(雜著) 강의부(講儀附)〉에 자세하다.

여 계첩(禊帖)에 이름을 쓰고 재물을 내어 초당(草堂)을 규획하여 세운 뒤에 대략 석실서원의 규범[6]을 모방하여 그 안에서 강학하였다.

사행과 같은 마을에 사는 벗 최군(崔君) 대이(大而)가 나에게 자세하게 얘기해주고 또 다음과 같이 말하였다.

"사행은 석실서원에서 돌아온 뒤로 그 낯빛은 온화하고 공손하였으며 집에 거처할 때나 남을 대할 때에는 신실하고 조심스러웠습니다. 또 자기 자신만 홀로 선(善)한 것을 부끄럽게 여겨 장차 남들과도 함께 하고자 하니 그대는 부디 격려해주십시오."

또 다음과 같이 말하였다.

"우리 고을은 호서(湖西)에 치우쳐 있어 선생 장자(先生長者)의 오두막이 없습니다. 이에 선비가 보고 고무되어 진작할 대상이 없었는데, 사행이 돌아온 뒤로 선생께 들은 것을 미루어서 온 고을에 창도(唱導)하니 온 고을 사람들이 즐거이 이에 호응하고 있습니다. 이것은 우리 고을의 다행이지만 또한 선생의 남은 가르침이기도 하니, 그대가 이에 대해 말씀이 없어서야 되겠습니까."

내가 이에 옷깃을 여미고 크게 탄식하며 말하였다.

"상숙(庠塾)[7]의 교육이 폐하여 성인(聖人)의 도가 밝혀지지 않은 뒤로 천하의 선비들이 조정에 모이지 않으면 시장에 모여서 분분하게 어울리고 돌아오는 자가 없다. 행여 높은 재주와 밝은 지혜를 가진

---

6 석실서원의 규범 : 김원행(金元行)의 《미호집(渼湖集)》 권14 〈잡저(雜著) 석실서원강규(石室書院講規)〉, 〈석실서원학규(石室書院學規)〉에 자세하다.

7 상숙(庠塾) : 지방 학교를 이른다. 《예기》 〈학기(學記)〉에 "옛날의 교육은 집에는 숙이 있었고 당에는 상이 있었다.〔古之敎者, 家有塾, 黨有庠.〕"라는 내용이 보인다. 당(黨)은 500가(家)로 이루어진 행정 단위이다.

자가 그 사이에 나와 옛 성현이 남긴 경서의 뜻을 탐구하여 그 몸을 선하게 하려고 하면 세상이 벌 떼처럼 일어나 놀랍게 여긴다. 그리하여 들어가면 함께 처할 사람이 없고 나오면 함께 얘기할 사람이 없어 절차탁마(切磋琢磨)하여 보고 배울 의지처는 없고 고루과문(孤陋寡聞)하여 성취가 없는 부끄러움만 있으니, 심하다, 오늘날 학문하기란 그 어려움이 이와 같다!

지금 사행은 까마득한 후배로 하루아침에 궁벽한 고을에서 떨치고 일어나 스승을 찾아 멀리까지 와서 배우고, 돌아가서는 그 배운 것을 가지고 그 고을 사람들을 창도하였는데 그 고을 사람들이 믿고 따라서 다른 말이 없으니, 저 사행의 뜻은 굳세다 할 것이다. 그러나 음성 선비들이 선(善)을 즐거워하고 의(義)를 좋아하여 유속(流俗)에 병들지 않은 사람들이 아니라면 능히 이처럼 한마음이 될 수 있었겠는가.

비록 그렇다고는 하나 사행의 이번 일에 대해 나는 여러 군자들을 위해 두려워한다.

만약 여러 군자들이 모두 능히 진실한 마음으로 함께한다면, 이 강당에 처하여 단지 그 글만 외는 것이 아니라 필시 그 뜻을 밝히기를 힘쓰고, 단지 그 뜻만 밝히는 것이 아니라 필시 자기 몸에 힘써 행할 것이다. 그리하여 강학의 공효를 깊이 천명하여 유속에 물든 사람들의 마음을 크게 감복시킬 것이니, 이렇게 된다면 어찌 올바르지 않겠는가.

그러나 만약 여러 군자들이 능히 진실한 마음으로 함께하지 못한다면, 이 강당에 처하여 혹 처음에는 부지런히 힘썼으나 끝내는 계속 잇지 못하고 혹 겉모습은 아름다우나 내면은 이에 걸맞지 않아서, 강학한다는 이름만 있고 강학의 실제는 없게 될 것이다. 그리하여 사람들이 '저들은 계를 만들어서 사람들을 불러 모아 배우는 자들인데 그 사람들이 이 모양이다. 저들은 아무개를 따라 강당에서 노니는 자들인데 그 사람들이 이 모양이다.'라고 할 것이니, 이렇게 된다면 어찌 부끄럽지 않겠는가.

무릇 뜻을 굳세게 가진 사행과 선을 즐거워하고 의를 좋아하여 유속에 병들지 않은 여러 군자들은 틀림없이 그 올바름에 처하고 그 부끄러움에 처하지 않을 것이다. 그런데도 여전히 두려움을 그칠 수 없는 것은 나의 망령됨인가? 어찌 참으로 두려워할 만한 것이 있어서가 아니겠는가."

북쪽으로 돌아가는 주계장에게 주는 서[8]

贈朱季章北歸序

함흥(咸興)의 주씨(朱氏)는 우옹(尤翁 송시열(宋時烈))이 〈두 군에게 주는 서[贈二君序]〉[9]를 지은 뒤로 세상에 더욱 중시를 받게 되었다. 처음 계장(季章)이 이곳에 왔을 때 나는 그 사람이 어진지 여부를 물을 겨를도 없이 오직 두 주군(朱君)의 후손이기 때문에 귀하다는 것만 알았다.

　그러다가 계장이 석실서원(石室書院)[10]에 남아 머물면서 날마다 책을 끼고 가대인(家大人 김원행(金元行))에게 학업을 청하고, 물러가서는 사방에서 온 벗들과 읍양(揖讓)하고 강독하면서 넉 달을 보낸 뒤에

8　북쪽으로……서(序) : 주계장(朱季章, ?~1765)은 저자의 아버지 김원행(金元行)의 문인으로 추정된다. 행력은 자세하지 않다. 이 글은 우암 송시열의 개장(改葬)을 기준으로 4개월 뒤인 1758년(영조34) 2월에 쓴 것으로 추정된다. 저자의 나이 37세 때이다. 《渼湖集 卷20 祭朱生重顯文》

9　두……서[贈二君序] : 《송자대전(宋子大全)》 권137에 보이는 〈함흥의 두 주군을 전송하는 글[送咸興二朱君序]〉을 이른다. 우암(尤庵) 송시열(宋時烈, 1607~1689)이 58세 때인 1665년(현종6)에 쓴 글이다. 우암은 함경도 관찰사 민정중(閔鼎重)의 편지를 가지고 자신을 찾아온 두 주씨(朱氏)를 처음 보자마자 주희(朱熹)와 같은 성씨라는 이유로 반가워했는데, 이어 이들이 가지고 온 편지에서 향음주례(鄕飮酒禮) 등의 예(禮)를 가지고 돌아가 북방에 시행하려고 한다는 내용을 보고 북방의 풍속이 이를 계기로 훌륭하게 변하기를 기원하고, 주희의 '주'와 발음이 같다고 하여 거미[蛛]도 좋아했던 자신이 이후로는 수유나무[茱]나 그루터기[株]까지도 싫지 않을 것이라는 말로 끝맺음으로써 그 기쁨과 희망을 기술하고 있다.

10　석실서원(石室書院) : 17쪽 주4 참조.

돌아가게 되자, 나는 여기에서 그 보존한 바를 더욱 알게 되었다. 단지 두 주군의 후손이어서 귀할 뿐만 아니라 그 사람이 본래 아낄 만한 훌륭한 선비였다.

계장이 출발을 앞두고 나에게 한마디 말을 해달라고 하니 아, 참으로 계장에게 보탬이 될 만한 말이 있다면 내가 어찌 아끼겠는가. 비록 그렇다고는 하나 계장은 또한 나의 말을 기다릴 것도 없이 우옹의 서문이 남아 있으니 익숙히 읽고 부지런히 행하기만 하면 될 것이다. 그리고 그 서문에서 주자(朱子 주희(朱熹))를 강습하고 복응하라고 말을 하면서 마치 가학(家學)을 계승하기를 바라듯이 한 것으로 말하면 우옹의 붙인 뜻이 더욱더 매우 간절하니, 설령 내가 어떤 말을 한들 무엇으로 바꾸겠는가.

비록 그렇다고는 하나 한마디 말을 하자면, 우옹은 후세의 주자이니 주자를 배우고자 한다면 의당 우옹부터 시작해야 할 것이다. 더구나 계장에게 있어 우옹은 또 선공(先公)[11]이 스승으로 모셨던 분이니, 이는 또한 자신의 스승과 같다. 지금 계장이 이곳에 왔을 때는 마침 선생의 의관(衣冠)이 나올 때였으니,[12] 실로 처음부터 끝까지 선생의 상여 끈을 잡는 일에 종사한 것이다.[13] 이윽고 또 방향을 바꾸어 화양(華陽)

---

11 선공(先公) : 앞에서 말한 두 주씨를 이른다.

12 선생의……때였으니 : 경기도 수원부(水原府) 만의현(萬義縣) 무봉산(舞鳳山)에 있던 우암 송시열의 묘를 1757년(영조33) 10월 23일에 충청도 청주(淸州) 화양동(華陽洞) 밖 청천면(靑川面) 응봉(鷹峯) 아래로 개장(改葬)한 것을 이른다. 이때 모인 사람이 천여 명이었다고 한다. 《宋子大全附錄 卷12 年譜》

13 처음부터……것이다 : 우암은 기사환국(己巳換局)으로 1689년(숙종15) 6월 8일 전라도 정읍(井邑)에서 사사(賜死)되어, 동년 7월 경기도 수원(水原)에 임시로 장례하

의 산속으로 들어가 선공이 유학했던 옛 유적지를 방문하여 당시 행했던 매일의 기록을 얻어서 읽고 그 강습하는 순서를 더 자세히 들었으니, 그 고금을 생각하며 감동하고 사모하는 마음이 뭉게뭉게 피어나 온 힘을 다하여 따르고자 하는 것이 의당 어떠하겠는가.

《시경》에 이르기를 "높은 산 우러르며 큰 길을 가도다.〔高山仰止, 景行行止.〕"[14]라고 하였는데, 부자(夫子 공자)가 찬탄하기를 "도를 향해 나아가서 연수가 충분치 않은 것도 알지 못하고 전심하여 날마다 힘쓰고 힘쓰다가 죽은 뒤에야 그친다.〔嚮道而行, 不知年數之不足, 俛焉日有孳孳, 斃而後已.〕"[15]라고 하였다. 저 계장이 품은 뜻에도 참으로 이와 같은 점이 있다면 우옹의 유업(遺業)을 얻어 주자에게 도달하는 데 필시 그 길이 있을 것이니, 다만 아직 이런 뜻이 있지 않을까 두려울 뿐이다.

오호라, 계장은 주자와 성이 같고 또 우옹에게 배운 사람의 후손이라는 것 때문에 사람들이 아끼지 않는 이가 없거니와 그 두터운 기대 역시 이 때문이다. 그러니 계장은 홀로 자애(自愛)하지 않고 자신을 위하는 것을 도리어 다른 사람들이 계장을 위하는 것보다 박하게 해서야 되겠는가. 이런 일은 이치상 당연히 없을 것이니, 나의 말은 단지 나의 충정을 지나치게 드러낸 것뿐이다.

였다. 이때 주계장(朱季章)의 선대인 두 주씨(朱氏) 역시 이 장례에 참여했는데, 68년 뒤인 1757년 우암의 묘를 개장할 때 두 주씨의 후손인 주계장이 또 우암의 면례(緬禮)에 참여한 것을 이른다.

14 높은……가도다 : 《시경》〈소아(小雅) 거할(車舝)〉에 보인다.

15 도를……그친다 : 《예기》〈표기(表記)〉에 보인다.

네 고을의 산수를 유람하러 떠나는 윤백상을 전송하는 서[16]

送尹伯常遊四郡山水序

기묘년(1759, 영조35) 맹춘에 백상(伯常)이 추수루(秋水樓)[17]로 나를 찾아와 네 고을의 유람을 알리고 말하였다.

"왕년에 풍악산(楓嶽山)으로 떠날 때 자네가 나에게 글을 준 것이 없었는데, 지금 또다시 입 다물고 말 셈인가?"

날짜를 물어보니 유람을 시작한 지 이미 여러 날이 되었고, 함께 가는 이를 묻자 없다고 대답하기에, 내가 마침내 다음과 같이 일러주

---

16 네……서(序) : 윤백상(尹伯常)은 윤시동(尹蓍東, 1729~1797)으로, '백상'은 자이다. 본관은 해평(海平), 호는 방한(方閒)으로, 예조 판서 윤세기(尹世紀)의 증손이다. 저자보다 7세 아래로, 저자와 주고받으며 차운한 시가《삼산재집》권1에 보인다. 1754년(영조30) 25세로 증광시 문과에 병과로 급제한 뒤 벼슬에 부침이 많았다. 김종수(金鍾秀)·심환지(沈煥之) 등 벽파와 함께 시파 공격에 앞장섰고, 김한구(金漢耉)·홍인한(洪麟漢) 등 척신의 축재를 규탄하였다. 1795년 이조 판서를 거쳐 우의정이 되었다. 편저로는《향례합편(鄕禮合編)》이 있다. 시호는 문익(文翼)이다. 정언(正言)이었던 윤시동은 조영국(趙榮國)을 탄핵하여 당론을 일으켰다는 이유로 1756년(영조32) 윤9월에 방귀전리(放歸田里)되었다가 7년 만에 풀렸는데, 이 기간 동안 윤시동은 독서와 유람으로 소일하였으며, 이 글 역시 저자 나이 38세 때인 1759년(영조35)에 유람 중인 윤시동을 위해 지은 것이다. '네 고을'은 청풍(淸風), 단양(丹陽), 영춘(永春), 제천(堤川)이다. 태백산맥과 소백산맥에서 갈라져 나온 산들이 많은 데다 남한강의 상류 지역이어서 풍광이 아름다운 곳으로 유명하여 당시 문인들 사이에 사군계산(四郡溪山) 또는 사군산수(四郡山水)라고 불렸다.《燕石 冊1 送尹伯常遊四郡序〔庚辰〕》《英祖實錄 32年 閏9月 5日》

17 추수루(秋水樓) : 추수당(秋水堂) 또는 추수헌(秋水軒)이라고도 한다. 미수(渼水) 가에 있는 누대 이름으로, 석실서원(石室書院)과 가까이 있었다.

었다.

"무릇 유람에 없어서 안 되는 것은 좋은 짝이네. 이것은 주자(朱子 주희(朱熹))와 장자(張子 장식(張栻))의 남악(南嶽)을 유람했던 일[18]이 성대한 일이 된 이유이네. 뿐만 아니라 지금은 해가 아직 짧고 산은 쌓인 눈으로 온통 희기만 하며, 골짝의 물이 아직 많지 않아 꽃과 나무가 울창하고 산새들이 지저귀는 정취도 없는데, 자네는 어찌 그리 성급한가?"

백상이 말하였다.

"아, 자네도 이런 말을 하는가? 나는, 저 세상 사람들이 권세와 이익에 대하여 담담하지 못하고 한성(漢城) 네거리를 수레 타고 치달리다 수레가 부서지고 말을 타고 달리다 말이 거꾸러지는 것을 미워하네. 그 위에 앉은 자를 보면 눈으로 급급히 뒤를 돌아보면서 오직 다른 사람이 자기 어깨를 누르고 위로 올라설까 두려워하는 것이 모두 이 권세와 이익이네. 그런데 유독 유람에 대해서만 어찌 그리 정연하게 기다림이 많단 말인가. 저들은 참으로 그 거조를 번다히 할 겨를이 없다는 것으로 스스로 해명할 터이지만, 지금 나는 벼슬 없는 야인(野人)이니 어찌 구애될 것이 있겠는가. 불쑥 생각나면 호기롭게 길을

---

18 주자(朱子)와……일 : 주희(朱熹, 1130~1200)와 장식(張栻, 1133~1180)은 모두 남송의 저명한 성리학자이다. 주희는 38세 때인 1167년 9월 8일에 담주(潭州)에 이르러 장식과 함께 악록서원(嶽麓書院)에서 두 달 동안 강학을 한 뒤 각지를 유람하고 동년 11월 23일에 장사(長沙)로 돌아가는 장식과 헤어졌는데, 남악의 유람은 바로 이 기간 동안의 형산(衡山) 유람을 이른다. 이때 주희가 장식과 작별할 때 지은 시의 운을 써서 지은 저자의 시가 《삼산재집》 권1에 〈회옹이 남헌과 작별할 때 지은 시의 운을 써서 홍덕보를 증별하다〔用晦翁別南軒韻贈別洪德保〕〉라는 제목으로 보인다.

나설 뿐이네. 동자 한 명 나귀 한 마리 외에는 시권(詩卷)과 금낭(衾囊)도 오히려 나의 장애가 되지 못하는데 어찌 벗들을 끌고 날짜를 가려가면서 나의 일을 어지럽힐 것이 있겠는가.

이 때문에 내가 죄를 지은 이래 4년 동안 호서와 영남 수천 리를 출입하였네. 몰운대(沒雲臺)[19]에 올라 푸른 바다를 멀리 바라보았으며, 저 웅장하고 빼어난 가야산(伽倻山)[20]과 깊고 깊은 파곡(巴谷)[21]에서 선인(仙人 최치원(崔致遠))의 단서(丹書)[22]를 찾아보고 선사(先師 송시

---

19 몰운대(沒雲臺) : 부산시 사하구(沙下區) 다대동(多大洞)에 있는 명승지로, 낙동강(洛東江) 하구와 바다가 맞닿는 곳에 있다. 다대포(多大浦)와 인접하고 있으며 그 넓이는 14만 평에 이른다. 이 일대는 안개와 구름이 자주 끼어 모든 것이 시야에서 가려지기 때문에 '몰운대'라는 명칭이 붙여졌다고 한다. 다대포와 몰운대는 조선시대 국방의 요충지로, 16세기까지는 몰운도(沒雲島)라는 섬이었으나 그 뒤 토사의 퇴적으로 인해 다대포와 연결되어 육지가 되었다고 한다.

20 가야산(伽倻山) : 경상남도 합천군(陜川郡)과 경상북도 성주군(星州郡)에 걸쳐 있는 산으로, 높이는 1,430m이다. 우리나라 3대 사찰 가운데 하나인 해인사(海印寺)와 그 부속 암자들이 있다.

21 파곡(巴谷) : 충청북도 괴산군(槐山郡) 화양동(華陽洞)에 있는 화양구곡(華陽九曲)의 하나인 파곶(巴串)을 이른다. 송시열이 낙향하여 10여 년간 은거했던 곳이기도 하다.

22 선인(仙人)의 단서(丹書) : '신선이 쓴 붉은 글씨'라는 뜻으로, 여기에서는 고운(孤雲) 최치원(崔致遠, 857~?)이 말년에 은거한 가야산 홍류동(紅流洞) 계곡 석벽에 썼다는 〈가야산 독서당에 제하다[題伽倻山讀書堂]〉라는 시를 이른다. 시는 다음과 같다.

첩첩 바위에 부딪치는 미친 물결 온 산을 울리니	狂賁疊石吼重巒
사람들의 말소리 지척에서도 분간하기 어려워라	人語難分咫尺間
세상의 시비 소리 귀에 들려올까 늘 두려우니	常恐是非聲到耳
일부러 흐르는 물길로 산을 모두 에워싸게 하였네	故教流水盡籠山

전설에 의하면 최치원이 신선이 되어 날아갔다고 하여 이 시를 등선시(登仙詩)라고도

열(宋時烈))의 유궁(遺宮)23에 참례한 뒤 풍악산(楓嶽山)에까지 이르렀네. 그리고 지금 또 이번 여행을 하게 되었지만 내 마음엔 여전히 부족하다고 생각하네. 무엇 때문이겠는가? 내가 이미 남들이 다투는 것을 다투지 않으니, 이 유람에 마음을 쏟지 않는다면 그 취함에 있어 또한 너무 청렴하여 등 뒤에서 비웃는 자가 있지 않겠는가. 무릇 일은 과감함으로 확립되고 망설임으로 폐해지며 간명함으로 이루어지고 지리함으로 실패하게 되니, 다만 마음 씀이 어떠하느냐에 달려 있을 뿐이네."

내가 이에 고개를 숙이고서 웃고 일어나 읍(揖)을 하고 말하였다.

"떠나시게. 내가 자네를 말릴 수가 없네. 비록 그렇다고는 하나 자네가 단구(丹丘)24에 가거든 나를 위해 이 처사(李處士)의 서재에 찾아가면 아직도 기억하는 사람이 있을 것이니, 바로 나의 벗 윤영씨(胤永氏)25가 살던 곳이네. 그 사람은 지조와 절개를 숭상하고 명예와 의론을

한다. 《孤雲集 卷1 題伽倻山讀書堂》

23 선사(先師)의 유궁(遺宮) : 1695년(숙종21)에 송시열을 제향하기 위해 권상하(權尙夏) 등 노론이 주도해 화양동(華陽洞) 계곡에 설립한 화양서원(華陽書院)을 이른다. 화양서원은 설립 이듬해 사액을 받았다.

24 단구(丹丘) : 충청북도 단양(丹陽)의 별칭이다.

25 윤영씨(胤永氏) : 이윤영(李胤永, 1714~1759)이다. 본관은 한산(韓山), 자는 윤지(胤之), 호는 단릉(丹陵) 또는 담화재(澹華齋)로, 이색(李穡)의 14대 손이다. 저자보다 8세 많다. 평소 단양(丹陽)의 산수를 좋아하여 사인암(舍人巖)에 서벽정(棲碧亭)을 짓고 단릉산인(丹陵散人)이라 자호하였다. 지금은 터만 남아 있다. 이윤영은 1751년(영조27) 단양 군수로 임명된 아버지 이기중(李箕重, 1697~1761)을 찾아가서 그해 9월부터 1755년까지 단양에 머물렀다. 문인화가로 글씨에도 뛰어났는데, 특히 예서와 전서에 뛰어났으며 고기물(古器物)을 즐겼다. 현재 전하는 그림으로 〈청호녹음도(淸湖綠陰圖)〉, 〈경송초루도(經松草樓圖)〉, 〈삼척능파대(三陟凌波臺)〉, 〈고란사도(皐蘭寺圖)〉 등이 있으며, 시문집으로 《단릉유고(丹陵遺稿)》·《단릉산인유집(丹陵散人遺集)》이 있다.

중히 여기는 고사(高士)였으니, 만일 그가 살아 있다면 필시 자네의
뜻을 넓힐 수 있을 것이지만 지금은 없네. 자네가 그를 위하여 그의
그림과 글을 보고 그가 즐거워했던 이유를 깨닫는다면, 또한 배회하며
크게 탄식하고 놀라서 망연자실하게 될 것이네."

남쪽으로 돌아가는 홍생 극지를 전송하는 서[26]
送洪生克之南歸序

홍군 극지(洪君克之)가 남평(南平)에서 미호(渼湖) 가로 대인(大人 김원행(金元行))을 찾아올 때에는 천 리 먼 길을 양식을 싸 들고서 부모를 버리고 처자를 물리치고 오는데, 황량하고 적막한 곳에 거처하며 여름에는 옷을 빨아 입지도 못하고 식사는 혹 몇 달 동안 고기가 없기도 하여 살져서 왔다가 수척해져 돌아간다. 그런데도 한 번 와서 후회하지 않고 재차 오고, 재차 와서 후회하지 않고 세 번째 오니, 이것은 그에게 구하는 바가 있어서일 뿐이다. 그 구하는 바가 매우 크고 급하지 않다면 어떻게 이렇게까지 하겠는가.

홍군이 구하는 것은 또한 사람이 되는 도리를 배우는 것일 뿐이다. 맹자(孟子)는 "인간에게는 도리가 있으니, 배불리 먹고 따뜻이 옷을 입고서 편안히 거처하기만 하고 가르침이 없으면 금수와 가까워진다.〔人之有道也, 飽食煖衣, 逸居而無敎, 則近於禽獸.〕"라고 하였다.[27] 나는

---

26 남쪽으로……서(序) : 홍극지(洪克之)는 홍낙진(洪樂眞, 1735~1790)으로, 극지는 자이다. 본관은 풍산(豐山)이며 저자의 아버지 김원행(金元行)의 문인이다. 초명은 낙운(樂韻), 자는 화보(和甫)였으나 김원행이 이름과 자를 바꾸어주었다. 저자보다 13세 아래이다. 본문에 따르면 홍낙진의 거주지는 전라도 나주목(羅州牧) 남평현(南平縣)으로, 홍낙진은 양식을 싸 들고 부모와 처자식을 떠나 석실서원(石室書院)에 와서 머물다가 떠난 것이 여러 차례였던 것으로 보인다. 특히 저자가 41세 되던 1762년(영조 38)에 석실서원에 와서 1년 동안 머물며 《대학》과 《논어》를 읽기도 하였는데, 이 글은 바로 이듬해인 1763년에 지은 것으로 추정된다. 《淵泉集 卷32 學生洪公行狀》

27 맹자(孟子)는……하였다 : 《맹자집주》〈등문공 상(滕文公上)〉제4장 제8절에 보

지금 저 금수를 면하기에도 겨를이 없는데 오히려 무슨 다른 것을 돌아보겠는가.

호남은 옛날에는 비록 군자의 고장이라고 불렸으나 세대가 멀어지면서 풍속도 점점 어긋나게 되었다. 땅이 비옥하여 경도(粳稻)[28]와 물고기와 게와 귤과 유자가 나와서 온갖 물자가 가득 쌓이니, 중국의 형주(荊州)·양주(揚州)[29]와도 같다. 이 때문에 그곳 백성들이 게으르고 이익을 좋아하는 것이다. 홍군이 그 속에 살면서 끝내 스스로 떨치고 일어날 수 없기에 결연히 버리고 와서 괴로울 만한 것을 즐겁게 여기니, 이것은 구하는 것이 있기 때문이다. 홍군과 같은 자는 또한 선택할 바를 세밀히 살펴 유속(流俗)에 휩쓸리지 않은 자라고 이를 만하다.

임오년(1762, 영조38) 계춘(季春)은 홍군이 이곳에 온 지 마침 1년이 되는 때이다. 《대학》과 《논어》를 읽었는데, 부모님을 그리워하여 짐을 싸서 돌아가겠다고 고하니 아, 홍군은 힘쓸지어다! 그 마을에 들어서면 부형과 종족이 음식으로 맞이하며 위로하리니, 즐거움을 알 만하겠다. 홍군은 부디 스승·벗과 멀리 떨어져 있다고 하여 그 뜻을 잊지 말지어다!

또 말하겠다. 비록 그렇다고 하나 홍군은 모쪼록 감히 자신의 남다름을 믿고서 고을의 젊은이들에게 과시하지 말고 그 중에 믿고 따르는

인다.

28 경도(粳稻) : 늦벼의 일종으로, 향기롭고 윤기 나는 메벼이다. 《山林經濟 卷1 治農 種稻 晚稻》

29 형주(荊州)·양주(揚州) : 중국 고대 구주(九州)의 하나로, 지금의 양자강(揚子江) 중·하류 지역을 가리킨다. 예로부터 물산이 풍부한 곳으로 유명하다.

자들을 인도하여 나머지 사람들을 이끌어야 할 것이다. 나는 이런 사람들을 많이 보았다. 처음에는 진보가 빨랐으나 조금 진보하면 거만해지고 끝내는 단지 나태해지고 마는 것을. 홍군은 질박하고 확고하니 어찌 이런 일이 있겠는가.

　홍군이 "훌륭한 말씀입니다. 제가 감히 더욱 힘쓰지 않겠습니까."라고 하기에, 마침내 이를 글로 써서 준다.

장릉 참봉으로 부임하는 황영수에게 주는 서[30]
贈黃永叟赴直莊陵序

처음에 영수(永叟)가 장릉 침랑(莊陵寢郎)에 제수되었을 때 나에게 축하하는 자가 있어 말하였다.

"영수는 아마도 기뻐할 것입니다."

내가 말하였다.

"영수가 비록 가난하기는 하지만 몇 뙈기 밭이 있으니 힘써 밭 갈면 굶주리지 않을 수 있습니다. 그가 날마다 글을 익히니 조만간에 과거 급제를 통해 출사할 것입니다. 어찌 대번에 기뻐하겠습니까."

그 사람이 말하였다.

"아닙니다. 지금 벼슬길에 들어서는 자들은 벌열 자제(閥閱子弟)가 아니면 반드시 평소 선부(選部 이조(吏曹))와 친분이 두터운 자들입니다. 그렇지 않으면 그 부형과 붕우가 그를 위해 앞뒤에서 도와준 자들입니다. 또 가장 하등의 경우에는 뇌물을 주고 구걸하며 하지 않는

---

30 장릉(莊陵)……서(序) : '장릉'은 강원도 영월(寧越)에 있는 단종(端宗)의 능이다. 황영수(黃永叟)는 황윤석(黃胤錫, 1729~1791)으로, 영수는 자이다. 본관은 평해(平海), 호는 이재(頤齋)・서명산인(西溟散人)・운포주인(雲浦主人)・월송외사(越松外史)이다. 저자의 아버지 김원행(金元行)의 문인으로, 저자보다 7세 아래이다. 1759년(영조35) 31세 때 저자와 함께 진사시에 합격하고 목천 현감(木川縣監), 전생서 주부(典牲署主簿), 전의 현감(全義縣監) 등을 역임하였다. 저서에 《이재유고(頤齋遺稿)》・《이재속고(頤齋續稿)》・《이수신편(理藪新編)》・《자지록(恣知錄)》 등이 있다. 황윤석은 은일(隱逸)로 1766년(영조42) 6월 18일 장릉 참봉에 임명되었다. 《承政院日記 英祖 42年 6月 18日》

짓이 없으니, 온전히 편안하게 앉아서 벼슬을 얻는 경우는 없습니다. 영수는 호남의 포의(布衣)입니다. 힘써 자신을 닦아 그 명성이 알게 모르게 한 지역에서 중하게 되자 담당 관리의 귀에까지 들리게 된 것입니다. 그런 뒤에 뒤따라서 여기에 천거가 된 것이니 이 어찌 기뻐할 만한 일이 아니겠습니까."

내가 말하였다.

"이와 같다면 더욱 영수를 말하는 것이 아닙니다. 그리고 영수는 도를 배우지 않았습니까. 도를 배우는 자는 훌륭한 명성이 먼저 나는 것을 싫어합니다. 그가 글에 능하다고 생각하지 않습니까. 옛날에 한퇴지(韓退之 한유(韓愈))는 '매번 한 편이 나올 때마다 사람들이 크게 칭찬하면 크게 부끄럽고 조금 칭찬하면 조금 부끄럽다.〔每一篇出, 人大譽則大慚, 小譽則小慚.〕'라고 하였습니다.[31] 영수가 어찌 이것을 기뻐하겠습니까. 바로 이와 같다면 그의 글과 학문을 알 수 있으니, 영수가 그러하겠습니까?"

그 사람이 말하였다.

"그렇다면 그가 벼슬에 나아가지 않겠습니까?"

---

31 한퇴지(韓退之)는……하였습니다 : 한유(韓愈)의 〈풍숙에게 문장을 논하는 편지를 주다〔與馮宿論文書〕〉라는 글에 "때때로 일에 응하여 속된 문장을 짓기도 하는데, 붓을 대는 것이 사람을 부끄럽게 만든다. 그런데 이 글을 사람들에게 보여주면 사람들은 좋다고 한다. 조금 부끄럽게 여긴 글은 조금 좋다고 말하고, 크게 부끄럽게 여긴 글은 반드시 크게 좋다고 생각한다. 고문이 오늘날 세상에 무슨 소용이 있을지 알지 못하겠다.〔時時應事作俗下文字, 下筆令人慚, 及示人則人以爲好矣. 小慚者亦蒙謂之小好, 大慚者卽必以爲大好矣. 不知古文直何用於今世也?〕"라는 내용이 보인다. 《韓昌黎文集 卷17 與馮宿論文書》

내가 말하였다.

"늙은 부모님이 계시는데 어떻게 벼슬을 하지 않겠습니까. 벼슬하였다가 즐겁지 않으면 그만두는 것도 괜찮습니다. 영월(寧越)은 산수가 좋은 고장이라고 합니다. 재실(齋室)이 수만 그루 소나무 사이에 있어 종일토록 오직 두견새 소리만 들릴 것입니다. 영수가 이곳에 이르면 글을 읽을 수 있고 유람을 할 수 있으니, 또한 기뻐할 수 있을 것입니다."

얼마 뒤에 영수가 경사(京師)에 이르러 은명(恩命)에 숙배(肅拜)하고 떠났는데, 바쁘게 떠나서 얘기를 나눌 수 없었기에 뒤미쳐 기록하여 한 번 웃게 한다.

《묵암유적》 서[32]
默庵遺蹟序

맹자(孟子)는 "능히 양주(楊朱)와 묵적(墨翟)을 막을 것을 말하는 자
는 성인의 무리이다.〔能言距楊、墨者, 聖人之徒也.〕"라고 하였다.[33] 양
주와 묵적의 도가 종식되지 않으면 성인의 도가 드러나지 않기 때문

---

32 묵암유적 서(默庵遺蹟序) : 묵암은 신구(申球, 1666~1734)의 호이다. 본관은 황
해도 평산(平山), 초명은 관(綰), 자는 자수(子綬) · 군미(君美), 호는 묵암 · 묵우자
(默愚子)이며, 송시열(宋時烈)의 문인이다. 1689년(숙종15)에 기사환국으로 제주에
안치된 송시열을 위하여 소를 올렸고, 1716년(숙종42) 7월에 경기도 · 충청도 · 전라도
의 유생 60명이 연명하여 소를 올릴 때 그 소두(疏頭)가 되어 윤선거(尹宣擧)와 윤선거
의 아들 윤증(尹拯)을 논핵하여 이들의 관작을 추탈하고 윤선거의 문집을 훼판하게
하였다. 1722년(경종2)에 신임사화로 경상도 거제(巨濟)에 유배되었다가 영조가 즉위
하자 방환되어 1726년(영조2)에 종9품 영릉 참봉(英陵參奉), 1727년에 종8품 희릉 봉
사(禧陵奉事)에 제수되었으나, 동년 가을에 이수항(李壽沆)의 탄핵으로 파면되었다.
저서에 《묵암집》이 있다. 이 글은 저자가 69세 때인 1790년(정조14) 동지에 지은 것으
로, 《묵암집》에는 〈묵암집 서(默庵集序)〉로 실려 있다.

33 맹자(孟子)는……하였다 :《맹자집주》〈등문공 하(滕文公下)〉 제9장 제13절에
보인다. 양주(楊朱)와 묵적(墨翟)은 모두 춘추전국 시대 사상가로, 위(衛)나라 사람인
양주는 맹자의 말을 빌리면 "한 올의 털을 뽑아서 천하를 이롭게 한다 해도 하지 않는
다.〔拔一毛而利天下, 不爲也.〕"라는 위아설(爲我說)을 주장하였고, 노(魯)나라 사람
인 묵적은 맹자의 말을 빌리면 "정수리를 갈아서 발끝에 이른다 하더라도 천하를 이롭게
하는 일이라면 한다.〔摩頂放踵, 利天下, 爲之.〕"라는 겸애설(兼愛說)을 주장하였다.
맹자는 이 두 설을 모두 이단으로 규정하였다. 이와 관련하여 같은 장 제8절에 "양씨는
자신만을 위하니 이는 군주가 없는 것이고, 묵씨는 똑같이 사랑하니 이는 아버지가
없는 것이다. 아버지가 없고 군주가 없으면 이는 금수이다.〔楊氏爲我, 是無君也; 墨氏
兼愛, 是無父也. 無父無君, 是禽獸也.〕"라는 내용이 보인다.

에[34] 이를 막는 자가 성인의 무리가 되는 것이다. 그러나 양주와 묵적의 화는 그 유폐가 아버지가 없고 군주가 없는 데에 이를 뿐이니, 더구나 자신이 직접 군부(君父)에게 무례를 범하고, 그 일이 또 천경지의(天經地義)의 중대한 것에 관련된 것이라면 앉아서 보기만 하고 바로잡지 않을 수 있겠는가.

우리 효종대왕은 천지가 뒤집어지는 날[35]을 만나 주(周)나라 서울을 통렬히 그리워하여[36] 몹시 분개하며 복수하여 치욕을 갚을 것을 자신의 소임으로 삼았다. 이에 뜻을 같이하는 한두 신하와 함께 치밀한 계획을 세워 장차 천하에 대의(大義)를 펴고자 하였으니, 이것은 부자(夫子

34 양주와……때문에 : 《맹자집주》〈등문공 하〉 제9장 제8절에 보인다.

35 천지가 뒤집어지는 날 : 1636년(인조14) 12월에 청 태종이 2만 명의 대군을 이끌고 조선을 침략한 병자호란을 이른다. 병자년에 일어나 정축년에 끝났기 때문에 병정노란(丙丁虜亂)이라 부르기도 한다. 인조는 남한산성(南漢山城)으로 피하여 적의 포위 속에서 혹한과 싸우며 버텼으나 식량마저 끊어지자, 1637년 1월 30일 삼전도(三田渡)에서 청 태종에게 삼배구고두(三拜九叩頭)의 예를 행하고 항복하였다. 이때의 항복 조건은 청나라와 조선이 군신의 의를 맺는다는 것, 명나라의 연호를 버리고 명나라와의 국교를 끊는다는 것, 인조의 장자와 다른 아들 및 대신들의 자제를 인질로 보낸다는 것, 청나라의 정삭(正朔)을 받는 등의 매우 굴욕적인 것이었다. 이후 조선은 소현세자(昭顯世子)와 세자빈, 훗날 효종이 된 봉림대군(鳳林大君)을 청나라에 인질로 보내고 청나라에 대해 사대(事大)의 예를 지켰으나, 다른 한편으로는 1649년에 즉위한 효종의 주도 아래 북벌(北伐)을 계획하였다.

36 주(周)나라……그리워하여 : '주나라 서울'은 쇠락한 명나라를 가리킨다. 이와 관련하여 《시경》〈조풍(曹風) 하천(下泉)〉에 "저 차갑게 흘러내리는 샘물이여, 더부룩이 자라는 잡초를 적시도다. 개연히 내 잠 깨어 탄식하면서 저 주나라 서울을 생각하노라.〔洌彼下泉, 浸彼苞稂. 愾我寤嘆, 念彼周京.〕"라는 내용이 보이는데, 주나라 왕실이 힘이 없어 약소국이 어려움을 당하는 것을 한탄한 것이다. 여기에서는 명나라가 쇠락하여 약소국인 조선이 청나라에게 괴롭힘을 당하는 것을 비유한 것이다.

공자)가 했던 《춘추(春秋)》의 사업이었다.[37] 그런데 윤선거(尹宣擧)[38]
라는 자가 있어 강도(江都)에서 수치스럽게 살아남은 몸으로 그 설[39]을
듣는 것을 싫어하여 감히 거짓으로 글을 써서 비난하였고, 비난하는
것도 부족하여 또 사실을 날조하여 모독하였다.[40] 그 아들은 또 이것을

37 이것은……사업이었다 : '《춘추(春秋)》의 사업'은 존왕양이(尊王攘夷)에 입각하
여 역사를 기술함으로써 난신적자(亂臣賊子)를 두려워 떨게 만든 엄정한 사필(史筆)을
이른다. 여기에서는 《맹자집주》〈등문공 하〉제9장 제13절 주희(朱熹)의 주에 이른바
"《춘추》의 법에 난신적자는 누구나 죽일 수 있으며 굳이 형옥을 담당하는 사사일 필요는
없다.〔春秋之法, 亂臣賊子, 人人得而誅之, 不必士師也.〕"라는 사상에 입각한 북벌론
(北伐論)을 가리킨다. 이와 관련하여 《맹자집주》〈등문공 하〉제9장 제10절에 "공자가
《춘추》를 완성하자 난신적자들이 두려워하였다.〔孔子成春秋而亂臣賊子懼.〕"라는 내
용이 보인다.

38 윤선거(尹宣擧) : 1610(광해군2)~1669(현종10). 본관은 파평(坡平), 자는 길보
(吉甫), 호는 미촌(美村)・노서(魯西)・산천재(山泉齋)이다. 윤증(尹拯)의 아버지이
며, 김집(金集)의 문인이다. 1633년(인조11) 문과에 급제하였다. 1636년 12월에 병자
호란이 일어나자 강화도로 피신하였고, 이듬해 강화도가 함락되자 처 이씨는 자결하였
으나 윤선거는 평민의 복장으로 탈출하였다. 이후 강화도에서 대의를 지켜 죽지 못한
것을 자책하고 벼슬길에 나아가지 않았으며, 성리학과 예학(禮學)에 잠심하였다. 송시
열(宋時烈)이 경전주해(經傳註解) 문제로 윤휴(尹鑴)와 사이가 나빠졌을 때 윤휴를
변호하다가 송시열에게 배척을 당하면서 노론과 소론이 갈리는 계기가 되었다. 영의정
에 추증되었고, 저서에 《노서유고(魯西遺稿)》가 있다. 시호는 문경(文敬)이다.

39 그 설 : 《춘추》의 의리를 이른다. 신구의 상소에 "윤선거는 절의를 잃고 죄를 지은
사람으로 《춘추》의 의리를 듣기 싫어하였다.〔尹宣擧以失節負累之人, 惡聞春秋之義.〕"
라는 내용이 보인다. 《肅宗實錄 42年 7月 25日》

40 거짓으로……모독하였다 : 신구의 상소에 "윤선거는 일찍이 송시열에게 보내려 했
던 편지에서 송시열을 경계한다는 핑계로, 구천이 속였다느니 연광이 미쳤다느니 하는
등의 말로 뜻을 같이하는 임금과 신하를 모두 사실을 날조하여 비방하였습니다.〔嘗移書
時烈, 托以規箴, 而乃以句踐詐矣、延廣狂矣等說, 竝加誣詆於同德之君臣.〕"라는 내용

버젓이 목판에 새겼는데,[41] 온 세상이 그 도당의 성대함을 두려워하여 아무도 이에 대해 능히 말하는 자가 없었다. 이 때문에 봉사(奉事) 신공(申公)[42]이 당시 포의(布衣)의 신분으로 뜻을 같이하는 수십 명을

이 보이는데, 구천(句踐)은 월(越)나라 임금으로, 오(吳)나라 임금 부차(夫差)에게 패하여 항복하였으나 와신상담(臥薪嘗膽)하면서 부차를 속여 끝내 오나라를 멸망시켰으며, 연광(延廣)은 오대(五代) 시대 후진(後晉)의 권신(權臣) 경연광(景延廣)으로, 거란에게 칭신(稱臣)을 거부하고 큰소리를 치다가 뒤에 거란의 군대에게 생포되어 자살한 인물이다. 즉 노론의 주장대로 청나라 몰래 북벌을 계획한 효종을 월왕 구천에, 효종의 북벌을 지지하는 송시열을 경연광의 호언장담에 비유한 것으로 해석하면, 윤선거는 병자호란 당시 효종의 처신 또한 자신과 다름이 없다는 생각을 가지고 강화도의 일을 거론한 것이어서 결국 효종을 크게 무함한 말을 한 것이다. 《默庵集 卷1 辨斥護誣疏》《肅宗實錄 42年 7月 25日》

41 그……새겼는데 : 《노서유고 별집(魯西遺稿別集)》에 실린 〈송영보에게 답하려던 편지[擬答宋英甫]〉를 가리킨다. 1669년(현종10)에 우암(尤庵) 송시열(宋時烈)에게 보내려고 쓴 것으로, 이해에 윤선거가 별세하면서 결국 보내지 못했던 듯하다. 윤선거의 문집은 1712년(숙종38) 아들 윤증(尹拯)에 의해 간행되었다. 다만 발간 이후 즉시 배포되지는 않았는데, "윤증이 아비 윤선거의 문집을 간행하였으나 곧바로 감추어두고 내놓지 않았다가 이때(1714년)에 와서야 비로소 세상에 유통시켰다.[拯刊其父文集, 而旋卽祕藏不出, 至是始行於世.]"라는 내용의 우암의 연보에 의하면, 윤선거의 문집은 1714년 1월에 윤증이 죽은 뒤 세상에 나온 것이다. 신구는 1716년(숙종42) 7월에 윤선거의 문집 중 일기와 편지에서 몇몇 부분을 발췌하여 효종을 무함한 내용이 있다고 상소를 올렸다. 《宋子大全 附錄 卷12 年譜》

42 봉사(奉事) 신공(申公) : 《승정원일기》 영조 2년(1726) 2월 13일 기사에는 '영릉 참봉 신구(英陵參奉申球)'로 나오는데, 영조 3년 12월 16일 기사에 사헌부 지평 이수익(李壽益)이 "신이 엊그제 신구를 논핵할 때 그의 직명을 잘못 알아서 계사 중에 희릉 참봉이라고 썼습니다. 추후에 들으니 신구는 참봉이 아니라 바로 희릉 봉사였습니다.〔臣於再昨論劾申球也, 誤認其職名, 啓辭中, 書以禧陵參奉矣. 追後聞之, 球非參奉, 乃禧陵奉事也.〕"라고 하며 체직을 청하는 내용이 보인다. 《묵암집》 행장에도 영조 3년에 희릉 봉사를 제수받은 내용이 보인다. 이에 근거하면 신구의 최종 벼슬은 종8품 희릉

이끌고 항소(抗疏)하여 극구 논하고 그 문집을 가져다 조정에서 의론할 것을 청하였다.[43] 그리하여 윤선거의 관직이 삭탈되고 이른바 '문집'이라는 것 역시 훼판될 수 있어서[44] 우리 효묘(孝廟 효종)의 성대한 덕과 위대한 업적이 중천의 해와 달처럼 환히 빛나서 감히 무지개처럼 해를 가리는 자[45]가 없게 되었다.

효묘는 성인(聖人)이다. 공이 효묘를 위하여 이 일을 해내었으니,

봉사였기 때문에 여기에서도 봉사라고 칭한 것이다. 《默庵集 附錄 行狀》

43 그 문집을……청하였다 : 신구의 상소 중에 "삼가 바라건대 전하께서는 윤선거의 문집을 들여오게 하여 다시 예람하소서. 그러면 성상의 안목이 지극히 밝으시니 어찌 통촉하지 못하실 것이 있겠습니까. 성조를 위하여 거짓을 밝히는 것은 사체가 중대하여 독단할 수 없다고 생각하신다면, 또한 그 문집을 신의 이 소와 함께 조정에 내려보내 신하들에게 두루 물어 그 처리할 방도를 논의하소서.〔伏願殿下取入宣擧文集, 申加睿覽, 則聖鑑至明, 豈有不燭? 如謂爲聖祖辨誣, 事體重大, 不可獨斷, 則亦望以其文集竝臣此疏, 下於朝堂, 詢問諸臣, 而議其所以處置之道焉.〕"라는 내용이 보인다. 《默庵集 卷1 辨斥讒誣疏》

44 윤선거의……있어서 : 1716년(숙종42) 7월에 올라온 신구의 상소를 계기로 윤선거의 문집 건은 노론과 소론 간의 당쟁으로 번지게 되어, 동년 8월에 좌의정 김창집(金昌集)의 요청으로 윤선거의 문집을 훼판하고 서원의 사액(賜額)을 철거하고 '선정(先正)'의 칭호를 금지하는 병신처분(丙申處分)이 내려졌으며, 이듬해에는 아들 윤증과 함께 관작이 추탈되었다. 《肅宗實錄 42年 8月 24日, 43年 5月 29日》

45 무지개처럼……자 : 옛날에는 무지개를 음양의 기운이 사귀지 말아야 할 때 사귀어서 생겨난 것으로 보아 음양의 조화를 해치는 좋지 않은 현상으로 여겼다. 이것을 인사(人事)에 적용하면 무지개는 간사한 무리를 가리킨다. 이와 관련하여 《시경》〈용풍(鄘風) 체동(螮蝀)〉에 "무지개가 동쪽에 있으니, 감히 이것을 가리킬 수 없도다.〔螮蝀在東, 莫之敢指.〕"라는 내용이 보이는데, 주희(朱熹)의 주에 "음분의 악함을 사람들이 말할 수 없음을 비유한 것이다.〔比淫奔之惡, 人不可道.〕"라고 하였다. 여기에서는 임금의 이목을 가리는 간사한 자들이 더 이상 윤선거를 옹호할 수 없게 되었다는 말이다.

공이 성인의 무리가 되지 못한다면 누가 되겠는가. 비록 그렇다고는 하나 공은 이로 말미암아 끊임없이 저 사악한 무리에게 몹시 원수로 미움을 받게 되어서 머나먼 험지로 유배되어 거의 살 수조차 없게 되었는데,[46] 윤선거의 문집이 다시 세상에 나와 돌아다니니[47] 오호라, 또한 명운(命運)의 영향을 받아 그런 것인가.

그러나 공의 한 상소가 사서(史書)에 기록되어 있어[48] 백세토록 없어지지 않을 것이니, 저들의 음험하고 사악한 심보는 끝내 절로 가릴 수 없게 되어 법도와 의리의 주벌에서 달아날 길이 없을 것이다. 구구한 썩어버릴 나무의 훼판 여부를 또 무슨 말할 것이 있겠는가. 공은 한스러워하지 않아도 될 것이다.

나는 뒤늦게 태어나 공을 알 기회를 미처 가지지 못하였는데, 공의 고장[49]에 살게 되어 공의 후인(後人)과 즐겨 교유하면서 그의 집에서

---

46 머나먼……되었는데 : 신구는 1722년(경종2) 9월에 경상도 거제(巨濟)로 정배(定配)되었다가 1725년(영조1) 1월에 해배되었다. 《承政院日記 景宗 2年 9月 9日, 英祖 1年 1月 13日》

47 윤선거의……돌아다니니 : 병신처분 이후 경종이 즉위하여 소론이 집권하면서 1722년(경종2)에는 윤선거의 관작이 회복되고 문집의 개간(改刊)이 허락되었다. 정조 즉위년(1776)에 다시 관작의 추탈과 문집의 훼손이 이루어졌지만, 5년 뒤인 1782년(정조6)에 아들 윤증(尹拯)과 함께 관작이 회복되었다. '병신처분'은 39쪽 주44 참조. 《景宗實錄 2年 8月 7日》《正祖實錄 卽位年 5月 22日, 6年 12月 3日》

48 공의……있어 : 《숙종실록》 42년(1716) 7월 25일(임오) 기사에 신구의 상소 대략이 실려 있다.

49 공의 고장 : 묵암의 〈행장〉에 신구가 유양(維楊)에서 태어났다고 기록되어 있는데, 유양은 경기도 양주(楊州)이다. 당시 저자는 양주의 석실서원(石室書院)에 거처하였던 것으로 보인다. 《默庵集 附錄 行狀》

《묵암유적(默庵遺蹟)》1권을 얻게 되었다. 첫머리에 공의 유문(遺文) 몇 편을 수록하고 부록으로 묘지명(墓誌銘)과 만사(輓詞)와 뇌문(誄文)을 실었으니, 더욱 공의 본말을 알 수 있었다. 그러나 지금 모두 논할 겨를도 없이 유독 병신년(1716, 숙종42)에 세운 업적만을 돌아본 것은 공의 대절(大節)이 바로 여기에 있기 때문이다. 공은 휘(諱)가 구(球)이고 묵암(默庵)은 자호(自號)이다.

숭정(崇禎) 기원후 163년 되는 해인 경술년(1790, 정조14) 동지에 안동(安東) 김이안(金履安)은 쓰다.

기記

환독재기
還讀齋記

내가 거처하는 서재를 '환독(還讀)'이라고 이름 붙인 것은 도연명(陶淵明)의 시구[50]에서 취한 것이다. 옛날에 편액이 있었는데 지금 없어

---

50 도연명(陶淵明)의 시구 : 진(晉)나라의 시인 도연명이 은거할 때 지은 〈『산해경』을 읽고〔讀山海經〕〉라는 시이다. 모두 13수로 구성되어 있는데, '환독(還讀)'이라는 어휘는 이 가운데 첫 번째 수에 나온다. 시는 다음과 같다.

초여름이라 초목이 무성하니	孟夏草木長
오두막을 에워싸고 빽빽하네	繞屋樹扶疏
새들은 쉴 곳 있다 기뻐하고	衆鳥欣有托
나도 나의 오두막 사랑하네	吾亦愛吾廬
밭도 갈고 씨도 이미 뿌렸으니	旣耕亦已種
때때로 돌아와 나의 책을 읽네	時還讀我書
외진 시골이라 오가는 수레 드무니	窮巷隔深轍
벗의 수레도 종종 돌려세우고 마네	頗回故人車
즐겁도다 봄술 따라 마시고	歡然酌春酒
나의 밭에서 채소를 캐네	摘我園中蔬
보슬비가 동쪽에서 오는데	微雨從東來
시원한 바람이 함께 섞였네	好風與之俱
《주왕전》을 건성건성 보고	泛覽周王傳

져서 다시 써서 걸었다.

어느 날 저녁 그 아래에 누워 있는데, 문득 도연명이 독서에 정말로 고질병이 있었다는 데 절로 웃음이 나왔다. 그 밭이 황폐하였으니[51] 그가 참으로 밭일에 부지런하였다면 또 어떻게 독서를 할 수 있었겠는가. 나의 경우는 언제 쟁기질을 안 적이 있겠는가마는 괴롭게도 한가할 틈이 없어 이 서재에 거처하면서 글을 읽은 것이 6년 동안 겨우 달로 꼽을 정도이다. 그런데 저 도연명은 한편으로는 무현금(無絃琴)[52]을 희롱하고, 한편으로는 북창(北窓) 아래에서 졸고,[53] 한편으로는 그 틈

《산해경도》를 대충대충 넘기네 　　　　　　　　　　流觀山海圖
짧은 시간에 우주를 다 보았으니 　　　　　　　　　俯仰終宇宙
즐기지 않고 다시 어찌리 　　　　　　　　　　　　不樂復何如

《주왕전(周王傳)》은 《목천자전(穆天子傳)》으로, 주(周)나라 목왕(穆王)이 여덟 준마를 타고 사해(四海)를 유람했던 전설을 기록한 역사소설이다. 위(魏)나라 무렵의 작품으로 작가는 미상이다. 《산해경도(山海經圖)》는 《산해경》 중의 전설을 그림으로 그린 것이다. 《산해경》은 선진(先秦) 때 저술되었다고 추정되는 신화집이자 지리서로, 각지의 산악에 사는 인면수신(人面獸身)의 신들과 제사법 및 산물을 기록하고 있다.

51 그 밭이 황폐하였으니 : 도연명의 〈귀거래사(歸去來辭)〉에 "돌아가자! 전원이 장차 황폐해지려 하니 어찌 돌아가지 않겠는가.〔歸去來兮, 田園將蕪, 胡不歸?〕"라는 내용이 보인다.

52 무현금(無絃琴) : 도연명이 탔다는 줄 없는 금(琴)으로, 소금(素琴)이라고도 한다. 이와 관련하여 남조 양(梁)나라 소통(蕭統)의 〈도정절전(陶靖節傳)〉에 "연명은 음률을 모르면서 무현금 한 벌을 마련해두었는데, 매번 술기운이 얼큰해지면 어루만지면서 뜻만 부쳤다.〔淵明不解音律, 而蓄無絃琴一張, 每酒適, 輒撫弄以寄其意.〕"라는 내용이 보인다.

53 북창(北窓) 아래에서 졸고 : 도연명의 〈여자엄등소(與子儼等疏)〉에 "오뉴월 중에 북창 아래에 누워 있으면 서늘한 바람이 이따금씩 스쳐 지나가곤 하는데, 그럴 때면 내가 복희 시대의 사람이 아닌가 하는 생각이 들기도 한다.〔五六月中, 北窓下臥, 遇涼風

에 글까지 읽으면서 밭일은 또 어느 겨를에 하였단 말인가.

옆에 있던 늙은 농부가 빙그레 웃으며 말하였다.

"당신으로 말하면 애초에 수고로움과 편안함의 구분을 알지 못하는 것입니다. 그리고 당신은 또한 저 여덟 진미[八珍]라는 것을 맛보았습니까? 왕공(王公)과 귀인(貴人)은 아침저녁으로 이것을 먹으니 채소나 죽순과 다를 것이 없겠지만, 콩잎을 먹는 자가 그 중에 한 점을 얻는다면 마침내 더없는 진미가 될 것입니다. 그러므로 편안한 자는 항상 편안해서 스스로 그 편안함을 알지 못하고, 오직 수고로운 자만이 편안함을 얻었을 때 그 즐거움을 온전히 즐길 수 있는 것입니다. 그러므로 수고로울수록 더욱 편안하며 편안할수록 더욱 편안하지 않은 것입니다.

제가 한창 밭일을 할 때에는 불볕이 등을 지져 땀이 흘러서 땅에 떨어지며 잡초는 무성하고 진흙은 미끄러워서 소도 지치고 사람도 녹초가 되니, 이때는 또한 지극히 수고로운 때입니다. 얼마 뒤에 해가 저물어 밭 사이로 호미를 메고 돌아오면 어린 아들은 횃불을 들고 아내는 밥을 내오는데, 초가집에 누워 쉬노라면 마음은 한가하고 몸은 풀어지니, 이때에는 또 천하의 편안함이 모두 나에게 있다는 생각이 듭니다. 휘파람을 불어도 되고 노래를 불러도 되고 술을 마셔도 되고 질장구를 쳐도 되어 낮에 겨를이 없어 하지 못했던 것을 모두 이때 할 수 있습니다. 그렇다면 도연명의 밭은 잘 가꾸어질수록 그 독서의 여가는 더욱 많아질 것입니다.

지금 당신은 포시(哺時 오후 3시~5시)에 자고 다음 날 오시(午時 오전

暫至, 自謂是羲皇上人.〕"라는 내용이 보인다. 《陶淵明集 卷8 與子儼等疏》

11시~오후 1시)에 일어나 사지를 바닥에 대고 늘어져 있다가 곧 손 씻고 머리 감고 차 마시고 밥 먹는 것이 모두 일거리가 되었습니다. 오히려 어떻게 여가가 있어 당신의 책을 읽을 수 있겠습니까. 그리고 군자는 경작하지 않고 밥 먹는 것을 미워하니,[54] 당신은 거의 한 마리 좀벌레가 되는 것을 면치 못할 것입니다."

내가 이에 망연자실하여 일어나 사례하며 말하였다.

"좋은 말씀입니다. 제가 들어보지 못했던 것입니다. 비록 그렇다고는 하나 내 집 문을 열고 멀리 바라보면 평평하면서도 구불구불하기도 하고 곧게 펼쳐지기도 한 것이 나의 밭 아니면 이웃의 밭이니, 그래도 도롱이 입고 대나무 지팡이를 짚고서 날마다 그 사이를 오가며 밭 갈고 김매는 어려움을 관찰하고 부지런한지 태만한지 점검할 수는 있습니다. 그런 뒤에 돌아와 나의 책을 읽는다면 그 또한 도연명의 고사[55]에 거의 가까울 것입니다."

---

54 군자는……미워하니 : 《시경》〈위풍(魏風) 벌단(伐檀)〉에 "저 군자여, 공밥을 먹지 않도다.〔彼君子兮, 不素飧兮.〕"라는 내용이 보인다.

55 도연명의 고사 : 도연명의 시 중 "밭도 갈고 씨도 이미 뿌렸으니, 때때로 돌아와 나의 책을 읽네.〔旣耕亦已種, 時還讀我書.〕"라는 구절을 이른다. 42쪽 주50 참조.

해주 타충각기[56] 남을 대신해서 짓다

海州妥忠閣記 代人作

불민한 내가 외람되이 해주(海州) 수령으로 있은 지 몇 해째 되던 해에 부(府)의 아전 아무개 등이 서로 이끌고 와서 다음과 같이 고하였다.

---

56 해주 타충각기(海州妥忠閣記) : '타충각'은 황해도 해주 목사(海州牧使)였던 최영유(崔永濡, ?~1361?)의 충절을 기리기 위해 1757년(영조33) 해주의 아전들이 관아 서쪽에 건립한 것으로, 〈타충각기〉 본문에 근거하면 타충각이라는 이름은 당시의 해주 목사가 지었다. 《승정원일기》에 따르면 1755년(영조31) 11월 14일 계유일에 홍륵(洪櫟, 1708~1767)이 해주 목사에 임명되고, 1757년 12월 1일 기미일에 이광회(李匡會)가 해주 목사에 임명되었는데, 이에 근거하면 당시의 해주 목사는 홍륵으로 추정된다. 홍륵은 홍억(洪檍, 1722~1809)의 형으로, 저자의 어머니 홍씨(洪氏)의 작은아버지인 홍용조(洪龍祚, 1686~1741)의 장남이며, 홍대용(洪大容, 1731~1783)의 아버지이자 저자와는 5촌 동갑이다. 최영유는 고려 후기의 문신으로, 본관은 화순(和順)이며, 자와 호는 자세하지 않다. 고려 충숙왕(忠肅王) 8년(1321) 문과에 장원으로 급제하였다. 해주 목사로 있을 때 홍건적이 쳐들어오자 수양산성(首陽山城)을 지키며 항전하였으나 적의 화공(火攻)에 성이 함락되자, 빠져나와 부엉이바위〔鵂巖〕에 이르러 차고 있던 관인(官印)을 풀어서 바위 아래 못에 던지고 바위에 혈서를 쓴 뒤 투신하여 자진하였다. 고을 사람들이 바위 북쪽 1리 되는 곳에 장례하고 충절묘(忠節墓)라고 불렀으며, 최영유가 투신한 못을 투인담(投印潭)이라 불렀다. 처음에는 향일루(向日樓) 북쪽에 충절사(忠節祠)를 세워 매년 기일(忌日)과 절일(節日)에 아전들 주관으로 제사를 지내다가, 1700년(숙종26)에 이희조(李喜朝, 1655~1724)가 해주 목사로 있으면서 해주 서북쪽 20리에 있는 최충(崔沖)을 모시는 문헌서원(文獻書院) 서쪽으로 옮겨 선비들 주관으로 봄과 가을에 제사를 지내도록 하였다. 《編者未詳, 和順崔氏世譜, 木活字本, 英祖49(1773)刊》《崔鳳信編, 和順崔氏世德編, 木活字本, 1930刊》《冠巖全書 冊18 忠節祠記》

"고(故) 목사(牧使) 최공 영유(崔公永濡)가 홍건적의 난에 순절한 뒤로 해주성(海州城) 사당에서 향사를 받은 것이 3백여 년이 되었습니다. 다만 온 고을 백성과 아전들이 그분의 유풍을 그리워하고 공렬을 사모하여 해마다 사시(四時)에 향사하여 혹시라도 정성스럽지 못함이 없도록 하였는데, 이것이 설만하다고 하여 학궁(學宮) 옆으로 사당을 옮기고 선비들로 하여금 이 향사를 주관하게 한 것은 이후 희조(李侯喜朝) 때부터 시작되었습니다. 우리 소인들은 오랜 세월 받들어 모시다가 갑자기 훼철하는 것을 끝내 차마 볼 수 없어 곧 다시 사사로이 위패를 받들어 제사를 지냈습니다. 다만 여사(閭舍)가 좁고 지저분하여 존귀한 신을 지극히 높일 수 있는 곳이 아니니, 이제 이를 신축할 수 있게 해주십시오. 감히 아룁니다."

그리고 이어 말하였다.

"공은 고려 충정왕(忠定王) 3년(1351)에 본주(本州)의 목사(牧使)로 있으면서 홍건적의 난을 만나 수양산성(首陽山城)을 지켰습니다.[57]

---

57 공은……지켰습니다 : 《세보》 및 《화순최씨세덕편》 〈묘갈(墓碣)〉과 〈신도비명 (神道碑銘)〉에는 모두 최영유가 원나라 순제(順帝) 지정(至正) 11년 신묘년(1351, 충 정왕3) 2월 23일에 죽은 것으로 되어 있다. 또한 《화순최씨세덕편》 〈해주고지(海州古 誌)〉에는 공민왕 경인년 겨울에 홍건적이 쳐들어와서 개경을 유린했을 때의 최영유의 행적을 언급하고 있는데, 공민왕 때에는 경인년이 없으며, 가장 가까운 경인년은 1350 년(충정왕2)이다. 홍건적의 제1차 침입이 1359년(공민왕8)에 있었고 제2차 침입이 1361년 신축년에 있었던 역사 사실에 근거하면 저본에서 《읍지》를 근거로 "충정왕 3년 (1351)에 홍건적의 난을 만났다."라고 한 내용 및 《세보》와 《화순최씨세덕편》의 기록 은 오류인 듯하다. 최영유는 1361년에 별세한 것으로 추정된다. 《編者未詳, 和順崔氏世 譜, 木活字本, 英祖49(1773)刊》 《崔鳳信編, 和順崔氏世德編, 木活字本, 1930刊》 《冠巖 全書 冊18 忠節祠記》

성이 함락되자 공은 의리상 욕을 당하지 않겠다고 하여 곧바로 말을
달려 성의 서쪽에 있는 부엉이바위〔鵂巖〕에 이르러 손가락에 피를 내
어 죽게 된 실상을 쓰고, 먼저 차고 있던 관인(官印)을 풀어 바위 아래
못에 던지고 마침내 물에 빠져 죽었습니다. 공을 따르던 공생(貢生
관아의 종) 하나와 공이 기르던 개가 모두 따라 죽었습니다. 《읍지(邑
志)》의 기록에 근거하면 이와 같습니다."

　나는 '공이 죽음으로 나랏일에 힘쓴 행적은 제사하는 법에 해당하
지만,[58] 아전 등속이 주관할 수 있는 바가 아니니 이공(李公 이희조)이
조처하기를 잘한 것이다. 그리고 공은 이미 사당이 있으니 또 어떻게
중복되게 할 수 있겠는가. 허락하지 않는 것이 당연하다.'라고 생각하
였다.

　얼마 뒤에 아무개 등이 더욱 간절하게 청하기에, 나는 또 옛날 주현
(州縣)의 관리가 죽은 뒤에 그 지역에서 제사를 받는 사례를 더 상고해
보았다. 그러자 주읍(朱邑)이 동향(桐鄕)에서 제사를 받고,[59] 유종원

58　죽음으로……해당하지만 : 《예기》〈제법(祭法)〉에 "성왕이 제사를 제정할 적에,
법이 백성들에게 베풀어졌으면 제사하고, 죽음으로써 나랏일에 수고하였으면 제사하
고, 공로로써 나라를 안정시켰으면 제사하고, 큰 재앙을 막았으면 제사하고, 큰 환란을
막았으면 제사한다.〔夫聖王之制祭祀也, 法施於民則祀之, 以死勤事則祀之, 以勞定國則
祀之, 能禦大菑則祀之, 能捍大患則祀之.〕"라는 내용이 보인다.

59　주읍(朱邑)이……받고 : 주읍은 서한(西漢)의 관리로, 자는 중경(仲卿)이며 여강
(廬江) 서현(舒縣) 사람이다. 젊을 때 동향(桐鄕)에 색부(嗇夫)로 부임하여 소송과
세금 등을 담당하였는데, 일을 공정하게 처리하고 백성들을 사랑하여 관리와 백성들에
게 존경과 사랑을 받았다. 한 소제(漢昭帝) 때 현량(賢良)으로 천거받아 대사농승(大司
農丞)을 역임하고, 선제(宣帝) 때 북해 태수(北海太守)로 승진하였다. 선제 지절(地
節) 4년(기원전 66)에 그동안의 업무 성과와 품행으로 대사농에 임명되어 전국의 조세

(柳宗元)이 나지(羅池)에서 제사를 받은 것[60]과 같이 굳이 모두 사전 (祀典)에 나열할 필요도 없이 백성들이 사사로이 보답하여 제사를 지내는 데에서 나온 것이 많았다.

공이 한 고을을 다스리면서 큰 난을 막다가 드러나게 그 자리에서 곧장 죽었던 일은 그 분명한 일시의 의기(義氣)의 감화가 종과 짐승으로 하여금 앞에서 다투어 죽게까지 만들었으니, 이것이 어찌 단지 구구하게 남긴 은혜와 같겠는가. 바로 해주 온 경내가 집집마다 제사를 올려도 좋을 것이다. 그리고 군자가 공에게 제사하는 것은 예(禮)로써 하는 것이고 소인이 공에게 제사하는 것은 정성으로 하는 것이니, 예는 높이 여김을 지극히 하는 것이고 정성은 사랑을 지극히 하는 것이어서 또한 각각 할 말이 있는 것이다.

이에 허락하고, 이어서 봉급의 여분을 내놓아 그 일을 돕게 하였다. 몇 달이 지나 공사가 끝났다고 하기에 마침내 위패를 이안(移安)한 뒤 '타충지각(妥忠之閣)'이라 명명하고 매년 공이 순절한 날 처음과 같이 제사를 지내도록 하였다.

아, 이 고을이 생겨난 이래로 훌륭한 수령이 의당 하나둘 꼽을 수

와 전곡(錢穀), 염철(鹽鐵) 등 재정을 관장하였다. 죽은 뒤 동향에 장례하였는데, 백성들이 추읍을 위해 사당을 세우고 제사를 지냈다.

60 유종원(柳宗元)이……것 : 유종원(773~819)은 당나라 때의 문장가로 당송팔대가(唐宋八大家)의 한 사람이다. 자는 자후(子厚), 하동(河東) 사람이며, 유하동(柳河東), 유유주(柳柳州)로도 불린다. 헌종(憲宗) 원화(元和) 10년(815)에 유주 자사(柳州刺史)로 폄직되었는데, 그곳을 오지라고 여겨 무시하지 않고 모든 일을 예법대로 처리하자 3년 만에 백성들이 긍지를 갖고 교화되었으며, 유종원이 그곳에서 죽자 백성들이 나지(羅池)에 유종원을 위한 사당을 세우고 제사하였다고 한다. 이와 관련하여 한유(韓愈)의 〈유주나지묘비(柳州羅池廟碑)〉라는 글이 있다.

없을 정도로 많을 것이나 모두 일컬어짐이 없고, 유독 창졸간에 목숨을 바친 공만이 적을 물리치고 성을 온전히 보존한 공이 있지 않은데도 세대가 아득히 멀리 떨어진 지금까지 백성들이 공을 높이 받드는 것이 쇠하지 않으니, 비록 제사 지내는 것을 금지하여 그만두게 하고 싶어도 막을 수 없다. 이것은 과연 무엇 때문에 그러하겠는가? 그 이유를 곰곰이 생각하지 않아서야 되겠는가.

무릇 충의(忠義)라는 것은 공만이 홀로 가진 본성이 아니다. 공을 뒤이어 이 고을에 수령으로 부임한 사람이라면 비록 백세 먼 뒤에라도 어느 누가 이에 감발하여 크게 탄식하고 공과 같이 되기를 기약하지 않겠는가. 그리고 저 아전과 백성들 역시 그저 공경히 제사하고 눈물 흘리며 슬퍼하는 것만으로 충분히 공을 섬긴다고 여기지 말고, 반드시 그 당시 공생(貢生)처럼 행하여 혹시라도 공이 기르던 개의 죄인이 되지 말 것을 생각해야 할 것이니, 그렇다면 또 오늘날 사당을 건립하는 의미일 것이다.

묵와기

默窩記

이군 성통(李君聖通)이 자신이 사는 집을 '묵와(默窩)'라 명명하고 나에게 그 기문을 지어달라고 하였다. 누차 사양했는데도 그만둘 수 없었으니, 한번 물어보겠다.

그대는 어찌하여 '묵'이라고 지었는가? 그리고 그대는 어떻게 침묵할 수 있겠는가? 그대에게 이 집이 있으니 손님과 벗이 오갈 것이고, 그대에게 이 형체가 있으니 남들과 함께 생활을 영위하여 무릇 낮 동안에 온갖 것을 주고받을 것이다. 그 눈과 귀로 들어와서 마음을 뒤흔들어 입으로 나오는 것이 거침없기가 마치 세차게 흘러가는 물이 지주산(底柱山)[61]을 치고 여량산(呂梁山)[62]을 뚫고 동쪽으로 흘러내려가는 것과 같을 것이니, 그 누가 이를 닫을 수 있겠는가.

설령 그 입은 닫는다 하더라도 그 기쁨과 노여움, 즐거움과 슬픔, 감개함과 북받침, 근심과 회한이 안에 쌓여 밖으로 드러나서, 낯빛에 일렁이고 행동에 나타나는 것을 또 누가 막을 수 있겠는가. 이와 같은 것을 일러 '아묵(啞默)'이라고 한다. 설령 그 입을 닫고 그 낯빛과 행동을 막는다 하더라도 그 가슴속에 어지러운 것은 끝내 멈출 수 없을 것이니, 이와 같은 것을 일러 '수묵(睡默)'이라고 한다. 저 벙어리〔啞〕

---

61 지주산(底柱山) : 지주산(砥柱山)이라고도 한다. 삼문협(三門峽) 황하의 급류 속에 있는데 그 모습이 기둥처럼 생겼다고 하여 붙여진 이름이다.

62 여량산(呂梁山) : 황하와 분하(汾河) 사이에 있는 산이다. 하(夏)나라 우왕(禹王)이 치수(治水)할 때 여량산을 깎아 황하와 통하게 하였다고 한다.

는 입은 말이 없지만 낯빛은 발끈 변하니 입의 허물은 없을 수 있겠지만 몸의 허물은 없을 수 없고, 저 잠자는 이〔睡〕는 형체는 쓰러져 있으나 꿈은 분분하니 몸의 허물은 없을 수 있겠지만 마음의 허물은 없을 수 없다. 그렇다면 내가 입을 쇳덩이처럼 꽉 다물고 형체를 흙덩이처럼 움직이지 않으면서 마음을 식은 재처럼 하는 것이 가능하겠는가. 이와 같은 것을 일러 '시묵(尸默)'이라고 하니, 도교와 불교가 도에 어긋나는 이유이다.

군자의 침묵으로 말하면 이와 다르다. 마음이 안정된 자는 그 말이 간결하니, 그 말이 간결하면 그 마음이 더욱 안정된다. 그 마음이 안정되면 밝아지고 밝아지면 달통하여 천하의 이치에 거의 가까울 것이다. 공자는 "인자는 그 말하는 것을 참아서 하듯 한다.〔仁者, 其言也訒.〕", "행하는 것이 어려우니, 말을 하는데 참아서 하듯 하지 않을 수 있겠는가.〔爲之難, 言之得無訒乎?〕"라고 하였으니,[63] 안과 밖을 합하는 도이다. 그러므로 마음에서 찾지 않고 오직 입만 침묵하는 것은 잠자는 이와 벙어리가 이에 해당되고, 마음에서 찾기는 하지만 마음이 된 바를 잃어버리는 것은 죽은 이가 이에 해당된다. 입을 제어하는 것은 마음을 기르기 위해서이고 마음을 기르는 것은 몸을 주재하기 위해서이니, 이것이 바로 군자가 침묵을 귀하게 여기는 이유이다.

나는 성통이 이런 것에 현혹될까 두렵다. 그러므로 옛날 서치(徐穉)[64]와 신도반(申屠蟠)[65]의 무리가 한(漢)나라 말기 당고(黨錮)의 때

---

63 공자는……하였으니 : 《논어》〈안연(顏淵)〉에 보인다.
64 서치(徐穉) : 97~168. 자는 유자(孺子)이다. 예장(豫章) 남창(南昌) 사람으로, 동한(東漢)의 명사(名士)이다. 집안이 가난하여 직접 경작하였으며 공손하고 검소하였

를 당하여 입으로 옳다 그르다 말하지 않음으로써 세상의 화를 면했던 것을 말해주니, 성통은 참으로 이것을 사모하는 사람인가? 어찌 '묵'이라 스스로 이름 짓고 따라서 기록하여 요란히 떠들기를 그치지 않는가?

다. 상서령(尙書令) 진번(陳蕃)과 복야(僕射) 호광(胡廣) 등의 천거와 황제의 부름을 받았으나 사양하고 벼슬길에 나가지 않았다. 《後漢書 卷83 徐穉列傳》

65 신도반(申屠蟠) : 자는 자룡(子龍)이다. 진류(陳留) 외황(外黃) 사람으로, 동한 환제(桓帝), 영제(靈帝) 때의 인물이다. 9세에 아버지를 잃고 집이 가난하여 칠공(漆工)이 되었다. 오경에 통달하고 도참과 위서(緯書)에도 밝았다. 당시 선비들 사이에 조정을 비방하고 정사를 의론하는 풍조가 만연했는데, 신도반은 "옛날 전국 시대에 처사들이 멋대로 의론하여 심지어는 열국의 왕들이 비를 들고 길을 쓸며 앞에서 이들을 인도하기까지 하였지만 끝내 분서갱유의 화를 당하였으니, 지금을 두고 말한 것이다.〔昔戰國之世, 處士橫議, 列國之王至爲擁篲先驅, 卒有阬儒燒書之禍, 今之謂矣.〕"라고 탄식하고 양산(梁山)과 탕산(碭山) 사이로 종적을 감추었다. 뒤에 명사(名士) 범방(范滂) 등이 '함께 붕당을 지어 조정을 비방하고 풍속을 어지럽힌다.〔共爲部黨, 誹訕朝廷, 疑亂風俗.〕'라는 이유로 화를 당할 때 신도반만은 온전히 생명을 보전하였다. 《後漢書 卷83 申屠蟠列傳, 卷97 黨錮列傳》

영귀정기

詠歸亭記

강군 계승(姜君季昇)[66]은 대인(大人 김원행(金元行))을 따라 배웠는데, 하루는 작은 그림을 소매 속에 넣어 가지고 와 보여주며 말하였다.

"이것은 우리 칠원(漆原)의 이른바 무기촌(舞沂村)이라는 곳입니다. 처음에 저의 할아버지 용재공(慵齋公 강덕부(姜德溥))[67]이 권 문순(權文純 권상하(權尙夏)) 선생에게 사사(師事)하고 돌아가 곧바로 이곳에 집터를 잡고 즐기면서 한생을 마쳤는데, 여기에 완춘무우대(玩春舞雩臺), 봉상암(鳳翔巖), 탁영담(濯纓潭)이 있습니다. 정자를 짓고 나서는 그 가운데에 자리하여 여러 승경(勝景)을 굽어보고는 풍욕정(風浴亭)이라고 하였는데, 우리 선생님(김원행)께서 또 '영귀(詠歸)'로 고쳐주시고 손수 두 글자를 크게 써서 주셨습니다. 지금 저는 돌아갑니다. 돌아가서 이 정자에서 글을 읽을 것이니, 그대가 저에게 가르침을 주어 벽에 걸어두고 아침저녁으로 볼 수 있도록 해주십시오."

내가 마침내 다음과 같이 일러주었다.

---

66 강군 계승(姜君季昇) : 강정환(姜鼎煥, 1741~1816)으로, 계승은 자이다. 호는 심시재(尋是齋)·육이옹(六二翁)·전암(典庵)이며, 본관은 진주(晉州)이다. 저자의 아버지 김원행(金元行)의 문인으로, 저자보다 19세 아래이다. 일찍이 김원행으로부터 '심시재'라는 재액(齋額)을 받았다. 경상남도 함안군(咸安郡) 칠원현(漆原縣) 무기리(舞沂里)에서 태어났는데, 뒤에 가솔을 이끌고 경상남도 거창군(居昌郡) 석강리(石岡里)로 이거하였다. 저서에 《전암집》이 있다.

67 용재공(慵齋公) : 강덕부(姜德溥, 1682~?)의 호이다. 1721년(경종1) 생원시에 합격하였고, 별세한 뒤 학행(學行)으로 이조 참의에 추증되었다. 《典庵集 卷8 家狀》

배움은 도를 보는 것보다 더 급한 것이 없다. 참으로 도를 본다면 아침이면 일어나고 일어나서 밥을 먹으며 밤이면 잠을 자고 잠을 잤다가 다시 일어나는 것이 모두 배움이다. 그렇지 않고 단지 억지로 힘써 열심히 하는 것만을 배움으로 여긴다면 하루 사이에도 중지되는 일이 많을 것이다. 시를 외고 글을 읽으면 배움이 보존되고 책을 덮으면 배움이 없어지며, 강설(講說)하는 사우(師友)가 있으면 배움이 보존되고 홀로 거처하면 배움이 없어지며, 갓을 바르게 하고 허리띠를 매고서 눈을 감고 두 손을 모으고 있으면 배움이 보존되고 지쳐서 쉬고 있으면 배움이 없어지는 것은 다른 이유가 없다. 도를 보지 못한 잘못이다.

아, 도는 끝내 볼 수 없는 것인가? 일찍이 증씨(曾氏 증점(曾點))가 슬(瑟)을 내려놓고 한 대답을 읽고 성인(聖人 공자)이 왜 그렇게 깊이 허여하였는지[68] 이상히 여겼지만 끝내는 뛸 듯이 기뻐하였다. 여러 제자들이 자신의 포부를 말할 때 자로(子路)가 운운한 것[69]과 염유(冉

68 증씨(曾氏)가……허여하였는지 :《논어》〈선진(先進)〉에 "공자가 말하였다.…… '너희들이 평소에 자신을 알아주지 못한다고 말하는데, 만일 혹시라도 너희들을 알아준다면 어찌하겠느냐?'……증점(曾點)이 슬을 간헐적으로 타더니 쩽그렁 하고 슬을 놓고 일어나 대답하였다. '세 사람이 가진 포부와는 다릅니다.……늦봄에 봄옷이 이미 이루어지면 관을 쓴 어른 5, 6명과 동자 6, 7명과 함께 기수(沂水)에서 목욕하고 무우(舞雩)에서 바람 쐬고 노래하면서 돌아오겠습니다.' 공자가 아! 하고 감탄하며 '나는 점을 허여한다.'라고 하였다.〔子曰: ……居則曰不吾知也, 如或知爾, 則何以哉?……鼓瑟希, 鏗爾舍瑟而作. 對曰: 異乎三子者之撰.……莫春者, 春服旣成, 冠者五六人、童子六七人, 浴乎沂, 風乎舞雩, 詠而歸. 夫子喟然歎曰: 吾與點也.〕"라는 내용이 보인다.

69 자로(子路)가 운운한 것 :《논어》〈선진〉에 "자로가 성급하게 대답하였다. '천승의 제후국이 대국 사이에서 속박을 받아 침략이 가해지고 이어서 기근까지 들거든 제가 다스리면 3년에 이르러 백성들을 용맹하게 할 수 있고 또 의리로 향할 줄을 알게 할 수 있습니다.' 공자가 빙그레 웃었다.〔子路率爾而對曰: 千乘之國, 攝乎大國之間, 加之

有), 공서화(公西華)가 운운한 것[70]은 그 일이 모두 조심스러우니 바로 이른바 '배움'이라는 것이다. 그러나 증점의 말은 어쩌면 그렇게 거침이 없고 타당치 않단 말인가. 증점은 도가 평범한 것에 붙어 있고 천지 사이에 꽉 차 있어서 한 번 눈을 들 때에도 막을 수 없고 한 번 발을 움직일 때에도 떠날 수 없음을 보았는데, 세 사람은 단지 나라를 다스리는 것에만 구구하게 얽매었으니 고루하다.

그러므로 봄은 천시(天時) 중에 따뜻한 철이고, 기수(沂水)와 무우(舞雩)는 땅의 승경(勝景)이며, 관을 쓴 어른과 동자는 사람의 가지런하지 않은 것이다. 물에서 목욕하는데 물결이 따뜻하면 몸이 편안해지고, 단에서 쉬는데 바람이 청량하면 기운이 평온해지는 법이다. 무릇 바람을 쐬고 목욕을 하면서 즐거워하는 것은 나와 남이 같지만, 바람을 쐬고 목욕을 하면서 즐거워하는 이유는 나와 남이 다르다. 남이 즐거워하는 것은 그 바람 쐬고 목욕하는 것을 즐거워하는 것이지만, 내가 즐거워하는 것은 도를 따라가서 즐거워하는 것이다. 그렇다면 이른바 '도'라는 것이 어찌 아득히 멀리 있어 알기 어려운 것이겠는가. 사람들

以師旅, 因之以饑饉, 由也爲之, 比及三年, 可使有勇. 且知方也. 夫子哂之.〕라는 내용이 보인다.

70 염유(冉有)……것 : 《논어》〈선진〉에 "'구야, 너는 어떻게 하겠느냐?' 염유가 대답하였다. '사방 6, 70리나 5, 60리쯤 되는 작은 나라를 제가 다스리면 3년에 이르러 백성들을 풍족하게 할 수 있습니다. 그러나 예악에 있어서는 군자를 기다리겠습니다.' '적아, 너는 어떻게 하겠느냐?' 공서화(公西華)가 대답하였다. '제가 능하다는 것이 아니라 배우기를 원합니다. 종묘의 일이나 제후들이 회동할 때 현단복을 입고 장보관을 쓰고서 작은 집례자가 되기를 원합니다.'〔求, 爾何如? 對曰: 方六七十如五六十, 求也爲之, 比及三年, 可使足民. 如其禮樂, 以俟君子. 赤, 爾何如? 對曰: 非曰能之, 願學焉. 宗廟之事如會同, 端章甫, 願爲小相焉.〕라는 내용이 보인다.

의 병폐는 가려짐이 있어서일 뿐이다. 아, 이것이 바로 용재공이 증점과 계합(契合)하는 점일 것이다.

비록 그렇다고는 하나 증점은 부자(夫子 공자)를 얻어 스승으로 모셔서 성취한 것이 이와 같았다. 그런데도 증점은 오히려 아직 부족하다고 생각하였기 때문에 '노래하면서 돌아오겠다〔詠而歸〕'고 하였으니, 노래하면서 부자의 방으로 돌아온다고 말한 것이다. 그 훌륭한 부분은 부자가 허여하였고, 그 놓친 부분은 부자가 반드시 재단하였으니[71] 아, 얼마나 즐거운 일인가.

지금 계승이 떠날 때 나는 그가 근심스러워하는 것을 안다. 그러나 '천 리가 한 집〔千里一堂〕'이라고 말하지 않던가. 그 들은 바를 높여 삼가 실행에 옮기고, 또 삼가 깊이 궁구하여 그 근본하는 바가 있음을 깨닫는다면, 비록 날마다 수사(洙泗)의 강석(講席)[72]에서 모신다고 말해도 좋을 것이다. 이런 마음으로 이 정자에 거처한다면 또 어찌 즐겁지 않겠는가.

---

71 그 놓친……재단하였으니 : 《논어》〈선진〉에 "증석이 물었다.……'선생님께서는 어찌하여 유를 비웃으셨습니까?' 공자가 대답하였다. '나라를 다스리는 것은 예로써 해야 하는데 그의 말이 겸손하지 않았기 때문에 웃은 것이다.'〔曾皙曰……夫子何哂由也? 曰: 爲國以禮, 其言不讓, 是故哂之.〕"라는 내용이 보인다.

72 수사(洙泗)의 강석(講席) : 강정환의 스승 김원행(金元行)이 있는 석실서원(石室書院)을 가리킨다. '수사'는 노(魯)나라 곡부(曲阜)에 있는 수수(洙水)와 사수(泗水)로, 공자가 이 지역에서 강학하였으므로 공자와 유학을 뜻하는 말이 되었다.

농수각기[73]

籠水閣記

나는 젊을 때 〈우서(虞書)〉의 선기옥형(璇璣玉衡) 글[74]을 보고 마음속
으로 기뻐하여 일찍이 주석가들의 말을 모아서 대나무를 묶어 기구를

---

73 농수각기(籠水閣記) : '농수각'은 담헌(湛軒) 홍대용(洪大容)의 사설 천문대이다.
담헌은 1758년에 전라도 나주 목사(羅州牧使)였던 아버지 홍역(洪櫟, 1708~1767)을
뵈러 갔는데, 이듬해 화순(和順) 물염정에서 나경적(羅景績, 1690~1762)을 만난 뒤
나경적이 혼천의를 만들 수 있는 기술자라는 것을 알고 그의 제자 안처인(安處仁)과
함께 나주 관아로 불러 혼천의를 만들게 하였다. 당시 나경적은 중국과 일본을 거쳐
들어온 자명종을 본떠 만들 수 있었던 몇 안 되는 사람이었다. 이와 관련하여 담헌의
글 중 "기묘년(1759) 가을에 금성(나주)으로부터 서석(광주)의 유람을 할 때 나석당
경적을 동복(화순)의 물염정 아래에서 심방하였다.……이듬해 초여름에 석당을 금성
부중으로 초빙해오고 재물과 인력을 많이 들여서 솜씨 좋은 장인들을 두루 불러 두
해가 지나서 대략 완성하였다.〔歲己卯秋, 自錦城作瑞石之遊, 歷訪羅石塘景績于同福勿
染亭下.……明年首夏, 邀致石塘于錦城府中, 廣費財力, 傍招巧匠, 再閱年而略成.〕"라
는 기록이 보이는데, 이에 따르면 농수각은 담헌이 32세 되던 1762년(영조38)에 완성한
것이다. 또 그의 기록에 따르면 농수각은 재사(齋舍)의 남쪽에 새로 네모진 못을 파고
물을 끌어와 채웠으며, 가운데에는 둥근 섬을 만들고 그 위에 건물을 세워 양의(兩儀)와
새로 얻은 서양식 자명종을 함께 보관하였다. 담헌은 이 농수각의(籠水閣儀)를 '통천의
(統天儀)'라고 명명하였다. 저자의 이 〈농수각기〉는 홍대용의 《담헌서》 부록(附錄)
〈애오려제영(愛吾廬題詠)〉에도 실려 있다. 《湛軒書 外集 卷3 杭傳尺牘 乾淨衕筆談
〔續〕, 卷6 籠水閣儀器志》

74 우서(虞書)의 선기옥형(璇璣玉衡) 글 : 《서경》〈우서 순전(舜典)〉에 "순임금은
선기옥형으로 천체의 운행을 살펴 칠정을 고르게 하였다.〔在璿璣玉衡, 以齊七政.〕"라
는 내용이 보인다. '선기옥형'은 천상(天象)을 관측하는 기구이며, '칠정'은 해, 달, 화
성, 수성, 목성, 금성, 토성의 일곱 행성을 이른다.

만든 적이 있는데, 굴리니 빙빙 도는 것이 마치 물레와 같아서 그 졸렬함이 우스웠다. 그러나 얘기할 만한 벗을 만나면 번번이 이것을 꺼내 분변하여 바로잡았는데, 홍군 덕보(洪君德保)[75]가 그 중 한 사람이다.

하루는 덕보가 호남에서 와서 말하였다.

"제가 이번 걸음에 기사(奇士)를 알게 되었는데 나경적(羅景績)이란 사람으로 나이가 70여 세쯤 되었습니다. 이 기구의 제도를 얘기하는데 무척 자세하였기 때문에 그와 함께 만들기로 이미 약조하였습니다."

내가 기뻐서 재촉하여 권하였는데, 3년이 지나 기구가 완성되자 각(閣)을 지어 보관하고 이 각을 '농수(籠水)'라고 명명하였다.[76]

내가 한번은 농수각에 올라간 적이 있는데, 이를 위해 의관을 바로하고 용모를 엄숙하게 한 뒤에야 한 번 볼 수 있었다. 그 제도[77]는 혼천의

75 홍군 덕보(洪君德保) : 홍대용(洪大容, 1731~1783)으로, 덕보는 자이다. 본관은 남양(南陽), 호는 홍지(弘之)·담헌(湛軒)이다. 저자의 아버지 김원행(金元行, 1702~1772)의 문인이자, 저자의 외종조(外從祖)인 홍용조(洪龍祚, 1686~1741)의 손자로, 저자에게는 6촌 외재종형제(外再從兄弟)이며 저자보다 9세 아래이다. 홍대용은 여러 번 과거에 실패한 뒤 1774년(영조50)에 음보(蔭補)로 세손익위사 시직(世孫翊衛司侍直)이 되었으며, 이후 선공감 감역(繕工監監役), 사헌부 감찰, 태인 현감(泰仁縣監), 영천 군수(榮川郡守)를 역임하였다. 저서에 《담헌서(湛軒書)》, 《의산문답(醫山問答)》, 《주해수용(籌解需用)》 등이 있다.

76 이 각을······명명하였다 : '농수(籠水)'는 담헌의 기록에 따르면, 두보(杜甫)가 58세 되던 769년 초여름에 형주(衡州)에 머물 때 친척이었던 어사대부(御使大夫) 이면(李勉)을 전송하면서 지은 〈형주에서 이 대부 칠장이 광주로 가는 것을 전송하다〔衡州送李大夫七丈赴廣州〕〉라는 오언율시 중 "해와 달도 조롱 속의 새이고, 하늘과 땅도 물 위의 부평초일 뿐이네.〔日月籠中鳥, 乾坤水上萍.〕"라는 구절에서 따온 것이다. 《湛軒書 外集 卷3 杭傳尺牘 乾淨衕筆談〔續〕, 卷6 籠水閣儀器志》

77 그 제도 : 《담헌서(湛軒書)》 〈외집(外集) 권6 농수각의기지(籠水閣儀器志)〉 및

(渾天儀)의 옛 제도를 따르되 이를 가감한 것으로, 의(儀)가 2개, 환(環)이 10개, 축(軸)이 2개, 반(盤)과 기(機)가 각각 1개, 환(丸)이 2개, 륜(輪)과 종(鐘)이 약간이었다. 그 둘레는 한 사람이 앉을 수 있었고, 그 기(機)의 톱니바퀴는 스스로 부딪쳐서 밤낮으로 돌며 쉬지 않았다. 대략 이와 같았는데, 그 자세한 것은 다 기록할 수가 없다.

나는 이렇게 생각한다. 옛날에 성인(聖人)들이 신묘한 지혜를 짜내어 이 기구를 설치하여 이것으로 천체 운행의 순역(順逆)을 관찰하고 인사(人事)의 득실을 징험하였으니 그 쓰임이 중하고, 그 본떠서 형상한 오묘함은 하도낙서(河圖洛書)와 유사하니, 유자(儒者)라면 의당 마음을 다해 궁구해야 할 것이다. 그런데도 세상에서 도리어 소홀히 여기고 강명하지 않는 것은 무엇 때문인가? 어찌 선기옥형의 형상에서 상고한 것은 이미 자세하지만 도를 밝히는 것은 은미하기 때문이 아니겠는가. 또한 대대로 따라 답습한 것이 모두 옛것에서 나온 것만은 아니어서가 아니겠는가.

설령 이를 논하지 않는다 하더라도 한 번 눈을 들어 보는 사이에 하늘의 운행과 땅의 실어줌이, 저 일월오성(日月五星)의 빠름과 느림, 가득 참과 기욺의 도수 및 밤과 낮, 그믐과 초하루, 추위와 더위, 음과 양의 변화와 함께, 크게는 천지 사방에 펼쳐지고 멀리는 우주 끝에까지 다하여 빽빽하게 갖추어지고 활발하게 움직여서 궤석(几席) 앞에서 징험되지 않은 것이 없으니, 이것으로 이미 통쾌하다. 아, 인간의 기교가 이 정도까지 이르리라고 누가 생각했겠는가. 내가 여기에 참여하여 그 자초지종을 듣고 완성된 것을 볼 수 있게 되었으니 또 어찌 운명이

《주해수용(籌解需用)》〈의기설(儀器說) 통천의(統天儀)〉에 자세히 보인다.

아니겠는가.

　다만 나는 이에 대해 감회가 있다. 천지가 개벽한 이래 제왕의 교체와 영웅의 할거, 모신(謀臣)·담사(談士)·용장(勇將)의 치달림과 공경(公卿)·귀척(貴戚)의 권세와 이익에 대한 불꽃 튀는 쟁탈, 사업과 문장으로 백가(百家)가 명성을 남긴 것이 모두 이 속에 들어 있건만 지금 이를 묶어서 몇 칸짜리 집에 버려두고 그저 때에 맞추어 쟁쟁거리는 종소리만 듣고 있으니 어떻겠는가. 더구나 선비가 이 구석진 나라에 태어나 세상에서 영리를 추구하고자 하여, 득실이 있을 때에 또 이 때문에 낯빛을 변해가며 기뻐하기도 하고 슬퍼하기도 하니 참으로 크게 슬프지 않겠는가.

　덕보는 일찌감치 문학으로 이름이 났는데, 하루아침에 과거 응시를 접어버리고 전원에 물러가 살면서 거문고 타고 책을 읽으며[78] 이것을 스스로 즐거워하니, 나는 이것이 우연이 아님을 알겠다.

---

78 거문고……읽으며 : 홍대용은 당시 금슬(琴瑟)에 능한 것으로도 유명하였다. 박지원(朴趾源)의 〈망양록(忘羊錄)〉에 "제 친구 홍대용은 자는 덕보이고 호는 담헌인데 음률에 능하여 금슬을 잘 탈 줄 압니다.……담헌은 처음으로 동현금의 소리를 골라서 가야금에 맞추었는데 지금은 금슬을 타는 악사들이 모두 이 본을 보고 현악이나 관악에 맞추고 있습니다.〔敝友洪大容字德保號湛軒, 善音律能鼓琴瑟.……湛軒始解調銅鉉琴, 能譜伽倻琴, 今則諸琴師多效之, 都能和合絲竹諸器.〕"라는 내용이 보인다.

체악재기[79]

棣萼齋記

나의 벗 홍백능(洪伯能 홍낙순(洪樂舜))[80]이 작은 서재를 사는 곳 동쪽
으로 몇 걸음 떨어진 곳에 지어서 자식과 조카들이 학업을 익히는 장
소로 삼았다. 서재가 완성된 뒤 아직 이름을 짓기 전이었는데, 하루
는 집안에 간직해온 옛 기물들을 조사하다가 '체악재(棣萼齋)'라는 판
각(板刻) 하나를 얻게 되었다. 바로 증조 모관공(某官公)[81]과 그 아우
모관공[82]이 함께 살던 집의 당호였다. 백능은 기뻐하며 '이것으로 이

---

79 체악재기(棣萼齋記) : '체악'은 아가위 꽃받침이라는 뜻으로, 형제를 비유한다.
《시경》〈소아(小雅) 상체(常棣)〉의 "아가위 꽃이여, 그 꽃과 꽃받침 선명하지 않은가.
지금 사람들은 형제만한 이가 없느니라.〔常棣之華, 鄂不韡韡? 凡今之人, 莫如兄弟.〕"
라는 구절에서 유래하였다. '체악재'는 체악정(棣萼亭)을 이른다. 우암(尤庵) 송시열
(宋時烈, 1607~1689)이 1688년(숙종14) 중추에 지은 〈체악정기(棣萼亭記)〉에 따르
면 체악정은 이 무렵에 홍낙순(洪樂舜)의 증조이자 우암의 문인인 홍중모(洪重模)와
홍중해(洪重楷) 형제가 종남산(終南山) 아래에 건립한 것으로, '체악'이라는 이름은
우암이 붙여준 것이다. 《宋子大全 卷145 棣萼亭記》

80 홍백능(洪伯能) : 13쪽 주1 참조.

81 증조 모관공(某官公) : 홍중모(洪重模, 1650~?)이다. 본관은 풍산, 자는 사응(士
膺)이다. 1669년(현종10) 진사시에 합격하였다. 빙고 별검(氷庫別檢)을 시작으로 공조
좌랑(工曹佐郎), 공조 정랑(工曹正郎), 장예원 사평(掌隷院司評), 사복시 판관(司僕寺
判官), 마전 군수(麻田郡守) 등을 역임하였다. 군수공으로 칭한다. 《承政院日記》

82 아우 모관공 : 홍중해(洪重楷, 1658~1704)이다. 본관은 풍산(豐山), 자는 사식
(士式)이다. 1682년(숙종8) 진사시에 합격하였다. 처음에는 송준길(宋浚吉)에게 배웠
으나 뒤에 송시열(宋時烈)과 박세채(朴世采)를 사사하였다. 세자익위사 세마(世子翊
衛司洗馬), 내섬시 주부(內贍寺主簿), 공조 좌랑, 돈녕부 판관, 공조 정랑, 금천 군수

서재의 이름을 지으면 좋겠다.'라고 하였다.

　얼마 뒤에 또 우암(尤庵) 송 선생(宋先生 송시열(宋時烈))이 이를 위해
〈기(記)〉를 지어주었다는 말을 들었으나 기문은 일실되어 전하지 않
았는데, 우연히 다른 사람 집에서 선생의 유집(遺集) 초고를 보고 얼핏
한 번 넘기는데 〈체악정기(棣萼亭記)〉가 곧장 나왔다. 백능은 더욱
기뻐서 서둘러 베껴 돌아와 그 판각과 함께 새로 지은 서재의 문미(門
楣)에 걸어두고 나에게 그 일을 기록하게 하였다.

　나는 생각건대 백능이 이렇게 하는 것이 어찌 한갓 서재의 벽을 꾸며
서 한때의 볼거리로 삼기 위해서일 뿐이겠는가. 아마도 아침저녁으로
돌아보아 그 갱장(羹墻)의 사모하는 마음[83]을 붙이고, 송 선생이 두
공에게 일컬었던 것으로 스스로 면려하기 위해서일 것이다.

　나는 젊어서부터 백능의 집에 왕래하였다. 당시 백능은 이제 갓 성년
이 되었고 아우들[84]은 모두 어렸는데, 밤낮으로 타이르고 가르치기를
매우 극진히 하여 사람을 감탄시켰다. 지금 백능은 나이가 곧 60이
다 되어가고 중임(仲任 홍낙신(洪樂莘)) 또한 희끗희끗한 늙은 고관으로,

(金川郡守), 충주 목사 등을 역임하였다. 충주에 부임한 뒤 창고를 조사하여 비리를
적발하고 상벌을 엄히 하는 과정 중 독살당하였다. 목사공으로 칭한다. 《承政院日記》
83　갱장(羹墻)의 사모하는 마음 : 돌아가신 분에 대한 간절한 추모의 정을 이른다.
요(堯) 임금이 세상을 떠난 뒤 순(舜) 임금이 요 임금을 그리워하여 앉으면 담장에서
요 임금의 환영을 보고 음식을 먹으면 국에서 요 임금의 환영을 보았다는 데서 유래하였
다. 《後漢書 卷63 李固傳》
84　아우들 : 홍낙신(洪樂莘)과 홍낙안(洪樂顔) 형제를 이른다. 홍낙신은 남행사변가
주서(南行事變假注書), 효명전 참봉(孝明殿參奉), 의흥 현감(義興縣監), 한성부 판관
(漢城府判官), 사복시 주부(司僕寺主簿), 함열 현감(咸悅縣監) 등을 역임하였다. 홍낙
안은 자세하지 않다. 《渼湖集 卷18 進士洪公墓表》《承政院日記》

모두 크고 작은 벼슬을 지냈으며 각각 자식이 있고 며느리가 있다. 그런데도 여전히 한 방에서 화락하게 그 서로 위하는 것이 옛날과 다름 없다. 내가 본 바로는 백능은 어렸을 때 두 공의 후손이 되기에 부끄럽지 않았는데도 오히려 감히 스스로 충분하다고 생각하지 않았다. 이제 물건을 보고 사모하는 마음을 일으켜 부지런히 그 뜻을 이을 것으로 마음을 삼으니, 참으로 이렇게 계속해 나간다면 저 송 선생이 이른바 '나무는 두 나무의 가지가 붙어 나오고 새들은 다투지 않고 새끼를 먹이는 것'[85]은 비록 이루기가 쉽지 않다 하더라도, 그 친족을 보전하고 집안을 화목하게 하여 안으로는 전해 받은 선대의 문헌을 빛내고 밖으로는 성세(聖世)의 교화에 일조할 것으로 말하면 어찌 불가능하다고 하겠는가.

만약 이 서재에 거처하는 자손들이 또 반드시 글을 읽고 학문을 강마하여, 옛사람이 경계하고 권면했던 것을 보고 하늘이 부여한 타고난 효성과 우애를 더욱 발휘하여 함께 독실히 행하여 할아버지와 아버지의 가르침을 실추시키지 않는다면 이른바 '체악재'라는 것은 세세토록 계속 보존하더라도 좋을 것이다. 아, 제군들은 또한 힘써야 할 것이다!

---

85 송 선생이……것 : 우암 송시열의 〈체악정기〉에 "이제 사옹 형제는 백성을 교화하고 풍속을 선하게 할 뿐만 아니라, 뜰에 심은 나무에서는 두 나무의 가지가 붙어 나오고 날아 모이는 새들은 둥지를 다투지 않고 서로 새끼를 먹이는 모습을 보게 될 것이니, 어찌 아름다운 일이 아니겠는가.〔今士瞢兄弟, 不惟以化民善俗, 將見庭畔之樹, 連理而生, 禽鳥之翔集者, 將不爭巢而相哺其㲉矣, 豈不美哉?〕"라는 내용이 보인다. 《宋子大全 卷145 棣萼亭記》

금래헌기[86]
今來軒記

우리 영종대왕(英宗大王 영조)께서 재위하신 52년 동안 깊은 사랑과 두터운 은혜가 만물에 두루 미쳤으니, 지금까지도 신하와 백성들이 오호불망(於戲不忘)[87]하며 그리워한다.

지금 기조랑(騎曹郎) 강한(姜翰) 계응보(季鷹甫)[88]가 나에게 이런 말을 하였다.

"언젠가 겸사(兼史)로 입시(入侍)하였는데,[89] 상(上 영조)께서 특별

---

86 금래헌기(今來軒記) : 이 글은 강한(姜翰)이 병조 정랑으로 재직하였던 1786년 (정조10)부터 1790년(정조14) 사이에 지은 것으로 추정된다. 저자가 65~69세 되던 때이다.

87 오호불망(於戲不忘) : 세상을 떠난 임금의 은혜를 잊지 못하는 것을 이른다. 《대학 장구(大學章句)》 전(傳) 3장에 "《시경》에 이르기를 '아아! 전왕을 잊지 못한다.' 하였으니, 군자는 전왕의 어짊을 어질게 여기고 전왕의 친함을 친하게 여기며, 소인은 전왕이 즐겁게 해주심을 즐거워하고 전왕이 이롭게 해주심을 이롭게 여기니, 이 때문에 전왕이 세상에 없는데도 잊지 못하는 것이다.〔詩云 : 於戲! 前王不忘. 君子賢其賢而親其親, 小人樂其樂而利其利, 此以沒世不忘也.〕"라는 내용이 보인다.

88 기조랑(騎曹郎) 강한(姜翰) 계응보(季鷹甫) : 강한(1721~?)의 본관은 진주(晉州)이며, '계응'은 자, '보(甫)'는 남자의 미칭이다. 저자의 아버지 김원행(金元行)의 문인으로, 《미호집》에 강한의 물음에 답한 김원행의 편지가 실려 있다. 1759년(영조35) 문과에 합격하였다. 기조랑은 분병조 정랑(分兵曹正郎)을 이른다. 강한은 1786년(정조10) 8월 30일부터 1790년(정조14) 6월 21일 부사과(副司果), 동년 6월 25일 형조 참의에 제수되기까지 약 4년 동안 분병조 정랑으로 재직하였다. 분병조는 조선시대 강무(講武)나 숙위(宿衛) 등의 업무를 분담하기 위하여 병조 밑에 따로 둔 작은 병조이다. 《承政院日記 正祖 10年 8月 30日, 14年 6月 21日·25日》《渼湖集 卷9 答姜翰》

히 기예가 능하다고 칭찬하시고 문무를 겸비한 인재라고까지 말씀하셨네. 이어 '옛날의 장한은 강동으로 갔는데[90] 오늘날의 강한은 영남에서 왔도다.〔昔之張翰江東去, 今之姜翰嶺南來.〕'라는 두 구절을 입으로 불러주시고, 말씀하시기를 '이것은 그대에게 귀할 것이다. 내가 써주지는 못하니 나가서 승지에게 이 구절을 써달라고 하라. 그대는 이어 「금래(今來)」로 당호를 삼아도 좋을 것이다.'라고 하셨네.

내가 이런 특별한 대우를 받았고 이미 용궁(龍宮)[91]의 산중에 거처를 정하였으니, 삼가 '금래헌(今來軒)'이라는 것으로 목판에 새겨 벽에 걸고 몸을 마치도록 각골명심하는 정성을 붙이고자 하네. 그대가 이를 기록해주시게."

나는 병으로 글을 사양한 지 오래되었으나 그의 말을 듣고는 돌연히 흥기가 되어 다음과 같이 말하였다.

"선대왕께서 명하신 바이니 내가 감히 기록하지 않을 수 있겠는가. 옛사람이 이르기를 '성인의 한 글자 칭찬이 화려한 곤룡포보다 낫다.〔聖人一字之褒, 踰於華袞.〕'고 하였네.[92] 지금 그대가 얻은 것은 단지

---

89 겸사(兼史)로 입시(入侍)하였는데 : 《승정원일기》에 따르면 강한은 영조 43년(1767) 윤7월 26일 춘추관(春秋館)의 기사관(記事官) 신분으로 입시하였다.

90 옛날의……갔는데 : 장한(張翰)은 서진(西晉)의 문학가로 유후(留侯) 장량(張良)의 후손이다. 자는 계응(季鷹)이며 오군(吳郡) 오현(吳縣) 사람이다. 박학하고 글에 뛰어났으며, 성격이 호방하여 당시 사람들이 완적(阮籍)에 비유하여 강동보병(江東步兵)이라고 불렀다. 진 혜제(晉惠帝) 태안(太安) 원년(302)에 제왕(齊王) 사마경(司馬冏)이 장한을 대사마 동조연(大司馬東曹掾)으로 불렀으나 곧 난이 일어날 것을 알고 순채와 농어가 그립다는 이유로 사양하고 시골로 내려가 은거하였다.

91 용궁(龍宮) : 경상북도 예천군(醴泉郡)에 소속된 현(縣)이다.

92 옛사람이……하였네 : 진(晉)나라 범녕(范寧)이 지은 〈춘추곡량전 서(春秋穀梁

한 글자만이 아니네. 멀리 있는 자를 버리지 않고 가고 오는 사이를 돌아보심이 봄볕이 만물을 비추어주듯 따뜻하니, 선왕의 성덕(盛德)이 아니면 또 어떻게 이에 이를 수 있겠는가.

아, 선비가 세상에 태어나 오직 때를 만나기가 어려우니, 저 장계응(張季鷹 장한(張翰))이 표표히 멀리 떠나가 어지러운 시대에 화를 면했던 것은 고상하기는 고상하지만 어찌 그가 원한 것이었겠는가. 그대의 경우는 밝은 세상을 만나 영남 출신의 말관으로서 청연(淸燕)[93]에서 가까이 모시며 직접 은택을 받고, 이러한 우악(優渥)한 은택까지 받아 자손의 무궁한 영광이 되었으니, 옛사람과 지금 사람의 행운과 불행을 비교하면 어떠한가? 어찌 때를 만났다고 하지 않겠는가. 아, 뒤에 나의 글을 읽는 자는 또한 여기에서 느끼는 바가 있을 것이다!"

傳序)〉에 "《춘추》의 한 글자의 칭찬이 화려한 곤룡포를 주는 것보다 영광스럽고, 한 마디의 폄하가 시장에서 매질을 당하는 것보다 욕되다.〔一字之襃, 寵踰華袞之贈; 片言之貶, 辱過市朝之撻.〕"라는 내용이 보인다. 당(唐)나라 양사훈(楊士勛)의 소에 따르면, 곤룡포는 왕공(王公)에 빗댄 것이고 시장은 아래 사서인(士庶人)에 빗댄 것이다. 즉 공자가 《춘추(春秋)》를 지을 때 춘추필법(春秋筆法)에 의거하여 한 글자로 포폄의 뜻을 붙였기 때문에 공자의 한 글자 칭찬이나 한 글자 폄하를 얻어 사서(史書)에 그 이름이 기록된다면 그 영예나 욕됨이 매우 심하다는 말이다.

93 청연(淸燕): 청연각(淸燕閣)을 이른다. 고려 예종(睿宗) 때 도서를 비치하고 학사(學士)들과 조석으로 경서를 강론하던 곳이다. 여기에서는 대궐을 가리킨다.

문암유기[94]
門巖游記

도성 둘레에 노닐 만한 곳으로는 삼각산(三角山), 도봉산(道峰山),
수락산(水落山)의 여러 산이 있는데 수락산이 조금 못하고, 수락산에
서 노닐 만한 곳으로는 금류동(金流洞), 옥류동(玉流洞), 문암(門巖)
의 물과 바위가 있는데 문암이 가장 외지다. 가장 외진 곳으로 조금
못한 산에 있으니 잘 알려지지 않은 것은 당연하다.

　나는 동쪽 교외에 사는 반년 동안[95] 이른바 '수락'이라는 산이 정말이
지 늘 방문과 창문 사이에 첩첩이 솟아 있었는데도 문암을 말하는 자는
있지 않았으며, 문암이 있다는 소리를 들은 뒤에도 다만 그 몹시 궁벽
진 것을 두려워하여 곧장 찾아가지 못하였다.

　병인년(1746, 영조22) 4월 7일 비가 막 개어 날씨가 맑았기에 비로소
가군(家君 김원행(金元行))과 외숙 홍공(洪公)[96]을 모시고 금류동과 옥류

94　문암유기(門巖游記) : 저자가 25세 되던 1746년(영조22) 4월 7일에 저자의 아버지
　　김원행(金元行)과 외삼촌 홍재(洪梓)를 모시고 양주(楊州) 수락산(水落山)에 있는 금
　　류(金流)·옥류(玉流)·문암(門巖)을 유람하고 지은 글이다. 일행은 첫째 날 금류동에
　　있는 성전(聖殿)에서 묵고 이튿날 재종숙부 김양행(金亮行, 1715~1779), 김필행(金弼
　　行, 1726~1786), 김원행의 문인이자 저자의 첫째 누이동생의 남편인 서형수(徐逈修,
　　1725~1779), 김원행의 문인 박달원(朴達源)이 합류하여 수락산 유람을 계속하였다.

95　나는……동안 : 석교(石郊)의 가구당(可久堂)에 머문 기간을 이른다. 78쪽 주113
　　참조.

96　외숙 홍공(洪公) : 홍재(洪梓, 1707~1781)이다. 자는 양지(養之), 본관은 남양
　　(南陽)이며, 아버지는 저자의 외할아버지인 홍귀조(洪龜祚)로, 저자의 외삼촌이다.

동 유람을 하였으니, 쉬운 곳부터 먼저 유람한 것이었다. 가는 길 내내 맑은 시내와 무성한 나무가 많았고 시골집이 언뜻언뜻 비쳤다. 동쪽으로 불암산(佛巖山)을 끼고 서쪽으로 삼각산과 도봉산을 바라보니 구불구불 서로 엉켜서 성난 파도처럼 기세가 등등하였다. 15, 6리를 가서 덕사(德寺)[97]에 이르러 조금 쉬었다가 다시 5, 6리를 가서 마침내 옥류동(玉流洞) 입구에 이르렀다.

맑은 샘물과 푸른 바위가 휘감아 돌고 꺾어지는 것만으로도 이미 사람의 마음을 시원하게 했는데, 얼마 지나자 겹겹의 봉우리가 에워싸서 밖으로 들판이 보이지 않는 곳에 쓰러진 바위가 있었다. 흰색이었고 너비가 다섯 길은 되었으며 그 길이는 너비의 세 배나 되었다. 중간에 작은 틈이 있었는데, 물이 그 표면을 덮고 흘러내려서 잔잔히 출렁이는 물결이 마치 흰 비단을 펴놓은 것 같았다. 물이 그 틈에 이르자 문득 쟁그랑쟁그랑 옥 부딪치는 소리를 냈는데, 이른바 옥류 폭포(玉流瀑布)라는 것이었다. 그 밑은 얕은 못을 이루고 있었는데, 맑은 것이

1753년(영조29) 정시 문과에 급제하고, 1757년 수찬으로 문과 중시에 급제하였다. 1769년(영조45) 동지부사(冬至副使)로 청나라에 다녀왔으며, 한성부 좌윤과 사헌부 대사헌 등을 역임하였다. 《삼산재집》 권9에 〈외숙 참판 홍공에 대한 제문[祭內舅參判洪公文]〉이 실려 있는데, 이 제문에 따르면 저자가 충주 목사로 있을 때 외숙인 홍재 또한 은퇴 후 충주에서 지내고 있어 그와 자주 왕래했으며, 저자에게는 부사(父師)와 같은 존재였다. 《申義澈, 外案考, 保景文化社, 2002》

97 덕사(德寺) : 홍국사(興國寺)의 다른 이름으로, 덕절이라고도 한다. 599년(신라 진평왕21)에 원광법사(圓光法師)가 창건한 사찰로, 창건 당시의 이름은 수락사(水落寺)였다. 1568년(선조1)에 선조가 생부인 덕흥대원군(德興大院君)을 위해 수락사를 중수한 뒤 덕흥대원군의 원찰로 삼으면서 이름도 흥덕사(興德寺)로 고쳤다가 1626년(인조4)에 현재의 이름인 홍국사로 고쳤다.

머리카락이 비칠 정도였다. 빙 돌아 위로 올라가자 층층이 쌓인 바위와 너럭바위가 많았는데, 그 위에 올라가 아래를 내려다보고는 입을 벌리고 웃고 말았다. 앞에서 틈으로 보았던 것은 바로 두 바위가 포개져 있었던 것뿐이었다. 처음에 일행들이 이 골짝에 왔을 때에는 기이하다고 생각하지 않았는데, 물길을 따라 거슬러 올라가면서 그 아침저녁으로 바뀌는 모습을 보고 나서는 한가득 흡족해하지 않은 사람이 없었다.

　물길을 거슬러 올라가자 길이 매우 험준해졌다. 3리쯤 되었을까 금류 폭포(金流瀑布)에 이르자 마찬가지로 층층 절벽이 나왔는데 높이가 각각 8, 9길은 되었다. 양쪽 절벽 사이에는 울퉁불퉁한 널찍한 바위가 있어 수십 명은 앉을 만하였고 절벽 위도 그와 같았는데, 모두 한 가지 형태로 혼연히 이루어져 도끼를 휘두른 인공의 흔적이 전혀 없었다. 그러나 깨끗하고 윤택하기는 옥류 폭포만 못하였고, 물줄기 역시 적어서 졸졸거릴 뿐이었다. 당초에 지암(止菴 김양행(金亮行))[98] 숙부가 나에게 말하기로는 금류 폭포는 그 떨어지는 물줄기가 열 길이라고 하였는데, 아마도 큰비가 온 뒤를 말한 것인 듯하다. 승려들의 말도 이와 같았으니,[99] 참으로 그러하다면 또한 장관일 것이다.

98　지암(止菴) : 저자의 재종숙부 김양행(金亮行, 1715~1779)의 호이다. 김양행은 자는 자정(子靜), 본관은 안동(安東)으로, 민우수(閔遇洙)의 문인이다. 벼슬에 뜻을 두지 않고 오직 학문 연구에 전념하여 성리학을 비롯해 예학과 역학에도 조예가 깊었다. 이조 참의, 형조 참판, 사헌부 지평, 사헌부 집의를 지냈으며, 이조 판서에 추증되었다. 문인으로 이우신(李友信), 민치복(閔致福), 박준원(朴準源) 등이 있다. 시호는 문간 (文簡)이다. 저서에 《지암집》 9권이 있다.

99　승려들의……같았으니 : 이와 관련하여 《삼산재집》 권1 〈금류동에서 ‘천’ 자를 얻다[金流洞得天字]〉라는 시에 "중이 하는 말 여름에 큰비 오면, 흘러넘쳐서 큰 내가 된다 하네.[僧言夏大雨, 橫亘爲長川.]"라는 구절이 보인다.

조금 뒤에 날이 저물자 단풍나무와 소나무 사이로 초승달이 고운 빛을 내뿜고 바람과 냇물이 서로 아우성을 쳐서 그 소리가 온 골짝을 뒤흔들었고 별빛이 이 때문에 요동을 쳤다. 이날 밤 성전(聖殿)[100]에 들어서 묵었다.

이튿날 일찌감치 아침을 먹고 어제 왔던 길을 따라 내려가노라니 멀리 숲 사이로 어렴풋이 사람이 서 있는 형상이 보였다. 어떤 이가 이것은 바위일 것이라고 하였는데, 얼마 뒤에 웃음소리가 들렸다. 바로 지암 숙부와 그 종제(從弟) 숙보(叔輔 김필행(金弼行))[101] 그리고 서사의 (徐士毅 서형수(徐逈修))[102] 박사혼(朴士混 박달원(朴達源))[103] 등이 뒤쫓아 온 것이었다. 함께 옥류 폭포 절벽 위에 앉아 술을 마시며 실컷 즐겼다.

---

100 성전(聖殿) : 수락산 흥국사(興國寺)에 있었던 불전(佛殿)이다. 흥국사는 69쪽 주97 참조.

101 숙보(叔輔) : 저자의 재종숙부 김필행(金弼行, 1726~1786)의 자로, 《안동김씨 세보》에는 '叔甫'로 되어 있다. 저자의 종증조(從曾祖) 김창업(金昌業, 1658~1721)의 측실 소생인 김비겸(金卑謙, 1698~1748)의 차남이다. 《安東金氏大同譜刊行委員會, 安東金氏世譜(5), 서울, 1982》

102 서사의(徐士毅) : 서형수(徐逈修, 1725~1779)로, '사의'는 자이다. 호는 직재 (直齋), 본관은 달성(達城)이며, 저자의 아버지 김원행(金元行)의 문인이다. 저자보다 3살 아래이며 첫째 누이동생의 남편이다. 1751년(영조27) 별시 문과에 급제하였다. 1757년 사간원 정언으로서 윤시동(尹蓍東)의 신구(伸救)를 청했다가 흑산도로 유배되고, 10년 만인 1767년에 국가 경사로 인한 사면 조치로 유배에서 풀려나 이듬해 사서(司書)로 서용(敍用)되었다. 1771년에는 벽파(僻派)를 탄핵하다 면직당하고 서인(庶人)으로 강등되어 쫓겨났다. 1773년 승지로 재기용된 뒤 대사간, 강원도 관찰사, 공조 참의, 좌부승지 등을 역임하였다.

103 박사혼(朴士混) : 박달원(朴達源)으로, 저자의 아버지 김원행의 문인으로 추정된다. 김원행의 문집인 《미호집(渼湖集)》에 김원행과 주고받은 편지가 3통 실려 있다.

얼마나 지났을까 돌아가자는 말이 나와 올려다보니 햇빛이 아직은 일렀다. 사람들 모두 서로 돌아보며 출발을 아쉬워했는데 이때까지만 해도 문암(門巖)이 가까이 있다는 것은 알지도 못하였다. 이름을 치일(致一)이라고 한 자가 있었는데 성전의 승려였다. 그에게 물어보자, 이곳에 폭포의 승경이 있는데 여기에서 북쪽으로 5리도 채 되지 않는다고 하였다. 그리하여 마침내 다 같이 말을 달려 갔는데 치일이 앞장서 인도하였다.

골짝 어귀에 이르러서는 말을 버려두고 앞으로 나아갔다. 지나가는 길에 어지럽게 널린 바위들은 높고 깊었는데, 평평한 것은 사람이 누워 있는 것 같았고 사람을 놀라게 한 것은 마치 짐승이 서 있는 것 같았다. 물이 그 속으로 흘러서 쏟아지면 세찬 여울이 되고 모이면 맑은 못이 되었다. 구유 같은 못도 있고 항아리 같은 못도 있었으며, 허리띠를 늘어뜨린 것 같은 여울도 있고 구슬을 내뿜는 것 같은 여울도 있어서 모두 제각각이었는데, 대체로 즐길 만하였다.

매번 아름다운 곳을 만날 때마다 관지(觀止)[104]가 바로 이곳이라고 여겼지만 번번이 다시 그곳을 버리고 떠났는데, 이와 같이 하기를 네

---

104 관지(觀止) : 본 사물이 최고의 경지라고 찬탄하는 말이다. 《춘추좌씨전(春秋左氏傳)》 양공(襄公) 29년 조에 "오나라 공자 계찰이 우리 노나라에 빙문을 왔다.……〈소〉무를 보고는 '덕이 지극하고 광대하여 일체를 덮지 않음이 없는 하늘과 같고 일체를 싣지 않음이 없는 대지와 같습니다. 아무리 성대한 덕이라 해도 이보다 더할 수 없으니 훌륭하기 그지없습니다. 설령 다른 악무가 있다 하더라도 나는 감히 더 보기를 청하지 않겠습니다.'라고 하였다.〔吳公子札來聘……見舞韶箾者, 曰: 德至矣哉, 大矣! 如天之無不幬也, 如地之無不載也. 雖甚盛德, 其蔑以加於此矣, 觀止矣. 若有他樂, 吾不敢請已.〕"라는 내용이 보인다.

다섯 번 한 뒤에 진짜 문암(門巖)이 나왔다. 그 형상은 삼면이 절벽으로 막힌 모습이었는데, 좌우의 두 절벽이 특히 웅장하여 금류 폭포의 두 층층 절벽에 견주어도 몇 길은 더 되어 보였다. 위로는 높은 바위를 이고 있고 아래로는 큰 바위로 경계를 짓고 있어 처마가 있고 문지방이 있는 것이 우뚝 솟은 천자와 제후의 문 같았다. 골짝이 이 때문에 문암이라는 이름을 얻게 된 것이었다. 뒤쪽 절벽은 비록 그 형세가 좌우의 두 절벽보다는 조금 낮았지만 마찬가지로 하나의 기운이 서로 팽팽하여 조금도 물러서려 하지 않았다. 서로 팽팽하기 때문에 그 안을 들여다보면 깊고 엄숙하여 귀부(鬼府) 같았고, 낮기 때문에 폭포수가 이곳을 통해 떨어지고 하늘빛이 이곳을 통해 새어 들어오는 것이었다.

폭포수는 한창 기세 좋게 절벽을 삼등분하여 곧장 쏟아졌는데, 한 줄기가 되어 험한 바위에 부딪치게 되어서는 이에 갈팡질팡 그 기세를 잃고 갈라진 바위틈을 통해 아래로 떨어졌다. 그 틈이 험하고 좁아서 자신을 용납하지 못하자 성을 내며 휘감아 돌아 그 안에서 천둥소리를 냈다. 마침 석양이 비쳐서 비긴 햇살이 스며들자 쏟아지는 것도 내뿜는 것도 영롱하게 모두 모습을 드러내었는데, 그 빛나는 기운이 쏘아 비추어서 똑바로 볼 수 없을 정도였다.

세찬 기세가 조금 잦아든 곳에 하나의 작은 못이 형성되어 있었는데, 웅덩이 밖은 큰 바위가 막고 있었다. 폭포수가 그 밑으로 스며들었다가 나와서 하나의 작은 못이 되고, 또 하나의 짧은 폭포가 되어 있었다. 못의 위와 아래에는 앉을 만한 너럭바위가 많았고, 좌우의 산들은 대체로 모두 깎아지른 벼랑이고 층층이 쌓인 바위였다. 오직 못의 북쪽 절벽만은 푸르게 윤기 나고 우람하여 가장 사랑스러웠지만, 멀리로는 띠처럼 둘러 있는 봉우리가 없고 가까이로는 해를 가릴 만한 숲이 적었다. 이에 유람을 파하고 돌아왔다.

　돌아오는 길에 함께 탄식을 하였는데, 그 빼어나고 아름다운 경관이 경성 수십 리 안에 있는데도 외려 외지고 궁벽하다는 이유로 아는 사람이 적고 알아도 오려 하지 않기 때문이었다. 더구나 궁벽한 산 깊은 골짝의 인적이 닿지 않는 곳에 있어 끝내 묻히고 마는 것에 대해서는 어찌 이루 다 말할 수 있겠는가. 또 더구나 깊은 산속의 은둔한 선비들이 도와 덕을 품은 채 놀랍고 특출난 재능을 거두어 감추고 당대에 알아주기를 구하지 않는 자야 말할 것이 있겠는가.

　이번 걸음에 모두 3개의 폭포를 구경하였는데, 문암은 처음에 계획했던 것은 아니었다. 그러나 나는 생각지도 않았다가 구경하게 되어 마치 남몰래 도와주는 자가 있는 듯한 것이 유독 흐뭇하고, 또 나의 글로 인해 유람을 좋아하는 자들이 이를 알게 되기를 바라기 때문에 이에 대해 가장 자세히 기록하고 마침내 〈문암유기〉라고 이름 붙인다.

상원답교기
上元踏橋記

정월 대보름의 다리밟기는 어떻게 시작되었는지 알지 못하겠다. 짐
작컨대 재앙을 쫓고 근심을 없애기 위한 것으로, 마치 중양절(重陽
節)에 높은 곳에 오르는 것과 같은 종류일 것이다.

임오년(1762, 영조38) 정월 대보름에 나는 초천(椒泉)[105]에 머물렀
는데, 달이 떠오른 뒤 손님들을 끌고 걸어서 앞길로 나가니 놀러 나온
사람들로 이미 인산인해였다.

곧장 서쪽으로 빨리 걷다가 동현(銅峴)에서 방향을 바꾸어 북쪽으로
가서 종가(鍾街)에 이르자 종소리가 들렸다. 사람들이 더욱 많아서
뚫고 지나갈 수가 없을 정도였으니, 온 도성 사람들이 모두 모인 곳이
었다.

또 방향을 바꾸어 서쪽으로 가다가 북쪽으로 가니 경복궁(景福宮)
앞길이 나왔다. 이곳에 이르자 놀러 나온 사람들이 조금 드물어졌다.
달이 더욱 밝아져서 큰길이 씻은 듯 깨끗하였고 관청들은 나란히 서서
엄숙하고 정연하게 자리하고 있었다. 얼마간 배회하다가 막 돌아가려
는데, 누군가 말하기를 다시 조금 더 나아가 궁궐 담장을 따라간 뒤에
삼청동(三淸洞) 입구로 나가면 볼만한 것이 많다고 하였다.

그 말을 따라 더 가자 소나무와 노송나무가 빽빽하였고 오솔길에는

---

105 초천(椒泉) : 앞뒤 문맥으로 볼 때 한성부(漢城府) 남부(南部) 훈도방(薰陶坊)
에 속한 천초동(川椒洞)을 이르는 듯하다. 자세하지 않다.

온통 눈이 쌓여 있었다. 한 사람도 보이지 않더니 담장이 다하는 곳에 인가가 나왔는데, 기침을 하면서 뜰에 서 있던 어떤 사람이 "다리밟기 하는 분들이십니까?"라고 하였다. 모두들 크게 부끄러워했다.

걸음을 재촉하여 장원서(掌苑署) 앞길에서 옛 연령궁(延齡宮)을 왼쪽으로 끼고 동쪽으로 가자 또 큰길이 나왔다. 바로 창덕궁(昌德宮) 앞길이었다. 야경꾼을 몇 차례 만났는데, 앉아서 불을 쬐며 북을 쳤다. 바로 3경(更) 4점(點)[106]이었다.

파자교(把子橋) 위에 잠시 앉았다가 또 서쪽으로 가서 철모교(鐵冒橋)에 이르러 멀리 종가(鍾街) 위를 바라보자 사람들 소리가 아직도 떠들썩하게 들렸다. 그러나 이미 너무 지쳐 더 이상 앞으로 갈 수 없어서 도로 동쪽으로 방향을 틀어 포전(布廛)의 작은 골목을 통해 돌아왔다.

모두 큰 다리 6개를 지났는데 소광통교(小廣通橋), 대광통교(大廣通橋), 혜정교(惠政橋), 파자교(把子橋), 철모교(鐵冒橋), 수표교(水標橋)였고, 작은 다리는 다 기록할 수가 없다. 이때 같이 놀았던 사람은 홍신한(洪紳漢) 수지(垂之),[107] 김두현(金斗顯) 회숙(晦叔),[108] 수지의

---

106 3경(更) 4점(點) : 3경은 자시(子時)로, 오후 11시~오전 1시이며, 1경은 5점으로 이루어져 1점은 24분이다. 즉 3경 4점은 지금 기준으로 오전 12시 36분이다. 이때부터 이틀날이 된다.

107 홍신한(洪紳漢) 수지(垂之) : 1724~1771. 본관은 풍산(豊山)이며, 수지는 자(字)이다. 능주 목사(綾州牧使) 홍윤보(洪允輔)의 셋째 아들이며, 처는 김창립(金昌立)의 증손녀이다. 저자의 아버지인 김원행(金元行)의 문인으로, 저자보다 2세 아래이다. 1765년(영조41)에 음관으로 종9품 선공감 감역관(繕工監監役官)이 되었고, 이후 사재감 주부(司宰監主簿), 사헌부 감찰, 영산 현감(靈山縣監), 빙고 별제(氷庫別提) 등을 역임하였다. 《燕石 冊6 縣監洪公墓誌銘》

108 김두현(金斗顯) 회숙(晦叔) : 홍윤보의 사위이다. 《燕石 冊6 縣監洪公墓誌銘》

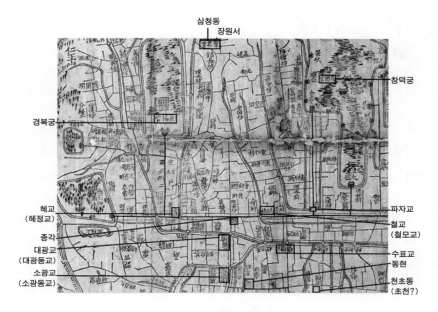

삼청동
장원서

창덕궁

경복궁

혜교
(혜정교)

종각
대광교
(대광동교)
소광교
(소광동교)

파자교
철교
(철모교)
수표교
동현
천초동
(초천?)

수선전도(首善全圖)
국립중앙도서관(한古朝61-47-4-6)

조카인 홍낙현(洪樂顯) 군우(君佑)[109]와 홍낙신(洪樂莘) 중임(仲任)[110]
과 홍낙안(洪樂顏) 자인(子仁),[111] 동자 이도증(李道曾), 군우의 아우
인 홍철손(洪鐵孫)과 아들 홍시증(洪始曾)이다. 이 일을 기록하여 훗
날의 웃을 거리로 삼는다.

---

109 홍낙현(洪樂顯) 군우(君佑) : 홍윤보의 장남인 홍기한(洪紀漢)의 장남이다.《燕
石 冊6 縣監洪公墓誌銘》
110 홍낙신(洪樂莘) 중임(仲任) : 홍윤보의 둘째 아들인 홍유한(洪維漢)의 둘째 아
들이다.《燕石 冊6 縣監洪公墓誌銘》
111 홍낙안(洪樂顏) 자인(子仁) : 홍윤보의 둘째 아들인 홍유한의 셋째 아들이다.
《燕石 冊6 縣監洪公墓誌銘》

유람을 기록하다[112]

記游

조그만 방에 병으로 누워 그저 서책만 의지할 뿐이라 문득 다시 답답해오기에 예전에 유람하던 일을 추억하며 마음을 한번 상쾌하게 한다. 한두 일을 추기(追記)하여 지난날의 자취를 남기니, 병술년(1766, 영조42) 만추(晩秋)이다.

경성 동쪽에 유람할 만한 곳으로는 수락산(水落山)의 금류동(金流洞), 옥류동(玉流洞), 도봉서원(道峰書院), 조계 폭포(曹溪瀑布)가 있는데, 내가 석교(石郊)의 집[113]에 머물 때 모두 한 번씩 갔다. 옥류동 동쪽으로 몇 리 떨어진 곳에 이른바 '문암(門巖)'이라는 곳이 있다. 두 벼랑이 4, 5길 마주하여 서 있고, 위에는 문이자 처마 같은 가로로 누운 바위를 이고 있었다. 폭포수가 그 사이로 뿜어 나와 쏟아지는데 어둡고 음산하여 두려울 정도이니 또한 하나의 장관이지만 땅이 외져서 오는 자가 드물다. 병인년(1746, 영조22) 봄에 대인(大人 김원행(金元行)), 외숙(外叔 홍재(洪梓)),[114] 종숙(從叔) 집의공(執義公 김양행(金亮行))[115]을

---

112 유람을 기록하다 : 이 글은 저자가 45세 때인 1766년(영조42)에 쓴 것이다.

113 석교(石郊)의 집 : 삼각산(三角山) 석교에 있었던 가구당(可久堂)을 이른다. 가구당은 저자의 종증조(從曾祖) 김창업(金昌業, 1658~1721)의 아들인 김언겸(金彦謙, 1693~1738)의 서당 이름으로, 김언겸은 저자에게 6촌 재종조(再從祖)이다.

114 외숙(外叔) : 68쪽 주96 참조.

115 종숙(從叔) 집의공(執義公) : 70쪽 주98 참조.

모시고 서사의(徐士毅 서형수(徐迥修)),[116] 박사혼(朴士混 박달원(朴達源))[117]
과 함께 옥류동을 경유하여 여기에 와서 노닐었다.[118] 연구(聯句)가
있다.[119]

임신년(1752, 영조28) 9월에 유흥지(兪興之 유한정(兪漢禎))[120]와 함께
남한산성(南漢山城)[121]에 들어가 단풍을 보았다. 온 산성에 노란 잎이
운금(雲錦)처럼 찬란하고 불우(佛宇)와 관청 곳곳에 어리어 비쳤다.
개원사(開元寺)[122]에 들어가자 깎아지른 절벽과 울리는 샘물 소리가

116 서사의(徐士毅) : 71쪽 주102 참조.

117 박사혼(朴士混) : 71쪽 주103 참조.

118 경성……노닐었다 : 저자 나이 25세 때의 일이다. 이와 관련하여 자세한 기록이
68쪽 〈문암유기(門巖游記)〉에 보인다.

119 연구(聯句)가 있다 : 《삼산재집》 권1에는 보이지 않는다. 다만 수락산 유람과
관련하여 〈옥류동에서 삼가 가재 종증조의 시에 차운하다〔玉流洞敬次稼齋從曾祖韻〕〉,
〈금류동에서 '천' 자를 얻다〔金流洞得天字〕〉, 〈다시 옥류동에 이르러 사의의 시에 차운
하다〔還至玉流洞次士毅韻〕〉, 〈추후에 사의의 「성사」 시에 차운하다〔追次士毅聖寺
韻〕〉 등의 시가 보인다.

120 유흥지(兪興之) : 유한정(兪漢禎, 1723~1782)으로, 본관은 기계(杞溪), 자는
흥지, 호는 이안당(易安堂)이다. 저자의 아버지 김원행(金元行)의 문인으로, 저자보다
1세 아래이다. 《삼산재집》 권9에 〈유흥지에 대한 애사〔兪興之哀辭〕〉가 실려 있다.

121 남한산성(南漢山城) : 경기도 광주시, 성남시, 하남시에 걸쳐 있는 남한산을 중
심으로 축조한 산성이다. 1636년(인조14) 병자호란 때 인조가 이곳에서 40여 일간 항전
하였으나 결국 성문을 열고 항복한 곳으로 유명하다.

122 개원사(開元寺) : 남한산성 동문 안에 있었던 절 이름으로, 창건 연대 및 창건자
는 자세하지 않다. 남한총섭(南漢總攝)이 있던 오규정소(五糾正所)의 하나로서 군기
(軍器), 화약, 승병이 집결한 사찰이었다. 이 절에 관한 기록과 폐사 연대 등은 전해지
지 않는다. 현재 개원사지(開元寺址)가 경기도 기념물 제119호로 지정되어 있다.

또 사람의 마음을 초연(超然)하게 하였다. 날이 저물 무렵 서장대(西
將臺)[123]에 올라 강줄기를 굽어보고, 술이 얼큰해지자 난리[124] 때의 일
을 담론하였는데, 마치 눈앞에 있는 듯하였다. 강 언덕에 이르자 이
미 3경(更)이었다. 배를 불러 달빛 아래 띄우고 돌아왔다.[125]

이해(1752, 영조28) 맹동(孟冬)에 일로 송경(松京 개성(開城))에 갔다
가 드디어 천마산(天磨山)에 들어가 폭포[126]를 구경하였다. 사람들
하는 말이 물이 줄어 구경할 때가 아니라고 하기에 그 상류를 막도록

---

123 서장대(西將臺) : 남한산성 안에 있는 수어장대(守禦將臺)를 이른다. 1624년(인
조2)에 남한산성을 쌓을 때 만들어진 4개의 장대 중 하나이다. 처음에는 1층 누각으로
짓고 서장대라 불렀으나, 1751년(영조27)에 유수 이기진(李箕鎭)이 왕명을 받고 서장
대 위에 2층 누각을 지었다. 건물의 바깥쪽에는 '수어장대'라는 현판이, 안쪽에는 '무망
루(無忘樓)'라는 현판이 걸려 있는데, 무망루는 병자호란 때 겪은 인조의 굴욕과 북벌을
이루지 못하고 죽은 효종의 비통함을 잊지 말자는 뜻에서 붙인 이름이다.

124 난리 : 1636년(인조14) 12월에 후금(後金, 훗날의 청나라)이 침입하자 인조가
남한산성으로 피난하여 45일을 버티다가 이듬해 1월 성을 나가 삼전도(三田渡)에서
굴욕적으로 항복한 병자호란을 이른다.

125 임신년……돌아왔다 : 저자 나이 31세 때의 일이다. 이와 관련하여 《삼산재집》
권1에 〈남한산성(南漢山城)〉, 〈서장대. 유홍지의 시에 차운하다[西將臺次兪興之韻]〉
2수, 〈현절사(顯節祠)〉, 〈두보의 시「추흥 8수」에 차운하다[次杜詩秋興八首韻]〉 8수
의 시가 보인다.

126 폭포 : 송도삼절(松都三絶)의 하나인 박연 폭포(朴淵瀑布)를 이른다. 금강산의
구룡 폭포(九龍瀑布), 설악산의 대승 폭포(大勝瀑布)와 더불어 3대 폭포의 하나로,
송악산(松岳山) 북쪽에 있는 천마산(天磨山) 북쪽에 있다. 폭포의 높이는 37m이며,
폭포 위에는 너럭바위가 바가지 모양으로 패어 이루어진 박연이라는 연못이 있고, 폭포
밑에는 폭포수에 의해 파인 고모담(姑母潭)이 있다. 고모담 기슭에는 물에 잠겨 윗부분
만 보이는 용바위가 있다.

하고 다음 날 아침에 보러 갔다. 진낭(眞娘)이 쓴 시를 새겼다는 바위[127]에 앉아 있노라니 물줄기가 달려와 벼랑 꼭대기를 타넘고 곧장 떨어져 그 소리가 온 골짝을 울렸는데, 바라보니 은하수가 쏟아져 내려오는 것 같았다. 못[128] 안의 얼음 조각이 곧바로 잘게 부서져서 검은색과 흰색이 요동치는 것이 마치 절구질하는 것 같았다. 내가 너무도 기쁜 나머지 술잔을 당겨 마시려다 입을 찾지도 못하자 승려들이 서로 가만히 웃었다. 조금 지나자 물줄기가 점점 줄어들더니 벼랑에 붙어 부딪쳤는데, 뿜어 나와 흰 눈이 허공에 가득 찬 모습처럼 된 것은 또 하나의 장관이었다.[129] 지금 15년이 되었는데도 꿈속에서 늘 그곳을 오가니, 종국에는 다시 한 번 걸음을 하리라.

일찍이 벗들과 북한산(北漢山) 보광사(普光寺)에 모여 시문(時文)[130]을 지은 적이 있는데, 갑자년(1744, 영조20)의 일인 듯하다. 보광사는 서쪽으로 청담(淸潭)과 25리 떨어져 있었는데, 홀로 승려 한 사람

---

127 진낭(眞娘)이……바위 : '진낭'은 박연 폭포, 서경덕(徐敬德)과 함께 송도삼절(松都三絶)의 하나로 자처했던 중종 때의 송도 기생 황진이(黃眞伊)를 이른다. '바위'는 황진이가 머리채를 물에 적셔 시를 썼다는 고모담 기슭의 용바위를 이른다. '진낭이 쓴 시'는 이백(李白)의 칠언절구 〈망여산폭포(望廬山瀑布)〉 중 "물줄기가 날아 흘러 곧바로 삼천 척 아래로 떨어지니, 구천에서 은하수가 떨어지는 듯하네.〔飛流直下三千尺, 疑是銀河落九天.〕"라는 구절을 가리킨다. 초서로 쓰여 있다.

128 못 : 고모담(姑母潭)을 이른다.

129 이해……장관이었다 : 이와 관련하여 《삼산재집》 권1에 〈폭포를 찾아가는 길에〔訪瀑路中〕〉, 〈폭포(瀑布)〉 2수의 시가 있다.

130 시문(時文) : 고문(古文)에 상대하여 말한 것으로, 과거 시험을 보는 데 필요한 문체의 글을 가리킨다.

만 대동하고 걸어서 찾아가다가 10여 리 길을 잘못 돌아 도착하였다.
골짝 안은 봄추위로 얼음과 눈이 아직 녹지 않고 있었다. 바위 위에
잠시 앉아 인수봉(仁壽峰)을 올려다보고 돌아왔다. 서문(西門)에 이
르자 밤이 되어 칠흑처럼 어두워졌다. 발의 통증이 심하여 열 걸음에
아홉 번 넘어지기에 승려로 하여금 앞에서 끌고 가도록 하였는데, 평
생 이처럼 낭패를 본 적이 없었다.

　　모년(某年) 여름에 윤면승(尹勉升) 체건(體健),[131] 윤면경(尹勉敬)
승태(勝怠),[132] 김상도(金相度) 의지(儀之),[133] 이인상(李麟祥) 원령
(元靈)[134]과 북한산을 다시 찾아갔다. 길에서 폭우를 만났는데, 골짝에

---

131 윤면승(尹勉升) 체건(體健) : 1720~?. '체건'은 윤면승의 자로, 또 다른 자는
순지(順之)이다. 본관은 파평(坡平)이며, 저자보다 2세 위이다. 1759년(영조35) 사마
시에 합격하였고, 1768년(영조44) 문과에 급제하였다. 사헌부 지평, 승정원 승지, 사간
원 대사간, 예조 참의 등을 역임하였다.

132 윤면경(尹勉敬) 승태(勝怠) : 본관은 파평(坡平)이며, 윤면승의 아우이다. 행력
은 자세하지 않다.

133 김상도(金相度) 의지(儀之) : 1721~?. '의지'는 김상도의 자이다. 본관은 광산
(光山)이며, 저자보다 1세 위이다. 1751년(영조27) 문과에 급제하고, 승정원 사변가주
서, 시강원 설서, 사간원 정언 등을 역임하였다. 정언으로 있을 때 강직한 성품으로
사치를 근절하고 언로를 확충할 것을 지속적으로 간청하였는데, 이 일이 화근이 되어
대정현(大靜縣)으로 정배(定配)되고 이어 서인(庶人)으로 전락하였다.

134 이인상(李麟祥) 원령(元靈) : 1710~1760. '원령'은 이인상의 자이다. 본관은 전
주(全州), 호는 능호관(凌壺觀) 또는 보산자(寶山子)이며, 저자보다 12세 위이다. 3대
에 걸쳐 대제학을 배출한 명문 출신으로 1735년(영조11) 진사에 급제하였으나 증조부
이민계(李敏啓)가 서자였기 때문에 본과에 이르지 못하였다. 음직으로 북부 참봉(北部
參奉)에 임명되었고, 이후 음죽 현감(陰竹縣監), 지리산 사근역 찰방(沙斤驛察訪) 등
을 역임하였다. 관찰사와 다툰 뒤 관직을 버리고 단양(端陽)에 은거하여 벗들과 시
(詩)·서(書)·화(畫)를 즐기며 여생을 보냈다.

들어서자 물소리가 이미 세차게 쿵쾅거렸다. 돌 징검다리를 건너가
바라보니 뿜어 나와 쏟아지는 기세가 더욱 장관이었다. 층층 벼랑과
바위가 굽이굽이 물형(物形)이 있었고 인수봉(仁壽峰)만 반쯤 안개
속에 들어가 있었다. 내가 원령을 돌아보고 "자네 생각에 도봉산(道峰
山)과 비교해서 어느 것이 더 나은가?"라고 묻자, 원령이 대답하였다.
"단지 한 구비만 말하면 또한 풍악산(楓嶽山)에도 없는 것이지만, 규모
로 말하면 도봉산의 장대함만 못하네." 내가 벌주 한 잔을 주자 원령이
흔쾌하게 받아서 마셨으나 내심은 또한 불복하는 듯하였다. 날이 저물
어 돌아오는데 산의 계곡물이 크게 불어나 의지(儀之)가 하마터면 빠
질 뻔하였다. 내가 후일 생각해보니 원령의 말에 일리가 있었다. 이미
세상을 떠나 한 번 사과하지 못하는 것이 못내 애석하다.

갑신년(1764, 영조40) 9월에 대인(大人 김원행(金元行))께서 늑천(櫟
泉) 송숙(宋叔 송명흠(宋明欽))[135]을 속리산(俗離山) 속에서 만났는데,
내가 이 산의 주인이 된 지 마침 몇 달 되었을 때였다.[136] 처음 부임하

---

135 늑천(櫟泉) 송숙(宋叔) : '늑천'은 송명흠(宋明欽, 1705~1768)의 호이다. 본관
은 은진(恩津), 자는 회가(晦可), 시호는 문원(文元)이다. 송준길(宋浚吉)의 현손이자
이재(李縡)의 문인으로, 저자의 아버지 김원행(金元行)의 이종사촌이다. 정조의 생부
인 사도세자(思悼世子)의 스승이다. 사화를 피하여 아버지를 따라 옥천(沃川), 도곡
(塗谷), 회덕(懷德)의 송촌(宋村) 등지로 옮겨 다니며 살았다. 학행으로 천거되어 벼슬
길에 여러 번 부름을 받았으나 모두 나아가지 않았다. 1763년(영조39) 59세 때 경현당
(景賢堂)에 입시하여 《중용》을 강하였는데, 경연 중 김시찬(金時粲)과 윤시동(尹蓍
東) 등을 구원하다가 영조의 비위를 거슬러서 전리(田里)로 방축되었다. 저서로 《늑천
집(櫟泉集)》이 있다.

136 내가……때였다 : 저자는 1764년(영조40) 6월 30일 보은 현감(報恩縣監)에 임명

자마자 한 번 유람했는데 이때 와서 또 따라가게 되었다.

말을 몰아 골짝에 들어서자 떨어지는 낙엽과 맑은 샘물이 이미 깊은 가을의 소리를 내고 있었다. 당시 대인은 송공(宋公 송명흠)과 법주사 (法住寺)에 머물고 있었는데, 내가 온 것을 보고 마침내 앞으로 나아갈 것을 명하였다. 아름다운 곳을 만날 때마다 가마를 멈추고 땅에 내려앉 아 담소하였는데, 관아의 동복 중에 철피리를 잘 부는 자가 있어 멀리 서 두세 차례 불어보도록 하였다가 소리가 다하면 일어났다. 저물녘에 동대(東臺)[137]에 이르러 올라가니 겹겹의 등성이와 산들이 사방을 둘러 싸고 있었다. 산에는 단풍나무가 많았는데, 진빨강과 연노랑이 흰 바 위·푸른 소나무와 서로 대비되어 빛을 발하고 있었다. 마침 햇빛이 다하려 하고 남기(嵐氣)가 몰려와서 갑자기 밝아졌다 갑자기 어두워지 고 밝은 빛이 떠서 움직였다. 사람들 말에 이 산은 가을 유람이 좋다고 하더니 참으로 그러하였다! 밤에 복천사(福泉寺)[138]에 묵었는데, 대

되었다. 이후 1765년 5월 30일에 이정진(李定鎭)이 보은 현감에 제수될 때까지 약 11개 월간 재직하였다. 《承政院日記 英祖 40年 6月 30日, 41年 5月 30日》

137 동대(東臺) : 법주사(法住寺) 동쪽에 있는 문장대(文藏臺)를 이른다. 법주사에 서 동쪽으로 약 6km 지점에 있는 해발 1,054m의 석대이다. 원래 구름 속에 묻혀 있다 하여 운장대(雲藏臺)라고 하였는데, 세조가 이곳 석천의 감로수를 마시면서 문무 시종 신과 시를 읊었다 하여 문장대라 부르게 되었다고 한다. 너비는 3천여 명이 한꺼번에 앉을 수 있으며, 대 위에는 가마솥만 한 구덩이가 있어 그 속에서 물이 흘러나와 가물어 도 줄지 않고 비가 와도 더 불어나지 않는다고 한다. 《新增東國輿地勝覽 卷16 忠淸道 報恩縣 山川 俗離山》

138 복천사(福泉寺) : 법주사 동쪽 7리쯤 되는 곳에 있다. 절 동쪽에 샘물이 있어 돌 사이에서 나와 식수로 쓰기 때문에 이런 이름을 붙였다고 한다. 《新增東國輿地勝覽 卷16 忠淸道 報恩縣 佛宇 福泉寺》

홈통의 물이 새벽이 되도록 흘러나와 비가 내리는 것 같았다. 중사자암(中獅子菴)[139]에 이르러 나는 일이 있어 먼저 돌아왔다.

화양동(華陽洞)은 보은현(報恩縣) 동쪽 70리 지점에 있다. 을유년(1765, 영조41) 계춘(季春)에 대인이 또 송숙(宋叔 송명흠(宋明欽))과 함께 화양동을 유람하기로 약속을 하고 왔는데, 나는 관청의 일이 바빠 이틀 뒤에야 들어가 찾아뵈었다. 화양서원(華陽書院)의 사당에서 승려 두 사람을 보내 나를 인도하여 가도록 하였다. 올려다보니 대인은 마침 암서재(巖棲齋)[140]에 앉아 있고 제생(諸生) 10여 명이 모시고 있었는데, 맑은 못과 푸른 벼랑이 옷소매에 어리어 비쳐 초연한 모습이 이미 세상 속 모습이 아니었다. 다만 송공(宋公 송명흠)이 오지 않은 것이 모두의 아쉬움이 되었다. 이날은 환장암(煥章菴)[141]에서 묵

139 중사자암(中獅子菴) : 법주사의 부속 암자로, 인조의 생부인 원종(元宗)의 원당(願堂)이다. 문장대(文藏臺)로 오르는 길 중턱에 위치해 있다. 원래 상사자(上獅子), 중사자, 하사자 등 세 암자가 있었는데 상사자암과 하사자암은 없어졌고, 바위가 사자를 닮았다 하여 이런 이름을 붙였다고 한다. 신라 성덕왕 19년(720년)에 건립되었고, 1641년(인조19)에 중수하였다. 현재의 중사자암은 일제강점기와 한국전쟁을 거치면서 폐허가 된 것을 1957년에 새롭게 건립한 것이다.

140 암서재(巖棲齋) : 충청북도 괴산군(槐山郡) 화양동(華陽洞) 계곡에 있는 서재 이름이다. 우암(尤庵) 송시열(宋時烈, 1607~1689)이 60세 되던 1666년(현종7) 8월에 화양구곡(華陽九曲) 중 제2곡인 운영담(雲影潭) 위, 지금의 만동묘(萬東廟) 자리에 5칸짜리 초당을 짓고 화양계당(華陽溪堂)이라는 이름을 붙인 뒤 거처로 삼았다가, 같은 해에 다시 제4곡 금사담(金沙潭) 벼랑 위에 정면 3칸 규모의 작은 서재를 짓고 북재(北齋) 또는 암재(巖齋)라고 불렀는데, 훗날 우암의 수제자인 권상하(權尙夏, 1641~1721)에 의해 암서재라는 이름이 붙었다. 이곳은 우암이 말년을 보내면서 후학을 양성하던 곳이자 우암 사후 우암의 제자들에게 강학 장소로 활용된 곳이다.

었다.

아침 일찍 일어나 파곶(巴串)[142]에 이르자 아침 햇살이 온 골짝에 가득하였고 반석이 숫돌에 간 듯 투명하게 빛났다. 물은 이곳에 이르러 흩어져 사방으로 갈라져 나와서 시원스레 막힘 없이 흘렀는데, 우연히 조그마한 틈을 만나면 곧바로 세차게 뿜고 휘돌아가니 햇빛이 이리저리 흔들려 사람으로 하여금 일어나 춤추고 싶게 만들었다. 동춘(同春 송준길(宋浚吉)) 선생이 예전에 이곳에 왔을 때 우옹(尤翁 송시열(宋時烈))에게 "이곳은 참으로 아름답기는 하지만 물소리가 시끄럽군."이라고 하자, 우옹이 웃으면서 "나 역시 검담(黔潭)[143]의 고요한 것이 싫네."라고 대답했다는 말을 들었다. 선배들의 취향은 저마다 다른 것이 문제될 것이 없을 것이다.

---

141 환장암(煥章菴) : 민정중(閔鼎重, 1628~1692)이 연경(燕京)에 갔다가 명나라 의종(毅宗)의 어필인 '비례부동(非禮不動)' 네 글자를 얻어서 돌아오자, 우암 송시열이 이것을 화양동의 벼랑에 모각하고 그 옆의 서재에 거주하는 승려들에게 이를 지키게 하고는 그 서재에 환장암이라는 이름을 붙인 것이다. '환장'은 《논어》〈태백(泰伯)〉의 "찬란하도다, 그 문장이여![煥乎其文章!]"라는 구절에서 뜻을 취한 것으로, 공자가 요(堯)임금의 덕을 칭송한 말이다. 《文谷集 卷4 爲尤齋寄題煥章菴》

142 파곶(巴串) : 화양동에 있는 화양구곡(華陽九曲) 중 제9곡이다. 파곶이, 파계(巴溪), 파곶(葩串)이라고도 한다.

143 검담(黔潭) : 충청북도 청원군(淸原郡) 부용면(芙蓉面) 검호리에 있는 지명이다. 일찍이 동춘당(同春堂) 송준길(宋浚吉, 1606~1672)이 보만정(保晚亭)이라는 정자를 짓고 여생을 마치고자 한 곳으로, 1694년(숙종20)에 후학들이 송준길의 학문과 덕을 기리기 위해 이곳에 검담서원(黔潭書院)을 세웠다. 1766년(영조42)에는 보만정 앞뜰에 〈검담서원묘정비(黔潭書院廟庭碑)〉를 세웠는데, 김원행(金元行)이 글을 짓고 현손인 송명흠(宋明欽)이 글씨를 썼다. 〈검담서원묘정비〉는 《미호집(渼湖集)》 권16에 실려 있다.

또 앞으로 나아가자 선유동(仙游洞)이 나왔는데, 물과 바위가 더욱 기이하고 험준하여 사랑스러웠다. 여기서부터 대인은 방향을 바꾸어 외선유동(外仙游洞)으로 들어가고 나는 또 지름길로 돌아왔다. 홍군 홍지(洪君弘之)[144]가 예전에 말하기를, 화양동과 선유동 사이에 만전(晩田)이라는 마을이 있는데 지역이 깊숙이 들어가 있어 세상을 피할 만하다고 한 적이 있다. 홍군이 일찍이 그곳을 오가며 띠풀을 베고 황무지를 개간하여 터를 잡고 살 계획을 하였는데, 나에게 한번 찾아오라고 하였으나 또한 바빠서 아직 가보지 못하였다.

144　홍군 홍지(洪君弘之) : 홍대용(洪大容, 1731∼1783)을 말한다. 59쪽 주75 참조.

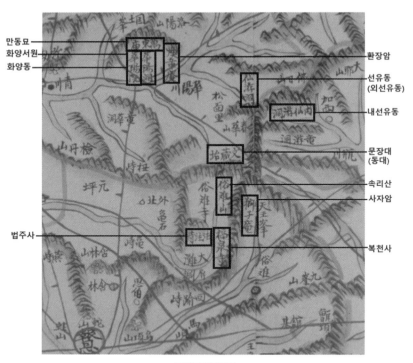

만동묘
화양서원
화양동
환장암
선유동
(외선유동)
내선유동
문장대
(동대)
속리산
사자암
법주사
복천사

동여도(東輿圖)
金正浩, 筆寫本, 19세기 중반, 규장각(奎10340)

대인의 화상을 그릴 때의 일을 기록하다[145]

記大人畫像時事

계미년(1763, 영조39) 가을에 대인(大人 김원행(金元行))의 화상이 완성되었는데, 문인 이규위(李奎緯)[146] 등이 화사(畫師) 한종유(韓宗裕)[147]에게 그리도록 한 것이다.

당초 국수화(國手畫)로 불리는 변상벽(卞尙璧)[148]이 초본을 일곱 차례나 바꾸면서도 완성하지 못하고 나에게 다음과 같이 말하였다.

"제가 여러 공들의 초상을 그린 것이 백으로 헤아립니다. 무릇 초상

---

145 대인의……기록하다 : 저자의 아버지 김원행(金元行)의 문인인 심정진(沈定鎭)의 〈미호 김 선생 화상기(渼湖金先生畫像記)〉라는 글에 근거하면 김원행의 화상을 그리는 일은 처음에 문인 이규위(李奎緯)가 주관하여 홍낙신(洪樂莘)이 마무리한 것으로, 화공은 한종유(韓宗裕)이다. 《霽軒集 卷2 渼湖金先生畫像記》

146 이규위(李奎緯) : 1731~?. 본관은 한산(韓山), 자는 평서(平瑞)이다. 1763년(영조39) 문과에 합격하였다. 사변가주서(事變假注書), 예문관 검열, 병조 좌랑, 사간원 정언, 사헌부 장령, 동부승지, 사간원 대사간, 곡산 부사(谷山府使), 병조 참의 등을 역임하였다.

147 한종유(韓宗裕) : 1737~?. 본관은 신평(新平)이다. 김득신(金得臣)·김석신(金碩臣)의 외삼촌이며, 도화서 화원으로 나주 감목관(羅州監牧官)을 역임하였다. 초상화에 뛰어났으며, 1781년(정조5)에는 정조의 명을 받고 정조의 어진을 신한평(申漢枰)·김홍도(金弘道)와 각각 1본씩 모사하는데 주관화사(主管畫師)로 참여하였다. 《承政院日記 正祖 5年 8月 26日, 9月 16日》

148 변상벽(卞尙璧) : 본관은 밀양, 자는 완보(完甫), 호는 화재(和齋)이다. 도화서 화원으로, 초상화에 뛰어났으며 특히 고양이 그림으로 유명하여 세상에서는 변고양(卞古羊)이라고 불렀다. 윤낙서(尹駱西)와 함께 영조의 어진을 모사하였다. 《與猶堂全書 詩文集 卷14 題家藏畫帖》

은 특이한 점이 있으면 그릴 수 있습니다. 비록 백 가지가 아름다워도 반드시 한 군데는 빠지는 부분이 있기 마련이니, 그렇지 않으면 가장 어렵습니다. 공(김원행)은 혼연히 완전하고 후덕하니 이 때문에 그리기가 어렵습니다. 그리고 제가 얼핏 보았을 때에는 그 엄숙하고 의연한 모습이 범할 수가 없었는데, 자리를 내주어 담소할 때 보니 온화함이 넘쳤습니다. 천천히 관찰한 뒤에는 그 앉은 모습이 마치 산악처럼 장중하였는데, 이따금 한 번씩 돌아볼 때에는 성대하게 영기가 있었습니다. 이 네 가지 모습은 거의 그림으로 겸하여 그릴 수 있는 것이 아닙니다."

변상벽이 떠나고 한종유가 대신하였다.

막 소본(小本 작은 그림)이 이루어졌을 때 이공 익진(李公翼鎭)[149]이 달려와서 자기 종을 불러 알아보겠느냐고 하자, 종이 대번에 대답하기를 "미호(渼湖 김원행) 영공(令公)이 아니십니까!"라고 하였다. 마침내 모사하여 야복(野服)과 심의(深衣) 두 본(本)을 만들었다. 그러나 야복본은 정기가 도드라져 지나치게 드러나 보이는 데다 아랫입술이 조금 내려와 대체로 법으로 삼기에는 의론의 여지가 있었다. 심의본은 그런대로 훌륭하였지만 얼굴이 조금 작은 듯하였고 색을 입힌 것이 두텁지 않았으며 눈썹과 눈 사이가 침침하여 펴지지 않았다. 본을 본 사람들의 말이 사람마다 달라서 첫 번째와 두 번째를 정할 수 없었다. 어떤 사람은 도리어 소본을 가장 좋다고 하였으나, 모사할 때 마찬가지로 광대뼈와 뺨이 높고 깊은 형세가 없는 점을 문제로 여겨 고쳤으니, 즉 완벽하게 훌륭한 것은 아니었다.

---

149 이공 익진(李公翼鎭) : 자세하지 않다.

변상벽은 또 말하기를, 10여 년이 지나 공의 모습이 더욱 쇠해지면 아마도 그릴 수 있을 것이라고 하였으니, 우선 기록하여 보관한다.

제발題跋

〈초초헌 연구〉 발문[150]
楚楚軒聯句跋

을축년(1745, 영조21) 맹동의 달에 벗 서사의(徐士毅 서형수(徐逈修))[151] 와 종제 존오(存吾 김이헌(金履獻))[152]가 석화촌(石華村)으로 나를 찾아 와 함께 한 방에서 기거하며 글을 읽었는데, 돌아가게 되자 그 자취 를 남기자고 생각하여 마침내 연구시(聯句詩) 30운을 지었다. 밤이 깊어지자 존오는 곤하여 잠들고 두 사람이 마침내 30운을 채워 완성

---

150 초초헌 연구(楚楚軒聯句) 발문 : 〈초초헌 연구〉는 《삼산재집》 권1에 실린 〈초초 헌에서 사의·존오와 함께 연구를 짓다[楚楚軒與士毅存吾聯句]〉라는 시를 이른다. 1745년(영조21) 11월 저자 나이 24세 때 지은 것으로, 여기의 발문 역시 〈연구〉와 함께 지은 것으로 추정된다. 동년 10월에 저자가 있는 청주(淸州)의 석화촌(石華村)으 로 첫째 누이동생의 남편인 서형수(徐逈修, 1725~1779)와 사촌 김이헌(金履獻, 1725~1760)이 찾아와 한 달 동안 함께 글을 읽었는데, 이들이 돌아갈 때가 되자 함께 연구 30운을 지어 기념한 것이다.

151 서사의(徐士毅) : 71쪽 주102 참조.

152 종제 존오(存吾) : '존오'는 김이헌(金履獻, 1725~1760)의 자로, 초명은 이순(履 順)이다. 저자의 아버지 김원행(金元行, 1702~1772)의 생부인 김제겸(金濟謙, 1680~1722)의 손자이다.

하였다.

　대체로 들건대, 옛날 배우는 자들은 그 마음을 보존함이 독실하고 그 뜻을 세움이 원대하였다. 그 마음을 보존함이 독실하였기 때문에 그 조행(操行)이 힘이 있었고, 그 뜻이 원대하였기 때문에 흠뻑 무젖어 싫증을 내지 않았던 것이다. 성인(聖人 공자)이 이미 "알지 못하면 분발하여 먹는 것도 잊고, 깨달으면 즐거워서 근심을 잊어 늙음이 장차 닥쳐오는 줄도 모른다.〔發憤忘食, 樂以忘憂, 不知老之將至.〕"라고 하였고,[153] 또 반드시 금(琴)을 타고 시를 읊고 투호(投壺)와 활쏘기를 익히는 법을 만들고서 "기예에 노닐어야 한다.〔游於藝.〕"라고 하였으니,[154] 이 두 가지 중 어느 하나에 편중되어서는 안 됨을 알 수 있다.

　우리는 평소에는 참으로 게을러서 이를 놓친 사람들이다. 그러나 오늘의 모임은 처음부터 끝까지 헤아려보면 또한 한 달이라는 긴 시간이었다. 한창 글을 읽을 때 입은 글 읽는 소리를 멈추지 않고 눈은 글 보는 것을 멈추지 않아서 마치 누군가 회초리를 들고 따라다니는 것처럼 하였으니, 매번 아침에 일어나 서로 쳐다보면 등잔 그을음이

---

153 성인(聖人)이……하였고 : 《논어》〈술이(述而)〉에, 섭공(葉公)이 자로(子路)에게 공자의 인물됨을 물었으나 자로가 대답을 하지 못했다고 하자, 공자가 자로에게 "너는 어찌 그의 사람됨이 알지 못하면 분발하여 먹는 것도 잊고, 깨달으면 즐거워서 근심을 잊어 늙음이 장차 닥쳐오는 줄도 모른다고 말하지 않았느냐.〔女奚不曰其爲人也, 發憤忘食, 樂以忘憂, 不知老之將至云爾?〕"라고 말한 내용이 보인다.

154 금(琴)을……하였으니 : 《논어》〈술이〉에 "기예에 노닐어야 한다.〔游於藝.〕"라는 내용이 보이는데, 주희(朱熹)의 주에 "'유'는 사물을 음미하여 성정에 알맞게 하는 것을 이르고, '예'는 즉 예·악의 글과 사·어·서·수의 법이니, 모두 지극한 이치가 있어서 일상생활에 빼놓을 수 없는 것이다.〔游者 玩物適情之謂, 藝則禮樂之文、射御書數之法, 皆至理所寓而日用之不可闕者也.〕"라고 하였다.

코에 가득하였고 낯빛은 사람의 기색이 없었다.

　무릇 천하의 글은 한 달 사이에 다 읽을 수 있는 것이 아니고, 성인의 도는 갑자기 도달할 수 있는 것이 아니니, 참으로 잘 배우는 자라면 다만 오랫동안 지키고 게을리하지 말아서 죽은 이후에나 그쳐야 할 것이다. 그렇게 하지 않고 마침내 한때의 의기(意氣)로 온 힘을 다 기울여 구하고자 하여 자신의 힘이 지치고 뜻이 다하여 그 뒤를 이어 지속할 수 없게 될 줄 모르는 것은, 이것은 우리의 잘못이니, 이 시를 지은 것은 이를 드러내기 위해서일 뿐이다.

　혹자는 모두 무익한 데로 돌리지만 그렇지 않을 듯하다. 시는 비록 지엽적인 기예이지만 사람의 성정을 이에 붙인 것이니, 군자가 이 연구를 읽는다면 사의에 대해서는 억누르고 삼가며 도탑고 혼후한 기풍이 없음을 탄식할 것이고, 나와 존오에 대해서는 분발하여 위로 향하는 뜻이 없음을 탄식할 것이다. 그리고 존오가 이 연구를 다 끝마치지 못한 것은 바로 매우 기상이 부족한 것이니, 모두 경계할 만하다.

　정례(正禮 김이안(金履安))가 쓰다.

〈괴석〉 시 발문

怪石詩跋

하유노옹(何有老翁)[155]이 한번은 산금헌(散襟軒)[156]의 남쪽 뜰에 서 있었는데, 지팡이가 닿는 곳에 쟁그랑하는 소리가 났다. 파보니 2개의 작은 돌이 나왔는데, 영롱하고 기이하였으며 아름다운 무늬가 에워싸고 있었다. 흙을 긁어내자 형체가 드러났고 샘물로 씻어내자 색깔이 드러났다. 분분한 풀로 에워싸고 마침내 옻칠을 한 좌대에 떠받쳐두었다. 주인이 먼저 시를 읊고 손님에게 화답하도록 부탁하였으며, 또 나에게는 이에 대한 설을 지어 그 만남을 축하해달라고 하였다.

나는 참으로 이 돌이 기이하다고 생각한다. 그 타고난 생김새가 진기하니 의당 사람들의 완상 거리가 되어 있은 지 오래되었을 것이요, 그 의탁한 곳은 궁벽한 산 깊은 골짝의 폐허나 황량한 숲에 있던 것이 아니고, 아침저녁으로 이 뜰을 거닐던 사람이 밟고 지나다가 마침내

---

155 하유노옹(何有老翁) : 자세하지 않다.

156 산금헌(散襟軒) : 삼각산(三角山) 석교(石郊)에 있었던 서재이다. 저자의 종증조인 김창업(金昌業, 1658~1721) 때 건립한 것으로 추정된다. 이와 관련하여 김창업의 〈산금헌에서 중씨의 시에 차운하다〔散襟軒次仲氏韻〕〉라는 시에 "산금이란 편액이 벽오헌을 곁하였으니, 늘그막에 이 서재 있는 것이 얼마나 다행인지.〔散襟扁額碧梧傍, 何幸衰傭有此堂?〕", 김창업의 아들 김신겸(金信謙)의 〈산금헌(散襟軒)〉이라는 시의 서문에 "선군께서 송계에 터를 잡고 사신 지 거의 30년이 되었다. 만년에 노가재로 자호하였는데, 산금헌은 노가재의 동쪽에 있다.〔先君卜居松溪殆三十年. 晚以老稼齋自號, 軒在齋之東.〕"라는 내용이 보인다. '벽오헌'은 삼연(三淵) 김창흡(金昌翕, 1653~1722)의 서재 이름이다. 《老稼齋集 卷2 散襟軒次仲氏韻》《櫨巢集 卷2 散襟軒》

하유옹의 손에 나타나게 되었으니, 어찌 이른바 "그 사람을 기다려 나타난다.〔待其人而出.〕"는 것이 아니겠는가. 깊은 땅 밑에 묻혀 있을 때에는 숱한 해를 거치도록 사람들이 알지 못했으니, 어찌 저 돌이 하루아침에 활짝 드러내어 제 스스로 그 기이함을 나타내고자 해서가 아니겠는가. 천하의 물건은 깊이 감추어져 있다가 드러나지 않은 것이 없으니, 단지 그 빠르고 늦는 시간의 차이가 있을 뿐이다.

이해에 하유옹이 세상을 떠났으니, 나는 또 이 돌이 이와 같이 어렵게 만났을 뿐 아니라 하유옹과 같이 기이함을 좋아하는 분을 만나 주인으로 삼았다가 갑자기 주인을 잃어버린 것을 슬퍼하니, 만일 이 돌이 지각이 있다면 응당 망저군(望諸君), 제갈무후(諸葛武侯)와 함께 천고에 애도하리라.[157]

---

157 망저군(望諸君)……애도하리라 : 어렵게 자신을 알아주는 주인을 만났으나 오래지 않아 이 주인을 잃게 되었으니, 필경은 안목 없는 사람들에게 제대로 인정을 받지 못하고 사라질 것이라는 말이다. '망저군'은 전국 시대 중산국(中山國) 영수(靈壽) 사람인 악의(樂毅)의 봉호(封號)이다. 위(魏)나라 장수 악양(樂羊)의 후손으로, 연(燕)나라 소왕(昭王)이 현자(賢者)를 초빙할 때 위나라에서 연나라로 들어가 아경(亞卿)이 되었다. 소왕 28년(기원전 284) 상장군(上將軍)에 임명되어 제(齊)나라의 70여 개 성을 함락시키는 공을 세우고 창국군(昌國君)에 봉해졌으나, 혜왕(惠王)이 즉위한 뒤 제나라의 반간계(反間計)에 걸려 조(趙)나라로 망명해 망저군에 봉해지고 이곳에서 죽었다. '제갈무후(諸葛武侯)'는 삼국 시대 촉(蜀)나라의 승상 제갈량(諸葛亮)을 이른다. 동한 말에 은거하다가, 헌제(獻帝) 건안(建安) 12년(207)에 유비(劉備)의 삼고초려로 세상에 나와 유비의 책사가 되어 삼분천하의 기틀을 다지고, 유비가 칭제(稱帝)한 뒤에는 승상이 되었다. 후주(後主) 유선(劉禪)이 즉위한 뒤 수차례 북벌을 단행하여 통일의 이상을 실현하고자 하였으나, 유선의 전폭적인 신임을 받지 못하고 위(魏)나라 장수 사마의(司馬懿)와 대치하던 중 오장원(五丈原)에서 병사(病死)하였다. 제갈량이 죽은 뒤 촉나라는 환관 황호(黃皓)와 권신 진지(陳祗)의 발호로 위나라에 의해 멸망하였다.

《용와유고》 발문[158]

庸窩遺稿跋

《용와유고》는 2권으로 시 약간 수와 산문 약간 편이니, 나의 옛 친구 청송(靑松) 심경락(沈景洛)이 저술한 것이다. 경락은 젊어서부터 문사(文詞)에 종사했는데, 서울에 올라와서는 과장(科場)에 명성이 나서 한때 '재거자(才擧子 재능 있는 수험생)'로 불렸다. 내가 그를 알게 되었을 때에는 이미 우리 고향의 포천(蒲川)으로 물러나 살며 노쇠한 촌로가 된 뒤였다. 다만 그 양미간에 은은히 비치는 범상치 않은 기운을 보고 그 속에 필시 깊이 쌓아둔 것이 있을 것이라고 생각하였지만 또한 깊이 알아보지는 못하였다.

10여 년 뒤에 내가 관직을 그만두고 한가로이 살고 있을 때 경락이 또 포천에서 석실서원(石室書院)[159] 아래로 이사 왔는데, 우리 집에서 산기슭 하나를 사이에 둔 가까운 곳이었기 때문에 수시로 지팡이 짚고 오가며 환담하고 술 마시면서 속에 있는 말을 모두 쏟아내곤 하였다.

언젠가 스스로 말하기를, 자신은 어렸을 때부터 책을 무척 많이 읽었는데 밤낮을 가리지 않고 부지런히 애를 써서 30년이란 긴 시간이 지난 뒤에야 옛사람의 마음을 알 수 있었다고 하였다. 이 때문에 그가 경사(經史)를 논할 때면 정미한 식견과 탁월한 해석이 내가 전혀 생각하지

158　용와유고(庸窩遺稿) 발문 : 이 글은 저자가 68세 때인 1789년(정조13)에 쓴 것이다. '용와'는 심순희(沈淳希, 1726~?)의 호로, 본관은 청송(靑松), 자는 경락(景洛)이다. 1777년(정조1) 생원시에 합격하였다. 나머지 행력은 자세하지 않다.

159　석실서원(石室書院) : 17쪽 주4 참조.

도 못했던 곳에서 나오곤 하였다. 특히 천하의 대세와 고금 영웅들의 성패와 득실에 대해 이야기하는 것을 좋아하여 마치 손바닥 안에 들어 있기라도 하듯 종종 손가락으로 정상을 그려내었는데, 개연히 한 시대를 내려다보는 뜻이 있었다. 내가 그제야 경락이 속에 깊이 쌓아둔 것이 참으로 이와 같은 것이 있음을 알게 되었다. 그러나 안타깝게도 세상에 등용되지 못하고 끝내 60 평생을 포의(布衣)로 살며 초야에 매몰되고 말았으니, 운명이 아니겠는가.

경락은 사람이 화평하고 툭 트여서 사물로 인해 그 마음에 영향을 받지 않았다. 글을 지을 때에도 고심하여 잘 지으려 하지 않았고, 지은 글은 대부분 버리고 간수해두지 않았다. 이 때문에 상자에서 남은 글을 얻은 것이 이처럼 적은 것이다. 그러나 그 산문은 거침없고 예리하며 고아하고 깨끗하여 우리나라 사람들의 화려하고 유약한 모습이 전혀 없으며, 시 역시 읊조릴 만한 것이 많다. 안목이 있는 자라면 절로 알아볼 것이니, 또 어찌 많을 필요가 있겠는가.

경락은 일찍이 민단실(閔丹室) 백순(百順)[160] 및 김봉록(金鳳麓) 이곤(履坤)[161]과 교분이 가장 깊어 서로 지기(知己)로 허여한 사이이다.

160 민단실(閔丹室) 백순(百順) : 1711~1774. 민백순은 본관은 여흥(驪興), 자는 순지(順之), 호는 단실(丹室)이다. 1741년(영조17) 생원시에 합격하였고 같은 해에 진사시에도 합격하였다. 금산 군수(金山郡守), 연안 부사(延安府使), 한성 판관, 공조 참의, 양주 목사(楊州牧使), 동부승지, 성천 부사(成川府使) 등을 역임하였다. 홍대용(洪大容, 1731~1783)과 교유하였으며, 《담헌서(湛軒書)》 외집(外集) 권1에 그가 지은 〈회우록서(會友錄序)〉가 있다.

161 김봉록(金鳳麓) 이곤(履坤) : 1712~1774. 김이곤은 본관은 안동(安東), 자는 후재(厚哉), 호는 봉록이다. 김상숙(金相肅), 이보행(李普行), 홍낙순(洪樂純) 등과 교유하였다. 음보(蔭補)로 세자익위사 시직(世子翊衛司侍直), 장악원 주부(掌樂院主

만일 두 사람이 아직 살아 있었다면 이 원고에 대해 필시 능히 빛내주는 말을 해주었을 것이니, 나의 졸필이 있든 없든 무슨 상관이 있겠는가. 또한 슬플 뿐이다.

경락은 휘(諱)가 순희(淳希)이다. 금상 정유년(1777, 정조1) 사마시(司馬試)에 합격하였고, 용와(庸窩)는 자호(自號)이다.

숭정(崇禎) 기원후 162년(1789, 정조13) 기유년에 안동(安東) 김이안(金履安)은 쓰다.

簿), 신계 현령(新溪縣令) 등을 역임하였다. 저서에 《봉록집》이 있다.

《안동김씨족보》 발문[162]

安東金氏族譜跋

《안동김씨족보》는 우리 고조 문곡 선생(文谷先生)[163]이 실로 처음 만들고 종조(從祖) 죽취공(竹醉公)[164]이 그 수정과 보완을 마쳐 60여 년의 노력을 기울인 뒤에 비로소 세상에 유통되었으니, 그 일이 중대하기 때문에 만들기를 이와 같이 신중하게 한 것이다. 이 이후로 이를 살펴서 수정하는 것은 어려울 것이 없을 듯하였지만 또 60여 년이 지나서야 새로운 족보가 완성되었으니, 어찌 또한 기다리는 바가 있어서 그런 것이 아니겠는가.

처음에 족조(族祖) 효효재공(嘐嘐齋公)[165]이 여기에 뜻을 두어 족보의 범례를 처음 정하였으나 미처 완성하지 못하고 세상을 떠났다. 종제(從弟)인 판서 이소(履素)[166]가 개연히 전대의 일을 잇는 것으로 자임

---

162 안동김씨족보(安東金氏族譜) 발문 : 이 글은 저자가 69세 때인 1790년(정조14) 6월에 쓴 것이다.

163 문곡 선생(文谷先生) : 김수항(金壽恒, 1629~1689)이다. 114쪽 주194 참조.

164 죽취공(竹醉公) : 저자의 아버지 김원행(金元行)의 생부이자 김창집(金昌集)의 아들인 김제겸(金濟謙, 1680~1722)이다. 김창집은 김수항의 큰아들이며, 저자의 증조부는 김수항의 둘째 아들인 김창협(金昌協)이다.

165 효효재공(嘐嘐齋公) : 김창집(金昌緝)의 아들인 김용겸(金用謙, 1702~1789)이다. 김창집은 김수항의 다섯째 아들이다.

166 판서 이소(履素) : 1735~1798. 저자의 아버지 김원행(金元行)의 생부인 김제겸(金濟謙)의 손자로, 김탄행(金坦行)의 장남이다. 《승정원일기》에 근거하면 김이소는 51세 되던 1785년(정조9) 4월 28일 정미일에 예조 판서에 임명된 것을 시작으로, 58세

(自任)하여 서백(西伯)으로 있을 때[167] 봉급 10만 전을 내놓아 판각하는 비용을 돕고, 여러 계파에서 소장하고 있는 사보(私譜)를 취합하여 담당자를 나누어 배정하여 각각 그 일을 관장하게 하였다. 그리하여 1년이 못 되어 일이 끝나자 신본(新本)과 구본(舊本)을 합쳐 1질로 만들었는데 모두 몇 권이었다. 그 규모와 조례(條例)는 모두 구본을 따르되 효효재공이 정한 범례를 참고하였으니, 이것은 더욱 구비하는 것을 싫어하지 않은 것이었다.

나는 당시 시골에 있어 자초지종을 잘 듣지 못하였으나 대체(大體)가 이와 같으니 거의 유감이 없다. 그리고 누대토록 겨를이 없어 하지 못한 일을 이렇게 이루게 되었으니 우리 종중의 다행이라 이를 만하다. 종중에서 나에게 명하여 이 일을 기록하라고 하였기 때문에 삼가 이와 같이 쓴다. 조상의 덕을 기술하고 동종 사람들에게 권면하는 뜻은 삼연(三淵 김창흡(金昌翕))과 죽취공의 서발(序跋)이 있으니[168] 여기에서는 감히 다시 사족을 덧붙이지 않는다.

되는 1792년(정조16) 9월 12일 무신일에 좌참찬에 임명되기까지 이조 판서, 형조 판서, 병조 판서, 예조 판서, 호조 판서를 두루 역임하였다.

167 서백(西伯)으로 있을 때 : 《조선왕조실록》에 근거하면 김이소(金履素)가 평안도 관찰사에 임명된 1787년(정조11) 11월 9일 임신일부터 정창성(鄭昌聖)이 후임으로 임명된 1789년(정조13) 2월 23일 경술일까지의 기간을 이른다.

168 삼연(三淵)과……있으니 : 김수항(金壽恒)의 셋째 아들인 김창흡(金昌翕, 1653∼1722)의 〈안동김씨족보서〉와 김수항의 손자인 김제겸(金濟謙)의 〈서족보후〉를 이른다. 김제겸의 글은 아버지 김창집(金昌集)의 문집인 《몽와집》(국립중앙도서관, 일산古3648-10-82)에 부록으로 실린 〈죽취고 부(竹醉藁附)〉에 보인다. 《三淵集 卷23 安東金氏族譜序》《夢窩集 竹醉藁附 書族譜後》

숭정(崇禎) 기원후 163년(1790, 정조14) 경술년 계하(季夏)에 21세 손 이안(履安)은 삼가 발문을 쓴다.

《자양곤월》[169] 뒤에 쓰다

題紫陽衮鉞後

우리 할아버지 문간 선생(文簡先生 김창협(金昌協))이 《자치통감강목(資治通鑑綱目)》[170]의 책 수가 너무 많은 것을 문제로 여겨 그 중에 강(綱)만 취하여 1통(通)으로 삼고자 하였다. 내가 예전에 이에 대해 뜻은 있었으나 미처 이루지 못하였는데, 근래 백능(伯能 홍낙순(洪樂舜))[171]에게 말하자 즐거이 이를 이루어주었다.

잠깐 책을 한번 펼치기만 하면 천 수백 년의 치란(治亂)과 흥망의

---

169 자양곤월(紫陽衮鉞): '자양'은 원래 주희(朱熹)의 아버지 주송(朱松)이 거처하던 자양산(紫陽山)을 이른다. 뒤에 주희가 자신이 세운 서원 이름을 자양서원(紫陽書院)이라 지으면서 주희를 가리키는 별칭이 되었다. '곤월'은 곤룡포와 도끼라는 뜻으로, 공자가 지은 《춘추(春秋)》는 한 글자의 표창이 곤룡포보다 영광스럽고 한 글자의 깎아내림이 도끼보다 무섭다는 뜻에서 《춘추》를 가리키는 말이 되었다. 따라서 '자양곤월'은 주희의 《자치통감강목》이라는 뜻이다.

170 자치통감강목(資治通鑑綱目): 송(宋)나라 때 주희(朱熹)가 편찬한 역사서로, 모두 59권이다. 송나라 사마광(司馬光)이 지은 《자치통감》을 강(綱)과 목(目)으로 구분하여, 강은 《춘추》의 체재를 따라 큰 역사 사실을 기록하고, 목은 《좌전》을 따라 이에 대한 전후 상황과 해석을 기록하였다. 주희는 생전에 이 책의 완성을 보지 못하였고, 문인 조사연(趙師淵)이 번천서원(樊川書院)에서 이어 완성하였다. 엄격한 명분과 강상(綱常) 윤리에 따라 역사 사실에 대해 춘추필법(春秋筆法)과 같은 포폄을 행하여, 왕망(王莽)의 정권을 인정하지 않고 삼국(三國) 가운데 촉(蜀)을 정통으로 삼았다. 조선에서는 사마광의 《자치통감》보다 더욱 성행하여 수차례 정부 주도의 간행이 이루어졌다.

171 백능(伯能): 13쪽 주1 참조.

대강이 손바닥 위에 있는 것과 같고, 그 글은 모두 부자(夫子 주희(朱熹))
가 손수 쓴 주벌과 포장(襃奬)이어서[172] 대의(大義)와 체례(體例)가
엄정하다. 별도로 한 책을 만들어 특별히 중히 여기는 것이 마땅하니,
초록으로만 평가해서는 안 될 것이다. 백능은 사서(史書) 읽는 것을
좋아하는데, 특히 《자치통감강목》을 숙독(熟讀)하였다. 지금 또 이렇
게 편집하여 그 핵심을 잡으니, 이른바 "먼저 넓힌 뒤에 요약한다.〔先博
而后約.〕"[173]라는 것이라 하겠다.

---

172 부자(夫子)가……포장(襃奬)이어서 : 주희(朱熹)가 편찬한 《자치통감강목》의
강(綱)이 공자가 쓴 《춘추》와 같이 의리에 비추어 포폄(襃貶)의 뜻이 분명하게 드러나
도록 썼다는 말이다.

173 먼저……요약한다 : 《논어》〈옹야(雍也)〉에 "군자가 학문에 대해 널리 배우고
예로 요약한다면 또한 어긋나지 않을 것이다.〔君子博學於文, 約之以禮, 亦可以弗畔矣
夫!〕"라는 공자의 말이 보인다.

한송 심공 사주 의 《정문첩》 뒤에 쓰다[174]

書寒松沈公 師周 旌門帖後

심일지(沈一之)[175]는 내가 선(善)으로 벗하는 친구인데, 그의 돌아가신 숙부 한송공(寒松公)의 《정문첩(旌門帖)》을 보여주었다. 여기에는 공이 어머니를 효성스럽게 섬긴 일이 모두 실려 있었는데, 그 살아 있는 부엉이를 이르게 한 것[176]과 감응하여 꿈으로 보인 일[177]이 매

174　한송(寒松)……쓰다 : '한송'은 심사주(沈師周, 1691~1757)로, 본관은 청송(靑松), 자는 성욱(聖郁), 호는 한송재(寒松齋)이다. 영의정 심지원(沈之源)의 증손이자 효종의 외증손이며, 권상하(權尙夏)의 문인이다. 1723년(경종3) 생원시에 합격하였다. 저서에 《한송재집》이 있다. 저자의 이 글은 《한송재집》에도 〈정문첩발(旌門帖跋)〉이라는 제목으로 실려 있다. 《정문첩(旌門帖)》은 오재순(吳載純)의 〈정문첩발〉에 근거하면, 심사주가 세상을 떠난 뒤 이웃의 사대부들이 심사주의 효행과 신이한 일을 기록하여 조정에 알리자 1758년(영조34)에 심사주의 마을에 정려문이 내려온 것을 기념하여 만든 것이다. 《寒松齋集 卷4 附錄 旌門帖跋〔贊善金履安〕, 旌門帖跋〔大提學吳載純〕》

175　심일지(沈一之) : 심정진(沈定鎭, 1725~1786)으로, 본관은 청송(靑松), 자는 일지(一志) 또는 일지(一之), 호는 제헌(霽軒)이다. 저자의 아버지 김원행(金元行)의 문인으로, 저자보다 3세 아래이다. 1753년(영조29) 사마시에 합격하였다. 저서에 《제헌집》, 《미호언행록(渼湖言行錄)》 등이 있다.

176　살아……것 : 심사주가 34세 되던 해인 1724년(경종4)의 일화이다. 심사주의 어머니가 괴이한 질병에 걸려 백약이 무효하던 차에 살아 있는 부엉이만이 병을 낫게 할 수 있다는 의원의 말을 듣고 심사주가 하늘을 우러러 축원하자, 하룻저녁에 부엉이가 스스로 처마 안으로 들어왔다고 한다. 이에 심사주가 이것을 요리해 올리자 어머니가 이를 먹고 병이 곧바로 나았다고 한다. 《寒松齋集 卷4 附錄 行狀〔判敦寧李敏輔〕》《霽軒集 卷5 叔父寒松公遺事》

177　감응하여……일 : 심사주가 36세 되던 해인 1726년(영조2)에 어머니의 상을 당했

우 기이하여 이 때문에 세 번 반복하여 크게 탄식하였다. 그런데 여기에는 또 이상한 점이 있다.

공이 생존해 계실 때 공의 한두 동료를 내가 알고 있었는데, 모두들 공이 문사(文詞)에 뛰어나고 고을을 다스리는 데 선정(善政)이 많았다는 것만 일컬을 뿐 공의 효를 말하는 사람은 없었다. 그런데 또 일지씨가 지금이 되어서야 이 《첩》을 보여주니, 무엇 때문인가?

아! 참으로 공이 털끝만큼이라도 스스로 그 효를 자부하는 마음이 있었다면 사람들이 이를 알지 못하는 일이 있었겠는가. 공은 사람들이 이를 알도록 하지 않았을 뿐 아니라, 공의 자제들도 마침내 공의 효를 차마 말하지 아니하여 공이 세상을 떠난 지 이미 오래되었는데도 여전히 아무도 모르고 있었으니, 공의 효야말로 진정한 효인 것이다. 도를 배워 터득함이 있는 자가 아니면 능히 이렇게 할 수 있겠는가.

일지씨가 또 말하기를 공은 《소학(小學)》을 읽기 좋아하였는데 나이가 들면서 더욱 좋아하였다고 하니,[178] 참으로 그러하였을 것이다!

을 때의 일화를 이른다. 어머니의 장례를 치르기 전 어느 날 새벽달이 질 무렵, 심사주는 어렴풋이 돌아가신 어머니가 초빈한 곳의 문을 열고 나와 "어찌하여 지금까지 임금님의 하사에 사례하지 않느냐?〔何至今不謝君賜也?〕"라고 말하는 것을 듣게 되었다. 심사주가 깜짝 놀라 일어나서 사람을 시켜 물어보자, 과연 3일 전에 궁궐에서 보내온 물고기, 과일, 유밀(油蜜), 지촉(紙燭), 쌀, 콩, 베 등의 부의를 받았으나 경황 중에 그때까지 지수장(祗受狀)을 쓰지 않고 있었다고 한다. 《寒松齋集 卷4 附錄 行狀〔判敦寧李敏輔〕》 《霽軒集 卷5 叔父寒松公遺事》

178 공은……하니 : 심사주는 《소학》과 사서(四書)와 《주자대전(朱子大全)》 공부에 가장 심혈을 기울였는데, 중년이 되자 다시 《소학》을 꺼내들고 4, 5백 번을 읽었다고 한다. 그리고 자신이 큰 잘못이 없는 것은 모두 《소학》 공부 때문이라고 하였다 한다. 《霽軒集 卷5 叔父寒松公遺事》

우옹 홍공 봉조 의 《묵묘》[179] 권 뒤에 쓰다

書盂翁 洪公鳳祚 墨妙卷後

외종조 지중추(知中樞) 홍공(洪公)은 세상에서 모두 후덕한 군자라고 일컫는데, 필법으로 한 시대를 복종시켰다. 당시 여러 이름난 공들의 비갈(碑碣)은 도암(陶菴) 이공(李公 이재(李縡))[180]의 글과 봉조하(奉朝賀) 유공(兪公 유척기(兪拓基))[181]의 전액(篆額)이 많았는데, 글씨는 번번이 공의 손에서 나왔다.

---

179 우옹(盂翁)의 묵묘(墨妙) : '우옹'은 홍봉조(洪鳳祚, 1680~1760)로, 본관은 남양(南陽), 자는 우서(虞瑞), 호는 우산(盂山), 시호는 효간(孝簡)이다. 김창협(金昌協)의 문인으로, 1725년(영조1) 문과에 급제한 뒤 헌납, 부응교, 집의, 강원도 관찰사, 대사성, 지중추부사 등을 역임하였다. 글씨에 뛰어나 〈신라시조왕묘비(新羅始祖王墓碑)〉, 〈좌의정민정중비(左議政閔鼎重碑)〉, 〈좌의정이세백비(左議政李世白碑)〉, 〈영의정신완표(領議政申琓表)〉, 〈판중추부사홍진도비(判中樞府事洪振道碑)〉 등의 작품이 있다.

180 도암(陶菴) 이공(李公) : 이재(李縡, 1680~1746)로, 본관은 우봉(牛峰), 자는 희경(熙卿), 호는 도암(陶菴) 또는 한천(寒泉), 시호는 문정(文正)이다. 김창협(金昌協)의 문인으로, 1702년(숙종28) 문과에 급제하였다. 예학(禮學)에 밝았으며, 저서에 《도암집》, 《도암과시(陶菴科詩)》, 《사례편람(四禮便覽)》, 《어류초절(語類抄節)》 등이 있다.

181 봉조하(奉朝賀) 유공(兪公) : 유척기(兪拓基, 1691~1767)로, 본관은 기계(杞溪), 자는 전보(展甫), 호는 지수재(知守齋), 시호는 문익(文翼)이다. 김창집(金昌集)의 문인으로, 1714년(숙종40) 문과에 급제하였으며, 1760년(영조36) 봉조하(奉朝賀)를 받고 기로소(耆老所)에 들어갔다. 당대의 명필가였으며 금석학(金石學)의 권위자이기도 하였다. 글씨로는 〈신라시조왕비(新羅始祖王碑)〉, 〈만동묘비(萬東廟碑)〉 등이 있고, 저서에 《지수재집》이 있다.

한번은 궁궐에서 효순빈(孝純嬪)[182]의 명정(銘旌)을 쓴 적이 있는데, 구경하는 자들이 숲처럼 빽빽하였다. 연로한 공이 흰 수염을 날리며 차분하게 붓을 휘둘렀는데, 기상이 우뚝하여 상(上 영조)이 눈여겨보며 감탄하셨다고 한다.

이 서첩(書帖)은 바로 80이 넘은 뒤에 쓴 것으로 매우 아름답고 공교하며 질박하여 젊을 때의 작품에 뒤지지 않으니 참으로 범상치 않은 일이다.

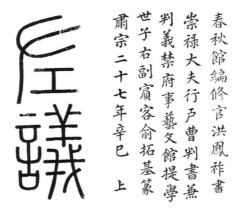

세자부 증시충정 이공 신도비명
(世子傅贈諡忠正李公神道碑銘)
李縡 撰, 洪鳳祚 書, 俞拓基 篆
국립중앙도서관(한古朝52-83-30-2)

182 효순빈(孝純嬪) : 효순왕후(孝純王后, 1715~1751) 풍양 조씨(豊壤趙氏)이다. 1727년(영조3)에 효장세자(孝章世子)와 가례(嘉禮)를 올리고 1735년(영조11) 현빈(賢嬪)에 봉해졌다. 소생 없이 죽었다. 1776년에 장헌세자(莊獻世子)의 장남, 즉 훗날의 정조를 입양받아 정조가 즉위한 뒤 효장세자를 진종(眞宗)으로 추존하면서 함께 왕비로 추존되었다.

〈정부인 김씨 유사〉 뒤에 쓰다[183]
書貞夫人金氏遺事後

경자년(1780, 정조4) 계하(季夏)에 이선장(李善長)[184]과 함께 추수헌
(秋水軒)[185]에서 선인(先人 김원행(金元行))의 문집을 대교(對校)하였는
데, 하루는 선장이 그가 지은 선부인(先夫人)의 〈유사(遺事)〉를 꺼
내더니 눈물을 흘리며 말하였다.

"옛날에 제가 이것을 선사(先師 김원행)께 올리자 선사께서 다행히
'내가 해줄 말이 있으니 권 뒤에 써서 돌려주겠다.'라고 말씀하셨습니
다. 그런데 결국 이렇게 하지 못하고 사람의 일이 갑자기 변하여 돌아
가시고 말았으니, 그대가 이를 기록하여 저의 불효를 드러내주십시오."

나 역시 눈물을 흘리며 삼가 받았는데, 다 읽고 나서는 다음과 같이
탄식하였다.

훌륭하다, 부인의 말씀과 행실이여! 어쩌면 독서군자(讀書君子)와

---

183 정부인 김씨 유사(貞夫人金氏遺事) 뒤에 쓰다 : 이 글은 저자가 59세 때인 1780년
(정조4) 9월에 쓴 것이다. '정부인'은 조선 시대 2품의 종친 및 문무관의 아내에게 주던
봉작으로, 남편 이상성(李相晟)은 일찍이 정2품 황해도 병마절도사를 역임하였다.

184 이선장(李善長) : '선장'은 이정인(李廷仁, 1734~?)의 자로, 본관은 완산(完
山), 호는 사사당(四事堂)이다. 1774년(영조50)에 41세의 나이로 진사시에 합격하였
다. 홍산 현감(鴻山縣監), 풍기 군수(豐基郡守), 울산 부사(蔚山府使), 돈녕부 도정(敦
寧府都正) 등을 역임하였다. 성리학에 조예가 깊었으며, 저자의 아버지 김원행(金元行)
의 문인으로 저자보다 12세 아래이다. 《蘗山集 卷1 寄李善長〔廷仁〕, 卷11 附錄 年譜》

185 추수헌(秋水軒) : 추수당(秋水堂) 또는 추수루(秋水樓)라고도 한다. 미수(渼
水) 가에 있는 누대 이름으로, 석실서원(石室書院)과 가까이 있었다.

이리도 비슷하단 말인가! 아마도 옛날의 이른바 '여사(女士)'[186]일 것이다. 의당 동관(彤管)[187]에 써서 세상의 모범으로 삼아야 할 것이나, 다만 선군(先君 김원행)께서 당일 하시려던 말씀을 지금은 더 이상 찾을 수 없으니 소자가 또 무슨 말을 하겠는가.

그러나 가만히 살펴보건대, 선친께서 일찍이 선조비(先祖妣)의 행장을 지으셨는데 여기에 "어머님은 이처럼 어지셨는데 자식이 불초하여 정 숙자(程叔子)가 후 부인(侯夫人)을 밝게 드러내었던 것처럼 하지 못하는구나."[188]라는 구절이 있었다. 그렇다면 자식으로서 그 어버이를 드러내고자 하는 자는 자신을 수양하는 것보다 더 급한 것이 없고 문자로 기술하는 것은 그다음 일이다.

지금 선장이 또한 옛 학문을 더욱 독실히 익혀서 능히 스스로 수립하여 우뚝이 오늘날의 정 숙자가 된다면, 당일에 한마디 말씀을 얻지

---

186 여사(女士) : 《시경》〈대아(大雅) 기취(旣醉)〉의 공영달(孔穎達) 소에 따르면 '여자로서 선비의 행실이 있는 자〔女而有士行者〕'를 이른다.

187 동관(彤管) : 붓대에 붉은 칠을 한 붓이라는 뜻이다. 옛날에 여사(女史)라는 직책을 두어 왕후의 예(禮)에 관한 일을 관장하게 하였는데, 여사가 왕후의 행실을 기록할 때 동관을 사용하였다고 한다. 여기에서는 그 기록을 이른다.

188 어머님은……못하는구나 : 《미호집(渼湖集)》 권19 〈선비 유인 박씨 행장(先妣孺人朴氏行狀)〉에 "어머님은 이처럼 어지셨는데, 자식이 불효하여 정 숙자가 후 부인을 밝게 드러낸 것처럼 그 훌륭함을 드러내지 못하는구나.〔母有賢如此, 而子不孝, 不足以發其光若程叔子之闡侯夫人.〕"라는 내용이 보인다. '정 숙자'는 북송의 학자 정이(程頤, 1033~1107)이다. 형 정호(程顥)와 함께 유명한 이학가(理學家)로, 황제가 이들을 포장(襃獎)하기 위하여 이들의 어머니인 후씨(侯氏, 1005~1052)에게 '상곡군군(上谷郡君)'이라는 봉호를 내리기도 하였다. 이와 관련하여 정이의 〈상곡군군가전(上谷郡君家傳)〉이라는 글이 있다.

못했던 것을 한스럽게 여기지 않을 것이며, 스승의 뜻을 계승하고 선부인의 아름다운 행적을 밝게 드러내는 데에도 모두 유감이 없을 수 있을 것이다.

아, 우리는 모두 늙어 선친과 선사의 가르침을 잃은 지 오래되었지만 그래도 서로 일깨우고 경계하면 거의 예전의 배움을 실추시키지 않을 수 있을 것이니, 이것은 나와 선장이 마땅히 힘써야 할 바이다. 그러므로 외람되이 이렇게 고하는 것이니, 선장은 어떻게 생각하시는가.

9월 그믐에 김이안(金履安)은 삼가 쓴다.

이선장의 집에 소장된 《전천자》 뒤에 쓰다[189]
書李善長家藏篆千字後

이 상사(李上舍) 선장씨(善長氏)가 《전천자(篆千字)》 1책을 나에게
보여주었다. 이는 그 선조 참찬공(參贊公 이축(李軸))[190]이 선조(宣祖)
께 하사받은 것인데, 중간에 망실되었다가 우연히 남의 집 뒤섞인 책
들 속에서 얻어 보철(補綴)하여 집에 보관해둔 것이라고 한다.

공은 왕실의 지친으로 정여립(鄭汝立)의 난에 공을 세워 인각(麟
閣)[191]에 이름이 책록되어 나라와 경사를 함께하였으니, 이 평범한 하
사물에 나아가서도 그 한때의 은총의 성대함을 또한 대략 알 수 있다.

---

189 이선장(李善長)의……쓰다 : 이 글은 본문의 "그 권 앞의 제사(題辭)를 보니 바로
만력(萬曆) 36년(1608, 선조41)에 하사한 것으로 이제 150여 년이나 오래된 것이었다."
라는 내용에 근거하면 저자가 37세인 1758년(영조34) 전후에 쓴 것으로 추정된다.
'이선장'은 109쪽 주184 참조.

190 참찬공(參贊公) : 이축(李軸, 1538~1614)으로, 본관은 전주(全州), 자는 자임
(子任), 호는 사촌(沙村), 시호는 안양(安襄)이다. 양녕대군(讓寧大君)의 현손으로,
1576년(선조9) 문과에 급제하였다. 1589년(선조22) 안악 군수(安岳郡守)로 있을 때
한준(韓準) 등과 함께 정여립(鄭汝立, 1546~1589)의 모반을 조정에 고변한 공으로
이듬해 평난공신(平難功臣) 1등으로 완산군(完山君)에 봉해지고 공조 참판으로 승진
하였다. 이후 형조 판서, 우참찬, 좌참찬 등을 거쳐 1611년(광해군3) 완산부원군(完山
府院君)에 올랐으며, 영의정에 추증되었다. 《國朝功臣錄, 필사본, 국립중앙도서관(한
古朝57-가738)》

191 인각(麟閣) : 기린각(麒麟閣)의 준말로, 한 선제(漢宣帝) 때 곽광(霍光) 등 공신
11명의 화상을 그려 보관한 각(閣) 이름으로 미앙궁(未央宮)에 있었다. 여기에서는
공신록을 가리킨다.

의당 자손들은 길이 가보로 삼아 다시 또 잃지 않을까 두려워해야 할 것이다.

　그리고 내가 또 그 권 앞의 제사(題辭)를 보니 바로 만력(萬曆) 36년(1608, 선조41)에 하사한 것으로 이제 150여 년이나 오래된 것이었다. 그동안에 일어난 천하의 변화는 이루 다 말할 수 없을 정도여서 중국과 우리나라의 아름다운 문물 제도와 도적(圖籍)이 이미 모두 잿더미가 되어 남아 있는 것이 거의 없을 정도이다. 그런데 오직 이 쓸쓸한 얇은 책만이 아직까지도 천조(天朝 명나라)의 기원(紀元)을 내걸어 찬란히 영겁 전의 구물(舊物)로 빛나고 있으니, 어찌 더욱 귀하게 여길 만하지 않겠는가. 이 때문에 어루만지며 크게 탄식하고, 마침내 이 글을 써서 돌려준다.

신군 건이 소장한 《문곡선생간독》 뒤에 쓰다[192]
題愼君楗所藏文谷先生簡牘後

낭성(朗城)[193]의 신군 건(愼君楗) 계수보(啓叟甫)가 내가 사는 미호
(渼湖) 가로 찾아와 이 첩(帖)을 보여주었는데, 바로 우리 고조 문곡
선생(文谷先生 김수항(金壽恒))[194]이 낭성에 유배 갔을 때 계수의 고조
참봉공(參奉公 신성윤(愼聖尹))[195]과 주고받은 간독(簡牘)으로, 이별할
때 지은 시 1수와 북쪽으로 돌아온 뒤에 쓴 편지 몇 통을 덧붙인 것이
었다.

우리 할아버지가 환난을 당하여 곤궁에 처했을 때에도 오히려 어진

---

192 신군 건(愼君楗)이……쓰다 : 이 글은 저자가 63세 때인 1784년(정조8) 10월에
쓴 것이다. 신건(愼楗)은 행력이 자세하지 않다.

193 낭성(朗城) : 낭주(朗州)로, 전라남도 영암군(靈巖郡)의 옛 이름이다.

194 문곡 선생(文谷先生) : 김수항(金壽恒, 1629~1689)으로, 본관은 안동(安東),
자는 구지(久之), 호는 문곡(文谷), 시호는 문충(文忠)이다. 숙종 즉위 후 허적(許積)
과 윤휴(尹鑴)를 배척하고, 추문을 들어 종실 복창군(福昌君) 이정(李楨)과 복선군(福
善君) 이남(李柟) 형제의 처벌을 주장하다가 남인의 미움을 받아 1675년(숙종1)에 전
라도 영암(靈巖)으로 유배되었다. 1680년(숙종6)에 일어난 경신대출척으로 남인이 실
각하자 영중추부사로 복귀하여 영의정이 되었다. 1689년(숙종15)에 기사환국이 일어나
남인이 재집권하자 다시 전라도 진도(珍島)로 유배되었고 뒤이어 이곳에서 사사(賜死)
되었다. 《肅宗實錄 1年 7月 18日》

195 참봉공(參奉公) : 신성윤(愼聖尹, 1617~?)으로, 본관은 거창(居昌), 자는 여임
(汝任), 거주지는 영암(靈巖)이다. 신광익(愼光翊)의 아들이자 신천익(愼天翊)의 종
질이다. 1652년(효종3) 진사시에 합격하였고, 1681년(숙종7) 희릉 참봉(禧陵參奉)에
임명되었다. 김수항의 《문곡집》에 김수항이 신성윤에게 지어준 시 2수가 보인다.

선비 얻는 것을 중시하여, 안부를 묻고 물건을 주며 친밀하게 정을
나누기를 흡사 평소의 친척처럼 하였음을 곧 알겠으니, 한때 덕의(德
義)에 서로 감통한 일은 족히 흠모하고 감탄할 만한 점이 있다. 게다가
그 세월을 더듬어보면 지금 이미 110년이나 되었는데, 상전벽해를 겪
고서도 묵적(墨蹟)이 마치 방금 쓴 것 같으니, 신씨(愼氏)가 정성을
다해 아끼고 보호하지 않았다면 또 어떻게 이런 상태일 수 있겠는가.
아, 이것을 보고도 우리 두 집안에서 서로 아끼는 마음이 뭉클 생겨나
대를 잇는 우호를 강구하지 않을 자가 있겠는가. 비록 천 리 먼 곳에
떨어져 있더라도 한집안 사람처럼 여겨야 할 것이다.

 권 안에 위소(慰疏)[196] 한 통이 있었는데, 그때 우리 할아버지는 지위
가 영의정으로 연세가 이미 58세였다. 직접 깨알 같은 작은 글자를
썼는데 한 획도 대충 흘려 쓴 것이 없으니, 단지 정력이 남보다 뛰어났
기 때문만은 아니다. 평소 성실과 공경의 공부가 작은 일도 소홀히
하지 않은 것이 대개 이와 같았던 것이다. 공경히 수차례 반복해서
완미하노라니 적이 벅차고 척연한 마음을 이길 수 없기에 삼가 이 글을
써서 돌려준다.

 숭정(崇禎) 세 번째 갑진년(1784, 정조8) 10월 상순에 불초 현손
이안(履安)은 공경히 기록한다.

---

196 위소(慰疏) : 위장(慰狀)이다. 시부모나 친정 부모 그리고 남편의 상사 때 조문하
는 편지인 조장(弔狀)과 구분하여, 위장은 이 밖에 시가나 친정의 조부모, 백숙부모,
아내, 형제, 며느리 그리고 자식의 상사 때 위로하는 편지를 이른다. 일반적으로 작은
해서(楷書)로 정갈하게 쓴다.

《명암 처사 보장》 뒤에 쓰다[197]
書明庵處士譜狀後

명암 처사(明菴處士) 정공 식(鄭公栻)의 《보장(譜狀)》 1권은 옛 상자에서 얻은 것인데, 보(譜)에는 작자의 이름이 쓰여 있지 않았고 장(狀)은 그 아들 상정씨(相鼎氏)의 손에서 나온 것이다.

　상정씨는 일찍이 이것을 가지고 선군(先君 김원행(金元行))에게 글을 청하기 위해 천 리 길을 무릅쓰고 산 넘고 물을 건너 오기를 십수 년간 애를 쓰며 그치지 않았다. 지금 살펴보건대 표지의 여섯 글자는 실로 선군의 글씨이니, 아마도 징험하여 믿은 바가 있어 허락하려고 했던 듯하다. 그러나 선군은 불행히 글을 생전에 미처 완성하지 못하였고 상정씨 역시 이미 고인이 되어버렸기에 그 서제(庶弟) 상인(相寅)이 마침내 나에게 부탁하였다. 돌아보건대 나는 보잘것없는 후생이라 감히 다른 사람을 위해 명(銘)을 짓지 않았는데, 더구나 지금 늙고 병들어 스스로 힘을 쏟지 못하는 처지이니, 인사(人事)를 돌아보면 참으로 슬프고 한탄스러울 따름이다.

197　명암 처사 보장(明庵處士譜狀) 뒤에 쓰다 : 이 글은 저자가 64세 때인 1785년(정조9) 7월에 쓴 것이다. '명암 처사'는 정식(鄭栻, 1683~1746)으로, 본관은 해주(海州), 자는 경보(敬甫)이다. 과거 공부를 접고 명나라의 일민(逸民)으로 자처하여 명암거사로 자호하였다. 46세 되던 해인 1728년(영조4)에 가솔을 이끌고 지리산 무이동(武夷洞)으로 들어가 구곡(九曲) 가에 무이정사(武夷精舍)를 짓고, 용담(龍潭) 가에 와룡암(臥龍菴)을 짓고서 벽에 직접 그린 제갈량(諸葛亮)과 주희(朱熹)의 초상을 걸고 우거하다가 이곳에서 졸하였다. 저서에 《명암집》이 있다. 저자의 이 글은 《명암집》 권6에도 〈가장발(家狀跋)〉이라는 제목으로 실려 있다.

다만 공이 바다 너머 조선의 포의(布衣)로 천조(天朝 명나라)의 운이 다한[198] 40년 뒤에 태어나 갓과 신발이 뒤바뀐 것[199]에 비분강개하여 과거 공부에 발길을 끊고 바다와 산을 떠돌며 일생을 마친 것을 생각하면 이것으로도 이미 기이한 것이다. 그런데 말년에 두류산(頭流山 지리산) 깊은 곳에 들어가 이른바 '무이동(武夷洞)'이란 곳을 얻어서 회옹부자(晦翁夫子 주희(朱熹))와 제갈 충무후(諸葛忠武侯 제갈량(諸葛亮))의 유상(遺像)을 손수 그려 집의 벽에 걸어두고 아침저녁으로 그 아래에서 읊조림으로써 높은 덕을 사모하는 뜻을 붙인 것으로 말하면, 그 깊은 감동과 올바른 배움은 또 한 시대의 방외지사(方外之士)가 미칠 수 있는 바가 아니다.

　　세상에 주 부자(朱夫子 주희(朱熹))가 남도(南渡)[200] 이후의 인물들을 드러내 밝힌 것과 같이 하는 이가 있다면 공의 이름은 전해지지 않을까 근심할 것이 없을 것이다. 설령 그런 이를 만나지 못하더라도 단지 한 덩이 비석에 '대명처사정공지묘(大明處士鄭公之墓)'라고 크게 쓰기만 하면 천 년 뒤에 어느 누가 지나가며 공경을 표하지 않을 자가 있겠는가.

　　나는 이미 상인보(相寅甫)의 뜻에 부응하지도 못하고, 또 지금 사람

198　천조(天朝)의 운이 다한 : 숭정제(崇禎帝)인 명나라 의종(毅宗)이 죽은 1644년(인조22)을 이른다.

199　갓과……것 : 위와 아래가 거꾸로 바뀐 것을 비유한다. 여기에서는 명나라가 망하고 오랑캐인 청나라가 천하의 주인이 된 것을 이른다.

200　남도(南渡) : 북송의 휘종(徽宗)과 흠종(欽宗)이 금(金)나라에 잡혀가자 고종(高宗)이 양자강을 건너 임안(臨安)으로 도읍을 옮긴 일을 말한다. 남도 이후는 남송(南宋), 그 이전은 북송(北宋)이다.

들이 《춘추》를 읽으려 하지 않아 공과 같은 분을 더 이상 볼 수 없는 것이 가슴 아파 이 때문에 개연히 크게 탄식하고 이를 권말에 써서 돌려준다.

숭정(崇禎) 기원후 세 번째 을사년(1785, 정조9) 맹추 보름에 안동 (安東) 김이안(金履安)은 삼가 발문을 쓴다.

박군 찬영의 《양동유고》 뒤에 쓰다[201]
書朴君燦瑛陽洞遺稿後

홍양(興陽 고흥(高興)) 박 상사 형옥보(朴上舍洞玉甫)는 그 종형 순옥보(舜玉甫)와 함께 일찍이 나의 선인(先人 김원행(金元行))을 찾아와 배웠는데, 그 사람됨이 인자하고 선량하며 단아하고 고결하여 한눈에도 수양한 선비임을 알 수 있다. 그런데 불행히 이상한 질병에 걸려 요절하였으니, 매번 생각할 때마다 슬퍼진다.

지금 순옥보가 그 유고 2책을 나에게 보여주었는데, 문예의 성취가 또 이미 이와 같다. 그리고 한 번 읊조리고 한 번 노래할 때 부형(父兄)과 사우(師友)의 사이에서 친애하고 슬퍼한 것으로부터 더욱 평소의 어질고 효성스러운 실제를 볼 수 있다. 애석하다, 이런 사람이 이렇게 끝나고 말다니! 순옥보가 형옥보의 사람 됨됨이 끝내 민멸될까 슬퍼하여 나에게 한마디 해주기를 원하였기 때문에 그를 위해 이 말을 권말에 써서 가지고 돌아가 그 후손에게 전하도록 한다.

---

201 박군 찬영(朴君燦瑛)의……쓰다 : 박찬영(朴燦瑛, 1736~1773)은 본관은 진원(珍原), 자는 형옥(洞玉), 호는 양동(陽洞)으로, 전라남도 고흥(高興) 출신이다. 1762년(영조38) 생원시에 합격하였다. 저자의 아버지 김원행(金元行)의 문인으로, 저자보다 14세 아래이다. 효성으로 정려문이 세워졌으며, 저서에 《양동유고(陽洞遺稿)》가 있다. 필사본 《양동유고》(국립중앙도서관, 寶城, 石版本, 1938, 한古朝46-가1556) 말미의 "병오년 중춘에 안동 김이안은 쓰다.〔丙午仲春安東金履安書.〕"라는 구절에 근거하면 이 글은 저자가 65세 때인 1786년(정조10)에 지은 것이다.

서필원의 《효행록》 뒤에 쓰다[202]

書徐弼元孝行錄後

내가 성주(星州) 효자 서필원(徐弼元)의 사적(事蹟)을 읽어보니 그 순수한 정성과 탁월한 행실이 왕왕 사람을 눈물 나게 하였다. 그리고 그 어머니가 죽 한 모금도 달게 드시지 못하는 것을 마음 아파하여 스스로 자신에게 회초리를 쳐서 아내를 감동시켜 효부(孝婦)가 되게 한 일은 비록 《소학(小學)》 책에 신더라도 무슨 부끄러울 것이 있겠는가.

필원은 여염의 비천한 사람이니 필시 독서를 알지는 못하고 단지 타고난 본성을 잃지 않아 작위하는 바 없이 절로 그렇게 하였던 것이리라. 이것이 바로 옛날 여형공(呂滎公 여희철(呂希哲))이 경조(京兆)의 백성들이 황금을 양보한 일을 논하면서 사람들이 모두 요순(堯舜)이 될 수 있음을 알았다는 것이니,[203] 나도 필원에 대해 이렇게 말하겠다.

---

202 서필원(徐弼元)의……쓰다 : 이 글은 저자가 65세 때인 1786년(정조10) 8월에 쓴 것이다. 서필원(1750~1779)은 이종기(李種杞)의 《만구집》에 따르면 달성 서씨(達城徐氏)이다. 5세 때 아버지 상을 당하였는데, 3년 동안 고기를 먹지 않고 슬퍼하며 그리워하기를 성인처럼 하여 이미 효행으로 이름이 났다고 한다. 또한 어머니를 봉양하면서 눈밭에서 채소가 나고 풍랑에도 물고기를 잡으며 날아가던 꿩이 집 안으로 들어오는 등의 신이한 일들이 많았다고 한다. 이 밖에 서찬규(徐贊奎)의 《임재집》에도 서필원의 효행에 관하여 지은 글이 있다. 또 《일성록》 정조 14년(1790) 2월 14일 을축일 기사에, 예조에서 "아비 고(故) 학생 서필원의 효행에 대해 정려해주소서."라는 내용의 성주(星州)의 유학 서경인(徐慶仁)의 상언을 보고하자, 정조가 윤허하는 내용이 보인다. 《晩求集 卷16 徐孝子行錄》《臨齋集 卷12 徐孝子[弼元]行錄序[丁酉]》

203 옛날……것이니 : 송(宋)나라 인종(仁宗) 때 청렴강직으로 유명한 포증(包拯, 999~1062)이 개봉지부(開封知府)로 있을 때 어떤 백성이 와서, 백금(白金) 백냥을

아, 누가 이것을 조정에 알려 한 시대의 자식된 자들을 권면할 수 있을까.

병오년(1786, 정조10) 중춘에 미호(渼湖) 가의 병부(病夫)가 쓰다.

맡긴 사람이 죽어 그 아들에게 주었지만 받지 않으니 그 아들을 불러 백금을 주게 해달라고 청하여 포증이 그 아들을 부르자, 그 아들은 '아버지가 백금을 남에게 맡긴 적이 없다'고 말하며 사양한 일이 있는데, 이 말을 들은 여희철(呂希哲, 1039~1116)이 "세상 사람 중에 '좋은 사람이 없다.'라는 말을 하기 좋아하는 자는 스스로 해치는 자라고 말할 만하다. 옛사람의 말에 '사람은 모두 요순이 될 수 있다.'라고 하였는데, 여기에서 관찰하면 이를 알 수 있다.〔世人喜言無好人三字者, 可謂自賊者矣. 古人言, 人皆可以爲堯舜. 蓋觀於此而知之.〕"라고 하였다 한다. 《小學 善行》

《도봉출향사실》 뒤에 쓰다[204]
書道峰黜享事實後

경종 계묘년(1723, 경종3)에 윤증(尹拯)의 무리인 김범갑(金范甲)[205]
등이 투소(投疏)하여 우암(尤庵 송시열(宋時烈)) 선생을 비방하고 무함
해서 도봉서원(道峰書院)에서 출향(黜享)시킬 것을 청하였다. 고
(故) 목사(牧使) 홍공 윤보(洪公允輔)가 당시 성균관 유생으로 앞장
서서 동지 2백여 명을 거느리고 곽공 진위(郭公鎭緯)를 소두(疏頭)로
추대하여 궁궐에 엎드려 항변(抗辨)하였는데,[206] 그 내용이 매우 격

---

204 도봉출향사실(道峰黜享事實) 뒤에 쓰다 : 이 글은 저자가 65세 때인 1786년(정조
10) 9월에 쓴 것이다. '도봉'은 도봉서원(道峰書院)으로, 서울 도봉구 도봉동에 있다.
1573년(선조6)에 창건되어 정암(靜庵) 조광조(趙光祖, 1482~1519)의 위패를 모셨으며
창건과 함께 사액을 받았다. 1696년(숙종22)에는 우암(尤庵) 송시열(宋時烈, 1607~1689)
을 추가 배향하였고, 1775년(영조51)에 어필 사액을 다시 받았다. 1723년(경종3)에 유생
김범갑(金范甲) 등의 상소로 송시열의 위패가 출향(黜享)되었고, 1725년(영조1)에 복향
(復享)과 동시에 치제문(致祭文)이 내려졌다. 1871년(고종8)에 흥선대원군의 서원철폐
령으로 없어졌다가 1972년 도봉서원 재건위원회에 의해 복원되었다.

205 김범갑(金范甲) : 1690~1755. 본관은 안동(安東), 자는 중만(仲萬)이다. 1717년
(숙종43) 진사시에, 1735년(영조11) 문과에 합격하였다. 진사시에 합격한 뒤 성균관
유생으로 있을 때, 주자(朱子)를 가탁하여 세도(世道)를 그르치고 유학에 화를 입힌
송시열을 조광조와 함께 도봉서원에 배향한 것은 사림(士林)의 수치이므로 송시열의
서원 향사를 중지하게 해달라고 청하는 소를 다른 유생들과 함께 올린 일이 있다. 소의
내용은 《승정원일기》 경종 3년(1723) 3월 13일 임진일 기사에 자세하다.

206 고(故)……항변(抗辨)하였는데 : 이때 곽진위(郭鎭緯) 등이 올린 소의 내용과
참여한 유생의 이름은 《승정원일기》 경종 3년 3월 25일 갑진일 기사에 자세하다. 홍윤
보(洪允輔, 1694~1753)는 본관은 풍산(豊山), 자는 계신(季信)이다. 1721년(경종1)

렬하였다. 심지어 사마문(司馬門)에서 3일 동안 기다리게 했던 고사를 들어 윤증의 무리가 중간에서 가로막은 것을 배척하기까지 하였다.[207] 얼마 뒤 우암의 위패가 끝내 출향되는 것을 면치 못하자 또 동지들을 이끌고 도봉서원에 달려가서 정색을 하고 분명히 말하여 선생의 신판(神版)을 추악한 무리의 손에 욕보이지 않게 하고는 마침내 서로 마주 보고 통곡하고 돌아갔다.

이 기록을 읽으니 그때의 일이 마치 눈앞에 있는 듯하여 사람으로 하여금 통분으로 눈꼬리가 찢어지게 한다. 큰 화란으로 도륙이 자행되

진사시에 합격하였다. 저자의 둘째 누이동생의 남편이자 아버지 김원행(金元行)의 문인인 홍낙순(洪樂舜, 1732~1795)의 할아버지이다. 한성 판관(漢城判官), 창녕 현감(昌寧縣監), 밀양 부사(密陽府使) 등을 역임하고, 1750년(영조26) 능주 목사(綾州牧使)에 임명되었다. 곽진위(郭鎭緯, 1689~?)는 본관은 청주(淸州), 자는 재웅(載雄)이다. 1721년 진사시에 합격하였다.

207 사마문(司馬門)에서……하였다 : '사마문'은 왕궁의 사방 담장에 호위하는 사마(司馬)가 지킨다고 하여 왕궁의 외문(外門)을 일컫게 되었다. '사마문에서 3일 동안 기다리게 했던 고사'는 진 이세(秦二世) 때 소부(少府) 장감(章邯) 등이 군대를 이끌고 항우(項羽)와 거록(巨鹿)에서 싸울 때 진 이세가 장감이 자주 패전한 것에 대해 비난하자 장감이 함양에 사신을 보냈는데, 장감의 사신이 함양에 이르러 사마문에서 3일 동안 머물렀으나 승상 조고(趙高)가 장감의 사신을 만나주지 않음으로써 장감에게 죄를 묻고자 하였다가 두려움을 느낀 장감이 항우에게 투항하도록 만든 일을 이른다. 이와 관련하여 곽진위의 소에 "아, 오늘날 좌우전후가 모두 상국의 사람이고 전하께서는 외로이 구중궁궐 안에 계시니 충언과 직언을 들으실 길이 없습니다. 그리하여 성명의 시대에 마침내 사마문에서 3일 동안 기다렸던 일이 있게 된 것입니다.〔噫, 今日左右前後, 皆相國之人, 殿下孤居九重之內, 忠言讜論, 無自而入, 不料聖明之世, 乃有司馬門三日之事也.〕"라는 내용이 보인다. 실제로 승정원에서 곽진위 등의 상소를 여러 번 물리치고 들이지 않은 사실이 《경종실록》에 보인다. 《史記 卷7 項羽本紀》《承政院日記 景宗 3年 3月 25日》《景宗實錄 景宗 3年 3月 23日》

는 때를 당하여 당대의 선비들이 모두 두려워 벌벌 떨며 숨을 죽이고, 심한 경우에는 혹 얼굴을 돌리고 행실을 더럽게 하여 흉당(凶黨)에 빌붙은 자도 있었으니, 공이 행한 것으로 말하면 참으로 이른바 '한겨울의 송백(松柏)'이어서 그 늠연하여 꺾을 수 없는 기상이 지금까지도 지묵(紙墨) 사이에 선명하다. 아, 공경할 만하도다!

나는 또 들으니, 공이 이 이후로 남양(南陽)[208]의 바닷가에 물러나 살면서 그 집에 '포슬(抱膝)'[209]이라 편액을 걸고 날마다 그 속에서 노래하고 읊조리며 더 이상 세간의 일을 묻지 않았는데, 영종(英宗 영조) 초년에 이르러 다시 태학(太學 성균관)에 들어와 또 정공 유(鄭公楡)[210]와 함께 소를 올려[211] 조태구(趙泰耉), 유봉휘(柳鳳輝), 이광좌(李光佐), 최석항(崔錫恒), 조태억(趙泰億)의 오적(五賊)을 성토하여 강직한 명성이 한 시대를 진동시켰다고 한다.

---

208 남양(南陽) : 충청남도 서천군(舒川郡)의 옛 이름이다.

209 포슬(抱膝) : 손으로 무릎을 끌어안고 앉아 있다는 뜻으로, 생각하는 바가 있는 모습을 이른다. 제갈량(諸葛亮)이 출사(出仕)하기 전 은거할 때 매일 새벽부터 저녁까지 늘 조용히 무릎을 끌어안고 앉아서 휘파람을 불었다는 고사에서 유래하였다. 여기에서 '포슬음(抱膝吟)'이라는 성어가 나왔는데, 고상한 지사(志士)가 소회를 읊조리는 것을 가리킨다. 《三國志 蜀志 卷5 諸葛亮傳 裴松之注》

210 정공 유(鄭公楡) : 정유(1694~?)는 본관은 영일(迎日), 자는 자직(子直)이다. 1749년(영조25) 문과에 합격하고, 사헌부 지평(司憲府持平) 등을 역임하였다.

211 소를 올려 : 1725년(영조1) 6월에 성균관 유생이었던 생원(生員) 정유(鄭楡)를 비롯하여 진사 홍윤보(洪允輔) 등이 1721년(경종1) 세자를 책립할 때 의혹과 분노를 크게 일으킨 조태구(趙泰耉), 유봉휘(柳鳳輝), 이광좌(李光佐), 최석항(崔錫恒), 조태억(趙泰億) 등에 대해 치죄를 청하는 소를 올린 일을 이른다. 소의 내용은 《승정원일기》와 《영조실록》 영조 1년 6월 11일 정축일 기사에 자세하다.

그 지취와 절조, 말과 논의가 처음부터 끝까지 일관된 것이 이와 같으니, 삼가 여기에 덧붙여 기록함으로써 공이 당시에 수립한 것이 일시의 비분강개에서 나온 것이 아님을 보인다.

숭정(崇禎) 세 번째 병오년(1786, 정조10) 계추(季秋) 하순에 안동(安東) 김이안(金履安)은 쓴다.

홍씨에게 출가한 누이가 소장한 《선고묵적》 뒤에 쓰다[212]
書洪氏妹所藏先考墨蹟後

아, 이것은 선군자(先君子 김원행(金元行))의 59세 때의 필적이니, 지금 28년이 되었는데도 먹빛이 방금 쓴 듯하다. 그 시는 모두 만대의 부녀자가 본보기로 삼을 것이 들어 있으니, 당시에 이 글씨를 나의 누이에게 주셨던 것이 어찌 우연이겠는가. 나의 누이가 평생토록 보물로 간직하였는데, 연로하자 이를 병풍으로 만들어 아침저녁으로 간절히 그리워하는 마음을 붙이려 하면서, 이어 나의 필적까지 남겨두고자 하여 그 뒤에 기록하게 하였다.

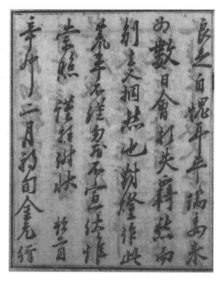

김원행(金元行) 글씨
白斗鏞 編, 海東歷代名家筆譜, 翰南書林, 1926,
국립중앙도서관(古0231-13-69)

정미년(1787, 정조11) 맹추(孟秋)에 불초고(不肖孤) 이안(履安)은 삼가 쓴다.

---

212 홍씨(洪氏)에게……쓰다 : 이 글은 저자가 66세 때인 1787년(정조11) 9월에 쓴 것이다. '누이'는 홍낙순(洪樂舜, 1732~1795)에게 출가한 저자의 둘째 누이를 가리킨다. 홍낙순은 13쪽 주1 참조.

《침굉당 이공 몽뢰 연보》 뒤에 쓰다[213]
題枕肱堂李公 夢賚 年譜後

내가 《침굉당 이공 연보》를 읽으니, 그 효성에 감응하여 신이한 기적
이 많은 것이 옛날 왕상(王祥)[214]과 흡사하였다. 그러나 이런 일들을
옛사람은 거의 언급하지 않았는데, 반드시 불러올 수 있는 것이 아니
기 때문이다.

　공으로 말하면, 어렸을 때 아버지를 잃었는데 이미 그 슬픔과 예의를
스스로 지극히 할 줄 알았으며,[215] 어머니가 고령이 되자 하루라도 그

213　침굉당 이공 연보(枕肱堂李公年譜) 뒤에 쓰다 : 이 글은 저자가 67세 때인 1788년
(정조12) 1월에 쓴 것이다. '침굉당'은 이몽뢰(李夢賚)의 호이다. 본관은 전주(全州)이
며, 우찬성(右贊成) 이시언(李時彦)의 서손(庶孫)으로, 아버지는 이재(李在)이다.
《淸陰集 卷24 右贊成李公神道碑銘》

214　왕상(王祥) : 184?~268. 삼국 시대 위(魏)나라와 서진(西晉) 때의 대신(大臣)
으로, 왕희지(王羲之)의 족증조부이며 효행으로 유명하다. 겨울철에 계모 주씨(朱氏)
가 병이 들어 잉어를 먹고 싶어하자 왕상이 강에 나가 옷을 벗고 얼음 위에 엎드리니
얼음이 저절로 녹으며 잉어 두 마리가 튀어나왔다는 고사, 계모가 참새 구이를 몹시
먹고 싶어했지만 구하지 못하여 걱정했는데 오래지 않아 10마리의 참새가 절로 집안
으로 날아들어왔다는 고사, 계모가 능금나무의 열매를 잘 지키라고 명하자 비바람이
불 때마다 왕상이 나무를 끌어안고 눈물을 흘렸다는 고사, 계모가 왕상이 자고 있을
때 왕상을 죽이려고 왕상의 침대를 내리쳤으나 마침 왕상이 소변을 보러 가서 화를
피했는데 돌아온 왕상이 이를 알고 계모에게 자신을 죽여달라고 청하자 계모가 감동하
여 이후 친아들처럼 대했다는 등의 일화가 많다. 《晉書 卷33 王祥列傳》

215　그……알았으며 : 이와 관련하여 《논어》〈자장(子張)〉에 "내가 선생님께 들으
니, '사람이 스스로 정성을 극진히 하는 것이 없지만 반드시 부모의 상에는 정성을 다한
다.'라고 하셨다.〔吾聞諸夫子, 人未有自致者也, 必也親喪乎!〕"라는 증자(曾子)의 말이

곁을 떠나는 것을 근심하여 과거 응시를 단념하고 오로지 봉양만 일삼 았다. 그리하여 몸소 고기 잡고 사냥하여 힘써 맛있는 음식을 다 올리 기를 30년을 하루같이 하였다. 또 이 마음을 미루어서 근본에 보답하고 조상을 추모하는 일에 수고를 아끼지 않았는데, 대부분 사람들이 하기 어려운 것들이었다. 그 실제 행실이 이와 같으니 참으로 공경스럽다!

나는 또 공의 스스로를 채찍질하는 글과 공이 지은 바 예(禮)에 대해 변정(辨正)한 글들을 얻어 보고 그 보존한 뜻과 사업을 더욱 알 수 있었는데, 공의 효행은 또한 여기에서 얻은 듯하다. 자하씨(子夏氏)가 이른바 "나는 반드시 학문을 했다고 말하겠다.〔吾必謂之學矣.〕"라는 것[216]이 참으로 옳지 않은가!

공의 아들 봉흥(鳳興) 홍숙보(興叔甫)가 일찍이 나의 선인(先人 김원 행(金元行))에게 수업을 받아 나와 사이가 좋았는데, 지금 천 리 먼 길을 와서 공의 행적을 기술하는 글을 지어주기를 청하였다. 그러나 아쉽게 도 내가 늙고 병들어 그 뜻에 부응할 수 없으니, 우선 이 내용을 권 말에 기록하여 보는 자들로 하여금 징험함이 있게 한다.

숭정(崇禎) 세 번째 무신년(1788, 정조12) 정월 하순에 안동(安東) 김이안(金履安)은 쓴다.

보인다.

216 자하씨(子夏氏)가……것 : 《논어》〈학이(學而)〉에 "자하가 말하였다. '어진 이 를 어질게 여기되 여색을 좋아하는 마음과 바꿔서 하며, 부모를 섬기되 능히 그 힘을 다하며, 인군을 섬기되 능히 그 몸을 바치며, 붕우와 더불어 사귀되 말함에 성실함이 있으면, 비록 배우지 못했다고 말하더라도 나는 반드시 그를 배웠다고 이르겠다.〔子夏 曰: 賢賢, 易色; 事父母, 能竭其力; 事君, 能致其身; 與朋友交, 言而有信, 雖曰未學, 吾必謂之學矣.〕"라는 내용이 보인다.

《대둔수창록》 뒤에 쓰다[217]

書大芚酬唱錄後

앞의 《대둔수창록》은 순창(淳昌)의 백군 사건(白君師健)[218]의 집에 소장된 것이다. 군의 선조 송호공(松湖公 백진남(白振南))[219]은 나의 선조 문정공(文正公 김상헌(金尙憲))과 친하게 지냈는데, 일찍이 함께 해남(海南)의 대둔산(大芚山)에 놀러 가서 이 시를 남겼다. 나의 백증조(伯曾祖) 충헌공(忠獻公 김창집(金昌集)) 형제 대에 와서 또 송호공의 손자[220]와 이곳에서 노닐었기 때문에 두 세대의 시문을 합쳐 1권으로 만들었는데, 그 글씨는 모두 문정공과 충헌공이 손수 쓴 것이다. 권 안에는 또 나의 고조 문충공(文忠公 김수항(金壽恒))과 선군(先君 김원행(金元行))이 지은 제발(題跋)[221]이 들어 있다.

217 대둔수창록(大芚酬唱錄) 뒤에 쓰다 : 이 글은 저자가 67세 때인 1788년(정조12) 봄에 전라북도 순창(淳昌)에 사는 백사건(白師健)의 청을 받고 쓴 것이다. 《대둔수창록》은 저자의 6세조인 김상헌(金尙憲)과 백증조인 김창집(金昌集)이 각각 백사건의 선조인 백진남(白振南) 및 백진남의 손자와 대둔산(大芚山)에 놀러가서 주고받은 시문을 합쳐 만든 것이다.

218 백군 사건(白君師健) : 백사건(1753~?)은 본관은 수원(水原)이며 거주지는 봉산(鳳山)이다. 1784년(정조8) 무과에 급제하였다.

219 송호공(松湖公) : 백진남(白振南, 1564~1618)의 호이다. 본관은 해미(海美), 자는 선명(善鳴)이며, 시인 백광훈(白光勳, 1537~1582)의 아들이다. 1590년(선조23) 진사시에 합격하였다. 글씨와 시로 유명하며, 문집에 《송호유고(松湖遺稿)》 1권이 있다.

220 송호공의 손자 : 백명헌(白明憲)으로, 행적은 자세하지 않다.

221 나의……제발(題跋) : 김수항(金壽恒)의 《문곡집(文谷集)》 권26에 실린 〈「대둔수창시서」 뒤에 쓰다[書大芚酬唱詩序後]〉와 김원행(金元行)의 《미호집(渼湖集)》 권

백군이 이 책을 소매에 넣어 와서 나에게 보여주기에 손을 씻고 공경히 완미하노라니 황홀히 장춘동(長春洞)²²² 안에서 직접 장구(杖屨)²²³를 모시고 선배들의 성대한 풍류와 운치를 우러러보는 듯하였고, 우리 두 집안의 대를 이은 돈독한 우호를 여기에서 또한 징험할 수 있었다.

다만 세월이 오래되고 인사(人事)가 여러 번 변하여 외로운 이 몸만 겨우 살아 있으니, 세월의 변천에 대해 절로 서글픈 심정이 드는 것을 이길 수 없다. 백군 역시 이미 그 붓과 벼루를 버리고 헌걸찬 무관(武官)의 군자가 되었으니, 아! 한 번 성하고 한 번 쇠락하는 것은 또한 떳떳한 이치일 뿐이다. 백세토록 서로 잊지 말자는 의리가 선군의 발문에 남아 있으니,²²⁴ 이것은 우리 후인들이 함께 힘써야 할 것이다.

이윽고 이 말을 백군에게 고해주고, 이어 권말에 써서 후인을 진작하는 바이다.

숭정(崇禎) 세 번째 무신년(1788, 정조12) 계춘(季春) 하순에 문정공 6세손 이안(履安)은 삼가 쓴다.

13에 실린 〈백철원이 소장한 「대둔수창시」에 쓰다〔題白徹源所藏大芚酬唱詩〕〉를 이른다.

222 장춘동(長春洞) : 대둔산에 있는 계곡 이름이다.

223 장구(杖屨) : 지팡이와 신발이라는 뜻으로, 전하여 존경하는 어른의 경칭으로 쓰인다.

224 백세토록……있으니 : 김원행의 발문 중에 "두 집안의 우호가 돈독한 것을 여기에서 또한 볼 수 있으니, 지금 이후로 백세가 지나더라도 서로 잊지 말아야 할 것이다.〔兩家交好之篤, 於是亦可見矣, 繼今以往, 雖百世, 無相忘可也.〕"라는 내용이 보인다.《渼湖集 卷13 題白徹源所藏大芚酬唱詩》

김군 태선의 《언행록》 뒤에 쓰다[225]

書金君泰善言行錄後

용강(龍岡)[226]의 김진수(金震秀) 계현(季賢)이 일찍이 우리 선인(先
人 김원행(金元行))에게 배웠는데, 지금 천 리 먼 길을 와서 그 형 진복
씨(震復氏)가 지은 《선고언행록(先考言行錄)》 1통을 나에게 보여주
며 다음과 같이 말하였다.

"우리 아버지와 같은 효행을 조정에 드러내 알리지 못한 것은 불초자
들의 죄이니, 그대의 한마디 말씀을 얻어 그 묘소를 빛내기를 원합니
다."

나는 공경히 받아서 모두 읽었다.

아, 공이 어버이를 섬긴 것은 어찌 그리 《소학》에 실린 옛 효자의
일과 비슷하단 말인가! 그 순수한 정성과 지극한 사랑이 늙어서도 더욱
독실하여 제사 때 그릇 하나 잘못 떨어뜨렸다는 이유로 스스로 사당의

---

225 김군 태선(金君泰善)의……쓰다 : 이 글은 저자가 67세 때인 1788년(정조12) 4월
에 쓴 것이다. 김태선은 행력이 자세하지 않다. 다만 이 글과 관련하여 《승정원일기》
1789년(정조13) 1월 10일 정묘일 기사에, 김태선의 행적에 대해 평안도 관찰사가 정조
에게 상주한 일이 보인다. 또 《일성록》 1794년(정조18) 9월 29일 계축일 기사에, 평안
도 유학(幼學) 김치익(金致益) 등이 상언(上言)하여 김태선의 효행에 대해 1788년에
관찰사가 이미 상주하였는데도 아직까지 정표(旌表)의 은전을 입지 못하였다고 하자
이에 정조가 정표하였다는 내용이 보인다. 이 당시 평안도 관찰사는 저자의 종제(從弟)
인 김이소(金履素, 1735~1798)였다.

226 용강(龍岡) : 평안남도 남서부에 있는 현(縣) 이름으로, 여기에서는 김진수(金震
秀)의 거주지를 이른다.

뜰에서 매질하여 그 삼가지 못한 것을 사죄하기까지 하였으니, 이는 또 옛사람에게도 없던 일이다. 일념으로 공경하고 삼가며 돌아가신 분 섬기기를 살아 계셨을 때와 같이 섬기는 자가 아니라면 능히 그렇게 할 수 있겠는가.

공은 먼 변방에서 나고 자라 평소 사우(師友)에게서 보고 들은 것이 없고 그 젊은 날 향산(香山)에서 읽은 것은 단지 《소학(小學)》 2권뿐이었다. 그런데도 일생 동안 받아들여 쓴 것이 마침내 이와 같으니, 세상에서 경적(經籍)을 줄줄 꿰어 도의(道義)에 대해 이야기하기를 좋아하지만 실제 행실은 안으로 부끄러움이 있는 자에 비하면 어떠한가?

무릇 다른 사람의 숨은 덕을 드러내어 후세에 남기는 것은 군자가 즐겨 하는 일이다. 애석하다! 나는 그에 맞는 사람도 아니고, 또 늙고 병들어 죽을 날이 가까워서 스스로 힘을 쏟지도 못한다. 단지 이를 권말에 써서 계현보의 뜻에 부응할 뿐이니, 참으로 한탄스럽다!

숭정(崇禎) 세 번째 돌아오는 무신년(1788, 정조12) 맹하(孟夏) 상순에 안동(安東) 김이안(金履安)은 삼산각(三山閣)[227] 안에서 쓴다.

---

[227] 삼산각(三山閣) : 석실서원(石室書院)의 사랑채 이름으로, 1697년(숙종23)에 저자의 증조 김창협(金昌協, 1651~1708)이 지은 것이다. 《農巖集 附錄 年譜下》

〈장천 김공 인준 행장〉 뒤에 쓰다[228]
題長川金公 仁俊 行狀後

내가 근세에 효행을 말하는 것을 보면 대체로 빙어설순(氷魚雪笋)[229]
의 신이한 일이 많은데, 지금 이 행장을 읽어보니 그저 평범한 내용
뿐이다. 그러나 그 순일한 정성과 독실한 사랑으로 살아 계실 때 봉
양하고 돌아가신 뒤 상을 치르고 제사를 지낼 때 스스로 지극정성을
다하여, 죽음을 앞두고서도 지성스레 그만두지 못했던 것은 절로 사
람으로 하여금 감탄스러워 눈물이 흐르게 한다. 그리고 또 이 마음을
미루어 넓혀서 형제와 화목하고 종족에게 온정을 베풀어 온 문중 안
이 화목한 것이 가풍을 이루어서 지금까지도 여전히 남은 가르침이
있으니, 이렇다면 어찌 빙어설순을 기다려서 그 효를 징험하겠는가.
아, 공경할 만하도다!

　나는 또 공이 자식들에게 가르친 몇 마디 말이 마치 공명선(公明宣)

228　장천 김공 행장(長川金公行狀) 뒤에 쓰다 : 이 글은 저자가 69세 때인 1790년(정
조14) 11월에 쓴 것이다. '장천'은 경상북도 상주(尙州)에 있는 부곡(部曲)이며, '김공'
은 김인준(金仁俊)으로, 본관은 상산(商山), 자는 수이(壽而)이다. 자세한 행적은 송
환기(宋煥箕)의 《성담집(性潭集)》〈증지평김공묘갈명(贈持平金公墓碣銘)〉에 보인다.

229　빙어설순(氷魚雪笋) : 얼음에서 물고기가 나오고 눈 속에서 죽순이 돋아났다는
일화이다. '빙어'는 삼국 시대 위(魏)나라와 서진(西晉) 때의 대신(大臣)인 왕상(王祥,
184?～268)의 고사이다. 127쪽 주214 참조. '설순'은 삼국 시대 오(吳)나라의 대신인
맹종(孟宗, 218～271)의 고사이다. 병이 위중한 어머니가 한겨울에 죽순을 먹고 싶어
하여 대숲에 들어갔으나 죽순이 없어 슬피 울자 갑자기 죽순이 돋아났다고 한다. 모두
이십사효(二十四孝)의 한 사람이다.

이 배운 것[230]과 방불한 것을 사랑하니, 후세의 억지로 꾸며 외면에
힘쓰는 습속을 깊이 경계함이 있다. 공이 자식을 가르친 것이 이와
같았으니 그 자신의 행실을 알 수 있다. 그 효를 행한 것 역시 여기에서
얻은 것이리라.

공의 아들 제묵보(濟默甫)[231]는 나의 선인(先人 김원행(金元行))을 사사
(師事)하였는데, 일찍이 이 행장을 가지고 명(銘)을 지어달라고 청했었
다. 선인이 이미 수락하였으나 미처 완성하지 못하자, 마침내 다시 나에
게 부탁하였다. 그러나 내가 어찌 감히 짓겠는가. 그리고 늙고 병들어 죽음
을 앞두어서 스스로 어찌할 힘도 없으니, 이 때문에 쳐다보고 눈물을 흘리
며 이 내용을 대략 권 말미에 써서 덕을 아는 자가 상고하기를 기다린다.

숭정(崇禎) 세 번째 경술년(1790, 정조14) 중동(仲冬)에 안동(安東)
김이안(金履安)은 발문을 쓴다.

---

230 공명선(公明宣)이 배운 것 : 공명선은 증자(曾子)의 제자이다. 증자의 문하에 있
으면서 3년 동안 글을 읽지 않자 증자가 그 이유를 물었는데 공명선이 다음과 같이
대답하였다고 한다. "어찌 감히 배우지 않았겠습니까. 제가 선생님께서 뜰에 계실 때를
보니, 부모님이 계실 때에는 꾸짖는 소리가 개나 말에도 이른 적이 없으시기에 이를
기뻐하여 배웠으나 능하지 못합니다. 제가 선생님께서 빈객을 응대하시는 것을 보니,
공손하고 검소하여 태만하지 않으시기에 이를 기뻐하여 배웠으나 능하지 못합니다. 제가
선생님께서 조정에 계실 때를 보니, 아랫사람에게 엄격하게 대하면서도 마음을 상하게
하지 않으시기에 이를 기뻐하여 배웠으나 능하지 못합니다. 제가 이 세 가지를 기뻐하여
배웠으나 능하지 못하니, 제가 어찌 감히 배우지 않으면서 선생님의 문하에 있겠습니까.
〔安敢不學? 宣見夫子居庭, 親在, 叱咤之聲, 未嘗至於犬馬, 宣說之學而未能; 宣見夫子之
應賓客, 恭儉而不懈惰, 宣說之學而未能; 宣見夫子之居朝廷, 嚴臨下而不毀傷, 宣說之學
而未能. 宣說此三者, 學而未能. 宣安敢不學而居夫子之門乎?〕"《小學集註 第4 稽古》
231 제묵보(濟默甫) : 김제묵(金濟默, 1746~?)은 본관은 상산(商山), 자는 군익(君
翼)이다. 1777년(정조1) 생원시에 합격하였다. '보(甫)'는 남자의 미칭이다.

〈기암 정공 상기 행장〉 뒤에 쓰다[232]

題畸菴鄭公 相琦 行狀後

정 사문 중열(鄭斯文仲烈)이 그 선조 기암공(畸菴公)의 행장(行狀)을 나에게 보여주었는데, 그 글이 질박하고 화려함이 없었으며 전전긍긍 마치 두려워하는 바가 있는 듯하였으니, 자손이 할아버지의 행장을 짓는 것은 의당 이렇게 해야 할 것이다.

그러나 이에 나아가 살펴보면 공의 효성과 우애를 행한 실제의 행실은 이미 절로 우뚝하여 세상에 모범이 된다. 또 능히 장중함으로 몸가짐을 하고 겸손함으로 남을 대하여 대체로 《소학》의 규범에 합치하지 않는 것이 적었고, 재물과 영달에 대해 씻은 듯 미련을 두지 않아 당시 사람들이 옥호청빙(玉壺淸氷)[233]에 비견하였으니, 또한 인품의 고상함을 상상해볼 수 있다.

중열은 족손(族孫)으로 공의 후사가 되었는데, 공이 세상을 떠난 지 이미 오래되어 그 평소의 언행에 대해 자세하지 않은 것이 많을 터인데도 공을 생전에 알았던 고로(古老)들에게 부지런히 찾아가 묻기를 이와 같이 하고, 또 집안의 기술(記述)이 멀리 전해지지 못할까 두려워하여 당대의 공언(公言)을 구하여 그 묘소에 명(銘)을 새기고자 하니, 참으로 효손의 마음 씀이라 하겠다.

---

232 기암 정공 행장(畸菴鄭公行狀) 뒤에 쓰다 : 이 글은 저자가 69세 때인 1790년(정조14) 11월에 쓴 것이다. '정공'은 정상기(鄭相琦)로, 행력은 자세하지 않다.

233 옥호청빙(玉壺淸氷) : 옥 단지에 든 깨끗한 얼음이라는 뜻으로, 고결하고 청렴한 인품을 비유한다.

애석하다! 부탁할 사람으로 적합한 사람을 찾지 못하여 마침내 나에게까지 왔으니, 내가 어찌 공을 불후하게 할 수 있겠는가. 비록 그렇다고는 하나 중열은 내가 잘 아는 사람이니, 그 말이 망녕되지 않음을 안다. 세상에 혹 나를 아는 사람이 있다면 또한 중열을 알 것이라 공의 아름다운 덕이 끝내 묻히고 말 것은 근심하지 않아도 될 것이다. 이 때문에 그 묘갈명을 사양하고 행장의 말미에 이와 같이 쓴다.

숭정(崇禎) 세 번째 경술년(1790, 정조14) 동지 사흘 전에 안동(安東) 김이안(金履安)은 발문을 쓴다.

이형신[234]의 《선고가장》 뒤에 쓰다

題李衡臣先考家狀後

오호라! 이것은 나의 벗 이모(李某)가 지은 그 선친 생원공(生員公)[235]의 가장(家狀)이다. 모는 일찍이 이 가장을 가지고 나의 선인(先人 김원행(金元行))에게 묘갈명을 청한 적이 있는데, 선인이 미처 완성하지 못하자 또 나에게 발문을 청하였다. 내가 늙고 병들어 세월만 보내면서 오랫동안 부응하지 못하였는데 모가 이미 땅속 사람이 되어버렸으니, 슬프다!

비록 그렇다고는 하나 공이 불행히도 나의 선인의 묘갈명은 얻지 못했지만 또한 이미 당대의 문필을 잡은 대가에게 이를 얻었으니,[236]

---

234 이형신(李衡臣) : 함평 이씨(咸平李氏)로, 시조는 고려 광종(光宗) 때의 신호위 대장군(神虎衛大將軍) 이언(李彦)이다. 저자의 아버지 김원행(金元行)의 문인이며, 행력은 자세하지 않다. 김종후(金鍾厚, 1721~1780)의 《본암집(本庵集)》 권8 〈성균 생원 이군 묘지명(成均生員李君墓誌銘)〉에는 이형백(李衡白, 1697~1756)으로 되어 있으며, 《미호집(渼湖集)》 권9에 이형백에게 보낸 편지가 2통 실려 있다. 그러나 임헌 회(任憲晦, 1811~1876)의 《고산집(鼓山集)》 권8 〈간서잡록(看書雜錄)〉에는 또 이형 신으로 되어 있다. 현재 남아 있는 《사마방목(司馬榜目)》에는 이형신이나 이형백의 이름이 보이지 않는다.

235 생원공(生員公) : 이름이 자세하지 않다. 행력은 김종후의 〈묘지명〉에 근거하면 성균관 생원시에 합격하였으며, 아내는 단양 우씨(丹陽禹氏)이다. 60세의 나이로 세상을 떠난 지 2년 뒤에 고을 선비들이 그 행실을 조정에 알려 호역(戶役)을 면제받는 은전을 받았다. 《本庵集 卷8 成均生員李君墓誌銘》

236 이미……얻었으니 : 김종후(金鍾厚)의 《본암집(本庵集)》 권8에 보이는 〈성균 생원 이군 묘지명(成均生員李君墓誌銘)〉을 가리킨다.

그렇다면 나의 군더더기 말은 아무 쓸모가 없을 것이다. 다만 생각건
대, 선인이 일찍이 모를 위하여 '한상유려 효우가풍(漢上遺廬孝友家
風)' 8자를 큰 글씨로 써주었는데, 단지 그 집에 제서(題書)해준 것이
그 묘(墓)에 명(銘)을 지어주는 것과 같지 않을 뿐, 그 기리고 허여한
것은 또한 오래도록 전해지기에 충분하니, 가장에 의당 이 일을 부기
(附記)했어야 할 것이다. 그런데 지금 누락되었으니 나는 모가 살아
있을 때에 그와 상의하여 정하지 못한 것이 유감스럽다. 다만 이를
기록하여 보는 자들로 하여금 상고할 수 있도록 할 뿐이다.

　모는 나의 선인에게 수업하였는데, 종신토록 우러러 칭송하고 사모
하는 것이 변함이 없었다. 일찍이 사일당(事一堂)을 지어 그 집안 선조
의 기물과 나의 선인의 지팡이와 신발, 필적과 간찰 등을 보관하고
그 속에서 거처하며 새벽부터 저녁까지 바라보고 의지하고자 하기에
내가 그를 위해 선친께서 남긴 필적을 보내주었었다. 이 당이 과연
완성되었는지 알지 못하겠지만, 그 마음 씀이 독실하고 두터우니 또한
공의 남은 가르침을 징험할 수 있다.

　우연히 먼지 쌓인 상자를 점검하다가 이 글을 얻었는데, 죽은 이에게
허락했던 것을 이제 와서 그만둘 수 없다는 생각에 속히 이를 써서
그 영연(靈筵)에 진열하게 한다. 아! 모가 구천에서 다시 살아난다면
그나마 위로가 될 수 있으리라.

행장 유사를 부기함 行狀 附遺事

선비 행장[1]
先妣行狀

선비(先妣) 숙부인(淑夫人) 홍씨(洪氏)는 세계(世系)가 남양(南陽 경기도 화성(華城))에서 나왔으니, 고려 금오위 위(金吾衛尉)[2] 휘(諱) 선행(先幸)의 후손이다. 대대로 벼슬아치가 나왔는데, 근래에 현달한 분으로는 다음과 같은 분들이 있다.

휘 담(曇)은 이조 판서를 지낸 정효공(貞孝公)이고, 휘 진도(振道)는 정사 공신(靖社功臣)에 책록되고[3] 판중추부사(判中樞府事)를 지냈

---

1 선비 행장(先妣行狀) : 이 글은 향년 66세로 세상을 떠난 저자의 어머니 남양 홍씨(南陽洪氏, 1702. 9. 15~1767. 1. 19)의 행장으로, 지은 시기는 자세하지 않다. 홍씨의 아버지는 진사로 이조 참판에 추증된 홍귀조(洪龜祚), 조부는 참판 홍숙(洪璛), 증조는 이조 참판에 추증된 홍성원(洪聖元), 외조부는 진사 이경(李絅)이다. '선비'는 다른 사람에게 돌아가신 자기 어머니를 이르는 말이다.

2 금오위 위(金吾衛尉) : '금오위'는 고려 시대 중앙군인 이군(二軍) 육위(六衛) 중의 하나이다. 성종(成宗) 14년(995)에 설치된 것으로 추정되며, 개경(開京)의 치안을 담당한 경찰 부대였다. 정용(精勇) 6령(領)과 역령(役領) 1령으로 편성되었으며, 지휘관은 정3품 상장군(上將軍)이었다. '위(尉)'는 각 령에 소속된 정9품 관직으로 모두 20인이었다.

3 정사 공신(靖社功臣)에 책록되고 : 정사공신은 1623년(인조1) 서인이 광해군과 대

으며 남양군(南陽君)에 봉작된 충목공(忠穆公)이니, 선비에게는 8대
조와 5대조가 된다. 증조 휘 성원(聖元)은 참판과 익성군(益城君)에
추증되었다. 조(祖) 휘 숙(璛)은 병조 참판을 지내고 남계군(南溪君)
에 봉작되었으며 판서에 추증되었다. 고(考) 휘 귀조(龜祚)는 진사로
참판에 추증되었는데, 문장과 덕행으로 사우(士友)에게 중시받았다.
비(妣)는 정부인(貞夫人)에 추증된 전주 이씨(全州李氏)로, 진사 휘
경(絅)의 딸이다.

선비는 숙종 임오년(1702, 숙종28) 9월 15일에 태어나 15세(1716,
숙종42)에 우리 대인(大人 김원행(金元行))에게 출가하였다. 당시에는
큰 시할아버지 충헌공(忠獻公 김창집(金昌集))과 큰 시아버지 승지공(承
旨公 김제겸(金濟謙))이 모두 무양(無恙)하여 문벌이 매우 성대하였다.
시어머니 박 유인(朴孺人)[4]은 일찌감치 과부가 되어 외로이 담장 하나
를 사이에 두고 살았다.

선비가 날마다 위아래로 두 집에 응대하고 주선(周旋)하여 덕행과
용모를 잘 갖추자 여러 존장들이 돌아가며 자랑하여 말하기를 어진

북파의 이이첨(李爾瞻) 등을 몰아내고 선조의 손자인 능양군(綾陽君), 즉 인조를 추대
한 공신을 이른다. 모두 3등급으로 나누어 1등 7인, 2등 13인, 3등 27인을 책록하였는데,
홍진도(洪振道)는 이 가운데 3등에 책록되었다. 《國朝功臣錄, 筆寫本, 국립중앙도서관
(한古朝57-가738)》

4 박 유인(朴孺人) : 1682~1732. 밀양 박씨(密陽朴氏)로, 이조 판서 박권(朴權)의
장녀이다. 14세에 김창협(金昌協, 1651~1708)의 아들 김숭겸(金崇謙, 1682~1700)에
게 출가하여 19세에 과부가 되었고, 51세에 세상을 떠났다. 후사가 없어 김숭겸의 형인
김제겸(金濟謙, 1680~1722)의 아들, 즉 저자의 아버지인 김원행(金元行, 1702~1772)
이 태어나자 곧바로 양자로 들였다. 자세한 행력은 김원행의 《渼湖集(渼湖集)》 권19
〈선비 유인 박씨 행장(先妣孺人朴氏行狀)〉에 보인다.

며느리를 얻었다고 하였다. 선비는 늘 박 유인의 곁을 지키며 온화하고 양순한 낯빛으로 받들어 섬기기를 마치 친모녀와 같이 하였고, 유인이 언짢아하면 선비가 감히 한마디도 변명하지 않았다가 나중에 차근차근 말씀드리기를 전의 아무 일이 이러저러하였다고 하니, 유인이 일찍이 기뻐하지 않은 적이 없었다.

얼마 지나지 않아 사화(士禍)가 일어나 온 집안에 피눈물이 흘러 넘치게 되었다.[5] 선비는 속에 근심과 슬픔을 쌓은 채 젖먹이 아이를 안고 칠흑같은 밤에 산골짝을 달리곤 하였는데 다다른 곳은 사람들이 견디지 못할 곳이 대부분이었고,[6] 금산(錦山)에 있었던 것은 승지공(김 제겸)의 부인 송씨(宋氏)가 이곳에 유배되어 있어[7] 박 유인이 그곳에

---

5 사화(士禍)가……되었다 : 신축년(1721, 경종1)과 임인년(1722)에 일어난 신임사화(辛壬士禍)를 이른다. 영조의 세제(世弟) 책봉과 대리청정을 둘러싸고 벌어진 노론과 소론의 당파 싸움에서 소론이 노론을 역모로 몰아 소론이 실권을 잡은 사화로, 이로 인해 노론 사대신(四大臣)의 한 사람이었던 김원행의 생조부 김창집(金昌集)은 거제도(巨濟島)로 유배되었다가 1722년 5월 2일 경상도 성주(星州)에서 사약을 받고 죽었으며, 생부 김제겸(金濟謙)은 울산(蔚山)에 유배되었다가 다시 함경북도 부령(富寧)으로 이배(移配)된 뒤 1722년 8월 24일 이곳에서 사사되었다. 김제겸의 장자 김성행(金省行) 역시 동년 5월 19일 형장(刑杖)을 이기지 못하고 김제겸보다 먼저 옥사하였다. 김제겸에 대한 자세한 행력은 김원행의 《미호집(渼湖集)》 권19 〈선백부 부군 행장(先伯父府君行狀)〉에 보인다. 《安東金氏大同譜刊行委員會, 安東金氏世譜(5), 서울, 1982》

6 선비는……대부분이었고 : '젖먹이 아이'는 저자인 김이안(金履安)을 이른다. 김이안은 1722년 3월 27일에 태어났다. 저자의 아버지 김원행(金元行)은 신임사화(辛壬士禍)가 일어나자 이후 십수 년 동안 서울을 떠나 5, 6개 고을을 이리저리 옮겨 다니며 살았는데, 대부분 황폐한 강가나 궁벽한 골짜기에서 살았으며 아침저녁 끼니를 자주 거를 정도로 곤궁하게 지냈다고 한다. 《安東金氏大同譜刊行委員會, 安東金氏世譜(5), 서울, 1982》《渼湖集 卷19 先妣孺人朴氏行狀》

갔기 때문이었다. 이때 선비는 또 대부분 송 부인의 좌우에서 따르며 오직 부지하고 보호하는 것만을 삼가 힘써서 집안이 전복되었다는 이유로 떳떳한 법도를 조금이나마 느슨히 하는 일은 없었다.

몇 년이 지나자 억울한 일이 조금 신원(伸冤)되었으나[8] 대인은 이미 마음속으로 벼슬을 포기하고 숨어 살면서 부모를 봉양하고 글을 읽기로 맹세한 터였다. 선비는 밤낮으로 박 유인을 도와 술과 안주를 갖추어 손님과 벗들을 봉양하였는데 한탄하는 기색 없이 담담하였다. 박유인이 세상을 떠난 뒤 대인은 더 이상 생업을 상관하지 않았는데, 사방에서 배우러 온 자들이 더욱 많아지자 대인은 날마다 강론과 교수로 일을 삼았다.

집은 가난하고 자주 이사 다니느라 영락함이 갈수록 심해지자, 선비는 비녀와 귀고리를 모두 팔아서 제사를 모셨고, 흉년에는 상수리 열매

---

7 금산(錦山)에……있어 : '금산'은 김제겸(金濟謙, 1680~1722)이 사사된 뒤에 김제겸의 처 은진 송씨(恩津宋氏, 1679~1732), 다섯째 아들 김탄행(金坦行, 1714~1774)과 여섯째 아들 김위행(金偉行, 1720~1752), 막내딸이 유배된 곳이다. 넷째 아들 김달행(金達行, 1706~1738)은 강원도 흡곡(歙谷)으로 유배되었다. 김제겸의 둘째 아들 김준행(金俊行, 1701~1743)과 셋째 아들 김원행(金元行, 1702~1772)은 이때 이미 출계(出系)한 상태였기 때문에 화를 면하였다. 김탄행에 대한 자세한 행력은 뒤의 〈종숙부 부사공 표묘(從叔父府使公墓表)〉에 보인다. '승지공의 부인 송씨(宋氏)'는 동춘당(同春堂) 송준길(宋浚吉)의 증손녀로, 자세한 행력이 김원행의 《미호집(渼湖集)》 권19 〈선백모 정부인 묘지(先伯母貞夫人墓誌)〉에 보인다.

8 억울한……신원(伸冤)되었으나 : 영조 즉위 이듬해인 1725년에, 경종 때 일어난 신임옥사를 무옥으로 판정하고 이때 죽은 노론 사대신(四大臣)을 신원한 을사처분(乙巳處分)을 이른다. 이 조치로 김창집(金昌集)과 김제겸(金濟謙)은 관작을 회복하였고, 김창집에게는 충헌(忠獻)이라는 시호와 함께 사우(祠宇)의 건립이 허락되었다. 《英祖實錄 1年 3月 2日·8日, 4月 4日, 8月 16日》

를 주워 양식으로 삼았다. 그러면서도 비복들을 더욱 단속하여 문호를 수리하고 기물을 정비해서 사람들이나 손님들을 대할 때 반드시 옛 모습을 훼손하는 일이 없도록 하였다. 밤이 되면 곧 등을 밝히고 바느질을 하여 홀로 앉아 닭 우는 소리를 들으며 어른과 아이의 의복을 만들었다. 그리고 말과 소를 기르고 과수원과 텃밭을 가꾸는 등 여러 바깥의 소소한 일들에 이르러서도 모두 선비가 몸소 요량하고 점검하였다. 만년에는 괴이한 질병에 걸려 두 눈으로 사물을 거의 식별할 수 없었는데도 누워 있는 상태에서도 조처하여 어느 것 하나 빠짐이 없도록 함으로써 끝내 대인으로 하여금 집안일을 근심하여 안을 돌아보느라 그 즐거움을 방해하는 일이 없도록 하였다. 그러나 그 일생의 수고는 참으로 지극한 것이었다.

대인의 명성과 지위가 점점 높아지면서 조정의 소명(召命)이 자주 이르자 선비 역시 대인을 따라 책봉 고명(誥命)을 받게 되었다. 이에 사람들은 선비를 위해 영광스럽게 생각했으나 선비는 더욱 스스로 두려워하고 삼가서 행여 털끝만큼이라도 대인의 덕에 누가 될까 걱정하였다. 식솔 중에 잘못이 있으면 그때마다 이르기를 "사람들이 나에게 '장자(長者) 집안이 이렇단 말입니까.'라고 비방하는 소리라도 들리면 어찌하겠느냐?"라고 하였다. 이 때문에 문하의 선비들 중에 친숙한 사람들은 모두 선비의 현명함을 알게 되어 군자의 짝이 될 만하다고 하였다.

선비는 이미 누적된 슬픔으로 인해 병이 났는데, 중자(仲子)[9]가 뛰어

---

9 중자(仲子) : 저자의 아우 김이직(金履直, 1728~1745)을 이른다. 191쪽 주129 참조. 비범했던 자질과 활달하고 인후한 성품 등에 대해서는 191쪽 〈가제 유사(家弟遺

난 재주로 요절하자 병이 더욱 고질이 되어 치료할 수 없는 지경이
되어서 자주 위급한 상황이 되었다. 차도가 조금 있을 때 불초의 보은
(報恩) 임소[10]에 와서 있었는데, 겨우 8개월 되었을 때 말씀하시기를
"부자(夫子 김원행(金元行))께서 계시는데 홀로 너의 봉양을 받으면서 이
곳에 오랫동안 머무를 수 있겠느냐. 그리고 내 병이 이와 같으니 반드
시 일찍 돌아가야겠다."라고 하셨다. 집으로 돌아가신 이듬해 선비의
병은 더욱 위독해졌고, 다시 이듬해 정해년(1767, 영조43) 정월 19일에
마침내 자식들을 버리고 떠나시니, 아, 애통하도다! 3월 정해일[11]에
양주(楊州)의 석실(石室) 해좌(亥坐) 언덕의 시할아버지 농암 선생(農
巖先生 김창협(金昌協))의 묘소 아래에 장례하였다.

선비는 모두 일곱 명의 아들과 딸을 낳았는데 대부분 요절하였다.
장성한 자식으로, 아들 이안(履安)은 진사(進士)로 현감(縣監)을 지냈
고, 차자는 이직(履直)이고, 딸은 사간원 정언(司諫院正言) 서형수(徐
逈修)[12]에게 출가하였고, 차녀는 홍낙순(洪樂舜)[13]에게 출가하였다. 이

事)〉, 234쪽 〈죽은 아우에 대한 제문[祭亡弟文]〉, 《미호집(渼湖集)》 권20 〈죽은 아들
에 대한 제문[祭亡兒文]〉에 자세히 보인다.

10 불초의 보은(報恩) 임소 : 저자는 43세 되던 해인 1764년(영조40) 6월 30일 보은
현감에 임명되어 이듬해 1765년 5월 30일 이정진(李定鎭)이 임명될 때까지 약 11개월간
보은 현감으로 재직하였다. 《承政院日記 英祖 40年 6月 30日, 41年 5月 30日》

11 3월 정해일 : 김원행(金元行)의 《미호집(渼湖集)》 권20 〈죽은 아내에 대한 제문
[祭亡室文]〉에 근거하면 3월 23일이다.

12 서형수(徐逈修) : 1725~1779. 본관은 달성(達城), 자는 사의(士毅), 호는 직재
(直齋)이며, 저자의 아버지 김원행(金元行)의 문인이다. 저자보다 3세 아래이며 첫째
누이동생의 남편이다. 1751년(영조27) 별시 문과에 급제하였다. 1757년(영조33) 사간
원 정언(司諫院正言)으로서 윤시동(尹蓍東)의 신구(伸救)를 청했다가 흑산도로 유배

직의 계자(繼子)는 인순(麟淳)이다. 서형수의 아들은 서유병(徐有秉)이고, 딸은 홍대영(洪大榮)[14]에게 출가하였으며, 나머지 두 아들은 어리다.

선비는 성품이 어질고 후덕하고 온화하고 신중하였다. 사람들과 말할 때에는 온화하여 마치 다치기라도 할 듯 대하였고, 일에 닥쳐서는 마음을 비우고 널리 문의하여 현명함과 지혜로움을 내세우려 하지 않았다. 그러나 그 가부(可否)를 재량할 때 도리에 의거하여 종종 식견과 지취가 시원했던 것으로 말하면 비록 글을 읽은 군자라 하더라도 이보다 훨씬 뛰어날 수는 없었다.

선비는 친족과 돈독히 지내어 근심과 즐거움을 함께하였다. 여러 질손(姪孫)들로 수업을 받기 위해 온 자들이 날마다 집 안에 가득 찼는데, 돌보기를 한결같이 하였다. 매번 식사 때면 반드시 불러서 앞에

되고, 10년 만인 1767년(영조43)에 국가 경사로 인한 사면 조치로 유배에서 풀려나 이듬해 사서(司書)로 서용(敍用)되었다. 1771년(영조47)에는 벽파(僻派)를 탄핵하다 면직당하고 서인(庶人)으로 강등되어 쫓겨났다. 1773년(영조49) 승지로 재기용된 뒤 대사간, 강원도 관찰사, 공조 참의, 좌부승지 등을 역임하였다.

13 홍낙순(洪樂舜) : 1732~1795. 본관은 풍산(豐山), 자는 백능(伯能)이다. 저자의 둘째 누이동생의 남편이자 아버지 김원행(金元行)의 문인으로, 저자보다 10세 아래이다. 평소 사서(史書) 읽기를 좋아하였는데, 저자에게서 저자의 증조인 김창협(金昌協, 1651~1708)이 《자치통감강목(資治通鑑綱目)》의 방대함을 꺼려 그 강(綱)만을 뽑고자 했다는 말을 듣고서 기꺼이 그 뜻을 이어 《자양곤월(紫陽袞鉞)》을 편찬하였다. 《三山齋集 卷8 題紫陽袞鉞後》《洪象漢, 豐山洪氏族譜, 木版, 英祖44(1768)》《豐山洪氏大同譜 卷4 文敬公系 秋巒公門中 17世》

14 홍대영(洪大榮) : 《세보》에는 '홍인모(洪仁謨)'로 되어 있는데, 홍대영은 홍인모의 초명(初名)이다. 《安東金氏大同譜刊行委員會, 安東金氏世譜(5), 安東金氏中央花樹會, 1982》

오도록 하고 이르기를 "병자가 사는 곳이라 누추하지만 거리낄 것 없느
니라."라고 하였다. 그리고 떠날 때에는 다시 오도록 당부하고 또 편지
를 써서 거듭 당부하였다. 그리고 먼 친척과 신분이 낮은 친척에게까지
도 모두 이 마음을 미루어 잘 대하여서 곤궁한 사람을 돌보고 환난을
당한 사람을 구휼하되 마치 제때에 도움이 되지 못할까 두려워할 듯이
하였으니, 불초가 선비의 명으로 한밤중에 시골 노파를 위해 약방문을
찾아본 일도 많았다. 이 때문에 위아래 사람들이 기쁜 마음으로 따라서
비록 평소 박절하다고 불리던 자라 할지라도 선비에 대해서는 모두
마음이 경도되었다.

　자녀들에 대해서는 매우 사랑하였으나 반드시 그 잘못을 알았고,
잘못을 하면 일찍이 가르치지 않은 적이 없었다. 한번은 불초에게 고하
여 이르기를 "지금 젊은이들은 어른 곁을 꺼리는데, 옛날 우리 선군(先
君 홍귀조(洪龜祚)) 형제 네 분[15]께서 우리 할아버지를 섬길 때에는 날마
다 반드시 그 앞에 늘어서서 시봉하여 돌아가며 심부름을 하였고, 밤이
되면 모두 모시고 잠들었다. 나는 본래 이렇게 하는 것이라고 여겼는
데, 지금은 어찌하여 다르단 말이냐?"라고 하였다. 매번 병으로 드러누
워 잠을 이루지 못할 때면 그때마다 딸과 며느리들에게 당신이 신부였
을 때의 일과 옛날 들었던 본받을 만하고 경계할 만한 명문가의 일들을

15 　우리……분 : 홍숙(洪璹)의 네 아들, 즉 홍인조(洪麟祚), 홍봉조(洪鳳祚), 홍귀조
(洪龜祚), 홍용조(洪龍祚)를 이른다. 특히 저자는 홍귀조의 아들이자 저자의 외삼촌인
홍재(洪梓, 1707~1781)와 왕래가 많았는데, 저자는 홍재를 부사(父師)와 같은 분이라
고 일컫고 있다. 280쪽 〈외숙 참판 홍공에 대한 제문[祭內舅參判洪公文]〉 참조. 또
홍용조의 차남인 홍억(洪檍, 1722~1809)은 저자와 교류가 깊었던 홍대용(洪大容,
1731~1783)의 작은아버지로, 저자와는 5촌 동갑이다.

말해줌으로써 넌지시 책망하니, 불초 등이 서로 부끄러워하고 감복하여 따끔한 질책보다 더 엄하게 느꼈다.

집안을 다스림에 있어서는 계책이 남보다 뛰어나 가계의 형편을 잘 헤아려 변통하였다. 매번 길사(吉事)와 상사(喪事)를 당해 일이 많고 기한이 촉박할 때마다 선비가 문을 닫고 태연히 앉아 며느리들을 오도록 해서 면전에서 지시하고 원근에 편지를 보내면, 즐거이 도와주지 않는 사람이 없어 일이 모두 곧바로 해결되었다. 선비의 아우 부윤공(府尹公 홍재(洪梓))이 일찍이 부인에게 이 말을 하면서 그 쫓아가기 어려움을 자주 말하였다.

선비가 세상을 떠나자 대인이 제문을 지어 곡하였는데, 이르기를 "그 인자하고 효성스러우며 정숙하고 명석한 자질과 훌륭하게 보좌하고 주선하는 재간은 나의 뜻에 어느 하나 흡족하지 않은 것이 없었으니, 비록 규문 안의 좋은 붕우라고 이르더라도 괜찮을 것이오."[16]라고 하였으니 아, 이 말로 충분하다. 설령 불초가 당장 죽는다 하더라도 이 말을 바칠 것이다. 한두 가지 행적만 기술하였으나 선비가 이 말을 얻을 수 있었던 이유를 후세의 자손들이 외지 않아서는 안 될 것이기에 삼가 지어서 집에 보관한다.

---

16 그……것이오 : 김원행(金元行)의 《미호집(渼湖集)》 권20 〈죽은 아내에 대한 제문[祭亡室文]〉에 보인다.

관찰사 이공 행장[17]
觀察使李公行狀

공은 휘가 배원(培元)이고 자는 양백(養伯)이며 호는 귀휴당(歸休堂)이다. 함평 이씨(咸平李氏)[18]이니, 고려 신무위 대장군(神武衛大將軍)[19] 휘 언(彦)을 시조로 삼는다. 그 뒤에 이를 이어 대장군이 된 경우가 또 3대이다.

---

17 관찰사 이공(李公) 행장 : 이배원(李培元, 1575~1653)에 대한 행장으로, 당초 저자의 아버지 김원행(金元行)이 이배원의 5세손 이경일(李慶一)에게 써주기로 약속했던 것을 써주지 못하고 세상을 떠나자 이경일이 저자에게 다시 청하여 이루어진 것이다. 이 글은 이배원의 문집인 《귀휴당집(歸休堂集)》에도 실려 있는데, 여기에는 지은 시기와 관련하여 "좨주 안동 김이안이 쓰다.〔祭酒安東金履安撰.〕"라는 기록이 있다. 《정조실록》에 따르면 저자는 65세 되던 1786년(정조10) 10월 5일에 정3품 성균관 좨주(成均館祭酒)에 임명되었고, 이후 수차례 이를 사양하였으나 허락을 받지 못하여 1791년 향년 70세로 세상을 마칠 때까지 이 직임을 띠었다. 이에 근거하면 이 글은 1786년 이후에 지은 것이다. 이배원은 본관은 함풍(咸豊), 자는 양백(養伯), 호는 귀휴당(歸休堂)이다.

18 함평 이씨(咸平李氏) : 본래는 함풍 이씨(咸豊李氏)로, 함풍은 전라남도 함평군의 옛 이름이다.

19 신무위 대장군(神武衛大將軍) : 종3품 무반직이다. '신무위'는 고려 태조 때 설치한 중앙 군대인 6위(衛) 중의 하나로, 제2대 황제 혜종(惠宗)의 휘 무(武)를 피하기 위해 이후 신호위(神虎衛)로 이름을 고쳤다. 보승(保勝) 5령(領)과 정용(精勇) 2령으로 편성되었으며, 지휘관으로 정3품 상장군 1인과 종3품 대장군 1인을 두고, 매 령(領)마다 정4품 장군 각 1인, 정5품 중랑장(中郎將) 각 2인, 정6품 낭장(郎將) 각 5인, 정7품 별장(別將) 각 5인, 정8품 산원(散員) 각 5인, 정9품 위(尉) 각 20인, 대정(隊正) 각 40인을 두었다. 《高麗史 卷77 百官志2 西班 神虎衛》

우리 조선 왕조에 들어와 휘 종생(從生)이 광묘(光廟 세조)를 도와 적개 공신(敵愾功臣)이 되어[20] 함성군(咸城君)에 봉해졌다. 벼슬은 한성부 좌윤(漢城府左尹)을 지냈으며 판서에 추증되었다. 시호는 장양공(莊襄公)이니, 이분이 공의 5대조이다.[21] 고조 휘 양(良)은 함경북도 병마절도사를 지내고 함천군(咸川君)에 습봉(襲封)되었다. 증조 휘 세성(世成)은 도총부 도사(都摠府都事)를 지내고, 조(祖) 휘 윤탕(允宕)은 갑산 부사(甲山府使)를 지냈는데, 두 대 모두 참의(參議)에 추증되었다.[22] 고(考) 휘 염(琰)은 마을에서 효자로 선발되었으나 벼슬에 나아가지 않았으며, 우참찬에 추증되었다. 비(妣) 정부인(貞夫人)은 충주 최씨(忠州崔氏)이니, 관찰사 휘 최개국(崔蓋國)의 딸이다.

공은 만력(萬曆) 을해년(1575, 선조8, 1세) 4월 11일에 태어났다. 사람됨이 강직하고 굳세며 소박하고 충직하였으며, 뜻과 기개가 우뚝하였다. 풍도가 특히 사람을 두렵게 하여 거리의 아이들이나 저자의 아전들은 공을 만나면 곧 피하였고, 심지어는 문 앞에까지 왔다가 돌아서서 달아나는 자도 있었다.

신축년(1601, 선조34, 27세)에 사마시(司馬試)에 합격하여 태학(太

---

20 적개 공신(敵愾功臣)이 되어 : '적개 공신'은 1467년(세조13) 5월에 일어난 이시애(李施愛)의 난을 평정하는 데 공을 세운 사람에게 내린 칭호로, 모두 3등급으로 나누어 포상하였다. 1등 7인, 2등 22인, 3등 12인이었는데, 이종생은 이 중 2등에 책록되었다. 《國朝功臣錄, 筆寫本, 국립중앙도서관(한古朝57-가738)》

21 공의 5대조이다 : 이경석(李景奭)이 지은 〈신도비명〉에는 6대조로 되어 있다. 《白軒集 卷42 黃海道觀察使贈左議政李公神道碑銘》

22 두……추증되었다 : 증조 이세성(李世成)은 형조 참의에, 조(祖) 이윤탕(李允宕)은 병조 참의에 추증되었다. 《白軒集 卷42 黃海道觀察使贈左議政李公神道碑銘》

學)을 드나들었는데, 맑은 의론을 힘써 주장하여 선비들에게 중히 여겨졌다.

임자년(1612, 광해군4, 38세)에 서총대(瑞蔥臺) 정시(庭試)[23]에서 장원하여 계축년(1613) 증광시에 직부(直赴)[24]하였고, 준점(準點)으로 승문원(承文院)에 예속되니 당시에 지극히 명망 있는 자리였다.[25] 승문원에서 새 합격자 중 승문원에 들일 사람을 선발할 때 신진 합격자 명단에 간사한 권세가의 자제들이 많았는데, 공이 모두 배척하여 한 사람도 끼워 넣지 않으니 사람들이 모두 통쾌하게 여겼다.

외직으로 나가 평안도 평사(平安道評事)가 되었는데,[26] 언관들이 주상의 비위를 맞추어 삭직(削職)하였다. 당시 폐주(廢主 광해군)의 음란

---

23 서총대(瑞蔥臺) 정시(庭試) : '서총대'는 창덕궁(昌德宮) 후원(後苑)에 있었던 돌로 쌓아 만든 대이다. 왕실의 연회와 무과의 시험 장소로 쓰였다. 《광해군일기》1612년(광해군4) 9월 5일 기사에 따르면 동월 15일에 서총대에서 유생의 정사와 무신의 시재(試才)를 시행하였다. 《光海君日記(中草本) 4年 9月 5日》

24 직부(直赴) : 복시를 면제받고 곧바로 전시(殿試)에 응시하는 것을 이른다.

25 준점(準點)으로……자리였다 : '준점'은 선발의 기준 점수를 채운다는 뜻으로, 선발에 참여한 관원들이 후보자의 성명 위에 권점(圈點)을 찍어 국가의 준점 규정에 따라 선발하는 일을 이른다. 《귀휴당집》에 근거하면 이배원은 1614년(광해군6) 6월에 승문원에 예속되었는데, 당시에 사론(士論)이 매우 준엄하여 공의(公議)에 맞지 않으면 설령 홍문관의 실무를 맡은 박사(博士), 저작(著作), 정자(正字) 등의 경력이 있다 하더라도 준점을 얻지 못하고 준점을 얻는 사람은 8명뿐이었다고 한다. 이배원이 이 8명 안에 들자 사람들이 영광으로 여겼다고 한다. 《歸休堂集 卷3 附錄上 遺事》

26 평안도 평사(平安道評事)가 되었는데 : '평사'는 평안도와 함경도에만 두었던 병마절도사의 속관으로 정6품이다. 군기(軍機) 및 중국과의 개시(開市)에 관한 일을 담당하였다. 이배원의 《귀휴당집》 원주에 따르면 이배원이 평사에 제수된 것은 1615년(광해군7) 을묘년과 1616년(광해군8) 병진년 사이이다. 《歸休堂集 卷3 附錄上 遺事》

함과 혼암이 날로 심해져서 인륜이 끊어지자,[27] 공은 마침내 제천(堤
川) 전장(田庄)[28]으로 물러나 살았다. 이때 정사(靖社)의 여러 공[29]들
이 비밀리에 논의를 하였다. 이 가운데 공과 평소 잘 알고 지내는 사람
이 있어 함께 일을 도모하고자 누차 암시하고[30] 공의 조카 함녕군(咸寧
君) 이항(李沆)[31] 역시 이에 참여하여 틈을 타서 그 일을 고하였는데,
공은 묵묵히 아무 말도 듣지 못한 것처럼 하였다. 공은 발을 경성에
들여놓지 않은 10년 동안 곤액을 실컷 겪었으나 담담하였다.

인묘(仁廟 인조)가 반정으로 즉위하자 곧 사간원 정언(司諫院正言
정6품)에 임명되었는데,[32] 맨 처음 추숭(追崇)하는 논의[33]를 배척하고

---

27 폐주(廢主)의……끊어지자 : 광해군은 1613년(광해군5) 인목대비(仁穆大妃)의
아버지 김제남(金悌男)을 역모죄로 사사하고, 인목대비의 아들 영창대군(永昌大君)을
폐서인하여 강화에 위리안치했다가 이듬해에 살해하였으며, 1618년(광해군10) 이이첨
(李爾瞻) 등의 폐모론(廢母論)에 따라 인목대비를 폐하여 서궁에 유폐시키는 등의 폐
륜을 저질렀는데, '인륜이 끊어졌다'는 것은《귀휴당집》에 근거하면 인목대비를 폐비시
킨 일을 가리킨다. 《歸休堂集 卷3 附錄上 遺事》

28 제천(堤川) 전장(田庄) : 귀휴당(歸休堂)을 이른다. 충청북도 제천의 백운산(白
雲山) 아래에 있었다고 한다. 《歸休堂集 卷3 附錄下 歸休堂記》

29 정사(靖社)의 여러 공 : 1623년(인조1) 인조반정에 공을 세운 정사 공신(靖社功
臣)을 이른다. 141쪽 주3 참조.

30 공과……암시하고 :《귀휴당집》에 근거하면 인조반정에 공을 세워 정사(靖社) 1
등 공신에 책록되고 승평부원군(昇平府院君)에 봉작된 김류(金瑬)가 당시 이배원과
금란(金蘭)의 교분이 있어 이때 이배원에게 일을 같이 도모할 뜻을 보였다고 한다.
《歸休堂集 卷3 附錄上 遺事》

31 함녕군(咸寧君) 이항(李沆) : 이항(1586~1637)의 초명은 이원(李沅)이며, 본관
은 함평(咸平), 시호는 경무(景武)이다. 1618년(광해군10) 무과에 급제하였으며, 1623
년 윤10월에 정사 공신(靖社功臣) 3등에 녹훈되어 함녕군에 봉해졌다. 《國朝功臣錄,
筆寫本, 국립중앙도서관(한古朝57-가738)》

일에 따라 과감하게 진언하여 훈신(勳臣)과 귀신(貴臣)들을 피하지 않으니, 영의정 이공 원익(李公元翼)이 공에게 간쟁하는 신하의 풍도가 있다고 자주 칭찬하였다. 그러나 이로부터 꺼리는 자들이 더욱 많아져서 다시는 대각(臺閣)에 들어가지 못하였다. 세 차례 홍문록(弘文錄)의 후보에 올랐으나 번번이 도당(都堂 의정부)의 견제를 받았다. 성균관 직강(成均館直講 정5품)에서 외직으로 나가 곡산 군수(谷山郡守)가 되었다가 곧바로 체직되었다.[34] 예조 좌랑을 거쳐서[35] 광산 현감(光山縣監)이 되었는데, 안태사(安胎使)를 따라온 사람 중에 행패를 부린자를 가두고 다스렸던 일로 파직되었다가,[36] 서용되어 종묘서 영(宗廟署令 종5품)에 제수되었다.[37]

32 인묘(仁廟)가⋯⋯임명되었는데 : 인조는 인목대비(仁穆大妃)를 복위시킨 다음 대비의 명으로 1623년(인조1) 3월 13일 경운궁(慶運宮)에서 즉위하였으며, 이배원(李培元)은 동년 4월 9일 사간원 정언에 임명되었다. 《仁祖實錄 1年 3月 13日》《承政院日記 仁祖 1年 4月 9日》

33 추숭(追崇)하는 논의 : 인조의 생부인 정원군(定遠君) 이부(李琈)를 추숭하자는 논의를 이른다. 정원군은 1632년(인조10)에 원종대왕(元宗大王)으로 추숭되었다.

34 곧바로 체직되었다 : 1624년(인조2) 정월에 이괄(李适)의 난이 일어나자 곡산 군수로 무신(武臣)을 임명하였기 때문이다. 《白軒集 卷42 黃海道觀察使贈左議政李公神道碑銘》

35 예조 좌랑을 거쳐서 : 이경석(李景奭)이 지은 〈신도비명〉에는 예조 정랑으로 되어 있다. 《白軒集 卷42 黃海道觀察使贈左議政李公神道碑銘》

36 안태사(安胎使)를⋯⋯파직되었다가 : '안태사'는 왕실의 태(胎)를 묻는 일을 관장하는 관원이다. 당시 안태사 일행 중에 지관(地官)으로 따라온 자가 많은 문제를 일으키자 이배원이 이를 엄금하였다가 파직되었다고 한다. 《白軒集 卷42 黃海道觀察使贈左議政李公神道碑銘》

37 종묘서 영(宗廟署令)에 제수되었다 : 1626년(인조4)의 일이다. 《白軒集 卷42 黃

정묘호란 때(1627, 인조5, 53세) 태묘의 신주를 받들고 어가를 수종
하여 강도(江都 강화도)로 들어갔으며, 성균관 사예(成均館司藝 정4품)
로 승진하였다.

사도시 정(司䆃寺正)과 사복시 정(司僕寺正)을 거쳐[38] 충원 현감(忠
原縣監)이 되었는데,[39] 충원현은 옛날부터 토호와 교활한 아전들이 많
아 다스리기 어려운 곳으로 불렸다. 공이 부임한다는 말을 듣고 모두
두려워하며 숨죽이고 섣불리 움직이지 않았는데, 얼마 뒤에 전임 현감
때의 일로 인해 연루되어 파직되었다. 장악원 정(掌樂院正)을 거쳐
원주 목사(原州牧使)가 되었다.[40] 얼마 뒤에 조정에서 기호 지방에 비
적(匪賊)이 출몰하는 근심이 많다고 하여 목민과 방어를 할 수 있는
인재를 얻어 이를 진압하고자 하였지만 그 적임자를 찾기 어려웠는데,
공을 계청(啓請)하여 공이 다시 충원 현감으로 부임하고 토포사(討捕
使)를 겸하게 되었다. 공이 지휘하여 비적을 잡아들여서 기선을 제압
하자, 간악한 자들이 숨을 죽여서 북을 울리는 일[41]이 없게 되었다.
감사가 이 일을 장계로 올리자, 자급을 통정대부(通政大夫)로 올려

海道觀察使贈左議政李公神道碑銘》

38 사도시 정(司䆃寺正)과 사복시 정(司僕寺正)을 거쳐 : 이경석(李景奭)이 지은
〈신도비명〉에는 1628년(인조6)에 예빈시 정(禮賓寺正)과 사복시 정을 차례로 역임하였
다고 되어 있다. 모두 정3품이다. 《白軒集 卷42 黃海道觀察使贈左議政李公神道碑銘》

39 충원 현감(忠原縣監)이 되었는데 : 1628년(인조6) 11월 12일의 일이다. '충원'은
충청북도 충주시(忠州市)의 옛 이름이다. 《承政院日記 仁祖 6年 11月 12日》

40 장악원 정(掌樂院正)을……되었다 : 1632년(인조10)의 일이다. 《白軒集 卷42 黃
海道觀察使贈左議政李公神道碑銘》

41 북을 울리는 일 : 도적이 나타나면 북을 쳐서 여러 사람에게 알린 것을 이른다.

포상하였다.[42]

병자년(1636, 인조14, 62세) 여름에 북방의 근심이 날로 심해지자, 공은 비국(備局 비변사)의 천거를 받아 황해도 관찰사에 발탁되었다. 부임한 뒤에 산성을 수선하고[43] 군량과 꼴을 비축하여 성을 지키고 방어하기 위한 대비를 모두 다하였다. 겨울이 되자 오랑캐가 대군을 끌고 쳐들어왔다. 공은 그 당시 해도(海島)에서 전선(戰船)을 만들 재목을 살펴보고 있었는데, 변란 소식을 듣고 급히 돌아오니 오랑캐가 이미 휩쓸고 지나간 뒤였다. 공은 편지를 써서 아들에게 보내 뒷일을 처리하도록 하고, 장차 군사를 이끌고 국난에 달려가 나라를 위해 목숨을 바칠 계획이었는데, 적신(賊臣) 김자점(金自點)이 원수(元帥)의 자격으로 도내의 군사를 모두 쓸어가고 공에게는 민정(民丁)[44]만 이끌고 산성으로 들어가 지키도록 하였다. 공은 하려는 것마다 걸핏하면 저지되니 어찌할 수가 없었다. 얼음이 풀리자 비로소 수군을 출동시켜 해로

---

42 자급을……포상하였다 : 《승정원일기》에 따르면 1636년(인조14) 4월 27일의 일로, 이때 이배원은 통정대부 행 충원현감(通政大夫行忠原縣監)으로 임명되었다. '행(行)'은 자급은 높고 관직은 낮을 경우에 붙이는 것으로, 통정대부는 정3품 당상관 자급이고 충원 현감은 종6품의 관직이다. 《인조실록》 14년 4월 21일 을미일 기사에 "이에 앞서 경기 여주(驪州), 이천(利川), 죽산(竹山) 등지에서 기승을 부리는 도적들을 충원 현감 이배원이 계책을 세워 잡아서 참살했는데, 그 수가 매우 많았다. 일을 보고하자 가자(加資)하였다."라는 내용이 보인다.

43 산성을 수선하고 : 《귀휴당집》 원주에 따르면 이때 수선한 산성은 황해도 재령(載寧)의 치악산성(雉岳山城)과 해주(海州)의 수양산성(首陽山城)이다. 《歸休堂集 卷3 附錄上 遺事》

44 민정(民丁) : 정군(正軍) 또는 군보(軍保)의 역(役)을 감당할 수 있는 20세 전후의 장정을 이른다.

로 진격하여 교동(喬桐)에 이르렀는데, 강도(江都 강화도)는 무너지고 거가(車駕)는 이미 산성을 나간 뒤였다.[45] 공은 마침내 동쪽을 바라보고 통곡하고서 돌아왔으니, 정축년(1637, 인조15, 63세) 2월이었다.

이때 청나라 칸이 북쪽으로 돌아가게 되었는데, 호행관(護行官)이 도신(道臣 관찰사)으로 하여금 전송을 위해 나가서 기다리도록 하자, 공이 크게 격노하여 분연히 답하기를 "진짜 감사가 어찌 나가서 가짜 황제를 기다리는 이치가 있단 말입니까. 연안 부사(延安府使)를 가짜 감사에 차임해도 될 것입니다."라고 하고서 끝내 움직이지 않았다.[46] 이 일이 보고되자 잡아다 국문하라는 명이 내려오니 일이 장차 예측할 수가 없게 되었다. 공은 평소에 술을 좋아하는 데다 청렴결백하고 거리낌이 없어 '광백이(狂伯夷)'라고 불렸는데, 성상도 공이 그러하다는 것을 알고 마침내 다른 일로 논죄하여 파직하였다.[47] 뒤이어 금고(禁錮)

---

45 강도(江都)는……뒤였다 : 청나라 군대가 1636년(인조14) 12월 9일 압록강을 건너 침략해옴으로 인해 병자호란이 시작되었는데, 조선이 패전하여 이듬해 1월 22일 강화도가 함락되고 세자빈과 두 대군이 포로가 되자 8일 뒤인 1월 30일 인조가 남한산성을 나와 삼전도(三田渡)에서 청 태종(淸太宗)에게 항복하는 의식을 행한 것을 이른다. 당시 강화도에는 12월 14일 청나라 군대가 송도(松都)를 지났다는 보고를 받고 먼저 강화도로 출발하여 들어간 세자빈 강씨(姜氏), 원손(元孫), 봉림대군(鳳林大君, 훗날의 효종), 인평대군(麟坪大君)이 있었으며, 인조는 소현세자(昭顯世子)와 함께 12월 14일 저녁에 강화도로 향하다가 청나라 군대에 길이 막히자 발길을 돌려 남한산성으로 들어갔었다.

46 공이……않았다 : 이와 관련하여 《귀휴당집》에 이배원이 장계를 올려 "진짜 감사가 어찌 나가서 가짜 황제를 기다리는 이치가 있단 말입니까. 연안 부사 김덕승을 가짜 관함으로 나가 기다리게 하여도 충분히 본도의 일에 응할 수 있습니다.〔眞監司豈有出待假皇帝之理乎? 以延安府使金德承假啣出待, 亦足以責應本道之務.〕"라고 하였다는 내용이 보인다. 《歸休堂集 卷3 附錄上 遺事》

되었다가[48] 9년이 지나서야 비로소 서용되어 형조 참의에 제수되었는데 또 작은 일로 파직되었으며, 후에 두 차례 분사 승지(分司承旨)와 병조 참의, 형조 참의, 공조 참의를 지냈다.[49]

계사년(1653, 효종4) 정월 27일에 향년 79세로 세상을 떠났다. 가난하여 염을 할 수 없자 친구들이 함께 도왔으며, 수차례 종훈(從勳)에 책록되었다고 하여 의정부 좌의정에 추증되었다.[50] 3월에 양주(楊州) 별비곡(別非谷) 축좌(丑坐)의 언덕에 장례하였다.

공은 어려서 아버지를 잃고 최 부인(崔夫人)을 봉양하는 데 매우 효성스러웠다. 벼슬하게 되어서는 세 차례 큰 고을을 맡았는데, 최 부인이 고령에도 무양(無恙)하자 공이 영화롭게 봉양하기를 지극히 하고 헌수하는 잔치 때면 색동옷을 입고 재롱을 부리니 흰머리의 어린 아이 같았다. 인묘(仁廟 인조)가 경연(經筵)에서 탄식하기를 "이모(李 某)는 한 고을의 재력으로도 어머니가 있어 기쁘게 해드릴 수 있는데,

---

47 다른……파직하였다 : 이 당시 소현세자(昭顯世子)의 행차가 황해도를 지나갔는데 황해도 첫 고을에서 창황 중에 자금과 물자를 제대로 공급하지 못하자 이것을 빌미로 파직한 것이다. 《仁祖實錄 15年 2月 25日》《歸休堂集 卷3 附錄上 遺事》

48 금고(禁錮)되었다가 : 《귀휴당집》 원주에 근거하면 이배원이 이때 거처한 곳은 기내(畿內)의 별장인 향석정(香石亭)이다. 《歸休堂集 卷3 附錄上 遺事》

49 9년이……지냈다 : 이배원은 1645년(인조23, 71세)에 서용되어 형조 참의에 제수되었다가 파직되었다. 후에 두 차례 분사 승지(分司承旨)와 병조 참의를 거쳐 1648년(인조26, 74세)에 또 형조 참의에 제수되었다가, 체직되어 공조 참의에 제수되었으나 수령을 잘못 천거하였다 하여 파직되었다. 《白軒集 卷42 黃海道觀察使贈左議政李公神道碑銘》

50 수차례……추증되었다 : 《국조공신록》에는 이배원의 공신 책록 기록이 보이지 않는다. 《國朝功臣錄, 筆寫本, 국립중앙도서관(한古朝57-가738)》

나는 한 나라의 봉양을 할 수 있는데도 이렇게 봉양할 곳이 없구나."라고 하고서 이 때문에 눈물을 흘렸다. 이것은 공의 효성이 위에까지 알려져서 이러한 하교가 있게 된 것이었다.

관직에 있을 때는 청렴하고 위엄이 있어 적폐를 제거하는 데 힘썼다. 특히 학정(學政)에 뜻을 지극히 하여 정비하고 행한 것이 많으니, 가는 곳마다 백성들이 모두 기뻐하며 따랐고 떠날 때에는 비를 세워 기렸다. 강직하고 반듯하여 악을 미워하는 것이 천성에서 나오니, 일을 만나면 반드시 자신을 곧게 하여 행하고 남을 따라 움직이지 않았다. 이미 이 때문에 때를 만나지 못하고 뜻을 얻지 못한 채 늙었지만 끝내 조금이라도 뜻을 굽혀 용납되기를 구하려고는 하지 않았다. 사복시 정(司僕寺正)으로 있을 때[51] 일찍이 최 완성 명길(崔完城鳴吉)[52]을 만났는데, 최 완성은 당시 병조 참판이었다. 공에게 말하기를 "나 같은 사람을 한 번 찾아와도 되지 않겠습니까."라고 하였다. 공은 일찍이 최 완성이 화친을 주장했던 것을 미워하였기에 곧 낯빛을 바로 하고 "저를 좋은 벼슬이나 얻고자 하는 사람으로 보십니까?"라고 하고서 침을 뱉고 일어났다.

아, 공의 본말이 이와 같으니 우뚝이 홀로 선 군자라고 이를 만하다. 다만 안타까운 것은, 정축년(1637, 인조15)의 큰 절개는 더욱 높고 남달라서 백대 후에 듣는 자들을 분발시킬 수 있는데도 세상에 이를

---

51 사복시 정(司僕寺正)으로 있을 때 : 1628년(인조6) 이배원의 나이 54세 때의 일이다. 155쪽 주38 참조.

52 최 완성 명길(崔完城鳴吉) : 1586~1647. 본관은 전주(全州), 자는 자겸(子謙), 호는 지천(遲川)·창랑(滄浪)이다. 1623년 인조반정에 가담하여 정사 공신(靖社功臣) 1등에 책록되고 완성부원군(完城府院君)에 봉해졌다. 시호는 문충(文忠)이다.

말하는 사람이 거의 없다는 것이니, 무엇 때문인가? 그리고 송 문정(宋文正 송시열(宋時烈)) 선생이 이 의리를 펴는 데 정성을 다하여서 청음(清陰 김상헌(金尙憲))과 삼학사(三學士) 등에 대해 이미 그 표장(表章)을 지극히 하였고,[53] 아래로 포의(布衣)와 아전, 군졸들에게까지 미쳐서 무릇 당시에 공을 세운 자들은 모두 덧붙여 드러냄을 받아 지금까지도 사람들의 눈과 귀를 비추고 있는데, 유독 공의 이름만이 그 사이에 있지 않으니, 어찌 새로 변란을 겪으면서[54] 꺼리는 일이 있어 그대로 사장되고 말아서 능히 이 일을 고한 자가 없어서가 아니겠는가. 참으로 알 수 없다.

비록 그렇다고는 하나 나는 이런 말을 들었다. 영묘(英廟 영조) 만년에 공의 후손 이익운(李翼運)이 주서(注書)로 입대(入對)했을 때 연신(筵臣)이 공의 이 일을 진달하자 영묘께서 매우 감탄하며 "참으로 어렵고도 장한 일이다!"라고 하고는 여러 날을 감탄해 마지않았다고 한다.[55] 성인(聖人)의 한마디 포장(襃獎)은 만대토록 전해지며 빛나는

---

53 송 문정(宋文正)……하였고 : 이와 관련하여 우암(尤庵) 송시열(宋時烈, 1607~1689)이 1671년(현종12) 7월에 쓰고 1683년(숙종9) 4월 13일에 추서(追書)한 〈삼학사전(三學士傳)〉이라는 글이 《송자대전(宋子大全)》 권213에 실려 있다. '삼학사(三學士)'는 병자호란 당시 청나라에 항복하는 것을 반대했다가 죽임을 당한 사헌부 장령 홍익한(洪翼漢, 1586~1637), 홍문관 교리 윤집(尹集, 1606~1637), 홍문관 수찬 오달제(吳達濟, 1609~1637)를 이른다.

54 새로 변란을 겪으면서 : 1694년(숙종20)의 갑술환국 이후 정계에서 물러난 남인들과 공모하여 1728년(영조4) 3월에 밀풍군(密豐君) 이탄(李坦)을 추대하고 무력으로 정권 쟁탈을 도모한 이인좌(李麟佐, 1695~1728)의 난을 가리키는 것으로 추정된다.

55 영묘(英廟)……한다 : 《승정원일기》 영조 44년(1768) 12월 13일 정묘일 기사에 보인다. 이익운(李翼運, 1738~1774)은 본관은 함평(咸平), 자는 자명(子明), 호는

법이니,[56] 공은 이때에야 알아줌을 받았다 할 것이다. 나는 태사씨(太史氏 사관(史官))가 이미 사책(史策)에 이 일을 기록하여 전의 일처럼 민멸시키지 않았을지 모르겠다.

공은 모두 두 번 아내를 맞이하였다. 전배(前配) 유씨(柳氏)는 한성부 우윤(漢城府右尹) 유사원(柳思瑗)의 딸이고, 후배(後配) 윤씨(尹氏)는 정랑(正郎) 윤경원(尹慶元)의 딸이다. 공의 장례는 윤 부인을 합장하였는데, 이는 공의 명에 따른 것이다.

두 부인 모두 아들을 두지 못하여 형의 아들 침(沈)을 후사로 삼았다. 침은 문과에 급제하고 목사(牧使)를 지냈다.[57] 딸로 김숙(金埱)에게 출가한 사람은 유 부인(柳夫人)의 소생이고, 이거원(李巨源)·송유효(宋孺孝)·이시혁(李時爀)·이민식(李敏植)에게 출가한 사람은 윤 부인(尹夫人)의 소생이다. 아들 한(漢)과 기(淇), 딸로 이문주(李文柱)와 이민도(李敏道)에게 출가한 사람은 측실 소생이다.

목사(이침)는 아들이 셋이니 사의(司議) 정현(靖賢), 첨지중추부사

수진재(守眞齋)로, 이배원의 6대손이다. 1765년(영조41) 문과에 급제하였다. '주서(注書)'는 승정원 정7품관으로, 사초(史草)를 기록하는 일을 담당한다. '연신(筵臣)'은 경연(經筵)에서 경전 등을 강론하는 신하라는 뜻으로, 여기에서는 부제조 김응순(金應淳)을 이른다. 《承政院日記 英祖 44年 12月 13日》

56 성인(聖人)의……법이니 : 이와 관련하여 진(晉)나라 범녕(范寧)의 〈춘추곡량전서(春秋穀梁傳序)〉에 《춘추》의 한 글자의 칭찬이 화려한 곤룡포를 주는 것보다 영광스럽고, 한 마디의 폄하가 시장에서 매질을 당하는 것보다 욕되다.〔一字之褒, 寵逾華袞之贈; 一言之貶, 辱過市朝之撻.〕"라는 내용이 보인다.

57 침은……지냈다 : 이침(李沈, 1593~1661)은 1635년(인조13) 문과에 급제하고, 1659년(효종10) 1월 5일 정유일에 황해도 해주 목사(海州牧使)에 제수되었다. 《承政院日記 孝宗 10年 1月 5日》

익현(翊賢), 진사 신현(藎賢)이고, 딸이 셋이니 경력(經歷) 김세보(金世輔), 판관(判官) 이석(李錫), 송전(宋瑔)에게 출가하였다. 김숙의 아들은 김홍기(金弘基), 김진기(金振基), 김석기(金碩基), 김익기(金益基), 김경기(金慶基)이고,[58] 딸은 이홍직(李弘稷)에게 출가하였다. 이거원의 딸은 도승지 이동로(李東老)에게 출가하였다. 송유효의 아들은 송세적(宋世迪), 첨지중추부사 송세규(宋世奎), 송세강(宋世綱)이고,[59] 딸은 별좌(別坐) 이윤원(李允元), 윤이정(尹以鼎), 진사 정중희(鄭重熙)에게 출가하였다. 이시혁의 아들은 이동점(李東漸), 이동제(李東濟), 이동연(李東淵), 이동준(李東浚)이고, 딸은 문과에 급제한 남택(南澤),[60] 심세일(沈世日), 윤위(尹偉)에게 출가하였다. 이민식의 딸은 장령 박징(朴澂), 이만익(李萬槍)에게 출가하였다. 한(漢)의 아들은 찰방 두현(斗賢)과 규현(奎賢)이고, 딸은 한명일(韓命一)에게 출가하였다. 기(淇)의 아들은 득현(得賢)이다. 이문주의 아들은 이환(李煥), 이현(李炫), 이훤(李煊)이고, 딸은 찰방 조극하(趙克夏)에게 출가하였다. 이민도의 아들은 이흥명(李興命)이다.

---

58 김숙의……김경기(金慶基)이고 : 이경석(李景奭)이 지은 〈신도비명〉에는 김숙의 소생이 4남 1녀로 되어 있으며 김석기(金碩基)가 빠져 있다. 바로 이어지는 본문에 이거원의 딸이 도승지 이동로(李東老)에게 출가하였다고 하였는데, 이경석의 〈신도비명〉에는 "진사 이동로에게 출가하였다."라고 한 것에 근거하면, 이경석이 지을 당시에는 김석기가 없었던 것으로 보인다. 《白軒集 卷42 黃海道觀察使贈左議政李公神道碑銘》
59 송유효의……송세강(宋世綱)이고 : 이경석이 지은 〈신도비명〉에는 아들이 넷으로 되어 있으나, 아들의 이름은 기록되어 있지 않다. 《白軒集 卷42 黃海道觀察使贈左議政李公神道碑銘》
60 문과에 급제한 남택(南澤) : 현존하는 《문과방목》에는 이름이 보이지 않는다.

처음에 공의 5대손 경일씨(慶一氏)가 공의 사적과 행실을 모아서 우리 선군(先君 김원행(金元行))에게 명(銘)을 청하였는데, 아마도 선군이 응낙은 하였으나 완성하지 못했던 듯하다. 지금 불초(不肖)에게 이를 부탁하니 불초가 어찌 감히 짓겠는가. 우선 모아놓은 글에 근거하여 차례대로 열기하여 이를 행장으로 삼아서 후일의 군자를 기다린다.

선부군 가장[61]

先府君家狀

부군(府君)은 휘가 원행(元行)이고 자는 백춘(伯春)이니, 학자들은 미호 선생(渼湖先生)이라고 칭한다. 우리 김씨는 세계(世系)가 안동(安東)에서 나왔다. 시조 휘 선평(宣平)은 고창(古昌)의 성주(城主)로 고려 태조를 도와 진훤(甄萱)[62]을 토벌할 때 큰 공을 세워서 태사 아보 공신(太師亞父功臣)에 봉해지고 고창에서 사당의 제향을 받고 있다. 고창은 지금의 안동(安東)이다.

대대로 고관대작을 이어오다 청음 선생(淸陰先生) 좌의정 문정공(文正公) 휘 상헌(尙憲)에 이르렀는데, 병자호란(1636, 인조14)을 당하여 명나라를 위해 절개를 굳게 지키다가 두 차례 오랑캐 조정에 억류

---

61 선부군 가장(先府君家狀) : 이 글은 저자의 아버지 김원행(金元行, 1702. 12. 29~1772. 7. 7)에 대한 행장으로, 미완성이다. 김원행은 본관은 안동(安東), 자는 백춘(伯春), 호는 미호(渼湖)·운루(雲樓)이다. 아버지는 우부승지를 지낸 김제겸(金濟謙)이며, 어머니는 은진 송씨(恩津宋氏, 1679~1732)로 송준길(宋浚吉)의 증손이다. 당숙인 김숭겸(金崇謙)에게 입양되어 종조부 김창협(金昌協)의 손자가 되었다. 이재(李縡)의 문인이다. 향년 71세로 세상을 떠났으며, 문집으로 《미호집(渼湖集)》이 있다. 이조 참판에 추증되었다. 시호는 문경(文敬)으로, '문'은 '도덕이 높고 학문이 넓다[道德博聞]', '경'은 '이른 아침부터 늦은 저녁까지 경계하고 삼가다[夙夜徹戒]'의 뜻을 취한 것이다. '부군'은 돌아가신 아버지를 높여 부르는 말이다. 《安東金氏大同譜刊行委員會, 安東金氏世譜(5), 서울, 1982》

62 진훤(甄萱) : 《동사강목》 원주에 따르면 '진(甄)'의 음은 '진(眞)'이다. 《전운옥편》에도 성씨를 나타낼 경우 '진'으로 발음하도록 되어 있다. 《東史綱目 第5(上) 壬子》 《全韻玉篇 瓦部 甄》

되었으나[63] 굽히지 않으니 천하가 그 절의를 칭송하였다. 이분이 부군의 5대조이다.

고조 휘 광찬(光燦)은 동지중추부사(同知中樞府事)를 지냈고, 영의정에 추증되었다.

증조 휘 수항(壽恒) 문곡 선생(文谷先生)은 영의정을 지냈고 시호는 문충공(文忠公)이다. 청렴한 명성과 곧은 절개로 사림의 영수가 되었는데, 기사년(1689, 숙종15)에 우암(尤庵) 송 선생(宋先生 송시열(宋時烈))과 함께 화를 당하였다.[64]

조(祖) 휘 창집(昌集) 몽와 선생(夢窩先生)은 영의정을 지냈고 시호

---

63 두……억류되었으나 : 김상헌(金尙憲, 1570~1652)은 모두 두 차례 심양(瀋陽)에 잡혀가 억류되었다. 첫 번째는 1640년(인조18)에 청나라가 명나라를 공격하기 위해 요구한 출병에 반대하는 소를 올렸다가 동년 12월 심양에 소환된 것으로, 1641년 1월 심양에 도착하여 문초를 받고 북관(北館)에 구류되었다. 그러나 병이 심해져서 1642년(인조20) 12월에 의주(義州)로 나와 머물렀다. 두 번째는 1643년 1월에 다시 심양에 잡혀가 북관에 유폐된 것으로, 평안북도 선천 부사(宣川府使)로 있던 이계(李烓)가 대신들이 명나라 선박과 몰래 무역하는 것을 묵인하고 청나라 연호인 숭덕(崇德)을 사용하지 않는다고 청나라에 밀고함으로 인한 것이다. 처음에는 북관에 유폐되었다가 동년 여름에 소현세자(昭顯世子)가 머물던 질관(質館)으로 방면되었으며, 1645년(인조23) 2월에 소현세자와 함께 귀국하였다. 김상헌이 심양에 억류된 기간은 햇수로는 모두 6년이다. 《仁祖實錄 19年 1月 20日, 23年 2月 23日》《宋子大全 卷182 石室金先生墓誌銘》

64 기사년에……당하였다 : '기사년'은 1689년(숙종15) 후궁인 소의 장씨(昭儀張氏) 소생을 원자로 정하는 문제를 계기로 서인이 축출되고 남인이 재집권하게 된 기사환국(己巳換局)을 이른다. 김수항(金壽恒, 1629~1689)은 남인의 명사를 함부로 죽였다는 탄핵을 받아 전라남도 진도(珍島)에 유배되었다가 사사(賜死)되었고, 송시열(宋時烈, 1607~1689)은 세자 책봉에 반대하는 소를 올렸다가 제주도로 유배되었는데, 동년 6월에 서울로 압송되던 중 전라북도 정읍(井邑)에서 사사되었다.

는 충헌공(忠獻公)이다.

고(考) 휘 제겸(濟謙)은 호가 죽취(竹醉)이다. 우부승지를 지냈고, 이조 참판에 추증되었다. 비(妣) 송씨(宋氏)는 의금부 도사(義禁府都事) 휘 병원(炳遠)의 딸로, 좌참찬 동춘 선생(同春先生) 휘 준길(浚吉)의 증손이다.

몽와공(김창집)에게는 아우 휘 창협(昌協) 농암 선생(農巖先生)이 있는데, 예조 판서를 지냈고 시호는 문간공(文簡公)이다. 도학(道學)과 문장으로 세상에 이름이 크게 났다. 농암 선생은 휘 숭겸(崇謙)을 낳았는데, 호가 관복암(觀復菴)이다. 재능과 행실이 뛰어나 농암 선생이 일찍이 부자간의 지기(知己)로 허여하였는데, 불행히 일찍 죽고 후사가 없다. 배(配) 박씨(朴氏)는 이조 판서를 지낸 휘 권(權)의 딸이다. 이분들이 부군을 후사로 들인 두 세대 조상이다.[65]

부군은 숙종 임오년(1702, 숙종28, 1세) 12월 29일에 태어났다.[66] 어려서부터 기운이 성하여 집이 백악산(白嶽山) 아래에 있었는데 날마다 그 정상에 몇 차례나 올라갈 수 있었다. 농암 선생이 일찍이 장난삼아 "네가 글은 읽지 않고 오직 노는 것만을 좋아하니, 차라리 땔나무를 지는 것이 좋겠다."라고 하였는데, 저녁때가 되자 과연 땔나무를 지고 뜰에 서서 "어른의 명을 감히 어기지 못했습니다."라고 하였다. 선생이 크게 기특하게 여기고 부군이 필시 훌륭한 일을 할 것을 알았다.

---

65 이분들이……조상이다 : 김원행은 농암(農巖) 김창협(金昌協)의 아들 김숭겸(金崇謙)의 후사로 들어갔다.

66 부군은……태어났다 : 《세보》에는 김원행이 12월 19일에 태어난 것으로 기록되어 있다. 《安東金氏大同譜刊行委員會, 安東金氏世譜(5), 서울, 1982》

차츰 장성하면서 경서와 사서(史書)를 몹시 좋아하여 다닐 때나 걸을 때나 앉을 때나 누울 때나 손에서 책을 놓지 않으니, 집안사람들이 혹 부군의 소재를 잃었을 때마다 번번이 서루(書樓)에서 부군을 발견하곤 하였다. 문재(文才)가 빠르게 진보하였고 글씨는 날아가는 듯하였으니, 부군이 과장에 출입하자 한때의 명사들이 모두 스스로 부군에게 미치지 못한다고 여겼다.

기해년(1719, 숙종45, 18세)에 진사 3등으로 합격하였다. 이 당시 몽와공(김창집)이 태정(台鼎 정승)의 지위에 있어 문호가 매우 성대하였는데, 부군이 한창 젊은 나이에 명성이 날로 더해가자 사람들은 모두 말하기를 조만간 대과에 급제하여 집안의 명성을 이을 것이라고 하였다. 그러나 부군은 이미 이것을 달갑게 여기지 않고 홀로 옛사람의 문장과 사업을 사모하여 날마다 어진 사우(士友)들과 어울리며 연마하고 강구하여 수립함이 있기를 기약하였다. 이와 같이 하기를 또 수년 동안 하였는데, 신임(辛壬)의 화란[67]이 일어나게 되었다. 몽와공이 첫 번째로 화를 당하였고, 부군은 승지공(김제겸)을 따라 부령(富寧) 유배지에 있었는데 얼마 지나지 않아 승지공이 또 죽음을 면치 못하였다. 승지공의 장자인 증 참의공(參議公) 성행(省行)이 승지공보다 먼저 감옥에서 죽었으니, 무릇 몽와공의 조카와 손자들은 모두 서울에서 멀고 험한 곳으로 찬배(竄配)되었으나 부군은 출계(出繼)한 것 때문에 화를 면하였다.[68]

---

67 신임(辛壬)의 화란 : 신축년(1721, 경종1)과 임인년(1722, 경종2)에 일어난 신임 사화(辛壬士禍)를 이른다. 143쪽 주5 참조.

68 몽와공이……면하였다 : 143쪽 주5 참조.

부군은 이미 망극한 재앙을 만나게 되자 밤낮으로 비분에 미칠 듯
하였다. 글을 읽으면 그래도 마음을 붙일 곳이 있겠다고 생각하였는데,
당시 송 부인(宋夫人)의 배소(配所)[69]에 있었기 때문에 다른 책은 없고
가지고 다니는 《맹자》뿐이었다. 이에 《맹자》를 가져다 크게 소리 내어
읽었다. 또 율곡(栗谷 이이(李珥))과 우암(尤庵 송시열(宋時烈)) 두 선생의
책을 얻어서 잠심하여 깊이 음미하였다. 이때부터 비로소 분연히 도를
구하는 뜻을 갖게 되어 지난날 좋아했던 것을 모두 버리고 이에 진력하
였다.

을사년(1725, 영조1, 24세)에 다시 시국이 변하여 왕명으로 몽와공
두 세대의 원통함을 씻어주고 차츰차츰 화를 당했던 집안의 자손들을
거두어 녹용하니,[70] 혹자는 부군에게 세상에 나가 과거 응시를 해도
되겠다고 하였다. 그러나 부군은 이미 벼슬길에 나가지 않고 은거하면
서 부모를 봉양하고 다시는 서울에 한 발짝도 하지 않겠다고 맹세하였
다. 곤궁으로 위축된 삶은 대부분의 사람들이 감당하지 못하는데, 부군

69　송 부인(宋夫人)의 배소(配所) : ‘송 부인’은 김제겸(金濟謙, 1680~1722)의 처인
은진 송씨(恩津宋氏, 1679~1732)를 이른다. 이 당시 송 부인은 다섯째 아들 김탄행(金
坦行)과 여섯째 아들 김위행(金偉行), 막내딸과 함께 금산(錦山)에 유배되어 있었다.
144쪽 주7 참조.

70　왕명으로……녹용하니 : 김창집(金昌集)은 1725년(영조1) 3월 2일 관작이 회복되
고 동년 4월 4일 충헌(忠獻)이라는 시호가 내렸으며, 김창집을 비롯한 노론 사대신을
위해 노량(露梁)에 사당을 세워주고 사충사(四忠祠)라고 사액(賜額)하였다. 김제겸
(金濟謙)은 1725년 3월 8일 관작이 회복되고 이조 참판에 추증되었다. 김성행(金省
行)은 1725년 신원이 회복되었으며 사헌부 지평에 추증되었다. 《英祖實錄 1年 3月
2日・8日, 4月 4日》《渼湖集 卷19 先伯父府君行狀》《三山齋集 卷9 從伯父贈參議公墓
表追記》

은 능히 스스로 즐거워하고 끝내 원망과 후회가 없었다. 일찍이 스스로 말씀하기를 "나는 《맹자》의 '제후들을 만나보지 않는[不見諸侯]' 설[71]을 읽은 뒤에 과거 공부가 가볍다는 것을 알았다. 을사년 이후에도 조정의 시비가 여전히 밝지 못함을 보았고, 이의연(李義淵)의 죽음으로 말하면 탕평의 조짐이 이미 싹튼 것이었다.[72] 매번 이를 생각하면 마음이 아프고 개탄스러워 이를 되돌릴 계책을 내었다가도 또 《맹자》의 '한 자를 굽혀 여덟 자를 곧게 한다[枉尺直尋]'는 설[73]을 읽고는 마침

71　맹자의……설 : 《맹자》〈등문공 하(滕文公下)〉에 "공손추가 물었다. '제후들을 만나보지 않는 것은 무슨 의입니까?' 맹자가 대답하였다. '옛날에는 신하가 되지 않았으면 군주를 만나보지 않았다.'[公孫丑問曰 : 不見諸侯, 何義? 孟子曰 : 古者不爲臣, 不見.]", 〈만장 하(萬章下)〉에 "만장이 말하였다. '감히 여쭙겠습니다. 제후들을 만나보지 않는 것은 무슨 의입니까?' 맹자가 대답하였다. '서울에 있는 자는 「시정지신」이라 하고 초야에 있는 자는 「초망지신」이라 하는데, 이는 모두 서인을 이른다. 서인은 폐백을 올려 신하가 되지 않으면 감히 제후를 만나보지 않는 것이 예이다.'[萬章曰 : 敢問不見諸侯, 何義也? 孟子曰 : 在國曰市井之臣, 在野曰草莽之臣, 皆謂庶人. 庶人不傳質爲臣, 不敢見於諸侯, 禮也.]"라는 내용이 보인다.

72　이의연(李義淵)의……것이었다 : 이의연(1692~1724)은 본관은 전주(全州), 자는 방숙(方叔), 호는 유시재(有是齋)이다. 1724년 영조가 즉위한 뒤 겨울에 천둥과 벼락의 변고가 있자 구언(求言)이 있었는데, 동년 11월 6일 포의(布衣)로서 이에 응하여 신임사화를 일으킨 소론 주동자를 축출하여 《춘추》의 의리를 밝힐 것과, 숙종의 지문(誌文)이 편파적으로 기록되어 있다고 상소했다가 신임사화 때 소론의 탄핵으로 죽임을 당했던 포의 윤지술(尹志述)의 억울함을 풀어줄 것을 주장하였다. 이 상소에 대해 영조는 "붕당이 심해져 시비가 분명하지 않으니, 이것이 내가 깊이 탄식하는 이유이다. 만약 이 일을 가지고 다시 서로 공격한다면 한 번 가고 한 번 옴에 어찌 화기(和氣)를 손상시킴이 없을 수 있겠는가.[朋黨甚而是非不明, 此予所以深歎者也. 若以此事更爲相擊, 則一往一來, 豈無感傷和氣之道乎?]"라는 내용의 비답을 내렸다. 이의연은 이 상소로 인해 국문을 받다가 동년 12월 5일 옥사하였다. 《英祖實錄 卽位年 11月 6日, 12月 5日》

내 그만두고 실행에 옮기지 않았다. 내가 전후로 세상에 대한 생각을 끊은 것은 모두 《맹자》의 공이다."라고 하였다.

경신년(1740, 영조16, 39세)에 내시교관(內侍教官 종9품)에 제수되고, 경오년(1750, 영조26, 49세)에 익위사 위솔(翊衛司衛率 종6품)과 종부시 주부(宗簿寺主簿 종6품)에 연이어 제수되고, 신미년(1751, 영조27, 50세)에 익위사 익찬(翊衛司翊贊 정6품)에 제수되었으나 모두 나아가지 않았다. 또 사헌부 지평(司憲府持平 정5품)에 제수되었는데,[74] 계유년(1753, 영조29, 52세)에 다시 제수되자[75] 곧 상서하여 간곡한 말로 심정을 진달하고, 마지막에 말하기를 "망극한 변고가 있었던 때를 당하

---

73 맹자의……설 : 《맹자》〈등문공 하(滕文公下)〉에, 맹자의 제자 진대(陳代)가 '한 자를 굽혀 여덟 자를 곧게 한다[枉尺而直尋]'는 옛말을 인용하면서 맹자에게 제후들을 만나볼 것을 권하자, 맹자가 제(齊)나라 경공(景公)이 사냥하면서 동산을 관리하는 우인(虞人)을 그 신분에 맞지 않는 깃발로 부르자 우인이 경공의 부름에 가지 않았던 사례와, 진(晉)나라 대부인 조간자(趙簡子)가 어자(御者)인 왕량(王良)에게 자신이 총애하는 신하 폐해(嬖奚)를 위해 말을 몰도록 하자 아부를 원하는 소인을 위해서는 몰지 않겠다고 거절한 사례를 든 뒤, "선비가 만일 도를 굽혀 저를 따른다면 어찌하겠는가. 또한 네가 잘못한 것이다. 자기 몸을 굽힌 자가 능히 남을 곧게 펴는 경우는 없다.[如枉道而從彼, 何也? 且子過矣. 枉己者, 未有能直人者也.]"라고 대답한 것을 이른다.

74 사헌부 지평(司憲府持平)에 제수되었는데 : 1751년(영조27) 2월 27일 을미일의 일이다. 김원행이 올린 〈지평을 사직하는 상서[辭持平書]〉의 "때마침 조정에서 변통을 하였기 때문에 해면될 수 있었다.[其時適因朝家變通, 得以解免.]"라는 기록과, 《승정원일기》 1752년 1월 8일 경오일 기사의 '부사과 김원행(副司果金元行)'이라는 기록에 근거하면 1752년 이전에 지평에서 면직되었던 듯하다. 《承政院日記 英祖 27年 2月 27日, 28年 1月 8日》《渼湖集 卷2 辭持平書》

75 계유년에 다시 제수되자 : 1753년(영조29) 2월 21일 정미일의 일이다. 《承政院日記 英祖 29年 2月 21日》

여 가슴을 가르고 배를 찔러 스스로 황천으로 따라가지 못하였고, 성명 (聖明)의 시대를 만나서도 여전히 죄를 받을까 두려워 침묵하고 한 번도 억울한 사연을 아뢰지 못하였습니다. 심지어 이미 억울함을 밝혀 주신 은혜를 입은 뒤에도 참소하는 일단의 무리들이 아직까지 성총(聖 聰)을 현혹시키고 있는데도 신이 또 능히 한 번 변박(辨駁)하지 못하여 영원히 충효의 죄인이 되는 것을 면치 못하였으니, 다시 무엇으로 입신 하여 군주를 섬기는 바탕을 삼겠습니까."라고 하였다.[76] 이것은 정미년 (1727, 영조3) 이후로 시사(時事)가 또 갑자기 변하자,[77] 부군이 선대 의 뜻이 밝혀지지 않은 것을 애통해하여 오래전부터 한 번 스스로 이를 말하고자 하였으나 끝내 의리상 감히 못한다고 하여 실행에 옮기지 못하였다가 이때에 이르러 이를 끌어와서 스스로를 책한 것이었다.

갑술년(1754, 영조30, 53세)에 특별히 서연관(書筵官)에 제수되었 는데, 대조(大朝)와 소조(小朝)가 각각 별유(別諭)를 내려 돈소(敦召)

76 망극한……하였다 : 상소는 1753년(영조29)에 올린 것으로, 상소의 전체 내용이 《미호집(渼湖集)》권2 〈지평을 사직하는 상서[辭持平書]〉에 보이며, 《영조실록》 29년 4월 11일 병신일 기사에도 그 대략이 실려 있다.

77 정미년……변하자 : 1727년(영조3) 정미년에 정쟁의 폐단을 없애기 위해 당색이 온건한 인물로 인사를 개편한 정미환국(丁未換局)을 이른다. 영조는 1725년(영조1) 을사년에, 노론 4대신을 역적으로 몰았던 경종 때의 신임사화를 무옥(誣獄)으로 판정하 고 이때 화를 당했던 노론 인사들을 신원하고 소론을 처단하는 을사처분을 단행하였는 데, 노론 정권이 영조의 탕평책을 따르지 않고 소론을 계속 공격하자 영조는 1727년 소론에 대한 보복을 고집하던 민진원(閔鎭遠) 등을 파면하고 이광좌(李光佐) 등의 소 론을 정권에 참여시켰다. 정미환국으로 다시 정권을 잡은 소론은 신임사화를 역옥(逆 獄)으로 규정하고 노론 4대신을 다시 죄안에 들게 하였으며, 1728년(영조4)에는 경종 을 위한 보복을 명분으로 정권에서 배제된 소론과 남인이 연합하여 이인좌(李麟佐)의 난을 일으켰다.

하였으나 나가지 않았다.[78] 장악원 정(掌樂院正)에 제수되었다.[79] 을해
년(1755, 영조31, 54세)에 사헌부 장령(司憲府掌令 정4품)으로 옮겼으
나 곧 체직되었다. 병자년(1756, 영조32, 55세)에 다시 사헌부 장령에
제수되었고, 또 연이어 서연관으로 돈소하였으나 모두 나가지 않았다.

　정축년(1757, 영조33, 56세)에 정성왕후(貞聖王后 영조 비)가 승하하
자 부군은 율곡(栗谷 이이(李珥))이 올린 〈지나치게 애통해하지 말기를
청하는 소〔請勿過哀疏〕〉의 의리를 취해 상서하여 삼가 위로를 올리고
이어 사직하였는데,[80] 대략 다음과 같다.

　"거상(居喪)하는 법에는 근본적인 것이 있고 지엽적인 것이 있습니
다. 예컨대 애통해하는 마음을 지극히 하고 예(禮)의 형식에 마땅함을
다하며, 내외(內外)의 구분을 엄히 하고 말하고 웃는 것을 삼가며,

---

78 갑술년에……않았다 : 김원행은 당시 사헌부 지평의 직임을 띤 채 경기도 양주(楊
州)에 머물고 있었는데, 1754년(영조30) 2월 25일에 세자시강원 서연관(世子侍講院書
筵官)에 제수되자 사직 상소를 올리고 나가지 않았다. 이때 올린 상소와 왕세자의 비답
이 《승정원일기》 영조 30년 3월 18일 무진일 기사에 보인다. '대조(大朝)'는 왕세자가
섭정하고 있을 때 임금을 이르는 말로, 장헌세자(莊獻世子)가 1749년(영조25)부터 대
리청정을 하고 있었기 때문에 영조를 대조(大朝), 장헌세자를 소조(小朝)로 구분하였
다. '돈소(敦召)'는 '정중히 부르다'라는 뜻이다.

79 장악원 정(掌樂院正)에 제수되었다 : 1754년(영조30) 12월 12일 병진일의 일이다.
《承政院日記》

80 율곡(栗谷)이……사직하였는데 : 〈지나치게 애통해하지 말기를 청하는 소〔請勿
過哀疏〕〉는 1575년(선조8)에 명종의 정비인 인순왕후(仁順王后, 1532~1575) 심씨(沈
氏)가 승하하자 이이(李珥)가 선조에게 지나치게 슬퍼하지 말기를 청한 상소로 《율곡
전서(栗谷全書)》권6에 실려 있다. 김원행의 상소는 《승정원일기》 영조 33년(1757)
3월 11일 임인일 기사와 《미호집(渼湖集)》권2 〈삼가 위로를 올리며 이어 사직하는
상서〔奉慰仍辭職書〕〉에 실려 있다.

보고 듣는 유혹을 차단하고 연회의 즐거움을 물리치는 것은 근본적인 것입니다. 그러나 곡하고 발을 구르는 수효나 죽을 먹는 의절과 같은 것은 자신의 근력을 헤아려 행하는 데 달렸을 뿐입니다. 신은 바라건대, 저하께서는 예(禮)에 있어 중요한 근본적인 것에 힘쓰시어 사방 만민의 표준이 되시고, 자잘한 지엽적인 것에 구애되어 두 분 전하[81]께 근심을 끼쳐서 만에 하나라도 후회하는 일이 없도록 하소서."

또 《예경(禮經)》과 《국조고사(國朝故事)》를 인용하여 강연(講筵)을 폐하지 말 것을 청하였다.[82] 말씀하기를 "제왕이 학문에 힘을 다하는 일은 관계된 것이 매우 커서 잠시도 끊어지게 할 수 없으니, 슬픔 때문에 강연을 정지시켜서는 안 됩니다. 그리고 인정(人情)은 안일하면 선(善)을 잊고 궁하면 근본으로 돌아가는 법입니다. 바야흐로 몸이 슬픔과 괴로움 속에 있어 외물의 유혹이 미치지 않을 때에 서연(書筵)에 나가 송독(誦讀)하면 뜻이 밝아지고 생각이 전일해져서 인의(仁義)의 선한 단서가 감발(感發)되고 기욕(嗜慾)의 삿된 싹이 사그러드는

---

81 두 분 전하 : 숙종의 계비인 인원왕후(仁元王后) 김씨(金氏)와 영조를 가리킨다.

82 예경(禮經)과……청하였다 : 김원행은 "거상하는 예는 슬픔으로 인해 수척해지더라도 뼈가 드러날 정도로 하지 않으며 시력과 청력이 쇠하지 않게 하니, 병이 나면 술을 마시고 고기를 먹는다. 상을 이겨내지 못하는 것을 마침내 부모에게 효도하지 않고 자식을 사랑하지 않는 것에 비견한다.〔居喪之禮, 毀瘠不形, 視聽不衰, 有疾則飮酒食肉. 不勝喪, 乃比於不孝不慈.〕"라는 《예기》〈곡례 상(曲禮上)〉의 글과, "슬픔으로 인해 수척해져서 병이 나는 일을 군자는 하지 않으니, 군자는 이를 일러 '후사를 끊는 일이다'고 한다.〔毀瘠爲病, 君子不爲也, 君子謂之無子.〕"라는 《예기》〈잡기 하(雜記下)〉의 공자의 말을 인용하여 예경의 경계를 범하지 말 것을 청하고, 또 명종과 선조 때 대상(大喪)을 치르면서 경연을 폐하지 않았던 사례를 들어 경연을 폐해서는 안 된다고 강조하였다. 《渼湖集 卷2 奉慰仍辭職書》

것은, 그렇게 되기를 기약하지 않아도 저절로 그렇게 되는 것이 이와 같은 점이 있습니다. 이러한 때에 진강(進講)하는 것은 단지 상제(喪制)를 지키는 데 방해되지 않을 뿐 아니라 아울러 예법을 따르는 데에도 또한 보탬이 됩니다. 그리고 날마다 어진 사대부들을 만나 의리를 논하기도 하고 기무(機務)를 자문하기도 하고 예제(禮制)를 궁구하기도 하고 애통함을 펴기도 한다면 울적할 때 저하의 심정을 위로하고 망극한 생각을 만분의 일이라도 누그러뜨리는 것을 또 어찌 이루 다 헤아릴 수 있겠습니까. 기혈(氣血)을 이끌어 펴서 예기치 않은 병을 예방하는 것 또한 여기에 있지 않다고 장담하지는 못할 것이니, 저하께서는 유의하여 소홀히 하지 마소서."라고 하였다.

곧 사헌부 집의(司憲府執義 종3품)로 승진하였다.[83] 얼마 있지 않아 성상이 대신의 말로 인해 명을 내려 예전에 동궁에게 올린 부군의 상서를 들이도록 하여 보고는 매우 칭찬하고 감탄하였으며, 이어 다음과 같은 별유(別諭)를 불러주어 쓰게 하였다.

"지금 상서를 보건대 말이 매우 절실하고 곧으니 원량(元良 세자)에게는 정문일침(頂門一針)이라고 이를 수 있을 것이다. 유신(儒臣)의 체모를 깊이 얻었으니 내가 매우 가상하게 여기노라. 본직(本職 사헌부 집의)을 특별히 해면하는 것을 허락하여 나아올 길을 열어주니, 너는 모름지기 이 뜻을 체찰하여 당일로 길에 올라 나의 원량을 보도(輔導)하고 또한 내가 미치지 못하는 부분 역시 보좌하라."[84]

---

83 사헌부 집의(司憲府執義)로 승진하였다 : 1757년(영조33) 4월 28일 기축일의 일이다. 《承政院日記》

84 지금……보좌하라 : 본문의 글은 영조의 전유(傳諭)를 간추린 것으로, 전체 내용

부군이 또 상소하여 서연관을 간곡하게 사양하였으나 우악한 비답을 내려 허락하지 않았다.[85] 이로부터 집의(執義)를 지낸 것이 세 차례였다.[86] 또 경연(經筵)에 출입하라는 명이 있어 연달아 사직 상소를 올렸으나 모두 허락을 받지 못하였다.[87]

기묘년(1759, 영조35, 58세)에 세손(世孫 훗날의 정조)이 위호(位號)를 새로 정하였다. 성상이 연신(筵臣)에게 묻기를 "세손의 보도(輔導)는 산림의 선비만한 이가 없다. 좌익선(左翊善 종4품)의 후임으로 내가 한 사람을 생각하고 있는데, 김모(金某)란 자가 어떠한가?"라고 하자, 연신이 또 송공 명흠(宋公明欽)을 추천하고, 아울러 춘방(春坊 세자시강원)의 진선(進善 정4품)과 같은 관명을 별도로 설치하여 두 사람을 모두 차임할 것을 청하였다. 성상이 마침내 그대로 따르고, 부군을 좌권독(左勸讀)으로 삼고,[88] 이어 다음과 같은 별유(別諭)[89]를 내렸다.

은 《승정원일기》 영조 33년(1757) 5월 13일 계묘일 기사에 보인다.

85 부군이……않았다 : 상소의 전문과 영조의 비답이 《승정원일기》 영조 33년(1757) 5월 25일 을묘일 기사에 보인다. 김원행(金元行)의 문집인 《미호집(渼湖集)》 권2에도 상소의 전문이 〈대조의 별유를 받든 뒤 소명을 사양하는 소[承大朝別諭後辭召命疏]〉라는 제목으로 실려 있다.

86 이로부터……차례였다 : 《승정원일기》에 따르면 김원행은 이때 사헌부 집의의 해면을 허락받은 뒤, 다시 1757년(영조33) 10월 2일 신유일, 1758년(영조34) 7월 23일 정미일, 1760년(영조36) 2월 30일 을사일, 1761년(영조37) 9월 22일 정사일에 각각 사헌부 집의에 제수되어 모두 네 차례 집의를 지냈다.

87 경연(經筵)에……못하였다 : 1758년(영조34) 7월의 일이다. 김원행의 사직 상소와 영조의 비답이 《승정원일기》 영조 34년 7월 21일 을사일 기사에 실려 있다. 김원행의 문집인 《미호집(渼湖集)》 권2에도 상소의 전문이 〈경연관과 서연관으로 부르시는 대조의 명을 사양하는 상서[辭大朝經筵書筵召命書]〉라는 제목으로 실려 있다.

88 연신이……삼고 : '연신'은 《승정원일기》에 따르면 판부사(判府事) 이천보(李天

"지금의 선발은 한(漢)나라 엄광(嚴光)이나 주당(周黨)이 아니고[90] 모두 교목(喬木)[91]의 후손을 선발한 것이니, 내가 비록 덕이 없고 원량(元良)[92]이 비록 성심이 얕으나 어찌 오게 할 수 없겠는가. 아, 약간 척(尺)의 옷을 입는 원손이 이제 세손이 되었다.[93] 아, 삼종(三宗)의

輔)와 영의정 유척기(兪拓基)를 가리킨다. 이천보와 유척기가 세손강서원(世孫講書院)의 관직을 더 설치하되 관직명은 갑자기 정하기 어려우니 해조(該曹)로 하여금 의정하여 올리도록 할 것을 청하자, 영조는 즉석에서 관명을 유선(諭善)과 권독(勸讀)으로 정하였다. 그리고 좌·우 유선과 좌·우 권독을 더 설치하되, 유선은 종2품관으로 하고, 권독은 당하 정3품에서 6품에 이르기까지의 참상관에서 선발하도록 하였다. 또한 좌유선에 대제학 김양택(金陽澤), 우유선에 부제학 서지수(徐志修), 좌권독에 종3품관인 사헌부 집의(司憲府執義) 김원행, 우권독에 전 현감 송명흠(宋明欽)을 제수하였다. 《承政院日記 英祖 35年 2月 19日》

89 별유(別諭) : 별유 전문이 《승정원일기》 영조 35년(1759) 2월 19일 경오일 조에, 별유의 대략이 《영조실록》 같은 날짜 기사에 보인다.

90 지금의……아니고 : 서연관으로 선발한 사람은 은거하는 사람이 아니라는 말이다. 엄광(嚴光)은 후한 때 사람으로 광무제(光武帝)와 동학(同學)한 사이였는데, 광무제가 즉위한 뒤에 간의대부(諫議大夫)를 제수하자 병을 청탁하고 부춘산(富春山)으로 돌아가 은거하였으며, 주당(周黨)은 후한 때 사람으로, 왕망(王莽)이 제위를 찬탈하자 은거하였고, 광무제 때 의랑(議郎)으로 징소(徵召)되자 나가지 않고 민지(澠池)에 은거하였다. 《後漢書 卷113 逸民列傳 嚴光, 周黨》

91 교목(喬木) : 《맹자》〈양혜왕 하(梁惠王下)〉의 "이른바 '고국'이라는 것은 높은 나무가 있는 것을 이르는 것이 아니라 세신이 있는 것을 이른다.〔所謂故國者, 非謂有喬木之謂也, 有世臣之謂也.〕"라는 구절에서 원용한 것으로, 뒤에는 '고국'을 이르게 되었다. 여기에서는 대대로 벼슬한 집안의 세신(世臣)을 가리킨다.

92 원량(元良) : 《예기》〈문왕세자(文王世子)〉에 "《서경》에 이르기를 '한 사람이 크게 선량하면 만국이 바르게 된다.'라고 하였으니, 세자를 말한 것이다.〔一有元良, 萬國以貞, 世子之謂也.〕"라는 구절에서 원용한 것으로, 뒤에는 '세자'를 가리키게 되었다. 여기에서는 훗날의 정조인 세손을 가리킨다.

혈맥(血脉)⁹⁴이 바로 이 세손에게 이어졌으니, 교목의 신하로서 세손의 보도를 어찌 돈독히 권면하기를 기다려서야 되겠는가. 더구나 지금 이 관명은 털끝만큼도 과중한 것이 없고 실제에 근거하여 이름을 정한 것에 불과하니, 당일로 올라와서 가뭄에 단비를 바라듯 갈망하는 나의 뜻에 부응하도록 하라."

부군이 상소하여 '사람이 걸맞지 못한 점이 있는 것[人有所不稱]'과 '정리에 감당하지 못할 점이 있는 것[情有所不堪]'과 '병세가 강행하기 어려운 점이 있는 것[病有所難强]'을 가지고 세 가지 나아가기 어려운 의리로 삼았다.⁹⁵ 소가 들어가자, 승정원에서는 대리청정 이후로 대신이 아니면 소를 진달할 수 없다고 하여 봉입하지 않고 돌려보냈다.⁹⁶

그 당시 아들 이안(履安)이 새로 합격한 진사로서 입시(入侍)하자, 성상께서는 다음과 같이 말씀하셨다.⁹⁷ "네 아비에게 권독(勸讀)을 제

---

93 약간……되었다 : 이와 관련하여 《예기》〈곡례 하(曲禮下)〉에 "천자의 나이를 물으면, '들으니 비로소 옷 약간 척을 입는다고 합니다.'라고 대답한다.〔問天子之年, 對曰: 聞之, 始服衣若干尺矣.〕"라는 내용이 보인다.

94 삼종(三宗)의 혈맥(血脉) : 세 임금의 정통을 이은 혈손이란 뜻으로, 소현세자(昭顯世子)의 계통이 아닌 효종·현종·숙종의 계통으로 이어지는 왕통을 말한다.

95 부군이……삼았다 : 상소의 전문이 《미호집(渼湖集)》권2〈권독을 사직하는 소〔辭勸讀疏〕〉와 《승정원일기》 영조 35년(1759) 윤6월 23일 신축일 기사에 실려 있다.

96 소가……돌려보냈다 : 《미호집》에 근거하면 김원행은 영조의 별유를 1759년(영조 35) 2월 21일에 받고 다음 달인 3월 7일에 사직 소를 올렸는데, 승정원에서 "대신 외에는 관례적으로 대조에게 직접 호소할 수 없다.〔大臣外, 例不得直籲大朝.〕"라는 이유로 소를 영조에게 들이지 않고 김원행에게 되돌려주었다. '대조'는 영조를 가리킨다. 172쪽 주78 참조.《渼湖集 卷2 辭勸讀疏》

97 그……말씀하셨다 : 1759년(영조35) 3월 11일의 일이다. 이때 영조는 창경궁(昌慶宮) 함인정(涵仁亭)에 있었는데, 승지가 김이안(金履安)을 비롯하여 새로 생원진사시

수한 것은 깊은 뜻이 있다. 오늘날 조선의 일은 오직 세손에게 달려 있으니, 나의 뜻으로 네 아비에게 말을 하여 들어오게 하라. 상산사호 (商山四皓)[98]도 어찌 한(漢)나라를 위하여 나오지 않았던가."

부군은 앞의 소가 아직 위로 올라가지도 않았는데 은혜로운 성상의 말씀이 또 이와 같이 내려오자 의리상 감히 시종일관 모른 척할 수 없었다. 마침내 그 소의 말미에 나아가 사직소가 가로막혔던 사유[99]를 진달하고, 이어 아들 이안(履安)이 입시(入侍)했을 때 남다르게 대우했던 일을 언급하며 황송하고 두려워 사양한다는 뜻을 거듭 진달하였다.

승정원의 은미한 품주도 아직 전달되기 전에 또 세자시강원(世子侍講院)의 진선(進善 정4품)에 제수되자[100] 부군이 위축되어서 다시 감히

에 합격한 사람들을 데리고 입시하자 영조가 김이안에게 말한 것이다. 《承政院日記 英祖 35年 3月 11日》

98 상산사호(商山四皓) : 진(秦)나라 말에 혼란을 피하여 상산(商山)에 은거해 살았던 동원공(東園公), 하황공(夏黃公), 녹리선생(甪里先生), 기리계(綺里季) 등 네 노인을 이른다. 한 고조(漢高祖)는 말년에 태자를 척 부인(戚夫人)의 소생인 조왕(趙王) 여의(如意)로 바꾸려고 하였으나, 여후(呂后)가 장량(張良)의 계책에 따라 상산사호를 초빙해와 결국 태자를 바꾸지 않게 되었다. 여기에서는 김원행을 가리킨다. 《史記 卷55 留侯世家》

99 사직소가 가로막혔던 사유 : 《미호집》에 근거하면, 김원행은 두 가지 사유에서 자신의 사직소가 영조에게 전달되지 않았다고 보았다. 첫째는 자신이 초야에서 지내 물정에 어둡고 사체(事體)를 알지 못하여 대신(大臣) 외에는 왕에게 직접 호소할 수 없다는 관례를 알지 못했기 때문이라는 것이고, 둘째는 재작년에 자신이 올린 소를 당시 승정원에서 허락하고 왕에게 올려서 은혜로운 비답까지 받았기 때문에 이번에도 직접 호소하는 것이 심각한 죄가 될 것이라는 생각은 못했다는 것이다. 《渼湖集 卷2 辭勸讀疏》

100 세자시강원(世子侍講院)의 진선(進善)에 제수되자 : 김원행은 1759년(영조35)

사양하지 못하였다. 마침 대신(臺臣) 중에 산림지사(山林之士)를 돈소(敦召)할 것을 청하는 사람이 있자, 성상이 마침내 명을 내려 부군의 예전 상소를 가지고 들어오도록 하여 모두 570여 자의 비답[101]을 내리니, 그 대략은 다음과 같다.

"대륙의 한 귀퉁이 청구(靑丘)는 오직 조선뿐이고, 세 임금의 혈맥[102]은 단지 한 사람이 있을 뿐이다. 만약 권독(勸讀)을 묻는다면 그대 할아버지(김창집(金昌集))의 손자이고, 만약 그 할아버지를 묻는다면 네 충신[103] 중의 한 사람이니, 아! 지난날의 자교(慈敎 대비의 전교)[104]를 기리고 오늘날의 세손을 생각한다면 어찌 그 부름을 기다릴 필요가 있겠는가. 더구나 관직의 명분으로 부른다면 사양을 하는 것도 혹 가능하겠지만, 지금 그대에게는 한 자급의 승품도 없고 그 이름대로 실제에 힘쓰도록 하는 것뿐이니 어찌 지나치게 사양한단 말인가. 아, 그대의 할아버지는 신축년(1721, 경종1) 왕세제(王世弟 연잉군(延礽君))를 세울

5월 6일 을유일에 겸진선(兼進善)에 제수되었다.

101 570여 자의 비답 : 영조의 비답이 《승정원일기》 영조 35년(1759) 윤6월 23일 신축일 기사에 실려 있다. 모두 577자이다. 김원행은 이 비답을 같은 달 25일에 받은 뒤 바로 사직소를 올렸다. 이때의 사직소가 《미호집(渼湖集)》 권2에 〈권독과 겸진선을 사양하는 상서〔辭勸讀兼進善書〕〉라는 제목으로 실려 있다.

102 세 임금의 혈맥 : 177쪽 주94 참조.

103 네 충신 : 신축년(1721, 경종1)과 임인년(1722, 경종2)에 일어난 신임사화(辛壬士禍) 때 죽은 노론 사대신(四大臣), 즉 김창집(金昌集), 이이명(李頤命), 이건명(李健命), 조태채(趙泰采)를 가리킨다. 143쪽 주5, 168쪽 주70 참조.

104 지난날의 자교(慈敎) : 1721년(경종1)에 영의정 김창집(金昌集)을 비롯한 노론 사대신(四大臣)의 주청에 따라 이루어진 연잉군(延礽君)을 왕세제로 세운다는 대비의 언문 교서를 이른다. 《景宗實錄 1年 8月 20日》

때 사(師)였고,[105] 지금 그대는 그 임금의 손자에게 권독이 되었으니, 후일 그대의 할아버지가 지난날 자신이 미진했던 바를 그대가 과연 오늘날 보완하였는지 묻는다면 그대는 장차 무슨 말로 답하겠는가. 그대의 형[106]은 나라를 위하여 충정을 바치고 황천에서 울분을 머금고 있을 것이니, 지금 그대가 이 직분에 심혈을 다 쏟는다면 죽어 구원(九原)에 있는 그대 형의 마음을 풀어줄 수 있으리라. 여기까지 말을 하고 보니 내 마음이 슬퍼지는데, 그대가 어찌 느낀 바가 있어 마음이 움직이지 않겠는가. 그대가 만약 마음을 바꾸어 올라온다면 내가 응당 세손과 함께 그대를 근독합(謹獨閤)에서 볼 것이니, 그대는 모름지기 나의 이 뜻을 체찰하여 당일로 길에 오르도록 하라."

부군은 비답을 받고 눈물을 흘리며 "을사년(1725, 영조1) 이후로 이처럼 시원하게 풀린 적이 없었으니, 이제부터는 죽어도 여한이 없다."라고 하였다. 이에 당시의 여러 공들이 모두 부군에게 한 번 나가지 않으면 안 된다고 말하였고, 편지를 보내어 강하게 권하는 사람도 있었다. 그러나 부군이 끝내 그렇게 할 수 없었던 것은, 특히 지금 이 특별한 은전은 단지 일신에만 관계될 뿐 아니니 세신(世臣)의 의리를 감히 바꾸지 않으면 안 되었기 때문이다.[107] 마침내 석교(石郊)에 나아가

---

105 그대의……사(師)였고 : 김창집(金昌集)이 당시 영의정이었기 때문에 영의정으로서 당연히 세자시강원의 사(師)를 겸직한 것을 이른다. 세자시강원은 1746년(영조22)에 편찬된 《속대전(續大典)》의 규정에 따르면 정3품 아문으로, 정3품 찬선(贊善)이 실질적인 장(長)이다. 그 위로 사(師) 1명, 부(傅) 1명, 이사(貳師) 1명, 좌·우 빈객(賓客) 각 1명, 좌·우 부빈객(副賓客) 각 1명의 관직이 설치되어 있는데 모두 겸직이다.
106 그대의 형 : 김원행의 생부인 김제겸(金濟謙)의 장자 김성행(金省行)을 가리킨다. 신임사화 때 김제겸보다 먼저 죽었다. 143쪽 주5 참조.

가동(家僮)을 보내 상서하여 사례하는 뜻을 진달하고, 이어 다음과 같이 말하였다.[108]

"이번에 띠게 된 직임은 오로지 권강만 담당하여 다른 직임과는 다르다고 하지만, 일단 명을 받들게 되면 또한 한 번 나가는 것과 같게 됩니다. 신이 오늘에 와서 참으로 다시 개인적인 사정을 감히 말씀드리지는 못하지만 한 번 나가는 것에 대해 스스로 아끼는 바가 있는 것은 아닙니다. 다만 두려워하는 것이라면 있습니다. 무엇이겠습니까? 지금 차마 하지 못할 바를 억지로 행하여서 평소 지키던 신조를 바꾸는 것은, 나아가 일을 하는 것이 물러나 자숙하는 것보다 반드시 나은 점이 있은 뒤에야 가능한 것입니다. 참으로 신의 학술과 역량이 군주의 덕을 바로잡고 인심을 바로잡아서 이미 무너진 윤리와 기강을 정돈하고 기울어가는 종묘와 국가를 부지하여, 아래로는 선조가 미처 끝내지 못한 뜻을 다 실현하고 위로는 우리 임금님의 세상에 드문 지우(知遇)에 보답할 수 있다면 또한 좋은 일이 아니겠습니까. 그러나 지금은 그렇지 못하여 스스로 바칠 수 있는 것이라고는 장구(章句)나 익힌 보잘것없는 학문을 가지고 외우고 말하는 데에나 겨우 쓸 수 있는 것에

---

107 세신(世臣)의……때문이다 : 대대로 벼슬한 집안의 세신이 임금이 부르면 주저하지 않고 응하는 의리도 이런 상황에서는 변하지 않으면 안 된다는 말이다. 이와 관련하여 《미호집(渼湖集)》 권5 〈자정에게 보내다[與子靜]〉에 "지금 이 특별한 은전은 단지 일신에만 관계될 뿐이 아니니, 세신의 의리로 보면 비록 옛사람이 이런 경우에 처했다 하더라도 의당 감히 완전히 변함이 없지는 못하였을 것이네.[今此異恩, 又非止如關涉一己, 則其在世臣之義, 雖使古人當之, 宜不敢全然無變.]"라는 내용이 보인다. '자정'은 김원행(金元行)의 삼종 아우인 김양행(金亮行, 1715~1779)의 자이다.

108 다음과 같이 말하였다 : 이하의 내용이 《미호집(渼湖集)》 권2 〈권독과 겸진선을 사양하는 상서[辭勸讀兼進善書]〉에 실려 있다.

지나지 않습니다. 그런데도 이것으로 일을 다했다고 여긴다면 그래도 일을 한 것이 있다고 말할 수 있겠습니까. 이것은 성조(聖朝)에는 도움이 되지 못하고 선조에게는 저버리는 것이어서, 단지 제 자신을 슬픔을 잊고 영예를 탐하여 부끄러움도 모르는 사람으로 만들 뿐입니다. 신이야 참으로 말할 것도 없지만, 밝으신 성상께서는 무엇을 취하시겠습니까?"

상서가 올라가자 부군은 그 길로 곧장 돌아갔다. 두 차례 집의(執義 종3품)와 장악원 정(掌樂院正 정3품)을 지냈다.[109]

신사년(1761, 영조37, 60세)에 통정대부(通政大夫)로 승급하고, 연이어 공조 참의(工曹參議)와 성균관 좨주(成均館祭酒)에 제수되었다. 부군이 소를 올려 강하게 사양하자, 성상께서는 비답을 내려 "지금 도움을 구하는 것은 오직 산림의 독서지사(讀書之士)에 있을 뿐이다. 얼마 전에 그대의 아들을 보고 나의 속마음을 말하였는데, 무슨 마음으로 이처럼 멀리 떠나려고만 하는가?"라고 하였다.[110] 이에 앞서 내가 또 일로 인해 입시(入侍)하였는데, 성상께서 부군의 수염과 머리가 쇠했는지 여부를 묻고 안색과 성음까지도 자세히 물으시고는 만나보고 싶다는 뜻을 지극히 말씀하셨기 때문에 비답이 이와 같았던 것이다. 뒤에 또 부군의 아우 판관 모(某)에게 유시(諭示)하여 돌아가 부군에게 그 뜻을 전하게까지 하였다.[111] 이는 성상의 생각에 부군이 권독의

---

109 두……지냈다 : 사헌부 집의(司憲府執義)는 1759년(영조35) 이후, 1760(영조36) 2월 30일 을사일과 1761년(영조37) 9월 22일 정사일에 각각 제수되었다. 175쪽 주86 참조. 장악원 정(掌樂院正)은 1761년 8월 2일 무진일에 제수되었다.

110 부군이……하였다 : 공조 참의 김원행의 사직소와 영조의 비답 전문이 《승정원일기》 영조 38년(1762) 7월 11일 기미일 기사에 실려 있다.

제수에 대해 반드시 그 명을 받아들일 것이라고 여겼으나 부군이 끝내 나가지 않으니, 이미 부군의 마음을 되돌리기 어렵다는 것을 알았지만 한결같은 마음으로 정성을 다하기를 여전히 그치지 않은 것이었다.

계미년(1763, 영조39, 62세)에 찬선(贊善) 송공 명흠(宋公明欽)이 부름을 받고 입조하여 소를 올려서 "지금 노사숙유(老士宿儒)들이 기력이 아직 강건하니 의당 모두 초빙해야 할 것입니다."라고 하였다.[112] 성상이 누구냐고 묻자, 송공이 부군과 윤공 봉구(尹公鳳九)로 대답하고, 이어 말하기를 "김모(金某 김원행(金元行))는 신에게는 외형(外兄 이종사촌 형)입니다. 그런데도 천거에 친척을 피하지 않은 것은, 명도(明道 정호(程顥))가 이천(伊川 정이(程頤))과 횡거(橫渠 장재(張載))를 추천했기 때문에[113] 말씀드린 것뿐입니다."라고 하였다. 성상께서 말씀하기를 "잘했다! 내가 비록 정성은 부족하지만 찬선은 어찌 서원직(徐元直 서서(徐庶))이 공명(孔明 제갈량(諸葛亮))을 나오게 한 것[114]을 본받은 것이 아

---

111 부군의……하였다 : 1763년(영조39) 사복시 판관(司僕寺判官)이었던 김원행의 아우 김탄행(金坦行)이 윤대관(輪對官)으로 입시했을 때의 일이다. 《承政院日記 英祖 39年 3月 2日》

112 계미년에……하였다 : 송명흠(宋明欽)의 상소는 《승정원일기》 영조 39년(1763) 2월 19일 기사에 보이며, 영조와의 문답은 《승정원일기》 영조 39년 2월 26일 기사에 자세하다. 다만 《승정원일기》에는 이때 송명흠의 신분을 '전 찬선(前贊善)'으로 기록하고 있다.

113 명도(明道)가……때문에 : 송(宋)나라 때 신종(神宗)이 인재를 추천하라고 하자 정호(程顥, 1032~1085)가 수십 인을 추천하면서 아우인 정이(程頤, 1033~1107)와 아버지의 이종사촌인 장재(張載, 1020~1077)를 가장 먼저 언급하였다고 한다. 《二程文集 伊川文集 明道先生行狀》

114 서원직(徐元直)이……것 : '원직'은 후한 말 삼국 시기 사람인 서서(徐庶)의 자이

니겠는가. 반드시 김모에게 권하여 오게 할 것이다."라고 하고, 즉시 사관(史官)을 보내 교지를 전하고 함께 오도록 하였다. 8일 동안 네 번의 전유(傳諭)를 거듭 내렸는데 말씀이 갈수록 간곡하였으니, 대체로 대대로 녹을 먹은 집안의 의리로써 책하고 반드시 한 번 만나보고 싶다는 것으로 끝을 맺었다. 또 말씀하기를 "그대의 5대조(김상헌)가 지킨 대의(大義)는 천년토록 사람을 흠모하고 탄복하게 한다. 내년이 무슨 해인가? 지금 무슨 제사를 지내려 하는가? 아, 칠순인 군주가 예(禮)를 행할 때 70을 바라보는 충신의 후손이 만약 와서 참여한다면 어찌 후세에 할 말이 있지 않겠는가."라고 하였다.[115] 당시 성상께서는 대보단(大報壇)에 친히 제사하려고 하였는데,[116] 이듬해는 황조(皇朝

다. 유비(劉備)가 형주(荊州) 신야(新野)에 있을 때, 서서가 "제갈공명은 와룡입니다. 장군께서는 혹시 그를 만나보고 싶지 않으십니까?〔諸葛孔明者, 臥龍也. 將軍豈願見之 乎?〕"라고 하여 제갈량을 추천한 뒤, "이 사람은 가서 만나볼 수는 있어도 굽혀서 오게 할 수는 없습니다.〔此人可就見, 不可屈致也.〕"라고 하여 유비로 하여금 직접 찾아가도 록 하였다고 한다.《三國志 蜀志 卷5 諸葛亮傳》

115 또……하였다 :《승정원일기》영조 39년(1763) 3월 4일 기사에 보이는 영조의 전유(傳諭) 중 일부이다. 이와 관련하여《미호집(渼湖集)》권2〈네 번째 전유를 받은 뒤 올린 서계〔四度傳諭後書啓〕〉에 "삼가 황단에 올리는 옥백 예물을 장차 몸소 올리려 하신다는 말을 들었습니다. 이어 다시금 신의 종오대조와 오대조 두 신하의 충의와 절의를 추념하시면서 신이 그들의 후손으로서 이날 달려 나가는 반열에 참석하지 않아 서는 안 된다고 하셨다는 말을 들었습니다.〔伏聞皇壇玉帛, 將行躬薦, 仍復追念臣從五 世祖暨五世祖兩臣忠義節烈, 謂臣忝爲其孫, 不容不隨參於是日駿奔之列.〕"라는 내용이 보인다. '종오대조'는 김상용(金尙容), '오대조'는 김상헌(金尙憲)을 가리킨다.

116 당시……하였는데 : '대보단(大報壇)'은 1704년(숙종30) 창덕궁(昌德宮) 옛 내 빙고(內氷庫) 터에 설치한 제단(祭壇)으로, 황단(皇壇)이라고도 한다. 임진왜란 때 구원병을 보내 조선을 재조(再造)해준 은혜에 보답한다는 뜻에서 명나라 신종(神宗)에

명나라)의 옥사(屋社)가 마침 2주갑(周甲)이 되기 때문에[117] 성상의 교지가 이와 같았던 것이니, 이것은 반드시 오도록 하려는 것이었다.

부군은 이미 서계(書啓)를 통하여 심정으로 보나 질병으로 보나 억지로 행하기 어렵다는 것을 말씀드렸으나[118] 또 소를 올려 거듭 사양하였는데, 그 두 번째 소에 다음과 같이 말하였다.[119]

"신은 들으니 주자(朱子 주희(朱熹))의 말에 '사대부 출처(出處)의 옳고 그름은 한 개인만의 일이 아니라 바로 풍속의 성쇠와 관련된다.'라고 하였습니다.[120] 이는 출사를 구차하게 해서는 안 된다는 것을 말한

게 제사를 지내기 위해 만든 것이다. 영조는 1763년(영조39) 3월 7일 면복(冕服) 차림으로 대보단에 나아가 친히 제사하였다. 《英祖實錄 39年 3月 7日》

117 이듬해는……때문에 : 명나라가 멸망한 지 120년 되었다는 말이다. 명나라는 1644년(인조22) 3월에 이자성(李自成)의 농민군이 북경을 공격하여 함락시키자 의종(毅宗)이 매산(煤山)에서 목매어 자살함으로써 멸망하였다. '옥사(屋社)'는 사(社)에 지붕을 덮는다는 말로, 국가가 멸망한 것을 이른다. 《예기》〈교특생(郊特牲)〉의 "천자의 대사(大社)에 지붕을 덮지 않아 서리·이슬·바람·비를 직접 맞게 하는 것은 천지의 기운을 통하게 하기 위한 것이다. 이 때문에 망한 나라의 사(社)에 지붕을 덮는 것은 하늘의 양기를 받지 못하게 하는 것이다.〔天子大社, 必受霜露風雨, 以達天地之氣也. 是故喪國之社, 屋之, 不受天陽也.〕"라는 구절에서 유래하였다.

118 부군은……말씀드렸으나 : 이때 올린 김원행(金元行)의 상소는 《미호집(渼湖集)》 권2에 〈네 번째 전유를 받은 뒤 올린 서계〔四度傳諭後書啓〕〉라는 제목으로 실려 있다.

119 그……말하였다 : 이하의 내용이 《승정원일기》 영조 39년(1763) 3월 10일 정묘일 기사와 《미호집》 권2 〈두 번째 소〔再疏〕〉에 실려 있다. 이때 김원행은 공조 참의의 신분으로 소를 올렸다.

120 주자(朱子)의……하였습니다 : 남송 효종(孝宗) 순희(淳熙) 원년(1174)에 주희(朱熹)가 예부 상서(禮部尙書) 한원길(韓元吉, 1118~1187)에게 답한 편지에 "사대부가 벼슬을 사양하거나 벼슬하러 나오는 것은 또 그 자신만의 일이 아닙니다. 그 처신의

것입니다. 삼가 살펴보면 예로부터 군주가 신하를 부르는 것과 신하가 군주에게 응하는 것은 본래 그에 맞는 법도가 있었습니다. 혹은 그 관직으로 부르는 경우가 있었으니, 예컨대 《맹자》에 이른바 '공자는 벼슬을 하고 있어 맡은 관직이 있었는데, 그 관직으로 불렀기 때문이다.'[121]라는 것이 여기에 해당됩니다. 혹은 그 일로 부르는 경우가 있었으니, 《맹자》에 이른바 '서인은 군주가 불러 부역을 시키면 가서 부역을 한다.'[122]라는 것이 여기에 해당됩니다. 부르는 도는 한 가지가 아니지만, 대체로 모두가 목적하는 바가 있어서 불렀으며 응하는 것 역시 그러하였습니다. 그런데 유독 그 얼굴을 보기 위해 부르고 응했다는 것은 듣지 못하였습니다.

이번에 전하께서 신을 부르신 것은, 먼저는 '한 번 그대를 만나보려는 것뿐이다.'라고 하고, 다음에는 '어찌 한 번 칠순의 군주를 만나보지

득실이 바로 풍속의 성쇠에 관계가 되기 때문에 더욱 살피지 않으면 안 됩니다.〔士大夫之辭受出處, 又非獨其身之事而已. 其所處之得失, 乃關風俗之盛衰, 故尤不可以不審也.〕"라는 내용이 보인다. 《晦庵集 卷25 答韓尙書書》

121 공자는……때문이다 : 《맹자》〈만장 하(萬章下)〉에 "만장이 말하였다. '공자는 군자가 명하여 부르면 말에 멍에하기를 기다리지 않고 갔으니, 그렇다면 공자는 잘못한 것입니까?' 맹자가 말하였다. '공자는 마침 벼슬을 하고 있어 맡은 관직이 있었는데, 그 관직으로 불렀기 때문이다.'〔萬章曰: 孔子, 君命召, 不俟駕而行. 然則孔子非與? 曰: 孔子當仕有官職, 而以其官召之也.〕"라는 내용이 보인다.

122 서인은……한다 : 《맹자》〈만장 하〉에 "만장이 말하였다. '서인이 군주가 불러 부역을 시키면 가서 부역을 하고, 군주가 만나보고자 하여 부르면 가서 만나보지 않는 것은 무엇 때문입니까?' 맹자가 말하였다. '가서 부역하는 것은 의(義)이고, 가서 만나보는 것은 의가 아니기 때문이다.'〔萬章曰: 庶人, 召之役則往役, 君欲見之, 召之則不見之, 何也? 曰: 往役, 義也; 往見, 不義也.〕"라는 내용이 보인다.

않겠는가.'라고 하셨으니, 은혜는 지극하고 영광 또한 극진하다 하겠습니다. 그러나 식견이 있는 자가 논한다면, 전하께서 신을 부르신 것은 고의(古義)와 다르고 신이 이에 응하는 것은 구차한 도를 면치 못하는 것이라고 혹 의심할 수도 있습니다. 이에 대해 어떻게 해명하시겠습니까. 성상의 학문이 고명(高明)하시니 이 이치에 대해 당연히 환히 아실 것입니다. 그러나 단지 옛 신하를 생각하여 차마 그 후손을 버릴 수 없다 해서 이렇게 하신 것뿐이라면 신이 어찌 우러러 성심을 받들지 못하겠습니까. 다만 사대부 출처의 예방(禮防)이 신으로 말미암아 무너져서 풍속을 해치게 될까 두려우니, 이런 일은 신이 감히 하지 못하겠습니다."

또 사관(史官)과 함께 오도록 한 일에 대해 다음과 같이 논하였다.[123]

"무릇 신하가 나아가기 어려워하는 의리에 대해서는 나오도록 강요할 수 있는 경우도 있고 강요할 수 없는 경우도 있습니다. 이제 정세나 사리가 어떠한지는 묻지 않고 일괄적으로 오직 날을 보내며 지켜서 반드시 함께 와야만이 그만두는 것으로 기필하게 하신다면, 선비는 혹 자신의 의지대로 할 수 없어서 끝내는 자신이 지키던 지조를 잃는 데에 이르는 경우도 있을 것입니다. 이것이 어찌 그 사람을 예우하려던 본래의 뜻이겠습니까. 그리고 어진 군주가 만물을 이루어주는 도리에 있어서는 어떻겠습니까. 그렇다면 신과 같은 실정은 모름지기 양찰해 주어야 할 대상에 들어가야 할 것입니다. 그럼에도 줄곧 관직에 매어 놓고 변통해주는 바가 없어서 그저 군주의 명만 날로 가볍게 하고 신의

123 또……논하였다 : 이하의 내용이 《승정원일기》 영조 39년(1763) 3월 10일 정묘일 기사와 《미호집》 권2 〈두 번째 소[再疏]〉에 실려 있다.

죄만 날로 쌓이게 하고 있으니, 신은 이에 자신을 위해 근심할 겨를도 없이 삼가 성조(聖朝)를 위해 이러한 거조를 안타깝게 여깁니다."

부군의 소가 이제 막 올라갔을 때 송공(宋公 송명흠(宋明欽))은 간언한 일로 이미 성상의 진노를 크게 건드려서 떠난 뒤였는데,[124] 성상의 비지(批旨)가 뒤이어 내려와 부군의 본직(本職 공조 참의)을 해면하는 것을 허락하니 사관(史官) 역시 철수하고 돌아갔다.[125] 처음에 부군은 송공

---

124 송공(宋公)은……뒤였는데 : 송명흠(宋明欽)은 공평한 마음으로 정사에 힘쓰라는 내용의 상소를 올렸는데, 상소 중에 "가까이 총애하는 사람들에게 사정을 두거나 인척을 사사로이 좋아한다면 장차 덕망 있는 이를 임명하는 관작이 모두 사인(私人)에게 돌아가는 것을 볼 것이니, 시인이 기롱한 바 '저 소인들은 붉은 폐슬을 한 자가 수백 명이로다.' '어리고 예쁜 소녀가 이제 굶주리도다.'라는 것입니다.〔留情近習, 私好姻戚, 則將見命德之器, 盡歸私人, 而詩人所譏, 彼其之子, 三百赤芾, 婉兮孌兮, 季女斯飢者也.〕"라는 구절이 있었다. 영조가 '적불(赤芾)'이라는 말을 인용한 것에 노하여 "내 비록 덕은 없지만 어찌 조(曹)나라 임금과 같은 데에 이르렀겠느냐.〔予雖否德, 豈至如曹侯乎?〕"라고 하고 엄한 논조의 비답을 내리자, 송명흠은 하직 인사를 하지 않고 떠났다. 김원행이 김양행(金亮行)에게 보낸 편지에 따르면 송명흠이 떠난 날은 1763년(영조 39) 3월 5일이다. '적불'은 붉은 무릎 가리개라는 뜻으로, 대부 이상의 관원이 착용하는 예복이다. '시인'은 《시경》〈조풍(曹風) 후인(候人)〉의 작자를 가리키며, 이 시는 조(曹)나라 임금이 군자를 멀리하고 소인을 가까이하였기 때문에 대부의 복색을 착용한 자가 수백 명이나 되었다는 내용이다. 《英祖實錄 39年 3月 5日》《渼湖集 卷5 與子靜(5)》

125 성상의 비지(批旨)가……돌아갔다 : 영조는 김원행의 위 상소에 대해 "사관은 이미 올라오라고 명하였다. 그리고 본직에 얽매임이 과연 그대의 상소와 같다면 겉치레만 잘하는 것보다는 차라리 촌스러운 것이 낫다는 것이 공자의 가르침이니, 특별히 그 해면을 허락하여 그대의 마음을 편안하게 해주겠다.〔史官旣命上來, 而本職羈縻, 果若爾疏, 與其史寧野, 孔聖之訓, 故特許其解, 以便爾心.〕"라는 비답을 내렸다. 이와 관련하여 같은 달 13일에 올린 사간원 정언(司諫院正言) 김낙수(金樂洙)의 상소에 "박성원을 겸보덕으로 삼는 일에 대해 문의(問議)하신 것은 동궁을 보좌하기 위한 것이었고,

이 떠났다는 소식을 듣고 개연히 나에게 이르기를 "이를 이어서 소를 올릴 경우에는 비록 신구(伸救)하는 것을 감히 간관(諫官)처럼 하지는 못하겠지만 마땅히 이 오성(李鰲城 이항복(李恒福))의 일을 인용하여 관직을 사양하는 말을 해야 할 것이다."라고 하였는데, 이때에 이르러 끝내 그렇게 하지 못하였다.[126]

갑신년(1764, 영조40, 63세)에 박상 세채(朴相世采)의 문묘 종향(從享) 때 반포하여 알리는 반열에 입참(入參)하지 않은 것에 연루되어 파직되었다가 얼마 뒤에 파직의 명이 도로 거두어졌다.[127]

김원행을 사관과 함께 오게 한 것 역시 지난날의 유현(儒賢)을 높이는 뜻에서 나온 것이었는데, 모두 도로 그만두라고 명하시니 마치 격노하여 그런 것과 같음이 있습니다.[朴聖源之兼輔德問議, 蓋爲輔導東宮之地. 金元行之史官偕來, 亦出念先崇儒之意, 而一倂還寢, 似亦有激而然.]"라는 내용이 보인다. 《承政院日記 英祖 39年 3月 10日, 13日》

126 이 오성(李鰲城)의……못하였다 : '이 오성의 일'은 영의정 유성룡(柳成龍)이 임진왜란이 한창이던 1594년(선조27)에 화의(和議)를 주장했다고 하여 1599년(선조32) 여름에 조정의 의론이 유성룡을 공격하자, 이항복(李恒福)이 자신도 일찍이 화의에 찬성했으니 감히 요행으로 화를 면할 수는 없다고 스스로를 논핵하며 우의정을 체직해 줄 것을 청하는 차자를 올려서 결국 병을 이유로 면직된 일을 말하는 것으로 보인다. 선조는 한참 시간이 지난 뒤에 이 일과 관련하여 "어떤 일을 다른 사람과 함께하다가 결국 태도를 바꿔버리는 자는 이모의 죄인이다.[與人同事, 終乃反覆者, 李某之罪人也.]"라는 하교를 내렸다. 여기에서는 김원행이 송명흠과 뜻이 같기 때문에 이항복과 같은 이유를 들어 사직 상소를 올리려고 마음먹었으나 상소를 올리기 전에 해면되어 그럴 수 없었다고 말한 것이다. 《白沙集 卷5 己亥夏因玉堂斥和議箚因病自劾乞遞右議政箚, 附錄 推忠奮義……鰲城府院君李公行狀〔張維〕》

127 갑신년에……거두어졌다 : 박세채(朴世采)는 1764년(영조40) 5월 28일 문묘에 종향(從享)되었는데, 영조는 경희궁(慶熙宮)의 정전인 숭정전(崇政殿)에 친림하여 중외에 반포하여 알리면서 이때 입참(入參)하지 않은 신하들을 파직하였다. 다만 외방에 있거나 막 초선(抄選)된 사람은 불문에 부쳤다. 《英祖實錄 40年 5月 28日》

-이하는 완성되지 못하였다.[128]-

---

128 이하는 완성되지 못하였다 : 김원행은 1772년(영조48)에 향년 71세로 세상을 떠났으니 이후 약 8년 동안의 행적이 기록되지 않은 것이다.

가제 유사[129]
家弟遺事

군(君)은 큰 키에 옥 같은 얼굴을 하고 눈은 샛별처럼 빛났으며 기상
과 풍채가 호방하고 준수하였다. 남들과 함께 서 있으면 반드시 도드
라지게 홀로 빼어났다.

군은 어려서부터 분방하고 쾌활하였다. 외숙이 일찍이 시를 지어주
었는데, "망아지가 태어나 이레 만에 벌써 어미를 능가하니, 나는야
금굴레를 네 머리에 씌우려 하노라.〔駒生七日已超母, 吾欲金羈絡爾
首.〕"라고 하였으니, 기특하게 여긴 것이다.

　대인(大人 김원행(金元行))이 가르치기를 엄히 하여 혹시라도 부드러
운 안색과 말을 내비치지 않았지만 군은 여전히 그다지 기가 죽지 않았
다. 그러다가 나이 14, 5세가 되자 비로소 차츰차츰 살피고 삼가서
천천히 말하고 기색을 바르게 하여 엄숙한 위의가 있게 되었다. 이때부
터 글을 읽는 데 더욱 힘써서 늘 장자(長者)를 따라 노닐고 동년배들과

129　가제 유사(家弟遺事) : 저자의 아우 김이직(金履直, 1728. 1. 30~1745. 3. 14)에
대한 유사(遺事)로, 지은 시기는 자세하지 않다. 김이직의 자는 경이(敬以)이며, 18세
의 나이로 후사 없이 세상을 떠났다. 처는 함평 이씨(咸平李氏, 1727~1794)로, 이경갑
(李慶甲)의 딸이다. 이조 판서에 추증되었으며, 저자의 사촌형 김이장(金履長,
1718~1774)의 셋째 아들인 김인순(金麟淳, 1764~1811)을 양자로 들여 후사를 잇게
하였다. '가제'는 남에게 자신의 아우를 겸손하게 지칭하는 말이다. 《安東金氏大同譜刊
行委員會, 安東金氏世譜(5), 서울, 1982》

어울리는 것을 좋아하지 않았다.

 군이 4, 5세 때 비가 갑자기 쏟아져 뜰의 섬돌까지 넘친 적이 있었다. 대인이 외사(外舍)에 있다가 들어오고자 하였으나 들어올 수 없자 군이 곧 말을 불러서 바치니 그 영기의 발로가 이와 같았다. 조금 장성하여 어른들을 위해 일을 할 때 모두 어른들의 뜻대로 곧바로 처리하니 어른들이 군을 매우 의지하였다.

 군은 별난 기상이 있어 다른 사람을 말로 꺾는 것을 좋아하였다. 잘 못을 둘러대거나 고치는 데 인색한 자를 제일 미워하여 이와 비슷한 점만 있어도 그때마다 면전에서 조목조목 따졌다. 그러나 성품은 인후하였고 친족에게는 돈독히 대하여, 다른 사람이 곤궁한 것을 보면 반드시 도와준 뒤에야 기뻐하였다. 당시 대인(大人 김원행(金元行))을 따라 배우는 사람들이 이미 많아서 관우(館宇)가 항상 넘쳐났는데, 군이 모두 그들의 괴로움과 즐거움을 살펴서 잘 대해주니 이 때문에 사람들이 군을 즐겨 따랐다.

 군은 평소 강개하여 자부심이 컸다. 집안이 대대로 공경과 재상을 지낸 것을 생각하고는, 비록 큰 화를 겪기는 했으나 공명은 당장이라도 이루어서 옛 유업을 회복할 수 있다고 말하였는데, 사람들 또한 그렇게 생각하지 않은 사람이 없었다. 매번 원수가 가득한 것에 분개하여 "내가 뜻을 얻으면 반드시 이자들을 모두 죽이겠다."라고 하였다.

 시문을 지을 때면 붓을 들어 곧장 써 내려갔는데, 거침없이 매우 빨리 썼으나 한 마디도 진부한 말이 없었다. 한번은 학질을 물리치는 글을 지었는데, 대인이 칭찬을 하면서 "이 아이는 참으로 그 고통을 알기 때문에 모사를 이 정도까지 할 수 있는 것이다. 글씨 또한 경쾌하여 매우 좋다."라고 하였다.

군은 처음 학질을 앓을 때부터 곧바로 말을 제대로 하지 못했는데, 학질이 이미 심각해진 뒤에 홀연 한밤중에 혼자 웃으며 "김모(金某)가 열여덟에 죽겠구나!"라고 하였다. 내가 "아우가 어찌하다 갑자기 이렇게 되었는가?"라고 하자, 군이 곧 탄식하며 "안연도 뒤늦게 온 일이 있었습니다.〔有顔淵後.〕"130라고 하고는 또한 다른 말이 없었다.

---

130 안연(顔淵)도……있었습니다 : 이와 관련하여 《논어》〈선진(先進)〉에 "공자가 광(匡) 땅에서 경계하는 마음을 품고 있을 때 안연이 뒤처졌다. 안연이 오자 공자가 '나는 네가 죽은 줄로 생각했었다.'라고 하자, 안연이 대답하였다. '선생님께서 계시는데 제가 어찌 감히 죽겠습니까.〔子畏於匡, 顔淵後. 子曰: 吾以汝爲死矣. 曰: 子在, 回何敢死?〕"라는 내용이 보인다. 안연은 춘추 시대 노(魯)나라 사람으로 공자의 가장 촉망받는 제자였다. 공자보다 30세 아래이나 공자보다 먼저 세상을 떠났다.

묘문墓文

종숙부 부사공 묘표[131]
從叔父府使公墓表

공은 휘가 탄행(坦行)이고 자는 숙평(叔平)이니, 안동(安東) 사람이다.
우리 김씨(金氏)는 고려 태사(太師) 휘 선평(宣平)[132]에서 시작하였다.
좌의정을 지낸 문정공(文正公) 휘 상헌(尙憲)[133]에 이르러 병정(丙丁)[134]

---

131 종숙부 부사공 묘표(從叔父府使公墓表) : 저자의 종숙부 김탄행(金坦行, 1714.
4. 18~1774. 5. 2)에 대한 묘표이다. 이 글을 쓴 시기와 관련하여 본문 중에 김탄행의
아들 김이소(金履素, 1735~1798)가 이 묘표를 쓸 당시 참판이라는 구절이 있는데,
《승정원일기》에 따르면 김이소가 참판에 제수된 것은 1780년(정조4) 9월 27일 임인일
에 병조 참판 제수를 시작으로, 이후 예조 참판, 이조 참판, 형조 참판을 거쳐 1783년(정
조7) 9월 10일 무술일에 호조 참판에 제수된 것이 마지막이기 때문에 이에 근거하면
이 묘표는 1780~1783, 즉 저자의 나이 59~62세 사이에 지은 것으로 추정된다. 김탄
행의 본관은 안동(安東), 자는 숙평(叔平), 호는 여락헌(余樂軒)이다. 아버지는 저자의
생조부인 김제겸(金濟謙)이며, 처는 청주 한씨(淸州韓氏, 1713~1767)이다. 송시열(宋
時烈)의 문인이며, 사후 영의정에 추증되었다. 《安東金氏大同譜刊行委員會, 安東金氏
世譜, 安東金氏中央花樹會, 1982》

132 휘 선평(宣平) : 164쪽 〈선부군 가장(先府君家狀)〉 참조.

133 휘 상헌(尙憲) : 165쪽 주63 참조.

134 병정(丙丁) : 1636년(인조14) 청나라의 침입으로 일어난 병자호란을 가리킨다.

때의 큰 절개로 더욱 세상에 드러나게 되었으니 공에게는 5대조가 된다. 증조 휘 수항(壽恒)은 영의정을 지낸 문충공(文忠公)이다. 조(祖) 휘 창집(昌集)은 영의정을 지낸 충헌공(忠獻公)이다. 고(考) 휘 제겸(濟謙)은 승지를 지냈고 참판에 추증되었다.[135] 비(妣) 정부인(貞夫人) 송씨(宋氏)[136]는 도사(都事) 휘 병원(炳遠)의 딸이자, 참찬을 지낸 문정공(文正公) 휘 준길(浚吉)의 증손이다.

공은 숙종 갑오년(1714, 숙종40, 1세) 4월 18일에 태어났다. 9세 때 임인(壬寅)의 화[137]를 만나 이에 연루되어 금산(錦山)에 유배되었다. 참판공(김제겸)이 임종을 앞두고 공의 이름을 지어주며 경계하기를 "지금 기대하는 것은 오직 너뿐이다."라고 하였는데, 4년이 지나 사면을 받았다.[138] 가난과 궁핍으로 두렵고 위축된 생활을 하며 여주(呂州 여주

병자년(1636)에 시작하여 이듬해인 정축년(1637)에 끝났으므로 이렇게 일컫는다.

135 고(考)……추증되었다 : 김제겸(金濟謙)은 동부승지와 우부승지를 지내고 이조참판에 추증되었다. 168쪽 주70 참조.

136 정부인(貞夫人) 송씨(宋氏) : 은진 송씨(恩津宋氏, 1679~1732)이다. 144쪽 주7 참조.

137 임인(壬寅)의 화 : 신축년(1721, 경종1)과 임인년(1722)에 일어난 신임사화를 이른다. 143쪽 주5 참조.

138 4년이……받았다 : 김탄행의 아버지 김제겸(金濟謙)은 《영조실록》에 따르면 영조 즉위 이듬해인 1725년 3월 8일 김창집(金昌集)과 함께 관작이 회복되었는데, 김탄행은 이보다 조금 앞서 풀려났던 것으로 보인다. 《승정원일기》 영조 1년(1725) 3월 6일 갑진일 조에 세 대신에게 연좌된 자들에 대해 "모두 풀어주고〔一體放送〕" "모두 서용하라〔一體敍用〕"는 영조의 명이 보이며, 이틀 뒤인 3월 8일 병오일 조에 "산 자가 서용되었으니, 죽은 김제겸 같은 자도 마땅히 복관되어야 할 것입니다.〔生者旣已敍用, 死者如金濟謙, 亦當復官.〕"라는 우의정 민진원(閔鎭遠)의 진언에 대해 영조가 그렇게 하라고 허락하는 내용이 보인다.

(驪州))와 양지(陽智) 사이를 떠돌았는데, 거의 살 수 없을 정도였다.

을해년(1755, 영조31, 42세)에 처음으로 선공감 감역(繕工監監役 종9품)과 세자익위사 부솔(世子翊衛司副率 정7품)에 보임되었으나[139] 원수를 동료로 만나자 모두 나아가지 않았다. 얼마 뒤에 내시교관(內侍敎官 종9품)에 제수되고[140] 국장도감 감조관(國葬都監監造官)에 차임되었다.[141] 관례에 따라 장흥고 주부(長興庫主簿 종6품)로 승진하였다가[142] 장례원 사평(掌隷院司評 정6품)과 사의(司議 정5품)로 옮겼다.[143] 외직으로 나가 서흥 현감(瑞興縣監)이 되었는데,[144] 또 원수를 만나자 벼슬을 버리고 돌아왔다. 사복시 판관(司僕寺判官 종5품)에 제수되었다가[145] 작

---

139 을해년에……보임되었으나 : 김탄행은 42세 되던 1755년(영조31) 3월 25일 무술일에 선공감 감역(繕工監監役)에 임명되고, 동년 4월 28일 신미일에 세자익위사 부솔(世子翊衛司副率)에 임명되었다.

140 내시교관(內侍敎官)에 제수되고 : 김탄행이 43세 되던 1756년(영조32) 3월 12일 경진일의 일이다. 내시교관의 관직은 이듬해 2월 9일 신미일에 김탄행의 신병(身病)이 중하여 개차(改差)되었다. 《承政院日記》

141 국장도감 감조관(國葬都監監造官)에 차임되었다 : 김탄행이 44세 되던 1757년(영조33) 2월 16일 무인일의 일로, 동년 2월 15일에 영조의 원비인 정성왕후(貞聖王后) 서씨(徐氏)가 향년 66세로 창덕궁(昌德宮) 관리합(觀理閤)에서 승하하였기 때문이다. 《承政院日記》

142 장흥고 주부(長興庫主簿)로 승진하였다가 : 김탄행이 44세 되던 1757년(영조33) 12월 17일 을해일의 일이다. 《承政院日記》

143 장례원 사평(掌隷院司評)과 사의(司議)로 옮겼다 : 김탄행이 46세 되던 1759년(영조35) 8월 4일 신사일과 9월 25일 임신일의 일이다. 《承政院日記》

144 서흥 현감(瑞興縣監)이 되었는데 : 김탄행이 47세 되던 1760년(영조36) 7월 26일 무진일의 일이다. 《承政院日記》

145 사복시 판관(司僕寺判官)에 제수되었다가 : 김탄행이 49세 되던 1762년(영조38)

은 일로 견책을 받아 파직되었다. 원주 판관(原州判官 종5품)을 거쳐[146] 금산 군수(金山郡守 종4품)로 승진하였다.[147]

공은 늘 말하기를, 다스리는 방법은 백성을 소요시키지 않는 것을 귀하게 여긴다고 하였으며,[148] 특히 속리(俗吏)들의 명예를 추구하는 습속을 매우 미워하였기 때문에 부임한 곳의 백성들이 그 간이(簡易) 함을 즐거워하였다. 그러나 공은 또 능히 상황에 따라 느슨하게도 하고 엄하게도 하였는데, 서흥현에서 다스릴 때는 위엄으로 토호들을 견제 하니 고을 사람들이 칭송하였다. 금산 군수로 있을 때에는 포의(布衣) 의 선비들이 늘 자리에 가득하자 재사(齋舍)를 증수(增修)하여 이곳에 학업을 익히는 자들을 거처하게 하였다. 6, 7월간에 하늘이 오랫동안 비를 내리자 선비들의 양식이 부족할 것을 생각하여 녹봉을 나누어 그 들의 집에 보내주니 선비들이 크게 기뻐하며 복종하였다. 공이 고을을 떠나게 되자 온 고을 사람들이 와서 전별을 하였는데, 3일 동안 대접한 것이 십수 곡(斛 10말)이었으니 지금까지도 성대한 일로 회자된다.

또 승진하여 남원 부사(南原府使 종3품)가 되었는데,[149] 객관(客館)

5월 17일 경술일의 일이다. 《承政院日記》

146 원주 판관(原州判官)을 거쳐 : 김탄행이 52세 되던 1765년(영조41) 7월 21일 갑 오일의 일이다. 《承政院日記》

147 금산 군수(金山郡守)로 승진하였다 : 김탄행이 55세 되던 1768년(영조44) 6월 17일 계유일의 일이다. 《承政院日記》

148 다스리는……하였으며 : 이와 관련하여 《송사(宋史)》 권163 〈직관지(職官志)〉 에 "사선과 삼최로 수령의 성적을 평가하는데……옥송을 억울함이 없게 처결하는 것과 조세를 재촉하는 일로 백성을 소요시키지 않는 것을 다스리는 일 중 최고로 삼는다.〔以 四善三最考守令……獄訟無寃、催科不擾爲治事之最.〕"라는 내용이 보인다.

149 남원 부사(南原府使)가 되었는데 : 《승정원일기》 영조 47년(1771) 4월 16일 병

이 무너진 지 50년이나 되었지만 전임 수령들은 공사를 벌이기에는 일이 큰 것을 꺼려서 있는 그대로 구차스럽게 지냈었다. 공이 재빨리 녹봉을 떼어 공사를 시작하니 몇 달 만에 공사가 끝났는데, 객관이 유난히 웅장하고 아름다웠다. 이 일이 위에 알려지자 통정대부(通政大夫 정3품 당상관)의 자급으로 승급되었다.[150] 기한이 차자 첨지중추부사(僉知中樞府事 정3품)에 제수되었다.[151]

이듬해 갑오년(1774, 영조50, 61세)은 공의 나이가 1주갑(周甲)이 되는 해였다. 공은 일찍이 여상(驪上 경기도 여주(驪州))의 강산을 사랑하여 이곳으로 돌아가 늙고자 하여 미리 집의 이름을 지어놓고서 기다렸었는데, 이때 와서 조각배를 타고 강을 거슬러 떠나갔다. 여락헌(余樂軒)이 새로 이루어지자 손님들과 술을 마시며 원 없이 즐기다가 하룻저녁에 병 없이 세상을 떠나니, 5월 2일이다.

공은 사람이 조용하고 편안하여 준엄한 기상이 없었는데, 뜻을 세워 실천할 때에는 한결같이 공정함과 곧음으로 하고 일에 임해서는 과감하게 결단하여 뜻과 기상이 우뚝하게 남음이 있어 비록 변고를 만나더라도 다른 날과 같았다. 집에 있을 때에는 인자하면서도 능히 엄하여, 부녀자들은 비록 가까운 자라 할지라도 이들을 대할 때 반드시 근엄하게 대하였고, 자식들은 감히 옆에서 함부로 말하지 못하였다. 사람들과

술일 기사에 '남원 부사 김탄행(南原府使金坦行)'이라는 구절이 보이는데, 이에 근거하면 이 이전에 남원 도호부사에 임명되었던 것으로 보인다.

150 통정대부(通政大夫)의 자급으로 승급되었다 : 김탄행이 60세 되던 1773년(영조49) 3월 10일 기해일의 일이다. 《承政院日記》

151 첨지중추부사(僉知中樞府事)에 제수되었다 : 김탄행이 60세 되던 1773년(영조49) 9월 21일 정축일의 일이다. 《承政院日記》

함께할 때에는 풍류가 넘쳐서 청류든 탁류든 모두 공을 좋아하였다. 특히 어질고 호걸스러운 장자(長者)를 따라 노니는 것을 좋아하여 마음을 비우고 그 훌륭한 점을 받아들였다.

경신년(1740, 영조16, 27세)에 충헌공(忠獻公 김창집(金昌集))의 관직이 회복되자[152] 공은 스스로 대대로 녹을 먹은 신하라고 하여 과거에 응시하고자 하였는데, 길을 떠나 경사에 이르렀을 때 벗이 그 불가함을 충고하자 곧바로 말을 채찍질하여 돌아왔다. 일찍이 시인(侍人) 한 명을 데리고 있었는데, 성품이 아첨을 잘하는 사람이어서 집안사람들이 골치 아파했으나 감히 간언하지 못하였다. 만상(灣上 의주(義州))의 무인(武人) 임모(任某)는 공이 잘 알고 지내는 사람이었는데, 우연히 공을 찾아왔다가 그 말을 하자 공이 마침내 시인을 내치니, 사람들이 어려운 일이라고 여겼다.

공은 형제가 6명이었는데, 오직 우리 선군(先君 김원행(金元行))만이 공과 함께 늙어가서[153] 선군에 대한 사랑과 공경이 지극하였다. 외읍(外邑)에 있을 때 제철의 좋은 음식이 있으면 반드시 일부러 사람을

---

152 충헌공(忠獻公)의 관직이 회복되자 : 《영조실록》에 따르면 김창집(金昌集)은 1725년(영조1) 을사년 3월 2일 관작이 회복되고 동년 4월 4일 충헌(忠獻)이라는 시호를 하사받았으며, 1740년(영조16) 경신년 1월 10일 생전의 영의정 벼슬이 회복되었다. 168쪽 주70 참조.

153 공은……늙어가서 : 저자의 생조부 김제겸(金濟謙)의 아들은 모두 6명으로, 위에서부터 김성행(金省行, 1696~1722), 김준행(金俊行, 1701~1743), 김원행(金元行, 1702~1772), 김달행(金達行, 1706~1738), 김탄행(金坦行, 1714~1774), 김위행(金偉行, 1720~1752)이다. 이 가운데 김원행과 김탄행을 제외한 나머지 4명은 각각 27세, 43세, 33세, 33세에 세상을 떠나 모두 요절하였다. 《安東金氏大同譜刊行委員會, 安東金氏世譜, 安東金氏中央花樹會, 1982》

보내 부군에게 먼저 올리니, 선군이 감탄하며 "이것은 나를 아버지처럼 섬기는 것이다."라고 하였다. 이 마음을 미루어 친척과 친구에게까지 미쳐서 은의(恩意)를 두루 베푸니 공에게 경도되지 않은 사람이 없었다. 그러나 공이 재물을 가볍게 여기고 의리를 좋아하는 것은 천성에서 나온 것이었다. 뜻에 감발하는 바가 있으면 혹 한 번에 천금을 내던지기도 하였고, 좋은 말이나 아름다운 갖옷이라 할지라도 원하는 사람이 있으면 번번이 주어서 조금도 아끼지 않으니, 집안 식구들은 자주 곤경에 처했지만 공은 애초에 이를 염두에 두지 않았다.

공이 이미 포부를 몸에 지니고서도 만년에야 녹사(祿仕)[154]에 종사하니, 공에게 걸맞는 직임은 아니었으나 여러 고을에서의 치적에 대해 논하는 자들은 모두 공에게 사군자(士君子)의 풍도가 있다고 일컬었다. 그러나 늘 개연히 충군애국(忠君愛國)하여 공을 세우고 일을 이루려는 마음을 갖기를 잊지 않았으니, 정헌공(正獻公) 민공 백상(閔公百祥)[155]이 일찍이 공을 조정에 추천하며 크게 쓸 것을 청하기도 하였다.

---

154 녹사(祿仕) : 가난을 면하기 위해 벼슬하는 것을 이른다. 이와 관련하여 한유(韓愈)의 〈쟁신론(爭臣論)〉에 "옛사람은 '벼슬은 가난 때문에 하는 것이 아니지만 가난 때문에 해야 하는 경우가 있다.'라고 하였으니, 녹사하는 경우를 말한다.〔古之人有云 : 仕不爲貧, 而有時乎爲貧, 謂祿仕者也.〕"라는 내용이 보이는데, 여기에 인용한 '옛사람' 운운은 《맹자》〈만장 하(萬章下)〉의 구절이다.

155 민공 백상(閔公百祥) : 1711~1761. 본관은 여흥(驪興), 자는 이지(履之)이다. 여양부원군(驪陽府院君) 민유중(閔維重)의 증손으로, 할아버지는 좌의정 민진원(閔鎭遠)이며 아버지는 민형수(閔亨洙)다. 1740년(영조16) 문과에 급제하였다. 1751년 대사간으로 있을 때 아버지를 포함하여 신임사화에서 화를 입은 인물의 신원을 주장하고 소론 일파의 처벌을 극론하다가 거제도에 유배되었다. 이후 여러 관직을 거쳐 1760년(영조36) 우의정이 되었으나 다음 해에 죽었다. 시호는 정헌(正獻)이다.

아, 끝내 포부를 제대로 펴지 못하여 참판공(參判公 김제겸)의 유언에 걸맞게 하지 못하였으니, 어찌 공이 만난 때가 그렇게 만든 것이 아니 겠는가.

공의 배(配) 한씨(韓氏)는 처사 휘 백증(百增)의 딸이니, 대사간 한억증(韓億增)이 그 숙부이다. 정숙하고 깨끗하여 여인의 행실이 있 었으며 공보다 7년 먼저 세상을 떠나 원주(原州) 지산(芝山) 을좌(乙 坐)의 언덕에 묘를 썼다. 공이 세상을 떠난 지 3개월이 지난 모일(某日) 에 이곳에 나아가 합장하였다. 뒤에 아들 이소(履素)가 귀하게 되어 공은 이조 참판에 추증되고 부인은 정부인(貞夫人)에 추증되었다.[156] 3남 1녀를 두었다. 아들은, 맏이는 바로 이소이니 지금 참판이고, 둘째 와 셋째는 이유(履裕)와 이도(履度)이다. 딸은 참봉 홍대묵(洪大默)에 게 출가하였다.

---

156 아들……추증되었다 : 김이소(金履素)가 참판에 임명된 것은 194쪽 주131 참조. 1746년(영조22)에 간행된 《속대전》의 규정에 따르면, 문·무 관원으로 실직 2품 이상 에 임명되면 그 3대를 추증하여, 아버지와 어머니는 아들의 품계와 같이 추증하고, 조부모와 증조부모는 각각 1등급, 2등급을 낮추어 추증한다. 김이소에게 제수된 참판은 실직 종2품이기 때문에 이 규정에 근거하여 아버지 김탄행은 종2품 참판, 어머니는 2품 정부인(貞夫人)으로 추증된 것이다. 《續大典 吏典 追贈》

도정 홍공 묘갈명[157] 병서

都正洪公墓碣銘 幷序

생각건대 나의 외증조인 병조 참판 남계군(南溪君) 증 판서 홍공(洪
公 홍숙(洪璹))은 효성과 우애와 화목함으로 사대부들 사이에 유명하
였다. 여러 아들은 대부분 어질어서 능히 그 가풍을 계승하였고, 손
자에 이르러 또 공 휘 저(樗)를 얻으니 자가 자야(子野)이다.[158]

원조(遠祖)인 휘 선행(先幸)이 고려에 벼슬하여 금오위 위(金吾衛
尉)[159]가 되면서 처음으로 남양(南陽 경기도 화성(華城))에 적을 두게 되었
다. 우리 조선 왕조에 현달한 분으로는, 홍문관 부제학을 지낸 휘 형

---

157 도정 홍공 묘갈명(都正洪公墓碣銘) : 저자의 외증조 홍숙(洪璹, 1654~1714)의
손자인 홍저(洪樗, 1697. 12. 10~1768. 8. 1)의 묘지명으로, 저자의 아버지 김원행(金
元行)이 써주기로 하였다가 미처 못 써주고 세상을 떠나자 홍저의 장남 홍대우(洪大宇)
의 부탁을 받고 쓴 것이다. 이 글을 쓴 시기와 관련하여 본문 중 '장남 대우는 현감이다',
'지금 현감군'이라는 구절이 있는데, 홍대우는 1776년(정조 즉위년) 12월 15일 진보
현감(眞寶縣監)에 제수되었고, 그 후임으로 이제붕(李齊鵬)이 1778년 12월 15일 진보
현감에 제수되었기 때문에, 이에 근거하면 이 글은 저자가 55세인 1776년부터 57세인
1778년 사이에 지은 것으로 추정된다. 홍저는 본관은 남양(南陽), 자는 자야(子野),
호는 남파(南坡)로, 남양 홍씨 제21대손이다. 사후에 이조 참의에 추증되었다. 김원행
과는 50년의 교분이 있으며, 홍저의 숙부 홍귀조(洪龜祚)는 저자의 외할아버지이다.
158 여러……자야(子野)이다 : 홍숙의 아들은 홍인조(洪麟祚), 홍봉조(洪鳳祚), 홍
귀조(洪龜祚), 홍용조(洪龍祚) 등 4명이며, 손자는 홍인조의 아들 홍저(洪樗), 홍봉조
의 아들 홍박(洪樸), 홍귀조의 아들 홍재(洪梓)와 딸 남양 홍씨(저자의 어머니), 홍용
조의 아들 홍록(洪櫟)과 홍억(洪檍)이 있다.
159 금오위 위(金吾衛尉) : 141쪽 주2 참조.

(洞)과, 의정부 참찬을 지낸 정효공(貞孝公) 휘 담(曇)과, 정사 공신 (靖社功臣)에 책록되고[160] 판중추부사를 지냈으며 남양군(南陽君)에 봉작된 충목공(忠穆公) 휘 진도(振道)가 있다. 충목공으로부터 두 대를 전하여 휘 성원(聖元)이 있는데, 첨지중추부사를 지내고 참판과 익성군(益城君)에 추봉되었다. 이분이 휘 숙(璹)을 낳으니, 바로 판서공(判書公)이다. 공의 고(考)는 진사인 휘 인조(麟祚)이니, 처음에 연일 정씨(延日鄭氏)를 아내로 맞이하였고, 뒤이어 전주 이씨(全州李氏)를 아내로 맞이하였다. 이씨가 공을 낳았다.

공은 어려서 아버지를 잃고[161] 어머니의 고향에서 자랐다. 10세 때 비로소 돌아와 판서공(홍숙)을 찾아뵙자, 판서공이 공의 머리를 어루만지며 기뻐하고는 "능히 우리 가업을 이을 아이다."라고 하였다. 얼마 지나지 않아 판서공이 또 세상을 떠나 제부(諸父)와 함께 살게 되었는데, 공이 맡은 일을 능숙하게 처리하고 집안을 부지하는 데 힘쓰니 제부가 공을 의지하였다.

영종(英宗 영조) 병오년(1726, 영조2, 30세)에 조상의 음덕으로 경릉 참봉(敬陵參奉 종9품)[162]에 보임되었으나 얼마 뒤에 즐거워하지 않고

---

160 정사 공신(靖社功臣)에 책록되고 : '정사 공신'은 1623년(인조1) 인조반정에 공을 세운 공신을 이른다. 141쪽 주3 참조. 홍진도(洪振道)는 정사 공신 3등에 책록되고 남양군(南陽君)에 봉작되었다.

161 공은……잃고 : 홍저의 아버지 홍인조(洪麟祚)의 생몰년이 《세보》에는 1676년에 태어나 1762년 10월 25일에 세상을 떠난 것으로 기록되어 있으나 이는 오류로 보인다. 본문의 내용 중에 홍저가 어려서 아버지를 잃고 10세 때인 1706년에 비로소 돌아와 할아버지 홍숙을 찾아뵈었다고 하였으니 홍인조의 몰년은 이 이전이 되어야 하기 때문이다. 《南陽洪氏中央花樹會, 南陽洪氏世譜, 서울 : 回想社, 1991》

떠났다. 무신년(1728, 영조4, 32세)에 역적이 평정되자[163] 훈신의 적손으로 회맹(會盟)[164]에 참석하여 관례에 따라 품계가 6품으로 올랐다. 경술년(1730, 영조6, 34세)에 의금부 도사(義禁府都事)에 조용(調用)되었는데, 죄인을 심문하는 데 부지런하고 삼가니 성상이 여러 번 칭찬하였다. 이로부터 내직으로는 장악원(掌樂院)과 전생서(典牲署)의 주부(主簿), 평시서 영(平市署令), 한성부 판관(漢城府判官)과 서윤(庶尹), 세자익위사 익위(世子翊衛司翊衛)에 임명되었고, 외직으로는 안협(安峽)과 덕산(德山)의 현감, 김포(金浦)와 예천(醴泉)과 안산(安山)의 군수, 부평 도호부사(富平都護府使 경기도)에 임명되었는데, 김포 군수만은 일 때문에 부임하지 않았다.[165] 무인년(1758, 영조34, 62세)에 통정대부(通政大夫 정3품 당상관)에 올랐다. 또 오위장(五衛將)의

---

162 경릉 참봉(敬陵參奉) : 덕종(德宗)으로 추존된 의경세자(懿敬世子)와 비 소혜왕후 한씨(昭惠王后韓氏)의 능으로, 경기도 고양에 있다. 덕종은 성종의 아버지이다.
163 무신년에 역적이 평정되자 : 1728년(영조4)에 일어난 이인좌(李麟佐)의 난을 평정한 것을 이른다. 171쪽 주77 참조.
164 회맹(會盟) : 공훈이 있는 사람을 책록할 때 임금과 공신이 산짐승을 잡아 삽혈(歃血)하고 제사를 지내 맹세하는 의식을 이른다. 회맹하는 장소는 시어소(時御所)의 후원(後苑)으로 하고 한성부에서 제단(祭壇)을 만들며, 제사 뒤에는 연회를 베푼다. 이때 신(新)·구(舊) 공신과 그 자손이 모두 참여한다.《銀臺條例 禮攷 錄勳》
165 김포……않았다 : 홍저(洪樗)는 44세 되던 1740년(영조16) 7월 12일 경진일에 한성부 판관에 제수되었다. 이듬해인 1741년(영조17) 2월 4일 기해일에 홍저를 김포 군수에 제수하자, 당일 한성부에서는 계사를 올려, 근래 백성들의 속임수가 교묘해져서 간사한 폐단이 갖가지로 나오고 있는데 직분을 잘 수행하고 있는 판관 홍저를 김포 군수로 옮겨 제수한 것은 중요한 도성 일을 초보에게 맡기는 것이어서 매우 우려스러우니 홍저를 그대로 유임시켜달라고 청하였다. 이에 영조는 홍저를 한성부 판관에 유임시키고 대신 민계(閔堦)를 김포 군수에 제수하였다.《承政院日記 英祖 17年 2月 4日》

조사위장(曹司衛將)[166]을 거쳐 돈녕부 도정(敦寧府都正)이 되었고, 여기에서 벼슬을 마쳤다.

공은 고을을 다스릴 때 지방의 세력가들을 통렬히 억제하고 간사한 아전들을 규율하여 소민들을 편리하게 하였는데, 이 때문에 부임한 곳에서 치적을 이루었으나 원망하는 자들이 많아서 관직에 편안하지 못하였으니, 예천 군수에서 체직되어 돌아가자 대간의 탄핵을 받아 형리에게 회부되었다.[167] 상(上 영조)이 이르기를 "모(某)는 평소 기력이 있으니, 틀림없이 힘써 엄하게 단속하다 보니 이런 비방을 초래했을 것이다."라고 하며, 조사를 하도록 명하였다. 도신(道臣)[168]이 말하기를 "공은 실로 잘 다스렸습니다. 그 관청을 개수(改修)하고 병기를 갖추느라 만금(萬金)을 쓴 것이니, 즉 대간의 말과 같다면 이 만금이 어디에서 나왔겠습니까."라고 하여 무죄로 풀려날 수 있었다.

15년 뒤에 위장(衛將)으로 입시하자,[169] 상이 물어보고 공이 돌아온

166 오위장(五衛將)의 조사위장(曹司衛將) : 오위(五衛)의 위장(衛將) 중 서무(庶務)를 관장하던 위장으로, 문관 출신을 임명하였다.

167 예천……회부되었다 : 《승정원일기》에 따르면 홍저는 1741년(영조17) 7월 13일 을해일에 예천 군수(醴泉郡守)에 제수되었는데, 1746년(영조22) 2월 10일 병오일에 사헌부 지평 남혜로(南惠老)가 상소하여 '본읍에 부임하고부터 오로지 자신의 이익만 도모하여 재물을 실어 나르는 짐바리가 줄을 잇고 있기 때문에 백성들의 원성이 떼 지어 일어나고 있으며 남쪽에서 온 사람들이 이를 말하지 않는 자들이 없다.'는 내용으로 홍저를 탄핵하자, 영조는 비답을 내려 먼 외방의 풍문이어서 다 믿을 수 없으니 홍저를 나처(拿處)하라고 하였다. 《承政院日記》《英祖實錄》

168 도신(道臣) : 당시 경상도 관찰사는 권혁(權爀)으로, 《승정원일기》에 따르면 권혁은 1745년(영조21) 3월 12일 갑신일에 임명되어 이듬해 11월 24일 을묘일에 남태량(南泰良)이 후임자로 임명될 때까지 경상도 관찰사로 재직하였다.

것을 알고 이르기를 "이 사람이 바로 부지런히 힘써서 엄하게 단속할 수 있었던 자이다."라고 하였으니, 그 지우(知遇)를 받음이 이 정도였다. 공 또한 더욱 감격하여 척박한 고을 하나를 얻어 정성을 바치고자 하였으나 당로자(當路者) 중에 이끌어주는 사람이 없어 울울히 포부를 펼 수 없었는데, 그대로 반신불수의 병을 만나 집에 거처한 지 9년째 되던 해 무자년(1768, 영조44) 8월 1일에 세상을 떠났다. 태어난 것이 정축년(1697, 숙종23) 12월 10일이었으니, 향년 72세이다. 그해 10월 11일 청주(淸州) 발산리(鉢山里) 병좌(丙坐) 언덕에 장례하였다.

공은 이미 어려서 배우지는 못하였지만 혼후하고 소박하여 거짓이 없었고 오직 의리만을 돈독히 따랐다. 김일경(金一鏡)과 목호룡(睦虎龍) 등이 위훈(僞勳)으로 회맹하여[170] 형구(刑具)를 설치하고 임하자 여러 훈신 집안으로 일찍이 사류(士類)로 불렸던 자들이 모두 머뭇거리며 스스로를 더럽혔으나 오직 공만은 참여하려고 하지 않았고, 가까운 친척으로 더욱 강하게 겁을 주며 다그쳤던 자도 있었지만 끝내 공을

---

169 15년……입시하자 : 홍저는 64세 되던 1760년(영조36) 4월 6일 경진일에 조사위장(曹司衛將)에 임명되었다. 《承政院日記》

170 김일경(金一鏡)과……회맹하여 : 소론의 영수였던 김일경은 목호룡(睦虎龍)을 매수하여 1722년(경종2) 노론 측에서 경종 시해를 계획했다는 내용의 고변을 하게 함으로써 임인옥사(壬寅獄事)를 일으켜 노론 4대신을 죽이고 소론 정권을 수립하였는데, 이때의 공으로 부사공신(扶社功臣) 22명을 녹훈하였다. 목호룡은 이듬해인 1723년 1월에 부사공신 3등에 녹훈되고 동년 3월의 회맹제(會盟祭)에 참여하였으나, 영조 즉위 후 임인옥사가 조작에 의한 것으로 판정됨으로써 부사공신의 녹훈을 모두 삭제할 때 함께 삭제되었다. 임인옥사는 143쪽 주5 참조. '회맹제'는 204쪽 주164 참조. 《承政院日記 景宗 3年 3月 7日》 《景宗修正實錄 3年 1月 25日, 3月 12日》 《英祖實錄 1年 8月 11日》

꺾지 못하였으니, 군자는 공에게 지키는 절개가 있음을 알게 되었다.

고을을 다스리고 집안을 통솔할 때 대체로 강인함과 과감함으로 일컬어졌으나, 공의 속마음은 실로 매우 어질고 후덕하여 사람들의 선행을 듣고 종종 이 때문에 눈물을 흘렸다.

효성과 우애에 대한 것은 더욱 타고난 것이었다. 공은 평소 날이 밝기 전에 일어나 집안의 사당에 절하고, 제사를 만나면 크고 작은 일을 모두 손수 살펴서 정성과 정결을 다하기를 힘썼다. 기제(忌祭) 때에는 비록 말년의 늙고 병든 몸으로도 반드시 기일 전부터 고기를 먹지 않았고, 제사를 지낼 시간이 되면 세수하고 의관을 정제하고서 자리에 엎드려 애통해하여 옆에 있는 사람을 감동시켰으니, 집안 사람들이 눈물을 흘리며 만류하여도 듣지 않았다. 무릇 침묘(寢廟)를 세우고 비석을 세우는 등 오랫동안 겨를이 없어 하지 못했던 일들이 공의 대에 와서 모두 실행되었다.

공은 아버지를 어려서 여읜 것을 스스로 슬퍼하여 제부(諸父)를 섬기기를 아버지와 같이 하였다. 작은아버지가 일찍이 온성(穩城 함경북도)에 유배 갔었는데[171] 필마로 3천 리 길을 달려가서 뵈었으며, 뒤에 작은아버지가 관서(關西)의 고을에서 세상을 떠나자[172] 당시 더위가

---

171 작은아버지가……유배 갔었는데 : 홍저(洪樗)의 작은아버지 홍용조(洪龍祚, 1686~1741)는 1722년(경종2)에 일어난 임인옥사(壬寅獄事)에 연루되어 함경북도 온성부(穩城府)에 안치되었으며, 영조가 즉위하고 이듬해(1725) 3월 7일 해배되어 같은 달 28일 종부시 정(宗簿寺正)에 제수되었다. 본문에 홍저가 10세 이후 제부(諸父)와 같이 살았다는 내용이 보이는데, 당시 제부의 거주지는 모두 서울이었기 때문에 홍저 역시 서울에 살았을 것으로 추정된다. 임인옥사는 143쪽 주5 참조. 《承政院日記 英祖 1年 3月 7日, 3月 28日》《渼湖集 卷17 監司洪公墓碣銘》

한창 심할 때였는데 또 작은아버지의 아들[173]을 데리고 달려가 곡하고
상여를 호송하여 돌아왔다.

제부가 모두 세상을 떠나자 종제(從弟)들을 더욱 잘 보살펴서 생계
를 꾸리고 장례를 치르는 데 필요한 가옥과 기물이며, 관리가 되었을
때 필요한 장복(章服 예복)과 안마(鞍馬 안장 갖춘 말)를 모두 자기에게서
가져가 마련하도록 하였다. 얼마 뒤에 공은 더욱 늙고 병이 심해져
문밖을 나갈 수 없게 되었는데, 여러 아우들이 이미 현달하고 집안을
일으켰는데도 여전히 아침저녁으로 돌아보아서 매일 아침이면 종을
여러 집에 달려 보내 안부를 두루 물어보고 그 대답을 들은 뒤에야
마음에 흡족해하였다.

집안은 본래 넉넉하였지만 공이 평생 비단을 걸치는 일이 드무니
자제들이 감히 별난 옷을 입고 뵙지 못하였다. 공은 오로지 가난한
족인(族人)을 거두어주고 구휼해주는 것으로 일삼아서 혼인과 상사
(喪事)에는 도와주고 고아와 과부는 보살펴주었다. 그리하여 무릇 급
한 일로 오는 자들은 저마다 바라던 것을 얻어서 떠나 원망하거나 서운
해하는 말이 없었다.

공은 정효공(홍담)부터 시작하여 이후 적장자로 계승되어 팔세 종자
(八世宗子)가 되었는데 그 덕이 또 이와 같았다. 이 때문에 비록 공의

---

172 뒤에……떠나자 : 홍용조는 1741년(영조17) 3월 27일 평안남도 삼화 부사(三和
府使)에 임명되었으며, 동년 6월 13일 향년 56세로 임지에서 갑자기 사망하여 충청남도
전의(全義)에 안장되었다. 당시 홍저는 45세였으며 한성부 판관으로 있었다. 204쪽
주165 참조. 《承政院日記 英祖 17年 3月 27日》《渼湖集 卷17 監司洪公墓碣銘》

173 작은아버지의 아들 : 홍륵(洪櫟, 1708~1767)과 홍억(洪檍, 1722~1809)을 이른
다. 1741년 홍용조가 죽었을 때 홍륵과 홍억은 모두 벼슬을 하고 있지 않았다.

이름과 지위는 밝게 드러나지 않았지만 족인들이 흡연히 존경하여 가문의 장로로 꼽았으며, 세상을 떠나자 곡하여 매우 슬퍼하였으니, 어질다고 말할 수 있을 것이다.

공의 배(配) 숙부인(淑夫人) 한씨(韓氏)[174]는 청주(淸州)의 이름난 성(姓)으로, 군수를 지낸 휘 배후(配厚)의 딸이다. 단정하고 자애로웠으며 능히 공을 도와 의(義)를 행하였다. 수명은 86세에까지 이르러 공보다 10년 뒤에 세상을 떠났다. 공의 왼쪽에 합장하였다.

2남 2녀를 두었는데, 장남 대우(大宇)는 현감이고,[175] 차남은 대수(大守)이며,[176] 두 딸은 이황(李潢)과 김위행(金偉行)에게 출가하였다. 장방(長房 홍대우)은 아들이 없어 계방(季方 홍대수)의 아들 식(埴)을 아들로 삼았다. 계방은 또 아들 철(喆)이 있다. 사위 이황의 아들은 이택모(李澤模)이고, 사위 김위행의 아들은 김이완(金履完)이다. 김이완의 딸은 홍낙현(洪樂賢)에게 출가하였고, 나머지는 어리다.

당초에 나의 선군자(先君子 김원행(金元行))는 공과 교분이 매우 깊었다. 공이 세상을 떠나자 선군자는 제문을 짓고,[177] 명(銘)을 또 지어서

174 숙부인(淑夫人) 한씨(韓氏) : 1693~1778. 아버지는 군수 한배후(韓配厚)이다.
175 장남 대우(大宇)는 현감이고 : 홍대우(洪大宇, 1723~1786)는 자가 계이(啓爾)이다. 1763년(영조39) 진사시에 합격하고, 1776년(정조 즉위년) 12월 15일 계축일에 경상북도 진보 현감(眞寶縣監)에 제수되었다. 《南陽洪氏中央花樹會, 南陽洪氏世譜, 서울 : 回想社, 1991》《承政院日記》
176 차남은 대수(大守)이며 : 홍대수(洪大守, 1738~1787)는 뒤에 대익(大翼)으로 개명하였다. 자는 원우(元羽)이며, 사후에 이조 참판에 추증되었다. 《南陽洪氏中央花樹會, 南陽洪氏世譜, 서울 : 回想社, 1991》
177 선군자는 제문을 짓고 : 《미호집(渼湖集)》권20에 홍저에 대한 김원행(金元行)의 제문이 〈홍자야에 대한 제문[祭洪子野文]〉으로 실려 있다. 이 제문은 1768년(영조

고하려고 하였으나 완성하지 못하였다. 지금 현감군(홍대우)이 이것
을 나에게 명하기에 이안이 감히 사양하지 못하고 다음과 같이 명을
짓는다.

발산의 기슭이여	鉢山之麓
나무가 울창하니	有鬱其木
바로 남계군의 유궁(幽宮)이라오	是惟南溪君之宮
살았을 때 공경히 제사 모시더니	生而虔其祀
죽은 뒤에 곧 그 발치로 돌아가니	死卽歸其趾
효손에게 아름다운 마침 있도다	孝孫有終

44) 10월 4일 무오일에 지은 것으로, 김원행은 4년 뒤인 1772년(영조48) 7월 7일 세상을
떠났다.

종숙부 학생공 묘지[178]

從叔父學生公墓誌

오호라, 포천현(抱川縣) 북쪽으로 20리 되는 무이산(武夷山)에 사좌 (巳坐)의 봉분이 하나 있으니, 우리 종숙부인 안동(安東) 김공(金公) 휘 위행(偉行)이 묻힌 곳이다. 공은 임신년(1752, 영조28) 10월 30일 에 세상을 떠났는데, 처음에는 양주(楊州)에 장례하였다가 27년 뒤 에 이곳으로 옮겼고, 다시 5년 뒤에 배(配) 홍 유인(洪孺人)을 이곳 에 합장하였다.

이에 고자(孤子) 이완(履完)이 눈물을 흘리며 나에게 말하였다.

"아, 소자는 하늘이 돕지 않아 태어나서 아버지의 얼굴을 알지 못하 지만, 오직 이 광중의 일만은 아버지의 체백(體魄)을 보존하여 지키는 일이기에 감히 힘을 다하지 않을 수 없습니다. 그러나 평생의 사적을 차례로 기술하여 저승에 고하는 것은 어디에서부터 시작해야 할지 모 르겠으니, 형님께서 지어주십시오."

내가 이에 눈물을 흘리며 다음과 같이 쓴다.

공은 처음 휘는 조행(祖行)이며 뒤에 지금의 휘로 고쳤다. 자는 유승 (幼繩)이다. 세계(世系)는 고려 태사(太師) 휘 선평(宣平)[179]에게서 나

---

178 종숙부 학생공 묘지(從叔父學生公墓誌) : 저자의 종숙부 김위행(金偉行, 1720∼ 1752. 10. 30)의 묘지문으로, 김위행의 처인 남양 홍씨(南陽洪氏, 1719∼1783. 11. 28)가 세상을 떠나자 김위행과 합장하면서 지은 글이다. 저자의 나이 62세 때이다. 김위행의 행력은 자세하지 않다.

179 태사(太師) 휘 선평(宣平) : 김선평은 고려 때 태사아보 공신(太師亞父功臣)에

왔다. 5대조로 좌의정을 지낸 문정공(文正公) 휘 상헌(尙憲)[180]은 병정(丙丁)의 호란(胡亂)[181] 때에 큰 절개가 있었으니, 김씨가 이때부터 더욱 드러나게 되었다. 증조 휘 수항(壽恒)은 영의정을 지낸 문충공(文忠公)이고, 조(祖) 휘 창집(昌集)은 영의정을 지낸 충헌공(忠獻公)이다. 고(考) 휘 제겸(濟謙)은 승지를 지내고 참판에 추증되었다. 비(妣) 정부인(貞夫人) 은진 송씨(恩津宋氏)는 도사(都事)를 지낸 휘 병원(炳遠)의 딸이니, 동춘 선생(同春先生) 휘 준길(浚吉)의 증손이다.

공이 태어난 지 3년이 되었을 때는 경종 임인년(1722, 경종2)이었다. 충헌공(할아버지 김창집)과 참판공(아버지 김제겸)이 이때 모두 큰 화를 당하자[182] 공은 여자 옷을 입고 종숙모인 이 유인(李孺人)[183]에게 양육되었다. 장성하자 시사(時事)가 갑자기 변한 것을 보고[184] 답답해하며 살고 싶어하지 않았다. 도성을 밟지 않은 것이 10여 년이었는데, 경신년(1740, 영조16, 21세)에 비로소 원통함이 씻기자[185] 과거에 응시해도

봉해졌다. 164쪽 〈선부군 가장(先府君家狀)〉 참조.

180 휘 상헌(尙憲) : 165쪽 주63 참조.

181 병정(丙丁)의 호란(胡亂) : 1636년(인조14) 청나라의 침입으로 일어난 병자호란을 가리킨다. 194쪽 주134 참조.

182 충헌공과……당하자 : 임인옥사에 두 사람이 모두 죽은 것을 이른다. 143쪽 주5 참조.

183 이 유인(李孺人) : 김창집(金昌集)의 둘째 아들인 김호겸(金好謙)의 처 용인 이씨(龍仁李氏, 1680~1750)를 이른다. 김호겸은 저자의 생조부인 김제겸(金濟謙)의 아우이며, 뒤에 김창숙(金昌肅)의 후사로 출계하였다. 김창숙은 김창집의 큰형인 김수증(金壽增)의 둘째 아들이다.

184 시사(時事)가……보고 : 1727년(영조3)의 정미환국(丁未換局)을 이른다. 171쪽 주77 참조.

되겠다고 말하는 사람도 있었으나 공은 여전히 그렇게 하려고 하지 않았다. 항상 궁민(窮民)[186]으로 자처하고 사람들과 거의 만나지 않았으며, 밖에 나갔다가 노래하는 기생들이 있는 연회를 만나게 되면 반드시 피하여 이렇게 일생을 마쳤으니, 세상에 살았던 햇수가 겨우 33년이었다.

공은 단정하고 말수가 적었지만 속으로는 옳고 그름에 대한 판단이 분명하여 공이 지키는 바에 대해서는 확고해서 흔들 수가 없었다. 그러나 사람들과 함께 있을 때에는 또 자애롭고 선량하여 가까이할 만 하였다. 천륜에 독실하여, 성동(成童) 전에 송 부인(宋夫人 어머니)의 상을 치렀는데[187] 거상을 잘한 것으로 소문이 났으며, 늘 이 유인(종숙모)의 은혜를 생각하여 섬기기를 매우 삼갔는데 이 유인의 상을 당하자 지극히 애통해하기를 마치 송 부인을 위하여 애통해했을 때처럼 하였다.

---

185 경신년에……씻기자 : 노론 사대신(四大臣)의 한 사람이었던, 김위행의 할아버지 김창집(金昌集)의 관직을 회복시켜준 것을 이른다. 199쪽 주152 참조.

186 궁민(窮民) : 천하에 하소연할 곳이 없는 백성을 이른다. 《맹자》〈양혜왕 하(梁惠王下)〉에 "늙어서 처가 없는 사람을 '환(鰥)', 늙어서 남편이 없는 사람을 '과(寡)', 늙어서 자식이 없는 사람을 '독(獨)', 어려서 아버지가 없는 사람을 '고(孤)'라고 한다. 이 네 부류의 사람은 천하의 궁민으로 호소할 곳이 없는 자들이다.〔老而無妻曰鰥, 老而無夫曰寡, 老而無子曰獨, 幼而無父曰孤. 此四者天下之窮民而無告者.〕"라는 내용이 보인다.

187 성동(成童)……치렀는데 : 저자의 생조부인 김제겸(金濟謙)의 처 은진 송씨(恩津宋氏)는 1679년(숙종5)에 태어나 1732년(영조8) 12월 27일 향년 54세로 세상을 떠났는데, 이때 김위행(金偉行)은 13세였다. '성동'은 《춘추곡량전(春秋穀梁傳)》 소공(昭公) 19년 조 범녕(范寧)의 주에 따르면 8세 이상을 이르며, 《예기》〈내칙(內則)〉의 정현(鄭玄) 주에 따르면 15세 이상을 이른다. 저자는 정현의 주를 따라 15세 이상을 성동으로 본 듯하다.

우리 선군(先君 김원행(金元行))은 공에게는 셋째 형님인데, 공은 선군을 아버지처럼 섬겨서 크고 작은 일에 선군의 가르침을 어기는 일이 없었다. 불초가 어렸을 때부터 옆에서 모셨지만 선군이 행여라도 일을 가지고 공에게 좋지 않게 대한 것을 본 적이 없다.

　공은 이미 집안이 사화를 겪었다고 하여 과거 공부에 뜻을 접고 일체의 인사에 대해 경영하는 바 없이 날마다 담담히 무릎을 모으고 경사(經史)에 침잠하였다. 그러나 때로는 붓을 들어 고전주(古篆籀)[188]를 썼고, 혹 산과 물과 나무와 바위를 그려서 그 뜻을 기탁하기도 하였다. 오직 마음 맞는 사람을 만나면 실컷 술을 마시고 거리낌 없이 말하여 오열하고 강개하며 천하의 일을 논할 때에 핵심을 정확히 짚으니, 비로소 공이 메마르고 싱거운 사람이 아닌 데다 그 깊은 재주와 포부도 이와 같다는 것을 알았다. 이 때문에 당대의 명사들이 그 인물됨을 높이 여겨 함께 교유하기를 바랐으며, 세상을 떠나자 조문을 와서 탄식하고 애석해하였으며 가마(加麻)[189]를 하는 사람도 있었다.

188　고전주(古篆籀) : 서체(書體)의 한 가지인 대전(大篆)을 이른다. 춘추 전국 시대와 진대(秦代)에 통행되었다고 하여 '고전(古篆)'이라고도 하며, 주 선왕(周宣王) 때의 태사(太史) 주(籀)가 지었다고 하여 '전주(篆籀)'라고도 한다.

189　가마(加麻) : 친속의 관계가 없어 복(服)이 없는 스승이나 친구의 상에 마(麻)로 수질(首絰)을 두르거나 겉옷에 삼베 조각을 붙이는 것을 이른다. 이와 관련하여 《공자가어(孔子家語)》〈종기(終記)〉에 "자공이 말하였다. '옛날 선생님께서 안회의 상을 치를 때 아들을 잃은 것과 같이 하였으나 복을 입지 않았으며 자로의 상을 치를 때에도 그렇게 하셨다. 지금 선생님의 상도 아버지를 잃은 것처럼 하되 복을 입지 않고 치렀으면 한다.' 이에 제자들이 모두 조복을 입고 마를 더하였다.〔子貢曰: 昔夫子之喪顏回也, 若喪其子而無服, 喪子路亦然. 今請喪夫子如喪父而無服. 於是弟子皆弔服而加麻.〕"라는 내용이 보이며, 《주자어류》권85〈예2(禮二) 의례(儀禮) 상복경전(喪服經傳)〉에도

홍 유인(洪孺人 배(配))은 남양(南陽)의 망족(望族)이니, 도정(都正)을 지낸 휘 저(樗)가 아버지이다.[190] 홍 유인은 공보다 31년 뒤에 세상을 떠났다. 말이 없었고 대의(大義)를 알았으며, 젊은 나이로 어려운 시절에 공을 따라 시집와서 일찍이 원망하는 기색이 없었다. 과부가 된 뒤에는 안팎을 엄히 하고 제사를 삼가 공경히 지냈으며 어린 자식들을 가르치고 경계하여 능히 집안의 법도를 이루었다.

아들 하나는 이완(履完)이고, 딸 하나는 홍낙현(洪樂賢)의 처가 되었다. 이완의 아들과 딸은 약간 명으로 모두 어리다.

나는 공보다 두 살 적으니 공의 행적을 따라 공의 일을 크게 기록한다면 이루 다 자세히 쓸 수 없을 것이나, 존경하는 분을 칭술하는 것은 그 말을 삼가야 할 것이다. 아, 백대 뒤에 또한 이분을 알아보는 사람이 있을 것인가?

"상복은 오복에 모두 마를 쓴다. 붕우마는 조복 위에 마를 더하는 것이니, 마는 질(経)을 이른다.〔喪服, 五服皆用麻. 朋友麻, 是加麻於弔服之上. 麻, 謂経也.〕"라는 내용이 보인다.

190 도정(都正)을……아버지이다 : 202쪽 〈도정 홍공 묘갈명(都正洪公墓碣銘)〉 참조.

이군 영규 묘지명¹⁹¹ 병서

李君英奎墓誌銘 幷序

이군 성백(李君星伯)의 상(喪)에 내가 그를 위해 위(位)를 만들고 곡을 하니, 사우(士友) 중에 나와 교유하면서 생전에 군을 본 사람들은 모두 와서 나를 위로하기를 "참으로 안타깝네, 훌륭한 선배였는데!"라고 하였다. 약속이나 한 듯 그 말이 똑같았으니, 내가 얼마나 군을 안타깝게 여길지는 곧 알 수 있을 것이다.

군은 자태가 아름다웠으며 사람됨이 순수하고 지혜롭고 따뜻하고 전아하여, 안팎이 맑고 깨끗하여 마주하고 있으면 마치 지란(芝蘭)의 향이 사람에게 스며드는 것 같았다. 처음 미호(渼湖) 가로 나에게 찾아왔을 때 나이가 겨우 16, 7세밖에 되지 않았는데, 이미 도를 구하는 뜻을 갖고 있었으며 말과 태도가 매우 조심스러웠다. 《소학(小學)》과 사서(四書)를 읽었는데, 마음을 비우고 가르침을 받아¹⁹² 식견과 지취

---

191 이군 영규 묘지명(李君英奎墓誌銘) : 이영규(李英奎, 1771. 9. 25~1790. 2. 7)는 본관은 완산(完山), 자는 성백(星伯)이다. 저자의 아우인 김이직(金履直)의 손녀사위로, 저자에게는 종손(從孫)이 된다. 이 글을 지은 시기와 관련하여 본문 중에 이영규의 조부 이홍지(李弘之)가 광흥창 수(廣興倉守)로 있을 때 지었다는 구절이 있다. 이홍지는 《승정원일기》에 근거하면 1790년(정조14) 7월 4일 임오일에 임명되어 1792년(정조16) 10월 22일 정해일에 홍재연(洪載淵)이 후임으로 임명될 때까지 광흥창 수로 약 2년여 동안 재직하였다. 저자는 1791년에 세상을 떠났으니, 이 글은 저자가 69~70세 되던 1790~1791년 사이에 지었을 것으로 추정된다.

192 마음을……받아 : 원문은 '虛懷受益'이다. 《서경》〈대우모(大禹謨)〉의 "가득하면 덜어짐을 부르고 겸손하면 더해짐을 받는 이것이 바로 천도이다.〔滿招損, 謙受益,

가 날로 진보하였다. 내가 마침내 옛사람의 학문하는 큰 방도를 일러주
자 마음속으로 기뻐하며 장차 몸으로 이를 실천하고자 하여 오래 지나
도 혹여 그 태만히 하는 것을 보지 못하였다. 군이 명문가의 자제로
어린 나이에 특출난 것이 또 이와 같으니, 사람들은 모두 군이 조만간
에 현달한 자리에 올라 그 가업을 이을 것이라고들 하였고, 그 부모의
기대 또한 그러하였으나 군이 스스로 기약한 것은 끝내 여기에만 그치
지 않았다. 아, 수명을 조금 더 빌려주어 군으로 하여금 도의(道義)를
갈고닦아 성취가 있도록 하지 않은 것은 운명인가!

　군은 이름이 영규(英奎)이고 성백(星伯)은 자이니, 세계(世系)는 선
원(璿源)에서 나왔다.[193] 아버지는 이회상(李晦祥)이며, 어머니 조씨
(趙氏)는 생원 조원경(趙遠慶)의 딸이다. 조부는 이홍지(李弘之)이니
지금 광흥창 수(廣興倉守 정4품)이다. 증조는 휘 관명(觀命)이니 좌의
정을 지낸 문정공(文靖公)으로 호는 병산(屛山)이다. 이 위는 기록하
지 않아도 알 수 있다.[194]

　군은 영종(英宗 영조) 신묘년(1771, 영조47) 9월 25일 태어나 경술년
(1790, 정조14) 2월 7일 세상을 떠났으니, 얻은 수명이 겨우 20이다.
이해 3월 12일 과천(果川) 옹막리(甕幕里) 모좌(某坐)의 언덕에 장례
하였다.

　군은 판관 김인순(金麟淳)[195]의 딸을 아내로 맞이하였으니, 나에게

時乃天道.]"라는 구절을 원용한 것이다.

193　세계(世系)는 선원(璿源)에서 나왔다 : 본관이 조선 왕실의 본관과 같다는 말이다.

194　이……있다 : 이관명(李觀命)의 아우는 노론 사대신의 한 사람인 이건명(李健
命)이고, 아버지는 송시열(宋時烈)의 문인 서하(西河) 이민서(李敏叙)이다.

는 종손(從孫)이 된다. 아들은 없으며, 딸 하나는 태어난 지 겨우 한 달 만에 군이 세상을 떠났으니 또한 마음 아프다. 군의 처가 나에게 "대부(大父)의 말씀 한마디를 얻어 그 묘소에 기록한다면 산 자와 죽은 자가 모두 위로를 받을 수 있을 것입니다."라고 하였다. 내가 늙어서 글을 지을 수는 없지만 그 말이 가엾어 눈물을 훔치고 명(銘)을 지어주었다. 명은 다음과 같다.

누가 주었으며	誰則予之
누가 빼앗았나	而誰奪之
따져 물을 사람 없구나	余莫得以詰也
형형했던 기특한 뜻이여	炯炯奇志
저 황량한 무덤에 묻혔구나	埋彼荒阡
아, 후인들은	嗟後之人
부디 이곳에 쟁기질하지 말기를	尙無以耕犁加焉

---

195 김인순(金麟淳) : 저자의 사촌형 김이장(金履長)의 셋째 아들로, 뒤에 저자의 아우 김이직(金履直)의 후사로 들어갔다. 191쪽 주129 참조.

증 참판 이공 면지 의 묘표에 덧붙여 쓰다[196]
贈參判李公 勉之 墓表追記

공이 작고한 지 53년 되는 갑오년(1774, 영조50) 11월 13일에 정부인
(貞夫人)이 수명 85세로 생을 마치니, 12월에 예(禮)에 따라 부장(附
葬)하였다. 공이 화를 당한 뒤에 부인은 이미 뒤따라 죽기로 결심하
였으나 유복자가 있었기 때문에 차마 결행하지 못하였다. 그러다가
해산하게 되자 마침 날이 매우 추웠는데 곧장 홑옷 차림으로 다방(茶
房)에 몰래 들어가 언 감 10여 개를 먹었다. 또 냉수로 발을 씻기도
하고 수은을 복용하기도 하였으나 끝내 죽지 않으니 하늘의 뜻이었다.
　이때 대간군(大諫君)[197]이 겨우 10여 세였는데, 부인은 아들이 학문
하는 시기를 놓칠까 염려하여 이사하여 스승에게 나아가도록 하였다.
그리하여 가르치기를 매우 지극히 하여 끝내 가업을 이루도록 하였다.

196　증(贈)……쓰다 : 저자의 아버지 김원행(金元行)이 쓴 이면지(李勉之, 1690~
1722)의 묘표에 저자가 이면지 후손의 부탁을 받고 이면지 부인의 행적을 덧붙여 쓴
것으로, 지은 시기는 자세하지 않다. 김원행의 글은 《미호집(渼湖集)》 권18에 〈증 참판
이공 묘표(贈參判李公墓表)〉라는 제목으로 실려 있다. 이면지는 본관은 전주(全州),
자는 성일(成一) 또는 희문(希文)이다. 이민서(李敏敍)의 손자이며 이건명(李健命)의
아들이다. 1719년(숙종45) 생원시에 합격하였다. 1722년(경종2) 임인옥사에 연루되어
33세로 덕산(德山)에서 처형되었다. 1725년(영조1)에 신원이 회복되고 사헌부 지평에
추증되었으며, 1768년(영조44) 11월 27일 장남 이복상(李復祥)이 경주 부윤(慶州府
尹)에 제수되면서 규례에 따라 이조 참판에 가증(加贈)되었다.
197　대간군(大諫君) : 이면지의 장남 이복상(李復祥, 1712~?)을 이른다. 이복상은
1766년(영조42) 9월 14일 사간원 대사간에 제수되었다. 《承政院日記》

또한 부인은 집안을 보존하는 데 힘써서 주도면밀하게 처리하여 빠짐이 없도록 하였으며 제사를 공경으로 받들고 친족을 사랑으로 거두어서 이씨의 종사(宗事)가 끊어졌다가 다시 보존되도록 하였으니, 이것은 모두 부인의 공이었다.

공의 여러 후손이 선인(先人 김원행(金元行))의 손에서 공의 묘표가 이루어졌다 하여 불초로 하여금 부인의 일을 이어 기록하도록 하기에 삼가 가장(家狀)에 근거하여 그 대략을 이와 같이 쓴다.

선부군 묘지[198] 우선 《가례》의 규식에 의거하여 계사년(1773,
영조49) 8월 모일에 구워서 묻다[199]

198 선부군 묘지(先府君墓誌) : '선부군'은 김원행(金元行, 1702~1772)으로, 자세한
행력은 164쪽 〈선부군 가장(先府君家狀)〉 참조. 김원행의 묘지는 현재 국립중앙박물관
에 소장(新收-001008-000)되어 있는데, 청화백자 세 장으로 구성되어 있으며, 각각의
크기는 19.8cm×15.3cm×1.6cm이다. 첫 장은 2행으로 이루어져 있는데, 제1행에 '미호
선생(渼湖先生)', 제2행에 '김공지묘(金公之墓)'가 쓰여 있다. 두 번째 장은 모두 10행
×18자로 이루어져 있는데, 제1행에 '유명조선 성균관 좨주 미호 선생 김공 묘지(有明朝
鮮成均館祭酒渼湖先生金公墓誌)'가 쓰여 있고 제2행부터 본문의 글이 실려 있다. 세
번째 장 역시 모두 10행×18자로 이루어져 있으며 본문의 글이 실려 있고, 마지막 제10행
에 '숭정 삼주계사 8월 일 번매(崇禎三周癸巳八月 日燔埋)'가 쓰여 있다.

199 우선……묻다 : 이와 관련하여 주희(朱熹)의 《가례》〈상례(喪禮) 치장(治葬)〉
"지석을 새긴다[刻誌石]"라는 구절의 주에 "돌 두 장을 사용한다. 한 장은 덮개가 되는
데, '송나라 모관 모공의 묘'라고 새긴다. 관직이 없으면 그 자를 써서 '모군 모보'라고
한다. 다른 한 장은 밑장이 되는데, 다음과 같이 새긴다. '송나라 모관 모공 휘 모는
자 모이며 모주 모현 사람이다. 고(考) 휘 모는 모관을 지냈으며, 모(母) 씨 모는 모에
봉해졌다. 모년 모월 모일에 태어났다.' 그리고 역임한 관직을 차례로 기술한 뒤, '모년
모월 모일에 세상을 떠나, 모년 모월 모일에 모향 모리 모처에 장례하였다. 모씨에게
장가들었는데, 모의 딸이다. 자식은, 아들 모는 모관이고 딸은 모관 모에게 출가하였
다.'라고 한다. 부인은, 남편이 살아 있으면 봉호가 있을 경우 덮개에 '송나라 모관
성명 모봉 모씨의 묘'라고 하고, 봉호가 없을 경우에는 '처'라고 하며, 남편이 관직이
없으면 남편의 성명을 쓴다. 남편이 죽었으면 '모관 모공 모봉 모씨'라고 하고, 남편이
관직이 없었으면 '모군 모보의 처 모씨'라고 한다. 그 밑장에는 나이 몇 세에 모씨에게
출가하였다고 기술하며, 남편이나 자식으로 인해 봉호를 받았으면 봉호를 쓰고 받지
않았으면 봉호를 쓰지 않는다. 장례하는 날, 두 장의 돌을 글자를 쓴 면이 서로 마주
보도록 하여 철사로 함께 묶어서 무덤 앞 지면에 가깝게 3, 4척 사이에 묻는다. 이것은
나중에 능곡이 변천하거나 혹 남들에 의해 잘못 옮겨졌을 때 이 돌이 먼저 보이면 사람들
이 그 성명을 아는 자가 있어 능히 묻어줄 수 있기를 생각한 것이다.〔用石二片, 其一爲
蓋, 刻云 : 有宋某官某公之墓. 無官則書其字曰某君某甫. 其一爲底, 刻云 : 有宋某官某

先府君墓誌 姑依家禮規式 癸巳八月日燔埋

미호 선생(渼湖先生) 김공(金公) 휘 원행(元行)은 자가 백춘(伯春)이고 안동(安東) 사람이니, 좌의정을 지낸 문정공(文正公) 휘 상헌(尙憲)의 5대손이다. 증조 휘 수항(壽恒)은 영의정을 지낸 문충공(文忠公)이니, 영의정을 지낸 충헌공(忠獻公) 휘 창집(昌集)과 판서를 지낸 문간공(文簡公) 휘 창협(昌協)을 낳았다. 충헌공은 휘 제겸(濟謙)을 낳았는데 참의(參議)를 지냈고, 그 배(配) 송씨(宋氏)는 도사(都事) 휘 병원(炳遠)의 딸이니, 이분들이 공을 낳은 부모님이다. 출계(出系)하여 문간공의 아들 학생 휘 숭겸(崇謙)의 후사를 이었으며, 그 배(配) 박씨(朴氏)는 판서를 지낸 휘 권(權)의 딸이다.

공은 숙종 임오년(1702, 숙종28) 12월 29일에 태어나 기해년(1719, 숙종45)에 진사에 합격하고, 경신년(1740, 영조16)에 내시교관(內侍教官)에 제수되었다. 익위사 위솔(翊衛司衛率)·익찬(翊贊), 종부시 주부(宗簿寺主簿), 사헌부 지평(司憲府持平)·장령(掌令)·집의(執義)를 지냈고, 서연관(書筵官)인 세손강서원 좌권독(世孫講書院左勸

公諱某字某某州某縣人. 考諱某某官. 母氏某封某. 某年月日生. 叙歷官遷次. 某年月日終, 某年月日葬于某鄉某里某處. 娶某氏, 某人之女. 子男某某官. 女適某官某人. 婦人, 夫在則蓋云有宋某官姓名某封某氏之墓, 無封則云妻, 夫無官則書夫之姓名. 夫亡則云某官某公某封某氏, 夫無官則云某君某甫妻某氏. 其底叙年若干適某氏, 因夫子致封號, 無則否. 葬之日, 以二石字面相向, 而以鐵束之, 埋之壙前近地面三四尺間. 蓋慮異時陵谷變遷, 或誤爲人所動, 而此石先見, 則人有知其姓名者, 庶能爲掩之也.]"라는 내용이 보인다.

讀)과 세자시강원 진선(世子侍講院進善) 및 장악원 정(掌樂院正)에 뽑혔다. 통정대부(通政大夫)에 올랐으며, 공조 참의(工曹參議)와 성균관 좨주(成均館祭酒), 세손(世孫)의 찬선(贊善)에 제수되었으나 모두 나아가지 않았다. 임진년(1772, 영조48) 7월 7일에 별세하여 동년 9월에 양주(楊州) 도산(陶山) 간좌(艮坐)의 언덕에 장례하였다.

배(配) 숙부인(淑夫人) 홍씨(洪氏)는 참판에 추증된 휘 귀조(龜祚)의 딸이며 참판을 지낸 남계군(南溪君) 휘 숙(璹)의 손녀이다. 임오년(1702, 숙종28) 9월 15일에 태어나 병신년(1716, 숙종42)에 공에게 시집왔다. 정해년(1767, 영조43) 정월 19일에 별세하여 처음에는 양주 석실(石室)에 장례하였다가 이때에 와서 이장하여 이곳에 합장하였다.

아들은 현감 이안(履安)과 이직(履直)이고, 딸은 승지 서형수(徐逈修)와 주부 홍낙순(洪樂舜)에게 출가하였다.

이직의 계자(繼子)는 인순(麟淳)이다. 서형수의 아들은 서유병(徐有秉)과 서유수(徐有守)이고, 딸은 홍대영(洪大榮)[200]의 처가 되었으며, 나머지는 어리다.

---

200 홍대영(洪大榮) : 147쪽 주14 참조.

고조고 문충공의 묘갈에 덧붙여 쓰다[201]
高祖考文忠公墓碣追記

공이 사사(賜死)의 명을 받은 지 6년째 되던 갑술년(1694, 숙종20)에
성상이 크게 후회하여 여러 흉적들을 내쫓고 억울함을 깨끗이 풀어
주시니, 공이 관작을 회복하고 제사를 하사받을 수 있게 되었다.[202]
뒤에 또 '문충(文忠)'의 시호를 내려주셨는데,[203] 시법(諡法)에 따르

---

201 고조고(高祖考)……쓰다 : 우암(尤庵) 송시열(宋時烈, 1607~1689)이 저자의
고조인 김수항(金壽恒, 1629. 8. 1~1689. 4. 9)의 묘지문을 써준 것에 저자가 덧붙여
쓴 것이다. 김수항의 묘갈은 현재 현재 경기도 남양주시 이패동(二牌洞) 김수항의 묘소
앞에 세워져 있는데, 이 비갈의 기록에 따르면 숭정(崇禎) 기원후 165년 임자년(1792,
정조16)에 세워진 것이다. 전액(篆額)에 '영의정 문곡 김공 묘갈명(領議政文谷金公墓
碣銘)'이라 쓰여 있고, 이어서 우암의 글이 새겨져 있으며, 우암의 글이 끝난 뒤 저일자
(低一字) 하여 저자의 이 글이 덧붙여 새겨져 있다. 글씨는, 전액은 김수항의 손자인
김제겸(金濟謙)이 쓰고, 우암의 글은 김수항의 맏형인 김수증(金壽增)이 썼으며, 저자
의 덧붙인 글은 김준행(金峻行)의 손자인 김문순(金文淳)이 썼다. 김준행은 김제겸의
출계(出系)한 둘째 아들이다. 우암이 쓴 김수항의 묘지문은 《송자대전(宋子大全)》 권
182에 〈문곡 김공 묘지명(文谷金公墓誌銘)〉이라는 제목으로 실려 있다. 이 글을 지은
시기와 관련하여 본문에 김수항의 5대손인 김복순(金復淳)이 김수항의 묘갈을 세우는
일을 추진하는 내용이 보이는데, 이에 근거하면 김복순의 몰년인 1761년(영조37), 즉
저자의 나이 40세 이전에 지은 것으로 추정된다. 김수항의 본관은 안동(安東), 자는
구지(久之), 호는 문곡(文谷)이다. 1689년(숙종15) 기사환국(己巳換局) 때 진도(珍
島)로 유배되었다가 사사(賜死)되었다. 저서에 《문곡집》이 있다.

202 관작을……되었다 : 갑술환국을 말한다. 김수항의 신원은 1694년(숙종20) 4월 2일
이루어졌다. 《承政院日記》《肅宗實錄》

203 문충(文忠)의 시호를 내려주셨는데 : 1725년(영조1) 4월 4일의 일이다. 《承政院

면 "배우기를 부지런히 하고 묻기를 좋아하는 것을 '문'이라 하고〔勤學好問曰文〕" "청렴하고 방정하며 공변되고 반듯한 것을 '충'이라고 한다.〔廉方公正曰忠〕"[204] 계미년(1703, 숙종29) 8월 11일에 석실(石室) 서쪽으로 수 리(里) 떨어진 금촌(金村)의 오향(午向) 언덕에 다시 장례하고 정경부인(貞敬夫人) 나씨(羅氏)[205]를 합장하였다. 부인은 안정(安定) 대성(大姓)으로 목사(牧使) 나성두(羅星斗)[206]의 딸이니, 공보다 1년 늦게 태어나서 공보다 14년 뒤에 세상을 떠났다.

6남 1녀를 낳았다. 아들은 영의정을 지낸 충헌공(忠獻公) 창집(昌集), 예조 판서를 지낸 문간공(文簡公) 창협(昌協), 사헌부 집의(司憲府執義)를 지낸 문강공(文康公) 창흡(昌翕), 동몽교관(童蒙敎官)을 지낸 창업(昌業), 예빈시 주부(禮賓寺主簿)를 지낸 창집(昌緝), 창립(昌立)이다. 딸은 이섭(李涉)에게 출가하였다.

영의정(김창집)은 아들이 둘이니 승지를 지낸 제겸(濟謙)[207]과 호겸

日記》《英祖實錄》

204 시법(諡法)에……한다 : 명나라 곽량한(郭良翰)의 《명시기휘편(明諡紀彙編)》〈시법 상(諡法上)〉에 따르면 '문(文)' 자 시호는 '천지를 경륜하다〔經緯天地〕'를 시작으로 모두 16종이 있으며, '충(忠)' 자 시호는 '위험을 무릅쓰고 임금을 받들다〔危身奉上〕'를 시작으로 모두 6종이 있다. 저본의 '문'과 '충'에 대한 설명은 이 가운데 하나이다.

205 나씨(羅氏) : 1630~1703. 6. 22. 본관은 안정(安定)이다. 아버지는 송시열(宋時烈)의 천거로 해주 목사(海州牧使)를 지낸 나성두(羅星斗)이며, 할아버지는 형조 참의를 지낸 나만갑(羅萬甲)이다.

206 나성두(羅星斗) : 1614~1663. 행력은 김수항의 《문곡집(文谷集)》 권19 〈외구 해주 목사 나공 묘지명(外舅海州牧使羅公墓誌銘)〉 및 우암 송시열의 《송자대전(宋子大全)》 권180 〈해주 목사 나공 묘갈명(海州牧使羅公墓碣銘)〉에 자세하다.

207 승지를 지낸 제겸(濟謙) : 《승정원일기》 경종 1년(1721) 10월 22일 조에 김제겸

(好謙)이고, 딸이 둘이니 서흥 현감(瑞興縣監)을 지낸 민계수(閔啓洙)와 세자익위사 부솔(世子翊衛司副率)을 지낸 민창수(閔昌洙)에게 출가하였다. 판서(김창협)는 아들이 하나이니 숭겸(崇謙)이고, 딸이 다섯이니 합천 군수(陜川郡守)를 지낸 서종유(徐宗愈)와 돈녕부 도정(敦寧府都正)을 지낸 이태진(李台鎭)과 공조 정랑(工曹正郎)을 지낸 오진주(吳晉周)와 지중추부사(知中樞府事)를 지낸 박사한(朴師漢)과 유수기(兪受基)에게 출가하였다. 집의(김창흡)는 아들이 셋이니 사도시 첨정(司䆃寺僉正)을 지낸 양겸(養謙)과 돈녕부 도정을 지낸 치겸(致謙)과 장예원 사평(掌隷院司評)을 지낸 후겸(厚謙)이고, 딸이 둘이니 윤세량(尹世亮)과 사간원 정언(司諫院正言)을 지낸 이덕재(李德載)에게 출가하였다. 교관(김창업)은 아들이 셋이니 우겸(祐謙)과 언겸(彦謙)과 내시교관(內侍敎官)을 지낸 신겸(信謙)이고, 딸이 하나이니 좌의정을 지낸 조문명(趙文命)에게 출가하였으며, 측실에게서는 아들 비겸(卑謙)과 소촌 찰방(召村察訪)을 지낸 윤겸(允謙)을 두었다. 주부(김창집)는 아들이 하나이니 공조 판서를 지낸 용겸(用謙)이고, 딸이 하나이니 이망지(李望之)에게 출가하였다. 계방(季房 김창립)은 아들이 없어 후겸(김창흡의 셋째 아들)을 후사로 삼았고, 딸이 하나이니 삼등 현령(三登縣令)을 지낸 이언신(李彦臣)에게 출가하였다.

　증손으로는 성행(省行), 내시교관을 지낸 준행(峻行), 성균관 좨주(成均館祭酒)를 지낸 원행(元行), 달행(達行), 남원 부사(南原府使)를 지낸 탄행(坦行), 위행(偉行), 가평 군수(加平郡守)를 지낸 범행(範

이 동부승지에 임명된 기사가 실려 있고, 동년 동월 23일과 29일 조에 각각 김제겸이 우부승지에 사은하는 기사가 실려 있다.

行), 영유 현령(永柔縣令)을 지낸 간행(簡行), 상의원 주부(尙衣院主簿)를 지낸 화행(和行), 동부승지(同副承旨)를 지낸 문행(文行), 삼척 부사(三陟府使)를 지낸 유행(由行), 동부승지를 지낸 제행(悌行), 형조 참판을 지낸 양행(亮行), 적행(迪行)이 있고, 현손 이하는 또 50여 명이 된다.

내가 집에 보관해둔 옛 기록을 삼가 살펴보니 송 선생(宋先生 송시열(宋時烈))의 이 글은 사실 묘표(墓表)일 뿐이었다. 처음에는 숨길 만한 말이 있다고 하여 우선 함께 묻어 이것으로 묘지문(墓誌文)을 삼았는데, 백고조(伯高祖 김수증(金壽增))와 종조(從祖 김제겸(金濟謙))가 글씨를 쓰고 돌에 새길 정본으로 삼아 훗날을 기다림에 이르러서는[208] 또 '표(表)'라 하지 않고 '갈(碣)'이라 이름하였으니, 어찌 묘표와 묘갈이 똑같이 비문(碑文)이기는 하지만 묘갈이 중한 것이 되기 때문이 아니겠는가.[209] 이를 보면 집안에서 논의를 확정한 것은 참으로 이미 오래되었

---

208 백고조(伯高祖)와……이르러서는 : 이와 관련하여 《세보》에 "묘지문은 우암 송시열이 지었다. 비갈은 우암의 묘지문을 사용하였는데 곡운공이 예서로 썼으며, 묘표는 아들 김창흡이 지었다.〔誌尤庵宋時烈撰, 碣用誌文, 谷雲公隸書, 表男昌翕撰.〕"라는 글이 있다. 곡운공(谷雲公)은 김수항의 큰형 김수증(金壽增)이다. '묘표'는 김수항의 3남 김창흡의 《삼연집(三淵集)》 권30에 〈선부군 묘표(先府君墓表)〉라는 글이 실려 있다. 이 묘표 역시 김수항의 묘소 앞에 세워져 있는데, 묘표의 내용에 근거하면 숭정 85년 임진년1712, 숙종38) 8월 모일에 세운 것이다. 《安東金氏大同譜刊行委員會, 安東金氏世譜(5), 서울, 1982》

209 어찌……아니겠는가 : 명나라 오눌(吳訥)의 《文章辨體序說(문장변체서설)》과 서사증(徐師曾)의 《문체명변서설(文體明辯序說)》에 따르면 묘갈(墓碣)은 진(晉)나라 때부터 시작된 것으로 5품관 이하에 사용하며, 묘표(墓表)는 동한(東漢) 때부터 시작된 것으로 관직 유무에 상관없이 모두 사용할 수 있고 내용은 학문과 덕행을 기술한다. 묘지(墓誌)는 능곡(陵谷)의 천개(遷改)를 방지하기 위한 것으로, 세계(世系)와

는데, 다만 그 사이에 또 임인년(1722, 경종2)의 큰 화[210]를 겪은 것 때문에 두려워하고 삼가는 것이 더욱 심해져서 이런 상태로 세월만 보내고 실행하지 못하였던 것이다. 이제 공의 5대손인 복순(復淳)[211] 이 여러 족인(族人)들과 상의하여 비로소 이를 새겨 세우기에, 이어 송 선생의 글에 미처 언급하지 못한 사실을 대략 기록하여 그 아래에 붙인다.

날짜, 이름과 자, 관작과 고향을 기술한다. 정해득의 연구에 따르면 묘비를 관품에 따라 처음으로 구분하기 시작한 것은 수(隋)나라 때부터로, 3품 이상은 귀부이수(龜趺螭首) 양식의 비(碑)를 세우고, 4~7품은 방부규수(方趺圭首) 양식의 갈(碣)을 세우도록 하여 비와 갈을 구분하였다. 이후 이를 바탕으로 가감하여 당나라, 송나라, 명나라, 청나라에까지 이어져 내려왔다. 중국의 이러한 묘비 양식은 통일신라 시대에 처음 우리나라에 도입되었다. 이후 고려를 거쳐 조선 시대에 들어와서는 더욱 확대되었는데, 2품 이상은 신도비를 세울 수 있었고, 4품 이상 대부는 묘갈을 세울 수 있었다.《정해득, 조선시대 묘제(墓制) 연구, 조선시대사학보 제69집, 2014》

210 임인년의 큰 화 : 신임사화(辛壬士禍)를 이른다. 143쪽 주5 참조.

211 복순(復淳) : 1744~1761. 자는 양백(陽伯)이다. 김수항(金壽恒)의 장자가 김창집(金昌集), 김창집의 장자가 김제겸(金濟謙), 김제겸의 장자가 김성행(金省行), 김성행의 장자가 김이장(金履長), 김이장의 장자가 김복순이다. 음직으로 황주 목사(黃州牧使)를 지냈고, 사후 영의정에 추증되었다.《安東金氏大同譜刊行委員會, 安東金氏世譜(5), 서울, 1982》

종백부 증 참의공의 묘표에 덧붙여 쓰다[212]
從伯父贈參議公墓表追記

공이 세상을 떠난 지 3개월 만에 승지공(承旨公 김제겸(金濟謙))이 또
화를 당하였는데,[213] 을사년(1725)에 영묘(英廟 영조)가 즉위하게 되
자 3대의 억울함을 모두 씻어주어 공은 사헌부 지평(司憲府持平)에
추증되었다. 병술년(1766, 영조42)에 또 치제(致祭)와 함께 장려의
유시(諭示)를 내려주고 이조 참의에 가증(加贈)하였다.[214]

홍 부인(洪夫人)은 공을 따라서 규례대로 추증되었다.[215] 부인은 어

---

212 종백부(從伯父)……쓰다 : 저자의 생조부인 김제겸(金濟謙, 1680~1722. 8. 24)
이 아들 김성행(金省行, 1696~1722. 5. 19)을 위해 지은 묘지문에 저자가 58세 때인
1777년(정조1) 7월에 덧붙여 쓴 것이다. 이와 관련하여 김제겸의 글은 아버지 김창집(金昌
集)의 문집인《몽와집(夢窩集)》《국립중앙도서관, 일산古3648-10-82)에 〈죽취고 부(竹
醉藁附) 망아묘지명(亡兒墓誌銘)〉이라는 제목으로 실려 있다. 원주에 따르면 이 글은
임인년(1722, 경종2) 7월에 유배지인 함경북도 부령(富寧)에서 쓴 것이다. 김성행은
본관은 안동(安東), 자는 사삼(士三), 호는 취백헌(翠柏軒)이다. 신임사화 때 화를
당하여 27세의 나이로 고문을 받다가 옥사하였다. 1725년(영조1)에 신원되고 사헌부
지평에 추증되었으며, 이후 이조 참의, 이조 참판, 영의정에 차례대로 가증(加贈)되고
'충정(忠正)'의 시호를 하사받았다. 《세보》에 따르면 김성행의 시호 중 '충'은 '위험을
무릅쓰고 임금을 받들다[危身奉上]', '정'은 '올바름으로 사람들을 감복시키다[以正服
之]'라는 의미이다. 《安東金氏大同譜刊行委員會, 安東金氏世譜(5), 서울, 1982》
213 공이……당하였는데 : 김제겸과 김성행의 죽음에 관해서는 143쪽 주5 참조.
214 병술년에……가증(加贈)하였다 : 이와 관련하여 《승정원일기》 영조 42년(1766)
1월 28일(무술) 조에 '증 참의 김성행(贈參議金省行)', 영조 51년(1775) 11월 13일(병
술) 조에 '증 이조 참의 김성행(贈吏曹參議金省行)'이라는 내용이 보인다.
215 홍 부인(洪夫人)은……추증되었다 : '홍 부인'은 《세보》에 따르면 풍산 홍씨(豊

질고 밝았으며 여사(女士)의 행실이 있어서 남편의 친족에게 크게 공경을 받았다. 정축년(1697, 숙종23)에 태어나 갑인년(1734, 영조10)에 세상을 떠났다. 이에 앞서 공을 공의 할아버지와 아버지를 따라 여주(驪州) 등신면(燈神面) 초현리(草峴里)에 옮겨 장례하였는데, 부인을 공과 묘역을 같이 하여 합부(合祔)하였다. 신묘년(1771, 영조47)에 또 두 무덤을 모두 앞으로 수십 걸음을 옮겨 건향(乾向)으로 합봉(合封)하였다.

아들 이장(履長)은 장악원 정(掌樂院正)을 지냈고, 딸은 군수 정인환(鄭麟煥)의 처가 되었다.

장악원 정(김이장)의 아들은 복순(復淳)과 태순(泰淳)과 출계(出系)한 인순(麟淳)[216]과 이순(頤淳)이고, 딸은 홍수영(洪守榮)에게 출가하였다. 정인환의 아들은 정재중(鄭在中)과 홍은 부위(興恩副尉) 정재화(鄭在和)이고,[217] 딸은 김성근(金性根)과 신석기(申錫耆)에게 출가하

山洪氏, 1697~1734. 2. 24)로, 아버지는 무주 부사(茂州府使)를 지낸 홍중연(洪重衍)이다. '공을 따라서 규례대로 추증되었다'는 것은,《경국대전》〈이전(吏典) 추증(追贈)〉의 "죽은 처는 남편의 관직을 따른다.〔亡妻從夫職.〕"라는 조항에 의거하여 추증한다는 뜻이다. 예를 들면 남편인 김성행(金省行)이 정3품 당상관인 이조 참의에 추증될 때에는 처인 홍 부인 역시 숙부인(淑夫人)으로 추증되고, 김성행이 종2품 이조 참판에 추증될 때에는 정부인(貞夫人)으로 추증되고, 김성행이 정1품 영의정에 추증될 때에는 정경부인(貞敬夫人)으로 추증된다.《安東金氏大同譜刊行委員會, 安東金氏世譜(5), 서울, 1982》

216 출계(出系)한 인순(麟淳) : 김인순(1764~1811)은 저자의 아우인 김이직(金履直, 1728~1745)의 후사가 되었다.《安東金氏大同譜刊行委員會, 安東金氏世譜(5), 서울, 1982》

217 홍은 부위(興恩副尉) 정재화(鄭在和)이고 : 정재화는 정조의 친아버지 장헌세자

였다.

복순의 딸은 홍식(洪埴)에게 출가하였고,[218] 태순의 딸은 한상리(韓象履)에게 출가하였다.

처음에 정군(正君 김이장)이 묘소 앞에 표석(表石)을 세우려고 계획할 때에는 음기(陰記)가 없었다. 제부(諸父)가 모두 말하기를 "아! 공의 선친이 유배지에서 지은 광지(壙誌)가 있으니 의당 양쪽에 다 사용해야 할 것이다."라고 하였으나 미처 이루지 못하고 세상을 떠났다. 이제 복순이 능히 그 뜻을 이루었다.

정유년(1777, 정조1) 7월에 종제(從弟)의 아들 이안(履安)이 삼가 기록하다.

(莊獻世子)의 딸인 청선군주(淸璿郡主)와 혼인하여 홍은 부위(興恩副尉)에 봉작되었다. '부위'는 공주나 옹주와 혼인한 사람에게 봉작되는 의빈부(儀賓府)의 정3품 벼슬이다.

218 복순의……출가하였고 : 《세보》에 따르면 김복순은 딸 외에도 김영근(金泳根), 김연근(金演根), 김옥근(金沃根)의 아들 셋을 두었는데, 모두 저자 사후에 태어났기 때문에 이곳에 기록되지 않은 것이다. 《安東金氏大同譜刊行委員會, 安東金氏世譜(5), 서울, 1982》

오봉 채공 이항 의 묘갈에 덧붙여 쓰다[219]

五峰蔡公 以恒 墓碣追記

영종(英宗 영조) 을미년(1775, 영조51)에 연신(筵臣)이 공에게 추증을 더해주고 시호를 내려줄 것을 청하자 마침내 자헌대부(資憲大夫) 이조 판서(吏曹判書)를 추증하였다.[220] 당저(當宁 정조) 신축년(1781,

---

219 오봉(五峰)……쓰다 : 김수항(金壽恒)이 1675년(숙종1)에 지은 〈평시서 영 채공 묘갈명(平市署令蔡公墓碣銘)〉에 덧붙여 저자의 아버지 김원행(金元行)이 1759년 (영조35) 8월에 〈평시서 영 채공의 묘갈에 덧붙여 쓰다[平市署令蔡公墓碣追記]〉라는 글을 지었는데, 이 글은 이 김원행의 글에 저자가 66세 때인 1787년(정조11) 3월에 다시 덧붙여 쓴 것이다. 채이항(蔡以恒, 1596~1666)은 본관은 인천(仁川), 자는 여구 (汝久), 호는 오봉(五峰)이며, 경상북도 상주군(尙州郡) 함창(咸昌) 출신이다. 1636년 (인조14)에 병자호란이 일어나자 의병을 모아 경상우병사 민영(閔泳)과 감사 심연(沈 演) 등을 도왔으나 화의가 성립되자 함창으로 돌아갔다. 《인조실록》 18년(1640) 윤1월 5일 기사에 따르면 채이항은 함창에서 포의(布衣)의 신분으로 복수설치(復讐雪恥)를 주장하는 상소를 올린 적이 있는데, 1640년(인조18)에 청나라가 명나라를 공격하기 위해 조선에 원병을 청하면서 원손을 심양(瀋陽)에 볼모로 보내고 아울러 청나라와의 화친에 반대했던 김상헌(金尙憲)·조한영(曺漢英)을 넘기라고 하자, 이 소식을 함창 에서 전해 들은 채이항이 대궐로 달려가 자수함으로써 이들과 함께 심양에 잡혀갔다. 1643년(인조21)에 돌아온 뒤 선공감 감역(繕工監監役), 내자시 주부(內資寺主簿), 목 천 현감(木川縣監), 사복시 판관(司僕寺判官), 소촌 찰방(召村察訪), 군자감 주부(軍 資監主簿), 석성 현감(石城縣監), 통례원 인의(通禮院引儀), 평시서 영(平市署令) 등 을 역임하였다. 사후 이조 판서에 추증되었다. 시호는 경헌(景憲)이다. 《文谷集 卷18 平市署令蔡公墓碣銘》《渼湖集 卷15 平市署令蔡公墓誌銘, 卷17 平市署令蔡公墓碣追記》

220 영종(英宗)……추증하였다 : 관련 내용이 《승정원일기》 영조 51년(1775) 5월 2 일 무신일 기사에 보인다. '연신(筵臣)'은 영의정 신회(申晦)를 가리킨다. '추증을 더해 주었다'는 말은, 영조가 병자호란 때 척화(斥和)를 주장했던 신하들을 표창할 때 채이항

정조5)에 '경헌(景憲)'이라는 시호를 하사하였는데,[221] "의를 행하여 일을 이루는 것을 '경'이라 하고〔由義而濟曰景〕", "선을 행하여 기록할 만한 것을 '헌'이라고 한다.〔行善可記曰憲〕" 채씨(蔡氏)가 선인(先人 김원행(金元行))이 전에 〈추기(追記)〉[222]를 지었다고 하여 불초로 하여금 이어서 쓰도록 하였다. 그 전문(篆文)을 개보(改補)한 것은 또한 유 상공(兪相公 유척기(兪拓基)) 아들 참의(參議) 모(某)[223]가 썼다.

　정미년(1787, 정조11) 3월 모일에 안동(安東) 김이안(金履安)은 삼가 기록한다.

의 증손인 채명오(蔡命五)가 상언(上言)하여 채이항에게도 은전을 베풀어주기를 청하자, 1756년(영조32) 4월 4일 채이항에게 이조 참판을 추증하고 관원을 보내 제사 지내도록 하며 후손을 녹용(錄用)하도록 명했는데, 이때 와서 추증을 더해주기를 청했다는 말이다. 《渼湖集 卷15 平市署令蔡公墓誌銘》《承政院日記 英祖 32年 4月 4日》

221　당저(當宁)……하사하였는데 : 관련 내용이 《승정원일기》 정조 5년(1781) 11월 20일 무오일 기사에 보인다.

222　추기(追記) : 저자의 아버지 김원행(金元行)이 지은 〈평시서 영 채공의 묘갈에 덧붙여 쓰다〔平市署令蔡公墓碣追記〕〉를 이른다. 232쪽 주219 참조.

223　참의(參議) 모(某) : 《승정원일기》 제수 기사에 따르면 정조 8년(1784) 2월 4일 (경신) 공조 참의에 임명된, 유척기(兪拓基)의 둘째 아들 유언현(兪彦鉉, 1716~?)을 가리키는 것으로 보인다. 유척기의 다른 세 아들, 유언흠(兪彦欽), 유언진(兪彦鉁), 유언수(兪彦銖)는 모두 참의에 임명된 기록이 보이지 않는다.

제문祭文

죽은 아우에 대한 제문[224]
祭亡弟文

숭정(崇禎) 두 번째 을축년(1745, 영조21) 4월 초하루가 계묘일인 24일 병인일에 장차 죽은 아우 경이(敬以)의 영구를 발인하여 양주(楊州)의 옛 선산으로 돌아갈 것이기에, 5일 전 임술일에 형 이안(履安)이 조촐한 제물을 갖추어 슬픈 마음을 다음과 같이 고한다.

아, 경이야! 네가 오히려 나를 버리고 어디로 갔느냐? 다닐 때 어찌하여 뒤따르는 네가 보이지 않으며, 앉아 있을 때 어찌하여 오는 네가 보이지 않는단 말이냐? 먹고 마시고 말하고 웃을 때 어찌하여 함께하는 네가 보이지 않아서 갑자기 나를 외롭고 쓸쓸하게 하여 들어가서는 슬퍼하고 나와서는 탄식하게 하느냐? 네가 참으로 나를 버리고 어디로 갔느냐? 길을 떠났다가 아직 돌아오지 않은 것이냐? 아니면 자리에 누웠다가 아직 일어나지 않은 것이냐? 참으로 없어지고 사라져서 다시

---

224 죽은……제문 : 저자의 나이 24세 때 지은 것으로, 친아우인 김이직(金履直, 1728. 1. 30~1745. 3. 14)이 18세의 나이로 요절하자 발인을 앞두고 지은 제문이다. 김이직에 대해서는 191쪽 주129 참조.

살아날 수 없는 것이냐?[225] 아니면 그래도 바라볼 만하고 뒤쫓아갈 만한 것이 있는 것이냐?[226]

그런데도 해와 달이 여러 번 바뀌어서 너를 묻어야 할 기한이 정해져 있기에 이제 곧 너를 풀이 우거진 교외의 깊은 땅속 구덩이에 보내고자 하니, 네가 참으로 나를 버리고 죽었구나! 내가 참으로 더 이상 너를 바라볼 수 없고 너를 뒤쫓아갈 수 없게 되었구나! 오호라, 이제 다시 무엇을 할 수 있겠느냐.

사람이 또한 태어나자마자 죽기도 하고 강보에 싸였을 때 죽기도 하고 관례(冠禮)나 혼례를 하기 전에 죽기도 하니, 수명이 고르지 못한 것에 대해서는 내가 참으로 아득한 조화(造化)에 이미 맡겨두었다. 그러나 봉양하지 못한 부모님이 계시고 뒤를 이을 자식 하나 없는 데다, 저 헝클어진 머리를 하고 검은 낯빛으로 슬피 울며 대낮에 곡하는 사람은 또 갓 혼인한 네 고운 아내이니, 이것은 모두 산 사람들이 말하는 지극한 슬픔이며 길 가는 사람들이 다 같이 눈물을 흘리는 일이다.

그러나 이런 것들은 참으로 또한 버려두고 말하지 않는다 해도 내가 크게 애통해하는 것은 따로 있다.

---

225 참으로……것이냐 : 《예기》〈문상(問喪)〉에 "가서 장례할 때는 사모하는 듯하고 돌아올 때는 의심하는 것과 같이 해서 구하여도 얻을 바가 없다. 그리하여 장지에서 집으로 돌아와 대문에 들어서도 보이지 않고 당에 올라가도 또 보이지 않으며 방 안에 들어가도 또 보이지 않아서, 없어지고 사라져서 다시는 볼 수 없다.〔其往送也如慕, 其反也如疑, 求而無所得之也. 入門而弗見也, 上堂又弗見也, 入室又弗見也, 亡矣喪矣, 不可復見已矣.〕"라는 내용이 보인다.

226 그래도……것이냐 : 《예기》〈문상(問喪)〉에 "가서 장례할 때에 멍하니 바라보고 다급해서, 마치 뒤쫓아가는데도 미치지 못하는 것처럼 한다.〔其往送也, 望望然汲汲然, 如有追而弗及也.〕"라는 내용이 보인다.

무릇 너의 우뚝하고 빼어난 기운과 맑고 밝은 용모가 참으로 바랄 만하다는 것으로 이 세상의 인물이 아님을 알았다. 그리고 그 가슴에 간직한 것을 논한다면 대범하고 솔직하였으며, 그 말하고 웃는 것을 접할 때면 유쾌하고 즐거웠으며, 이를 드러내어 문장을 짓고 글씨를 쓰면 또 날아오르고 치달려서 시들고 진부한 모습이 전혀 보이지 않았다. 자기에게 보존된 것이 이처럼 우연한 것이 아니었기에, 다른 사람을 대할 때에는 마치 이제 곧 당시의 명사들을 벗어나 한 세상을 뛰어넘을 것 같았고, 물러나 그 마음을 보존하고 사물을 대하는 것을 보면 또한 일찍이 드넓고 화락하지 않은 적이 없어서 대체로 뭇 선(善)을 용납하고 원대한 사업을 이룰 수 있을 듯하였다. 이는 산천의 빼어난 기운이 모이고 집안의 아름다운 가르침을 이어받아서, 이러한 아름다운 자질들을 갖춘 데다 또 날마다 나아가고 달마다 매진해서이니, 준마를 타고 평탄한 길을 달린 것이라, 나는 네가 동쪽으로는 부상(扶桑)에 이르고 서쪽으로는 우연(虞淵)에까지 다다를지도 모르겠다고 생각했다.[227]

　만약 하늘이 수명을 조금 더 주어서 그 한량을 끝까지 채울 수 있었다면, 높게는 박학한 대유(大儒)와 덕망 있는 대인(大人)이 될 수 있었을 것이고, 낮아도 현달한 관직과 높은 지위를 잃지 않았을 것이니,

---

227 나는……생각했다 : 아우가 다다를 경지가 광대할 것이라고 생각했다는 말이다. 이와 관련하여 《회남자(淮南子)》〈천문훈(天文訓)〉에 "해는 양곡에서 나와 함지에서 목욕하고 부상을 지나가는데, 이를 '신명'이라 이른다.……해가 연우에 이르면 이를 '고용'이라 이른다.〔日出于暘谷, 浴于咸池, 拂于扶桑, 是謂晨明……至于淵虞, 是謂高春.〕"라는 내용이 보인다. '연우'는 해가 술시(戌時), 즉 저녁 7시~9시에 지나가는 땅 이름으로, 우연(虞淵)이라고도 한다. '고용'은 해가 기울어 황혼이 된다는 뜻이다.

오래전부터 전해오는 문헌을 빛내고 무너져가는 데서 가운(家運)을 떨치는 것이 어찌 미미하였겠느냐.

네 수명이 약관도 되지 않아 갑자기 한 번 앓다가 어찌해볼 수 없게 될 줄 누가 알았겠느냐. 명성은 향리에서 벗어나지 못하고 사적은 집안에서 민멸되게 되었으니, 오직 한두 친척 외에는 누가 다시 네 삶이 평범하지 않았다는 것과 네 죽음이 가슴 아파할 만하다는 것을 알겠느냐. 더구나 멀리 수십 백 년이 지나는 사이에 장차 초목이나 와력(瓦礫와력)과 홀연 함께 썩어서 흔적마저 없어져 천년과 만세(萬世)를 기다릴 것도 없게 될 것이니, 네가 스스로 자부했던 것과 내가 네게 기대했던 것이 참으로 이처럼 소리 없이 사라지고 만단 말이냐. 비유하면 굳건한 소나무와 무성한 잣나무가 푸른 하늘까지 닿아 곧게 뻗어 올라가서 큰 건물의 기둥과 대들보로 쓰일 수 있게 되었는데, 된서리가 시들게 하고 강풍이 쓰러뜨려서 순식간에 부러지고 넘어지며 잘리고 없어진 것과 같으니, 옛사람이 말한 "심은 것은 북돋아주고 기운 것은 엎어버린다.〔栽培傾覆.〕"[228]는 이치가 또 어쩌면 그렇게 전도되고 어긋난단 말이냐. 내가 이에 대해 어찌 가슴을 치고 피눈물을 흘리면서 저 창천을 우러러 길게 통곡하지 않을 수 있겠느냐.

오호라! 세운(世運)이 이미 막혔으니 시사(時事)를 알 수 있다. 탐욕스럽고 간사한 소인은 수명과 복록이 계속 이어지고 바르고 곧은

---

228 심은……엎어버린다 : 《중용장구(中庸章句)》 제17장에 "그러므로 하늘이 물건을 낼 때에는 반드시 그 재질을 따라 돈독히 한다. 그러므로 심은 것을 북돋아주고 기운 것을 엎어버리는 것이다.〔故天之生物, 必因其材而篤焉, 故栽者培之, 傾者覆之.〕" 라는 내용이 보인다.

군자는 온갖 흉액을 만나니, 지금은 선류(善類)도 오히려 두려워할 줄을 알고 있다. 더구나 또 하늘이 우리 집안에 화를 내린 것이 한창 계속되고 그치지 않아서 전년에는 숙부를 잃었고 또 얼마 되지 않아 중부(仲父)를 잃었으니,[229] 그 뜻을 보면 현명하면 현명할수록 온전히 살려두려고 하지 않은 듯하다. 네가 이미 불행히도 살아 있을 때 용렬한 사람이 되지 못하였으니, 어찌 해를 당하여 떨어지고 꺾이며 칼날과 살촉을 받아 죽지 않을 수 있었겠느냐.

아! 끝내 형제가 적어 오직 너와 나뿐이었는데, 부모님은 늙으시고 가문은 쇠하였으니, 너는 내가 허약해서 병에 잘 걸리는 것을 걱정하였고, 나는 네가 빼어나서 범상치 않은 것을 기뻐하였다. 이른 아침과 해가 저물 때 및 세숫물과 음식을 올릴 때마다 세심히 돌아보고 공경히 하지 않은 적이 없었으니, 형제가 적은 것은 안타까웠으나 서로 의지하고 서로 도와서 한 사람의 몸으로 백 명의 몫을 한 것은 다른 사람들의 동기간에 비할 바가 아니었다.

그러나 너는 내가 사리에 어둡고 물정을 모른다 하여 공경하는 태도를 느슨히 하지 않았고, 나는 또 네가 잘 따르고 공손한 것을 좋아하여 높은 체하는 모습을 지어서, 일찍이 손을 잡거나 팔을 잡고서 농담하고 웃으며 흉중의 생각을 털어놓지 못하였다. 또 근년 이래로 세상일이 계속 이어져서 떨어져 사는 날이 길어지다 보니 소식이 올 때면 늘

---

229 전년에는……잃었으니 : '숙부'는 저자의 생조부 김제겸(金濟謙)의 넷째 아들 김달행(金達行, 1706. 11. 11~1738. 6. 29)을 이르며, '중부(仲父)'는 김제겸의 둘째 아들 김준행(金俊行, 1701. 7. 28~1743. 4. 25)을 이른다. 저자의 아버지 김원행(金元行)은 셋째 아들이다. 144쪽 주7과 199쪽 주153 참조.

울적하고 서글펐지만, 내 어리석은 생각에 머리가 흴 때까지 우리 형제가 즐겁게 지낼 것이니 잠깐 멀리 떨어져 있는 것을 가지고 어찌 슬퍼하랴 여기고는 영원한 이별이 조석에 닥치리라고는 까마득히 알지 못했다. 이제 와서 귀신에게 울부짖으며 하루만이라도 다시 볼 수 있기를 바란다 한들 어찌 될 수 있겠느냐. 이 점이 또 하늘 끝에 닿도록 사무치는 한이 된 이유이니 형의 못남이 절통할 뿐이다.

오호라, 경이(敬以)야! 이제 네가 죽었으니 부모님이 늙으셨지만 누구와 함께 모시겠으며, 문호가 쇠하였지만 누구와 함께 부지하겠느냐. 내가 글을 읽을 때 논란할 자 누가 있겠으며, 내가 일에 임했을 때 옳다 그르다 할 자 누가 있겠느냐. 더구나 붕우가 어울려 노는 곳과 아름다운 이름이 드날리는 길을 차마 쓸쓸히 홀로 걸어가는 것은 오히려 나무나 돌이 아니니 어찌 이것을 할 수 있겠느냐. 비록 그렇다 하나 앞에서 버려두고 말하지 않은 것들은 내가 또 끝내 잊을 수 있겠느냐.

비록 그렇다고 하나 너는 이미 매미가 허물을 벗듯 훌훌 혼탁한 세상을 버리고 선경에서 노닐고 있으니, 그 끝없는 슬픔과 즐거움에 대해 참으로 한 번 웃고 양쪽을 다 잊을 것이다. 이것은 너의 처지에서 생각하면 그래도 편하고 잘되었다 할 수 있을 것이다. 그러나 반대로 평소에도 두려워 떨며 입고 있는 옷조차도 이길 수 없을 것 같은 나로 하여금 감당할 수 없는 책임을 짐 지우고 나에게 견딜 수 없는 슬픔을 남기고서도 조금도 돌아보지 않는 것이니, 이러하다면 나는 장차 너를 슬퍼하기에도 부족하겠지만 또 장차 이것으로 너를 원망하고 너를 탓할 것이다.

네가 병으로 위독한 날을 기억한다. 밤이 깊어 사람들이 흩어지고 촛불만이 푸른빛을 뿜을 때였다. 나의 다리를 베고 나의 손을 당기며

"세상에 참으로 형제만한 사람이 있을까요?"라고 하였으니, 이때에는 형이 잠시 떨어져 있는 것도 견디지 못하였다. 그러나 그로부터 얼마나 되었을까, 봄이 가고 여름이 지나면서 목소리는 아득히 날로 멀어지고 모습은 가물가물 날로 잊혀간다. 좋은 달 좋은 때에 상여가 이미 떠날 준비가 되어 밥을 짓고 술을 빚어 장차 머나먼 이별을 전별하고자 하는데, 어찌 나로 하여금 하늘에 닿도록 원통하게 부르짖는데도 이별을 앞두고 머뭇거리는 너를 볼 수 없게 한단 말이냐. 전에는 잠시도 떨어져 있지 못하더니 지금은 차마 이러한 영별을 한단 말이냐. 그러나 만일 네가 지각이 있다면 반드시 나의 술잔을 마시고 떠나거라. 오호라, 애통하다! 부디 흠향하거라!

이 판서 기진 에 대한 제문[230] 다른 사람을 대신하여 짓다

祭李判書 箕鎭 文 代人作

선비가 처음 출사했을 때에는	士方新進
뜻이 전일하고 기운이 예리합니다	志專氣銳
말과 의론을 드높이 하는 것을	踔厲言議
참으로 스스로 내세워 표방합니다	苟自標揭
그러다가 부유함과 존귀함 넘치고	旣飫富貴
또한 세상의 변고까지 겪고 나면	亦閱變故
평소에 닦은 학문이 있지 않으면	不有素學
능히 스스로 수립하는 이 드뭅니다	鮮克自樹
어느 누가 우리 공과 같겠습니까	孰如我公
시종일관 덕을 완전히 하였습니다	終始完德
무엇으로 이것을 이루었겠습니까	何以濟玆
후한 덕과 확고한 절조였습니다	維厚維確
저 높고 높은 큰 산은	崇崇巨嶽

---

230 이 판서(李判書)에 대한 제문 : 정2품 판서를 지낸 이기진(李箕鎭, 1687~1755)
에 대한 제문으로, 지은 시기는 자세하지 않다. 이기진은 본관은 덕수(德水), 자는
군범(君範), 호는 목곡(牧谷)이다. 이식(李植)의 증손으로, 출계하여 큰아버지 이번
(李蕃)의 후사가 되었다. 권상하(權尙夏)의 문인이며, 저자의 아버지 김원행(金元行)
과 교유하였다. 1717년(숙종43) 문과에 급제하고 사간원 대사간, 함경도 관찰사, 형조
판서, 예조 판서, 이조 판서, 공조 판서, 사헌부 대사헌 등을 지냈다. 시호는 문헌(文憲)
이며, 저서로는 《목곡집(牧谷集)》이 있다.

구름과 비가 쌓이는 곳이니　　　　　　　　　　　雲雨攸蓄

공께서는 이를 본받아　　　　　　　　　　　　　公則象之

크고 넓음으로 임했습니다　　　　　　　　　　　以臨磅礴

평소에는 원만하여　　　　　　　　　　　　　　平居渾然

남들과 다툼이 없었지만　　　　　　　　　　　　與物無競

출사하여 관건을 만났을 땐　　　　　　　　　　進當事會

그 지킨 바가 이에 빛났습니다　　　　　　　　　厥守乃炳

군주의 기쁨과 미움 따라서　　　　　　　　　　人主喜憎

평안하기도 하고 참혹하기도 했으니　　　　　　有舒有慘

만 사람이 머리를 모두 숙일 때　　　　　　　　萬首咸俯

공은 곧게 굽히지 않았습니다[231]　　　　　　　公直不貶

그 곧음은 무엇 때문이었습니까　　　　　　　　其直維何

충신과 역적의 큰 분기였으니　　　　　　　　　忠逆大防

이를 분명히 하지 않으면　　　　　　　　　　　不明乎此

나라가 있어도 망한 것과 같기 때문입니다　　國存猶亡

굽힘과 펴짐이 바뀌는 이치 따라　　　　　　　屈伸之嬗

나의 나아감과 물러남 결단했으니　　　　　　以我行休

수십 년 긴 세월을　　　　　　　　　　　　　數十年間

강호에 엎드려 있었습니다　　　　　　　　　　偃蹇江湖

---

231 군주의……않았습니다 : 1721년(경종1) 사간원 헌납으로 있을 때, 왕세제(王世
弟)로 책봉된 연잉군(延礽君, 훗날의 영조)에 대해 나쁜 말을 퍼뜨린 유봉휘(柳鳳輝)
의 처벌을 주장하다가 신임사화 때 파직되었으며, 1724년 영조가 즉위하자 곧 등용되어
홍문관 교리가 되었으나 이듬해 시독관(侍讀官)으로서 신임사화를 일으킨 소론에 대한
논죄를 철저히 할 것을 극언하여 영조의 노여움을 산 것을 이른다.

조정 향한 근심도 있었지만[232]　　　　魏闕之憂

즐거운 일 또한 많았으니　　　　　　樂亦多有

흰머리에 색동옷 입고서　　　　　　斑衣皓首

시절 따라 헌수도 하였으며　　　　　時節獻壽

옛 낙사의 고사[233]를 좇아서　　　　追古洛社

동향 사람 불러 모아　　　　　　　　招呼同閈

마음껏 시를 노래하고　　　　　　　聲詩跌宕

빛나게 그림도 그렸습니다　　　　　繪圖照爛

행적은 갈매기 해오라기와 어울리고[234]　迹參鷗鷺

명망은 재상처럼 높았으니　　　　　望崇勻衡

공은 명성을 구하지 않았건만　　　　公不求名

사림의 평가는 동일하였습니다　　　士林同評

덕행을 겸비한 옛 완인이란　　　　　曰古完人

공과 같은 이를 이를 터인데　　　　　如公之謂

변변찮은 내가 부끄럽게도　　　　　余愧無似

232　조정……있었지만 : 이와 관련하여 《장자(莊子)》 〈양왕(讓王)〉에 "몸은 강호에
있지만 마음은 위궐의 아래에 있다.〔身在江海之上, 心居乎魏闕之下.〕"라는 내용이 보
인다. '위궐(魏闕)'은 천자나 제후의 누관(樓觀)으로 그 아래에 법령을 내걸었기 때문에
뒤에 '조정'을 뜻하는 말로 쓰이게 되었다.

233　낙사(洛社)의 고사 : '낙사'는 낙양기영회(洛陽耆英會)를 이른다. 송나라 문언박
(文彦博)이 부필(富弼)·사마광(司馬光) 등 13명과 술자리를 마련하여 시를 읊고 즐긴
일이 있는데, 이때 관작이 아닌 연치로 서열을 따지고 당 위에 이들의 초상을 그리고서
'낙양기영회'라고 이르니 호사자들이 부러워하지 않은 자가 없었다고 한다. 《宋史 卷313
文彦博傳》

234　행적은……어울리고 : 은거하는 것을 비유한다.

과분하게 인정과 사랑을 받았습니다	繆蒙知愛
지취가 같은 동료로 허여받아	許以臭味
나이와 지위를 다 잊고 논했으니	兩忘年位
나라의 안위에 관한 큰 계책과	安危大計
출사와 은둔의 정밀한 의리였습니다	出處精義
즐거이 마음껏 담론하여	懽然劇談
태평함과 화락함으로 나를 훈도하시니	薰余泰和
처지는 곤궁하고 재주는 졸렬하여[235]	窮苦冘拙
이런 사랑 얻음이 많지 않았습니다	得此無多
길이 우러르고 의지하여	永言瞻依
이 세한의 마음을 하려 했건만	同此歲寒
누가 말하였습니까 한번 떠나면	孰云一逝
그 뒤를 따라갈 수 없다고	而莫追攀
고기 잡는 늙은이와 함께 돌아가니	漁老同歸
더욱 그 운명을 알 수 있습니다	尤見運氣
조정과 시골을 돌아보고 올려 보아도	顧瞻朝野
노성한 분이 몇이나 되겠습니까	老成其幾
편주 타고 동쪽으로 거슬러 올라가니[236]	扁舟東泝

---

235 처지는⋯⋯졸렬하여 : 이와 관련하여 도연명이 자신의 삶을 회고하며 "내 나이 쉰이 넘었는데, 젊어서는 곤궁하여 늘 집안일로 동분서주하였다. 성미는 강직하고 재주 는 졸렬하여 세상 사람들과 어긋남이 많았다.⋯⋯오뉴월 중에 북창 아래 누워 시원한 바람이 잠시 불어오는 것을 만나면 스스로 복희 시대의 사람이라고 생각하였다.〔吾年過 五十, 少而窮苦, 每以家弊東西遊走, 性剛才拙, 與物多忤.⋯⋯五六月中, 北窓下臥, 遇 凉風暫至, 自謂是羲皇上人.〕"라고 한 말이 있다. 《陶淵明集 卷7 與子儼等疏》

가을 물이 느릿느릿 더디 흐르는데	秋水逶遲
바람과 물줄기가 텅 빈 듯하고	風流廓然
구름과 만물이 다 같이 슬퍼합니다	雲物同悲
강 언덕에 홀로 서 있노니	獨立江干
누구와 더불어 흉금을 논하겠습니까	誰與論襟
술을 따라 슬픔을 진달하니	酌酒陳哀
부디 이 마음 굽어살피소서	庶監此心

---

236 편주……올라가니 : 물길을 거슬러 올라가듯 마음속 사람을 추억하며 그리워한다는 말이다. 이와 관련하여 《시경》〈진풍(秦風) 겸가(蒹葭)〉에 "이른바 저분이 저 물가의 한쪽에 있으니, 물결을 거슬러 올라가 좇아가려 해도 길이 막히고 또 길도다.〔所謂伊人, 在水一方. 溯洄從之, 道阻且長.〕"라는 내용이 보인다.

외종조 우곡 홍공에 대한 제문[237]
祭外從祖盂谷洪公文

아아, 우리 외할아버지께서는	嗟我外祖
훌륭한 덕을 지닌 채 일찍 떠나셨으니	令德蚤世
뒤늦게 태어남을 슬퍼함은	生晩之悲
생전에 길이 뵐 수 없었기 때문입니다	永言莫逮
공께서는 나의 아우라고 말씀하시며	公曰我弟
나의 아우는 나의 벗이요	我弟我友
너의 어미는 나의 딸과 같으니	爾母我女
너에게 나는 할아버지라고 하셨습니다	爾我于祖
이에 외삼촌[238]과 함께	爰曁阿舅
같이 어울리며 치달렸고	同隊相馳
공의 가르침을 함께 받으며	同其提誨
공의 곁에서 놀았습니다	左右嬉之
그러다 내가 조금 장성하자	及我稍長

---

237 외종조……제문 : 저자의 외종조인 홍봉조(洪鳳祚, 1680~1760)에 대한 제문으로, 지은 시기는 자세하지 않다. 홍봉조는 본관은 남양(南陽), 자는 우서(虞瑞), 호는 우산(盂山), 시호는 효간(孝簡)이다. 김창협(金昌協)의 문인이며, 저자의 외할아버지 홍귀조(洪龜祚, 1683~1716)의 형이다. 1725년(영조1) 문과에 급제한 뒤 사간원 헌납, 홍문관 부응교, 사헌부 집의, 강원도 관찰사, 성균관 대사성, 지중추부사 등을 역임하였다. 글씨에 뛰어났다.

238 외삼촌 : 자세하지 않다. 홍봉조의 장남인 홍박(洪樸, 1700~1778) 또는 저자와 교류가 많았던 홍귀조의 장남인 홍재(洪梓, 1707~1781)를 가리키는 듯하다.

대번에 깊이 인정해주시며	遽辱深知
가르쳐 일러줄 만하다고 하시니	曰可敎告
문자에 관한 일이었습니다	文字中事
매번 한가하실 때 뵙게 되면	每趨燕閑
말씀을 끊임없이 해주셨습니다	其言娓娓
마음에 맞는 곳을 만나면	當其可意
자주 수염이 흔들리도록 웃으셨고	屢逢掀髥
또한 눈물을 흘리기도 하셨으니	亦有涕淚
지난날을 더듬고 오늘을 슬퍼했습니다	撫往傷今
어찌 이렇게까지 보살펴주셨단 말입니까	何眷至斯
가만히 제 마음에 이를 기억합니다	竊誌在心
공께서는 후한 덕을 지니셨으나	維公厚德
녹이 이에 어울리지 못하였고	而祿弗偕
흰머리로 곤궁하고 외롭게 되시니	白首窮獨
세상 사람들이 슬퍼하였습니다	爲世所悲
그래도 몹시 건강하고 평안하시어	尙克康寧
높은 연치의 수를 누리시니	以登大年
훤칠한 이마와 하얀 눈썹은	魁顔皓眉
그야말로 천상의 신선이었습니다	儼其天仙
공께서 백세를 사시리라 생각했는데	謂公百歲
공께서는 제 곁에 머물러주지 않으시고	公不我淹
신령한 광채가 중도에 꺾였으니	靈光摧矣
저는 이제 어디를 바라본단 말입니까	我尙焉瞻
더구나 소자의 어머니가 슬퍼하기를	矧我母氏

외할아버지를 잃었을 때처럼 하시니   如新失怙

장차 어떻게 위로를 해드리겠으며   將何爲慰

받은 덕을 어디에 갚는단 말입니까   報德何所

지금 올리는 이 술과 음식은   惟玆醪羞

어머니가 손수 마련하신 것입니다   母手之具

이에 소자가 글을 지어   文維小子

이 슬픈 심정을 진달합니다   矢此哀腑

재종숙 유행 에 대한 종중의 제문[239]

宗中祭再從叔 由行 文

오늘날 사람들은	凡今人物
대체로 쇠약하니	大抵衰弱
그 기골을 보면	觀其氣骨
무슨 일을 할 수 있겠습니까	何事可克
군께서는 후히 부여받으시어	君惟厚賦
참으로 강인하고 튼튼했으니	渾全堅確
마치 백 번 단련한 쇠를	如金百鍊
깨트릴 수 없는 것 같았습니다	不可撞擊
온화하게 웃으며 말씀하시던 모습	誾誾笑語
그 풍치는 참으로 즐거웠고	風味足樂
재능을 펴서 일을 하실 때엔	當其施爲
그 정신을 볼 수 있었습니다	乃見精魄
일을 수립하는 재능을 지니고	立事之幹

---

239 재종숙에……제문 : 저자의 재종숙인 김유행(金由行, 1706. 9. 27 ~ 1760. 8. 15)
에 대한 제문으로 지은 시기는 자세하지 않다. 김유행은 본관은 안동(安東), 자는 여용
(汝勇)이다. 김수항(金壽恒)의 넷째 아들인 김창업(金昌業)의 손자로, 저자의 아버지
김원행(金元行)은 김수항의 둘째 아들인 김창협(金昌協)의 손자이다. 1727년(영조3)
진사시에 합격하였다. 군자감 주부(軍資監主簿), 호조 좌랑, 홍산 현감(鴻山縣監), 공주
판관(公州判官), 한성부 서윤(漢城府庶尹), 예천 군수(醴泉郡守), 사복시 판관(司僕寺
判官), 삼척 부사(三陟府使) 등을 역임하였다. 사후 이조 판서에 추증되었다.

백성을 다스리는 식견이 있었으니	綜物之識
이 예리한 무기를 가지고서	抱玆利器
얽힌 뿌리와 마디를 기다리셨습니다[240]	以待盤錯
조정의 높은 벼슬에 오르는 것은	雲衢一蹴
아침 아니면 저녁이 될 터였으니	匪朝而夕
어찌 스스로 생각이나 했겠습니까	豈伊自期
흰머리로 낮은 벼슬 살게 될 줄을	白首吏役
그러나 군께서 부임하여 이른 곳은	而其所至
명성과 치적이 매우 많았으니	綽有聲績
호조와 사복시의 관리에 임명되자[241]	地部䄙寺
내직으로 들어와 돈과 곡식을 관리했고	入管錢穀
호서의 현과 영남의 고을에 임명되자[242]	湖縣嶺郡
외직으로 나가 피폐한 풍속을 다스려서	出御弊俗
때를 벗기고 가려운 곳을 긁어주시니	櫛垢爬痒
간사하고 교활한 자들이 두려워했습니다	奸猾惕息

240 이……기다리셨습니다 : 뛰어난 재능을 가지고 어려운 일을 맡아 처리할 기회가 오기를 기다렸다는 말이다. 후한(後漢)의 우후(虞詡)가 "얽히고설킨 뿌리와 마디를 만나지 않으면 칼이 예리한지 무딘지 분별할 수 없으니, 지금이 바로 내가 공을 세울 때이다.〔不遇盤根錯節, 無以別利器, 此乃吾立功之秋.〕"라고 말한 고사에서 유래하였다. 《後漢書 卷58 虞詡列傳》

241 호조와……임명되자 : 김유행은 41세 때인 1746년(영조22) 8월 2일 호조 좌랑에 임명되고, 52세 때인 1757년(영조33) 4월 28일 사복시 판관에 임명되었다. 《承政院日記》

242 호서의……임명되자 : 김유행은 46세 때인 1751년(영조27) 12월 12일 충청남도 홍산 현감에 임명되고, 49세 때인 1754년(영조30) 3월 22일 경상북도 예천 군수에 임명되었다. 《承政院日記》

군께서는 하는 일마다 여유로웠으니　　隨手恢恢
쉽고 어려운 고을이 무슨 상관이었겠습니까　　何有易劇
그러나 한 도를 맡기지 않으시니　　不畀一面
덕망 있는 원로들은 애석해하였습니다　　長德曰惜
저 말 많은 자들은　　彼多口者
매우 가혹하게 들추었지만[243]　　甚矣苛摘
그러나 군의 평소 덕행을　　然君平生
어찌 이것으로 한계 짓겠습니까　　豈以是局
효도하고 우애하며 돈독하고 화목하여　　孝友敦睦
자신부터 집안의 모범이 되셨습니다　　自我家則
풍도와 의표는 간소하고 질박했으며　　風儀簡質
담설과 의론은 명쾌하고 곧았습니다　　談論明直
같은 소리는 서로 응하는 법이니[244]　　同聲之求
찾아오는 이들로 집안이 가득했고　　有來盈屋
호쾌하게 술잔을 들기도 하였으니　　快意杯觴
꽃과 대나무를 옆에 두었습니다　　左花右竹

---

243 저……들추었지만 : 김유행은 1754년(영조30) 3월 22일 경상북도 예천 군수(醴泉郡守)에 임명되었는데, 진휼이 고르지 못하고 사적으로 법을 집행했다고 하여 1756년(영조32) 4월 12일 대간의 탄핵을 받아 파직되었다. 《承政院日記 英祖 32年 4月 12日》
244 같은……법이니 : 지취가 같은 사람들끼리 어울린다는 말이다. 이와 관련하여 《주역》〈건괘(乾卦) 문언전(文言傳)〉에 "같은 소리는 서로 응하고 같은 기운은 서로 구하여, 물은 습한 곳으로 흐르고 불은 건조한 곳으로 나아가며, 구름은 용을 따르고 바람은 범을 따른다.〔同聲相應, 同氣相求, 水流濕, 火就燥, 雲從龍, 風從虎.〕"라는 내용이 보인다.

당시 사람들을 질책할 때엔　　　　　　　　叱罵時人

그 기상 태산과 같았고　　　　　　　　　其氣如嶽

만년에는 더욱 노성하여　　　　　　　　　晚更老成

말을 삼가고 안색을 바로 했습니다　　　　　詳言正色

종중에선 의문이 있으면　　　　　　　　　宗黨有疑

군의 계책을 기다렸고　　　　　　　　　　待君劈畫

자제들은 잘못이 있으면　　　　　　　　　子弟有過

군의 꾸지람을 기다렸습니다　　　　　　　須君呵責

비록 시대의 쓰임이 되진 못했지만　　　　縱不時用

우리 집안의 의지처였습니다　　　　　　　家門之託

아아, 군께서 한 번 병에 걸린 것은　　　　噫君一疾

원인을 따져보면 누적된 것이었습니다　　　源委則積

만년에 상을 당해 거상하면서[245]　　　　　暮年持縗

슬픔으로 더욱 장작처럼 말랐는데　　　　　益以柴削

생각하기를 군은 강인하고 튼튼하니　　　　謂君堅完

병은 상대가 되지 못한다 여겼습니다　　　　病不與敵

그런데 갑자기 하룻저녁에 돌아가시니　　　奄忽一夕

이치는 참으로 헤아리기 어렵습니다　　　　理固難測

붕우들이 다 같이 탄식하니　　　　　　　　友朋同嗟

245　만년에……거상하면서 : 김유행은 1745년(영조21) 40세 때 아버지 김우겸(金祐
謙)의 상을 당하고 1756년(영조32) 51세 때 어머니 고령 신씨(高靈申氏)의 상을 당했는
데, 여기에서는 김유행이 세상을 떠나기 4년 전에 당한 어머니의 상을 가리키는 것으로
보인다.《安東金氏大同譜刊行委員會, 安東金氏世譜(5), 서울, 1982》

우리 골육이야 어떻겠습니까   矧我骨肉

해와 달이 여러 번 바뀌니   日月屢復

음성과 모습이 갈수록 아득해집니다   聲容愈邈

음식을 장만하고 제문을 지어   治羞命辭

이 애통한 심정을 진달하오니   矢此哀臆

군께서 만일 지각이 있다면   君如不昧

부디 이 술잔을 흠향하소서   庶歆玆爵

설천 이공 봉상 에 대한 제문[246]

祭雪川李公 鳳祥 文

태어나 온갖 흉한 일을 만남은	生逢百凶
시인이 슬퍼하는 일이지만[247]	詩人所悲
공과 같이 두루 겪었던 이는	如公閱歷
옛날에도 또한 드물었습니다	于古亦稀
지금은 위로 올라가시어	今焉上征
조화와 같은 무리가 되었지만	與化爲徒
공의 평생을 돌이켜보면	回視平生

246 설천(雪川)⋯⋯제문 : 저자의 아버지 김원행(金元行)의 외가 쪽 조카 이봉상(李鳳祥, 1707~1772)에 대한 제문으로, 지은 시기는 자세하지 않다. 이봉상은 본관은 전주(全州), 자는 의소(儀韶), 호는 설천이며, 영의정 이이명(李頤命)의 손자이다. 1722년(경종2) 신임사화 때 노론 사대신의 한 사람이었던 이이명이 세제 책봉을 건의했다가 아들 이기지(李器之)와 함께 잡혀 옥사했으나 이봉상은 유모의 아들의 희생에 힘입어 화를 면하였다. 영조가 즉위한 뒤 유일(遺逸)로 천거되어 훈련대장, 사헌부 지평 등을 역임하였다. 1858년(철종9) 사헌부 대사헌에 추증되었다. 시호는 문경(文敬)이다.

247 태어나⋯⋯일이지만 : 《시경》〈왕풍(王風) 토원(兔爰)〉의 "내가 태어난 뒤에 이 온갖 흉한 일을 만났으니 행여 잠들고 듣지 말지어다.〔我生之後, 逢此百凶, 尙寐無聰.〕"라는 구절을 차용한 것이다. 주희(朱熹)의 주에 따르면 이 시는 주(周)나라 왕실이 쇠미해지면서 제후들이 배반하자 군자가 사는 것을 즐겁게 여기지 않아 지은 것으로, 주희는 "이것으로써 소인은 난을 이루고도 교묘한 꾀로 요행히 화를 면하고, 군자는 허물이 없으면서도 충직함으로써 화를 받음을 비유한 것이다.〔以比小人致亂而以巧計幸免, 君子無辜而以忠直受禍也.〕"라고 하였다. 《詩經集傳 王風 兔爰 朱熹注》

험난하여 곤궁하고 외로웠습니다　　　　　　　　險釁窮孤

구름처럼 자취 없는 것은　　　　　　　　　　　如雲無迹

한 가지 유쾌한 일이 될 만하니　　　　　　　　可爲一快

제가 공을 애달프게 여기는 것은　　　　　　　　而我悲公

이것을 말한 것이 아닙니다　　　　　　　　　　非是之謂

깊고 넓은 학식을 지니고　　　　　　　　　　　淵博之識

법칙이 되는 문장으로　　　　　　　　　　　　典則之文

숨은 뜻을 성대히 밝히니　　　　　　　　　　　菀其闡發

하늘의 이치와 사람의 도였습니다　　　　　　　理道天人

초라한 음식도 자주 떨어졌지만　　　　　　　　簞瓢屢空

그 말씀은 매우 풍부하였습니다[248]　　　　　　其言甚富

거두어서 이를 감추시니　　　　　　　　　　　斂以藏之

누가 공의 온축을 가늠했겠습니까　　　　　　　孰測其有

오직 이 원대한 사업만은　　　　　　　　　　　惟此遠業

백세에 성인을 기다렸는데[249]　　　　　　　　百世以俟

---

248 초라한……풍부하였습니다 : 청빈한 삶을 편안하게 여긴 것을 이른다. 이와 관련
하여 《논어》〈옹야(雍也)〉에 "어질구나, 회는! 한 그릇의 밥과 한 표주박의 음료로
누추한 시골에 있는 것을 딴 사람들은 그 근심을 견뎌내지 못하는데 회는 그 즐거움을
변치 않으니, 어질구나, 회는![子曰: 賢哉回也! 一簞食一瓢飮, 在陋巷, 人不堪其憂,
回也不改其樂, 賢哉回也!]"이라는 공자의 말과, 〈안연(顔淵)〉에 공자의 말에 대해 "풍
부하다, 그 말씀이여![富哉言乎!]"라고 감탄하는 자하(子夏)의 말이 보인다. '회'는 안회
(顔回)이다. '풍부하다'는 것은 주희의 주에 따르면 그 말에 포함한 뜻이 넓다는 말이다.

249 백세에 성인을 기다렸는데 : 《중용장구》 제29장에 "그러므로 군자의 도는……귀
신에게 질정하여도 의심이 없으며, 백세에 성인을 기다려도 의혹하지 않는 것이다.[故
君子之道……質諸鬼神而無疑, 百世以俟聖人而不惑.]"라는 내용이 보이는데, 주희의

병이 심해지고 근심과 슬픔으로	疾病憂哀
다 끝내지 못하고 말았습니다	未究而止
어찌 하늘은 도와주지 않는 것입니까	豈天不相
우리 유학의 도가 지금 곤궁한데	吾道方窮
이 세상을 다 둘러보아도	顧瞻斯世
누구를 종주로 삼는단 말입니까	伊誰之宗
백마강의 기슭은	白馬之濱
공께서 좋아하셨던 곳이었으니	公蓋樂此
제가 남쪽에서 벼슬할 때에	自我南官
길이 조금 가까웠습니다	道里差邇
함께 어울리자고 말한 것은	爲言從遊
호해에 있을 때였으니	湖海之中
고명한 의론을 실컷 받아	飽承名論
어리석음을 깨칠 수 있었습니다	以開愚蒙
누가 생각했겠습니까 이번 걸음이	誰謂此來
바로 공을 곡하는 자리가 되리란 것을	乃成一哭
세 오솔길250에 공의 모습 어리비치니	三徑優然
구름 속의 달이 눈에 가득합니다	雲月滿矚
담백한 마음과 초연한 의표를	沖襟脩儀

주에 따르면 맹자가 "성인이 다시 나와도 반드시 내 말을 따를 것이다.〔聖人復起, 必從吾言矣.〕"라고 했던 것과 같은 뜻이다.

250 세 오솔길 : 은자(隱者)의 정원을 이른다. 한(漢)나라 장후(蔣詡)가 두릉(杜陵)에 은거하면서 정원에 오솔길 3개〔三徑〕를 만들고 고사(高士)였던 양중(羊仲)과 구중(求仲) 두 사람하고만 어울려 노닐었다는 데서 유래하였다.

행여 뵐 수 있을까 하였지만   如或見之

끝내 적막하기만 하니   終言漠漠

누가 제 심정을 알겠습니까   孰知我懷

종숙부 부사 부군에 대한 제문[251]
祭從叔父府使府君文

우리 종숙부 부사(府使) 부군(府君)께서 처음 아들과 조카들을 버리고 세상을 떠나셨을 때 소자 이안(履安)은 당시 선군(先君 김원행(金元行))[252]에 대한 상복을 입고 있어서 비통하고 혼미하여, 글을 엮어서 술을 따라 올리는 예를 펼 수 없었습니다. 그리고 마침내 이듬해 을미년(1775, 영조51) 2월 초하루가 모일(某日)인 모일 간지(干支)에 탈상을 함으로 인해 간소하게 술과 음식을 갖추어 통곡하며 애통함을 다음과 같이 고합니다.

오호라, 부군께서는 큰 화란의 뒤에 태어나서 지위는 3품에 들었고 수명은 한 갑자를 돌았습니다. 아들과 손자를 많이 두었고, 아들은 또 현달한 관리들이 되었습니다. 고향 산천에서 편안하고 즐겁게 지내다가 병 없이 하룻저녁에 편안히 세상을 마치시니, 지금 이것으로 부군에게 복을 돌리는 자도 있습니다. 오호라, 또한 슬프지 않겠습니까.

우리 부군의 기량(器量)의 웅대함과 지려(智慮)의 통달함을 가지고 인후하게 베풀어주신 은혜는 종당(宗黨)에 두루 미쳤고, 바르고 곧았던 지조는 붕우에게 신뢰를 받았습니다. 그 흉금은 평탄하여 사통팔달

---

251 종숙부……제문 : 저자의 종숙부인 김탄행(金坦行, 1714. 4. 18~1774. 5. 2)에 대한 제문으로, 저자가 54세 되던 1775년(영조51) 2월에 지은 것이다. 김탄행에 대한 자세한 행력은 194쪽 〈종숙부 부사공 묘표(從叔父府使公墓表)〉 참조.
252 선군(先君) : 저자의 아버지 김원행(金元行, 1702~1772. 7. 7)에 대한 자세한 행력은 164쪽 〈선부군 가장(先府君家狀)〉 참조.

의 큰길과 같아서, 평소 거처할 때에는 본연의 모습이라 마치 세세한 의절에 구애받지 않은 듯하였습니다. 그러나 일에 임하여서는 과감하고 굳세어 홀로 대체(大體)를 먼저 보았으니, 비록 다시 생사를 앞에 두고 1만의 사내가 몸이 파랗게 질릴 때에도 옆에 있는 사람들이 그 코 골고 자는 소리를 들었습니다. 아! 만일 부군께서 집안과 나라가 흥성하고 태평한 시대를 만나 평상의 걸음으로 벼슬하셨더라면 공이 되고 경이 되는 것이 그 누구만 못하였겠으며, 그 분발한 충의(忠義)와 수립한 공업(功業)이 어떠하였겠습니까. 그러나 반평생을 두려워하고 조심하여 끝내 두세 고을에서 분주하다가 마침내 이것으로 생을 마쳐서 포부는 당대에 인정받지 못하고 명성은 막혀서 드러나지 못하였으니, 이것이 어찌 부군께서 일찍이 스스로 기약한 것이겠습니까.

더구나 부군께서는 타고난 건강이 본래 후하였고 품성이 너그럽고 유쾌하여 장수를 이룰 도가 있었습니다. 근년에 비록 피로함을 조금 보이기는 하셨지만 기상과 뜻은 여전히 그다지 쇠하지는 않았었습니다. 그리고 꽃을 가꾸고 과일나무를 심으며 배를 사서 강과 호수에 띄우고 만년을 여유롭고 한가하게 보낼 계획을 하실 때 우리 모든 아들들과 조카들은 영광전(靈光殿)이 홀로 우뚝이 서 있는 듯[253] 우러러서 함께 부군의 침식과 기거를 시봉하며 신선인 왕자교(王子喬)와 적송자(赤松子)의 수명을 빌었습니다. 그리고 내심 부군께서 조상들의 훌륭

---

253 영광전(靈光殿)이……듯 : 변고를 겪고서도 유일하게 남아 있는 사물이나 사람을 가리킨다. 한(漢)나라 때 여러 차례 전란을 거치면서 미앙전(未央殿)이나 건장전(建章殿) 등의 전각은 모두 파괴되고 무너졌으나 노공왕(魯恭王)이 건립한 영광전만은 온전하게 보존되었다는 데서 유래하였다.

한 덕을 진술하고 후손들의 어리석음을 가르쳐서 우리 집안의 백 년 동안 전승해온 가학(家學)을 보전하시리라 여겼는데, 지금은 이마저도 끝나고 말았습니다. 오호라, 하늘이 비록 부군을 드러내고 귀하게 하여 부군께서 이 세상에서 훌륭한 일을 하는 것을 바라지 않았다 하더라도, 어찌하여 세가(世家)의 한 노성인(老成人)을 살려두어 우리 자제들의 바람을 위로하지 않는단 말입니까.

더구나 소자의 경우는 가장 사랑을 많이 받아서 선군께서 돌아가신 뒤로 불쌍히 여기고 돌보아주신 것이 마치 거두어서 품속에 두고자 할 듯하셨고, 심지어는 배 속에 있는 손자를 가리켜서 소자의 아들로 삼아주려고까지 하셨습니다. 소자 역시 매번 슬하에 나아가 가만히 부군의 수염과 머리카락을 바라보면 마치 선군을 다시 뵙는 듯하였습니다. 그리고 또 좌우에서 시중들며 화열(和悅)한 낯빛을 가까이하고 말씀과 가르침을 받들 때면 그 온화한 기운에 마른 풀뿌리가 봄비에 젖어 다시 생기가 있게 된 것 같았습니다.

지금 부군께서 또 이렇게 되시고, 소자는 나이가 50이 넘고 형제와 뒤를 이을 아들도 없으니, 위로는 의지할 곳이 없고 아래로는 의탁할 곳이 없게 되었습니다. 간다 한들 누가 저를 기뻐해줄 것이며 온다 한들 누가 저를 섭섭하게 여겨주겠습니까. 잘해도 누가 저를 칭찬해줄 것이며 잘못을 해도 누가 저를 꾸짖어주겠습니까. 제가 다급한 일이 있을 때 어디에 고하고 호소할 것이며, 제가 의문이 있을 때 어디에 품의하고 질정한단 말입니까. 오호라, 하늘이시여! 어찌하여 3년 안에 우리 두 아버지를 빼앗아가서 저로 하여금 이렇게까지 궁하게 하신단 말입니까.

비록 그렇다고는 하나 소자는 거듭된 재앙을 겪은 뒤로 슬픔은 안에서 녹이고 몸과 정신은 밖에서 시들게 하여 지금은 새하얀 흰머리가 되었으니, 돌아가 황천에서 모시고 평생의 즐거움을 이어가지 않을 날이 얼마나 남았겠습니까. 다만 이 호서의 산천은 부군의 흔적이 눈에 가득하니, 우뚝한 저 누정 동쪽의 편액²⁵⁴은 그 옛날 저에게 명하여 글을 짓도록 한 것이 아닙니까. 어찌하여 저와 함께 손을 잡고 둘러보며 마음껏 얘기를 나누어서 이것으로 즐거움을 삼지 않으시고 그저 대낮에도 휘장이 바닥에 드리워진 것만을 보게 한단 말입니까. 소자가 이에 어찌 천지를 부앙(俯仰)하고 배회하며 애통하게 부르짖어서 목소리가 쉬고 이어서 피를 토하지 않을 수 있겠습니까. 오호라, 애통합니다. 부디 흠향하소서.

---

254 누정 동쪽의 편액 : 김탄행이 61세 때인 1774년(영조50)에 경기도 여주(驪州)에 건립한 여락헌(余樂軒)을 말하는 것으로 추정된다. 김탄행은 여락헌이 완성되고 얼마 있지 않아 세상을 떠났다. 여락헌이라는 이름은 여락헌을 건립하기 이전에 미리 지어놓은 것이며, 여락헌과 관련하여 저자가 지은 글은 현재 남아 있지 않다. 194쪽 〈종숙부 부사공 묘표(從叔父府使公墓表)〉 참조.

서씨에게 출가한 누이에 대한 제문[255]

祭徐氏妹文

유세차(維歲次) 을미년(1775년, 영조51) 10월 초하루가 을해일인 11
일 을유일에 오라비 이안(履安)이 비로소 술잔과 접시에 올릴 제물을
가지고 와서 죽은 누이인 정부인(貞夫人)의 궤연(几筵)에 곡하고 글
을 지어 다음과 같이 고한다.

지난해 지난달이었지	去歲前月
너는 강원 감영으로 갈 때[256]	汝之東營
내가 사는 강촌에 들러	過我江村
이틀 밤을 묵고 떠났다	信宿以行
어헌 타고 상복을 입는 것은[257]	魚軒象服
여자의 영광이라	女子之榮

---

255 서씨(徐氏)에게……제문 : 서형수(徐逈修, 1725~1779)에게 출가한 첫째 누이
동생(1726~1775. 1. 16)에 대한 제문으로, 저자가 54세 때인 1775년(영조51)에 지은
것이다. 누이동생은 50세를 일기로 서형수의 임지인 강원도 원주(原州)의 감영에서
생을 마쳤다. 서형수는 본관은 달성(達城), 자는 사의(士毅), 호는 직재(直齋)이다.
저자의 아버지 김원행(金元行)의 문인이며 저자보다 3세 아래이다.《淵泉集 卷26 外祖
江原道觀察使徐公墓碣銘》

256 지난해……때 : 서형수는 1774년(영조50) 6월 24일 강원도 관찰사에 임명되었는데,
이때 저자의 누이 역시 함께 갔던 것을 말하는 듯하다.《英祖實錄 50年 6月 24日》

257 어헌(魚軒)……것은 : '어헌'은 어피(魚皮)로 장식한 귀부인의 수레이며, '상복
(象服)'은 각종 물상(物象)으로 장식한 귀부인의 예복이다.

불기(不洎)의 슬픔²⁵⁸을 말하며	興言不洎
하염없이 눈물을 흘렸다	涕淚交橫
좋은 말로 위로하며 전송했지만	好言相送
내 마음과는 같지 않았다	中心有違
누가 생각했겠느냐 그때 가서	誰謂此去
다시는 돌아오지 않으리란 것을	而不復歸
네가 묻힌 양근의 산엔	楊根之山
시든 풀만 어지러이 무성한데	衰草離披
애통하다 새로 만든 무덤에	哀哉新藏
사랑하는 아들이 너를 뒤따랐구나²⁵⁹	繼以愛子
인간사의 변고가	人事之變
마침내 이 지경에 이르렀으니	乃至於此
길 가는 사람들도 불쌍히 여길 일이라	行路所憐

258 불기(不洎)의 슬픔 : 벼슬길에 나아가 귀하게 되었으나 부모가 살아 있지 않아 봉양할 길이 없는 슬픔을 이른다. 《장자(莊子)》〈우언(寓言)〉의 "내가 부모님이 살아 계실 때에는 벼슬길에 나아가 3부(釜)의 봉록에도 마음이 즐거웠는데, 부모님이 돌아가신 뒤에는 벼슬길에 나아가 3천 종(鍾)의 봉록에도 부모님을 봉양할 수 없으니 내 마음이 슬펐다.〔吾及親仕, 三釜而心樂, 後仕, 三千鍾而不洎親, 吾心悲.〕"라는 증자(曾子)의 말에서 유래하였다. 저자의 아버지 김원행(金元行)은 이보다 2년 전인 1772년(영조 48)에 세상을 떠났으며, 어머니 남양 홍씨(南陽洪氏) 역시 7년 전인 1767년(영조43)에 세상을 떠났다.

259 사랑하는……뒤따랐구나 : 서형수는 서유병(徐有秉), 서유수(徐有守), 서유망(徐有望) 등 아들 셋과 홍인모(洪仁謨, 홍대영)에게 출가한 딸 하나를 두었다. 이 가운데 둘째 아들 서유수(1757. 11. 24~1775. 8. 19)가 19세의 나이로 저자의 누이인 어머니가 세상을 떠난 지 7개월 만에 죽은 것을 이른다. 《夢梧集 卷7 徐壻墓誌銘》

골육인 나의 심정은 어떻겠느냐　　　　　骨肉如何

너의 평생을 생각하면　　　　　　　　　念汝平生

착하고 아름다운 행실이 참으로 많았다　善美實多

부모님은 기특하게 여겼고　　　　　　　父母所奇

남편과는 화목하게 지냈다　　　　　　　夫子之宜

어머니를 위해 시어머니를 위해　　　　爲母爲姑

매사에 범절이 아름다웠는데　　　　　鮮不令儀

어찌하여 어려움은 그렇게 많았고　　何艱之多

복록은 오래가지 못하였단 말이냐　　而祿不久

어찌하여 인후한 덕을 지니고서도　　何德之仁

후손을 보전하지 못하였단 말이냐　而不克燾後

운명인 것을 어찌하겠느냐　　　　　命也謂何

내가 장차 누구를 탓하겠느냐　　　余將誰尤

나는 이미 모질게도 죽지 못하여　余旣頑然

상을 마치고도 아직 살아 있구나[260]　去喪而留

늙어서 뒤이을 자식 없어　　　　老無子嗣

한 몸을 의탁할 곳 없더라도　　以寄其身

오직 우리 형제 세 명만은　　惟兄妹三人

몸과 그림자처럼 따르리라 생각했다　形影相親

그리고 내가 먼저 죽어서　　　　謂余先死

---

260 상을……있구나 : 누이가 죽고 한 달 뒤인 1775년(영조51) 2월에 저자가 아버지
인 김원행(金元行)에 대한 삼년상을 마친 것을 이른다. 258쪽 〈종숙부 부사 부군에
대한 제문[祭從叔父府使府君文]〉 참조.

너의 슬픔이 될 것이라 여겼다　　　　　　　以爲汝悲

그런데 수염이 희어지려는 이때　　　　　　乃將白鬚

너를 위해 눈물을 흘리고 있구나　　　　　　淚爲汝垂

이치가 평상과 어긋난 것이　　　　　　　　理之反常

또한 나의 궁박함이 되고 말았으니　　　　　亦余之窮

병이 들었을 때 돌보지도 못하고　　　　　　不扶其病

임종도 보지 못하고 말았구나　　　　　　　不視其終

부고가 이르렀을 때 달려가는 것이　　　　　訃至而奔

새벽이든 밤이든 무슨 상관이었겠느냐　　　晨夜何爲

오직 이 대공의 상복만큼은　　　　　　　　惟此功衰

감히 시기를 넘길 수 없었다²⁶¹　　　　　　不敢過時

인생 백 년의 동기간에　　　　　　　　　　百年同氣

사랑이 여기에 그치고 말았지만　　　　　　恩至於斯

그래도 황천이 있으니　　　　　　　　　　猶有泉臺

그곳에서 즐겁게 어울리리라　　　　　　　湛樂是追

오호라, 애통하다　　　　　　　　　　　　嗚呼哀哉

부디 흠향하거라　　　　　　　　　　　　　尙饗

---

261 부고가……없었다 : 저자의 누이가 죽었을 때 저자는 아버지에 대한 상복을 입고 있었기 때문에 누이의 상에 달려가지 못했던 것으로 보인다. 또한 형제간에는 원래 1년의 기년복을 입지만 출가한 여자 형제를 위해서는 한 등급을 낮추어 대공(大功) 9개월의 복을 입는데, 여기에서는 저자의 누이가 1월에 죽었기 때문에 이 제문을 지은 시기인 동년 10월에는 9개월의 상기가 다 되어가서 누이에 대한 탈상에 참여하고자 한 것을 이른다.

군위 현감을 지낸 족조 시눌에 대한 종중의 제문[262]
宗中祭軍威族祖 時訥 文

옛날에 성인께서 사람을 논할 때에	昔聖論人
선배들을 참으로 그리워하셨는데[263]	先進是思
더구나 지금은 쇠락한 말세라	矧今衰末
화려함과 거짓이 날로 더함에 있어서겠습니까	華僞日滋
질박한 품행으로 공과 같은 분이	質行如公
어찌 다시 있겠습니까	寧復有之
부모님을 사모하는 영아의 마음을	嬰兒之慕
흰머리가 되도록 간직하셨으니	至于皓首
매번 보면 제사를 지낼 때마다	每見其祭
눈물을 흘려서 자리가 썩을 듯하였습니다[264]	淚席欲腐

262 군위 현감(軍威縣監)을……제문 : 족조(族祖) 김시눌(金時訥, 1700. 6. 15~
1773. 6. 16)에 대한 제문으로, 지은 시기는 자세하지 않다. 김시눌은 본관은 안동(安
東), 자는 사민(士敏)이다. 음관으로 건원릉 참봉(健元陵參奉), 전생서 봉사(典牲署奉
事), 귀후서 별제(歸厚署別提), 중부 도사(中部都事), 빙고 별제(氷庫別提), 군위 현
감(軍威縣監) 등을 역임하였다. 김시눌의 고조는 김상용(金尙容)으로, 김상용의 친동
생인 김상헌(金尙憲)이 저자의 6대조가 된다. 《承政院日記》《安東金氏大同譜刊行委員
會, 安東金氏世譜(6), 서울, 1982》

263 옛날에……그리워하셨는데 : '성인(聖人)'은 공자를 가리킨다. 《논어》〈선진(先
進)〉에 공자가 "지금 사람들 말에 선배들은 예와 악에 대해 촌스러운 사람들이었다
하고 후배들은 예와 악에 대해 세련된 사람들이라 하는데, 만일 내가 예와 악을 쓴다면
나는 선배들을 따르겠다.〔先進於禮樂, 野人也 ; 後進於禮樂, 君子也. 如用之則吾從先
進.〕"라고 말한 내용이 보인다.

사람들은 조상을 모실 때에	人於奉先
간혹 친소의 원근을 보기도 하지만	或視近遠
공께서는 오로지 지극한 정성으로	公惟至誠
성심을 다해 근본에 보답하였습니다	懇懇報本
이것으로 형제와 화목하게 지내시고	以和兄弟
이것으로 족친과 조화롭게 지내셨으니	以諧族親
어떤 아들이든 어떤 조카이든	何子何侄
어루만지고 가르치기를 오직 공평하게 하셨습니다	撫誨惟均
모든 이 훌륭하고 아름다운 일을	凡茲善美
거짓으로 수립한 것이 아니요	非矯以立
한결같이 공의 본심대로 하셨으니	一任吾眞
그 자연스러움은 따라가기가 어렵습니다	自然難及
그런데 공에 대해 공경스러운 것은	而公可敬
단지 이것만이 아닙니다	匪直此耳
그 외면은 혼후하고 소박하셨지만	渾樸其外
그 내면은 강인하고 굳세었습니다	剛毅其裏
간사한 사람을 미워하는 것을 보면	觀於嫉邪
평소에 지키는 지조가 이에 드러났으니	素守乃見
때때로 촉발하여 노여워하실 때에는	有時觸發
그 눈빛이 번개와도 같았습니다	厥目如電

264 눈물을……듯하였습니다 : 송(宋)나라 소식(蘇軾)의 〈장묵에게 주다[贈章默]〉라는 시에 "아침에는 읊조려서 이웃을 오열하게 만들고, 밤에는 눈물 흘려서 자리를 썩게 하네.[朝吟噎隣里, 夜淚腐茵席.]"라는 구절이 보인다.

당연합니다 이런 세상에서　　　　　　　　　　宜于斯世

실의하여 지우(知遇)를 못 만남도　　　　　　落拓無遇

노쇠한 만년에 한 번 수령으로 나간 것이[265]　衰晚一麾

어찌 공께서 바라시던 바였겠습니까　　　　豈其所慕

전원으로 돌아와서　　　　　　　　　　　歸來湖海

공의 평안한 생활을 즐기셨으니　　　　　樂我平居

창에는 구름과 산이 가득하였고　　　　　雲山滿牖

뜰에는 꽃과 대나무가 무성하였습니다　花竹扶疏

바둑을 두고 술을 마시며　　　　　　　圍棋飲酒

이것을 이웃과 함께하셨고　　　　　　　同此隣里

또한 붉은 비단옷과 옥관자를 받은 것이　亦有緋玉

높은 연치에 누리신 호사였습니다[266]　　高年是侈

이렇게 살다가 생을 마치셨으니　　　　如是而終

공에게 있어서는 무엇이 슬프겠습니까만　在公何憾

고을과 나라에서 탄식을 하며　　　　　鄕邦之嗟

덕망 있는 어른을 잃었다고 말합니다　曰喪長德

더구나 동종의 우리 사람들은　　　　矧我同人

우러르고 공경하는 분이 공이었으니　瞻敬在玆

---

265 노쇠한……것이 : 김시눌은 65세 때인 1764년(영조40) 9월 10일에 경상북도 군위 현감(軍威縣監)에 임명되었다. 《承政院日記》

266 또한……호사였습니다 : '붉은 비단옷과 옥관자'는 당상관의 관복을 이른다. 《세 보》에 따르면 김시눌은 만년에 70세 이상인 자에게 자급을 올려주는 규정에 따라 정3품 당상관의 벼슬인 첨지중추부사(僉知中樞府事)의 자급을 받았던 것으로 보인다. 《安東 金氏大同譜刊行委員會, 安東金氏世譜(6), 서울, 1982》

공의 풍도를 돌이켜 생각하며 　　　　　　　　　　緬懷風範

그 누가 슬퍼하지 않을 수 있겠습니까 　　　　　　疇能不悲

산과 물이 멀고도 멀어 　　　　　　　　　　　　　湖山云邈

제가 부음에 달려가지 못했습니다 　　　　　　　　莫余奔赴

소박한 제수를 정성을 다해 올리오니 　　　　　　薄羞齋誠

부디 오셔서 돌아보소서 　　　　　　　　　　　　庶幾臨顧

족질인 참판 응순 에 대한 종중의 제문[267]

宗中祭族侄參判 應淳 文

총애와 이록으로 가는 길은	寵利之塗
만 수레가 서로 달려가지만	萬車交軼
조금이라도 벗어나 틀어지면	少或蹉跌
천 길 구렁 속에 떨어지고 마나니	坑塪千仞
오직 밝고 지혜로운 사람만이	夫惟明智
물러남을 알고 나아감을 압니다	知退知進
공이 처음 벼슬에 나아가자	公始釋褐
화려한 명성이 이미 진동하였으니	華聞已振
재능과 책략 문장과 언변은	才猷文辯
당대의 뛰어난 선비였습니다	爲時髦俊
사헌부에서 위엄에 맞설 때엔[268]	霜臺抗威

---

267 족질인……제문 : 이조 참판을 지낸 족질 김응순(金應淳, 1728. 10. 10~1774
가을)에 대한 제문으로, 저자가 53세 되던 1774년(영조50)에 지은 것으로 추정된다.
김응순은 본관은 안동(安東), 자는 회원(會元), 호는 낙운와(樂雲窩)로 김상용(金尙
容)의 7세손이다. 1753년(영조29) 문과에 급제한 뒤 사헌부 지평, 사간원 정언, 광주
부윤, 경상도 관찰사, 이조 참의, 사헌부 대사헌, 승정원 도승지, 이조 참판, 한성부
우윤과 좌윤, 홍문관 부제학 등을 역임하였다. 47세를 일기로 병사(病死)하였으며 사후
예조 판서에 추증되었다. 김응순의 행적과 관련하여 이최중(李最中)의 《위암집(韋庵
集)》권6에 〈이조참판 증 예조판서 김공 묘표(吏曹參判贈禮曹判書金公墓表)〉, 유한준
(兪漢雋)의 《자저(自著)》권23에 〈참판 김공 응순 애사(參判金公 應淳 哀辭)〉가 실려
있다. 《安東金氏大同譜刊行委員會, 安東金氏世譜(6), 서울, 1982》

의리는 역순의 이치에 엄정하였으며	義嚴逆順
법연에서 경전을 논할 때엔[269]	談經法筵
덕망 있는 노유들이 인정하였습니다	耆儒心印
금문 옥당의 벼슬을	金門玉堂
두루 거쳐 모두 지냈으니[270]	揚歷旣盡
남들이 끌어준 것 아니라	匪由援引
실로 가려 뽑은 결과였습니다	實出揀遴
누가 종묘의 향사를 가벼이 한단 말입니까	誰輕廟享
유사들이 인색하게 아낀 것이었습니다	有司之吝
권세와 위엄에 굴복되어	權威所伏
만 입이 모두 함구하였건만	萬口咸訒
공이 그 잘못을 지적하니	公折其謬
의리는 올발랐고 언사는 준엄했습니다	義正辭峻
어찌 틈을 엿보는 자가 없었겠습니까	豈無眈眈
상께서 그 충정을 모두 살피셨습니다[271]	上察忠藎

---

268 사헌부에서……때엔 : 김응순은 사헌부의 벼슬로 지평(持平 정5품), 집의(執義 종3품), 대사헌(大司憲 종2품)을 역임하였다. 《承政院日記》

269 법연에서……때엔 : 김응순은 세자시강원(世子侍講院)의 벼슬로 설서(設書 정7품), 사서(司書 정6품), 문학(文學 정5품), 겸문학(정5품), 겸사서(정6품)를 역임하고, 세손강서원(世孫講書院)의 벼슬로 우찬독(右贊讀 종6품), 좌익선(左翊善 종4품), 겸우익선(兼右翊善), 동지경연사(同知經筵事 종2품)를 역임하였다. 《承政院日記》

270 금문(金門)……지냈으니 : '금문'은 금마문(金馬門)의 준말로, 한(漢)나라 미앙궁(未央宮)의 대문이다. 여기에서는 궁궐을 가리킨다. '옥당'은 홍문관이다. 김응순은 홍문관의 벼슬로 수찬(修撰 정6품), 부수찬(종6품), 교리(校理 정5품), 부교리(종5품), 응교(應敎 정4품), 부제학(副提學 정3품)을 역임하였다. 《承政院日記》

공은 일찌감치 옷을 털고 일어나	公蚤振衣
배척될 때까지 기다리지 않았으니	不待見擯
유유자적 바닷가에 노닐며	蕭然海曲
요순의 태평성세를 노래하였습니다	歌詠堯舜
성상의 총애가 더욱 높아져서	聖眷彌隆
남방을 네가 안정시키라 하였고	南服汝鎭
이미 공을 아경에 발탁하여[272]	旣擢亞卿
장차 그 쓰임을 크게 하려 하시니	將大其晉
어찌 감히 은혜를 저버리겠습니까	豈敢孤恩
신하의 뜻을 굳건하게 지켰습니다[273]	臣志不磷
벼슬에 나옴은 구름처럼 느렸고	其來雲倦
물러가 떠남은 들오리처럼 빨랐으니[274]	其去鳧迅

---

271 누가……살피셨습니다 : 김응순은 1764년(영조40) 8월 2일 상소하여 종묘의 향사 비용을 아끼기 위해 제수를 줄이는 것에 반대하며 원래의 제도를 회복할 것을 청했는데, 이로 인해 좌승지의 직책에서 체차되었으나 얼마 지나지 않아 영조는 종묘의 제수를 원래의 예대로 하도록 명하였다. 《英祖實錄 40年 8月 2日》

272 이미……발탁하여 : '아경(亞卿)'은 종2품인 참판, 좌윤, 우윤 등을 이른다. 김응순은 1768년(영조44) 한성부 우윤을 시작으로 이후 공조 참판, 예조 참판, 형조 참판, 이조 참판, 호조 참판, 병조 참판, 한성부 좌윤에 두루 임명되었다. 《承政院日記》

273 신하의……지켰습니다 : 이와 관련하여 《논어》〈양화(陽貨)〉에 "단단하다 말하지 않겠는가, 갈아도 얇아지지 않으니. 희다고 말하지 않겠는가, 검은 물을 들여도 검어지지 않으니.[不曰堅乎? 磨而不磷. 不曰白乎? 涅而不緇.]"라는 공자의 말이 보인다.

274 들오리처럼 빨랐으니 : 이와 관련하여 당(唐)나라 노조린(盧照鄰)의 〈궁어부(窮魚賦)〉에 "들오리가 달려가 참새처럼 뛰니, 바람이 달려간 듯 우레가 지나간 듯.[鳧趨雀躍, 風馳電往.]"이라는 구절이 보인다.

이 정고하고 깨끗한 덕을 지켜서	守茲貞白
마침내 이것으로 몸을 마쳤습니다	終以身殉
지금 이 세상에 벼슬 살면서	凡今仕宦
그 누가 재앙을 면하겠습니까	疇免凶咎
공과 같이 온전히 돌아간 사람은	完歸如公
겨우 손에 꼽을 정도입니다	屈指塵塵
더구나 공의 행실과 치적은	矧公行治
종중에서도 인정하는 것이니	宗黨所認
집에 있을 때엔 효도하고 우애하였으며	居家孝悌
벼슬에 나아가선 청렴하고 신중하였습니다	莅官清愼
책상에는 경전과 사서를 두고	案有經史
마구간엔 좋은 말이 없더니	廐無良駿
공이 세상을 떠난 날이 되자	及沒之日
가난하여 빈소도 차릴 수 없었습니다	貧無以殯
애석합니다, 이런 사람을	惜哉斯人
하늘이 남겨두길 원하지 않으시니²⁷⁵	而天不憖
어찌 친척의 정만이겠습니까	可但親懿

---

275 하늘이……않으시니 : '원하지 않다'에 해당하는 원문은 '不憖(불은)'이다. 저본
에는 '不憖(불징)'으로 되어 있으나 앞뒤 운자와 의미가 모두 맞지 않아 바로잡아 번역하
였다. 이와 관련하여 《시경》〈소아(小雅) 십월지교(十月之交)〉에 "한 원로를 남겨두어
우리 왕을 지키게 하지 아니하네.〔不憖遺一老, 俾守我王.〕"라는 구절이 보이며, 《춘추
좌씨전》 애공(哀公) 16년 조에도 공자가 세상을 떠나자 애공이 뇌문을 지어 "하늘이
우리를 보살피지 않아 한 원로를 남겨두지 않는구나.〔旻天不弔, 不憖遺一老.〕"라고 애
도한 내용이 보인다.

사무치게 아픔을 느낍니다　　　　　　　　　痛痒與襯

사당에서 남은 슬픔을 곡하는 것도　　　　　哭廟餘哀

한 번의 윤달이 지나면 그만이니[276]　　　　載經一閏

인간사를 이리저리 둘러보았을 때　　　　　俛仰人事

귀밑머리를 적시지 않을 수 있겠습니까　　能不沾鬢

이렇게 궤연을 거둠에 미쳐　　　　　　　　迨茲撤筵

맑은 술을 함께 진설하니　　　　　　　　　共陳清酹

밝은 공의 영령은　　　　　　　　　　　　公靈不昧

부디 와서 임하소서　　　　　　　　　　　庶其臨趁

---

276 한……그만이니 : 윤달은 3년에 한 번, 5년에 두 번 들기 때문에 여기에서는 가장
중한 상복을 입는 기준으로 보아도 3년이면 상이 끝난다는 말이다.

종씨 장악원 정공에 대한 제문[277]

祭從氏正公文

유세차 병신년(1776, 정조 즉위년) 12월 18일 을묘일은 바로 우리 종씨인 장악원 정(掌樂院正) 부군(府君)께서 세상을 떠나신 지 두 해가 되는 날입니다. 종제인 이안(履安)은 외지에서 벼슬을 하고 있어,[278] 가서 한바탕 애통한 심정을 펼칠 수 없을 것이기에 한 달 전인 임진일(24일)에 간소하게 제수를 보내 종제인 이중(履中)[279]으로 하여금

---

277 종씨(從氏)……제문 : 장악원 정(掌樂院正)을 지낸 저자의 사촌형 김이장(金履長, 1718. 7. 5~1774. 12. 18)에 대한 제문으로, 저자가 55세 되던 1776년에 지은 것이다. 김이장은 본관은 안동(安東), 자는 장경(長卿)이다. 고조 김수항(金壽恒), 증조 김창집(金昌集), 조부 김제겸(金濟謙), 부친 김성행(金省行)으로 이어지는 소종(小宗)의 적장손으로, 저자보다 4세 위이다. 김제겸은 저자의 아버지 김원행(金元行)의 생부이다. 김이장은 음직으로 진출하여 장릉 참봉(長陵參奉), 내자시 주부(內資寺主簿), 제천 현감(堤川縣監), 순안 현령(順安縣令), 사복시 판관(司僕寺判官), 강서 현령(江西縣令), 고성 군수(高城郡守), 제용감 주부(濟用監主簿), 사재감 첨정(司宰監僉正), 남원 부사(南原府使), 황주 목사(黃州牧使) 등을 역임하였고, 세상을 떠나기 한 해 전인 1773년(영조49) 8월 19일 56세 때 장악원 정에 임명되었다. 사후 이조 참의에 추증되고, 다시 의정부 좌찬성에 추증되었다. 김이장의 행적은 김조순(金祖淳)의 《풍고집(楓皐集)》 권12 〈종숙부 장악원 정 부군 묘지명(從叔父掌樂院正府君墓誌銘)〉에 자세하다. 《承政院日記》 《安東金氏大同譜刊行委員會, 安東金氏世譜(5), 서울, 1982》

278 종제인……있어 : 저자는 1776년(정조 즉위년) 10월 11일 금산 군수(錦山郡守)에 임명되어 재직하고 있었다.

279 이중(履中) : 1736~1793. 본관은 안동(安東), 자는 시가(時可)이다. 김원행(金元行, 1702~1772)의 친아우인 김달행(金達行, 1706~1738)의 둘째 아들이자, 순조의

상복을 벗는 날에 맞추어서 궤연 앞에 진설하고 다음과 같이 글을 고하도록 합니다.

오호라, 우리 형님은 문곡(文谷 김수항(金壽恒))과 몽와(夢窩 김창집(金昌集))의 적통으로 엄정한 침묘(寢廟)[280]를 실로 공경하고 계승하여 우리 족인(族人)을 통솔하셨습니다. 그리하여 능히 편안함과 신중함으로 몸을 지켰고 윤리와 법도를 밝혀 집안을 다스렸으며 두루 구휼하여 친족을 돈독하게 하셨습니다. 조정에 벼슬할 때에는 두려워하고 경계하여 오직 조상을 욕보이고 나라를 저버리게 되지 않을까만을 두려워하였고 재능과 기국은 또 소문이 나기에 충분하였으니, 큰 화란으로 집안이 경복(傾覆)된 뒤에 태어났는데도 능히 스스로 수립하여 조상의 가업을 보전하여 후손에게 남겨줄 수 있게 된 것도 당연합니다.

　오호라, 우리 형님은 관직이 비록 현달하지는 않았지만 3품의 자급이 낮은 것이 아니며, 수명이 비록 긴 것은 아니었지만 육순이 적은 나이는 아닙니다. 더구나 죽음을 앞두었을 때 의기 드높게 나의 손을 잡으며 '나는 여한이 없다'고 말씀하시고는 몸을 깨끗이 씻고 이불을 바로 하고서 마치 지쳐서 잠이 든 듯 생을 마쳐 터럭만큼도 연연해하는 모습과 자질구레한 말씀을 두지 않으셨습니다. 그 달관한 모습과 원대

장인인 김조순(金祖淳)의 아버지이다. 1771년(영조47) 진사시에 합격하였고, 서흥 부사(瑞興府使) 등을 역임하였다. 사후 영의정에 추증되었다.

280　침묘(寢廟) : 사당을 이른다. 정현의 주에 따르면 일반적으로 묘(廟)의 제도는 앞쪽에는 신을 모시는 묘(廟)를 두고 그 뒤쪽에는 의관(衣冠)을 보관하는 침(寢)을 둔다. 《禮記 月令 鄭玄注》

한 식견이 이와 같았으니 비록 뒤에 태어난 저 역시 저 하늘에 대해 원망이 없을 수 있었습니다.

다만 슬픈 것은 우리 가문이 복이 없어 덕망 있는 어른들이 세상을 떠나시고 우리 형님마저 돌아가시게 되어서는 텅 비어서 더 이상 남은 분이 없다는 것입니다. 더구나 소제(少弟)와 같이 흰머리로 외롭게 되어 천하의 오갈 데 없는 고아에게 우러르고 의지하여 살아갈 수 있도록 해주었던 분은 오직 형님 한 분뿐이었는데, 이제 또 나를 버리고 먼저 떠나시니 이로부터는 집안의 모임에 더 이상 부형을 불러볼 여지도 없게 되었습니다. 생각건대 이러한 슬픈 심정은 젊은이들은 꼭 알지는 못할 것이니, 또한 오직 존령(尊靈)께서만 가엾게 여기실 것입니다.

오호라, 시일이 다시 돌아와서 탈상일이 곧 다가오는데, 산과 들[281] 이 겹겹이 막혀 가고자 해도 갈 수 없기에 천 리 먼 곳에서 글을 봉하여 그저 두 줄기 늙은 눈물을 흘릴 뿐입니다. 오호라, 애통합니다. 부디 흠향하소서.

---

281 산과 들 : 김이장의 묘소가 있는 경기도 여주(驪州)를 가리킨다. 이곳에는 김창집, 김제겸, 김성행의 묘소도 함께 있다.

현감 송공 약흠 에 대한 제문[282]
祭縣監宋公 約欽 文

유세차 무술년(1778, 정조2) 6월 초하루가 기축일인 10일 무술일에
고(故) 현감 송공(宋公)의 영구가 진안(鎭安) 임소(任所)에서 출발
하여 회덕(懷德)의 옛 마을로 향할 때에 행렬이 금산(錦山)을 지나가
기에 일가의 조카인 군수 김이안(金履安)이 삼가 간소한 제수를 마련
하여 머무시는 곳에 진설하고 곡하여서 다음과 같이 전송합니다.

오호라, 옛날에 공께서 부임지로 가실 때 제가 있는 이곳을 지나가셨
기에 더불어 기뻐하며 무릎을 맞대고 앉아 함께 친족의 정을 폈습니
다. 이렇게 가깝게 부임하시는 것을 다행으로 여겨서 '수시로 찾아뵐
수 있겠다.'라고 생각하였고, 판여(板輿)[283]를 받들고 뒤따르는 자녀

---

282 현감……제문 : 진안 현감(鎭安縣監)을 지낸 송약흠(宋約欽, ?~1778)을 위해
지은 제문으로, 저자가 57세 때인 1778년(정조2)에 지은 것이다. 저자는 1776년(정조
즉위년) 10월 11일 금산 군수(錦山郡守)에 임명되어 재직하고 있었다. 송약흠은 선공감
감역(繕工監監役), 장흥고 주부(長興庫主簿), 남부 도사(南部都事), 한성 판관(漢城
判官)을 역임하고, 1778년 1월 24일 진안 현감에 임명되었다. 본 제문에 따르면 송약흠
의 고향은 충청도 회덕(懷德)이며 임소인 진안에서 병사하였다. 《삼산재집》 권1에 저
자의 아버지인 김원행(金元行)이 이종사촌인 송명흠(宋明欽)과 어울려 유람한 시가
실려 있는데, 송명흠과 송약흠은 사촌 형제로 모두 송병익(宋炳翼)의 손자이다. 《承政
院日記》

283 판여(板輿) : 노인을 편히 모실 수 있는 가마를 이른다. 진(晉)나라 반악(潘岳)
의 〈한거부(閑居賦)〉에 "태부인을 이에 판여에 모시고 가벼운 수레에 태우고서 멀게는
경기 지역을 유람하고 가까이는 집안 뜨락을 소요한다.〔太夫人乃御板輿, 升輕軒, 遠覽

들과 며느리가 매우 많은 것을 보고 그 영광과 복록이 참 부러웠습니다. 그런데 겨우 석 달 만에 갑자기 상여로 돌아가게 되어 그 부러웠던 모습이 도리어 사람을 슬프게 만들 것이라고 누가 생각했겠습니까.

비록 그렇다고 하나 이 석 달 안에 공께서 이루신 치적의 명성은 벌써 무성하게 소문이 나서, 고을 안 백성들이 모두 부모처럼 사랑하고 받들어서 공께서 위독해지자 서로들 산에 기도를 드리고 공께서 돌아가시자 서로들 길에서 애도하였으니, 이것이 어찌 이유 없이 그런 것이겠습니까. 공께서는 배운 것을 저버리지 않았다고 할 수 있을 것입니다. 그러나 여기에 그치고 만 것이 애석합니다.

길가에 머무는 시간이 촉박하여 긴 말씀을 올릴 겨를이 없기에 애오라지 들은 것을 진술하여 공의 영령을 위로하오니 공께서는 어떻게 생각하십니까? 오호라, 애통합니다. 부디 흠향하소서.

王畿, 近周家圍.]"라는 내용이 보인다.

외숙 참판 홍공에 대한 제문[284]

祭內舅參判洪公文

숭정(崇禎) 기원후 세 번째 임인년(1782, 정조6) 2월 초하루가 무진일인 모일(某日) 간지(干支)에 생질인 안동(安東) 김이안(金履安)은 삼가 외숙인 참판 홍공께서 멀리 떠나실 날이 얼마 남지 않았다는 말을 듣고 공경히 술과 제수의 전물(奠物)을 마련하여 궤연(几筵) 아래에 달려가 곡하고 다음과 같이 글을 지어 고합니다.

아아, 팔십이 다 된 연령은 많다 할 것이요, 아경(亞卿 참판)의 관질(官秩)[285]은 존귀하다 할 것입니다. 명덕(名德)은 당대에 흠이 없었고 문장은 충분히 후세 사람들에게 남길 만하니, 이것이 바로 공께서 온전히 하여 돌아감에 유감이 없을 수 있는 이유입니다. 그간의 영광과

---

284 외숙……제문 : 저자의 외숙 홍재(洪梓, 1707. 11. 26~1781. 12. 4)에 대한 제문으로, 저자가 61세 때인 1782년(정조6) 2월에 지은 것이다. 홍재는 본관은 남양(南陽), 자는 양지(養之)이며, 아버지는 저자의 외할아버지인 홍귀조(洪龜祚)이다. 1753년(영조29) 정시 문과에 급제하고 1757년 수찬으로 문과 중시에 급제하였다. 1769년(영조45) 동지부사로 청나라에 다녀왔으며 한성부 좌윤, 사헌부 대사헌, 병조 참판 등을 역임하였다. 제문에 따르면 저자가 충주 목사로 있을 때 홍재 또한 은퇴 후 충주에 살고 있어 자주 왕래했으며, 저자에게는 부사(父師)와 같은 존재였다. 《承政院日記》《南陽洪氏世譜(2), 南陽洪氏中央花樹會, 1991》

285 아경(亞卿)의 관질(官秩) : 《승정원일기》 영조 51년(1775) 3월 21일 기사의 '병조 참판 홍재(兵曹參判洪梓)'라는 구절에 근거하면 홍재는 이즈음 병조 참판에 제수되었던 것으로 보인다.

실의, 비탄과 환회는 이미 하늘에 떠가는 뜬구름과 같이 되었으니 또 무슨 말할 만한 것이겠습니까.

다만 공의 효도하고 우애하며 올바르고 어질었던 행실과 편안하고 고요하며 가지런하고 깨끗한 지조, 옛것을 상고하고 문장을 다듬는 폭넓고 올바른 식견과 어진 선비를 가까이하고 사랑하는 돈독하고 두터운 기풍은 이제 다시는 볼 수 없게 되었기에 때때로 뒤미쳐 생각하면 아득히 책 속에나 나오는 현자와 같이 느껴집니다. 십수 년 이래 조정과 재야의 덕망 있는 어르신들이 세상을 떠나 거의 남아 있지 않았는데 공께서 돌아가시게 되자 텅 빈 듯 더 이상 남은 분이 없게 되었으니, 이것은 시대의 운명에 관계됨이 매우 크기에 식견 있는 이들이 다 같이 슬퍼하고 탄식했던 것입니다.

더구나 소자와 같이 받은 은혜가 매우 두터워서 의리가 아버지와 같고 스승과도 같은 경우이겠습니까. 사람들 중에 혹 공과 무척 닮았다고 잘못 인정해주기도 하였는데, 공께서 또한 가르칠 만하다고 외람되이 허여해주셨습니다. 제가 부친마저 여의었을 때에는 공께서 또 더욱 늙으셨으니 서로 관심을 갖고 서로 의지하는 것이 더욱 깊어졌습니다. 작년에 수령으로 나갈 때 우연히 공께서 은퇴하여 노년을 보내는 충청도 고을을 얻게 되었기에[286] 시절마다 달려가 모시되 반드시 술단지를 마련해가니 공께서는 기쁜 모습이 양미간에 넘칠 정도로 매우 좋아하시며 늘그막의 기이한 인연이라고 하셨습니다. 제가 가만히 살펴본 공께서는 신명을 안에 쌓아두고 기운과 모습이 쇠하지 않아서, 한창

---

286 작년에……되었기에 : 저자는 1781년(정조5) 5월 24일 충주 목사(忠州牧使)에 임명되었다. 《承政院日記》

꽃을 심고 연못을 팔 때에 머리를 늘어뜨리고 노래하며 읊조리신 모습은 풍류가 넘쳐나서 젊은이들로 하여금 뒷걸음치게 할 정도였습니다. 그리고 여러 자식들과 조카 손자들이 담장을 사이에 두고 살아서 공의 궤장(几杖)을 잡고 공에게 기거를 여쭙는 자들이 아침저녁으로 이어졌습니다. 저는 이에 공께서 온전히 수양하신 공력에 더욱 찬탄하였고, 또 하늘이 군자에 대해 비록 그 쓰임을 다 하게는 못 했더라도 그 후하게 대하심이 이와 같다는 것을 알았습니다. 물러난 뒤에도 일찍이 마음 가득 기쁘지 않은 적이 없었으니, 겨우 반년 만에 사람 일이 갑자기 변하여 그저 저로 하여금 이곳에 달려와 슬프게 울부짖는데도 공께서는 아무런 상관도 없는 듯 듣지 않게 될 줄 누가 생각이나 했겠습니까.

오호라, 남은 생은 갈피를 잡지 못하여서 돌아가 마음을 붙일 곳이 없게 되었습니다. 생각해보면 공께서는 돌아가서 아마도 우리 부모님과 지하에서 어울리며 옛날처럼 기쁜 만남을 가지시겠지요. 소자가 올해 벌써 회갑입니다. 형체와 근력이 날로 시들고 꺾이는 것을 느끼니, 공을 좌우에서 모시며 60년 숙질 간의 은혜를 계속 이어가지 않을 날이 얼마나 남았겠습니까. 여기까지 말씀드리고 보니 그저 피눈물이 냇물처럼 흘러내릴 뿐입니다. 오호라, 애통합니다. 부디 흠향하소서.

심일지에 대한 제문[287]

祭沈一之文

유세차 정미년(1787, 정조11) 7월 초하루가 병인일인 11일 병자일은
바로 고(故) 제헌(霽軒) 심공(沈公)이 세상을 버리고 떠난 첫 번째
기년(朞年)이 된다. 벗 안동(安東) 김이안(金履安)은 행적에 구애되
어[288] 끝내 달려가서 한 번 곡할 수 없기에 엿새 전 경오일(5일)에 조
카 홍문영(洪文榮)[289]을 보내 술과 과일의 전물(奠物)을 공경히 올리
고 다음과 같은 글로 고하도록 한다.

287　심일지(沈一之)에 대한 제문 : 저자의 벗인 심정진(沈定鎭, 1725~1786. 7. 11)
에 대한 제문으로, 저자가 66세 때인 1787년(정조11) 7월에 지은 것이다. 심정진은
본관은 청송(靑松), 자는 일지, 호는 제헌(霽軒)이다. 아버지는 심사증(沈師曾)이며,
박필주(朴弼周)・김원행(金元行)의 문인으로, 저자보다 3세 아래이다. 1753년(영조29)
사마시에 합격하고 호조 좌랑, 회덕 현감(懷德縣監), 송화 현감(松禾縣監), 동지중추
부사 등을 역임하였다. 저서에 《제헌집》, 《미호언행록(渼湖言行錄)》 등이 있다.

288　행적에 구애되어 : 당시 저자는 1786년(정조10) 10월 5일 정3품 성균관 좨주(成
均館祭酒)에 임명되었으나 이를 사양하는 내용의 소를 동년 10월과 이듬해 4월, 두
차례에 걸쳐 올리고서 나가지 않는 상황이었다. 두 차례의 사직 상소는 《삼산재집》
권1에 보인다.

289　홍문영(洪文榮) : 1768~1803. 자는 군행(君行)이며, 뒤에 홍정모(洪正謨)로 개
명하였다. 저자의 둘째 누이동생의 남편이자 아버지 김원행(金元行)의 문인인 홍낙순
(洪樂舜, 1732~1795)의 장자(長子)이다. 뒤에 작은할아버지의 아들인 홍낙연(洪樂
淵, 1724~1785)의 양자로 들어갔다. 《풍산홍씨대동보》에는 생몰년이 1746~1812년으
로 되어 있는데, 아버지의 생년을 근거로 보면 1768년으로 된 기록이 옳을 듯하다.
《洪象漢, 豐山洪氏族譜, 木版, 英祖44(1768)》《豐山洪氏大同譜 卷4 文敬公系 秋巒公
門中 18世》

작년 칠월에 去歲七月

내가 선친의 기일[290]에 곡할 때였습니다 余哭先忌

좌중의 손님들을 돌아보고 얘기하는데 顧語坐客

일지 그대가 보이지 않았습니다 一之不至

속으로 불안한 마음이 들어 心焉有動

급히 편지를 써서 안부를 물었는데 亟以書候

그대의 답장은 받지 못하고 不見其答

마침내 부음을 듣게 되었습니다 乃得其訃

그대는 우리 선친에 대해 兄於先子

슬퍼하고 사모함이 나와 같았는데 悲慕同余

어찌 온화하게 모시기를[291] 豈其誾侍

예전과 같이 하지 않는단 말입니까 如平昔歟

내가 질긴 목숨 죽지도 못하고 余頑不死

또 이때를 만나게 되었으니 又逢此時

그대가 만일 앎이 있다면 兄如不昧

도리어 나를 위해 슬퍼할 것입니다 反爲我悲

나는 졸렬하여 취해 쓸 것이 없고 余拙無取

세상에는 지우가 없습니다 於世寡遇

오직 믿는 것은 그대뿐이었으니 所賴惟兄

---

290 선친의 기일 : 저자의 아버지 김원행은 1772년(영조48) 7월 7일 세상을 떠났다.

291 온화하게 모시기를 : 《논어》〈선진(先進)〉에 "민자건은 공자를 곁에서 모실 때 온화하였다.〔閔子侍側, 誾誾如也.〕"라는 내용이 보이는데, 민자건은 공자의 제자 중 증자와 더불어 효행으로 이름난 사람이다.

우리 선친 덕분이었습니다 　　　　　　　先子之故

그대를 형제와 같이 여겨서 　　　　　　視猶兄弟

흰머리가 되도록 변치 않았고 　　　　　　白首不渝

또한 그 지취로 말하여도 　　　　　　　亦其臭味

우연히 서로 맞았습니다 　　　　　　　偶有相符

함께 서신을 주고받으며 　　　　　　　尺牘來往

열흘이나 한 달을 멀게 여겼고 　　　　旬月爲疏

황량한 강가 굽이까지 　　　　　　　　荒江之曲

나귀 타고 자주 찾아주었습니다 　　　屢聞鳴驢

안장 머리에서 술단지를 내리고 　　　鞍頭壺解

소매 속에서는 글을 꺼내었으며 　　　袖中文出

내 책상 위의 서적을 뽑아 들고 　　　抽我牀書

위아래로 평을 붙였더랬습니다 　　　上下揚扢

풍과 아의 올바름과 변함에 대해[292] 　風雅正變

이치와 형상의 은미함과 드러남에 대해　理象微著

그리고 더 나아가 우리의 　　　　　　爰及吾儕

나아가고 물러남, 출사와 은거에 대해　行休出處

살 집을 정하는 오랜 계획에 대해 　　卜築舊謀

---

292 풍(風)과…대해 : 풍과 아(雅)는 송(頌)·부(賦)·비(比)·흥(興)과 함께 시육의(詩六義)의 일종으로, 여기에서는 《시경》을 의미한다. '올바름'은 15국풍(國風) 중〈주남(周南)〉·〈소남(召南)〉의 정풍(正風) 시와 〈정소아(正小雅)〉·〈정대아(正大雅)〉의 정아(正雅) 시를 이른다. '변함'은 정사가 혼란하고 쇠해져서 나온 변풍(變風)과변아(變雅)로, 변풍은 〈주남〉·〈소남〉을 제외한 나머지 13풍을 이르며, 변아는 대체로〈대아(大雅) 민로(民勞)〉 및 〈소아(小雅) 유월(六月)〉 뒤에 나오는 시들을 가리킨다.

책을 쓰는 새로운 계획에 대해	著述新業
어느 것인들 말하지 않은 것이 있었습니까	何言不到
말하여 마음이 맞지 않은 것이 있었습니까	而不與合
다만 사계와 신독재에 관한 구절은[293]	惟沙愼句
그대가 우연히 실수한 것이라	兄偶失語
오히려 잡아주고 끌어주어	尙冀提挈
함께 끊어진 전통을 찾기 바랐습니다	共尋墜緒
혹여 밝혀낸 바가 있으면	或有所明
그대 덕분에 돌아가 고하리라	藉手歸告
오직 이런 마음으로 다짐하여	惟此心期
세모의 지조를 면려했더랬습니다	勖以歲暮
그대가 이제 이렇게 버리고 떠나니	兄今棄去
만사가 길이 끝나고 말았습니다	萬事永已
하늘이 나를 궁박하게 하는 것이	天之窮余
마침내 이 지경까지 이르렀단 말입니까	乃至於此
붉은 거문고 줄 같은 올곧음과	朱絃之直
옥 호리병 같은 깨끗함과[294]	玉壺之淸
어린아이 같은 효성과	嬰兒之孝

---

293 다만……구절은 : 사계(沙溪) 김장생(金長生)과 그의 아들 신독재(愼獨齋) 김집 (金集)의 예설을 가리키는 듯하나 자세하지 않다.

294 붉은……깨끗함과 : '붉은 거문고 줄'은 곧은 성품을, '옥 호리병'은 청정하고 고결한 품격을 비유한다. 남조 송(宋)나라 포조(鮑照)의 〈백두음(白頭吟)〉에 "곧기는 붉은 실로 된 거문고 줄과 같고, 깨끗하기는 옥 호리병 속의 얼음과 같네.〔直如朱絲繩, 淸如玉壺冰.〕"라는 구절이 보인다. 《後漢書 卷82下 方術列傳 費長房》

처녀 같은 정고함을	處女之貞
깜깜한 내 눈으로	黯黯吾目
어찌 다시 친할 수 있겠습니까	寧可復親
모르겠습니다 지금 세상에	不知今世
다시 이런 사람을 얻을 수 있겠습니까	更得斯人
그대가 쓴 글은	兄之文章
굳세고 깨끗하며 웅혼하고 통창하니	峻潔宏肆
오묘한 이치를 드러내고 밝혀서	發揮奧妙
찬란히 책 상자에 가득합니다	爛其盈笥
누가 사람이 죽었다고 말합니까	孰謂人亡
그 정신이 바로 여기에 있습니다	精爽在玆
다행히 여러 공들이 계셔서	幸有諸公
그대의 글을 교정하여 간행하였습니다	校以刊之
문집 서두에 붙일 글을	弁卷之作
나에게 짓도록 하였으나	令從余屬
내가 병이 심하여 다 죽어가기에	余病濱死
스스로 지을 수가 없습니다	莫能自力
그러나 비록 이 글이 없더라도	雖其無此
그대의 글은 절로 불후할 것이지만	兄自不朽
뒤에 죽는 자의 책임은	後死之責
내가 실로 저버림이 많습니다	余實多負
글을 봉하여 술과 함께 보내려니	緘辭寄酹
늙은이의 눈물이 뺨을 적십니다	老淚交頤
저승과 이승이 멀지 않으니	幽明不隔

나의 그리움을 그대는 알 것입니다 　　　　　　　我懷兄知

오호라, 애통합니다 　　　　　　　　　　　　　嗚呼哀哉

부디 흠향하소서 　　　　　　　　　　　　　　尙饗

비를 기원하는 제문[295] 금산에 있을 때 지은 것이다.

祈雨祭文 在錦山時

삼가 생각건대 대신께서는	恭惟大神
실로 토지와 오곡을 주관하시니	實司土穀
우리 백성들을 보우하사	佑我烝黎
은택을 베풀어주셨습니다	涵濡渥澤
아, 지금의 가뭄이	噫今之旱
달이 지나도록 갈수록 혹심해지니	閱月采酷
어떤 냇물인들 마르지 않겠으며	何川不涸
더구나 봇도랑이야 어떻겠습니까	矧爾溝洫
이미 밀과 보리는 망쳤으니	旣失來麰
바라는 것은 가을걷이입니다	所冀秋熟
모를 땅에 꽂을 수도 없는데	秧不揷地
어떻게 수확을 하겠습니까	何有收穫
임금님께 바칠 세금은 어디에서 내며	王賦安出
백성들은 어디에서 먹을 것을 구하겠습니까	民安所食
허물은 이 고을을 맡은 저에게 있으니	咎在守土
저를 심하게 질책하는 것은 당연합니다	宜蒙顯謫

---

295 비를 기원하는 제문 : 저자는 55세 때인 1776년(정조 즉위년) 10월 11일 기유일에
금산 군수(錦山郡守)에 임명되고 3년 뒤인 1779년(정조3) 6월 14일 병인일에 밀양
부사(密陽府使)에 임명되었는데, 이 글은 금산 군수로 재직했던 이 기간에 지은 것이
다. 금산은 전라남도 나주(羅州)의 옛 이름이다.

그러나 참으로 불쌍한 이들은 백성입니다   可哀惟民

어찌 차마 굶어 죽어 구렁에 구르게 하겠습니까   寧畀溝壑

이에 감히 간소한 제수를 진설하여   敢陳菲需

공손히 큰 은혜를 기다립니다   恭俟大德

시원하게 비를 한 번 내려주신다면   需然一注

이보다 더한 바람이 없겠습니다   無不優足

　　이상은 사직단에 기원하는 글이다.

우리 고을 동쪽의 진산이라   郡東之鎭

이 산은 바로 조종산이니   茲惟祖宗

영험한 자취를 드러내고   式著靈迹

우리 농민들을 이루어주셨습니다   濟我三農

한발은 어떤 귀신이기에   旱魃何鬼

감히 그 포악함을 부린단 말입니까   敢肆其虐

비가 오려나 비가 오려나 기다린 지   其雨其雨

벌써 석 달이 다 되었습니다   至于三朔

작열하는 햇빛이 낮이면 불타오르고   烈日晝熾

싸늘한 바람이 저녁이면 불어대니   凄風夕吹

높은 곳의 논도 낮은 곳의 밭도   高田下疇

하나같이 모두 상하고 황폐해졌습니다   一以傷夷

더구나 이제 모종을 옮겨 심어야 하는데   矧茲移種

그 시기를 이미 놓치고 말았으니   厥期已愆

백성의 농사를 통절히 생각하면   痛念民事

무슨 말을 할 수 있겠습니까   言何可宣

임금님께서도 근심이 크시어	九重憂殷
애절한 조서를 내려 매우 슬퍼하십니다	哀詔孔惻
신과 인간은 간격이 없는데	神人無間
어찌하여 이에 감응하지 않습니까	寧不感激
이에 희생과 폐백을 바쳐서	玆將牲幣
감히 큰 은혜를 바라오니	敢邀大惠
정성이 작다 하지 마시고	勿以誠微
한 차례 시원한 비를 내려주소서	賜我一霈

　이상은 조종산(祖宗山)에 기원하는 글이다.

고을의 진락산이	進樂之山
축적한 기운 성대하여	蓄氣熊熊
이에 영험한 굴을 두니	爰有靈窟
밝은 신명께서 사시는 곳입니다	明神所宮
구름을 내보내고 안개를 거두시니	噴雲斂霧
그 이로움 매우 광대합니다	厥利孔博
그런데 어찌하여 금년 여름엔	云何今夏
이처럼 혹심한 가뭄을 내리십니까	旱如此虐
잘 개간된 평야와 습지가	畇畇原濕
시뻘건 붉은 땅이 돼버렸으니	艴爲赭地
온갖 곡식은 모두 말라비틀어졌고	百穀卒瘁
어른도 아이도 모두 병들었습니다	小大遑瘁
어제 비로소 빗방울 떨어지기에	昨旣始雨
적셔주는 은혜를 입으리라 기대했는데	庶蒙渥惠

하루도 되지 않아 쨍쨍하니　　　　　　　　不日杲杲

누가 그 사이를 헤아리겠습니까　　　　　孰測其際

진실로 제가 무능한 탓이라　　　　　　　良由不才

고을의 정무를 잘못 보아서이니　　　　　謬視郡簿

덕이 부족하기에 정사가 어그러져　　　　德薄政乖

하늘의 노여움을 입게 되었습니다　　　　逢天癉怒

길이 반성하고 뉘우치노니　　　　　　　永言省悔

어찌 감히 벌을 사양하겠습니까　　　　　曷敢辭罰

그러나 오직 이 백성들만은　　　　　　　惟此小民

또한 신명께서 가엾게 여기는 이들입니다　亦神所恤

이에 희생과 단술을 바쳐서　　　　　　　茲將牲醴

힘을 다해 정성을 바치오니　　　　　　　匍匐歸命

바라건대 시원하게 한 차례 비를 내려주어　願傾一霈

근심을 돌려서 경사가 되게 하소서　　　　回憂爲慶

　　이상은 수굴(水窟)에 기원하는 글이다.

오십 일 동안 내내 가뭄이 들어　　　　　一旱五旬

벌써 한여름이 되었으니　　　　　　　　至于夏中

온갖 곡식이 모두 말라비틀어져　　　　　百穀卒瘁

우리 농민들을 근심스럽게 합니다　　　　憂我三農

죄는 이 고을을 맡은 저에게 있으니　　　罪在守土

어찌 감히 한가하게 쉬겠습니까　　　　　曷敢遑息

검푸른 골짝의 강물은　　　　　　　　　峽江黝黝

용과 이무기가 사는 곳이니　　　　　　　龍螭所伏

희생과 폐백을 공경히 진설하여	肅陳牲幣
감히 밝으신 신명께 호소합니다	敢控明神
바람과 우레를 속히 보내주어	揮霍風雷
은혜롭게 시원한 비를 내려주소서	惠我霈然

　　이상은 오미담(五味潭)에 기원하는 글이다.

절기로 보면 하지가 드는 때라	節交夏至
백성들의 농사가 날로 급합니다	民事日棘
그런데 어찌하여 극심한 가뭄이	如何亢旱
지금까지도 해를 끼친단 말입니까	至今爲毒
모종을 옮겨 심고 그루갈이 하는 것이	移種根耕
모두 이미 시기를 놓치고 말았으니	皆已愆期
다시 때가 조금 더 지나버리면	更過幾時
비가 온들 무슨 소용이겠습니까	雖雨奚爲
명산에 두루 기도를 드려도	遍禱名山
응답을 받는 것은 더욱 아득하니	報應愈邈
신명께서 보우하지 않은 것이 아니라	非神不佑
스스로 부족한 정성이 부끄럽습니다	自愧誠薄
오직 이 농부들만은	惟此農夫
실로 허물할 죄가 없으니	實無罪尤
저들을 고통스럽게 하는 것은	使其顚連
또한 신명께서 부끄러워하실 일입니다	亦神之羞
저녁 구름을 잔뜩 끼게 한 것은	靄靄暮雲
혹여 뜻이 있어서가 아니십니까	豈或有意

바라건대 한 차례 비를 쏟아주어　　　　　　　願言一霈

우리의 간절한 소원을 위로해주소서　　　　　慰我渴企

　　이상은 구적굴(口笛窟)에 기원하는 글이다.

석 달 동안 내내 가뭄 들다　　　　　　　　　三朔之旱

하룻밤 잠시 비가 내리더니　　　　　　　　　一宵之雨

조금 뒤에 다시 불볕이라　　　　　　　　　　俄復赫炎

달구어진 솥에 물을 뿌린 듯합니다　　　　　如沃焦釜

하늘은 사람들을 사랑하시니　　　　　　　　上穹愛民

어찌 그 베풂을 아끼겠습니까　　　　　　　寧慳厥施

진실로 직책을 잘 수행하지 못해　　　　　　良由失職

이런 재앙을 초래한 것이니　　　　　　　　　致此災乖

가만히 돌아보고 생각건대　　　　　　　　　靜言省念

큰 벌인들 어찌 사양하겠습니까　　　　　　罪殛何辭

그렇다 하나 저 요망한 한발이　　　　　　　抑彼妖魃

감히 멋대로 포악을 부린 것은　　　　　　　敢操縱是

빛나고 빛나는 밝으신 신명께서　　　　　　赫赫明神

수치스럽게 여기실 일입니다　　　　　　　　時維其恥

깊은 연못 속에는　　　　　　　　　　　　　深潭之中

구름이 있고 우레가 있으니　　　　　　　　有雲有雷

바로 이때 떨쳐 일어나　　　　　　　　　　時哉奮發

영험한 위엄을 드러내소서　　　　　　　　　以彰靈威

뭉게뭉게 구름 짓고 시원하게 비를 내려서　油然霈然

우리 한 고을 두루두루 적셔주신다면　　　　洽我一邦

신명께서 내려주신 은혜를   維神之德

영세토록 감히 잊겠습니까   永世敢忘

  이상은 대야탄(大也灘)에 기원하는 글이다.

고문告文

대로사에 우암 선생을 봉안하는 축문[296]
大老祠尤庵先生奉安祝文

오백 년에 한 번 성인(聖人)이 나오는데[297]　　　　　五百聖作

296 대로사(大老祠)에……축문 : 저자가 64세 때인 1785년(정조9)에 우암(尤庵) 송시열(宋時烈, 1607~1689)을 대로사에 봉안하면서 지은 축문이다. '대로'는 덕망이 높은 노인이라는 뜻이다. 《맹자》〈이루 상(離婁上)〉의 "두 노인은 천하의 대로이다.〔二老者, 天下之大老也.〕"라는 구절에서 차용한 것으로, 여기의 '두 노인'은 백이(伯夷)와 태공망(太公望) 강여상(姜呂尙)을 가리킨다. 대로사는 1785년에 정조의 명으로 송시열을 제향하기 위하여 경기도 여주(驪州)의 남한강변에 건립한 사당이다. 동년 9월에 정조는 '대로사'라는 사호(祠號)와 편액을 내리고, 2년 뒤인 1787년(정조11)에 송시열이 태어난 지 3주갑이 되는 해라 하여

대로사비명(大老祠碑銘)
정조 어제친필(규장각 奎9986)

이곳에 대로사비(大老祠碑)를 세웠다. 자세한 내용은 《홍재전서》권15〈대로사비명(大老祠碑銘)〉에 보인다. 대로사는 1873년(고종10)에 강한사(江漢祠)로 이름을 바꾸었다.

297 오백……나오는데 : 이와 관련하여 《맹자》〈공손추 하(公孫丑下)〉에 "5백 년에 반드시 왕도를 행하는 왕이 나오니, 그 사이에 반드시 세상에 유명한 자가 있다.〔五百年

성인들은 반드시 같은 덕을 지녔으니	必有同德
은나라 이윤(伊尹)과 주나라 여상(呂尙)이	殷摯周尙
천 년 동안 맑고 표일하였습니다	千載灑落
하늘의 운수가 우리나라로 돌아와	歸來我東
또 하나의 창성한 시기가 되니	又一昌期
효종께서 천명에 응하여 즉위하시어	孝廟當天
장차 큰일을 하고자 하셨습니다	將大有爲
바로 이때 우암 선생께서	維時先生
은거하던 산림에서 몸을 일으켜	起自山中
주자의 학문을 가지고서	以朱子學
《춘추》의 공을 자임하시니[298]	任春秋功
위태롭고 은미한 큰 가르침[299]과	危微大訓
토죄와 복수의 올바른 의리를	討復正義
봉사(封事)와 악대[300]를 통해	囊封幄對

必有王者興, 其間必有名世者.〕"라는 내용이 보인다.

298　바로……자임하시니 : 1637년(인조15) 1월에 병자호란이 삼전도(三田渡)의 굴욕으로 끝이 나고 소현세자(昭顯世子)와 봉림대군(鳳林大君)이 청나라에 인질로 잡혀가자, 우암이 낙향하여 10여 년 동안 은거하다가 1649년 효종이 즉위하여 척화파와 산림(山林)들을 등용할 때 출사하여 존주대의(尊周大義)와 복수설치(復讐雪恥)를 주장한 것을 이른다.

299　위태롭고……가르침 : 요(堯), 순(舜), 우(禹) 세 성인(聖人)이 전했다는 16자 심전(十六字心傳)을 이른다. 《서경》〈대우모(大禹謨)〉에 "인심은 위태롭고 도심은 은미하니, 오직 정밀하고 전일하여야 진실로 그 중을 잡으리라.〔人心惟危, 道心惟微, 惟精惟一, 允執厥中.〕"라는 내용이 보인다.

300　봉사(封事)와 악대(幄對) : '봉사'는 송시열이 43세 되던 1649년(효종 즉위년)에

해와 별처럼 밝게 내걸었습니다	日星昭揭
담비 갖옷의 하사를 받으시니301	貂裘有賜
요동과 계주(薊州)를 삼킬 기세였건만	氣呑遼薊
아, 하늘이 보우하지 않으시어	噫天不佑
궁검이 갑자기 떨어지고 말았습니다302	弓劍遽隳
대업을 아직 끝마치지 못해	大業未終
만년토록 한이 남게 되었으나	遺恨萬祀
선생께서 수립하신 공적은	然其所樹
이 세상의 법도가 되었습니다	天經地紀
우리 백성들이 지금까지도	民到于今
예의를 지키고 관대(冠帶)를 착용하니	禮義冠裳
이것은 한 번 다스려진 것이라303	以當一治

올린 〈기축봉사〉16조목과, 51세 되던 1657년(효종8)에 올린 〈정유봉사〉19조목을 이른다. '악대'는 1659년(효종10)에 이조 판서 송시열(宋時烈)이 입시했을 때 효종이 악차(幄次)에서 장식(張栻)을 인대했던 송나라 효종의 고사에 의거하여 승지와 사관 및 환관까지 내보내고 송시열과 두 사람만 남아 계책을 나누었던 일을 이른다. 효종이 승하한 뒤 송시열은 이때의 문답을 찬술하고 《악대설화(幄對說話)》라고 이름 지었다. 《宋子大全 卷5 己丑封事, 丁酉封事》《林下筆記 卷18 文獻指掌編 幄對故事》

301 담비……받으시니 : 송시열이 52세 되던 1658년(효종9) 12월 10일의 일이다. 이를 사양하는 송시열의 차자(箚子)가 문집과 《승정원일기》에 모두 보인다. 《承政院日記 孝宗 9年 12月 10日, 12月 11日》《宋子大全 卷8 辭貂裘箚》

302 궁검(弓劍)이……말았습니다 : 효종이 1659년(효종10) 5월 4일 승하한 것을 이른다. 황제(黃帝)가 승천할 때 오호(烏號)라는 활[弓]을 떨어뜨리고 장사 지낸 교산(橋山)에는 빈 관(棺)에 칼[劍]만 있었다는 고사에서 유래하여 임금의 갑작스러운 죽음을 뜻하게 되었다.

303 이것은……것이라 : 우암이 일치(一治)에 해당하는 공적을 세웠다는 말이다.

그 누가 이룸이 없다고 하겠습니까   孰云無成

돌아보면 이 여주의 땅은   睠茲黃驪

실로 성인이 묻히신 곳이니[304]   實葬聖人

아아, 순 임금을 부르짖으며   於焉叫舜

종신의 눈물이 다 말랐더랬습니다[305]   淚盡宗臣

북벌의 계책과 석물의 슬픔이란   金戈石獸

시 구절만 남아 쓸쓸하니[306]   詩句凄涼

자취를 더듬으면 흠모의 마음 일어나   撫迹興慕

어느 누가 배회하고 서성이지 않겠습니까   疇不徊徨

사림에서 논의를 한 끝에   士林有議

이곳에서 제향하게 되었으니   俎豆於是

마치 촉의 금정과도 같아서   如蜀錦亭

군신이 한 사당에 있게 되었습니다[307]   君臣同祠

《맹자》〈등문공 하(滕文公下)〉에 "천하에 인간이 살아온 지가 오래되었는데 한 번 다스려지면 한 번 어지러워졌다.〔天下之生久矣, 一治一亂..〕"라는 내용이 보인다.

304 돌아보면……곳이니 : 효종의 능인 영릉(寧陵)이 경기도 여주(驪州)에 있는 것을 이른다.

305 아아……말랐더랬습니다 : 효종의 승하에 우암 송시열이 통곡한 것을 이른다. '종신(宗臣)'은 세상에서 공경하는 신하라는 뜻이다.

306 북벌의……쓸쓸하니 : 우암 송시열의 〈밤에 청심루에 앉아 영릉을 바라보며 감회를 읊다〔夜坐淸心樓瞻望寧陵感賦〕〉라는 제목의 칠언율시 2수 중 두 번째 시에 보이는 "당년엔 연경의 북벌을 모의했는데, 오늘은 능 앞에서 석물을 슬퍼하네.〔當年薊北金戈計, 此日陵前石獸悲..〕"라는 구절을 가리킨다. 《宋子大全 卷4 夜坐淸心樓瞻望寧陵感賦》

307 마치……되었습니다 : '촉(蜀)의 금정(錦亭)'은 중국 사천성 성도(成都)의 금강(錦江) 가에 있는 두보(杜甫)의 초당(草堂) 안 정자를 이른다. 금정 동쪽으로 제갈량

이미 훼철되었다가 다시 건립되니	旣廢而擧
오직 우리 성군께서 밝히신 일이라	惟聖主明
거둥한 길에 뒤늦은 감회가 있어	輦路曠感
이에 신하들의 청을 따른 것입니다[308]	式循群情
이에 기둥을 세우고 지붕을 얹으니	爰治棟宇
그 완성된 모습 장엄하고 웅장하며	旣成翼翼

(諸葛亮)의 사당인 무후사(武侯祠)와 유비(劉備)의 사당인 한소열묘(漢昭烈廟)가 앞뒤로 연이어 있으며, 유비의 능인 혜릉(惠陵)은 무후사 서쪽에 있다. 우암 송시열의 사당인 대로사(大老祠) 역시 이를 모방이라도 한 듯 서향으로 건립하여 효종의 능인 영릉(寧陵)을 바라보도록 하였다. 금정과 관련하여 두보의 〈고백행(古柏行)〉에 "지난날을 회상해보면 길을 돌아 금정 동쪽으로 선주와 무후가 사당을 같이 하고 있었지.〔憶昔路繞錦亭東, 先主武侯同閟宮.〕"라는 구절이 보인다.

여주목지도(驪州牧地圖), 1872(규장각 奎10356)

308 이미……것입니다 : 대로사는 처음 1731년(영조7)에 정호(鄭澔), 민진원(閔鎭遠), 이재(李縡), 민우수(閔遇洙)에 의해 영당(影堂)의 형태로 세워졌으나, 우암의 영정을 봉안하기 전에 이광좌(李光佐)의 건의에 의해 중복 건립이라는 이유로 훼철되었다. 그 뒤 1779년(정조3) 정조가 영릉에 거둥했을 때 유생 윤석동(尹錫東) 등이 상소하여 훼철한 옛터에 다시 사당을 건립하게 해줄 것을 청하자 정조가 이를 윤허하여 대로사가 건립된 것이다. 《宋子大全 卷12 年譜 一百五十八年乙巳》

선생의 유상은 위엄 있고 엄숙한데   遺像凜然

그 기운은 태산으로 돌아갔습니다[309]   氣返喬嶽

영릉의 소나무가 멀리 눈에 들어오고   陵松入望

한강의 물은 하늘과 맞닿아 있으니   江漢連天

바람 같은 말 타고 구름 같은 깃발 세우고서   風馬雲旗

마치 이곳에서 노니시는 듯합니다   怳其周旋

이에 좋은 날을 가려서   玆選吉日

공경히 희생과 음식을 올리오니   肅薦牲粢

부디 저희를 돌아보시어   庶幾顧我

길이 바라보고 의지하게 하소서   永有瞻依

---

309 그……돌아갔습니다 : 우암 송시열이 어진 재상이었다는 말이다. 이와 관련하여
소식(蘇軾)의 〈조주한문공묘비(潮州韓文公廟碑)〉에 "신백(申伯)과 여후(呂侯)는 사
악에서 내려왔고, 부열은 죽은 뒤에 별이 되었다.〔申呂自嶽降, 傳說爲列星.〕"라는 구절
이 보인다. 부열은 은 고종(殷高宗)의 어진 재상으로, 죽은 뒤에 기성(箕星)과 미성(尾
星) 사이의 별자리가 되었다고 한다. 신백과 여후는 사악(四嶽)의 신령이 내려와서
탄생했다는 주 선왕(周宣王) 때의 두 어진 재상으로, 《시경》〈대아(大雅) 숭고(崧高)〉
의 "높디높은 산악이 우뚝 하늘에 닿았도다. 이 산에서 신령을 내려 보후(甫侯)와 신백
을 내셨도다.〔崧高維嶽, 駿極于天. 維嶽降神, 生甫及申.〕"라는 구절을 원용한 것이다.
여후는 보후와 같다.

고암서원의 수암 선생께 두 정일에 향사하는 축문[310]
考巖書院遂菴先生兩丁祝文

높고 깊은 덕을 지니고	崇深之德
바르고 큰 학문을 익히셨으니	正大之學
화양[311]의 적통이라	華陽嫡統
백세토록 공경합니다	百代攸式

310 고암서원(考巖書院)의……축문 : 우암(尤庵) 송시열(宋時烈, 1607~1689)의 수
제자인 수암(遂菴) 권상하(權尙夏, 1641~1721)에게 제사할 때 지은 축문으로, 지은
시기는 자세하지 않다. '고암서원'은 전라북도 정읍(井邑)에 있는 서원으로, 1695년(숙
종21) 6월에 지방의 유림이 송시열의 학문과 덕행을 추모하기 위해 창건하였다. 동년
9월에 '고암'으로 사액되었고, 1785년(정조9)에 권상하를 추가로 배향하였다. 흥선대원
군의 서원철폐령으로 1871년(고종8)에 훼철되었다. 1991년 유림에 의해 강당이 복원되
었으며 유허지에는 묘정비각(廟庭碑閣)이 남아 있다. 해마다 봄과 가을에 향사를 지낸
다. '두 정일'은 중춘 2월 첫 정일(丁日)과 중추 8월 첫 정일에 지내는 향사를 이른다.
311 화양(華陽) : 우암이 머물렀던 충청북도 괴산(槐山)의 화양동 계곡으로, 여기에
서는 '우암'을 가리킨다.

선친의 묘소에 표석을 세우고 지문을 묻을 때 고하는 글[312]
先考墓立表埋誌時告文

유세차 계사년(1773, 영조49) 9월 초하루가 정사일인 29일 을유일에 고애자(孤哀子) 이안(履安)은 감히 현고(顯考) 통정대부 공조참의 겸 성균관좨주 세손찬선 부군과 현비(顯妣) 숙부인 남양 홍씨(南陽洪氏)의 묘소에 밝게 고합니다.

　표석과 지문이 비로소 이루어져 내달 9일에 표석을 세우고 지문을 묻고자 하는데, 글을 부탁하는 일은 감히 초솔하게 할 수 없기에 표석은 앞쪽에 대자(大字)만 새기고 지문은 세계(世系)와 이력만 얼추 적어서 훗날을 기다립니다. 더 나아가 상석(床石)도 역시 갖추어서 같은 날 배치할 계획입니다. 이제 이 일을 시작하면서 감히 술과 과일을 마련하여 경건하게 고합니다. 삼가 고합니다.

---

312 선친의……글 : 선친인 김원행(金元行, 1702~1772)의 묘소에 표석(表石)을 세우고 지문(誌文)을 묻는 예를 행하기 위해 지은 고유문(告由文)으로, 저자가 52세 때인 1773년(영조49) 9월에 지은 것이다. 김원행은 1772년 7월 7일 세상을 떠났으며, 저자의 어머니 남양 홍씨는 이보다 5년 전인 1767년 1월 19일 세상을 떠났다.

선친의 영정을 석실서원에 봉안할 때 고하는 글[313]
先考影本奉安石室書院時告文

유세차 경자년(1780, 정조4) 10월 병오일이 초하루인 15일 경신일에
효자 통훈대부 행(行) 서원 현감(西原縣監) 서원진 병마첨절제도위
(西原鎭兵馬僉節制都尉) 이안(履安)은 지금 임소(任所)에 있기 때문
에 종자(從子) 인순(麟淳)[314]을 보내어 감히 현고(顯考) 통정대부 공
조 참의 겸 성균관 좨주 세손 찬선 부군께 밝게 고합니다.

　지금 사론(士論)이 일제히 일어나 집안에서 보관한 영정을 석실서원
에 봉안하려고 하기에 감히 참례(參禮)를 인하여 경건하게 고합니다.
삼가 고합니다.

313　선친의……글 : 저자가 59세 때인 1780년(정조4) 10월에 석실서원(石室書院)에
선친 김원행(金元行, 1702~1772)의 영정을 봉안하면서 지은 고유문이다. 석실서원은
경기도 양주(楊州)에 있던 서원으로, 석실은 양주의 마을 이름이자 저자의 6대조인
청음(淸陰) 김상헌(金尙憲, 1570~1652)의 호이다. 김상헌이 석실에서 사망한 것을
계기로 1656년(효종7)에 창건하여 김상헌의 형 김상용(金尙容, 1561~1637)을 배향하
고, 1663년(현종4)에 사액 받았다. 이후 김수항(金壽恒)·민정중(閔鼎重)·이단상(李
端相)·김창협(金昌協) 등을 추가 배향하여 선현 배향과 지방 교육의 일익을 담당했으
나 대원군의 서원철폐령으로 1868년(고종5)에 훼철되었다.

314　인순(麟淳) : 김인순(1764~1811)은 본관은 안동(安東), 자는 인서(仁瑞)이다.
생부는 김성행(金省行)의 아들 김이장(金履長, 1718~1774)이며, 저자의 아우 김이직
(金履直, 1728~1745)의 후사로 들어왔다. 음관(蔭官)으로 거창 목사(居昌牧使)를 역
임하였으며 사후 종1품 찬성(贊成)에 추증되었다.《安東金氏世譜, 安東金氏大同譜刊
行委員會, 1982》

수암 선생의 화상을 봉안한 뒤 우암 선생께 고하는 글[315]
遂菴先生畫像奉安後 告尤庵先生文

권 문순공(權文純公)의 유상(遺像)이 황강(黃江)[316]에서 이르렀기에 이제 받들어서 우암 선생의 옆에 봉안하니, 같은 당에서 온화하게 모시는 모습이 그야말로 옛날과 같습니다. 성대한 위의가 비로소 갖추어지니 기쁨과 경사스러움이 더욱 배가 됩니다. 이에 감히 고합니다.

315 수암(遂菴)……글 : 권상하(權尙夏, 1641~1721)의 화상을 봉안하면서 송시열(宋時烈, 1607~1689)에게 고한 고유문으로, 지은 시기와 봉안한 장소는 자세하지 않다. 권상하는 본관은 안동(安東), 자는 치도(致道), 호는 수암·한수재(寒水齋)로, 송시열의 수제자이다. 시호는 문순(文純)이다.

316 황강(黃江) : 충청북도 제천시 한수면 송계리에 있는 황강영당(黃江影堂)을 이른다. 황강영당은 1726년(영조2)에 건립되고 이듬해 사액을 받아 서원이 되었다가 1871년(고종8)에 철폐되고 영당이 되었다.

수암 선생께 고하는 글[317]

告遂菴先生文

작년에 올려 배향할 때 의당 유상(遺像)을 함께 공경히 모셔야 했는데 일이 겨를이 없어 지금까지 시행하지 못하고 있었습니다. 다행히 한수재(寒水齋)에 보관한 구본(舊本)이 있어서 삼가 모시고 왔기에 이에 길일을 가려 의식대로 봉안하니, 선비들이 우러러볼 제 맑은 의표를 황홀히 마주한 듯하여 기쁨을 금할 수 없습니다. 이에 감히 고합니다.

---

317 수암(遂菴)……글 : 권상하(權尙夏, 1641~1721)의 유상(遺像)을 봉안하면서 권상하에게 고한 고유문으로, 지은 시기와 봉안한 장소는 자세하지 않다. 권상하는 305쪽 주315 참조.

다른 사람을 대신하여 사당에 고하는 글[318]

代人告祠堂文

가만히 생각건대 기일(忌日)에 부모님께 함께 제사 드리는 것은 후하게 하는 쪽을 따르는 뜻[319]에서 나온 것이니 선대 때부터 시행된 지 이미 오래되어 감히 의론할 수는 없습니다. 다만 주 부자(朱夫子 주희(朱熹))의 《가례(家禮)》와 배치되어 낮은 사람에게 제사가 있을 때 감히 높은 사람을 끌어올 수 없을 뿐 아니라[320] 또 예가(禮家)의 밝은 가르침을 마음에 묻어두는 것이 끝내 감히 편안히 하지 못할 점이 있습니다. 이에 금년부터 일체 《가례》를 따라 기제(忌祭)에는 단지 해당 신위만을 모시고 제사를 지내려고 합니다. 정(情)으로는 비록 서운하지만 예(禮)로는 타당하니, 혹여 참람되고 경솔한 데로 돌아가

---

318 다른……글 : 지은 시기는 자세하지 않다. 기제(忌祭) 때 부모를 함께 모시던 구례(舊例)를 바꾸어서 앞으로는 《가례(家禮)》를 따라 해당 신위만을 모시고 제사를 지내겠다는 것을 고하는 고유문이다.

319 후하게……뜻 : 이와 관련하여 《주자어류(朱子語類)》 권89 〈예6(禮六) 관혼상(冠昏喪) 상(喪)〉에 "예가 의심스러울 때에는 후하게 하는 쪽을 따른다.〔禮疑從厚.〕"라는 내용이 보인다.

320 주 부자(朱夫子)의……아니라 : 《예기》 〈잡기 상(雜記上)〉에 "남자를 조부에게 부제할 때에는 조모를 함께 제사하지만, 여자를 조모에게 부제할 때에는 조부를 함께 제사하지 않는다.〔男子附於王父則配, 女子附於王母則不配.〕"라는 구절이 있는데, 정현(鄭玄)의 주에 "높은 사람에게 제사하는 경우 낮은 사람에게까지 제사할 수 있지만, 낮은 사람에게 제사하는 경우 감히 높은 사람을 끌어와 제사할 수 없다.〔有事於尊者, 可以及卑, 有事於卑者, 不敢援尊也.〕"라고 하였다. 《가례》 〈상례(喪禮) 부(祔)〉에 위 구절들을 인용하여 실었다.

지는 않을 듯합니다. 이에 세수(歲首)의 제사를 올리는 차에 감히 그
사유를 고합니다. 삼가 고합니다.

신해년 정월 초하루에 사당에 고하는 글[321]

辛亥正朝告祠堂文

유세차 신해년(1791, 정조15) 정월 초하루 병자일에 효증손(孝曾孫) 이안(履安)은 감히 현증조고(顯曾祖考) 자헌대부(資憲大夫) 예조판서 겸 홍문관대제학 예문관대제학 지춘추관성균관사(知春秋館成均館事) 동지경연사(同知經筵事) 세자좌부빈객(世子左副賓客) 증시(贈諡) 문간공(文簡公) 부군과 현증조비(顯曾祖妣) 정부인(貞夫人) 연안 이씨(延安李氏), 현조고(顯祖考) 학생 부군과 현조비(顯祖妣) 유인(孺人) 밀양 박씨(密陽朴氏), 현고(顯考) 통정대부(通政大夫) 공조참의 겸 성균관좨주 세손찬선(世孫贊善) 부군과 현비(顯妣) 숙부인(淑夫人) 남양 홍씨(南陽洪氏)께 밝게 고합니다.

불초가 제사를 공경히 받든 20년 동안 다행히 남기신 은택을 입어 큰 잘못을 면할 수 있었습니다. 근래 노쇠와 질병이 날로 심해짐으로 인해 근력이 떨어져서 오르고 내리며 절하고 꿇어앉을 때 거의 위의(威儀)를 이루지 못하고, 심지어는 지극히 경건해야 할 자리에 간혹 다른 사람에게 부축을 받기까지 하니 매번 몹시 송구하고 답답하여 용납될 곳이 없을 듯하였습니다. 가만히 생각건대 '70세를 노(老)라 칭하고 집안일을 자손에게 넘겨준다는 것〔七十老傳〕'[322]은 예(禮)에 그 가르침

---

321 신해년……글 : 저자가 70세 되던 1791년(정조15) 정월에 지은 고유문으로, 자신이 노쇠하여 더 이상 제사를 직접 지낼 수 없다는 내용이다. 저자는 동년 5월 27일 세상을 떠났다.

322 70세를……것 : 《예기》〈곡례 상(曲禮上)〉에 "40세가 되면 강(强)이라고 칭하

이 있고, 예전에 선친께서도 역시 이를 따라서 행하신 적이 있습니다. 이제 불초가 마침 그 나이에 찼고, 아들 봉순(鳳淳)[323]이 비록 아직 어리고 어둡지만 관례를 행하고 아내를 맞이한 지도 또한 여러 해가 되었기에 금년부터는 봉순에게 제사를 맡겨서 대행하는 예로 행하게 하되 일체를 선친께서 정하신 법식대로 하려고 합니다. 제반 가사는 불초가 다행히 남은 기운이 있으니 여전히 큰 줄기는 총괄하여 무너지지 않도록 하였다가 아들이 조금 그 짐을 감당할 수 있기를 기다려서 모두 맡기고자 합니다. 이에 세수(歲首)에 제사를 올리는 차에 감히 그 사유를 고합니다.

니, 벼슬살이를 시작한다. 50세가 되면 애(艾)라고 칭하니, 국정에 참여한다.……70세가 되면 노(老)라고 칭하니, 집안일을 자손에게 넘겨준다.……대부는 70세가 되면 치사한다.〔四十曰强而仕, 五十曰艾服官政,……七十曰老而傳,……大夫七十而致事.〕"라는 내용이 보인다.

323 봉순(鳳淳) : 1774~1816. 본관은 안동(安東), 자는 유문(幼文), 호는 오서(梧棲)이다. 생부는 김이계(金履銈)로, 삼종숙(三從叔)인 저자의 후사를 이었다. 김이계는 김원행(金元行)의 6촌 아우인 김범행(金範行)의 3남이다. 김봉순은 1801년(순조1) 진사시에 합격하고 영릉 참봉(寧陵參奉), 평시서 주부(平市署主簿), 호조 좌랑, 전생서 판관(典牲署判官), 공조 좌랑 및 정랑, 과천 현감(果川縣監) 등을 역임하였다. 사후 이조 참의에 추증되었다.

애사 哀辭

민택지에 대한 애사[324]
閔擇之哀辭

단암 상공(丹巖相公 민진원(閔鎭遠))[325]의 후인(後人)은 내가 이미 모두

---

324 민택지(閔擇之)에 대한 애사(哀辭) : 35세를 일기로 세상을 떠난 벗 민백선(閔百善, 1722~1756. 4. 16)을 애도하는 애사로, 지은 시기는 자세하지 않다. 민백선은 본관은 여흥(驪興), 자는 택지이며, 민진원(閔鎭遠)의 3남인 민통수(閔通洙)의 장남이다. 돈녕부 참봉(敦寧府參奉)에 임명되었고, 세자익위사 부솔(世子翊衛司副率)에 임명되었으나 숙배하기 전에 세상을 떠났다. 1756년(영조32) 5월 19일 경기도 광주(廣州)의 선영에 장례하였다. 민진원의 장남인 민창수(閔昌洙)의 아내가 저자의 생조부인 김제겸(金濟謙)의 여동생이다. '애사'는 뇌사(誄辭)와 같이 죽은 사람을 애도하는 글로, 뇌사가 세업(世業)을 기술한 것이 많고 대체로 4언으로 짓는 것과 달리, 애사는 슬픈 심정을 기술하고 장단구(長短句)를 사용하며, 주로 재능이 있는데도 쓰이지 못한 것을 슬퍼하거나 덕이 있는데도 장수하지 못한 것을 아파하는 내용으로 이루어져 있다. 《承政院日記》《貞蕤集 卷10 從姪副率墓誌》《燕石冊9 閔擇之〔百善〕哀辭〔丙子〕》《石堂遺稿 卷2 閔擇之哀辭》《吳訥, 文章辨體序說, 北京 : 人民文學出版社, 1998》《徐師曾, 文體明辨序說, 北京 : 人民文學出版社, 1998》

325 단암 상공(丹巖相公) : 민진원(閔鎭遠, 1664~1736)이다. 본관은 여흥(驪興), 자는 성유(聖猷), 호는 단암·세심(洗心)이다. 숙종의 비인 인현왕후(仁顯王后)의 오빠이자 우참찬 민진후(閔鎭厚)의 동생이며, 송시열(宋時烈)의 문인이다. 1691년(숙종17) 문과와 1697년(숙종23) 중시에 급제하였다. 홍문관 수찬 등을 역임하였고 신임사

알지만 나이가 같고 마음을 허락한 사람은 군(君)과 민백갑(閔百甲) 원지(元之)[326]뿐이다. 원지는 우뚝히 빼어난 기운을 받아서 그와 얘기해보면 흉중이 좁지 않고 개연히 당대에 훌륭한 일을 할 사람이었고, 군은 더욱 지조와 절개를 갈고닦아서 과거를 보고 벼슬을 하여 출세하는 것에 대해 달갑게 여기지 않았으며 그 입론(立論)과 행실이 확고하고 구차스럽지 않아 옛사람의 풍모가 있었다. 이 때문에 나는 일찍이 원지를 기이하게 여기고 군을 중히 여겼다.

처음에 내가 아직 단암공에게 인사를 드리기 전이었는데, 초상이 나고서야 동자로 상차(喪次)에 달려가 곡을 하니 군의 제부(諸父) 대인들께서 실로 조문을 받았었다.[327] 물러나서는 군의 형제와 서열을 따져서 함께 어울렸다. 그러다가 내가 관례(冠禮)를 마친 뒤에 또 향선생(鄕先生)을 뵙는 예(禮)[328]로 군의 종숙부인 장령공(掌令公 민익수(閔

화 때 노론이 실각하면서 경상북도 성주(星州)에 유배되었다가 1724년 영조가 즉위하자 풀려나 우의정에 오르고 이듬해 좌의정에 올랐다. 1730년(영조6) 기로소(耆老所)에 들고 1733년 봉조하(奉朝賀)가 되었다. 시호는 문충(文忠)이다. 《渼湖集 卷18 奉朝賀丹巖閔公墓表》

326 민백갑(閔百甲) 원지(元之) : 민진원의 차남인 민형수(閔亨洙)의 4남이다.

327 초상이……받았었다 : 1736년(영조12) 민진원의 초상이 났을 때 저자의 아버지 김원행(金元行)은 금강산(金剛山)을 유람하고 있어 함께 부음에 달려가지 못했던 듯하다.

328 향선생(鄕先生)을 뵙는 예(禮) : 《의례(儀禮)》〈사관례(士冠禮)〉에 따르면, 관자(冠者)는 관례를 마치고 나면 입고 있는 삼가복(三加服) 차림으로 어머니와 형제, 고모, 자매를 차례로 알현한다. 그런 뒤에 다시 옷을 갈아입고 임금과 경대부, 향선생을 차례로 찾아가서 뵙는다. 향선생은 일찍이 경대부였다가 지금은 퇴직한 노인을 이른다. 여기에서는 저자가 관례를 마친 뒤 일찍이 고관을 지낸 마을의 어르신을 찾아뵙는 예로 먼 친척을 찾아뵌 것을 이른다.

翼洙))과 장령공의 아우 대헌공(大憲公 민우수(閔遇洙))[329]을 찾아뵙자, 두 공 역시 자식들에게 명하여 나를 만나보도록 하였다. 그때 원지의 선대부(先大夫)인 참판공(參判公 민형수(閔亨洙))과 군의 선대부인 참의공(參議公 민통수(閔通洙))은 이미 지위가 현달한 데다 한창 재능과 지략, 명망으로 사림이 종주로 여기고 있었고, 장령공 형제는 은거에 높이 뜻을 두어 한 시대에 덕망이 대단하였으며, 아래로는 군의 형제 10여 명이 모두 혁혁한 준재들이어서 문채가 서로를 비추었다. 이에 국가에는 원기(元氣)가 있게 되었고 우리 유학은 전형(典型)이 있게 되었으니, 한 집안의 인물이 성대하다고 말할 수 있을 것이다.

그러나 선배와 장로 및 민씨 선대의 아름다움을 본 사람들은 여전히 민씨 선대보다는 못하다고 여겼다. 그런데 얼마 지나지 않아 장령공이 먼저 세상을 떠나고 몇 년 사이로 참판공 형제가 모두 뒤따라 작고하여 세가(世家)의 풍도가 이미 텅 비어 없어져버렸고 여러 젊은이들 역시 꺾이고 가로막혀 뜻을 이루지 못하였다. 그러나 군과 원지가 무양하니 나는 당시 참판공 형제가 벼슬길에 나온 것으로 원지에게 재능을 펼치기를 바랐고 장령공 형제가 은거한 것으로 군에게 자신을 수양하기를 바랐다. 그리하여 다시 가문의 명성을 떨쳐서 훗날 세도(世道)에 도움 되기를 바랐는데, 원지가 또 요절하였고 군이 곧잘 병이 나니 나 역시 군을 위해 위태롭게 여겼는데 군이 지금 세상을 떠났으니, 아 슬프다.

---

329 장령공(掌令公)과……대헌공(大憲公) : 민진원의 형인 민진후(閔鎭厚, 1659~1720)의 장남 민익수(閔翼洙)와 차남 민우수(閔遇洙)를 이른다. 민익수는 1740년(영조16) 9월 16일 정4품 사헌부 장령에 임명되었고, 민우수는 1755년(영조31) 2월 4일 종2품 사헌부 대사헌에 임명되었다. 《承政院日記》

내가 아이였을 때부터 관례를 하고 이제 막 장성하게 되기까지 그 동안 직접 본 것이 곧 이와 같으니 성쇠의 갈림은 크게 탄식할 만하지만 또 어찌 한 집안만의 일이겠는가.

군은 휘가 백선(百善)이고 자는 택지(擇之)이다. 음직으로 여러 관직에 임명되었으나 벼슬하지 않았다. 나는 군이 임종 때 정신이 더욱 편안하고 또렷하여 대부인에게 '세상에 태어나 35년 동안 부끄러움 없이 살다가 죽는다.'는 말을 했다는 소리를 듣고 더욱 망연자실하였다. 그러나 애석하게도 나는 일찍이 군을 깊이 알지 못했던 사람이기에 겉으로 본 모습이 이러하다. 애사는 다음과 같다.

여흥[330]의 종족은 나라의 희망이니	驪興族兮邦之望
대대로 명망과 덕행으로 아름다움 길이 전하네	世名德兮流徽長
자손들 많이 나와 더욱 번창하였으니	子孫衆兮彌熾昌
누가 걸출하였나 택지가 훌륭하도다	誰其翹兮擇之良
키가 훤칠하게 커서 추창하는 모습 아름다웠고[331]	頎焉長兮美趨蹌
옛 가르침 따라 《시》와 《예》를 받들었네[332]	服古訓兮詩禮將

---

330 여흥(驪興) : 경기도 여주(驪州)의 옛 이름이다.

331 키가……아름답고 : '추창(趨蹌)'은 윗사람을 배알할 때 예법에 맞게 빠른 걸음으로 걷는 것을 이른다. 《시경》〈제풍(齊風) 의차(猗嗟)〉에 "아, 성대함이여! 키가 훤칠하게 크며, 억제하되 드날리는 듯하며, 아름다운 눈이 빛나며, 공교로운 걸음걸이가 예쁘기도 하니, 활쏘기도 잘하도다.[猗嗟昌兮, 頎而長兮, 抑若揚兮, 美目揚兮, 巧趨蹌兮, 射則臧兮.]"라는 구절이 보인다.

332 옛……받드네 : 자식이 아버지의 가르침을 따른다는 말이다. 《논어》〈계씨(季氏)〉에 공자가 홀로 서 있을 때 아들 리(鯉)가 빠른 걸음으로 뜰을 지나가는 모습을

법도를 실천하여 사당의 옥기(玉器)를 잡았고　　　蹈規矩兮握琮璜

글 읽는 것을 즐겨서 서적이 상에 가득했네　　　讀以樂兮書滿牀

성정과 기개 누그러뜨리고 틈틈이 술잔을 기울였고　伏性氣兮間杯觴

훌륭한 논의 제기할 땐 늠연히 방정했네　　　發名論兮凜正方

어울렸던 손님과 벗은 고관대작이 즐비했으니　　賓友從兮軒馹光

벼슬로 불렀으나 뜻이 맞지 않았네　　　願相招兮志莫當

이와 같이 산 것이 삼십 년 남짓이라　　　如是生兮三十强

부끄러움 없었으니 요절이 무슨 상관이랴　　無愧怍兮夭何妨

벗이 그 상을 주관하여 예물을 잘 살폈으니　　友治喪兮禮物詳

혼백은 즐거워하며 조상의 곁에 머물리라　　魂魄樂兮先人傍

계절이 차가워져 바람 불고 서리 내리니　　天時厲兮風以霜

큰 나무 흔들리고 뭇 꽃들 따라 떨어지네　　振大木兮從群芳

강호의 인물 중에 서글퍼하는 사람 많으니　　江湖人兮多感傷

우러러본 높은 하늘은 어찌 그저 창망한지　　仰高穹兮何蒼茫

보고 리에게 《시》를 배우라고 하여 리가 물러나 《시》를 익히고, 그 뒤에 또 공자가
홀로 있을 때 리가 뜰을 지나가는 모습을 보고 《예》를 배우라고 하여 리가 물러나
예를 배웠다고 한 데서 유래하였다.

윤군 의동에 대한 애사[333]
尹君儀東哀辭

내가 일찍이 도성 남쪽에 우거할 때 자주 윤백상(尹伯常)[334]과 어울려
문자 모임을 가졌는데, 새로 알게 된 소년들이 매우 기뻐하며 종종
낮과 밤을 이어서 함께 투호(投壺)를 하고 바둑을 두며 먹고 마시는
것으로 즐거움을 삼았다. 이렇게 하여 나는 윤씨(尹氏)를 많이 알게
되었는데, 동자로 옆에서 글을 읽으며 백상을 형이라고 부른 사람은
바로 숙우(叔羽 윤의동)였다.

　나는 군이 희고 아름다운 얼굴을 하고서 날카로운 눈빛으로 사람을
쏘아보며 예리한 검마냥 반짝반짝 재능과 기상을 드러내는 것을 보고
속으로 이미 기이하게 여겼다. 내가 왕래를 더욱 익숙히 하고 군 역시
더욱 장성하게 되자 군은 더욱 효순(孝順)하고 사람들을 사랑하였으며
친척에게 돈독하였다. 그와 얘기를 나눌 때에는 풍모가 온화하였고

333　윤군 의동(尹君儀東)에 대한 애사(哀辭) : 24세로 요절한 윤의동을 애도하는 애
사이다.　윤의동은　자는　숙우(叔羽),　본관은　해평(海平)이다.　윤두수(尹斗壽,
1533~1601)의 5세손이자 우의정 윤시동(尹蓍東)의 아우이다. 이 밖에 윤의동의 생몰
년과 이 글을 지은 시기는 자세하지 않다.

334　윤백상(尹伯常) : 윤시동(尹蓍東, 1729~1797)으로, '백상'은 자이다. 본관은 해
평(海平), 호는 방한(方閒)이다. 1754년(영조30) 증광시 문과에 병과로 급제한 뒤 시작
한 벼슬에 부침이 많았다. 김종수(金鍾秀)·심환지(沈煥之) 등 벽파와 함께 시파 공격
에 앞장섰고, 김한구(金漢耉)·홍인한(洪麟漢) 등 척신의 축재를 규탄하였다. 1795년
이조 판서를 거쳐 우의정이 되었다. 편저로는《향례합편(鄕禮合編)》이 있다. 시호는
문익(文翼)이다.

늘 개연히 어려운 사람을 돕고 긍휼히 여기는 뜻이 있어서 의리를 도울 만한 것이 있었다. 다만 나이가 아직 적어서 기운을 자만하여 대번에 법도를 실천하지 못했을 뿐이다.

세교(世敎)가 쇠한 이래로 중도의 선비를 얻기 어려운 지 오래되었으니,[335] 차츰차츰 폐하기보다는 차라리 법도에 구애받지 않는 선비나 기이한 절조를 지닌 선비를 취하여 그 재능에 따라 이루어준다면 수립함이 있을 수 있다. 이것이 공자가 진취적인 젊은이들을 그리워한 이유이다. 군은 아마도 이러한 부류일 것이다.

그러나 불행히도 이상한 병에 걸려 수년 동안 위중한 상태로 지내다가 마침내 일어나지 못하니 허락된 수명은 겨우 24년이다. 그 장례 때에 백상이 눈물을 흘리며 나에게 말하기를 "우리 아우는 훌륭한 일을 할 수 있었을 텐데 끝내 아무 일도 한 것 없이 죽고 말았으니 운명입니다. 다만 아우가 질병에 가로막히고 또 중간에 거상(居喪)까지 하여 문밖으로 발걸음을 하지 못하여서 죽었는데도 애석해할 만하다는 것을 아는 사람이 몇 없으니, 나는 이것이 슬픕니다."라고 하였다.

아아, 백상의 아우는 나의 아우이다. 그리고 나는 일찍이 백상의 슬픔을 가진 적이 있으니 그 말에 감동하여 그를 위해 애사를 지어서 상여 끈을 잡는 자들에게 주어 노래하게 한다. 군은 휘가 의동이고 숙우는 자이니 해평(海平) 사람이다. 애사는 다음과 같다.

---

335 중도의……오래되었으니 : 《논어》〈자로(子路)〉에 "중도의 선비를 얻어 함께할 수 없다면 반드시 광자나 견자와 함께할 것이다. 광자는 진취적이고 견자는 하지 않는 바가 있다.〔不得中行而與之, 必也狂狷乎! 狂者進取, 狷者有所不爲也.〕"라는 공자의 말이 보인다.

하늘이 낸 씩씩한 망아지가	矯矯天駒兮
골상이 천리마에 부합하니	骨相應圖
평범한 말에 견주어보면	顧視凡馬兮
의기가 본래 남달랐네	意氣自殊
굴레도 재갈도 없이	無覊與勒兮
민첩하고 호기롭더니	趫趫恣睢
크게 울며 홀로 나와서	嗷哮獨出兮
천하를 좁게 여겼네	八區爲隘
만일 왕량이 채찍을 잡고 조보가 앞에서 인도했다면	

使王良執策而造父前導兮

나는 그가 부상을 지나고 곤륜을 넘었을 것을 알지 못하겠네[336]

吾不知其轢扶桑而凌崑崙

이빨과 갈기가 튼튼해지기를 기다려서	俟齒鬣之方壯兮
내 거두어 하늘의 마구간에 바치려네	吾將收而獻之天閑
수레 방울 소리 울리며	和鑾警衛兮
오색구름에 춤추리라 여겼는데	翔舞五雲
마주친 운명 상서롭지 못해	遭命不祥兮
문을 나서자마자 쓰러졌네	出門而顚

---

336 만일……못하겠네 : 훌륭한 사람의 인도를 받았다면 많은 성취를 이루었을 것이라는 말이다. '왕량(王良)'은 춘추 시대 조간자(趙簡子)의 어인(御人)이다. 말을 잘 모는 것으로 유명하였다. '조보(造父)'는 주 목왕(周穆王)의 어인(御人)이다. 말을 잘 모는 것으로 유명하였다. '부상(扶桑)'은 신화에 나오는 나무 이름으로, 태양이 그 아래에서 나온다고 한다. '곤륜(崑崙)'은 산 이름으로, 신화에 따르면 곤륜산 위에 선경(仙境)이 있다고 한다.

어찌 바람과 서리를 경계하지 않았으랴   豈風霜之不戒兮

상서로운 물건은 오래갈 수 없어서라네   將瑞物之不可壽

싸라기눈 자욱하여 끝이 없는데   霰雪泱漭以無垠兮

북풍은 성난 울음을 울어대네   北風爲之怒吼

인적 없는 산 황량한 땅을 파고   穴空山之荒土兮

준마의 뼈를 묻어 천고를 기약하니   埋駿骨以千古

장차 화하지 않고 남아 있어서   將其有不化兮

구름과 우레를 꾸짖으며 이매를 달리게 하고 여우와 토끼를 엎드리게

하리라   叱咄雲雷走魑魅而伏狐兔

아아, 이제 모두 끝났으니   嗟乎已矣兮

이 원통함을 누구에게 호소하리오   銜冤誰愬

유홍지에 대한 애사[337]

俞興之哀辭

임인년(1782, 정조6) 10월 모일(某日)에 이안당(易安堂) 유군 흥지
(俞君興之)가 병으로 일어나지 못하게 되었다. 내가 급히 달려가 자
리에 나아가 곡하고 많은 눈물을 흘렸는데, 달이 지나고 해가 바뀌어
도 슬픔이 가시지 않는다. 아, 내가 누구와 다시 어울릴 수 있을까.

홍지는 그 외면을 보면 창연한 촌로일 뿐이나, 돈후하고 정직하며
예(禮)를 좋아하고 의(義)를 숭상하였으며, 부모를 섬기는 것은 효성
스러웠고 자식을 가르치는 것은 엄격하였다. 향리에 살면서는 조세를
감히 남보다 뒤로 미루지 않았고, 후진을 가르친 것은 효성과 공경과
충성과 신의에 대한 말을 입에 달고 살았다. 집이 가난하였으나 굶주림
을 참고 글을 읽어서 끝내 이익과 현달로 그 마음을 어지럽히지 않았
다. 무릇 홍지가 문학과 재능이 모두 남보다 뛰어나다고 말한다면 내가
알지 못하겠지만 그 질박한 행실로 말한다면 진실로 따라가기 어려운
점이 있으니, 이것이 내가 홍지를 좋아했던 이유이다.

오호라, 홍지가 처음 선군(先君 김원행(金元行))에게 배울 때 나는 홍
지와 교유를 하게 되었는데, 나이가 두 사람 모두 아직 적어서 지기(志
氣)가 한창 성할 때였다. 사방의 재주와 덕이 출중한 선비들이 날마다

---

337 유홍지(俞興之)에 대한 애사(哀辭) : 저자가 만년까지 우의를 나눈 벗 유한정(俞
漢禎, 1723~1782)을 애도한 애사로, 지은 시기는 자세하지 않다. 유한정은 본관은
기계(杞溪), 자는 홍지, 호는 이안당(易安堂)이다. 저자의 아버지 김원행(金元行)의
문인이며 저자보다 1세 아래이다. 유한정과 주고받은 시가 《삼산재집》 권1에 실려 있다.

구름처럼 몰려와서, 들어오면 가정의 화목한 즐거움이 있었고 나가면 붕우의 절차탁마의 유익함이 있었다. 오직 학업이 진전되지 않을까만 근심하였으니 어찌 다시 세간에 슬프거나 기쁜 일이 있다는 것을 알았겠는가.

그러다가 내가 부모님을 여의게 되어서는[338] 이미 희끗희끗한 흰머리로 문을 닫고 홀로 살다 보니 예전의 견문이 날로 거칠어지고 옛날 문하에 있던 선비들이 모두 뿔뿔이 흩어져 살게 되었으며, 또 간혹 가난과 병에 허덕이느라 한 해가 다 가도록 얼굴 한 번 보지 못하기도 하였다. 오직 홍지만이 강을 하나 사이에 두고 살아서 때때로 지팡이를 짚고 오가며 속마음을 터놓고 지난날을 얘기하며 이것으로 노년의 한 즐거움을 삼았다. 내가 홍지를 좋아한 데다 인간사가 변해가는 때에 함께 겪었던 것이 또 이와 같았는데 지금 홍지가 죽고 말았으니 어찌 슬프지 않을 수 있겠는가.

비록 그렇다고는 하나 이것은 우선 나의 안타까움을 논한 것뿐이니, 홍지의 현명함은 응당 온 고을을 위하여 애석해해야 할 일이다. 그리고 석실서원(石室書院)에 월강(月講)을 두었던 것은 선군께서 이 고을의 자제들에게 은혜를 베푸신 것이었다. 여러 자제들 중에 가려서 홍지로 하여금 이 일을 주관하게 하시니 홍지가 이 일에 온 마음을 다 쏟아부었었다. 그런데 불행히 근년 이래 세상에서 숭상하는 것이 점점 변하여 과거 공부와 쓸데없는 일에 얽매이는 사람이 많아지면서 서원에 모이는 사람도 거의 없게 되어 종종 생략하고 시행하지 않는 지경에까지

---

338 부모님을 여의게 되어서는 : 저자는 46세 되던 1767년(영조43) 1월에 모친상을 당하고, 51세 되던 1772년(영조48) 7월에 부친상을 당하였다.

이르게 되었다. 그리하여 당시 선군께서 품었던 뜻이 결실을 보지 못하는 데에 버려지도록 만들었으니, 이것은 홍지가 일찍이 근심했던 것이었고 나 역시 이를 근심하였다. 지금은 홍지가 또 세상을 떠났고 나는 힘을 쓸 수가 없으니 이에 더욱 홍지가 그립고 슬프다. 홍지는 휘가 한정(漢禎)[339]이니 기계(杞溪) 사람이다. 애사는 다음과 같다.

구름 뚫고 솟은 나무는 어찌 그리 창창한지	夫何雲木之蒼蒼兮
계곡의 시냇가 깊숙한 곳에 있네	而礀谷之窈如
밥 짓는 연기가 어렴풋이 눈앞에 있는 듯하니	煙火曖曖而在目兮
바로 숨어 살던 이가 거처하던 오두막이라오	乃幽人之所廬
도토리와 밤 주워 양식을 삼고	拾橡栗而爲糧兮
벽려와 여라 캐어 의복을 삼으며[340]	採薜蘿而爲裾
찌든 속세 벗어나 홀로 섰으니	離垢氛而獨立兮
아, 왼쪽엔 그림이요 오른쪽엔 서적이었네[341]	謇左圖而右書
처자식은 기뻐하며 원망함이 없었고	妻子欣欣而無怨兮
작은 새는 계단에서 익숙히 쪼아 먹었는데[342]	鳥雀馴於階除

---

339 한정(漢禎) : 저본에는 '정(禎)'이 '정(楨)'으로 되어 있으나,《삼산재집》권1 및 《미호집(渼湖集)》권1·권9 등에 근거하여 바로잡아 번역하였다.

340 벽려와……삼으며 : 은자(隱者)의 복장을 이른다.《초사(楚辭)》〈구가(九歌) 산귀(山鬼)〉의 "사람 같은 산귀가 산모퉁이에 있으니, 벽려의 잎으로 만든 옷을 걸치고 여라로 만든 띠를 둘렀도다.〔若有人兮山之阿, 被薜荔兮帶女蘿.〕"라는 구절에서 유래하였다.

341 아……서적이었네 : 주위가 모두 도서라는 뜻으로, 책을 좋아하고 배우기를 좋아한다는 말이다.

나는 실로 속진에서 용렬한 사람이라　　　　余實樸遨於塵埃兮

늙어서 미호의 나무꾼과 어부 되었네　　　　老作渼江之樵漁

다행히 지취가 서로 멀지 않아서　　　　幸臭味之無遠兮

때때로 오가며 가까이 지내니　　　　時杖屨之相於

얼굴 맞대고 옛날 일 얘기할 제[343]　　　　抗在昔而高談兮

의관을 정제하여 나를 숙연케 했네　　　　衣冠儼以肅余

나의 외롭고 구차한 목숨을 긍휼히 여기고　　　　愍余煢然而苟存兮

나의 늦은 배움이 엉성함을 근심하였네　　　　憂余晩學之荒疏

덕의를 기술하여 거듭 면려하고　　　　陳德義而申勉兮

간혹 서로 보고서 한숨을 쉬었네　　　　或相視而欷歔

시속이 경박하고 교묘해짐을 슬퍼했으니　　　　哀時俗之佻巧兮

그대와 함께 수레 타고 떠나기를 바랐건만[344]　　　　願與子乎同車

어이해 한 번 가서 내게 오지 않으신가　　　　何一往而不余卽兮

세월은 바삐 흘러 연초가 되었네　　　　歲忽忽而爲初

높은 누에 올라 저 멀리 바라보고　　　　登高樓而逈望兮

---

342 작은……먹었는데 : 유한정이 살았을 때 석실서원이 흥성했던 것을 이른다. 당
(唐)나라 두보(杜甫)의 〈남쪽 이웃〔南鄰〕〉이라는 시 가운데 "손님을 익히 보았기에
아이들이 기쁘게 맞이하고, 계단에서 그대로 먹이를 쪼아 먹는 건 작은 새들이 손님에게
익숙해서라오.〔慣看賓客兒童喜, 得食階除鳥雀馴.〕"라는 구절이 보인다.

343 얼굴……제 : 진(晉)나라 도연명(陶淵明)의 〈거처를 옮기다〔移居〕〉라는 시 가
운데 "이웃이 때때로 오니 마주하고 옛날 일 얘기하네.〔鄰曲時時來, 抗言談在昔.〕"라는
구절이 보인다.

344 그대와……바랐건만 : 《시경》〈패풍(邶風) 북풍(北風)〉에 "사랑하여 나를 좋아
하는 이와 손잡고 한 수레 타고 가리라.〔惠而好我, 攜手同車.〕"라는 구절이 보인다.

잠시 이리저리 거닐며 배회하노니 　　　　　聊逍遙而躊躇

봄날의 강은 얼음이 풀려 성엣장 떠다니고 　　春江渙渙而流澌兮

묵은 잔설은 교외의 들판에 모두 녹았네 　　宿雪盡於郊墟

어찌 이 긴긴날을 함께할 수 없는가 　　　　寧莫共此之永日兮

함께할 수 있다면 어찌 배와 수레 없다 하리오 　豈云無乎舟輿

매화는 어이해 싹을 틔우고 　　　　　　　梅何爲乎吐芽兮

술은 어이해 새로 걸렀나 　　　　　　　　酒何爲乎新醨

골짝 새의 정겨운 울음소리 감회가 이니 　　感谷鳥之和鳴兮

나만 홀로 쓸쓸히 외롭게 사는구나 　　　　余獨踽踽而孤居

남은 서적 감싸 안고 길이 탄식하노니 　　　抱殘書而永歎兮

긴긴 슬픔 가슴에 맺혀 풀 수가 없네 　　　結長悲而不可攄

잡저 雜著

산의생에 대한 논[1]
散宜生論

사서(史書)에서는 문왕(文王)이 유리(羑里)에 갇혔을 때 산의생(散宜生)이 준마와 미녀를 주왕(紂王)에게 바치자 주왕이 이를 기뻐하여 문왕을 풀어주었다고 말하니,[2] 아! 이것은 사마천(司馬遷)의 잘못

---

1 산의생(散宜生)에 대한 논(論) : 주(周)나라 문왕(文王)·무왕(武王) 때의 신하였던 산의생이 은(殷)나라의 마지막 왕인 주왕(紂王)에게 뇌물을 주고 유리(羑里)에 갇혔던 문왕을 구출했다는 사마천(司馬遷)의 기록을 오류로 단정하고 반박하는 내용의 논이다. '논'은 문체의 하나로 '의론하다〔議〕'라는 뜻이다. 논의 종류에 대해, 오눌(吳訥)은 사신(史臣)이 전(傳)의 말미에 의론을 붙여 그 인물의 선악을 결단하는 사론(史論)과, 학사나 대부들이 고금의 인물을 의론하거나 경사(經史)의 말을 평론하여 그 오류를 바로잡는 논(論) 등 2종류로 구분하였고, 서사증(徐師曾)은 이론(理論), 정론(政論), 경론(經論), 사론(史論), 문론(文論), 풍론(諷論), 우론(寓論), 설론(設論) 등 8종류로 분류하였다. 당나라와 송나라 때 이 문체로 인재를 등용하였다. 《吳訥, 文章辨體序說, 北京 : 人民文學出版社, 1998》《徐師曾, 文體明辨序說, 北京 : 人民文學出版社, 1998》

2 사서(史書)에서는……말하니 : 관련 내용이 《사기(史記)》 권3 〈은본기(殷本紀)〉, 권4 〈주본기(周本紀)〉, 권32 〈제태공세가(齊太公世家)〉에 보인다. 다만 〈은본기〉와 〈주본기〉에는 '굉요의 무리〔閎天之徒〕'라고만 말하고 산의생(散宜生)의 이름이 언급되

이다. 산의생은 성인(聖人)의 무리이니 그는 필시 천명을 알고 의리를 편안히 여겨 이에 대해 구차하게 하지 않았을 사람이다. 어찌 이런 짓을 했겠는가.

무릇 사람이 죽고 사는 것은 하늘에 달려 있으니 사람의 지혜와 힘으로 미리 피할 수 있는 것이 아니다. 그리고 주(周)나라가 쌓아온 덕과 문왕의 걸출함으로 은(殷)나라 주왕의 때를 당하여 남이 비록 해치고자 하였어도 끝내 유리에서 죽었겠는가. 참으로 문왕이 끝내 유리에서 죽었다면 이것은 하늘이 포악하여 이 백성들에게 마음이 없는 것이다. 비록 문왕이 벗어나고자 했더라도 끝내 화를 면할 수 있었겠는가. 준마·미녀와 무슨 상관이 있었겠는가. 이것은 의당 주나라의 노예도 모두 알았을 것인데 산의생이 몰랐다고 말할 수 있겠는가.

설사 문왕의 목숨이 하늘에 달려 있지 않고 준마와 미녀에게 달려 있었다 하더라도 나는 문왕의 마음에 준마와 미녀를 바쳐서 목숨을 얻는 요행보다는 차라리 준마와 미녀를 바치지 않아서 죽는 것을 편하게 여겼을 것임을 안다. 단지 문왕만 이렇게 생각한 것은 아니었을 것이다. 문왕의 신하들이라 할지라도 부모 같은 군주를 불의한 짓으로 벗어나게 하여 살리는 것을 충성으로 여기기보다는 차라리 의리를 편안히 여겨 죽도록 하는 길을 따르는 것을 큰 충성으로 여겼을 것이다.

맹무백(孟武伯)이 효(孝)에 대해 묻자 공자는 "살아 계시면 예로 섬기고, 돌아가시면 예로 장사 지내고 예로 제사 지내는 것이다.〔生事

어 있지 않으며, 〈제태공세가〉에 여상(呂尙, 태공망)이 산의생·굉요와 함께 미녀와 진기한 보물들을 주왕(紂王)에게 바쳐 문왕을 석방시켰다고 말하고 있다. '유리(羑里)'는 지금의 하남성 탕음현(湯陰縣) 북쪽에 있었던 지명이다.

之以禮, 死葬之以禮, 祭之以禮.〕"라고 답하였으니,[3] 감히 예(禮)대로
한결같이 하지 않음이 없어야 함을 말한 것이다. 부모가 병들면 부모를
위하여 의약과 기도로 그 목숨을 비는 것이 예이며, 부모가 물이나
불에 빠지면 부모를 위하여 달려가서 구원하여 그 목숨을 비는 것이
예이다. 그러나 부모가 적에게 대항하다 죽게 되었는데 그 자식이 적에
게 아첨하여 부모의 목숨을 비는 것은 예가 아니다. 그러므로 자식이
부모를 섬길 때 그 몸을 버리는 것은 괜찮지만 의리를 버리는 것은
불가하다. 무엇 때문인가? 의리를 버리는 것은 바로 부모의 의리를
버리는 것이기 때문이다. 적에게도 아첨하여 그 의리를 버려서는 안
되는데 더구나 군주에게 아첨하여 군주의 악을 더하게 해서야 되겠는
가. 의리를 버리는 일 중에 어느 것이 이보다 심하겠는가. 비록 문왕에
게는 아무런 해가 되지 않는다 말하여도 나는 믿지 못하겠다.

  아아, 문왕의 목숨은 끝내 준마와 미녀에게 달려 있지 않고 하늘에
달려 있었으니, 이를 모르고 준마와 미녀를 바쳤다면 이것은 천명에
무지한 것이고, 알고서도 준마와 미녀를 바쳤다면 이것은 의리에 무지
한 것이다. 천명에 무지하고 의리에 무지하다면 어떻게 군자가 될 수
있겠는가. 나는 이 때문에 사관(史官 사마천)의 잘못임을 아는 것이다.

  주나라 말기에는 권모술수를 숭상하여 망령된 남자들이 성현을 무

---

3 맹무백(孟武伯)이⋯⋯답하였으니 : '맹무백'은 '맹의자(孟懿子)'의 오류이다. 《논
어》 〈위정(爲政)〉에 맹의자가 효를 묻자 공자가 "어김이 없어야 한다.〔無違.〕"라고
답한 뒤, 제자인 번지(樊遲)가 공자의 수레를 몰며 이 말의 의미를 묻자 위와 같이
대답한 내용이 보인다. 맹무백이 효에 대해 물은 것에 대해서는 공자가 "부모는 오직
자식이 병들까만을 근심하신다.〔父母唯其疾之憂.〕"라고 대답한 것이 〈위정〉에 보인다.
맹무백은 노(魯)나라 대부인 맹의자의 아들이다.

고하게 끌어다가 자신의 욕심을 이루었으니, 예를 들면 이윤(伊尹)이 요리를 가지고 탕왕(湯王)에게 등용되기를 구하였다 말하고[4] 공자가 시인(侍人)과 옹저(癰疽)를 주인으로 삼았다고 말하는 것과 같다.[5] 이와 같은 종류의 말은 매우 많으니, 산의생의 일도 이와 같은 것일 뿐이다. 사마천의 지혜가 이를 변석하기에 부족하여 구차하게 이를 책에 쓴 것이니, 그렇지 않다면 산의생과 같은 현자가 어떻게 열 명의 난신(亂臣)에 나열되어[6] 주나라의 명신(名臣)이 될 수 있었겠는가.

4　이윤(伊尹)이……말하고 : 《사기(史記)》 권3 〈은본기(殷本紀)〉에 "아형이 탕왕에게 등용되기를 바랐으나 길이 없자 곧 유신씨의 잉신이 되어 요리 도구를 짊어지고 가서 맛있는 요리로 탕왕을 기쁘게 하여 왕도정치를 이룩하였다.〔阿衡欲干湯而無由, 乃爲有莘氏媵臣, 負鼎俎, 以滋味說湯, 致于王道.〕"라는 내용이 보인다. '아형(阿衡)'은 재상이라는 뜻으로 훗날 탕왕의 재상이 된 이윤을 가리킨다. '유신씨'는 부족 이름이다. '잉신'은 탕왕의 비인 유신씨의 딸이 탕왕에게 출가할 때 함께 따라갔던, 호송하는 신하를 이른다. 이윤이 요리로 탕왕에게 등용되기를 구하였다는 설에 대해 맹자가 반박한 내용이 《맹자》 〈만장 상(萬章上)〉에 보인다.

5　공자가……같다 : 《맹자》 〈만장 상〉에 "어떤 사람은 공자가 위나라에서는 옹저를 주인으로 삼았고 제나라에서는 시인인 척환을 주인으로 삼았다고 하는데 이런 일이 있었습니까?〔或謂孔子於衛主癰疽, 於齊主侍人瘠環, 有諸乎?〕"라는 만장의 질문과 이에 대한 맹자의 반박이 보인다. 주희(朱熹)의 주에 따르면 '옹저(癰疽)'는 종기를 치료하는 의원이며, '시인(侍人)'은 환관이다.

6　산의생과……나열되어 : '난신(亂臣)'은 난을 다스리는 신하라는 뜻이다. 《논어》 〈태백(泰伯)〉에 "무왕이 말하였다. '나는 다스리는 신하 열 사람을 두었노라.'〔武王曰: 予有亂臣十人.〕"라는 내용이 보이는데, '다스리는 신하 열 사람'은 주희(朱熹)의 주에 따르면 주공단(周公旦), 소공석(召公奭), 태공망(太公望), 필공(畢公), 영공(榮公), 태전(太顚), 굉요(閎夭), 산의생(散宜生), 남궁괄(南宮适), 문왕의 비인 태사(太姒)이다.

중화와 오랑캐에 대한 변 (상)[7]

華夷辨上

객(客) 중에 홍자(洪子)의 말[8]을 거론하는 자가 있어 말하였다.

"여기에 오랑캐가 있는데, 자신의 북상투를 버리고 우리의 관대(冠帶)를 착용하며, 예의를 따르고 인륜을 숭상하며, 선왕의 가르침을 따르고 중국에 나아와 주인 노릇을 한다면 군자는 그를 허여하겠습니까?"

내가 대답하였다.

"홍자는 가설하여 의문을 제기한 것뿐입니다.[9] 무릇 오랑캐로서 그

---

7 중화와……상 : 공자가 지은 《춘추》의 의리에 따라 중화와 오랑캐를 엄정하게 구분해야 한다는 내용으로, 당시 청나라가 중국에 들어와 주인 노릇을 하는 것에 대해 비판적인 시각에서 논한 것이다. '변(辨)'은 문체의 하나로 변(辯)으로도 쓴다. 언행의 시비와 진위에 대해 대의(大義)로 결단하는 내용으로 이루어져 있다. 《徐師曾, 文體明辨序說, 北京 : 人民文學出版社, 1998》

8 홍자(洪子)의 말 : '홍자'는 담헌(湛軒) 홍대용(洪大容, 1731~1783)을 가리키는 듯하다. 홍대용은 "하늘에서 본다면 어찌 안과 밖의 구별이 있겠는가. 그러므로 각각 제 사람을 친히 하고 제 임금을 높이며 제 나라를 지키고 제 풍속을 편안하게 여기는 것은 중국이나 오랑캐가 한가지이다.……가령 공자가 바다에 떠서 구이로 들어와 살았다면 중국의 법을 써서 구이의 풍속을 변화시키고 주나라의 도를 역외에 일으켰을 것이니, 안팎의 구별과 존양의 의리는 절로 역외춘추(域外春秋)가 있었을 것이다. 이것이 공자가 성인인 이유이다.〔自天視之, 豈有內外之分哉? 是以各親其人, 各尊其君, 各守其國, 各安其俗, 華夷一也.……使孔子浮于海, 居九夷, 用夏變夷, 興周道於域外, 則內外之分、尊攘之義, 自當有域外春秋, 此孔子之所以爲聖人也.〕"라는 등의 설을 주장하였다. 《湛軒書內集 卷4 補遺 毉山問答》

오랑캐의 습성을 버린다면 어진 것이니, 어진 자는 필시 감히 중국을 침범하지 않을 것입니다. 만약 침범한다면 그의 어짊은 없는 것이니, 또 어떻게 허여할 수 있겠습니까."

객이 말하였다.

"오랑캐를 미워하는 것은 저들이 오랑캐의 습속을 익혀서 함께 사람노릇을 할 수 없기 때문입니다. 저들이 진실로 자신들이 하던 것을 뒤집었는데도 저들을 단절하는 것을 그치지 않는다면 더불어 선(善)을 행하는데 너무 인색하지 않겠습니까. 뿐만 아니라 홍자는 순(舜) 임금과 문왕(文王)을 끌어와서 증거로 삼았습니다."

내가 말하였다.

"아, 홍자가 참으로 순 임금과 문왕과 같은 분도 오랑캐로 여겼겠습니까.[10] 옛날에 맹자는 땅을 가지고 말한 것뿐입니다.[11] 순 임금은 황제

9 홍자는……것뿐입니다 : 홍대용의 〈의산문답(毉山問答)〉을 가리키는 듯하다. 〈의산문답〉은 허자(虛子)와 실옹(實翁)의 대화 형식으로 이루어져 있는데, 허자는 유학, 즉 주자학과 성리학만을 공부한 사람, 실옹은 새로운 학문을 터득한 사람으로 묘사된다.

10 홍자가……여겼겠습니까 : 이와 관련하여 홍대용의 〈건정동필담〉에 "순 임금은 동이 사람이고 문왕은 서이 사람이니, 왕후장상이 어찌 종자가 있겠습니까. 진실로 천명을 받들어 이 백성을 편안하게 할 수 있다면 이 사람이 바로 천하의 의로운 군주입니다.〔舜, 東夷之人也; 文王, 西夷之人也. 王侯將相, 寧有種乎? 苟可以奉天時而安斯民, 此天下之義主也.〕"라는 내용이 보인다. 《湛軒書外集 卷3 杭傳尺牘 乾淨衕筆談》

11 옛날에……것뿐입니다 : 《맹자》〈이루 하(離婁下)〉에 "순 임금은 제풍에서 태어나 부하로 거처를 옮겼다가 명조에서 별세하였으니 동이의 사람이다. 문왕은 기주에서 태어나 필영에서 별세하였으니 서이의 사람이다.〔舜生於諸馮, 遷於負夏, 卒於鳴條, 東夷之人也. 文王生於岐周, 卒於畢郢, 西夷之人也.〕"라는 내용이 보인다. 주희(朱熹)의 주에 따르면 제풍(諸馮), 부하(負夏), 명조(鳴條)는 모두 지명으로, 왕기(王畿) 밖을 5백리 단위로 구획한 구복(九服) 중 일곱 번째에 해당하는 동방의 이복(夷服)

(黃帝)를 시조로 삼았고 문왕은 후직(后稷)을 시조로 삼았으니 신성(神聖)의 시대였습니다. 어떻게 이분들을 오랑캐로 여기겠습니까. 내가 들으니 성인(聖人 공자)이 《춘추(春秋)》를 지을 때 그 의리가 오랑캐를 배척하는 것보다 큰 것은 없다고 하였습니다. 이것은 그 행실이 추악한 것을 미워하는 것에만 그친 것이 아니고 바로 그 족류(族類)를 구분한 것입니다.

　무릇 생명을 가진 것들 중에 혈기를 가지고 있어서 사람 쪽에 붙은 것은 그 종류가 둘이니, 오랑캐와 금수입니다. 오랑캐는 비록 사람에 가깝기는 하나 북방의 오랑캐는 개나 이리에서 나와 종족이 된 경우가 있고[12] 남방의 오랑캐는 반호(槃瓠)에서 나와 종족이 된 경우가 있어서[13] 그 모습과 성질과 행동이며 음식과 기호가 금수와 다른 것이 거의

___

지역에 있었으며, 기주(岐周)는 기산(岐山) 아래에 있는 주(周)나라의 옛 도읍으로 견이(畎夷)와 가깝다.

12　북방의……있고 : 《설문해자(說文解字)》〈견부(犬部) 적(狄)〉에 "적은 적적이니, 본래 개의 후손이다.〔赤狄, 本犬種.〕"라는 내용이 보인다. 또 《수서》에 따르면 과거에 돌궐(突厥) 종족이 세운 나라가 이웃 나라에 멸망하였을 때 팔과 다리가 잘린 채 큰 늪지에 버려진 아이가 살아남았는데, 한 암컷 이리가 매일 고기를 물고 와서 이 아이를 먹여 살려 아이가 죽지 않을 수 있었다고 한다. 뒤에 이 이리는 그 아이와 교접하여 열 명의 남자아이를 낳았는데, 이 가운데 아사나씨(阿史那氏)라고 성을 붙인 아이가 가장 똑똑하여 돌궐족은 이 아이를 군장(君長)으로 삼았고, 이후 군문(軍門)에 낭두독(狼頭纛) 깃발을 세워 근본을 잊지 않음을 표시하였다고 한다. 《자치통감》 호삼성(胡三省)의 주에도 "돌궐의 선조는 이리의 후손이다.〔突厥之先, 狼種也.〕"라는 내용이 보인다. 《隋書 卷84 突厥列傳》《資治通鑑 卷175 陳紀9 宣帝 下之下 太建13年 胡三省注》

13　남방의……있어서 : 전설에 따르면 제곡(帝嚳) 고신씨(高辛氏)는 견융(犬戎)이 난을 일으키자 이를 토벌한 자에게 자신의 아름다운 딸을 아내로 주겠다고 선포하였다. 이때 반호(槃瓠)라는 이름을 가진 제곡의 개가 3개월 만에 견융의 수령인 오장군(吳將

없으니 모두 동족의 사람이 아닙니다. 그러므로 성왕(聖王)이 하늘의 뜻에 따라 정사를 행하여 금수는 늪지대에 살게 하여 사람들과 섞이지 않게 하고, 오랑캐는 사방 변방에 살게 하여 중국을 어지럽히지 않도록 한 것입니다. 그래도 그물과 칼날에 당하여 사냥감으로 제공되게는 하지 않음으로써 오랑캐를 금수보다는 낮게 대하였으나 끝내 군장(君長)을 세워 이들을 다스리지는 않았습니다. 그리하여 중국을 침범하면 축출하고 중국을 떠나면 그만두어서 그들을 대하는 것이 또한 금수와 똑같았으니 그 구분이 매우 엄정하지 않습니까.

지금 저들이 어질어서 중국에 나아왔다고 말하는데, 나는 오랑캐가 끝내 금수에는 이르지 않았으나 금수와 오랑캐가 횡행하면 인류가 어지러워진다는 것을 압니다. 인류를 어지럽히고 하늘의 뜻을 거역하여 선왕의 정사를 어그러뜨리고 《춘추》의 의리를 해치는 것을 어떻게 괜찮다고 볼 수 있겠습니까. 홍자는 장차 오징(吳澄)[14]이 되려는 것입니

軍)의 머리를 가지고 오자 제곡은 약속대로 딸을 아내로 주었다. 반호와 제곡의 딸은 부부가 되어 6남 6녀를 낳았는데, 이로부터 자손이 번성하여 남방의 한 종족이 되었다고 한다. 당(唐)나라 유지기(劉知幾)의 《사통(史通)》 권4 〈단한(斷限)〉에 "북맥은 순유에게서 일어나고 남만은 반호에게서 나왔다.〔北貊起自淳維, 南蠻出於槃瓠.〕"라는 내용이 보인다.

14 오징(吳澄) : 1249~1333. 원대(元代)의 걸출한 경학가이다. 자는 유청(幼清)이며 만년의 자는 백청(伯清)으로 무주(撫州) 숭인(崇仁) 사람이다. 초려선생(草廬先生)으로 불렸다. 송나라가 망한 뒤 고향에 은거하여 저술에 전념하다가 원나라 무종(武宗) 때 부름을 받고 나아가 국자감 승(國子監丞), 한림학사(翰林學士) 등을 역임하였다. 진종(晉宗) 때 경연강관(經筵講官)이 되어 《영종실록(英宗實錄)》을 편수하였는데, 실록이 완성되자 사직하고 고향에 돌아와 후학을 양성하였다. 85세를 일기로 병사하였다. 저술에 《역찬언(易纂言)》, 《춘추찬언(春秋纂言)》, 《예기찬언(禮記纂言)》, 《의례일경전(儀禮逸經傳)》, 《오문정집(吳文正集)》 등이 있다. 시호는 문정(文正)이다.

까? 오징은 원(元)나라에 벼슬하였는데 홍자는 어질다고 여기겠지만 군자는 오징이 자신의 절조를 잃은 것을 허물합니다. 그러므로 어질고 어질지 않은 것은 논할 것도 없습니다."

객이 말하였다.

"지금 중국의 주인으로 있는 것이 그 자신이 한 것이 아니라면 어찌 하겠습니까?"

내가 대답하였다.

"그것은 강도가 재물 때문에 사람을 죽였는데 그 강도의 아들이 그대 로 이 재물을 차지한 것과 같은 것입니다. 그 훔친 재물을 싸서 그 이웃에게 주고 그가 집을 비우고 달아난다면 담당 관리가 죽이지 않는 것도 괜찮을 것입니다."

중화와 오랑캐에 대한 변 (하)[15]

華夷辨下

어떤 사람이 물었다.

"그대의 중화와 오랑캐에 대한 변은 그 설이 명확합니다. 그렇기는 하나 무엇으로 우리나라를 해당시키겠습니까?"

내가 대답하였다.

"옛날에는 오랑캐[夷]라고 하였지만 동쪽[東]은 생성되는 방향이니 풍기가 다르고, 우리나라는 또 중국과 가까워서 말하는 자들이 연(燕)나라와 같은 석목(析木)의 차(次)에 해당한다고 합니다.[16] 그러므로 운기(運氣)가 항상 중국과 연관되어서 그 산천과 절후(節侯)와 토산물이 대체로 모두 같습니다. 그리고 이곳에 사는 사람을 가지고 말한다 해도 알 수 있으니, 성인(聖人 기자(箕子))이 교화를 베풀자 예악과 문물이 찬란히 빛나게 되었기에 역대로 이를 높이 여겨 예의의 나라로 불렀

---

15 중화와……하 : 이 글은 '중화와 오랑캐의 엄정한 구분에 따른다면 동이(東夷)인 우리나라는 어느 쪽에 속할 것인가'에 대해 변석한 것이다. 저자는 예전에는 땅을 기준으로 구분하였다면, 지금은 그 사람을 기준으로 중화와 오랑캐를 구분해야 하기 때문에 우리나라는 중화에 귀속된다고 보았다.

16 연(燕)나라와……합니다 : '차(次)'는 옛날에 일월오성(日月五星)의 운행과 절기의 변화를 설명하기 위하여 황도(黃道) 부근의 하늘을 서쪽에서 동쪽 방향으로 12등분한 것을 이른다. '석목(析木)'은 12성차(星次) 중 12번째에 해당하는 차의 이름으로, 12진(辰) 중에서는 인(寅)에 해당하고, 28수(宿) 중에서는 동방 7수에 속하는 미수(尾宿)와 기수(箕宿)에 해당하고, 하늘의 별자리에 상응하는 지상의 구역인 분야(分野) 중에서는 춘추전국 시대의 연(燕)나라 지역과 우리나라가 이에 해당한다.

습니다.

무릇 성기(星紀)[17]를 살펴보아도 같고, 산천과 절후와 토산물을 살펴보아도 같고, 사람을 살펴보아도 예악과 문물이 찬란하게 빛나는 교화를 입은 것이 같으니, 이러한 것들에서 같다면 저들과는 다른 것입니다. 그러나 끝내 오랑캐[夷]라는 이름을 바꾸지 않은 것은 선왕이 신중했기 때문입니다.

지금은 또 이와 다르니 무엇 때문이겠습니까? 옛날에는 땅으로 중화와 오랑캐를 구분하여, 아무 땅의 동쪽을 동이(東夷)라 하고, 아무 땅의 서쪽을 서이(西夷)라 하고, 아무 땅의 남쪽과 북쪽을 남이(南夷)·북이(北夷)라 하고, 가운데를 중국(中國)이라 하였습니다. 그리하여 각각 경계가 있어 서로 선을 넘는 일이 없었기 때문에 우리나라가 오랑캐[夷]가 되었던 것입니다.

지금은 융적(戎狄)이 중국에 들어왔는데 중국의 백성들이 융적의 군주를 군주로 여기고 융적의 풍속을 풍속으로 삼아 시집가고 장가가서 서로 혼인하고 종족이 서로 동화되었습니다. 이에 땅은 중화와 오랑캐를 변석할 수 없으며 그 사람을 논해야 할 것입니다. 그렇다면 지금 세상에서 우리나라를 중화에 귀속시키지 않는다면 누가 중화가 될 수 있겠습니까. 이것이 이른바 '다르다'라는 것입니다. 그러나 내가 지금 누누이 스스로를 오랑캐라 하고 저들을 이름하여 중국이라고 하였으니 아아, 나의 말이 틀린 것입니까."

---

17 성기(星紀) : 12성차 중 첫 번째 차(次)의 이름이다. 여기에서는 '성차'의 의미로 쓰였다. '12성차'는 336쪽 주16 참조.

이가 빠진 것에 대한 설[18]

落齒說

을해년(1755, 영조31)은 내가 나이 34세 되던 해이다. 맹춘 계사일(癸巳日)에 왼쪽 어금니 하나가 식사를 할 때 빠졌는데, 이 때문에 깜짝 놀라 젓가락을 던졌다가 시간이 좀 지나서야 진정되었다. 곧 이어 스스로 다음과 같이 해명하였다.

무릇 이가 빠진 것을 근심하는 것은 음식을 먹을 때 불편하기 때문이며, 목소리와 모습에 문제가 생기기 때문이며, 쇠약하여 곧 죽게 될 것이기 때문이다. 지금 내 나이는 한창 성할 때인데 이가 병으로 인해 빠졌으니 쇠약하여 곧 죽을 자와 비교할 수 없다. 또 다행히 그 빠진 이가 있던 곳은 깊숙한 곳이고 그 이가 하는 일은 가벼우니, 음식을 먹을 때 매우 불편할 정도에는 이르지 않고 목소리와 모습에 대해서는 참으로 문제 될 것이 없다. 또 무슨 슬퍼할 것이 있겠는가.

그러다가 서서히 또 다음과 같은 생각을 하게 되었다.

사물 중에는 잃으면 다시는 구할 수 없는 것이 있으니, 이것은 비록 작은 것이라 하더라도 애석해할 만하다. 지름이 한 자 되는 벽옥(璧玉)이 손에서 부서지면 강한 사내라도 이 때문에 자기도 모르게 신음소리

---

18 이가……설(說) : 이 글은 저자가 34세 되던 해에 왼쪽 어금니 하나가 빠지자 이 일을 통해 얻은 교훈을 기술한 것으로, 한번 잃으면 다시는 구할 수 없는 것들을 소중히 여겨야 하며 마음을 잃는 것과 같은 더 큰 잃음이 있다는 것을 상기해야 한다는 내용이다. '설'은 문체의 하나이다. 해석하다[釋], 기술하다[述]라는 뜻으로, 의리를 해석하고 자신의 뜻을 기술하는 것을 이른다.《吳訥, 文章辨體序說, 北京 : 人民文學出版社, 1998》

를 내는데, 다시는 온전하게 할 수 없기 때문이다. 이제 나는 비록 7, 80의 긴 수명을 누리고 천금의 값비싼 약을 쓴다 하더라도 끝내 이가 하나 없는 사람이 될 것이다. 그러나 내가 오미(五味)를 조절하지 않고 풍한(風寒)을 삼가지 않아서 독이 이에까지 흘러들어가 쇠약하기도 전에 빠진 것이니, 이것은 내가 해쳐서 단명하게 만든 것이다. 비록 근심하지 않고자 하더라도 그렇게 할 수 있겠는가.

그리고 나는 이로 인해 두려워졌다. 이 하나를 잃는 것보다 더 크게 잃을 것이 많다는 것을 알았기 때문이니, 말하는 것을 엄숙하게 하지 않으면 이것으로 나의 입을 잃게 되고, 보는 것을 단정하게 하지 않으면 이것으로 나의 눈을 잃게 되고, 덕을 듣는데 밝게 듣지 않으면 이것으로 나의 귀를 잃게 되고, 망령되이 치닫고 도를 굽혀서 다닌다면 이것으로 나의 발을 잃게 될 것이다. 이 네 가지를 잃고서 마음이 보존된 자는 또 적을 것이니, 또 어느 겨를에 빠진 이 하나 때문에 근심하겠는가.

비록 그렇다고는 하나 나는 또 이 때문에 다행으로 여기게 되었다. 사물 중에 잃으면 다시는 구할 수 없는 것이 있다는 것을 알았으니 필시 그 잃는 것에 대해 삼갈 것이고, 다시는 구할 수 없는 것이 문제가 된다는 것을 알았으니 오히려 다시 구할 수 있는 것에 대해서는 필시 힘을 쓰는 데 게을리하지 않을 것이다. 이것은 내가 이 하나를 잃고서 신체의 다른 곳들을 온전히 하게 된 것이니, 그 얻은 것으로 말하면 이미 많은 것이 아니겠는가.

내가 이미 사사로이 생각하기를 이와 같이 하였으니, 또 사람들로 하여금 날마다 옆에서 다음과 같이 외치게 하려고 한다.

"네가 이 하나를 잃어도 먹고 마시는 데에 문제가 없지만 네가 네

마음을 잃는다면 사는 이치가 곧 없어지게 되니, 근심해야 할 것은
근심할 줄 모르고 근심하지 않아야 할 것을 근심하는 것이 네가 참으로
근심해야 할 것이다!"

미발의 기질에 대한 설
未發氣質說

옛사람은 기질의 성(性)을 논할 때에 대부분 악(惡) 한쪽에만 나아가서 말하였으니, 이것은 성은 본래 악이 없으며 악이 있는 것은 단지 이것 때문임을 보이기 위한 것이다. 이 중에 혹 선(善)을 말한 경우도 있지만 이때에는 반드시 악에 상대적인 것으로 함께 말하였으니, 이것은 성은 본래 같지 않음이 없으며 같지 않음이 있는 것은 또한 이것 때문임을 보이기 위한 것이다. 그 선을 단독으로 가리켜서 기질의 성이라고 말한 경우가 없었던 것은, 어찌 선한 것은 기질이 없어서 말하지 않은 것이겠는가. 그 본체가 본래 이와 같으니 기질의 작용을 보일 수 없어서 말하지 않은 것뿐이다.

《중용(中庸)》의 미발(未發)의 중(中)은 어찌 선의 지극함〔善之至〕이 아니어서 여기에서 다시 기질을 논할 수 있는 것이겠는가. 필시 부득이하여 부중(不中)과 서로 드러나게 한 것이니, 저 부중의 가려짐이 있는 것〔有蔽〕으로 인하여 이 중의 가려짐이 없는 것〔無蔽〕을 보이고, 그 가려짐이 없는 중에 나아가 기질이 선하다는 것을 알 수 있다고 말한다면 또한 괜찮을 것이다.

그러나 지금 남당(南塘 한원진(韓元震))은 이렇지 말하지 않고 반드시 선악을 미발 전에 함께 논하고 있다.[19] 미발은 어떤 경지인가? 기질을

---

19 남당(南塘)은……있다 : '남당'은 한원진(韓元震, 1682~1751)의 호이다. 한원진은 본관은 청주(淸州), 자는 덕소(德昭)이며, 권상하(權尙夏)의 문인이다. 호락논쟁

논하는 것도 오히려 불가할 터인데, 더구나 미발 때에 악이 여기에 들어 있다고 말할 수 있겠는가. 그러나 그가 이런 설을 주장하는 데에는 이유가 있을 것이다. 아마도 미발은 성(性)이지만 여기에서 나오면 이미 정(情)에 들어가 성을 논할 것이 아니라고 생각해서일 것이다.[20] 그러나 어찌 그렇겠는가.

무릇 성과 정을 논함에 큰 구분이 있으니 《예기》〈악기(樂記)〉에서 동함과 고요함을 말한 것이 바로 이것이다.[21] 미발을 가지고 말하더라

(湖洛論爭)에서 이간(李柬)을 중심으로 '사람과 사물은 성이 같다'는 인물성동론(人物性同論)을 주장한 낙론(洛論)과 달리, '사람과 사물은 성이 다르다'는 인물성이론(人物性異論)의 호론(湖論)을 이끌었다. 또한 미발심체(未發心體)의 문제에 관한 논쟁에서도 '미발(未發)의 심체(心體)는 본래부터 선하다'고 주장한 이간과 달리, '미발의 심체에도 선악이 함께 존재한다'는 미발심체유선악설(未發心體有善惡說)을 주장하였다.

20 미발은……것이다 : 이와 관련하여 한원진의 《남당집》에 "희로애락이 발하기 전에는 단지 혼연할 뿐이니, 이른바 기질의 성이라는 것 또한 그 안에 들어 있을 뿐이다. 그러나 희로애락이 발하게 되면 단지 정(情)일 뿐이다.〔喜怒哀樂未發之時, 只是渾然, 所謂氣質之性亦只在其中. 至於喜怒哀樂, 却只是情.〕" "성은 마음의 이치이고 마음은 성의 바탕이니, 오로지 이치만을 말하면 본연의 성이고 기를 함께 말하면 기질의 성이다. 마음에는 미발(未發)과 이발(已發)이 있기 때문에 미발은 성의 본체이고 이발은 성의 작용이다. 다만 미발 전에는 기(氣)가 용사하지 않기 때문에 다만 그 이치의 지극히 선함만을 볼 수 있고 그 기의 선악은 볼 수 없으며, 이발 뒤에야 비로소 그 기의 선악을 볼 수 있다. 그러므로 나는 또 '미발 전에는 기질의 성을 볼 수 없고 이발한 뒤에야 비로소 볼 수 있다.'라고 말하겠다.〔性者, 心之理也; 心者, 性之質也. 專言理則曰本然之性, 兼言氣則曰氣質之性. 而心有未發·已發, 故未發是性之體, 而已發是性之用也. 但未發之前, 氣不用事, 故但見其理之至善, 而不見其氣之善惡. 及其發而後, 方見其氣之善惡. 故愚又曰: 未發之前, 氣質之性不可見, 而已發之後, 方可見也.〕"라는 내용이 보인다. 《南塘集 卷11 擬答李公擧 附書氣質五常辨後, 卷30 本然之性氣質之性說》

21 예기……이것이다 : 《예기》〈악기(樂記)〉에 "사람이 태어나서 고요한 것은 하늘

도 또한 고요함을 떠날 수 있는 것이 아닌데 유독 '고요함의 지극함〔靜之至〕'을 가지고 말한 것은, 고요함의 지극함이 바로 미발이라고 말하면 아직 지극하기 전에 어두움과 어지러움이 있는 것은 참으로 이발(已發)이라고 말할 수 있기 때문이다. 그러나 이른바 '이발'이라고 하는 것은 단지 '기의 기틀〔氣機〕'이 아직 쉬지 않았다는 것뿐이며[22] 이 마음의 희로애락이 이미 발하였다는 것은 아니다.

성인(聖人)이 고요한 것은 지극히 고요한 것이니 마음이 미발할 때에는 기의 기틀도 곧 쉬어서 원래 두 가지가 일이 아니다. 이 때문에 자사(子思)가 단지 희로애락이 미발한 것만 말한 것이니,[23] 여기에는

의 성이고, 사물에 감응하여 동하는 것은 성의 욕구이다. 외물이 이르면 지각이 이를 아니, 그런 뒤에 좋아하고 미워하는 마음이 나타나게 된다.〔人生而靜, 天之性也; 感於物而動, 性之欲也. 物至知知, 然後好惡形焉.〕"라는 내용이 보인다.

22 단지……것뿐이며 : 이와 관련하여 《후재집》 원주에 "기는 즉 기의 기틀이다. 태극이 동함의 기틀을 타면 양을 낳고, 고요함의 기틀을 타면 음을 낳는다.〔機, 卽氣機也. 太極乘動機則生陽, 乘靜機則生陰.〕", 주희(朱熹)의 설에 "고요함은 성(性)이 이 때문에 확립되는 것이고, 동함은 명(命)이 이 때문에 행해지는 것이다. 그러나 실은 고요함 역시 동함이 쉬는 것뿐이다. 그러므로 한 번 동하고 한 번 고요한 것이 모두 명이 행해지는 것이며, 동함과 고요함에 행해지는 것이 바로 성의 참이다. 그러므로 하늘이 명한 것을 성이라 이른다고 말하는 것이다.〔靜者, 性之所以立也; 動者, 命之所以行也. 然其實則靜亦動之息爾. 故一動一靜, 皆命之行, 而行乎動靜者, 乃性之眞也, 故曰天命之謂性.〕"라는 내용이 보인다. 《厚齋集 卷35 箚記 太極圖說 原注》《朱子全書 卷52 道統1 聖賢諸儒總論 附朱子太極說》

23 자사(子思)가……것이니 : 자사가 지었다고 하는 《중용》에 "희로애락의 정이 미발한 것을 중이라 이른다.〔喜怒哀樂之未發謂之中.〕"라는 내용이 보이는데, 주희의 주에 "희로애락은 정이고, 희로애락이 미발한 것은 성이다.〔喜怒哀樂, 情也; 其未發, 則性也.〕"라고 하였다.

이미 어둡지 않음과 어지럽지 않음이 그 안에 포함되어 있어서 그 안에 흩어져 있는 것이며 후대의 현자(賢者 자사(子思))가 사람들이 이를 이해하지 못할까 근심하여 이들을 위해 이와 같이 드러내어 밝힌 것이다.

그러나 이것을 가지고 중과 부중을 논하는 것은 당연한 것이지만, 만약 성(性)과 정(情)의 큰 구분에 대해 말한다면 필경은 이 마음이 사물에 감응하여 동(動)한 뒤에 비로소 정(靜)이 될 수 있으니, 아직 사물에 감응하기 전에 어둡고 어지러운 것은 여전히 고요함인 것이다. 여전히 고요함이라면 또한 여전히 성(性)인 것이니, 다만 성의 본연이라고 말할 수 없을 뿐이다. 마치 하늘에 사시(四時)가 있는 것과 같으니, 봄과 여름은 동이어서 성실함이 통행하는 것이 되고, 가을과 겨울은 고요함이어서 성실함이 돌아오는 것이 된다.[24] 이것이 그 큰 구분이다.

만약 그 중(中)에 나아가 지극히 말한다면 오직 10월 순음(純陰)만이 고요함이 되고 그 나머지 11개월은 고요함이 아니다. 그러나 어찌 이것을 가지고 10월은 성실함이 돌아온 것이고 나머지 달은 모두 성실함이 통행하는 것이라고 말하겠는가. 지금 남당의 말은 이와 비슷하다. 무릇 이미 성(性)을 논하는 자리를 잘라다가 정(情)에 소속시켰으니,

---

24 봄과……된다 : 이와 관련하여 주희(朱熹)의 〈태극도설〉 주에 "태극의 동함은 성실함이 통한 것이다. 이를 이어가는 것이 선이니, 만물이 이를 바탕으로 처음 시작된다. 태극의 고요함은 성실함이 돌아온 것이다. 이를 갖추어놓은 것이 본성이니, 만물이 각각 그 성명을 바르게 가지게 된다.〔其動也, 誠之通也, 繼之者善, 萬物之所資以始也. 其靜也, 誠之復也, 成之者性, 萬物各正其性命也.〕"라는 내용이 보인다. 《주역》〈계사 상(繫辭上)〉에도 "한 번 음이 되고 한 번 양이 되는 것을 도라 하니, 이를 이어가는 것은 선이고 이를 갖추어놓은 것은 성이다.〔一陰一陽之謂道, 繼之者善也, 成之者性 也.〕"라는 내용이 보인다. 《近思錄 太極圖說 註》

그렇다면 기질의 선과 악이 그 돌아갈 곳을 잃어서 모두 미발에 들어가지 않을 수 없게 된다. 이미 선과 악이 나란히 미발에 들어갔다면 이른바 '악'이라는 것이 마침내 대본(大本)을 오염시킬 수 있게 되니 그 설이 막히게 된다. 이에 또 '단독으로 가리킬 때〔單指〕'와 '겸하여 가리킬 때〔兼指〕'의 설[25]을 두어서 그 통함을 구하지만 단독으로 가리킬 때이든 겸하여 가리킬 때이든 가리키는 것은 또한 성이니 이렇게 말할 수는 있겠지만 미발의 중(中)을 논한 것은 아니다.

성은 실체이고 중은 실체가 확립된 것이다. 이것을 사람에 비유하면 성은 그 사람이고 중은 그 사람이 서 있는 것과 같으며 부중(不中)은 서 있지 못하여 누워 있는 것과 같다. 서 있을 때에도 그 사람이고 누워 있을 때에도 그 사람이니 이것은 마치 성이 선에 있든 악에 있든 모두 성이라고 말할 수 있는 것과 같으며, 서 있을 때에는 누워 있다고 말할 수 없으니 이것은 마치 중에 있을 때에는 부중이라고 말할 수 없는 것과 같다. 그런데 지금 단독으로 가리키면 본연의 성이 되어서 중이고 겸하여 가리키면 기질의 성이 되어서 부중이라고 하니, 이것이 어찌 서 있는 사람을 가리켜서 "이렇게 보면 서 있는 것이 되고 저렇게 보면 누워 있는 것이 된다."라고 말하는 것과 다르겠는가. 무릇 중과 부중은 끝내 병립될 수 없는 것이니, 요약하면 단독으로 가리킬 때라는 것은 단지 근본을 따져 물은 논의일 뿐이다. 사실 성은 어느 때이든 기질에서 떨어지는 때가 없으니, 참으로 겸하여 가리켜서 부중이 된다

---

25 단독으로……설 : '단독으로 가리킬 때'라는 것은 기질은 제외하고 그 리(理)만을 가리킨다는 말이고, '겸하여 가리킬 때'라는 것은 기질을 겸하여 그 리를 함께 가리킨다는 말이다.

하더라도 그 부중은 온전한 것이다. 어찌 이른바 '중'이라는 것을 볼 수 있겠는가. 그리고 군자는 어찌하여 기질의 악을 근심하는가? 어찌 나의 성을 가려서 그 본래의 선한 체(體)를 잃기 때문이 아니겠는가. 만약 악이 있어도 나의 성을 가림이 없어서 그 본래의 선한 체를 잃음이 없다면 군자가 어찌 급급히 기질을 변화시키겠는가.

지금 그 말에 "비록 악이 있더라도 가릴 수는 없으니 성은 이에 중이 된다. 다만 그 악을 겸하여 가리키면 기질의 성이 될 뿐이다."라고 하니, 어쩌면 그렇게 그 말이 근거가 없어서 알기 어렵단 말인가. 어찌 '가린다〔蔽〕'는 말이 대본(大本)을 확립하는 것이 아니어서 이로 인해 마침내 악이 없다고 말하면 또 이 악을 처하게 할 곳이 없어서 어쩔 수 없이 모호하게 그렇게 말한 것이 아니겠는가. 이것은 대본을 논할 때만 끝내 깔끔하지 못할 뿐 아니라 그 기질에 있어서도 또한 말을 한 것 같지만 말을 하지 않은 것이니, 그 선악의 참모습을 드러내지 못한 것이어서 또한 이미 잘못된 것이다. 그렇다면 기질의 선악의 성을 보고자 할 경우 어디에서 찾아야 하겠는가. 《예기》〈악기〉에서 "고요하다〔靜〕"라고 말한 것이 그곳이니, 고요함은 선악을 겸한 것이며 미발은 단지 선일 뿐이다.

유악주[26]의 자에 대한 설

俞嶽柱字說

유생 악주(俞生嶽柱)의 관례(冠禮) 때 나는 정빈(正賓)의 일을 행하였고 나의 대인(大人 김원행(金元行))은 자(字)를 지어주어 '경여(擎汝)'라고 하였기에 내가 이로 인해 다음과 같이 고한다.

하늘이 푸르게 만물을 덮어주는 것은 큰 집과 같은 것인가? 또한 받쳐주어 무너지지 않는 것이 있는가? 저 큰 산[嶽]은 우뚝 땅에서 일어나 하늘 위로 솟아나 강한 바람을 이겨내고 쌓인 기(氣)를 짊어지고서 억만년토록 움직이지 않으니 이것이 바로 이른바 기둥[柱]이라는 것인가? 만약 큰 산이 없다면 하늘도 무너지는 때가 있을 것인가? 나는 참으로 알 수 없다.

저 성현과 호걸들이 자그마한 7척 체구로 천하의 중임을 맡아, 어떤 사람은 공업(功業)으로, 어떤 사람은 언론으로, 어떤 사람은 기절(氣節)로써 능히 삼강오상(三綱五常)의 도로 하여금 늠연히 자신으로 말미암아 무너지지 않도록 하는 것으로 말하면 어찌 큰 산일 뿐이겠는가.

---

26 유악주(俞嶽柱) : '악주'는 유헌주(俞憲柱, 1747~?)의 초명(初名)이다. 본관은 기계(杞溪), 자는 경여(擎汝)이며, 저자보다 25세 아래이다. 1777년(정조1) 생원시에 합격하고, 전설사 별제(典設司別提), 울산 감목관(蔚山監牧官) 등을 역임하였다. 유헌주의 아버지 유한정(俞漢禎)은 저자의 아버지 김원행(金元行)의 문인이었는데, 김원행의 문집인 《미호집(渼湖集)》에 유헌주의 사서(四書) 구절에 대한 질문에 답한 편지가 6통 실려, 있는 것을 보면 그 역시 김원행의 문인이었던 듯하다. 또 《삼산재집》권5에 실린 저자와 주고받은 18통의 문답 편지에 근거하면 저자의 문인으로도 볼 수 있을 듯하다.

참으로 기둥이라 할 것이다! 참으로 떠받치고 버텨서 보존함이 있는 것이다! 그러나 어찌 원인 없이 그렇게 할 수 있겠는가. 또한 평소 기름〔養〕이 있어서이다. 기르는 방도는 공경〔敬〕을 위주로 하는데 저 '경(擎)' 자는 경(敬)과 수(手)에서 의미를 취한 글자이니, 공경히 잡는 다는 말이다. 《예기》에 이르기를 "옥을 잡은 듯 조심하고 가득히 담긴 그릇을 받들 듯 조심한다.〔如執玉, 如奉盈.〕"라고 하였으니,[27] 바로 경 (擎)의 일이다.

---

27 예기에……하였으니 : 《예기》〈제법(祭法)〉에 "효자는 옥을 잡은 듯 조심하고 가 득히 담긴 그릇을 받들 듯 조심하여 공경하고 삼가서 이기지 못할 듯하며 장차 잃을 듯 여긴다.〔孝子如執玉, 如奉盈, 洞洞屬屬然, 如弗勝, 如將失之.〕"라는 내용이 보인다.

이해관[28]의 자에 대한 설

李海觀字說

이군 해관(李君海觀)의 관례 때 나에게 자(字)를 물어보기에 내가 《맹자》의 "바다를 보다[觀海]"라는 설[29]을 취하여 '성유(聖游)'로 자를 지을 것을 청하고, 또 그 뜻을 미루어서 다음과 같이 당부하였다.

천하의 물은 바다에 이르러 크게 되기 때문에 그 구경이 칭할 만한 것이고, 사람에게 있어서는 성인(聖人)이 있다. 물을 보면서 바다를 보지 않고 학문을 하면서 성인을 스승으로 삼지 않는다면 어찌 장부의 마음이겠는가.

비록 그렇기는 하나 지금 세상에는 성인이 없으니 내가 어떻게 성인과 종유(從遊)하여 그 온화하고 곧고 공손하고 겸양하는 모습[30]을 볼

---

28 이해관(李海觀) : 자세하지 않다.

29 맹자의……설 : 《맹자》〈진심 상(盡心上)〉에 "공자는 노나라 동산에 올라가 노나라를 작게 여겼고 태산에 올라가 천하를 작게 여겼다. 그러므로 바다를 본 자에게는 물이 되기가 어렵고 성인의 문에서 노닌 자에게는 훌륭한 말 되기가 어려운 것이다.〔孔子登東山而小魯, 登太山而小天下. 故觀於海者難爲水, 遊於聖人之門者難爲言.〕"라는 내용이 보인다.

30 온화하고……모습 : 《논어》〈학이(學而)〉에 "자금이 자공에게 물었다. '선생님께서는 어떤 나라에 이르시면 반드시 그 나라의 정사를 들으십니다. 이것은 구해서 되는 것입니까? 아니면 군주가 주어서 되는 것입니까?' 자공이 대답하였다. '선생님께서는 온화하고 곧고 공손하고 검소하고 겸양하여 이것을 얻으시는 것이니, 선생님의 구하심은 일반 사람들의 구하는 것과는 다를 것이다.〔子禽問於子貢曰: 夫子至於是邦也, 必聞其政. 求之與? 抑與之與? 子貢曰: 夫子溫良恭儉讓以得之, 夫子之求之也, 其諸異乎人之求之與!〕"라는 내용이 보인다.

수 있겠으며 그 인의와 도덕의 가르침에 배부를 수 있겠는가.[31] 공자는 말하기를 "성인을 내가 만나볼 수 없다면 군자라도 볼 수 있으면 된다.〔聖人, 吾不得以見之矣, 得見君子者斯可矣.〕"라고 하였는데,[32] 나는 또 그런 사람을 듣지도 못하였다. 그대는 결국 그런 사람을 만날 것인가? 만나지 못할 것인가? 나는 감히 군자를 만났다고 온 세상을 속일 수 없지만 또한 그대도 그러리라고 기필할 수는 없다.

그렇다고는 하나 성인의 몸은 비록 없지만 성인의 도는 간책(簡冊)에 밝게 실려서 해와 달과 같으니, 사람들이 구하지 않는 것이 문제일 뿐, 구했는데도 어찌 얻을 수 없는 자가 있겠는가. 한 마디 훌륭한 말을 들으면 성인에게서 직접 들은 것처럼 여기고 한 가지 훌륭한 행실을 보면 성인에게서 직접 훈도받은 것처럼 하여, 강구하여 이를 밝히고 본받아서 이를 행한다면 홀연 자신도 모르게 차츰차츰 젖어들고 축적되어 도달하는 바가 있게 될 것이니, 이렇게 되면 또한 성인의 문안에서 노닐었다고 이를 수 있을 것이다. 그대는 아마도 여기에 뜻이 있지 않을까? 옛날에 호 안정(胡安定 호원(胡瑗))의 문인을 길에서 만나면 묻지 않아도 선생의 제자임을 알 수 있었으니,[33] 나도 훗날 이를 징험할

---

31 인의와……있겠는가 : 《맹자》〈고자 상(告子上)〉에 "《시경》에 이르기를 '이미 술로 취하고 이미 덕으로 배부르다.'라고 하였으니, 인의에 배부름을 말한 것이다.〔詩云: 既醉以酒, 既飽以德. 言飽乎仁義也.〕"라는 내용이 보인다.

32 공자는……하였는데 : 《논어》〈술이(述而)〉에 보인다.

33 호 안정(胡安定)의……있었으니 : 뛰어난 스승에 뛰어난 제자를 이른다. '안정'은 송대의 학자인 호원(胡瑗, 993~1059)의 호이다. 호원에게 배운 제자들이 사방에 흩어져 살았는데 그들의 언어와 행동거지는 만나보면 묻지 않아도 호원의 제자임을 알 수 있었고, 그 배우는 자들이 서로 말할 때에 선생이라고 칭하면 묻지 않아도 호원임을

수 있으리라.

알 수 있었다고 한다. 《小學 善行》

홍생 문영[34]의 자에 대한 설

洪甥文榮字說

초목 중에 꽃과 잎이 달린 것을 일러 '영(榮)'이라고 한다. 그러나 꽃과 잎이 비록 무성하더라도 뿌리 내린 것이 깊지 않으면 그 꽃과 잎 역시 오래갈 수 없다. 사람이 문예의 재능이 있어도 실제 행실이 없다면 또한 어찌 이와 다르겠는가. 이 때문에 "제자가 들어가서는 효도하고 나와서는 공손하며, 행실을 삼가고 말을 미덥게 하며, 널리 사람들을 사랑하되 어진 이를 친근히 해야 하니, 이것을 행하고 여력이 있으면 글을 배워야 한다.〔弟子入則孝, 出則弟, 謹而信, 汎愛衆, 而親仁. 行有餘力, 則以學文.〕"[35]라고 한 것이니, 무엇을 천천히 하고 급히 해야 하는가를 볼 수 있다.

그러나 성인(聖人 공자)이 말한 '글〔文〕'이라는 것은 곧 시서(詩書)와 육예(六藝)의 글을 이르니,[36] 이것을 배우지 않으면 고금에 통달할 수 없고 사리를 알 수 없으며 그 행함에 있어서도 또한 스스로 통할 수

---

34 홍생 문영(洪甥文榮) : 홍문영(1768~1803)은 저자의 둘째 누이동생의 남편이자 아버지 김원행(金元行)의 문인인 홍낙순(洪樂舜, 1732~1795)의 장자(長子)이다. 뒤에 홍정모(洪正謨)로 개명하였으며, 자는 군행(君行)이다. 작은할아버지의 아들인 홍낙연(洪樂淵, 1724~1785)의 양자로 들어갔다. 《풍산홍씨대동보》에는 생몰년이 1746~1812년으로 되어 있는데, 아버지의 생년을 근거로 보면 1768년의 기록이 옳을 듯하다. 《洪象漢, 豐山洪氏族譜, 木版, 英祖44(1768)》《豐山洪氏大同譜 卷4 文敬公系 秋巒公門中 18世》

35 제자가……한다 : 《논어》〈학이(學而)〉에 공자의 말로 보인다.

36 성인(聖人)이……이르니 : 주희(朱熹)의 주에 보인다.

없기 때문에 성인이 이를 소홀히 할 수 없었던 것이다. 그러나 후세의 문장 짓는 데만 주력하는 익힘과 같은 것은 그저 사람을 경박하게만 만들 뿐이니 어찌 귀하게 여길 것이 있겠는가. 아, 군행(君行)은 부디 종사(從事)하는 바를 삼가야 할 것이다!

용문영당[37] 상량문
龍門影堂上樑文

말을 하면 법도가 되고	言而爲法
움직이면 규율이 되는	動而爲則
이런 분을 백대의 스승이라 부르니	是號百代之師
땅을 차마 폐할 수 없고	地不忍廢
물을 차마 버려둘 수 없어	水不忍荒
다시 1묘의 사우(祠宇)를 정비하였네	更修一畝之宇
거북점과 시초점이 모두 길하니	龜筮叶吉
선비들이 모두 기뻐하였네	襟紳胥欣
생각건대 우리 우암 송 선생은	惟我尤庵宋先生
사계(沙溪)와 석담(石潭)[38]의 분명한 연원을 계승하고	溪潭的源
별과 산의 빼어난 정기를 받고 태어났네	星嶽間氣
칠십 명의 제자가	七十子
늘어서 선성(공자)을 모실 때에[39]	列侍先聖

37　용문영당(龍門影堂) : 충청북도 옥천군(沃川郡) 이원면(伊院面)에 있는 영당으로, 송시열(宋時烈, 1607~1689)의 영정을 봉안하고 있다. 본래 이곳에서 출생한 송시열이 소년 시절에 글을 읽던 곳으로, 1650년(효종1)에 벼슬을 버리고 내려와 다시 서당을 세운 뒤 경현당(景賢堂)이라 이름 짓고 제자들을 가르쳤다. 송시열 사후 1697년(숙종23)에 옥천의 유생들이 영당을 세워 송시열의 영정을 봉안한 뒤 용문영당이라 이름하고 서당은 경현당이라 하였다. 1871년(고종8)에 영당은 훼철되고 지금은 경현당만 남아 있다.

38　사계(沙溪)와 석담(石潭) : '사계'는 김장생(金長生, 1548~1631)의 호이고, '석담'은 이이(李珥, 1536~1584)의 호이다.

이미 선생이 천명을 받아 태어나는 징험이 드러났고 　已著降生之符

오백 년마다 　　　　　　　　　　　　　　　　　五百年

반드시 명현이 나오기에[40] 　　　　　　　　　　必有名賢

마침내 성인을 잇고 후학을 인도하는 책무를 졌도다 遂任繼開之責

호걸스러운 모습과 　　　　　　　　　　　　　豪傑之姿

두려워하고 삼가는 학문으로 　　　　　　　　　戰兢之學

여러 유자(儒者)들의 집대성이 되었고 　　　　　集群儒之大成

안으로는 정교를 닦고 밖으로는 적을 물리치는 의리와 　修攘之義

편벽된 행실을 막고 방탕한 말을 추방하는 공[41]으로 距放之功

---

39 칠십……때에 : 공자를 스승으로 삼는 유자(儒者)를 이른다. 《맹자》〈공손추 상(公孫丑上)〉에 "칠십 명의 제자가 공자를 마음으로 따랐다.〔七十子之服孔子也.〕"라는 내용이 보인다.

40 오백……나오기에 : 《맹자》〈공손추 하(公孫丑下)〉에 "5백 년에 반드시 왕도정치를 하는 왕이 나오니 그 사이에 반드시 세상에 드러날 명현이 있다.〔五百年必有王者興, 其間必有名世者.〕"라는 내용이 보이는데, 주희(朱熹)의 주에 "요 임금과 순 임금으로부터 탕왕에 이르기까지, 탕왕으로부터 문왕과 무왕에 이르기까지 모두 5백여 년 만에 성인이 나왔다. 명세(名世)란 그 사람의 덕업과 명망이 한 세대에 이름날 만한 자가 왕을 보좌함을 이르니, 고요·직·설·이윤·내주·태공망·산의생 같은 등속이다.〔自堯·舜至湯, 自湯至文·武, 皆五百餘年而聖人出. 名世, 謂其人德業聞望, 可名於一世者, 爲之輔佐, 若皐陶·稷·契·伊尹·萊朱·太公望 散宜生之屬.〕"라고 하였다. 여기에서는 우암(尤庵) 송시열(宋時烈, 1607~1689)이 송나라 주희(1130~1200) 이후 500년 만에 태어나 맹자의 이 말을 징험하였다는 말이다.

41 편벽된……공 : 《맹자》〈등문공 하(滕文公下)〉에 "나 또한 인심을 바로잡아 부정한 학설을 종식시키고 편벽된 행실을 막으며 방탕한 말을 추방하여 우왕(禹王), 주공, 공자 세 분 성인을 계승하려는 것이다.〔我亦欲正人心, 息邪說, 距詖行, 放淫辭, 以承三聖者.〕"라는 내용이 보인다.

천하의 지극한 중임을 짊어졌네	負天下之至重
그 도는	蓋其道
주자를 종주로 삼아 닮을 수 있었고	宗朱子而克肖
그 베풂은	伊厥施
영고(효종)를 만나 더욱 빛났네	遇寧考而愈煒
갓과 신이 거꾸로 놓인 때[42]를 만나	當冠屨倒置之辰
수년 동안 산림에서 절조를 지켰는데	幾年山樊之守志
물고기와 물처럼 군신이 화합하는 때를 만나	荷魚水密勿之契
하루아침에 조정에 몸을 바쳤네[43]	一朝廊廟之致身

---

42 갓과……때 : 문명국이라고 여겼던 명나라가 멸망하고 오랑캐라고 여겼던 만주족이 청나라를 개국한 것을 이른다. 청나라는 1616년(광해군8) 후금(後金)을 건립한 뒤 1636년(인조14)에 청나라로 국호를 변경하고, 1644년(인조22) 5월에 명나라의 수도인 북경(北京)을 함락시키고 중국의 주인이 되었다. 이후 명나라 복왕(福王) 주유숭(朱由崧)을 비롯한 명나라 종실이 1667년까지 남경(南京), 복주(福州), 광주(廣州) 등지에서 일어났다가 멸망하기를 반복하였는데, 이 정권을 역사상 남명(南明)이라고 부르기는 하나 대체로 명나라의 멸망 시기를 명나라 의종(毅宗) 숭정(崇禎) 17년(1644)으로 본다.

43 물고기와……바쳤네 : '물고기와 물처럼 군신이 화합하는 때를 만났다는 것'은 성군(聖君)과 현신(賢臣)이 만나 간격 없이 함께 정사에 힘쓰는 것을 이른다. 1636년(인조14) 12월에 시작되어 이듬해 1월 30일 인조가 삼전도(三田渡)에서 청나라 태종(太宗)에게 항복하는 의식을 치르고 끝났던 병자호란(丙子胡亂)이 굴욕적으로 마무리되자 봉림대군(鳳林大君, 훗날의 효종)의 사부였던 송시열은 낙향하여 10여 년간 일체의 벼슬을 사양하고 학문에만 몰두하다가 1649년 기축년에 효종이 즉위하여 재야의 학자들을 대대적으로 등용하자 다시 조정에 나와 출사하였다. 송시열은 이때 〈기축봉사(己丑封事)〉를 올려 존주대의(尊周大義)와 복수설치(復讐雪恥)를 역설하였는데, 이것은 효종의 북벌 의지와 부합한 것이어서 이후 효종의 절대적 신임 속에 북벌 계획의 중심인물로 활약하였다.

천리를 밝히고 　　　　　　　　　　　　　　　　　明天理

인심을 바로잡아서 　　　　　　　　　　　　　　　　正人心

바람과 우레가 요동치는 때에 한 시대를 고동시키고

　　　　　　　　　　　　　　　鼓一世於風雷運動之際

이단을 분변하고 　　　　　　　　　　　　　　　　　卞異端

부정한 학설을 물리쳐서 　　　　　　　　　　　　　　闢邪說

연못처럼 깊고 태산처럼 높은 학문으로 온갖 괴이한 것들을 억눌렀네

　　　　　　　　　　　　　　　鎭百怪於淵嶽渟峙之中

아! 용의 수염을 갑자기 붙드는 슬픔을 만나[44]　　嗟龍髥之遽攀

눈물이 영안궁(永安宮)의 조서[45]를 적셨는데 　　　淚濕永安之詔

참혹하게도 물여우가 틈을 엿보아 쏘는 재앙을 만나 憯蜮舌之交伺

몸이 〈동산〉 시처럼 위태롭게 되었네[46]　　　　　身危東山之詩

---

44 용의……만나 : 제왕의 죽음을 뜻하는 말로, 여기에서는 효종이 1659년(효종10) 5월 4일 창덕궁(昌德宮)에서 승하한 것을 이른다. 이와 관련하여 《사기(史記)》 권28 〈봉선서(封禪書)〉에 다음과 같은 고사가 전한다. 황제(黃帝)가 수산(首山)에 있는 구리를 채취하여 형산(荊山) 밑에서 정(鼎)을 주조하였는데, 정이 완성되자 용 한 마리가 수염을 늘어뜨리고 땅으로 내려왔다. 황제가 이 용에 올라타자 여러 신하들과 후궁 70여 명이 따라 올라타고 하늘로 올라갔다. 이에 함께 타지 못한 신하들이 용의 수염을 붙잡자 용의 수염과 황제가 지니고 있던 활이 지상으로 떨어졌다고 한다.

45 영안궁(永安宮)의 조서 : 임금의 유조(遺詔)를 이른다. 촉한(蜀漢)의 소열제(昭烈帝) 유비(劉備)가 영안궁에서 붕어하면서 승상 제갈량(諸葛亮)에게 국사를 부탁한 조서에서 유래하였다.

46 참혹하게도……되었네 : 송시열은 효종이 승하한 뒤 같은 해 12월에 벼슬을 버리고 낙향하여 이후 15년 동안 은거하였는데, 두 차례에 걸친 예송(禮訟) 논쟁이 일어나면서 송시열의 예론을 추종한 서인들이 패배하자 송시열 역시 예를 그르친 죄로 삭출되어 1675년(숙종1)에 함경남도 덕원(德源), 경상북도 장기(長鬐), 경상남도 거제(巨濟)

비록 사문이	雖斯文
끝내 하늘의 없애는 액운을 당하였으나[47]	雖斯文竟厄於天喪
돌아보면 우리 도가	顧吾道
우뚝 서는 데 빛을 더하게 되었네[48]	增光於壁立
팔도가 다 같이 어느 곳을 우러를까 애통해하니[49]	八域同安仰之痛

등지로 유배된 것을 이른다. '물여우가 틈을 엿보아 쏘는 재앙'은 물여우가 모래를 머금고 있다가 물에 비치는 사람의 그림자를 쏘면 그 사람이 병에 걸려 죽는다는 말에서 유래하여 소인이 참소하는 것을 이른다. 《시경》〈소아(小雅) 하인사(何人斯)〉에 "귀신이 되고 물여우가 된다면 볼 수가 없다.〔爲鬼爲蜮, 則不可得.〕"라는 구절이 보인다. '〈동산(東山)〉 시'는 《시경》〈빈풍(豳風) 동산(東山)〉을 이른다. 주 무왕(武王)이 죽은 뒤 무왕의 아우인 주공(周公)이 어린 성왕(成王)을 보필하자 주공의 아우인 관숙(管叔)과 채숙(蔡叔)이 상(商)나라 주왕(紂王)의 아들인 무경(武庚)과 함께 난을 일으켜서 주공이 배신할 것이라는 유언비어를 퍼뜨렸다. 이에 주공이 혐의를 피해 동쪽으로 정벌 갔다가 3년 만에 돌아와 장병들을 위로한 시이다.

47 비록……당하였으나 : 당대에 유학의 종주로 일컬어졌던 송시열이 세상을 떠난 것을 이른다. 《논어》〈자한(子罕)〉에 "하늘이 장차 사문을 없애려 하셨다면 문왕(文王) 뒤에 죽는 내가 사문에 참여하지 못하였을 것이다.〔天之將喪斯文也, 後死者不得與於斯文也.〕"라는 공자의 말이 보인다. '사문(斯文)'은 예악교화와 전장제도라는 뜻으로, 여기에서 유래하여 유학 또는 유자(儒者)를 지칭하게 되었다. 송시열은 1680년(숙종6) 경신환국으로 서인들이 다시 정권을 잡으면서 5년 동안의 유배에서 풀려나 중앙 정계에 복귀하였으나, 1689년(숙종15) 1월 숙의 장씨(淑儀張氏)가 낳은 아들(후일의 경종)에게 원자(元子)의 호칭을 부여하는 문제로 기사환국이 일어나자 이를 반대하는 소를 올렸다가 제주도로 유배되고 동년 6월 서울로 압송되어 오던 중 전라북도 정읍(井邑)에서 사약을 받고 죽었다.

48 돌아보면……되었네 : 유학이 송시열로 인하여 더욱 굳건해졌다는 말이다. 이와 관련하여 서울 종로구 명륜동에 있는 송시열의 집터 서쪽 산기슭에 '증주벽립(曾朱壁立)'이라는 글자가 새겨져 있는데 송시열이 직접 쓴 것으로, 증자(曾子)와 주희(朱熹)처럼 꿋꿋이 지조를 지키겠다는 뜻이다.

천년이 지나면 반드시 떳떳함으로 돌아온다네[50]   千秋有必反之常

굴신과 화복은 때에 달려 있으니   屈伸禍福之係于時

그 우뚝한 도는   卓然者

천지에 세우고 백세를 기다리며[51]   建天地而俟百世

문장과 공렬은 후세에 드리워지니   文章功烈之垂諸後

깨끗한 것이   皜乎其

강수 한수에 씻은 듯하고 가을볕에 쬔 듯하네[52]   濯江漢而曝秋陽

기사년(1689, 숙종15)[53]으로부터   距己巳

---

49 어느……애통해하니 : 온 나라 백성들이 애통해한 것을 이른다. 이와 관련하여 《예기》〈단궁 상(檀弓上)〉에, 공자가 지팡이를 끌며 "태산이 무너질 것이다.〔泰山其頹乎!〕"라고 노래하자, 이 노래를 들은 제자 자공(子貢)이 "태산이 무너지면 내 장차 어느 곳을 우러러볼까.〔泰山其頹, 則吾將安仰?〕"라고 말하였는데, 공자가 이후 병으로 드러누워 7일 만에 별세하였다는 내용이 보인다.

50 천년이……돌아온다네 : 오랜 시간이 지나면 떳떳한 이치로 돌아오는 것을 이른다. 《순자(荀子)》〈부편(賦篇)〉에 "천년이 지나면 반드시 되돌아오는 것이 예로부터 내려오는 떳떳한 이치이다.〔千歲必反, 古之常也.〕"라는 내용이 보인다.

51 그……기다리며 : 《중용장구(中庸章句)》제29장에 "그러므로 군자의 도는……천지에 세워도 어그러지지 않으며, 귀신에게 질정하여도 의심이 없으며, 백세에 성인을 기다려도 의혹하지 않는 것이다.〔故君子之道……建天地而不悖, 質諸鬼神而無疑, 百世以俟聖人而不惑.〕"라는 내용이 보인다.

52 깨끗한……듯하네 : 《맹자》〈등문공 상(滕文公上)〉에, 공자가 별세한 뒤 문인인 자하(子夏), 자장(子張), 자유(子游)가 유약(有若)이 공자와 유사하다 하여 공자를 섬겼던 예로 유약을 섬기려고 하면서 증자(曾子)에게도 이를 강요하자, 증자가 "불가하다. 선생님의 도덕은 강수(江水)와 한수(漢水)로 씻는 것처럼 깨끗하며 가을볕으로 쬐는 것처럼 강하여 깨끗하고 빛나서 더할 수 없다.〔不可. 江漢以濯之, 秋陽以暴之, 皜皜乎不可尙已.〕"라고 대답한 내용이 보인다.

53 기사년 : 우암 송시열이 별세한 해이다.

지금 백 년이 다 되어가는데 今近百年

그 음성이 들리는 듯 어제처럼 생생하고 想謦欬而如昨

제기를 진설하여 제향함이 設俎豆

거의 온 나라에 가득하니 殆滿一國

그 문장을 우러러보며[54] 다 같이 귀의하네 仰門墻而同歸

더구나 이곳 영정을 모신 당은 矧茲一區揭眞之堂

실로 그 옛날 영기가 빛나던 곳이었네 實是疇昔炳靈之地

강산의 고택이 아직 남아 있으니 江山之故宅猶在

노래하고 읊조리던 소리가 들리는 듯하고 如聆歌誦之餘音

향리의 노인이 서로 전하니 鄕里之遺老相傳

낚시하고 노닐던 자취가 완연히 보이는 듯하네 宛見釣游之眞躅

남쪽 고을 나그네들은 南州賓旅

무원의 고을[55]이라 가리켜 칭하고 指點婺源之閭

---

54 그 문장(門墻)을 우러러보며 : '문장'은 사문(師門)을 이른다. 《논어》〈자장(子張)〉의 "선생님의 담장은 여러 길이라 그 문을 얻어 들어가지 못하면 종묘의 아름다움과 백관의 많음을 볼 수가 없다.〔夫子之牆數仞, 不得其門而入, 不見宗廟之美, 百官之富.〕"라는 구절에서 유래하였다.

55 무원(婺源)의 고을 : 송나라 주희(朱熹)의 관향으로, 지금의 강서성(江西省) 무원현(婺源縣)이다. 주희는 복건성(福建省) 우계현(尤溪縣)에서 태어났으나 무원은 주희의 선대가 살던 곳이기 때문에 일반적으로 주희를 무원 사람이라고 칭한다. 주희는 생전에 무원현을 두 차례 방문하여 조상에게 제사를 지내고 강학하였는데, 주희가 세상을 떠나자 1245년에 군수가 성 남문 밖의 자양산(紫陽山) 기슭에 서원을 세우고 주희를 향사하였다. 1254년에 사액되었다. 우계현은 주희의 아버지 주송(朱松)이 벼슬에서 물러나 살던 곳이자 주희가 태어난 곳으로, 주희가 세상을 떠나자 1237년에 그곳 현령이 주장하여 남계서원(南溪書院)을 세우고 주희 부자를 향사하였다. 1253년에 사액되었다.

우리나라 선비들은	東土衣冠
궐리의 사당[56]으로 우러러 의지하네	瞻依闕里之廟
다만 세월이 점점 멀어짐으로 인해	祇緣歲紀之寖遠
사당의 모습 황폐해감에 탄식한 지 오래였네	久歎廟貌之就荒
철 따라 올리는 향사만이 겨우 남으니	時節香火之廑存
사당은 벽이 무너지고 기와가 깨졌으며	明宮則敗壁頹瓦
아침저녁으로 연주하며 부르던 노래[57] 이미 그치니	昕夕弦歌之已歇
강학하던 자리는 풀이 우거지고 먼지가 엉겼네	講席則茂草凝塵
칠할의 영정[58]을 우러러 바라봄에	仰瞻七分之睟容

---

56 궐리(闕里)의 사당 : '궐리'는 공자의 고향으로, 지금의 산동성(山東省) 곡부성(曲阜城) 안에 있다. 공자가 생전에 이곳에서 강학하였다고 하여 공자가 세상을 떠난 뒤 노 애공(魯哀公) 17년(기원전 478)에 공자의 사당을 세우고 공자를 향사하였다. 공자의 사당은 곡부공묘(曲阜孔廟) 또는 궐리지성묘(闕里至聖廟)라고도 칭한다. 《공자가어(孔子家語)》〈칠십이제자해(七十二弟子解)〉에 "공자는 처음에 궐리에서 가르쳤다.〔孔子始敎學于闕里.〕"라는 내용이 보인다.

57 연주하며 부르던 노래 : 예악(禮樂)으로 교화하는 것을 이른다. 《논어》〈양화(陽貨)〉에, 공자가 제자인 자유(子游)가 다스리는 무성(武城) 고을을 지나갈 때 현악기 연주에 맞추어 부르는 노랫소리를 듣고 웃으며 "닭을 잡는 데 어찌 소 잡는 칼을 사용한단 말인가.〔割雞, 焉用牛刀?〕"라고 하자, 자유가 예전에 들었던 공자의 말을 인용하여 "군자가 도를 배우면 사람을 사랑하고, 소인이 도를 배우면 부리기가 쉽습니다.〔君子學道則愛人, 小人學道則易使也.〕"라고 하였다. 이에 공자가 자신이 방금 한 말은 농담이었다고 말하며 자유의 말을 인정하는 내용이 보인다.

58 칠할의 영정 : 그 사람의 모습을 잘 그려낸 영정을 이른다. 정이(程頤)가 《역전(易傳)》을 지어 문인들에게 주면서 "단지 7할만 말한 것이니 배우는 사람들은 다시 스스로 살피고 궁구해야 한다.〔只說得七分, 學者更須自體究.〕"라고 하였는데, 문인인 장역(張繹)이 정이에 대한 제문을 지을 때 이 말을 인용하여 "선생께서 말씀하시기를, 문자에 드러난 것은 7할의 마음이 있고 단청으로 그려진 것은 7할의 모습이 있으니, 7할의

두려워하지 않을 수 있겠는가	能不爲惕
한 고을의 여론을 굽어 들어봄에	俯聆一鄕之輿誦
모두들 부끄럽다 말하였네	咸曰其羞
이에 모두에게 물어서 논의를 결단하여	玆決議於僉詢
마침내 그 옛 모습 새롭게 할 것을 꾀하였네	乃圖新於其舊
여러 고을에서 의리를 사모하여	列郡慕義
녹봉을 내놓아 기술자를 모았으며	捐俸廩而鳩工
많은 선비들이 소식 듣고 달려와	多士趨風
가래와 삼태기를 들고서 일을 공경히 했네	荷畚鍤而祇役
땅은 다시 넓히지 않았으니	地不改闢
어찌 번거롭게 규얼[59]의 공 말하리오	何煩圭臬之奏功
산은 더 높아진 듯하니	山若增高
홀연히 동우가 눈앞에 있는 것이 보이네	倏見棟宇之在眼
아마도 이 일은 지금을 기다린 듯하니	蓋此擧將有待也
이 때문에 그 이룸이 누군가 도운 듯했네	故其成若或相之
벼랑에 기댄 소나무와 삼나무는	欹岸松杉
예를 강하던 큰 나무였다고 아직까지 전하고	尙傳講禮之大樹
숲 건너 들리는 닭 울음소리와 개 짖는 소리	隔林鷄犬
활을 걸었던 옛 마을임을 멀리서도 알 수 있네[60]	遙認懸弧之舊村

모습은 진실로 더할 수 없지만 7할의 마음은 오히려 혹 미루어 알 수 있다고 하셨다.〔先生有言, 見於文字者有七分之心, 繪於丹靑者有七分之儀. 七分之儀固不可益, 七分之心猶或可推.〕"라고 한 것에서 유래하였다. 《二程全書 附錄 祭文》

59 규얼(圭臬) : 토규(土圭)와 수얼(水臬)의 준말로, 해그림자를 측량하고 수평을 측량하는 기구이다.

경건히 봉안함에 규모가 얼추 이루어졌으니　　　　　　揭虔而規模略成
융숭히 보답하는 예에 한이 없을 것이요　　　　　　　庶崇報之無憾
두루 둘러봄에 풍도와 덕행을 전할 수 있으니　　　　周覽而風躅可述
홀연 그 음성과 모습을 직접 마주한 듯하네　　　　　怳音容之如親
애오라지 좋은 노래 전파하여　　　　　　　　　　　聊騰善謠
성대한 이 일을 널리 알리네　　　　　　　　　　　以颺盛事

어영차 떡을 들보 동쪽에 던지노니　　　　　　　　兒郎偉抛梁東
오래된 집이 쓸쓸히 만 나무 속에 있네　　　　　　老屋蕭然萬木中
벽엔 온통 그림과 책이요 사람은 보이지 않는데　　滿壁圖書人不見
무심한 꽃과 새만 또 봄바람 속에 피고 드네　　　等閑花鳥又春風

어영차 떡을 들보 남쪽에 던지노니　　　　　　　　兒郎偉抛梁南
너른 들판엔 먼 산의 이내가 덮여 있네　　　　　　漠漠平疇羃遠嵐
해 저물녘 농부의 노래가 숲 너머 전해지니　　　　向晚農歌林外轉
영당의 현송 소리[61]와 어울림도 무방하네　　　　不妨弦誦與相參

어영차 떡을 들보 서쪽에 던지노니　　　　　　　　兒郎偉抛梁西

---

60 활을……있네 : 송시열이 태어난 마을임을 알 수 있다는 말이다. '활을 걸었다'는
것은 남자아이가 태어났다는 말로, 《예기》〈내칙(內則)〉의 "아이가 태어나면, 남자아
이면 문 왼쪽에 활을 걸어두고 여자아이면 문 오른쪽에 수건을 걸어둔다.〔子生, 男子設
弧於門左, 女子設帨於門右.〕"라는 구절에서 유래하였다.
61 현송(弦誦) 소리 : 현악기를 연주하며 부르는 노랫소리로, 시례(詩禮)의 교화를
이른다. 361쪽 주57 참조.

산등성이 너머로 연기가 또한 가물거리네   隔岡煙火望還迷
이 산에 선생의 고택이 있지 않다면   不緣山有先生宅
어떻게 나그네들 말발굽 머물게 하리오   那得行人駐馬蹄

어영차 떡을 들보 북쪽에 던지노니   兒郎偉抛梁北
뜬구름만 떠 있는데 어디에 서울 소식 물을까   浮雲何處問京國
그 당시 독대하며 밀봉한 봉사를 올렸으니[62]   當年幄對兼囊封
이 의리를 지금 사람들 대부분 알지 못하네   此義今人多不識

어영차 떡을 들보 위쪽에 던지노니   兒郎偉抛梁上
희미한 은하수가 푸른 산에 걸려 있네   寥落星河挂碧嶂
빈산 향해 긴 밤에 바라보지 않는다면   不向空山遙夜看
어떻게 하늘 계단이 광활함을 알리오[63]   何由識得天階曠

62 그……올렸으니 : '밀봉한 봉사'는 송시열이 1649년(효종 즉위년)에 올린 〈기축봉
사(己丑封事)〉와 1657년(효종8)에 올린 〈정유봉사(丁酉封事)〉를 이른다. 〈기축봉사〉
에서는 존주대의(尊周大義)와 복수설치(復讐雪恥)를 역설하였고, 〈정유봉사〉에서는
북벌을 위해 선행조건으로 민생을 안정시킬 것을 역설하고 군주의 사치를 경계하였다.
356쪽 주43 참조. '독대'는 위 두 차례의 봉사를 올리며 이루어진 독대와, 1658년(효종9)
에 효종과 구체적으로 북벌 계획을 논의한 독대를 이른다.

63 빈산……알리오 : 은(殷)나라의 부열이 죽어서 부열성(傅說星)이 된 것처럼 송시
열도 죽어서 별이 되었을 것이라는 말이다. 《장자(莊子)》〈대종사(大宗師)〉에 "부열은
도를 터득하고 무정을 도와 천하를 모두 소유하였으며, 죽은 뒤에는 별이 되어 동유성을
타고 기성과 미성에 올라 열성과 나란히 있게 되었다.〔傅說得之, 以相武丁, 奄有天下,
乘東維, 騎箕尾, 而比於列星.〕"라는 내용이 보인다.

어영차 떡을 들보 아래쪽에 던지노니　　　　　　　　兒郞偉抛梁下
봄 강이 콸콸 소리 내며 스스로 맑게 쏟아지네　　　春江活活自淸瀉
이 속에서 소요하는 즐거움 없지 않으니 –빠짐　　　此中未乏沂雩缺
슬을 내려놓았던 증점(曾點)은 누구이뇨[64]　　　　　捨瑟何人是點也

삼가 바라노니 이 들보를 올린 뒤에　　　　　　　　伏願上梁之後
유풍이 크게 진작되어　　　　　　　　　　　　　　　儒風丕振
법문[65]이 더욱 높아지기를　　　　　　　　　　　　法門增崇
비바람과 새와 쥐의 해를 제거했으니[66]　　　　　　風雨鳥鼠之攸除
물 뿌리고 청소하여 소홀함이 없기를　　　　　　　　灑掃罔缺
봄가을로 희생과 폐백을 모두 차례로 올리리니　　　春秋牲幣之咸秩
길일 가려 정결히 올리는 향사를 이에 흠향해주시기를　　吉蠲是歆
선생의 유상이 늠연하니　　　　　　　　　　　　　　遺像凜然

64　이……누구이뇨 : 벼슬을 구하지 않고 유유자적 도를 즐길 사람이 누구냐는 말이
다. 《논어》〈선진(先進)〉에 공자가 제자들에게 장래 포부를 물어보자 슬(瑟)을 연주하
던 증점(曾點)이 슬을 내려놓고 "늦봄에 봄옷이 이미 이루어지면 갓을 쓴 어른 5, 6명과
동자 6, 7명과 함께 기수에서 목욕하고 무우에서 바람을 쐰 뒤 노래하며 돌아오겠습니
다.〔莫春者, 春服旣成, 冠者五六人、童子六七人, 浴乎沂, 風乎舞雩, 詠而歸.〕"라고 대
답하여 공자가 이에 동의한 내용이 보인다.

65　법문(法門) : 불교 용어로 수행자가 도에 들어가는 지름길이라는 뜻이다. 여기에
서는 유학(儒學)의 올바른 길을 이른다.

66　비바람과……제거했으니 : 영당을 상하와 사방 모두 견고하고 치밀하게 지었다는
말이다. 《시경》〈소아(小雅) 사간(斯干)〉에 "비바람을 제거하고 새와 쥐를 제거했으
니, 군자가 계실 곳이라 높고 크도다.〔風雨攸除, 鳥鼠攸去, 君子攸芋.〕"라는 내용이
보인다.

사람들 용문의 눈밭에 서 있고[67]	人立龍門之雪
성현의 말씀이 밝게 빛나니	聖言炳若
선비들 녹동의 법규[68]를 익히네	士習鹿洞之規
어찌 끼친 은택이 일국을 적시는 데 그치리오	奚止漸遺澤於一邦
이에 천년토록 후학에게 전해지리라	于以惠後學於千祀

---

67 선생의……있고 : 스승을 공경하고 그 도를 중히 여긴다는 말이다. 정문입설(程門 立雪)의 고사에서 유래하였다. 북송 때 유생이었던 양시(楊時)와 유작(游酢)이 스승인 정이(程頤)를 뵈러 갔는데 정이가 눈을 감고 오랫동안 앉아 있자 두 사람은 시립하여 떠나지 않았다. 정이가 깨어나 보니 문밖에 눈이 이미 한 자나 쌓여 있었다고 한다. 《宋史 卷428 道學列傳2 楊時》

68 녹동(鹿洞)의 법규 : 주희(朱熹)가 남강군(南康軍)의 지사(知事)로 있을 때 강학 했던 백록동 서원(白鹿洞書院)의 학규(學規)를 이른다. 백록동 서원은 송나라 초기 4대 서원 중의 하나로, 강서성 여산(廬山) 오로봉(五老峰) 동남쪽에 있다.

《역학계몽(易學啓蒙)》 중 의심나는 부분을 기록하다[69]
啓蒙記疑

[1] "하늘은 1이요 땅은 2이다.〔天一, 地二.〕"[70]

면재(勉齋 황간(黃幹))는 《태극도설해(太極圖說解)》의 오행치성(五
行稚盛)의 설을 가지고 말하기를 "생겨나는 순서를 위주로 말하였
으나 바로 다음에 나오는 글과 어긋나는 것이 의심스럽다."라고
하였다.[71]

---

69 역학계몽(易學啓蒙)······기록하다 : 대전본(大全本) 《역학계몽》에 보이는 내용에
대해 저자가 의심나는 부분을 기록한 것으로, 모두 7조목이다. 《역학계몽》은 주희(朱
熹)가 57세 되던 1186년에 완성한 《주역》 관련 저술로 모두 4권이다. 주희의 뜻을
받아 문인인 채원정(蔡元定)이 정리하였다. 소옹(邵雍)의 하도낙서(河圖洛書)의 설을
상수역학(象數易學)에 기반을 두고 부연하여 발전시키고 아울러 점을 치는 고법(古法)
을 해석함으로써 《주역》을 처음 배우는 사람에게 지침서가 될 수 있도록 하였다. 주희
가 1177년에 완성한 《주역본의(周易本義)》보다 9년 뒤에 이루어졌다.

70 하늘은······2이다 : 《역학계몽》 권1 〈본도서(本圖書)〉에 "하늘은 1이요 땅은 2이
며, 하늘은 3이요 땅은 4이며, 하늘은 5요 땅은 6이며, 하늘은 7이요 땅은 8이며, 하늘은
9요 땅은 10이다.〔天一, 地二, 天三, 地四, 天五, 地六, 天七, 地八, 天九, 地十.〕"라는
내용이 보인다.

71 면재(勉齋)는······하였다 : '면재'는 주희의 제자이자 사위인 황간(黃榦, 1152~
1221)의 호이다. 《태극도설해(太極圖說解)》는 주희의 저술로, 주희의 나이 41세 되던
1170년에 초고가 이루어졌다. 이후 장식(張栻), 여조겸(呂祖謙), 채원정(蔡元定), 왕
응신(汪應辰), 호실(胡實), 임용중(林用中), 진명중(陳明仲) 등과의 토론을 통해 반복
하여 수정한 뒤 1173년 4월에 완성하였다. 북송 주돈이(周敦頤)가 자신의 〈태극도〉를
위해 지은 249자의 《태극도설》(1권)에 대해 주희가 이를 다시 설명하기 위해 지은

내 생각에는 주자(朱子 주희(朱熹))의 훈석(訓釋)이 얼마나 엄밀한데 어찌 이처럼 명백하여 분변하기 쉬운 것에 대해 일찍이 살펴보지도 않아서 한 편 안에서 앞뒤가 충돌하도록 한 것이 이처럼 심한데에 이르게까지 하였겠는가. 여기에는 필시 곡절이 있을 것이다.[72]

것으로,《태극도설해》는 이후 정주학(程朱學) 이학(理學)의 기초가 되었다. 주돈이의 〈태극도〉는 역학도식(易學圖式)으로 두 종류가 있다. 하나는 남송 주진(朱震)이 고종(高宗)을 위하여《주역》을 강할 때 올린 것으로 〈구본태극도(舊本太極圖)〉로 불리며, 다른 하나는 주희가 이를 수정하여 후세에 유행시킨 것으로 〈금본태극도(今本太極圖)〉로 불린다. 황간의 말은《성리대전서》소주에 "〈태극도설해〉에는 의심스러운 곳이 한 군데 있다. 그림에서는 '수는 음이 왕성한 것이기 때문에 오른쪽에 자리 잡고 있으며, 화는 양이 왕성한 것이기 때문에 왼쪽에 자리 잡고 있다. 금은 음이 어린 것이기 때문에 수 다음에 자리 잡고 있으며, 목은 양이 어린 것이기 때문에 화 다음에 자리 잡고 있다.'라고 하였는데, 이것은 생겨나는 순서를 말한 것이다. 그러나 다음에 나오는 글에서는 오히려 '수와 목은 양이고, 화와 금은 음이다.'라고 하여 수를 양으로 여기고 화를 음으로 여기고 있다.〔太極圖解有一處可疑. 圖以水陰盛, 故居右 ; 火陽盛, 故居左 ; 金陰稚, 故次水 ; 木陽稚, 故次火. 此是說生之序. 下文却說水、木陽也、火、金陰也. 却以水爲陽, 火爲陰.〕"라는 내용으로 보인다.《性理大全書 卷1 太極圖 小注》

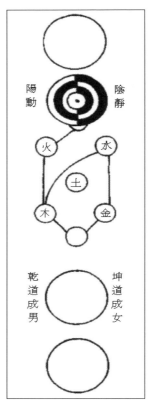

주돈이(周敦頤)
〈금본태극도(今本太極圖)〉

72 여기에는……것이다 : 이와 관련하여《성리대전서》소주에 "천1은 수를 낳고, 지2는 화를 낳고, 천3은 목을 낳고, 지4는 금을 낳으니, 1과 3은 양이요, 2와 4는 음이다.〔天

염옹(濂翁 주돈이(周敦頤))의 이 그림을 자세히 살펴보면 반드시 생겨 나는 순서를 위주로 그린 것만은 아니다. 그런데도 주자가 이를 해석 하기를 또한 이렇게 한 것은 무엇 때문인가?

《태극도설》에 이르기를 "양이 변하고 음이 합하여 수·화·목· 금·토를 낳으니, 오행의 기운이 순차적으로 퍼짐에 사시가 행하게 된다.〔陽變陰合而生水火木金土. 五氣順布, 四時行焉.〕"라고 하였는 데, 앞의 두 구절은 형질이 땅에서 생겨나는 것으로 말한 것이고, 뒤의 두 구절은 기운이 하늘에서 운행하는 것으로 말한 것이다. 그러 므로 그 그림이 또한 이 두 가지 뜻을 모두 구비하여, 위에 수(水)와 화(火)를 놓고 아래에 목(木)과 금(金)을 놓았으니 생겨나는 순서를 밝힌 것이고, 오른쪽에 수와 금을 놓고 왼쪽에 화와 목을 놓았으니 그 운행하는 자리를 밝힌 것이다.

생겨나는 것은 어린 것을 앞에 두고 왕성한 것을 뒤에 두니 어린 것에서 시작하여 왕성한 것에 다다름을 말한 것이고, 운행하는 것은 왕성한 것을 앞에 두고 어린 것을 뒤에 두니 왕성한 것으로 어린 것을 통할함을 말한 것이다. 그러나 반드시 기운이 행해진 뒤에 형질 이 생겨나기 때문에 수는 생겨날 때에는 양이지만 반드시 음의 자리 에 배치하고, 화는 생겨날 때에는 음이지만 반드시 양의 자리에 배치 한다. 그러나 마지막 귀결은 또 운행을 위주로 하니, 생겨나는 순서 는 그 안에 있을 뿐이다.

주자는 곧바로 이것에 근거하여 설명한 것이니, 이른바 '음양치성'

一生水, 地二生火, 天三生木, 地四生金, 一、三陽也, 二、四陰也.〕"라는 주희의 말이 보인다. 《性理大全書 卷1 太極圖 小注》

이라는 것은 바로 운행하는 순서를 말한 것이다. 일찍이 다른 사람에게 이 질문에 대해 답을 할 때에 또 이르기를 "사시의 순서로 미루어 보면 알 수 있다."라고 하였으니,[73] 그렇다면 그 뜻이 분명한 것이다. 그런데 면재는 이에 대해 무슨 이유로 곧장 '생겨나는 순서'라고 여겨서 도리어 그 앞뒤가 어긋나는 것에 대해 의심을 하였단 말인가? 아마도 염옹의 이 그림은 생겨나는 것을 위주로 한 것이 아니라고 말해서는 안 된다고 여겨서인가? 그렇다면 어찌하여 수1, 화2, 목3, 금4가 되어서 그 생겨나 이루어지는 차례를 따르지 않고 반드시 서로 대립시켰단 말인가? 또 어찌하여 왼쪽은 화가 되고 오른쪽은 수가 되어서 그 음과 양의 자리를 따르지 않고 반드시 그 방위를 바꾸었단 말인가? 아니면 '어린 것과 왕성한 것'이라고 말한 것이 생겨나는 순서에 가깝다고 여겨서인가? 그렇다면 봄에서 여름이 되고 가을에서 겨울이 되는 것은 어린 것과 왕성한 것이라고 말하지 않는다면 무엇이라 하겠는가? 모두 근거로 삼기에는 충분치 않을 듯하다. 그러나 면재 같은 사람으로도 주자를 의심했으니 그렇다면 필시 참으로 의심스러운 점이 있는데도 내가 어리석어 이를 알지 못한 것인가?

면재가 말하기를 "1부터 10까지는 단지 홀수와 짝수의 많고 적음을

---

73 일찍이……하였으니 : 본문의 대답은 "목은 양이 어린 것이기 때문에 화의 다음에 둔 것이고, 금은 음이 어린 것이기 때문에 수의 다음에 두었습니다. 그런데 어찌하여 수가 목을 낳고 토가 금을 낳는 것입니까?〔木陽稚, 故次火 ; 金陰稚, 故次水. 豈以水生木, 土生金耶?〕"라는 어떤 사람의 질문에 대해 답한 것이다. 《性理大全書 卷1 太極圖小注》

말한 것일 뿐이며 애초에 차서로 말한 것이 아니다."라고 하였는데, 이것은 참으로 옳은 말이다. 다만 하늘은 자회(子會)에 열리고 땅은 축회(丑會)에 열리니[74] 오행이 생겨나는 것 역시 어찌 전혀 차례가 없겠는가. 이 때문에 수와 화가 먼저 기운을 얻고 금과 목이 뒤에 형질을 이루는 것이다. 다시 세분하면 수는 가장 어리고 연하며, 화는 이미 사납고 세차며, 목은 오히려 부드럽고 약하며, 금은 더욱 단단하고 무거우니, 그 어린 것으로부터 왕성한 것에 이르기까지의 순서를 속일 수 없는 것이다.

면재는 또 말하기를 "과연 차서로 말한 것이라면 1은 수를 낳았지만 수를 이루지는 못하고 반드시 오행이 다 갖추어져서 6에 이르기를 기다린 뒤에야 수를 이룬다는 말인가? 이와 같다면 전혀 조화(造化)를 이루지 못하게 된다."라고 하였는데, 이것에 대해서도 할 말이 있다. 무릇 사물이 무(無)에서 유(有)가 될 때 반드시 먼저 그 나타날 단서가 있고 난 뒤에 형질을 이루게 된다. 그리고 초목을 예로 들면 봄에 생겨나서 가을에 이르러서야 이루어지는데, 이것은 과연 조화가 될 수 없단 말인가? 그러므로 내 생각에는 1부터 10까지는 참으로 홀수와 짝수의 많고 적음을 말한 것이지만 그 차서 역시 이것을 통하여 알 수 있으니, 굳이 전혀 차서가 없고 난 뒤에야 옳다고 여길 필요는 없을 듯하다.

74　하늘은……열리니 : 소옹(邵雍)의 원회운세설(元會運世說)에 나오는 말로, 《황극경세서(皇極經世書)》에 "하늘은 자회에 열리고, 땅은 축회에 열리며, 사람은 인회에 생겨난다.〔天開於子, 地闢於丑, 人生於寅.〕"라는 내용이 보인다. 1원(元)은 12회(會), 1회는 30운(運), 1운은 12세(世), 1세는 30년(年)으로, 1원은 12만 9천 6백년이며, 1회는 1만 8백년이다.

〔2〕 "어떤 사람이 말하였다. '〈하도〉·〈낙서〉의 자리가〔或曰: 河圖、洛書之位〕"75

절재(節齋 채연(蔡淵))는 '〈하도〉의 운행〔河圖之行〕'과 '〈낙서〉의 자리〔洛書之位〕'라고 말하였으니76 운행과 자리에서 마땅히 구두를 떼야 할 것이다. 〈하도〉에 '운행'이라고 말한 것은 생수(生數)와 성수(成數)가 함께 있어서 똑같이 자기 방위에 처해 있기 때문이니 이것은 유행(流行)하는 묘용(妙用)이고, 〈낙서〉에 '자리'라고 말한 것은 홀수와 짝수가 나뉘어서 각각 자기 방위에 처해 있기 때문이니 이것

---

75 어떤……자리가 : 《역학계몽》 권1 〈본도서(本圖書)〉에 "어떤 사람이 물었다. '〈하도〉·〈낙서〉의 자리와 수가 다른 것은 무엇 때문입니까?'〔或曰: 河圖、洛書之位與數, 其所以不同, 何也?〕"라는 내용이 보인다.

76 절재(節齋)는……말하였으니 : '절재'는 남송의 역학자(易學者) 채연(蔡淵, 1156~1236)의 호로, 주희의 문인인 채원정(蔡元定)의 큰아들이자 주희의 사위인 채침(蔡沈)의 형이다. 저서에 《주역경전훈해(周易經傳訓解)》 등 다수가 있다고 하나 전하지 않는다. 본문과 관련하여 《성리대전서》 소주에 "〈하도〉의 수는 짝수이다. 짝수는 고요하니, 고요함은 동함을 용(用)으로 삼는다. 그러므로 〈하도〉의 운행은 합한 것이 모두 홀수이다. 1은 6과 합하고, 2는 7과 합하고, 3은 8과 합하고, 4는 9와 합하고 5는 10과 합한다. 그러므로 《주역》의 길흉이 동함에서 생기는 것이니, 고요함은 반드시 동함 뒤에 생겨난다. 〈낙서〉의 수는 홀수이다. 홀수는 동하니, 동함은 고요함을 용으로 삼는다. 이 때문에 〈낙서〉의 자리는 합한 것이 모두 짝수이다. 1은 9와 합하고, 2는 8과 합하고, 3은 7과 합하고, 4는 6과 합한다. 이 때문에 〈홍범〉의 길흉이 고요함에서 드러나는 것이니, 동함은 반드시 고요함 뒤에 이루어진다.〔河圖數偶. 偶者靜, 靜以動爲用, 故河圖之行, 合皆奇. 一合六, 二合七, 三合八, 四合九, 五合十. 是故易之吉凶, 生乎動, 蓋靜者必動而後生也. 洛書數奇. 奇者動, 動以靜爲用, 故洛書之位, 合皆偶. 一合九, 二合八, 三合七, 四合六. 是故範之吉凶, 見乎靜, 蓋動者必靜而後成也.〕"라는 내용의 채연의 말이 보인다. 《性理大全書 卷1 太極圖 小注》

은 대대(對待)의 정체(定體)이다.

호씨(胡氏 호방평(胡方平))의 "자리에는 마땅하지만 괘와는 조화를 이루지 못한다.〔當位不協卦.〕"라는 설과 "자리에는 마땅하지 않지만 괘와는 조화를 이룬다.〔不當位協卦.〕"라는 설은 그 대의(大義)가 이미 긴요한 것이 없고, 그 〈낙서〉를 논하여 "우 임금이 그 떳떳함을 본떠서 《홍범》을 만들었다.〔大禹則其常以爲範.〕"라고 한 것은 더욱 어긋난다.77 우 임금이 《홍범》을 만든 것은 단지 그 1에서 9까지의

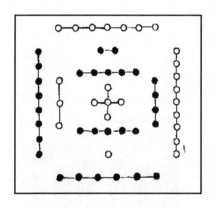

하도(河圖)
주희 《주역본의(周易本義)》

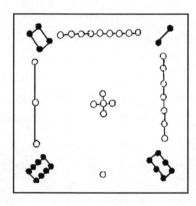

낙서(洛書)
주희 《주역본의(周易本義)》

77 호씨(胡氏)의……어긋난다 : '호씨'는 송말원초의 역학자 호방평(胡方平)을 이른다. 호는 옥재(玉齋)이다. 저서로 《역학계몽통해(易學啓蒙通解)》, 《외역(外易)》, 《역여한기(易餘閑記)》 등이 있다. 본문과 관련하여 《성리대전서》 소주에 "〈하도〉에서 네 상(象)이 모여 있는 관점에서 보면 상(象)이 네 방위에 배열되어 있는 것이 각각 처한 자리에 마땅하니 이것은 체(體)의 떳떳함〔常〕이다. 그러나 서쪽(태양, 4・9)과 남쪽(소양, 2・7)에 처한 상(象)은 저 생겨난 괘와 조화를 이루지 못하니 이것은 또 용(用)의 변(變)이 된다.……〈낙서〉에서 네 상이 나뉘어 있는 관점에서 보면 서쪽과 남쪽에 처한 상은 그 처한 자리에 마땅하지 않으니 이것은 그 용(用)의 변(變)이다. 그러나

수(數)로 인하여 차례를 지은 것뿐이니, 어찌 잔달게 동서남북의
변(變)과 불변(不變)을 상관하였겠는가. 동서남북 역시 《홍범》과
무슨 상관이 있기에 호씨는 오로지 이것으로 대의를 삼았단 말인
가. 더구나 우 임금이 편 것은 바로 구주(九疇)이니,[78] 그렇다면 그

상이 네 방위에 배열되어 있는 것은 모두 저 생겨나는 괘와 어울리니 이것은 또 체(體)
의 떳떳함이다. 우임금은 그 떳떳함을 본떠서 《홍범》을 만들었다. 〔自河圖四象之合者
觀之, 象之列於四方者, 各當其所處之位, 此其體之常. 象之處於西, 南者, 不協夫所生之
卦, 又爲用之變矣.……自洛書四象之分者觀之, 象之居於西, 南者, 不當其所處之位, 此
其用之變. 象之列於四方者, 悉協夫所生之卦, 又爲體之常矣. 大禹則其常者以作範.〕라
는 호방평의 설이 보인다. 〈하도〉에서 사상(四象)은 1・6 수 태음이 북쪽, 2・7 화
소양이 남쪽, 3・8 목 소음이 동쪽, 4・9 금 태양이 서쪽에 배열되어 있어 마땅하지만
《주역》의 괘로 보면 서쪽과 남쪽의 괘가 뒤바뀌어 있다는 것이며, 〈낙서〉는 이와 반대
로 《주역》의 괘로 보면 모두 마땅하게 배열되어 있지만 서쪽과 남쪽의 사상(四象)은
뒤바뀌어 있다는 말이다. 《性理大全書 卷1 太極圖 小注》이와 관련하여 호방평이 직접
그린 〈복희측하도이작역도(伏羲則河圖以作易圖)〉는 다음과 같다.

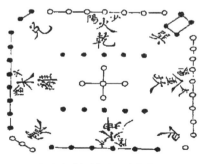

호방평 〈복희측하도이작역도〉
원도(圓圖)

호방평 〈복희측하도이작역도〉
횡도(橫圖)

78 우 임금이……구주(九疇)이니 : 《서경》 〈주서(周書) 홍범(洪範)〉에 "옛날 곤이
홍수를 막아 오행을 어지럽게 진열하자 상제가 진노하여 홍범구주를 내려주지 않으니
이륜이 무너지게 되었다. 곤은 귀양 가서 죽고 아들 우왕이 뒤이어 일어나자 하늘이

괘와 어울리느냐 어울리지 않느냐는 또 애초에 논할 만한 것이 아닐 것이다.

[3] "그러나 〈하도〉는 생수를 주인으로 삼는다.〔然河圖以生數爲主.〕"[79]

옥재(玉齋 호방평(胡方平))가 "〈낙서〉의 중앙 5의 위 한 점이 이미 천9의 상을 갖추고 있으니 1과 2, 3과 4, 7과 6, 9와 8은 홀수와 짝수가 또한 서로 꼭 들어맞는다."라고 말한 것[80]은 옳지 않을 듯하다. 마땅

우왕에게 홍범구주를 내려주니 이륜이 펴지게 되었다.〔在昔鯀陻洪水, 汩陳其五行. 帝乃震怒, 不畀洪範九疇, 彝倫攸斁. 鯀則殛死. 禹乃嗣興, 天乃錫禹洪範九疇, 彝倫攸敘.〕라는 내용이 보인다. '구주'는 홍범구주로, 상제가 우왕에게 내려준 천하를 다스리는 아홉 가지 대법(大法)을 말한다.

79 그러나……삼는다 : 《역학계몽》 권1 〈본도서(本圖書)〉에 "그러나 〈하도〉는 생수(生數)를 주인으로 삼는다. 그러므로 그 중앙의 수가 5가 되는 이유는 중앙 역시 다섯 생수의 상을 갖추고 있기 때문이다. 중앙의 아래 한 점은 천1의 상이고, 위 한 점은 지2의 상이고, 왼쪽 한 점은 천3의 상이고, 오른쪽 한 점은 지4의 상이고, 중앙의 한 점은 천5의 상이다. 〈낙서〉는 홀수를 위주로 한다. 그러므로 그 중앙의 수가 5가 되는 이유는 중앙 역시 다섯 홀수의 상을 갖추고 있기 때문이다. 중앙의 아래 한 점은 마찬가지로 천1의 상이고, 왼쪽 한 점은 마찬가지로 천3의 상이고, 중앙의 한 점은 천5의 상이고, 오른쪽 한 점은 천7의 상이고, 위 한 점은 천9의 상이다.〔然河圖以生數爲主, 故其中之所以爲五者, 亦具五生數之象焉. 其下一點, 天一之象也; 其上一點, 地二之象也; 其左一點, 天三之象也; 其右一點, 地四之象也; 其中一點, 天五之象也. 洛書以奇數爲主, 故其中之所以爲五者, 亦具五奇數之象焉. 其下一點, 亦天一之象也; 其左一點, 亦天三之象也; 其中一點, 則天五之象也; 其右一點, 則天七之象也; 其上一點, 則天九之象也.〕"라는 내용이 보인다.

80 옥재(玉齋)가……것 : 《성리대전서》 소주에 보인다. '옥재'는 373쪽 주77 참조. 《性理大全書 卷1 太極圖 小注》

히 "1과 6, 3과 8, 7과 2, 9와 4가 서로 부합한다."라고 말해야 할 듯한데, 어떨지 알지 못하겠다.

[4] "〈하도〉와 〈낙서〉는 그 수와 자리 모두 셋은 같고 둘은 다르다. [其數與位, 皆三同而二異.]"[81]

'자리'는 생수(生數)인 1·2·3·4의 자리를 이르고 '수'는 성수(成數)인 6·7·8·9의 수를 이른다. 호씨(胡氏 호방평(胡方平))는 "수는 1에서 10까지의 수를 이르고, 자리는 동서남북의 자리를 이른다."라고 하였는데, 만약 이 설과 같다면 단지 "그 자리는 셋이 같고 둘이 다르다.[其位三同而二異.]"라고만 말해도 충분할 것이다. 어찌 반드시 자리와 수를 함께 거론하고 다음에 '모두[皆]'라는 글자를 놓을 필요가 있겠는가. 《역학계몽》 안에서 일반적으로 자리와 수를 말한 것은 뜻이 모두 같다. 다만 다음에 이어지는 글에서 〈낙서〉의 자리와 수를 논한 분명한 설[82]만큼은 옳으니 호씨의 해석과 같을 뿐이다.

---

81 하도와……다르다 : 《역학계몽》 권1 〈본도서(本圖書)〉에 "〈하도〉와 〈낙서〉는 그 수와 자리 모두 셋은 같고 둘은 다르다. 양은 바뀔 수 없으나 음은 바뀔 수 있으니, 성수는 비록 양이라 하더라도 참으로 또한 생수의 음이기도 하다.[其數與位, 皆三同而二異. 蓋陽不可易而陰可易, 成數雖陽, 固亦生之陰也.]"라는 내용이 보인다.

82 낙서의……설 : 호방평이 "'모두 셋은 같고 둘은 다르다'라는 것은 〈하도〉와 〈낙서〉의 1과 6이 모두 북쪽에 있고 3과 8이 모두 동쪽에 있으며 5가 모두 중앙에 있으니 이것은 셋의 자리와 수가 모두 똑같은 것이며, 〈하도〉의 2와 7은 남쪽에 있는데 〈낙서〉는 2와 7이 서쪽에 있고, 〈하도〉의 4와 9는 서쪽에 있는데 〈낙서〉는 4와 9가 남쪽에 있으니 이것은 둘의 자리와 수가 모두 다른 것이다.[皆三同而二異者, 圖、書之一六皆在北, 三八皆在東, 五皆在中, 三者之位數皆同也. 圖之二七在南, 而書則二七在西, 圖之四

〈하도〉는 생수를 주인으로 삼고 성수를 손님으로 삼으니, 생수가 1·3·5일 경우에는 성수가 짝수(6·8·10)라고 하여 그 짝수인 성수가 양의 자리에 오는 것에 해가 되지 않기 때문에 바뀔 수 없는 것이며, 생수가 2·4일 경우에는 성수가 홀수(7·9)라고 하여 그 홀수인 성수가 음의 자리에 오는 것에 해가 되지 않기 때문에 바뀔 수 있는 것이다. 생수는 존귀하고 성수는 비천하니, 존귀한 것은 비천한 것을 통할할 수 있으며 비천한 것은 반드시 존귀한 것에 의해 통할된다. 주자(朱子 주희(朱熹))가 이른바 "성수는 비록 양이라 하더라도 참으로 또한 생수의 음이기도 하다.〔成數雖陽, 固亦生之陰.〕"라고 한 것은 바로 비천한 것이 반드시 존귀한 것에 의해 통할됨을 말한 것이다. 만약 다시 "생수는 비록 음이라 하더라도 참으로 또한 성수의 양이기도 하다.〔生數雖陰, 固亦成之陽.〕"라고 말하였다면 '존귀한 것이 비천한 것을 통할할 수 있는' 의리를 더욱 발명할 수 있었을 것이니, "음은 바뀔 수 있다.〔陰可易.〕"라는 설에 무슨 해가 되겠는가. 다만 말뜻이 절로 충분하기 때문에 굳이 다시 말할 필요가 없어서 말하지 않은 것뿐이다.

여기에서 이른바 '음'과 '양'이라는 것은 참으로 '홀수와 짝수가 음과 양이 되는 것'과 같은 것이 아니고 단지 존귀한 것과 비천한 것이라고 말한 것과 같다. 그러므로 주자는 일찍이 이 의리를 논하여 "마치 자식이 아버지의 음이 되고 신하가 군주의 음이 되는 것과 같다.〔如子爲父之陰, 臣爲君之陰.〕"라고 하였으니,[83] 그 가리킨 뜻을

九在西, 而書則四九在南, 二者之位數皆異也.〕"라고 말한 것을 가리킨다. 《性理大全書 卷1 太極圖 小注》

알 수 있다. 그런데 호씨는 마침내 주자가 "생수는 비록 음이라 하더라도 참으로 또한 성수의 양이기도 하다."라고 말하지 않은 것은 "음은 바뀔 수 있다."는 것을 위주로 말하였기 때문이라고 하였으니, 이것은 이 '음'과 '양'이라는 글자에 지나치게 얽매여 본 것이다. 호씨의 생각에 '만약 생수가 성수의 양이 된다고 말하면 2와 4가 마침내 양으로 변하게 되어서 바뀔 수 없게 되기 때문에 우선 이를 숨기고 말하지 않은 것이다.'라고 여긴 것이니, 또한 주자를 안 것이 얕다.

어떤 사람은 '주자는 한창 2‧4의 음이 바뀔 수 있는 의리를 논하였기 때문에 특별히 성수가 생수의 음이 되는 논의를 발명한 것이다. 무릇 이와 같아야 생수와 성수가 모두 음이어서 바뀔 수 있게 되니, 그렇다면 이 음과 양은 단지 존귀한 것과 비천한 것의 뜻으로만 볼 수 없다.'라고 하는데, 이것은 더욱 옳지 않다. 반드시 생수와 성수가 모두 음인 이후에야 바뀔 수 있는 것이라면, 또한 반드시 생수와 성수가 모두 양인 이후에야 바뀔 수 없게 된다. 그러나 저 1‧3‧5의 성수는 참으로 모두 음이니, 또한 장차 무슨 설로 이것을 양이 되도록 한 이후에야 가하겠는가.

〔5〕"묻는다. '중앙의 5는 이미 다섯 수의 상이 되었지만'〔曰: 中央之

---

83 주자는……하였으니 : 《주자어류》에 "성수는 비록 양이라 하더라도 참으로 또한 음에 근본을 두니, 이것은 마치 자식이 아버지의 음이 되고 신하가 군주의 음이 되는 것과 같다.〔成數雖陽, 固亦本之陰也, 如子者父之陰, 臣者君之陰.〕"라는 내용이 보인다. 《朱子語類 卷65 易1 綱領 上之上 河圖洛書》

五, 旣爲五數之象〕"84

각헌(覺軒 채모(蔡模))이 "비록 뒤섞여 있으나 일찍이 서로 마주하지 않은 적이 없다.〔雖相錯, 而未嘗不相對.〕"라고 말한 것85은 알 수 없으니, 마땅히 다시 생각해야 할 듯하다.

〔6〕"묻는다. '그 7·8·9·6의 수가 다른 것은'〔曰: 其七八九六之數不同〕"86

84 묻는다……되었지만 : 《역학계몽》 권1 〈본도서(本圖書)〉에 "묻는다. '중앙의 5는 이미 다섯 수의 상이 되었지만 그 수는 어떠한가?'〔曰: 中央之五, 旣爲五數之象矣, 然其爲數也, 奈何?〕"라는 내용이 보인다.

85 각헌(覺軒)이……것 : '각헌'은 주희의 문인인 채침(蔡沈)의 아들 채모(蔡模, 1188~1246)의 호이다. 저서에 《역전집해(易傳集解)》, 《대학연설(大學衍說)》, 《하락탐이(河洛探頤)》, 《속근사록(續近思錄)》, 《논맹집소(論孟集疏)》 등이 있다. 본문과 관련하여 《성리대전서》 소주에 "1·2·3·4는 네 상의 자리이고, 6·7·8·9는 네 상의 수이다. 〈하도〉는 자리와 수가 항상 뒤섞여 있다. 그러나……각각 자기 방위에 있으니 비록 뒤섞여 있기는 하나 일찍이 서로 마주하지 않은 적이 없다. 〈낙서〉는 자리와 수가 항상 서로 마주한다. 그러나……종횡으로 교차하니 비록 서로 마주하지만 일찍이 서로 뒤섞인 적이 없다.〔一二三四爲四象之位, 六七八九爲四象之數. 河圖位與數常相錯. 然……各居其方, 雖相錯而未嘗不相對也. 洛書位與數常相對. 然……縱橫交綜, 雖相對而未嘗不相錯也.〕"라는 채모의 설이 보인다. 《性理大全書 卷1 太極圖 小注》

86 묻는다……것은 : 《역학계몽》 권1 〈본도서(本圖書)〉에 "묻는다. '그 7·8·9·6의 수가 다른 것은 무슨 까닭인가?' 대답한다. 〈하도〉는 6·7·8·9가 이미 생수의 밖에 붙어 있으니, 이것은 음과 양, 노와 소, 진과 퇴, 요와 핍의 올바름이다. 그 9는 생수 1·3·5를 누적한 것이다. 그러므로 북쪽에서 동쪽으로 가고 다시 동쪽에서 서쪽으로 가서 4의 밖에서 이루는 것이다. 그 6은 생수 2·4를 누적한 것이다. 그러므로 남쪽에서 서쪽으로 가고 다시 서쪽에서 북쪽으로 가서 1의 밖에서 이루는 것이다. 7은

앞에서는 '진과 퇴, 요와 핍[進退饒乏]'을 말하고 뒤에서는 '자기 자리에 서로 바꾸어 저장함[互藏其宅]'을 말하였으니 호응이 좋지 않은 듯하나 실은 호문으로 말한 것이다. 앞에서 말한 것처럼 7·8·9·6이 이미 그 생수의 밖에 붙어 있어서 금은 금의 자리에 처하고 화는 화의 자리에 처하고 수와 목은 수와 목의 자리에 처하고 있으니, 이것은 단지 진과 퇴, 요와 핍의 올바름이 될 뿐 아니라 각각 제자리를 얻은 것 역시 일찍이 올바르지 않은 적이 없는 것이다.

9가 서쪽에서 남쪽으로 간 것이고, 8은 6이 북쪽에서 동쪽으로 간 것이다. 이것은 또 음과 양, 노와 소가 자기 자리에 서로 바꾸어 저장하는 변(變)이다. 〈낙서〉에서 가로 세로로 모두 15를 이루는 것은 7·8·9·6이 번갈아 사그라들고 자라나기 때문이니, 중앙의 5를 비우고 10을 나누면 1이 9를 함축하고 2가 8을 함축하고 3이 7을 함축하고 4가 6을 함축하게 되니, 이리저리 맞추어도 그 합을 만나지 못함이 없게 된다. 이것이 바로 변화가 무궁하여 오묘함이 되는 이유이다.'〔曰: 其七八九六之數不同, 何也? 曰: 河圖六七八九, 旣附于生數之外矣, 此陰陽老少進退饒乏之正也. 其九者, 生數一三五之積也, 故自北而東, 自東而西, 以成於四之外; 其六者, 生數二四之積也, 故自南而西, 自西而北, 以成於一之外; 七則九之自西而南者也; 八則六之自北而東者也. 此又陰陽老少互藏其宅之變也. 洛書之縱橫十五, 而七八九六迭爲消長, 虛五分十, 而一含九, 二含八, 三含七, 四含六, 則參伍錯綜, 無適而不遇其合焉. 此變化無窮之所以爲妙也.〕"라는 내용이 보인다. '음과 양, 노와 소가 자기 자리에 서로 바꾸어 저장한다'는 것은 북쪽의 1이 9를 저장해야 하는데 6을 저장하고 있고, 서쪽의 4는 6을 저장해야 하는데 9를 저장하고 있는 것을 이른다. '자기 자리에 서로 바꾸어 저장한다[互藏其宅]'는 것은 장재(張載)의 설을 원용한 것이다. 장재는 "한 번은 음이 되었다 한 번은 양이 되는 것을 도라 이른다.〔一陰一陽之謂道.〕"라는 것이 영원히 지속되려면 음의 정(精)과 양의 정을 음과 양이 각각 자신들 속에 저장할 것이 아니라 바꾸어서 저장해야 한다고 보았다. 즉 음 속에 음의 정을 저장하거나 양 속에 양의 정을 저장한다면 음이 다함과 동시에 음이 될 씨앗마저 없어져버리고 양이 다함과 동시에 양이 될 씨앗마저 없어져버리기 때문이라고 하였다.《正蒙 太和篇》

뒤에서 말한 것처럼 9에서 7이 되고 6에서 8이 되어 양이 도리어 물러나서〔退〕 핍(乏)이 되고 음이 도리어 나아가서〔進〕 요(饒)가 되었으니, 이것은 단지 '자기 자리에 서로 바꾸어 저장하는' 변(變)이 될 뿐 아니라 그 진과 퇴, 요와 핍 역시 일찍이 변하지 않은 적이 없는 것이다.

그러나 이른바 '각각 제자리를 얻었다'는 것과 '자기 자리에 서로 바꾸어 저장한다'는 것은 필경은 똑같은 하나의 자리이며 단지 상황에 따라 말을 달리한 것뿐이니, 호씨(胡氏 호방평(胡方平))가 음과 양, 진과 퇴를 해석한 것은 당연한 말이지만[87] 〈하도〉에 의거하여 해석하지 않았기 때문에 그 말이 근거가 없어서 알기가 어려운 것이다. 〈하도〉는 왼쪽으로 돌기 때문에 양이 남쪽에서 서쪽으로 가는 것은 순행이어서 '진'이 되는 것이고, 음이 동쪽에서 북쪽으로 가는 것은 역행이어서 '퇴'가 되는 것이다. 또 '요'와 '핍'의 뜻은, 만일 범범히

---

87 호씨(胡氏)가……말이지만 : '호씨'는 373쪽 주77 참조. 이와 관련하여 《성리대전서》 소주에 "이 단락은 오로지 〈하도〉와 〈낙서〉의 7·8·9·6의 수를 말하여 음과 양의 노와 소에 나아간 것이다. 7과 9는 양이니, 양은 나아감을 위주로 한다. 소양 7에서 나아가는데 7의 위는 8이기 때문에 8을 뛰어넘어 9로 나아가니, 9는 나아감을 지극히 한 것이어서 더 이상 갈 곳이 없게 된다. 이 때문에 9가 노양이 되는 것이다. 6과 8은 음이니 음은 물러남을 위주로 한다. 소음 8에서 물러나는데 8의 아래는 7이기 때문에 7을 뛰어넘어 6으로 물러나니, 6은 물러남을 지극히 한 것이어서 더 이상 옮겨갈 곳이 없게 된다. 이 때문에 6이 노음이 되는 것이다.〔此一節專言圖、書七八九六之數, 以進陰陽之老少也. 七九爲陽, 陽主進. 由少陽七而進, 七之上爲八, 故踰八而進於九, 九則進之極, 更無去處了, 故九爲老陽. 六八爲陰, 陰主退. 由少陰八而退, 八之下爲七, 故踰七而退於六, 六則退之極, 更無轉處了, 故六爲老陰.〕"라는 호방평의 설이 보인다. 《性理大全書 卷1 太極圖 小注》

음과 양의 대분(大分)을 논한다면 양은 참으로 요이고 음은 참으로 핍이지만, 그러나 그 가운데 나아가서 세분한다면 양에서는 9가 요이고 7이 핍이며 음에서는 8이 요이고 6이 핍이니, 이 단락에서 논한 것은 세분한 것을 위주로 말을 했을 뿐인 듯하다.

예전에 나는 "7·8·9·6이 번갈아 사그라들고 자라난다.[七八九六 迭爲消長.]"라는 설[88]에 대해 의심을 했었다. 〈낙서〉에 근거하면 7·8·9·6은 각각 제자리에 있어서 사그라들고 자라나는 상(象)이 보이지 않는다. 그리고 1·2·3·4는 어찌하여 스스로 사그라들고 자라나지 못하여 반드시 모두 모여서 7·8·9·6의 수를 이룬 뒤에야 되는 것인가?

  최근에야 이에 대해 생각해보았는데, 여기에서 이른바 '7·8·9·6'이라는 것은 또한 음양(陰陽)과 노소(老小)를 말한 것이다. 노양이 사그라들어 노음이 되면 노음이 불어난 것[息]이 되고, 노음이 사그라들어 노양이 되면 노양이 불어난 것이 되며, 소양과 소음 또한 그러하다. 이제 〈선천도(先天圖)〉[89]로 이를 증명해보면, 건괘(乾卦 ䷀)의 여섯 양이 모두 사그라들면 곤괘(坤卦 ䷁)의 여섯 음이 절로 불어나고, 곤괘의 여섯 음이 모두 사그라들면 곤괘의 여섯 양이 절로 불어나니, 이것은 참으로 의심할 만한 것이 없다. 그러나 1·2·3·

---

88 7·8·9·6이……설 : 379쪽 주86 참조.

89 선천도(先天圖) : 북송 소옹(邵雍)의 〈선천도〉를 가리킨다. 주희는 이에 근거하여 기존에 있던 14종의 〈선천도〉를 4종으로 정리하였는데, 즉 〈복희팔괘차서도(伏羲八卦次序圖)〉, 〈복희팔괘방위도(伏羲八卦方位圖)〉, 〈복희육십사괘차서도(伏羲六十四卦次序圖)〉, 〈복희육십사괘방위도(伏羲六十四卦方位圖)〉이다.

4로 말하면 이것은 수가 이루어진 것이 아니고 7·8·9·6의 차례로 삼는 것에 지나지 않아서 음양과 노소에 해당하는 바가 없으니, 참으로 사그라들고 자라나는 것으로 논할 수 없다.

예전에는 이것을 보고 음양과 노소는 〈낙서〉와 상관없는 것이어서 한사코 7·8·9·6의 정해진 자리를 고수한다고 여기고, 7·8·9·6이 음양과 노소가 되는 것은 〈하도〉와 〈낙서〉에 차이가 없다는 것을 더 이상 살피지 않았으니, 그 막혀서 통하지 못했던 것도 당연하다.

[7] "그렇다면 성인이 이를 본떴다는 것은 어떤 것인가?〔然則聖人之則之也, 奈何?〕"[90]

90　그렇다면……것인가 : 《역학계몽》 권1 〈본도서(本圖書)〉에 "묻는다, '그렇다면 성인이 이를 본떴다는 것은 어떤 것인가?' 대답한다. 〈하도〉를 본떴다는 것은 그 중앙을 비운 것을 말하고, 〈낙서〉를 본떴다는 것은 그 실제를 총괄한 것을 이른다. 〈하도〉가 5와 10을 비운 것은 태극이고, 홀수가 20이고 짝수가 20이라는 것은 양의(兩儀)이며, 1·2·3·4로 6·7·8·9가 된 것은 사상(四象)이고, 사방의 모여 있는 것을 쪼개어 건괘·곤괘·감괘·리괘로 삼고 네 모퉁이의 빈 곳을 보충하여 태괘·진괘·손괘·간괘로 삼은 것은 팔괘(八卦)이다. 〈낙서〉의 실제는, 첫째는 오행, 둘째는 오사, 셋째는 팔정, 넷째는 오기, 다섯째는 황극, 여섯째는 삼덕, 일곱째는 계의, 여덟째는 서징, 아홉째는 복극이다.'〔曰: 然則聖人之則之也, 奈何? 曰: 則河圖者, 虛其中; 則洛書者, 總其實也. 河圖之虛五與十者, 太極也; 奇數二十, 偶數二十者, 兩儀也. 以一二三四爲六七八九者, 四象也. 析四方之合, 以爲乾坤離坎, 補四偶之空, 以爲兌震巽艮者, 八卦也. 洛書之實, 其一爲五行, 其二爲五事, 其三爲八政, 其四爲五紀, 其五爲皇極, 其六爲三德, 其七爲稽疑, 其八爲庶徵, 其九爲福極.〕"라는 내용이 보인다. '홀수가 20이고 짝수가 20이라는 것'은 1·3·7·9의 양의(陽儀)와 2·4·6·8의 음의(陰儀)를 합하면 각각 20이라는 말이다.

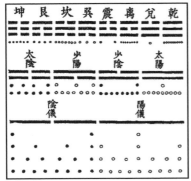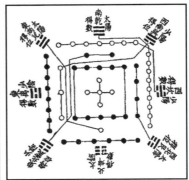

주자가 〈하도〉를 본떠서 〈선천원도(先天圓圖)〉를 대신하여 그린 그림

이것은 〈주역주자도설(周易朱子圖說)〉 주(註)의 '자리를 얻고 수를 얻는다〔得位得數〕'는 설에 근거하여 그림을 이와 같이 그린 것이다.[91] 어떤 사람이 "곤괘(坤卦)와 리괘(离卦)가 각각 북방과 동방에 처하는 것은 참으로 〈하도〉의 본래 자리이지만 건괘(乾卦)와 감괘(坎卦)의 자리가 바뀐 것은 무엇 때문인가? 태괘(兌卦)·진괘(震

---

91 이것은……것이다 : 저본의 그림은 저자가 대전본(大全本) 《주역전의(周易傳義)》〈주역주자도설(周易朱子圖說)〉에 실린 그림과 설명에 근거하여 그린 것이다. 아래는 본문의 내용과 관련하여 〈주역주자도설〉에 실린 그림이다.

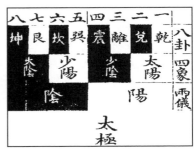

주희 〈복희팔괘방위도〉   주희 〈복희팔괘차서도〉

卦)·손괘(巽卦)·간괘(艮卦)가 사방 모퉁이에 나누어 배치된 것은 또한 각각 이유가 있는가?"라고 묻기에 내가 다음과 같이 답하였다. "곤괘가 북방에 처했으니 건괘는 이와 마주하여 남방에 처한 것이고, 리괘가 동방에 처했으니 감괘가 이와 마주하여 서방에 처한 것이다. 이것이 바로 건괘와 감괘가 자리를 바꾼 이유이다. 주자는 본디 '음은 바뀔 수 있다.〔陰可易.〕'라고 말하였으니,[92] 이것은 또한 서방과 남방을 가리켜서 말한 것이다.【건괘와 감괘는 음(陰)이 아닌데도 그 생수(生數)인 2와 4가 음이기 때문이라는 것이다. 그리고 주자의 설은 참으로 이 조목을 위하여 둔 것은 아니나 두 괘의 자리가 서로 바뀔 수 있다는 것은 여기에서도 알 수 있다.】건괘와 태괘는 모두 태양(太陽)에서 나왔기 때문에 태괘가 건괘의 아래에 처한 것이고, 리괘와 진괘는 모두 소음(少陰)에서 나왔기 때문에 진괘가 리괘의 아래에 처한 것이다. 간괘가 곤괘에 대한 것과 손괘가 감괘에 대한 것도 역시 각각 그 부류에 따라 옆에 붙인 것이니, 어찌 이유 없이 멋대로 자의에 따라 이를 나누었겠는가."

옥재(玉齋 호방평(胡方平))의 설은 애초에 주자와 다름을 구한 것이 아니다. 단지 '모여 있는 것을 쪼개고 빈 곳을 보충한다〔析合補空〕'는 설[93]을 범범히 보고 '자리를 얻고 수를 얻는다'는 의미를 고찰하지 않았기 때문에 저절로 다르지 않을 수 없게 된 것이다. 그리고 곤괘가 노음(老陰)이 된다고 하여 곧장 그 안의 한 점까지 아울러서 노음이 되게 하여 간괘를 여기에 두고, 리괘가 소음이 된다고 하여 곧장

92 주자는……말하였으니 : 376쪽 주81 참조.
93 모여……설 : 383쪽 주90 참조.

그 안의 세 점까지 아울러서 소음이 되게 하여 진괘를 여기에 두었으며, 나머지 괘들도 모두 이렇게 하였다. 이것은 〈하도〉에서 안팎으로 겹쳐 배열한 것이 음양과 노소가 같은 부류이기 때문에 같은 방위에 둔 것이 아니라 단지 생수(生數)와 성수(成數)가 서로 부합되기 때문임을

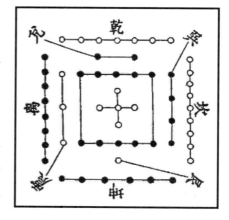

호방평이 〈하도〉를 본떠서
〈선천원도(先天圓圖)〉를 대신하여 그린 그림

전혀 알지 못한 것이다. 그렇다면 이것으로 근거를 삼아서는 안 될 것인데도 옥재는 이를 자세히 살피지 않아서, 노음의 간괘인데도 노양의 자리를 얻고 소음의 진괘인데도 소양(少陽)의 자리를 얻게 하였으며, 손괘도 태괘도 모두 그 음양의 본래 자리를 얻지 못하게 하였다. 그러나 이것은 그래도 성수에 중함을 돌리고 생수가 이를 따른 것이라고 말할 수 있으니 혹 한 가지 뜻이 될 수는 있을 것이다. 그러나 건괘의 노양으로 소양 7의 수에 처하게 하고 감괘의 소양으로 노양 9의 수에 처하게 한 것은 노소가 전도되어 더욱 그 통할 만한 설이 될 수 없다.

《중용장구(中庸章句)》 중 의심나는 부분을 기록하다[94]
中庸記疑

[1] "일(一)은 본심의 올바름을 지켜 잃지 않게 하는 것이다.〔一則守其本心之正而不離也.〕"[95]라는 구절에서 '도심(道心)'이라 하지 않고 '본심(本心)'이라고 한 것은 그 바름을 얻은 인심을 겸하여서 말한 것인 듯하다.

[2] "이 책의 뜻이 가지마다 나누어지고 마디마다 풀려서 맥락이 관통한다.〔支分節解, 脈絡貫通.〕"라는 것은 《중용장구》를 가지고 말한 것이고, "상세한 것과 간략한 것이 서로 원인이 되고 큰 것과 작은 것이 모두 설명되었다.〔詳略相因, 巨細畢擧.〕"라는 것은 《중용장구》와 《중용집략(中庸輯略)》을 아울러서 말한 것이니, '큰 것'과 '간략한 것'은 《중용장구》를 가리킨 것이고 '상세한 것'과 '작은 것'은 《중용집략》을 가리킨 것이다. "무릇 여러 학설의 동이와 득실이 또한 곡진히 통하고 사방으로 통하여 각각 그 지취를 다한다.〔凡諸說之同異得失, 亦得以曲暢旁通, 而各極其趣.〕"라는 것은 《중용혹문(中庸或問)》을 가

---

94 중용장구(中庸章句)……기록하다 : 대전본(大全本) 《중용장구》의 내용 중 논란이 될 만한 부분에 대해 저자의 견해를 기록한 것으로, 모두 28조목이다.

95 일(一)은……것이다 : 주희의 《중용장구》 서문에 보인다. '일'은 순(舜) 임금이 우(禹) 임금에게 전해주었다는 16자 심법(心法), 즉 "인심은 위태롭고 도심은 은미하니, 정밀하게 살피고 한결같이 지켜야 진실로 그 중(中)을 잡을 수 있다.〔人心惟危, 道心惟微, 惟精惟一, 允執厥中.〕"라는 구절에 보이는 '일'을 이른다.

지고 말한 것이다.[96]

[3] "편벽되지 않고 치우치지 않는다.〔不偏不倚.〕"[97]라는 뜻에 대해 논하는 자들이 많은데, 오직 주자(朱子 주희(朱熹))가 이른바 "편벽되지 않는다는 것은 도체의 본래 그러함을 밝힌 것이고, 치우치지 않는다는 것은 사람을 가지고 말한 것이다.〔不偏者, 明道體之自然; 不倚, 則以人而言.〕"라는 것으로 올바른 뜻을 삼아야 할 것이니, 이 설이 《주자대전(朱子大全)》의 《잡학변(雜學辨)》〈기의(記疑)〉편에 보인다.[98]

---

96 이 책의……것이다 : 여기에 인용된 세 구절은 모두 《중용장구》 서문에 보인다. 이 서문에 따르면 《중용장구》는 "여러 사람의 말을 모아 절충한 것〔會衆說而折其衷.〕"이고, 《중용집략》은 "한두 명의 동지들과 함께 다시 석씨의 책을 취하여 번다하고 어지러운 것을 산삭한 것〔一二同志, 復取石氏書, 刪其繁亂.〕"이며, 《중용혹문》은 "일찍이 논변하여 취하고 버린 뜻을 기록하여 덧붙인 것〔記所嘗論辨取舍之意, 以附其後.〕"이다. 《중용장구》는 주희의 나이 43세 때인 1172년 12월에 초고가 이루어졌고, 5년 뒤인 1177년 6월에 《중용장구》, 《중용혹문》, 《중용집략》이 완성되었다. '석씨(石氏)의 책'은 주희와 동시대 사람인 석돈(石墩)이 1173년에 정호(程顥)와 정이(程頤)의 설을 비롯한 아홉 대가의 설을 모아 지은 《중용집해(中庸集解)》 2권을 이른다. 《束景南, 朱熹年譜長編, 華東師範大學出版社, 2001》

97 편벽되지……않는다 : 《중용장구》 제2장 주희의 주에 "중용이란 편벽되지 않고 치우치지 아니하여 과와 불급이 없어서 평상한 이치이다.〔中庸者, 不偏不倚無過不及而平常之理.〕"라는 내용이 보인다.

98 이 설이……보인다 : 《잡학변(雜學辨)》〈기의(記疑)〉에 "편벽되지 않는다는 것은 도체의 본래 그러함을 밝힌 것이니 즉 의지한다는 뜻이 없고, 치우치지 않는다는 것은 사람을 가지고 말한 것이니 바로 그 사물에 기대지 않는다는 뜻을 알 수 있다.〔不偏者, 明道體之自然, 卽無所倚著之意也; 不倚, 則以人而言, 乃見其不倚於物耳.〕"라는 내용이 보인다. 《잡학변》은 주자의 나이 37세 때인 1166년에 이루어진 저술로, 당대 유자(儒

〔4〕 "기품이 혹 다르다.〔氣稟或異.〕"라는 것은 사람과 사물의 크게 다른 점 및 사람과 사람, 사물과 사물 사이의 약간 다른 점을 가지고 통틀어서 말한 것이고, "과나 불급의 차이가 없을 수 없다.〔不能無過不及之差.〕"라는 것은 그 '혹 다른 점' 가운데 나아가서 사람을 위주로 말을 한 것이니 사물은 그 사이에 통할되어 있을 뿐이다. 이는 한창 도를 품절(品節)해놓은 교(敎)를 논하고 있어서 글을 쓴 상세함과 간략함이 본래 이와 같아야 하기 때문이다.[99]

〔5〕 '경계하고 삼가는 것〔戒愼〕'과 '두려워하는 것〔恐懼〕'은 동할 때와 고요할 때 모두 통용되는 것이고, 경계하고 삼가는 것과 두려워하는 것이 '보지 않을 때〔不睹〕'와 '듣지 않을 때〔不聞〕'에 있는 것은, 이것은 바로 고요할 때의 일이다.[100]

者)들의 설에 불교와 노장사상이 뒤섞인 것을 배척한 것이며, 1권이다. 〈기의〉는 《잡학변》에 부록으로 덧붙여진 것으로, 역시 1권이다.

99 기품이……때문이다 : 《중용장구》 제1장 제1절 "하늘이 명한 것을 '성'이라 이르고, 성을 따름을 '도'라 이르고, 도를 품절해놓음을 '교'라 이른다.〔天命之謂性, 率性之謂道, 修道之謂敎.〕"라는 구절에 대한 주희의 주에, "성과 도는 비록 같기는 하나 기품이 혹 다르기 때문에 과나 불급의 차이가 없을 수 없다. 성인이 사람과 사물이 마땅히 행해야 할 것을 인하여 품절해서 천하의 법으로 삼았으니, 이것을 일러 '교'라고 한다. 예악과 형정 같은 등속이 이것이다.〔性道雖同, 而氣稟或異, 故不能無過不及之差. 聖人因人物之所當行者而品節, 以爲法於天下, 則謂之敎. 若禮樂刑政之屬是也.〕"라는 내용이 보인다. '품절(品節)'이란 친친(親親)에 따라 예(禮)를 줄이고 존현(尊賢)에 따라 예에 차등을 두는 것과 같이 후박(厚薄)과 경중에 따라 제도를 만드는 것을 이른다.

100 경계하고……일이다 : 이와 관련하여 《중용장구》 제1장 제2절에 "도란 것은 잠시도 떠날 수 없는 것이니 떠날 수 있으면 도가 아니다. 그러므로 군자는 그 보지 않는 바에도 경계하고 삼가며 그 듣지 않는 바에도 두려워하는 것이다.〔道也者, 不可須臾離

〔6〕 "중과 화를 지극히 한다.〔致中和〕"라는 구절에 대한 주에서 '지극히 고요한 가운데〔至靜之中〕'라는 것은 단지 '보지 않음〔不睹〕'과 '듣지 않음〔不聞〕'의 일일 뿐이다. 만약 이것을 가지고 '발하기 전〔未發〕'의 일로 삼는다면 "조금도 편벽되거나 치우치는 바가 없다.〔無少偏倚〕"라고 말할 수 없다. 어떤 사람은 말하기를 "이와 같다면 이것은 다음에 나오는 '사물을 응하는 곳〔應物之處〕'과 유례(類例)가 같지 않게 된다."라고 한다. 이것은 '홀로를 삼감〔謹獨〕'과 '사물을 응함〔應物〕'이 이미 층차가 있는 것이라면 여기에서 단지 '보지 않음'과 '듣지 않음'으로만 말해서는 안 된다고 여겨서 그렇게 말한 것이다. 그러나 여기에는 옳지 않은 점이 있다. '홀로를 삼감' 역시 사물에 응하는 실마리이니 참으로 판연히 다른 것은 아니다. 설령 말할 만한 넓고 좁은 의미 차이는 있다 할지라도 층차가 있는 것은 본래부터 층차가 있으며 층차가 없는 것은 본래부터 층차가 없으니, 어찌 유례를 반드시 같게 하는 것에 얽매여서 도리어 그 올바른 뜻을 해칠 필요가 있겠는가. 《중용혹문(中庸或問)》에 이르기를 "고요히 있으면서 이것을 보존할 줄을 알지 못하면 천리가 어두워져서 대본이 확립되지 못하는 바가 있게 되고, 동하면서 이것을 절제할 줄을 알지 못하면 인욕이 함부로 부려져서 달도가 행해지지 못하는 바가 있게 된다.〔靜而不知所以存之, 則天理昧而大本有所不立; 動而不知所以節之, 則人欲肆而達道有所不行.〕"라고 하였다. 단지 하나의 '동함〔動〕'과 '고요함〔靜〕'이라는 글자에서 매우 명백하게 알 수 있으니, 언제부터 동함과 고요함에 또 각각 층차를 두었단 말인가. 이제 '지극히 고요한 가운데'와 '사

也, 可離, 非道也. 是故君子戒愼乎其所不睹, 恐懼乎其所不聞.〕"라는 내용이 보인다.

물을 응하는 곳' 두 구절을 단지 동함과 고요함의 뜻으로만 간주한다면 아무 일도 없게 된다. 그리고 이 주에 나오는 두 개의 '자(自)' 자와 두 개의 '지어(至於)' 자에 대해 매번 경지의 깊고 얕음이라는 관점에서 뜻을 구하고자 하니, 이것이 바로 걸림이 많아지는 이유이다. 이것은 단지 '경계하고 두려워함〔戒懼〕'으로부터 중(中)을 지극히 하는 데에 이르고, '홀로를 삼감〔謹獨〕'으로부터 화(和)를 지극히 하는 데에 이른다는 뜻일 뿐이니, 바로 공부의 처음과 끝이며 경지의 깊고 얕음이 아니다. 이 때문에 《중용혹문》에 이것을 논한 곳에도 역시 '자(自)'와 '지(至)' 자는 있지만 애초에 '지극히 고요함〔至靜〕'과 '사물에 응함〔應物〕'의 설은 없는 것이니, 바로 여기에서 징험할 수 있다.[101]

---

101 중(中)과……있다 : 이와 관련하여 《중용장구》제1장 제5절 "중과 화를 지극히 하면 천지가 제자리를 편안히 하고 만물이 잘 생육된다.〔致中和, 天地位焉, 萬物育焉.〕"라는 구절에 대한 주희의 주에, "'경계하고 두려워함'으로부터 요약하여 지극히 고요한 가운데에 편벽되고 치우친 바가 없어서 그 지킴이 잃지 않는 데에 이르면 그 중(中)을 지극히 하여 천지가 제자리를 편안히 하게 되고, '홀로를 삼감'으로부터 정밀히 하여 사물을 응하는 곳에 조금도 잘못됨이 없어서 가는 곳마다 그렇지 않음이 없는 데에 이르면 그 화(和)를 지극히 하여 만물이 생육된다.〔自戒懼而約之, 以至於至靜之中無所偏倚而其守不失, 則極其中而天地位矣 ; 自謹獨而精之, 以至於應物之處無少差謬而無適不然, 則極其和而萬物育矣.〕"라는 내용이 보인다. 이에 대해 논한 《중용혹문》의 구절은 "오직 군자만이 그 보지 않고 듣지 않을 때 이전부터 경계하고 삼가며 두려워하는 것을 더욱 엄히 하고 더욱 공경히 하여 터럭만큼도 편벽되거나 치우침이 없는 데에까지 이르러서 지킴에 항상 잃지 않으니, 이렇게 하면 그 중(中)을 지극히 하여 대본(大本)의 확립이 날로 더욱 확고해진다. 특히 은미하고 그윽이 홀로일 때에 그 선악의 기미를 삼가는 것을 더욱 정하게 하고 더욱 치밀하게 하여 터럭만큼도 잘못이 없는 데에까지 이르러서 행함에 매번 어기지 않으니, 이렇게 하면 그 화(和)를 지극히 하여 달도(達道)

〔7〕'보지 않고 듣지 않을 때〔不睹不聞〕'와 '발하기 전〔未發〕'은, 개괄
하여 말하면 '똑같은 때〔一等時節〕'라고 말하는 것도 괜찮겠지만,[102]
정밀하게 말하면 '보지 않고 듣지 않을 때' 혹여 어둡고 산란한 문제
라도 있으면 곧 모두 '발하기 전'이 될 수는 없다. 주자가 '발하기 전'
에 대해 논한 것에 "마음이 단단한 돌과 같아서 쪼갤 수 없다.〔心如頑
石, 劈斫不開.〕"라는 설이 있다.[103] 이와 같은 설이 매우 많은데, 모두
개략적으로 말한 것일 뿐이다.

의 행함이 날로 더욱 광대해진다.〔惟君子自其不睹不聞之前, 而所以戒謹恐懼者, 愈嚴
愈敬, 以至於無一毫之偏倚, 而守之常不失焉, 則爲有以致其中, 而大本之立, 日以益固
矣; 尤於隱微幽獨之際, 而所以謹其善惡之幾者, 愈精愈密, 以至於無一毫之差謬, 而行
之每不違焉, 則爲有以致其和, 而達道之行, 日以益廣矣.〕"라는 부분을 이른다.

102 보지……괜찮겠지만 : 이와 관련하여 주희가 문인 여조검(呂祖儉)에게 답한 편
지에 "마음에 지각이 있는 것은 귀에 들리고 눈에 보이는 것과 똑같은 때이니 비록
발하기 전이라도 일찍이 없은 적이 없으며, 마음에 생각이 있는 것은 귀로 듣고 눈으로
보는 것과 똑같은 때이니 조금이라도 이것이 있으면 발하기 전이 될 수 없다. 그러므로
정자가 생각이 있는 것을 이미 발한 것으로 여긴 것은 가하지만, 기록하는 자들이 보임
이 없고 들림이 없는 것을 발하기 전으로 여기는 것은 불가하다.〔蓋心之有知與耳之有
聞、目之有見爲一等時節, 雖未發而未嘗無; 心之有思乃與耳之有聽、目之有視爲一等時
節, 一有此則不得爲未發. 故程子以有思爲已發則可, 而記者以無見無聞爲未發則不
可.〕"라고 한 내용이 보인다. 《晦庵集 卷48 答呂子約》

103 주자가……있다 : 이와 관련하여 《주자어류》에 희로애락이 발하기 전에도 중
(中)에 맞지 않은 것은 무엇 때문이냐는 질문에, 주희가 "이것은 기질이 어둡고 탁하여
사욕에 져서 객이 와서 주인 노릇을 하기 때문이다. 아직 발하지 않았을 때에는 그저
멍하니 지각이 없어서 단단한 돌과 같아 쪼갤 수 없었지만 발하자마자 곧 어그러지게
된 것이다.〔此卻是氣質昏濁, 爲私欲所勝, 客來爲主. 其未發時, 只是塊然如頑石相似, 劈
斫不開; 發來便只是那乖底.〕"라고 대답한 내용이 보인다. 《朱子語類 卷62 中庸1 第1章》

〔8〕순기대지장(舜其大知章)의 주에 이르기를 "이것은 지가 과나 불급이 없게 되어서 도가 행해지게 된 이유이다.〔此知之所以無過不及, 而道之所以行也.〕"라고 하였는데,[104] '지가 과나 불급이 없게 된 것'은 '묻기를 좋아하고 살피기를 좋아하는 것〔好問好察〕'을 가리켜서 말한 것이고, '도가 행해지게 된 것'은 '두 끝을 잡아서 그 중을 쓴 것〔執兩端, 用其中〕'을 가리켜서 말한 것이니 이것은 참으로 옳은 말. 회지위인장(回之爲人章)의 주에 이르기를 "이것은 행이 과나 불급이 없어서 도가 밝아지게 된 이유이다.〔此行之所以無過不及, 而道之所以明也.〕"라고 하였는데,[105] '행이 과나 불급이 없게 된 것'은 아마도 '중용을 택하여 잘 받들어 가슴속에 두어 잃지 않는 것〔擇乎中庸, 服膺不失〕'을 가리켜서 말한 것인 듯하다. '도가 밝아지게 된 것'은 어디에 이 뜻이 들어 있는 것을 볼 수 있는지 늘 분명하지 못했는데, 지금 자세히 생각해보니 이것 역시 단지 앞의 두 구절 중에 있을 뿐이다. 택하여서 잃지 않는 것은 참으로 행(行)의 일이지만, 능히 택하여서 잃지 않을 방법을 알 수 있는 것은 또 지(知)의 일이다. 그러므로 앞장에서 능히 택할 줄은 알았으나 능히 지키지 못한 것을 지혜롭지 못

104 순기대지장(舜其大知章)의……하였는데 :《중용장구》제6장에 "순 임금은 큰 지혜일 것이다. 순 임금은 묻기를 좋아하고 천근한 말을 살피기 좋아하되, 악을 숨겨주고 선을 드날리며, 두 끝을 잡아서 그 중을 백성에게 썼으니, 이 때문에 순 임금이 된 것이다.〔舜其大知也與! 舜好問而好察邇言, 隱惡而揚善, 執其兩端, 用其中於民, 其斯以爲舜乎!〕"라는 내용이 보인다. '주'는 주희의 주를 이른다.
105 회지위인장(回之爲人章)의……하였는데 :《중용장구》제8장에 "안회의 사람됨이, 중용을 택하여 하나의 선을 얻으면 잘 받들어 가슴속에 두어 잃지 않는다.〔回之爲人也, 擇乎中庸, 得一善, 則拳拳服膺而弗失之矣.〕"라는 내용이 보인다.

한 것으로 여긴 것이니,[106] 곧 능히 택할 줄 알고 능히 지킬 줄 아는 것이 '지'가 된다는 것을 알 수 있다. 《중용혹문(中庸或問)》에 이르기를 "이러한 어짊이 바로 그가 지혜로운 사람이 된 이유일 것이다.〔玆賢也, 乃其所以爲知也.〕"라고 하였으니,[107] 그 뜻이 또한 이와 같다.

[9] 비은장(費隱章)은 '군자의 도〔君子之道〕'로 처음을 시작하고 마지막에 또 '군자의 도'로 끝맺었는데, 중간에 천지의 솔개와 물고기를 섞어 말한 것[108]은 의당 군자의 도와 상관없을 듯한데도 자사(子思)

---

106 앞장에서……것이니 : 《중용장구》 제7장에 "사람들이 모두 말하기를 자신이 지혜롭다고 하지만 그물과 덫과 구덩이 속으로 몰아넣어도 피할 줄을 알지 못하며, 사람들이 모두 말하기를 자신이 지혜롭다고 하지만 중용을 택하여 한 달도 지키지 못한다.〔人皆曰予知, 驅而納諸罟擭陷阱之中而莫之知辟也, 人皆曰予知, 擇乎中庸而不能期月守也.〕"라는 내용이 보인다.

107 중용혹문(中庸或問)에……하였으니 : 《중용혹문》에 "제8장은 안회의 어짊을 칭찬한 것이다. 무엇 때문인가?〔此其稱回之賢, 何也?〕"라는 물음에 대해, 주희가 "앞장의 '한 달도 지키지 못한 자'를 이어서 말한 것이니, 만일 안회와 같이 어질면서도 과하지 않는다면 도가 이 때문에 밝아지게 된다는 것이다. 능히 '중용을 택할 수 있는 것'은 어진 자의 과함이 없는 것이며, '잘 받들어 가슴속에 두어 잃지 않는 것'은 불초한 자의 불급이 아니다. 그렇다면 이러한 어짊이 바로 그가 지혜로운 사람이 된 이유일 것이다.〔承上章不能朞月守者而言, 如回之賢而不過, 則道之所以明也. 蓋能擇乎中庸, 則無賢者之過矣, 服膺弗失, 則非不肖者之不及矣. 然則玆賢也, 乃其所以爲知也歟!〕"라고 대답한 내용이 보인다.

108 비은장(費隱章)은……것 : 《중용장구》 제12장에 "군자의 도는 광대하고 은미하다.……《시경》에 이르기를 '솔개는 날아 하늘에 이르는데 물고기는 연못에서 뛰논다.'라고 하였으니, 상하에 이치가 밝게 드러남을 말한 것이다. 군자의 도는 부부에게서 시작되니 그 지극함에 이르러서는 천지에 밝게 드러난다.〔君子之道, 費而隱.……詩云 : 鳶飛戾天, 魚躍于淵. 言其上下察也. 君子之道, 造端乎夫婦, 及其至也, 察乎天

의 말이 그와 같은 것은 무엇 때문인가? 마땅히 생각해서 알아야 할 것이다.

[10] 사람과 사물의 도가 같다고 말한 것은 자사(子思)의 뜻이고 주자(朱子)의 설이며, 사람과 사물의 도가 다르다고 말한 것은 근세 호중(湖中)의 논의이다.[109] 그 다르다는 관점에서 다르게 본다면 솔개가 날고 물고기가 뛰는 것[110]이 사람의 행위와 어찌 다르기만 하겠는가. 같다는 관점에서 같게 본다면 모두가 본래 그러한 것으로 당연히 행하게 되는 천리(天理)이다. 비유하면, 촛불이 방 안에 있으면 그 빛이 창문 틈을 통해 사방으로 나가서 곧은 것도 있고 비스듬한 것도 있고 긴 것도 있고 짧은 것도 있지만, 그것이 촛불의 빛이라는 것은 동일하다. 무릇 곧고 비스듬하고 길고 짧은 것은 기(器)이고, 촛불의 빛은 도(道)이니, 다른 것은 기에 있고 같은 것은 도에 있다. 지금 도를 논하고자 하면서 기로 말하는 것이 가하겠는가.

[11] 단지 하나의 도(道)일 뿐이니, 천지에 있으면 천지의 도가 되고, 사람에게 있으면 사람의 도가 되고, 사물에 있으면 사물의 도가 된다. 오직 사람만이 하늘을 아버지로 삼고 땅을 어머니로 삼아 만물

地.]"라는 내용이 보인다.

109 사람과……논의이다 : 사람과 사물의 성(性)이 동일한가에 대해 벌어진 호락논쟁(湖洛論爭)에서 한원진(韓元震)을 대표로 하여 인물성이론(人物性異論)을 주장한 호론(湖論)을 이른다. 인물성동론(人物性同論)을 주장한 파는 이간(李柬)을 대표로 한 낙론(洛論)이다.

110 솔개가……것 : 394쪽 주108 참조.

의 종주가 되기 때문에 통틀어 이를 '군자의 도'라고 명명한 것이다. 무릇 군자가 도로 삼은 것이 이와 같기 때문에 능히 그 성(性)을 다할 수 있어서 능히 사람의 성을 다하고 사물의 성을 다하여 천지에 참여하고 화육(化育)을 돕는 데에까지 이른 뒤에야 그치는 것이다.[111] 저들은[112] 이것을 알지 못하고 은연중 자신을 사사롭게 여기니 또한 애처롭다.

[12] "하늘이 명한 것을 성이라고 이른다.〔天命之謂性.〕"라는 구절에 대한 주의 '음양오행(陰陽五行)'은 리(理)와 기(氣)를 겸하여 말한 것이다. 만약 오로지 기로만 말한 것이라고 한다면 다음 구절에 어떻게 다시 '기' 자를 놓을 수 있겠는가. 그리고 이른바 '리 또한 부여하였다.〔理亦賦焉〕'라는 말과 이른바 '건순과 오상의 덕〔健順五常之德〕'이라는 것이 모두 내력이 없게 된다.[113]

---

111 능히 그……것이다 : 이와 관련하여 《중용장구》 제22장에 "오직 천하에 지극히 성실한 덕만이 능히 그 성을 다할 수 있으니, 그 성을 다할 수 있으면 사람의 성을 다할 수 있고, 사람의 성을 다할 수 있으면 사물의 성을 다할 수 있고, 사물의 성을 다할 수 있으면 천지의 화육을 도울 수 있고, 천지의 화육을 도울 수 있으면 천지와 더불어 참여할 수 있게 된다.〔惟天下至誠, 爲能盡其性. 能盡其性, 則能盡人之性；能盡人之性, 則能盡物之性；能盡物之性, 則可以贊天地之化育；可以贊天地之化育, 則可以與天地參矣.〕"라는 내용이 보인다.

112 저들은 : 한원진(韓元震)을 필두로 하여 사람과 사물의 성(性)이 다르다는 인물성이론(人物性異論)을 주장하는 호론(湖論)에 동조하는 사람들을 이른다.

113 하늘이……된다 : 본문의 인용 경문은 《중용장구》 제1장에 보인다. 이에 대한 주희(朱熹)의 주에 "하늘이 음양오행으로 만물을 화생할 때에 기(氣)로써 형체를 이루고 리(理) 또한 부여하니 명령함과 같다. 이에 사람과 사물이 태어남에 각기 부여받은

〔13〕 귀신장(鬼神章)의 주에 그 귀신을 논한 곳에서 '음의 영〔陰之靈〕'·'양의 영〔陽之靈〕'이라고 한 것[114]과 '음과 양이 합하고 흩어짐〔陰陽合散〕'이라고 한 것[115]과 '그 기가 위에 발양하다〔其氣發揚于上〕'라고 한 것[116]은 모두 기(氣)로 말한 것이어서 마지막에 비로소 "음과 양의 합하고 흩어짐이 진실 아님이 없다.〔陰陽合散, 無非實者.〕"라고

바의 리를 얻음으로 인하여 건순과 오상의 덕을 삼으니 이른바 '성(性)'이라는 것이다.〔天以陰陽五行, 化生萬物, 氣以成形而理亦賦焉, 猶命令也. 於是人物之生, 因各得其所賦之理, 以爲健順五常之德, 所謂性也.〕"라고 하였다.

114 귀신장(鬼神章)의……것 : 《중용장구》 제16장 제1절 "귀신의 덕 됨이 성대하구나.〔鬼神之爲德, 其盛矣乎!〕"라는 구절에 대한 주희의 주에, "음과 양 두 기로써 말하면 귀는 음의 영이고 신은 양의 영이며, 한 기로써 말하면 이르러 펴짐은 신이 되고 돌아가 되돌아감은 귀가 되니, 그 실제는 한 물건일 뿐이다. '덕 됨'은 성정, 공효라는 말과 같다.〔以二氣言, 則鬼者陰之靈也, 神者陽之靈也; 以一氣言, 則至而伸者爲神, 反而歸者爲鬼, 其實은 一物而已. 爲德, 猶言性情功效.〕"라는 내용이 보인다.

115 음과……것 : 《중용장구》 제16장 제2절 "보아도 보지 못하며 들어도 듣지 못하나 사물의 근간이 되어 빠뜨릴 수 없다.〔視之而弗見, 聽之而弗聞, 體物而不可遺.〕"라는 구절에 대한 주희의 주에, "사물의 처음과 끝은 음과 양이 합하고 흩어짐의 행하는 바 아님이 없으니, 이는 그 사물의 체가 되어 사물이 능히 빠뜨릴 수 없는 것이다.〔物之終始, 莫非陰陽合散之所爲, 是其爲物之體而物之所不能遺也.〕"라는 내용이 보인다.

116 그……것 : 《중용장구》 제16장 제3절 "천하의 사람들로 하여금 재계하고 깨끗이 하며 의복을 성대히 하여 제사를 받들게 하고는 양양하게 그 위에 있는 듯하며 그 좌우에 있는 듯하다.〔使天下之人齊明盛服, 以承祭祀, 洋洋乎如在其上, 如在其左右.〕"라는 구절에 대한 주희의 주에, "공자가 말하기를 '그 기가 위에 발양하여 소명과 훈호와 처창이 되니, 이는 온갖 물건의 정이요 신의 드러남이다.'라고 하였으니, 바로 이를 말한 것이다.〔孔子曰: 其氣發揚于上, 爲昭明焄蒿悽愴, 此百物之精也, 神之著也. 正謂此爾.〕"라는 내용이 보인다. '소명(昭明)'은 귀신이 밝게 드러난 것을 말하고, '훈호(焄蒿)'는 기운이 뭉쳐 올라간 것을 말하며, '처창(悽愴)'은 자손들이 숙연히 추모하는 마음을 일으키는 것이다.

한 듯하다. 그런데 장하주(章下註)에서는 곧바로 "보지 못하고 듣지 못함은 '은'이고, 사물의 체가 되어 존재하는 듯함은 또한 '비'이다. 〔不見不聞, 隱也; 體物如在, 則亦費矣.〕"라고 하여 여기에 이르러서는 또 오로지 리(理)로 말하고 있으니, 읽는 자들이 매번 이를 의심스럽게 생각하였다.

일찍이 이에 대해 생각해보았는데, 귀신은 기이지만 또한 리로 말하는 경우도 있으니 이것은 단지 한 부분에 나아가서 말한 것일 뿐이다. 그 '능히 그렇게 할 수 있는 점〔能然處〕'의 관점에서 말하면 '기'라 이르고 '실제로 그러한 점〔實然處〕'의 관점에서 말하면 '리'라 이르니, 오직 그 가리키는 바가 어떤 것인가를 볼 뿐이다. 이 장은 '귀신의 덕 됨〔鬼神之爲德〕'으로부터 '하물며 싫어할 수 있겠는가〔矧可射思〕'에 이르기까지[117] 말뜻이 혼연하여 리라고 말해도 괜찮고 기라고 말해도 괜찮으니, 주자 역시 이에 대해서는 우선 그 이름과 뜻을 풀이만 하고 치우쳐 주장한 바가 없다. -이른바 '성정, 공효〔性情功効〕'[118]는 리와 기에 모두 이와 같이 말할 수 있고, 이른바 '음과 양이 합하고 흩어짐〔陰陽合散〕'[119]이란 것 역시 기도 있고 리도 있는 것이며, 이른바 '위에 발양하다〔發揚于上〕'[120]라는 것은 기를 가리킨 것이다. 그러나 그다음에 나오는 '신의 드러남이다〔神之著也〕'[121]라는 구절은 또 이렇게도 볼

---

117 이 장은……이르기까지 : '귀신의 덕 됨'은 《중용장구》제16장 제1절에 보인다. 397쪽 주114 참조. '하물며 싫어할 수 있겠는가'는 《중용장구》제16장 제4절 "《시경》에 이르기를 '신의 옴을 예측할 수 없는데 하물며 신을 싫어할 수 있겠는가.'라고 하였다.〔詩曰: 神之格思, 不可度思, 矧可射思?〕"라는 구절에 보인다.

118 성정, 공효〔性情功効〕: 397쪽 주114 참조.

119 음과……흩어짐〔陰陽合散〕: 397쪽 주115 참조.

120 위에 발양하다〔發揚于上〕: 397쪽 주116 참조.

수 있고 저렇게도 볼 수 있다.- 그러나 이 장의 말미에 이르러 마침내 이르기를 "은미한 것이 드러나니 성실함의 가릴 수 없음이 이와 같구나.〔夫微之顯, 誠之不可掩如此夫!〕"[122]라고 한 것은 바로 리를 주장한 것이 매우 분명하다. 이로 말미암아 앞의 글을 돌이켜보면 수많은 구절의 말이 어느 하나 이 뜻 아닌 것이 없다. 이 때문에 주자 역시 이에 대해 비로소 확고하게 리를 주장하여 이 한 장(章)의 종지를 내걸었던 것이다.

이것은 자공(子貢)이 백이(伯夷)와 숙제(叔齊)에 대해 물었던 《논어》의 구절[123]에 대한 주자(朱子)의 주와 매우 비슷하다. 자공이 이 물음을 통해 듣고자 했던 것은 백이와 숙제가 나라를 사양했던 일일 뿐이었으나 공자에게 물을 때에는 그저 범범하게 "백이와 숙제는 어떤 사람입니까?〔伯夷、叔齊何人也?〕"라고만 하였고, 부자(夫子 공자)는 범범하게 "옛날의 현인이다.〔古之賢人也.〕"라고만 대답하였다. 주자의 주 역시 백이와 숙제의 평생을 범범히 서술하고, 아울러 백이와 숙제가 나라를 사양했던 일과 주왕(紂王)을 정벌하는 것에 대해 간했던 일 두 가지를 거론하였다. 그러나 자공이 원래 듣고자 했던 공자의 뜻을

121 신의 드러남이다〔神之著也〕: 397쪽 주116 참조.

122 은미한……같구나: 《중용장구》 제16장 제5절에 보인다.

123 자공(子貢)이……구절: 《논어》〈술이(述而)〉에 "염유가 말하였다. '부자께서 위나라의 임금을 도우실까?' 자공이 말하였다. '좋다. 내 장차 여쭈어보겠다.' 자공이 들어가서 '백이와 숙제는 어떤 사람입니까?'라고 묻자, 공자는 '옛날의 현인이다.'라고 대답하였다. 자공이 '후회하였습니까?'라고 묻자, '인(仁)을 구하여 인을 얻었으니 또 어찌 후회하였겠는가.'라고 대답하였다. 자공이 나와서 말하였다. '부자께서는 돕지 않으실 것이다.'〔冉有曰: 夫子爲衛君乎? 子貢曰: 諾, 吾將問之. 入曰: 伯夷、叔齊何人也? 曰: 古之賢人也. 曰: 怨乎? 曰: 求仁而得仁, 又何怨? 出曰: 夫子不爲也.〕"라는 내용이 보인다.

알아차리고 나와서 말하기를 "부자께서는 돕지 않으실 것이다.〔夫子不爲也.〕"라고 했던 대목에 이르면 주자의 주에서는 비로소 '정벌하는 것에 대해 간했던 일'이 한 조목을 빼버리고 오로지 '나라를 양보한 일'만을 가지고 설을 삼았다. 여기에서 주자의 경문 해석이 지극히 정밀하고 지극히 자세하여 한 구절도 앞에 두거나 뒤에 둘 수 없다는 것을 알 수 있으니, 매번 이를 읽을 때마다 기뻐하며 탄복하지 않은 적이 없다.

〔14〕 앞의 세 장은 배우는 자가 자신을 수양하고 집안을 가지런히 하는 방도를 말하였고, 뒤의 세 장은 성인(聖人)이 나라를 다스리고 천하를 태평하게 하는 일을 말하였으니,[124] 얼마나 평탄하고 착실하며 얼마나 차례가 정연한가. 중간에 '귀신' 한 단락을 드러내 보인 것[125]은 참으로 황홀하여 헤아리기 어렵지만, 귀신의 도는 또한 군자의 도이기도 하니 다름이 있는 것이 아니다. 이것은 비은장(費隱章)에서 부부와 성인(聖人)의 일을 차례로 말하고 천지의 솔개와 물고기로 뒤를 이은 것[126]과 동일한 뜻이다. 이를 통해 위로 관통하고 아래로 관통하면 곧 하늘과 사람이 일치함을 알 수 있으니 읽다 보면 사람을

---

124 앞의……말하였으니 : '앞의 세 장'은 《중용장구》 제13장 도불원인장(道不遠人章), 제14장 소기위장(素其位章), 제15장 행원자이장(行遠自邇章)을 이르고, '뒤의 세 장'은 제17장 순대효장(舜大孝章), 제18장 기유문왕장(其惟文王章), 제19장 달효장(達孝章)을 이른다.

125 중간에……것 : 《중용장구》 제16장을 이른다. 경문은 397쪽 주114 참조.

126 비은장(費隱章)에서……것 : 《중용장구》 제12장을 이른다. 경문은 394쪽 주108 참조.

고무시킨다. 주자의 "비와 은을 겸하고 대와 소를 포괄하였다."라는 설[127]은 이미 이것을 가리키는 듯하다.

[15] "덕으로는 성인이고[德爲聖人]" 이하 5구[128]는 다른 성인도 대부분 이렇게 할 수 있지만 유독 순(舜) 임금을 칭한 것은, 어찌 인륜의 변고에 처하여서도 그 성스러움을 잃지 않았고 논밭 사이에서 일어나 천자가 되어 그 일이 더욱 특별했기 때문이 아니겠는가.

[16] 단지 "근심이 없었다.[無憂]"라는 것으로만 문왕을 찬미한 것[129]이 곧 문왕의 지극한 덕을 볼 수 있는 곳이다.

---

127 주자의……설 : 《중용장구》 제16장 주희의 장하주(章下註)에 "보이지 않고 들리지 않음은 '은'이고, 사물의 체가 되어 존재하는 듯함은 또한 '비'이다. 이 앞의 세 장은 그(군자의 도) 비의 작은 것을 가지고 말하였고, 이 뒤의 세 장은 그 비의 큰 것을 가지고 말하였고, 이 한 장은 비와 은을 겸하고 대와 소를 포괄하여 말하였다.[不見不聞, 隱也 ; 體物如在, 則亦費矣. 此前三章, 以其費之小者而言 ; 此後三章, 以其費之大者而言 ; 此一章, 兼費隱包大小而言.]"라는 내용이 보인다.

128 덕으로는……5구 : 《중용장구》 제17장의 "공자가 말하였다. '순임금은 아마도 대효일 것이다. 덕으로는 성인이고, 존귀함으로는 천자이고, 부유함으로는 사해 안을 소유하여 종묘의 제사를 흠향하고 자손을 보전하였다.'[子曰 : 舜其大孝也與! 德爲聖人, 尊爲天子, 富有四海之內, 宗廟饗之, 子孫保之.]"라는 구절 중 '덕으로는' 이하의 내용을 이른다.

129 단지……것 : 《중용장구》 제18장에 "공자가 말하였다. '근심이 없었던 분은 오직 문왕일 것이다. 왕계가 아버지이고 무왕이 아들이었으니, 아버지가 시작을 하자 아들이 뜻을 계승하고 일을 따랐다.'[子曰 : 無憂者其惟文王乎! 以王季爲父, 以武王爲子, 父作之, 子述之.]"라는 내용이 보인다.

〔17〕 "그 자리를 밟아〔踐其位〕"라는 구절에 대한 주에 "윗글의 두 절을 맺은 것이니 모두 뜻을 계승하고 일을 따른 뜻이다.〔結上文兩節, 皆繼志述事之意也.〕"라고 하였는데, 여기에서 이른바 '계승하고 따랐다〔繼述〕'는 것이 무왕(武王)과 주공(周公)이 계승하고 따른 일을 가리킨 것이라면 무왕과 주공이 계승하고 따른 것 중에 큰 것이라고는 말할 수 없으니, 이것은 앞장[130]에 이미 자세히 말하였기 때문이다. 이 장에서는 제사의 예를 제정한 것이 또 계승하고 따랐던 일 중의 하나이니 이것은 단지 제례 중에도 계승하고 따른 뜻이 있음을 말한 것뿐이다.

〔18〕 제20장은 의리가 깊고 넓으며 문장이 끊임없이 이어져서 이해하기 쉽지 않은 점이 있다. 이제 이를 다섯 절(節)로 만들어보고자 한다. 이 장 처음부터 "군자는 자신을 수양하지 않으면 안 된다.〔君子不可以不修身.〕"로 시작하는 절까지가 하나의 절이 되니,[131] 정사를 행하는 것은 자신을 수양하는 것을 근본으로 삼음을 말하였다. "천하의 공통된 도가 다섯 가지이다.〔天下之達道五.〕"에서부터 "이 세 가지를 알면〔知斯三者〕"으로 시작하는 절까지가 하나의 절이 되니,[132] '공통된 도〔達道〕'와 '공통된 덕〔達德〕'이 자신을 수양하는 공부가 됨을 말하였다. "무릇 천하와 나라와 집안을 다스림에〔凡爲天下國家〕"부터 이하의 네 절이 하나의 절이 되니,[133] 정사를 행함을 말하였다. "무릇

---

130 앞장 : 《중용장구》 제18장을 이른다.

131 이 장……되니 : 《중용장구》 제20장 제1절~제6절이다.

132 천하의……되니 : 《중용장구》 제20장 제7절~제10절이다.

일은 미리 하면 성립된다.〔凡事豫則立.〕"부터 "성실한 것은 하늘의 도이다.〔誠者天之道也.〕"로 시작하는 절까지가 하나의 절이 되니,[134] 성실한 것〔誠〕을 말하였다. "널리 배우며〔博學之〕"부터 이 장의 끝까지가 하나의 절이 되니,[135] '성실히 하려는 자〔誠之〕'의 일을 말하였다.

〔19〕 애공(哀公)이 물었던 것은 '정사〔政〕'였는데[136] 부자(夫子 공자)가 대답한 것은 모두 자신을 수양하는 일이었다. 그리고 다시 단서를 바꾸어 재차 물어보자[137] 비로소 '아홉 가지 떳떳한 법〔九經〕'을 말하였다. 그러나 예악과 군대와 형벌과 같은 등속은 이때에도 언급한 것이 없으니, 대본(大本)과 대강(大綱)은 이런 것들에 있지 않기 때문이다. 그러나 성인(聖人)이 어찌 근본만 말하고 말엽은 빠뜨리겠으며, 큰 뼈대만 말하고 상세한 조목은 빠뜨리겠는가. 참으로 이미 "문왕과 무왕의 정사가 방책에 펼쳐져 있다.〔文武之政布在方冊.〕"라고 말하였으니[138] 다시 논할 것이 없어서였을 뿐이다.

---

133 무릇……되니 : 《중용장구》 제20장 제11절~제14절이다.

134 무릇 일은……되니 : 《중용장구》 제20장 제15절~제17절이다.

135 널리……되니 : 《중용장구》 제20장 제18절~제20절이다.

136 애공(哀公)이……정사〔政〕였는데 : 《중용장구》 제20장 제1절에 "애공이 정사에 대해 물었다.〔哀公問政.〕"라는 내용이 보인다.

137 재차 물어보자 : 금본 《중용장구》에는 애공(哀公)이 재차 물은 내용이 보이지 않으나, 주희의 장하주(章下註)에 따르면 《중용장구》 제20장 제8절과 제9절 사이에 들어갈 애공의 말을 이른다. 주희의 장하주에 따르면 《공자가어(孔子家語)》에는 《중용장구》 제20장 제9절의 '자왈(子曰)' 앞에 "애공이 말하였다. '선생의 말씀이 아름답고 지극하나 과인이 실로 고루하여 이것을 이룰 수 없습니다.'〔公曰: 子之言美矣至矣, 寡人實固, 不足以成之也.〕"라는 내용이 더 실려 있다.

〔20〕 '미리 아는 것〔前知〕'은 성인(聖人)의 능사는 아니지만 또한 '성실하면 밝아지는〔誠則明〕' 한 단서이다.[139] 제21장부터 이하 천도(天道)와 인도(人道)를 논한 곳에 오직 이 장(제24장)만이 맥락을 찾기가 어려운데, 가만히 생각건대 제21장은 성실함〔誠〕과 밝음〔明〕을 함께 들어서 다음 문장을 일으킨 것이고, 다음 장(제22장)은 성실함의 일을 말하였고 또 다음 장(제23장)은 밝음의 일을 말하였으니, 밝음이 지극해지면 성실해지기 때문에 이 장에 이르러서 또 '지극히 성실한 도〔至誠之道〕'를 말하여 앞 두 장의 뜻을 총괄한 것이다.

〔21〕 "성실함은 스스로 이루어지는 것이다.〔誠者, 自成也.〕"라는 구절에 대한 주에 "성실함은 사물이 스스로 이루어지는 원인이다.〔誠者, 物之所以自成也.〕"라고 하였다.[140] 《주자어류(朱子語類)》의 여러 설

---

138 문왕과……말하였으니 : 《중용장구》 제20장 제2절에 "공자가 말하였다. '문왕과 무왕의 정사가 방책에 펼쳐져 있으니, 그러한 사람이 있으면 그러한 정사가 거행되고 그러한 사람이 없으면 그러한 정사가 종식된다.〔子曰: 文武之政布在方策, 其人存則其政擧, 其人亡則其政息.〕"라는 내용이 보인다.

139 미리……단서이다 : 《중용장구》 제24장에 "지극히 성실한 도는 일이 닥치기 전에 미리 알 수 있다.〔至誠之道, 可以前知.〕", 제21장에 "성실함으로 말미암아 밝아짐을 '성'이라 이르고 밝음으로 말미암아 성실해짐을 '교'라 이르니, 성실하면 밝아지고 밝아지면 성실해진다.〔自誠明謂之性, 自明誠謂之敎. 誠則明矣, 明則誠矣.〕"라는 내용이 보인다.

140 성실함은 스스로……하였다 : 《중용장구》 제25장 제1절에 "성실함은 스스로 이루어지는 것이고, 도는 스스로 행해야 하는 것이다.〔誠者自成也, 而道自道也.〕"라는 구절에 대한 주희의 주에, "성실함은 사물이 스스로 이루어지는 원인이고, 도는 사람이 마땅히 스스로 행해야 하는 것임을 말한 것이다. 성실함은 마음의 측면에서 말한 것이니 근본이고, 도는 이치의 측면에서 말한 것이니 용(用)이다.〔言誠者物之所以自成, 而道

에서는 모두 여기의 '성실함[誠]'을 '실제 이치[實理]'로 풀이하고 '스스로 이루어지는 것[自成]'을 '본래부터 그렇게 이루어지는[自然成就]'의 뜻으로 보았다.[141] 만약 그렇다면 그다음에 이어서 "성실함은 마음의 측면에서 말한 것이다.[誠, 以心言.]"라고 한 것은 무엇 때문인가?

《주자어류》에 섭하손(葉賀孫)이 바로 이 점으로 의심을 품자[142] 선생(주희)은 답하기를 "'성실함은 마음의 측면에서 말한 것이다.'라는 것은 하나의 사물에 나아가 말했다는 것이다.[誠以心言者, 是就一物上說.]"라고 하였다. 선생의 뜻은 아마도 '이 구절은 기대는 것 없이 단독적으로 말한 것이니, 「뭇 사물이 이루어지는 원인」은 이치의 측면에서 말한 것이고 「하나의 사물에 나아가 말했다」는 것은 마음의 측면에서 말한 것이다.'라고 여긴 것이다. 그렇다면 이는 참으로 각각 그 뜻이

者人之所當自行也. 誠以心言, 本也; 道以理言, 用也.]"라는 내용이 보인다.

141 주자어류(朱子語類)의……보았다 : 《주자어류》에 "이 실제 이치가 있으면 이 하늘이 있게 되고 이 실제 이치가 있으면 이 땅이 있게 되니, 만약 이 실제 이치가 없다면 곧 이 하늘도 없고 이 땅도 없다. 무릇 사물은 모두 이와 같기 때문에 '성실함은 스스로 이루어지는 것이다.'라고 말한 것이니, 본래부터 스스로 이 사물을 이룬다는 것이다.[蓋有是實理, 則有是天; 有是實理, 則有是地. 如無是實理, 則便沒這天, 也沒這地. 凡物都是如此, 故云誠者自成, 蓋本來自成此物.]"라는 내용이 보인다. 《朱子語類 卷64 中庸3 第25章》

142 섭하손(葉賀孫)이……품자 : 《주자어류》에 "이미 '사물이 스스로 이루어지는 원인이다.'라고 하였는데, 다음에 이어지는 글에서는 또 '성실함은 마음의 측면에서 말한 것이다.'라고 하였으니, 혹시 마음은 사물의 존주처여서입니까?[旣說物之所以自成, 下文又云誠以心言, 莫是心者物之所存主處否?]"라는 섭하손의 물음이 보인다. 섭하손은 주희의 제자로, 주희의 나이 62세 되던 1191년 이후의 내용을 기록하였다. 섭하손은 자(字)로 불려서 섭미도(葉味道)라고도 한다. 《朱子語類 卷64 中庸3 第25章》

있는 것이다.

그러나 '성실함〔誠〕'이라는 한 글자일 뿐인데 둘로 나누어 다르게 해석한 것은 끝내 감히 알 수 없는 점이 있다. 다만 황의강(黃義剛)이 기록한 한 단락만은 매우 분명하니, 《주자어류》에 다음과 같은 내용이 보인다. "내가(황의강) 여쭈었다. 「성실함은 스스로 이루어지는 것이고 도는 스스로 행해야 하는 것이다.」라는 것은 두 구절의 어기가 비슷한데도 선생님께서 다르게 해석하셨으니,[143] 앞 구절은 공부가 「성실함」에 있고 다음 구절은 공부가 「행함」에 있어서입니까?'라고 여쭈자, 선생께서 '또한 조금 다르다. 「스스로 이루어지는 것이다.」를 단지 「스스로 행해야 한다」로 간주하여 해석한다면 그것도 된다.'라고 대답하였다. 내가 이로 인해 '제 생각에 이 두 구절은 단지 자신을 위한 것일 뿐 다른 사람을 위해서는 안 된다고 말한 것입니다. 이 뒤에서는 스스로 이루어지는 것만 아니고 또한 남도 이루어줄 수 있다고 말하였습니다.'[144]라고 하였다. 선생께서는 대답하지 않고 한참 있다가 다시 '나의 예전 설은 참으로 문제가 있다. 성실함과 도는 모두 「성실히 함을 귀하게 여긴다.」[145]라는 구절로 귀결된다. 뒤에 나오는 경문은 바로 내외의

---

143 선생님께서 다르게 해석하셨으니 : 404쪽 주140 참조.

144 이 뒤에서는……말하였습니다 : 《중용장구》제25장 제3절에 "성실함은 스스로 자신을 이룰 뿐 아니라 남을 이루어주니, 자기를 이룸은 '인'이고 남을 이루어줌은 '지'이다. 이는 '성'의 덕이니, 내외를 합한 도이다. 그러므로 때로 조처함에 마땅한 것이다.〔誠者非自成己而已也, 所以成物也. 成己, 仁也; 成物, 知也. 性之德也, 合內外之道也, 故時措之宜也.〕"라는 내용이 보인다.

145 성실히……여긴다 : 《중용장구》제25장 제2절에 "성실함은 사물의 끝과 시작이니 성실하지 않으면 사물이 없게 된다. 그러므로 군자는 성실히 함을 귀하게 여긴다.〔誠

도를 합한 것을 말한 것이니, 만약 예전 설대로라면 성실함과 도가 별개의 사물이 되어버린다.'라고 하였다.〔問: 誠者自成也, 而道自道也, 兩句語勢相似, 而先生之解不同, 上句工夫在誠字上, 下句工夫在行字上. 曰: 亦微不同. 自成若只做自道解, 亦得. 某因言: 妄意謂此兩句只是說箇 爲己不得爲人, 其後却說不獨是自成, 亦可以成物. 先生未答, 久之, 復曰: 某舊說誠有病. 蓋誠與道, 皆泊在誠之爲貴上了. 後面却便是說箇合內外 底道理, 若如舊說, 則誠與道成兩物也.〕"

이에 근거하면 선생은 참으로 이 부분의 주석을 문제가 있다고 여긴 것이다. 그런데도 그대로 두고 고치지 않은 것은 무엇 때문인가? 혹시 뒤에 별도로 정론(定論)이 있어서인가? 아니면 신중히 하려다가 미처 고칠 겨를이 없었던 것인가? 우선 기록하여 아는 분의 질정을 기다린다.

〔22〕 또 《중용혹문(中庸或問)》을 살펴보면 "'스스로 이루어지는 것' 과 '스스로 행해야 하는 것'[146]은 정자의 설[147]처럼 보면 바로 다음에 나오는 글과 호응한다.〔自成、自道, 如程子說, 乃與下文相應.〕"라고 하였는데, 이것은 정자(程子 정이(程頤))의 "지극한 성실함으로 부모를

者物之終始, 不誠無物. 是故君子誠之爲貴.〕"라는 내용이 보인다.

146 스스로……것 : 404쪽 주140 참조.

147 정자(程子)의 설 : "성실함은 스스로 이루어지는 것이니, 예컨대 지극한 성실함 으로 부모를 섬기면 자식이 되고 지극한 성실함으로 군주를 섬기면 신하가 되는 것과 같다.〔誠者自成, 如至誠事親則成人子, 至誠事君則成人臣.〕""배우는 자는 성실하지 않 으면 안 된다. 비록 그렇기는 하나 성실함은 도의 근본을 알아서 성실히 하는 데에 달려 있을 뿐이다.〔學者不可以不誠. 雖然誠者在知道本而誠之耳.〕"라는 정이(程頤)의 설을 이른다. 《二程遺書 卷18 劉元承手編, 卷25 暢潛道本》

섬기면 자식이 되고 지극한 성실함으로 군주를 섬기면 신하가 된다.〔至誠事親則成人子, 至誠事君則成人臣.〕"라는 말을 가리키는 듯하다. 이것은 '실제 마음〔實心〕'의 측면에서 말한 것이 분명하며, 부모를 섬기고 군주를 섬기는 것 또한 '스스로 행해야 하는 것'의 뜻을 포괄하고 있으니 곧 성실함과 도가 별개의 것이 되는 문제가 없다. 선생(주희)이 곧 이 설을 취했다면 바로 황의강의 물음에 답했던 것과 같은 의미가 되었을 것인데도 《주자어류(朱子語類)》의 여러 설에서는 참으로 버리는 설에 들어 있게 되었다.

비록 그렇다고는 하나 이것은 또한 논할 것이 없다. 이제 단지 본주[148]에만 나아가서 마음을 비우고 읽어 나간다면 처음 한 구절은 혹 '실제 이치〔實理〕'와 '실제 마음'에 아울러 통할 수도 있지만, 곧바로 "성실함은 마음의 측면에서 말한 것이다.〔誠以心言.〕"라는 구절로 받았으니 앞뒤의 어세(語勢)가 오로지 '실제 마음'으로 귀결되어서 가리키는 뜻이 분명하여 조금도 의심할 만한 것이 없다. 선생이 당초에 '실제 이치'를 주장하여 말할 때 입문(立文)을 무슨 연유로 그렇게 하였는지 알지 못하겠지만, 바로 이와 같기 때문에 뒤에 비록 예전의 견해에 문제가 있다는 것을 깨달았어도 그 글은 개정을 하지 않았던 듯하다. 혹 이를 자세히 살피지 않고 《중용혹문》과 《주자어류》사이에서 의심하다가 마침내 이 구절에 대한 주는 '실제 이치'와 '실제 마음'을 겸한 것이라고 말한다면 확론이 될 수 없을 듯하다.

〔23〕 다시 황의강(黃義剛)의 기록을 자세히 살펴보면 "앞 구절은 공

---

148 본주 : 《중용장구》 제25장 제1절에 대한 주희의 주를 이른다. 404쪽 주140 참조.

부가 '성실함'에 있다."라고 하였으니,[149] '공부'라는 두 글자를 보면 그때 선생은 이미 '실제 마음'의 뜻을 주장한 것이다. 그런데도 황의강이 의심한 것은, 단지 본주 중에 '스스로 이루어지는 것〔所以自成〕'과 '마땅히 스스로 행해야 할 것〔所當自行〕' 두 구절의 해석이 같지 않아서 앞 구절의 '자(自)' 자는 마치 '자연(自然)'의 '자'와 같고 뒤 구절의 '자' 자는 '자기(自己)'의 '자'이니 모두 '자기'의 뜻으로 말하는 것만 같지 못하다는 데에 있었던 것이다. 이것은 그 뜻이 또한 정밀한 것이었기 때문에 선생이 답하기를 "'스스로 이루어지는 것이다'를 단지 '스스로 행해야 한다.'로 간주하여 해석한다면 그것도 된다."라고 하고 심지어는 "예전 설은 문제가 있다."라고까지 하여 곧바로 황의강의 말을 불가하다고 여기지 않았다.

다만 지금 보면 앞 구절의 '자' 자 역시 '자기'의 '자'로 간주할 수 있으니, 정 선생(程先生 정이(程頤))의 '지극한 성실함으로 부모를 섬긴다'와 같은 설은 어찌 '자기'의 뜻이 아니겠는가. 이것이 바로 선생이 비록 황의강의 설을 가하다고는 했지만 또한 굳이 뒤 구절의 말을 고칠 필요가 없었던 이유이다. 이는 아마도 후세 사람들로 하여금 앞뒤의 문의(文義)를 깊이 궁구하여 스스로 알도록 하려고 해서였을 것이다. 요컨대 이 장의 세 '자' 자는 모두 '자기'의 뜻으로 쓰였고 여러 '성(誠)' 자는 모두 '실제 마음'의 뜻으로 쓰였다고 해야 비로소 수많은 막힘이 없게 된다. 다만 "성실함은 사물의 끝과 시작이다."[150]라고 할 때의 '성실함'은 가상으로 말한 것이지만 '실제 이치'가 되는 데 문제가 없다.

---

149 앞……하였으니 : 404쪽 〔21〕 본문 참조.
150 성실함은……시작이다 : 《중용장구》 제25장 제2절의 내용이다. 406쪽 주145 참조.

〔24〕 "그러므로 지성은 쉼이 없다.〔故至誠無息.〕"151라는 구절에서 '고(故)' 자는 내력이 없는 듯하나, 이 장에서 논한 바 성인(聖人)이 지극한 성실함으로 남을 이루어주는 공이 천지와 비슷한 것은 실로 앞 장의 "성실함은 남을 이루어주는 것이다.〔誠者所以成物.〕"152라는 뜻을 받아서 지극히 말한 것이니, 여기에 나아가 구하면 절로 의심할 만한 것이 없을 것이다.

〔25〕 "성대하게 만물을 발육한다.〔洋洋乎發育萬物.〕"153라는 것은 과연 성인(聖人)의 일일 것이니, 마땅히 비은장(費隱章)154과 서로 참조하여 보아야 한다.

〔26〕 '예를 논의하는 것〔議禮〕'과 '제도를 만드는 것〔制度〕'과 '글자를 상고하는 것〔考文〕'은155 바로 앞 경문의 '삼천(三千)'과 '삼백(三百)'의 일로,156 덕을 닦고 도를 응집한 사람이 하는 것이다.157 이것은 성

---

151 그러므로……없다 : 《중용장구》 제26장 제1절에 보인다.

152 성실함은……것이다 : 《중용장구》 제25장 제3절의 내용이다. 406쪽 주144 참조.

153 성대하게 만물을 발육한다 : 《중용장구》 제27장 제1절과 제2절에 "위대하다, 성인의 도여! 성대하게 만물을 발육하여 높음이 하늘에 다하였다.〔大哉, 聖人之道! 洋洋乎發育萬物, 峻極于天.〕"라는 내용이 보인다.

154 비은장(費隱章) : 《중용장구》 제12장을 이른다. 경문은 394쪽 주108 참조.

155 예를……것은 : 《중용장구》 제28장 제2절에 "천자가 아니면 예를 논의하지 못하며, 제도를 만들지 못하며, 글자를 상고하지 못한다.〔非天子, 不議禮, 不制度, 不考文.〕"라는 내용이 보인다.

156 삼천(三千)과 삼백(三百)의 일로 : 《중용장구》 제27장 제3절에 "넉넉히 크도다! 큰 예가 3백이요 작은 예가 3천이로다.〔優優大哉! 禮儀三百, 威儀三千.〕"라는 내용이

인(聖人)의 큰 사업이기 때문에 제27장과 제28장에서 모두 말하고 그 아래에서 곧바로 중니(仲尼 공자)가 조종으로 삼아 전술한 일과 법받은 일로 받았으니,[158] 자사(子思)의 은미한 뜻을 볼 수 있다.

[27] "군자의 도는 자기 몸에 근본을 둔다.〔君子之道, 本諸身.〕"라는 구절에 대한 주에, "여기의 '군자'는 천하에 왕도정치를 행한 사람을 가리켜 말한 것이다.〔此君子, 指王天下者而言.〕"라고 하였다.[159] 그러나 자사(子思)의 "삼왕에게 상고하다.〔考諸三王〕"라는 말을 보면 여기의 군자는 삼왕 이후의 군자이다. 삼왕 이후에는 천하에 왕도정치를 행한 사람이 없었으니, 그렇다면 여기의 군자는 실제로 그러한 사람이 있었다는 것이 아니라 그 도가 이와 같다고 범범히 말한 것뿐이다. 삼왕을 이어 이 도를 행한 사람은 중니(仲尼)가 아니면 누가 할

보인다.

157 덕을……것이다 : 《중용장구》 제27장 제5절에 "그러므로 '만일 지극한 덕이 아니면 지극한 도가 응집되지 않는다.'라고 말한 것이다.〔故曰: 苟不至德, 至道不凝焉.〕"라는 내용이 보인다.

158 중니(仲尼)가……받았으니 : 《중용장구》 제30장 제1절에 "중니는 요임금과 순임금을 조종으로 삼아 전술하고 문왕과 무왕을 법받았으며, 위로는 천시를 따르고 아래로는 수토를 따랐다.〔仲尼祖述堯舜, 憲章文武, 上律天時, 下襲水土.〕"라는 내용이 보인다.

159 군자의……하였다 : 《중용장구》 제29장 제3절에 "그러므로 군자의 도는 자기 몸에 근본을 두어 여러 백성들에게 징험하며, 삼왕에게 상고해도 틀리지 않으며, 천지에 세워도 어그러지지 않으며, 귀신에게 질정하여도 의심이 없으며, 백세에 성인을 기다려도 의혹하지 않는 것이다.〔故君子之道, 本諸身, 徵諸庶民, 考諸三王而不謬, 建諸天地而不悖, 質諸鬼神而無疑, 百世以俟聖人而不惑.〕"라는 내용이 보인다. '삼왕'은 하(夏)나라 우왕(禹王), 상(商)나라 탕왕(湯王), 주(周)나라 문왕(文王)과 무왕(武王)을 가리킨다. '주'는 주희(朱熹)의 주이다.

수 있었겠는가.

[28] "명성이 중국에 넘쳐〔聲名洋溢乎中國〕" 이하 십수 구[160]는 어쩌면 그렇게 말을 간곡하게 하여 여기까지 이르렀단 말인가. 가리키는 대상이 있는 것이 아니겠는가. "진실로 총명하고 환히 알아서 하늘의 덕을 통달한 자가 아니면 그 누가 이것을 알겠는가.〔苟不固聰明聖知達天德者, 其孰能知之?〕"[161]라는 것은 그 말을 음미해보면 또한 근거 없이 한 말이 아니니, 내 생각에 이 두 장은 모두 중니를 말한 것이다.

160 명성이……구 : 《중용장구》 제31장 제4절에 "이 때문에 명성이 중국에 넘쳐 만맥에까지 뻗쳐서, 배와 수레가 이르는 바와 인력이 통하는 바와 하늘이 덮어주는 바와 땅이 실어주는 바와 해와 달이 비추는 바와 서리와 이슬이 내리는 바에, 모든 혈기를 가지고 있는 것들이 존경하고 친애하지 않음이 없는 것이다. 그러므로 하늘을 배합한다고 말한 것이다.〔是以聲名洋溢乎中國, 施及蠻貊, 舟車所至、人力所通、天之所覆、地之所載、日月所照、霜露所隊, 凡有血氣者莫不尊親, 故曰配天.〕"라는 내용이 보인다.
161 진실로……알겠는가 : 《중용장구》 제32장 제3절에 보인다.

이 참판 의철 의 《의례》 주에 대해 찌를 붙여 논하다162

籤論李參判 宜哲 儀禮註

〈사관례(士冠禮)〉

〔1〕 "서인이 왼손으로 시초를 잡고 오른손으로 윗뚜껑을 뽑은 뒤에 윗뚜껑을 왼손에 옮겨서 함께 잡는다.〔筮人執筮, 抽上櫝, 兼執之.〕"

---

162 이 참판(李參判)……논하다 : 이 참판은 이의철(李宜哲, 1703~1778)로, 본관은 용인(龍仁), 자는 원명(原明), 호는 문암(文庵)이다. 1748년(영조24) 문과에 급제하고 대제학을 역임하였다. 예학에 조예가 깊었던 듯하다. 《승정원일기》에 "이의철이 예에 조예가 깊다는 말을 들었다.〔聞宜哲熟於禮.〕"라는 영조의 언급과, "이의철이 예를 익혀 저술이 있습니다.〔李宜哲習於禮, 有著說矣.〕"라고 말한 수찬 송영중(宋瑩中)의 언급이 보인다. 특히 "《예기》란 책은 바로 한나라 유자들이 고금의 경과 전의 글을 주워 모은 것으로 권질이 많아서 다 익히기가 어렵고 기록이 섞여 나와 궁구하기가 어려우니 지금 살펴보면 요약된 《의례》만 못한 듯합니다. 《의례》는 기록한 장례와 제례가 2, 3권에 지나지 않고 그 차례와 절목이 상세하여 한번 책을 펴보기만 하면 모두 알 수 있습니다. 〔其禮記之書, 則乃漢儒所掇拾古今經傳之文, 卷帙浩汗而難於卒業, 記錄雜出而艱於考究, 以今觀之, 似不如儀禮之爲要. 儀禮則所載葬、祭禮, 不過兩三卷, 其次第節目之祥, 可以一開卷而盡得之矣.〕"라고 언급한 것에서 알 수 있듯 《예기》보다는 《의례》를 더욱 중시했던 듯하다. 다만 현재 전하는 이의철의 예학 관련 저술은 《주례요의(周禮要義)》뿐이며, 《의례》에 관한 저술은 전하지 않는다. 이하 저본과 주석에서의 《의례》와 《주례》 경문 번역은 정현의 주와 가공언의 소를 근거로 번역하였으며, 《예기》 경문 번역은 진호(陳澔)의 주를 근거로 번역하여 조선의 통설을 따름으로써 이의철 및 저자의 견해와 차이점을 알 수 있도록 하였다. 다만 원문을 직역할 경우 의미가 통하지 않거나 오해의 여지가 있을 때 별도로 주석을 붙이지 않고 곧바로 보충하는 구절을 넣어 번역하였다. 《承政院日記 英祖 33年 6月 7日・27日, 正祖 卽位年 5月 20日》

○살펴보면 이 글은 본래 먼저 윗뚜껑을 뽑은 뒤에 시초를 잡아야 하는데 지금 먼저 시초를 잡는다고 말한 것은 아마도 시초가 점치는 것을 주관하기 때문에 글을 바꾸어 써서 이를 드러낸 것뿐인 듯하다.

여기에서 "시초를 잡다[執筮]"라고 한 것은 통 안에 든 시초를 가리켜서 말한 것이고 글을 바꾸어 쓴 것이 아닌 듯하다. 〈소뢰궤식례(少牢饋食禮)〉의 글을 보면 알 수 있다.[163]

　[2] "어머니가 절하고 포를 받으면 아들이 보내고 절한다.[母拜受, 子拜送.]"[164]
　○관례가 아직 다 끝나지 않았는데 먼저 어머니를 알현하는 것은 포를 취하여 당을 내려가서 먼저 이를 둘 곳에 두어야 하기 때문이다. 자(字)를 받아야 관례가 끝나기 때문에 관자(冠者)는 빈(賓)이

163　소뢰궤식례(少牢饋食禮)의……있다 : 《의례》〈소뢰궤식례〉에 "사(史)가 오른손으로 시초가 든 통 몸체를 뽑아 잡는다. (윗뚜껑을 오른손에 옮겨서 같이 든다.) 왼손으로 시초를 들고 오른손에 함께 든 윗뚜껑과 통 몸체로 시초를 두드린다.[抽下韇. 左執筮, 右兼執韇以擊筮.]"라는 내용이 보인다.

164　어머니가……절한다 : 〈사관례〉에서 관자(冠者)는 세 번째 관(冠)을 쓰는 예를 마치면 빈(賓)이 따라주는 예주(醴酒)를 마신 뒤에 곧바로 자기 자리 앞의 포를 들고 당을 내려가서 묘문(廟門)을 나가 동쪽 담장 북쪽의 쪽문인 위문(闈門) 밖에 서서 기다리는 어머니를 알현하고 이 포를 드린다. 이후에 다시 묘문 안으로 들어와 빈에게서 자(字)를 받는 예를 행한다. 빈은 관자에게 자를 지어준 뒤에 묘문을 나가 잠시 쉬다가 주인이 베풀어주는 예빈례(醴賓禮)를 받은 뒤에 귀가하며, 이때 관자는 형제와 고모, 자매 등을 뵈러 간다.

묘문(廟門)을 나가기를 기다리지 않고 먼저 묘문을 들어온 것이다. 《가례(家禮)》에는 이미 포를 취하는 의절이 없기 때문에 어머니를 알현하는 예(禮)를 뒤로 미루어서 빈이 사당 문을 나간 뒤에 둔 것이다.[165]

참으로 어머니를 알현하는 일이 급하기 때문에 빈이 묘문을 나가기를 기다리지 않고 들어온 것뿐이니, 지금 '포를 둘 곳이 없기 때문에 먼저 어머니를 알현한다'고 한 것은 온당치 않은 것이 아니겠는가. 두 책이 다른 것은 별도로 뜻이 있어서이고 반드시 포를 취하는 한 가지 일에만 달려 있는 것은 아닐 듯하다.

〔3〕"관례에는 세구를 신지 않는다.〔不屨繐屨.〕"
○포와 올을 잿물에 담가 표백하지 않은 것을 '세(繐)'라고 한다.

상구(喪屨)에 포를 사용한다는 글이 보이지 않으니, 지금 "포와 올을 잿물에 담가 표백하지 않은 것을 '세'라고 한다."라고 말한 것은 의심스럽다.

---

165 가례(家禮)에는……것이다 : 《가례》 〈관례(冠禮) 관(冠)〉에 "빈이 관자에게 자를 지어주고 사당 문을 나가서 임시 휴게소에서 쉰다. 주인이 관자를 데리고 사당을 알현한다. 관자가 존장을 알현한다.〔賓字冠者, 出就次. 主人以冠者見於祠堂. 冠者見於尊長.〕"라는 내용이 보인다. '존장'은 부모 및 여러 백숙모와 형제들을 이른다.

〈사혼례(士昏禮)〉

［1］"동쪽의 신부 자리에는 채소 절임과 젓갈을 초장의 남쪽에 북쪽을 상위로 하여 진설하고, 찰기장밥을 말린 토끼 고기의 북쪽에 진설한다.〔菹、醢在其南, 北上. 設黍于腊北.〕"

○채소 절임 서쪽에 새끼 돼지 고기를 진설하고, 새끼 돼지 고기 서쪽에 물고기를 진설하며, 말린 토끼 고기는 물고기의 남쪽에 진설한다. 그런 뒤에 비로소 초장의 서쪽, 새끼 돼지 고기의 북쪽에 찰기장밥을 진설하는데, 지금 '말린 토끼 고기 북쪽'이라고 한 것은 단지 가장 남쪽에 단독으로 진설한 것을 들어서 말하였기 때문이며 참으로 말린 토끼 고기 바로 다음에 진설하여 간격이 없도록 한 것은 아니다.

내 생각에 희생〔牢〕은 단지 조(俎) 하나만 신랑의 자리 앞에 진설하였다가 음식을 먹을 때가 되면 찬자(贊者)가 곧 이를 나누어 신랑과 신부에게 주는 것이니, 이른바 "희생을 함께 하여 먹는 것은 존비를 같이 하는 것이다.〔共牢而食, 同尊卑.〕"166라는 것이다. 그렇지 않고 단지 신부가 시부모에게 음식을 대접할 때의 예(禮)처럼만 하여 새끼 돼지 고기의 우반은 시아버지의 조(俎)에 담고 좌반은 시어머니의 조에 담는 사례와 같이 한다면 정씨(鄭氏 정현(鄭玄))의 이 구절에 대한 주에 바로 "그 존비를 달리한 것이다."라고 말하였을 것이니,167

---

166 희생을……것이다 : 《예기》〈교특생(郊特牲)〉에 보인다.
167 정씨(鄭氏)의……것이니 : 이 구절에 대한 정현의 주는 없다.

어디에 희생을 함께 하는 뜻이 있겠는가. 그렇다면 여기에서 이른바 '말린 토끼 고기의 북쪽'이라는 것은 바로 신부의 자리에는 새끼 돼지 고기가 없기 때문에 말린 토끼 고기를 기준으로 말한 것뿐이다. 어떨 지 모르겠다.

[2] "딸이 동방(東房)에서 나와 어머니의 왼쪽에 남향하고 서면 아 버지가 서향하여 경계의 말을 하는데 반드시 바름을 둔다.〔女出于母 左, 父西面戒之, 必有正焉.〕"
○'정(正)'은 지적하여 바르게 하도록 하는 것을 이르니, 아마도 옷 매무새와 비녀를 지적하여 바르게 하도록 하고서 경계의 말을 하는 듯하다.

'정'을 '지적하여 바르게 하도록 한다'의 뜻으로 풀이한 것은 정확하지 않다. 내 생각에는 단지 "의관을 바르게 한다.〔正衣冠〕"라고 할 때의 '바르게 한다'는 것이고 애초에 바르지 않은 것은 아니나 이때에 와서 다시 바르게 잡아줌으로써 경계하는 뜻을 보이는 것뿐이다.

〈향음주례(鄕飮酒禮)〉

[1] "빈이 앞으로 나아와 주인에게서 술잔을 받아 당 위 서쪽 계단 위쪽의 자리로 돌아간다. 주인이 동쪽 계단 위쪽에서 술잔을 보낸 것에 대해 절한다.〔賓進受爵以復位. 主人阼階上拜送.〕"
○일반적으로 술잔을 받을 때 신분이 대등한 경우에는 같은 방향을

보고 주고받고 낮은 자가 존자에 대해서는 마주하여 주고받으니,
여기에서는 대등한 예(禮)를 써서 개(介)가 마주하여 받는 것과는
달리하는 것이다.[168] 또 예에 따르면 일반적으로 주는 것은 상대방의
오른쪽에서 하고 받는 것은 상대방의 왼쪽에서 하니, 여기에서는

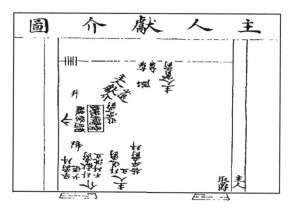

[168] 일반적으로……것
이다 : 〈향음주례〉의 '주인
(主人)'은 제후국의 향대
부(鄕大夫)이며, '빈(賓)'
과 '개(介)'는 그 향(鄕)
에서 3년마다 선발하여
천자나 제후에게 바치는
인재들로 처사(處士) 중
의 현자(賢者)이다. 〈향
음주례〉는 가장 우수
한 사람을 '빈', 그다음 사
람을 '개'로 삼아 이들을 천자나 제후에게 바치기 전에 향대부 주관으로 향학(鄕學)인
상(庠) 안에서 이들에게 현자를 대접하는 의미의 음주례(飮酒禮)를 베풀어주는 예이
다. 향(鄕)은 교외에 설치한 행정 조직의 하나로 천자는 6향, 제후는 3향이 있었으며,
향 아래에는 주(州), 당(黨), 족(族), 려(閭), 비(比) 등의 예속 행정 조직이 있었다.
《주례(周禮)》〈지관(地官) 대사도(大司徒)〉에 따르면 5가(家)가 비(比), 5비가 려
(閭), 4려가 족(族), 5족이 당(黨), 5당이 주(州), 5주가 향(鄕)이다. 즉 1향은 12,500
가(家)이다. 위 그림은 양복(楊復)의 《의례도(儀禮圖)》중 주인이 개(介)에게 헌주하
는 그림인 〈주인헌개도(主人獻介圖)〉의 일부이다. 그림에서 "개가 나아가 술잔을 받는
다.〔進受爵.〕"라는 구절은 북향으로, "주인이 개에게 헌주한다.〔主人獻介.〕"라는 구절
은 서남향으로 되어 있어 개가 술잔을 주인의 왼쪽에서 받는 것으로 되어 있다. 만약
이 그림을 마주하여 받는 것으로 본다면 다음에 나오는 〈주인헌빈도(主人獻賓圖)〉
역시 주인과 빈이 마주하여 주고받는 것으로 보아야 한다. 이의철의 주장은 어떤 그림을
근거로 한 것인지 자세하지 않다.

빈이 주인의 왼쪽에서 술잔을 받아야 한다. 그러나 양복(楊復)의 《의례도(儀禮圖)》에는 주인의 오른쪽에서 받는 것으로 되어 있으니[169] 다시 살펴보아야 한다.

《의례도》에 근거하면 빈은 바로 주인의 왼쪽에 있는데 모두 북향하

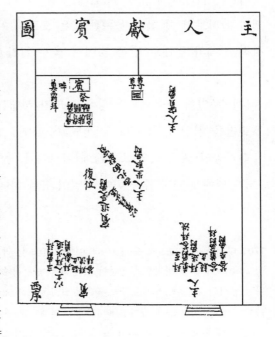

169 양복(楊復)의……있으니 : 《의례도(儀禮圖)》는 송나라 주희(朱熹)의 제자인 양복의 저술로 모두 17권이다. 《의례》 경문과 구설(舊說)을 절록하여 그 뜻을 통하게 하고 각 의절과 진설의 위치와 방향을 자세히 그려 넣었다. 이 밖에 《의례방통도(儀禮旁通圖)》 1권이 있다. 오른쪽 그림은 양복의 《의례도》〈향음주례〉 중 주인이 빈(賓)에게 헌주하는 그림인 〈주인헌빈도(主人獻賓圖)〉의 일부이다. 이에 따르면 "빈이 나아가 술잔을 받는다.〔賓進受爵.〕"라는 구절이 북향으로 되어 있고, "주인이 서북향하여 빈에게 헌주한다.〔主人西北面獻賓.〕"라는 구절이 서북향으로 되어 있어 빈이 주인의 왼쪽에서 받는 것으로 되어 있어 문제가 없다. 본문의 이의철의 해석은 조선의 의궤에서 그리는 방향이 중국의 의례도에서 그리는 방향과 반대로 표현된 것 때문에 오해한 것으로 보인다. 즉 북향일 경우, 중국의 그림은 남쪽에서 북쪽으로 글자를 뒤집어서 쓰나 조선의 그림은 사람이 북향하고 글자를 쓰는 것을 상정하여 글자를 북쪽에서 남쪽으로 순하게 쓴다.

고 있어서일 뿐이다. 다만 이 《의례도》는 원래 근거한 바가 보이지
않으니, 아마도 대등한 신분일 때 나란히 서서 받는다는 것은 예에
비록 그러한 설이 있으나[170] 이는 단지 폐백과 기물 등을 가리킨 것뿐
이고 반드시 음주례에서 그러지는 않을 듯하다. 그러므로 정씨(鄭氏
정현(鄭玄))의 〈대사례(大射禮)〉주에 이르기를 "일반적으로 술잔을
줄 때에는 반드시 받는 대상을 향한다.〔凡授爵, 必向所受者.〕"라고 한
것이다. 지금 이 해석과 〈사관례(士冠禮)〉의 예자장(醴子章)[171]을 자
세히 살펴보면 이 참판이 논한 것은 오로지 이 《의례도》에 근거하여
경전 전체의 통례로 삼은 것이니 옳지 않을 듯하다.

〔2〕"주인이 읍을 한 뒤 당에 올라가 서영(西楹)의 남쪽에 앉아서
술잔을 취한다.〔主人揖升, 坐取爵于西楹下.〕"
○가공언(賈公彦)의 소(疏)에 이르기를 "읍승(揖升)은 중빈(衆賓)
중 3명에게 먼저 읍을 하여 일일이 읍을 하여 올라오도록 하는 것이

---

170 대등한……있으나 : 송(宋)나라 이여규(李如圭)의 《의례집석(儀禮集釋)》〈빙
례(聘禮)〉주에 "일반적으로 신분이 낮을 경우에는 마주하여 받고, 대등할 경우에는
나란히 서서 받는다.〔凡卑者訝受, 敵者竝受.〕"라는 내용이 보인다.
171 사관례(士冠禮)의 예자장(醴子章) : 《의례》〈사관례(士冠禮)〉중 빈(賓)이 관
자(冠者)에게 세 차례 관을 씌어주는 의식이 끝난 뒤에 관자에게 예주(醴酒)를 따라주
는 의식을 이른다. 이 가운데 "빈이 관자에게 읍을 하여 자리에 나아가도록 한다. 관자가
자리의 서쪽으로 가서 남향하여 선다. 빈이 실호(室戶)의 동쪽에서 예주가 든 술잔을
찬자(贊者)에게서 받아 숟가락을 손잡이가 앞을 향하도록 술잔 위에 얹어서 관자의
자리 앞으로 와서 북향하여 술잔을 준다.〔賓揖冠者就筵. 筵西, 南面. 賓受醴于戶東,
加柶面枋, 筵前北面.〕"라는 구절을 보면 빈과 관자가 서로 마주하여 술잔을 주고받는
것을 알 수 있다.

다.〔揖升者, 從三人爲首, 一一揖之而升也.〕"라고 하였다.

내 생각에 '주인읍승(主人揖升)'은 주인이 읍을 한 뒤 스스로 당에 올라가는 것이고, '중빈지장승배수(衆賓之長升拜受)'[172]는 중빈이 바로 당에 올라가는 것이다. 중빈에게는 이미 당 위의 배지례(拜至禮)[173]가 없으니 곧바로 당에 올라갈 길이 없고 주인이 술잔을 씻은 뒤 당에 올라가 잔에 술을 채우기를 기다린 연후에 비로소 당에 올라가 술잔을 받는 것이다. 《의례》〈특생궤식례(特牲饋食禮)〉와 〈유사철(有司徹)〉에 근거해도 바로 이와 같다. 그렇지 않으면 '승배(升拜)'의 '승'은 도리어 연문(衍文)이 되니 소의 설은 옳지 않을 듯하다.

〔3〕"빈이 자리에서 내려가 북향한다.〔賓降席, 北面.〕"
○반드시 북향하는 것은 장차 스스로 조(俎)를 거두고자 해서 그 자리 쪽으로 향하는 것이다.

빈이 북향하는 것은 참으로 그 자리 쪽으로 향하는 것이 되지만, 주인 이하는 모두 자리 쪽으로 향하는 것이 아니니[174] 어찌 별도로 다른

172　중빈지장승배수(衆賓之長升拜受) : 본문에 인용한 경문 다음에 이어지는 구절로, "중빈의 장이 당에 올라가 절을 하고 술잔을 받는다."라는 뜻이다.

173　배지례(拜至禮) : '와주신 것에 대해 절하는 예'라는 뜻이다.

174　주인……아니니 : 이와 관련하여 《의례》〈향음주례〉에 "빈은 자리에서 내려와 북향한다. 주인은 자리에서 내려와 동쪽 계단 위쪽에서 북향한다. 개는 서쪽 계단 위쪽에서 북향한다.〔賓降席, 北面. 主人降席, 阼階上北面. 介降席, 西階上北面.〕"라는 내용이 보인다. 〈향음주례〉의 당 위 자리 배치를 살펴보면 빈(賓)의 자리는 호유(戶牖)

뜻이 있겠는가.

〈향사례(鄕射禮)〉

[1] "상사는 복(楅)의 서쪽에서 동향하여 읍하고, 하사는 동쪽에서 서향하여 읍한다.〔上射東面, 下射西面.〕"

○그 법은, 활을 가로로 하여 덮어서 줌통〔柎〕이 위로 가게 한 뒤 먼저 왼손을 엎어서 활의 등을 잡고 다음에는 오른손을 뒤집어서 활시위의 아래로 화살을 취한다.

이 해석은 틀린 듯하다. 내 생각에 상사(上射)와 하사(下射)는 모두 왼손으로 활을 잡는데 그 잡는 법은 모두 활 몸통이 북쪽에 가도록 하고 양 끝이 남쪽을 향하도록 하는 것이니, 이것이 이른바 "활을 남향으로 뒤집는다.〔南踣弓.〕"[175]라는 것이다. 《의례》〈대사례(大射禮)〉

사이에 남향으로 펴고, 주인의 자리는 동서(東序) 앞에 동향으로 펴고, 개(介)의 자리는 서서(西序) 앞에 동향으로 편다. 이에 근거하면 주인과 개는 모두 이의철의 설처럼 스스로 조(俎)를 거두기 위해 자리에서 내려와 자신의 자리 쪽으로 향하는 것이 아니다.

175 활을 남향으로 뒤집는다 : 《의례》〈향음주례〉의 "상사는 서쪽에서 동향하고 하사는 동쪽에서 서향한다. 상사가 읍을 하고 앞으로 나아가 앉아 활을 가로로 하고 손을 뒤집어 활 아래로 화살 하나를 취해서 활의 줌통과 같이 잡고 화살의 깃털이 가지런하도록 정리한다. 일어나서 활시위를 잡고 왼쪽으로 몸을 돌려서 물러나 자기 자리로 돌아가 동향하여 읍을 한다.〔上射東面, 下射西面. 上射揖, 進坐, 橫弓, 却手自弓下取一个, 兼諸柎, 順羽, 且興, 執弦而左還, 退反位, 東面揖.〕"라는 구절에 대한 정현(鄭玄)의 주에, "'활을 가로로 한다'는 것은 활을 남향으로 뒤집는다는 말이다.〔橫弓者, 南踣弓也.〕"라

가공언(賈公彦)의 소에 이르기를 "그 군주를 등지고 남향하는 것이 순함이 되는 뜻을 취한 것이다.〔取其背君向南爲順.〕"라고 한 것이 옳다. 그 화살을 취하는 것은 상사와 하사 모두 오른손을 사용하는데, 상사는 "활 아래를 잡는다.〔弓下〕"라고 한 것은 오른손이 활의 남쪽에 있기 때문이다. 즉 활 끝이 향하는 곳이기 때문에 '아래'라고 한 것이니 또한 활의 안쪽이라고도 말할 수 있다. 하사는 "활 위를 잡는다.〔弓上〕"라고 한 것은 오른손이 활의 북쪽에 있기 때문이다. 즉 활의 등이기 때문에 '위'라고 한 것이니 또한 활의 바깥쪽이라고도 말할 수 있다. 지금 "그 활을 가로로 하여 덮어서 줌통이 위로 가게 하고 활시위 위의 아래로 화살을 취한다."라고 하고, 그다음 글에 또 "그 활을 가로로 하여 뒤집어서 줌통이 아래로 가게 하고 활시위의 위로 화살을 취한다."라고 하였으니, 비록 무슨 뜻이 있는지는 알지 못한다 하더라도 어찌 '남향으로 뒤집는 것'을 말하겠는가. 주자(朱子)의 "활시위가 자신 쪽으로 향하도록 한다."라는 설[176]을 또 무엇을 가지고 통하게 할 수 있겠는가.

는 구절이 보인다.

176 주자(朱子)의……설 : 주희(朱熹)의 《의례경전통해》에 "지금 살펴보면 앞 경문에서 동향하여 손을 덮어 활을 남쪽으로 뒤집는다는 것은 활시위가 자신을 향하는 것이고, 여기에서 서향하여 손을 뒤집어 활을 남쪽으로 눕힌다는 것은 활시위가 바깥쪽을 향하는 것이다.〔今按: 上文東向覆手南踣弓, 則弦向身; 此云西向卻手南踣弓, 則弦向外.〕"라는 내용이 보인다. 《儀禮經傳通解 卷8 鄕射禮》

〈대사례(大射禮)〉

[1] "마침내 세 짝을 가려 뽑아 짝 지운다.〔遂比三耦.〕"

○첫 번째 활쏘기 때의 짝을 이르니, 사(士)와 사를 짝 지우는 것이
다.

이때 대부는 당 위에 있으니 그렇다면 이 세 짝은 사(士)일 듯하다.
다만 앞 글의 "대부는 대부와 짝 지우고, 사는 대부를 모시고 활쏘기
를 하도록 한다.〔大夫與大夫, 士御於大夫.〕"라는 구절에 대한 정현(鄭
玄)의 주에 "이것은 세 짝을 가려 뽑았다고 고하는 것이다.〔此告選三
耦也.〕"라고 하고, 다음 글의 "마침내 세 짝을 가려 뽑아 짝 지운다."
라는 구절에 대한 정현의 주에 "방향을 말하지 않은 것은 대부는 문
의 오른쪽에서 북향하고 사는 서쪽에서 동향하고 있기 때문이다.〔不
言面者, 大夫在門右, 北面; 士西方, 東面.〕"라고 하였으니, 이 두 조목
에 근거하면 또 대부와 사를 통틀어서 세 짝을 만드는 것이며 사의
세 짝은 아닌 듯하니 의심스럽다.

[2] "사는 절을 하지 않고 잔을 받는다.〔士不拜受爵.〕"

○답배에 '재(再)'를 말하지 않은 것[177]은 〈대사례〉에서는 바로 존귀

---

177 답배에……것 : 《의례》〈대사례(大射禮)〉에 "대부가 배수례를 행하지 않고 술을
마신 뒤에 잔을 채운다. 사가 배수례를 행하지 않고 잔을 받는다.……공이 선준(膳尊)
의 덮개를 벗기라고 명하면 빈과 제공과 대부가 모두 서쪽 계단 아래로 내려와 북향하고
동쪽을 상위로 하여 서서 재배계수한다. 공이 소신(小臣)에게 명하여 이들의 절에 대해
사양하도록 한다. (빈과 제공과 대부가 절하면) 공이 답배한다.〔大夫不拜乃飮, 實爵.

한 자와 낮은 자가 모두 일배(一拜)만 하기 때문이다.

"답배에 '재'를 말하지 않았다."라는 것은, 〈연례(燕禮)〉와 상대적으로 말한 것뿐인 듯하다.[178] 그러나 단지 〈대사례〉의 이 구절 안에만 해도 또한 연례 부분이 있어 단지 "답배(答拜)"라고만 하였는데 이 〈연례〉에서 도리어 "답배로 재배한다.〔答再拜.〕"라고 한 것은 무엇 때문인가?

〈빙례(聘禮)〉

〔1〕 "서협에 6두를 진설한다.〔西夾六豆.〕"
○그 진설하는 법은, 부추절임〔韭菹〕을 북쪽에 가장 먼저 놓는다.……

동협(東夾)과 서협(西夾)에 음식을 진설하는 것은 《의례경전통해(儀

士不拜受爵.……公有命徹冪, 則賓及諸公卿大夫皆降西階下, 北面, 東上, 再拜稽首. 公命小臣正辭. 公答拜.〕"라고 하여 공의 답배에 '재(再)'가 들어 있지 않다.

178　연례(燕禮)와……듯하다 : 《의례》〈연례(燕禮)〉에는 "대부가 절을 하지 않고 술을 마신 뒤에 잔을 채운다. 사가 절을 하지 않고 잔을 받는다.……공이 선준(膳尊)의 덮개를 벗기라고 명하면 경과 대부가 모두 서쪽 계단 아래로 내려와 북향하고 동쪽을 상위로 하여 서서 재배계수한다. 공이 소신에게 명하여 이들의 절에 대해 사양하도록 한다. (경과 대부가 절하면) 공이 답배로 재배한다.〔大夫不拜乃飮, 實爵. 士不拜受爵.……公有命徹冪, 則卿大夫皆降西階下, 北面, 東上, 再拜稽首. 公命小臣辭. 公答再拜.〕"라고 하여 '재(再)'가 들어 있다.

禮經傳通解)》의 주자 설이 매우 정확한 듯하다. 바로 경문 앞뒤의 ‘계지(繼之)’ 자를 보면 알 수 있다.[179]

〔2〕 “귀국하여, 사신은 처음 받은 예폐를 들고 빙문 간 나라의 임금이 하사해준 예를 임금에게 남김없이 보고한다.〔執禮幣以盡言賜禮.〕”
○귀국을 앞두고 빈관(賓館)에서 받는 폐백〔夕幣〕은 일곱 번째 받는 폐백이고, 귀국 길에 빙문 간 나라의 교외에서 선물로 받는 폐백〔贈

179　동협(東夾)과……있다 :《의례》〈빙례〉의 “서협에 6두를 진설한다. 서쪽 벽 아래에 진설하는데 북쪽을 상위로 하여 가장 북쪽에 부추절임을 진설하고, 그 동쪽에 육장을 진설하며 이어 남쪽에 굽혀서 진설한다. 6궤를 이어서 6두 남쪽에 진설하는데, 찰기장밥을 진설하고 그 동쪽에 메기장밥을 진설하며 이어 남쪽에 서궤와 직궤를 교차하여 진설한다.〔西夾六豆, 設于西墉下, 北上 : 韭菹, 其東醓醢, 屈. 六簋繼之 : 黍, 其東稷, 錯.〕”라는 구절에 대한 가공언(賈公彦)의 소에 “6두는, 먼저 부추절임을 진설하고 그 동쪽에 육장을 진설하며 다시 그 동쪽에 창포뿌리를 진설한다. 창포뿌리 남쪽에 큰사슴젓갈을 진설하고, 큰사슴젓갈 서쪽에 순무절임을 진설하고 다시 그 서쪽에 사슴젓갈을 진설한다.〔六豆者, 先設韭菹, 其東醓醢, 又其東昌本, 南麋臡, 麋臡西菁菹, 又東鹿臡.〕”라고 하였다. 이에 대해 주희(朱熹)는 “지금 살펴보면 일반적으로 ‘북쪽을 상위로 한다’는 것은 모두 남쪽으로 진설하는 것이고, ‘서쪽을 상위로 한다’는 것은 모두 동쪽으로 진설하는 것이다.……가공언의 소에서는 동협에 진설하는 두(豆)에 대해 마찬가지로 ‘동쪽 벽 아래에 남쪽으로 진설한다.’라고 하였고 그 배열하는 차례 역시 남쪽으로 진설하였다. 다음 글에 또 ‘비록 동협이라도 그 진설하는 방법은 또한 서협과 동일하다.’라고 하였는데, 이런 것들은 모두 경문과 부합한다. 그러나 서협에 배열하는 두는 마침내 동쪽으로 진설하고 또 궤(簋)와 형(鉶)과 보(簠)를 모두 호(壺)와 함께 동쪽으로 진설하였으니, 경문과 부합하지 않을 뿐 아니라 또한 스스로도 모순이 된다.〔今按 : 凡言北上者, 皆南陳 ; 西上者, 皆東陳.……疏於東夾之豆亦云於東壁下南陳, 其布置之次序亦是南陳. 下又云雖東夾其陳亦與西夾同, 凡此皆與經文合. 而布置西夾之豆乃東陳之, 又以簋鉶簠皆與壺東陳, 不惟與經文不合, 而亦自相牴牾.〕”라고 하였다.《儀禮經傳通解 卷22 聘禮》

賄幣)은 여덟 번째 받는 폐백이다.[180]

'석(夕)'은 '우(又)'의 오자인 듯하고, '증회(贈賄)'는 마찬가지로 '교증(郊贈)'으로 써야 할 듯하다.[181]

[3] "만약 사신이 빙문 중에 부모의 초상을 들었으면 귀국할 때 중개(衆介)로 하여금 먼저 앞에 가도록 하고 자신은 상복(喪服)을 입고

180 귀국을……폐백이다 : 《의례》〈빙례〉 가공언(賈公彦)의 소에 "빙문 간 나라의 임금에게서 받는 폐백은 공폐이고, 경대부에게서 받는 폐백은 사폐이다. 빈이 공폐를 받는 것은 여덟 차례이다. 빙문 간 나라에 처음 들어가 그 교외에서 받는 폐백이 첫 번째이고, 예례(醴禮)를 베풀어줄 때 받는 폐백이 두 번째이고, 희생과 음식을 보내줄 때 받는 폐백이 세 번째이고, 부인이 사신을 전송하기 위해 보내주는 예폐가 네 번째이고, 사례(食禮)를 베풀어줄 때 음식을 더 권하는 의미로 주는 폐백이 다섯 번째이고, 두 차례의 향례(饗禮)를 베풀어줄 때 받는 폐백이 여섯 번째이고, 귀국을 앞두고 빈관(賓館)에서 받는 폐백이 일곱 번째이고, 귀국 길에 빙문 간 나라의 교외에서 선물로 받는 폐백이 여덟 번째이다.〔於君所得爲公幣, 於卿大夫所得爲私幣. 賓之公幣有八: 郊勞幣, 一也; 禮賓幣, 二也; 致饔餼, 三也; 夫人歸禮幣, 四也; 侑食幣, 五也; 再饗幣, 六也; 夕幣, 七也; 贈賄幣, 八也.〕"라는 내용이 보인다.

181 석(夕)은……듯하다 : 이와 관련하여 주희(朱熹)는 "지금 살펴보면 경문에서 빙문 간 나라에서 예로 내려주는 예물 중에 석폐가 없다. 가공언의 소에 '상개(上介)에게 내려주는 공폐'에 대해, '교외에 이르렀을 때 보내주는 폐백이 없고, 빈에게 예례를 베풀어줄 때 상개에게는 내려주는 폐백이 없고, 또 빈에게 두 차례의 향례를 베풀어줄 때 상개에게는 한 차례의 향례를 베풀어주어 한 차례의 폐백이 빠졌기 때문에 빈은 여덟 차례 받지만 상개는 다섯 차례 받는 것이다.'라고 하였으니, 그렇다면 앞의 공폐 중 '석(夕)' 자는 마땅히 '향(饗)' 자의 오자가 되어야 하며, 그 차례 역시 여섯 번째 받는 '재향(再饗)'의 앞에 있어야 한다.〔今按: 經文主國禮賜無有夕幣, 疏於上介公幣, 云無郊贈及無禮賓幣, 又闕一饗幣, 故賓八, 上介五, 則前公幣中夕字當是饗字之誤, 而其次亦當在再饗之前.〕"라고 하였다. 《儀禮經傳通解 卷22 聘禮》

뒤따른다.〔歸, 使衆介先, 衰而從之.〕"

○임금에게 복명한 뒤에 대궐 문을 나와서는 조복(朝服)을 벗고 다시 길할 때의 의복인 심의(深衣)를 입었다가 성복(成服) 때가 되어서야 마침내 심의를 벗는다.

앞서는 이미 상복을 입고 뒤따라왔는데 이때 와서 심의를 입는 것은 의심스러우니, 경문과 주석에 모두 이러한 뜻이 보이지 않는다. 앞에서 이미 성복하여 상복을 받았다고 말해놓고서 집으로 돌아와 또 성복한다고 한 것 역시 의심스럽다.

〈공사대부례(公食大夫禮)〉

〔1〕"가찬(加饌)은 쇠고깃국을 먼저 서북쪽에 진설하고, 그 동쪽에 양고깃국과 돼지고깃국을 차례로 진설한다.〔牛臐, 以東臐、膮.〕"

○이것은 배정(陪鼎)¹⁸²의 음식이니 이른바 '형갱(鉶羹)'¹⁸³이라는 것

---

182 배정(陪鼎) : 정정(正鼎)과 상대적으로 말한 것으로, 수정(羞鼎)이라고도 한다. 홀수인 정정 뒤에 진설하는 정으로 역시 홀수를 진설한다. 《의례》〈빙례(聘禮)〉의 경우, 정정은 우정(牛鼎)·양정(羊鼎)·시정(豕鼎)·어정(魚鼎)·석정(腊鼎)·장위정(腸胃鼎)·부정(膚鼎)·선어정(鮮魚鼎)·선석정(鮮腊鼎)의 9개이며, 배정은 향정(膷鼎)·훈정(臐鼎)·효정(膮鼎)의 3개이다.

183 형갱(鉶羹) : 고기를 삶은 육수에 조미용 채소와 소금, 주재료인 채소를 넣은 일종의 채소국이다. 이와 달리 육수에 소금과 조미용 채소 등을 전혀 넣지 않은 국은 태갱읍(太羹湆), 육수에 고기를 넣고 조미한 국은 학(臛)이라고 한다. 학에는 향(膷)·훈(臐)·효(膮)가 있다.

이다.

형갱과 쇠고깃국·양고깃국이 그저 같은 음식일 뿐이라면 무엇으로 정찬(正饌)과 서수(庶羞)를 구별하겠는가. 내 생각에 형갱과 고깃국, 이 두 종류 국은 쇠고기와 양고기로 국을 만든다는 점에서는 같으나 형갱은 또 여기에 채소를 더 섞은 것이며, 그 담는 그릇 역시 형갱은 형(鉶)을 사용하고 고깃국은 두(豆)를 사용하니, 이것이 두 종류 국의 다른 점이다. 이 때문에 형갱은 혹 쇠고깃국이나 양고깃국이라고 말할 수 있지만 쇠고깃국·양고깃국은 형갱이라고 칭할 수 없다. 어떻지 모르겠다.

〈상복(喪服)〉

　〔1〕 "첩은 남편을 위하여 참최삼년복(斬衰三年服)을 입는다.〔妾爲君.〕"
　○첩의 아들 역시 자신의 아버지를 아버지라 칭하지 못하고 단지 '군(君)'이라고만 칭하는데, 지금 세속의 예도 이러하다.

"첩의 아들은 자신의 아버지를 아버지라 칭하지 못하고 단지 '군'이라고만 칭한다."라는 것은 고례(古禮)에 근거가 있는 것인가?

　〔2〕 "혼인하지 않은 딸은 아버지의 상에 참최삼년복을 입는데, 포로 머리를 묶고 조릿대 비녀를 꽂는다.〔布總, 箭笄.〕"

○성복(成服)을 하게 되면 마포(麻布)를 제거하고 단지 비녀를 꽂고 머리를 묶을 뿐 그대로 상투 위에 수질(首経)을 더하니, 마포를 더하지 않기 때문에 '노계의 북상투[露髻之髻]'라고 한다.

노계(露紒)는 머리싸개[纚]¹⁸⁴를 제거함으로 인해 이런 이름이 붙은 듯하다.

[3] "아버지가 돌아가셨으면 어머니를 위하여 자최삼년복(齊衰三年服)을 입는다.[父卒則爲母.]"

○가공언(賈公彦)의 소에 이르기를 "아버지가 돌아가시고 3년 안에 어머니가 돌아가셨으면 어머니를 위한 상복은 그대로 기년복을 입는다.[父卒三年之內母卒, 則仍服期.]"라고 하였는데, 이에 대한 선정(先正)의 논의에 차이가 많지만 주자(朱子)는 이에 대해 다른 설이 없으니 곽자종(郭子從)에게 답한 편지에 보인다.¹⁸⁵

---

184 머리싸개 : 머리를 싸매는 6자의 긴 천이다.
185 주자(朱子)는……보인다 : 곽자종(郭子從)은 주희(朱熹)의 문인 곽숙운(郭叔雲)이다. 《회암집(晦庵集)》권63 〈곽자종에게 답하다[答郭子從]〉에 "《예기》〈내칙〉에 이르기를 '여자는 15세가 되면 비녀를 꽂고, 20세가 되면 시집을 간다. 부모의 상이 있으면 23세에 시집을 간다.'라고 하였다. 23세에 시집을 간다고 하였으니 하나의 상에만 그치는 것이 아니다. 그러므로 정현(鄭玄)의 주에서 부모의 상이라고 아울러 말한 것이다. 만약 먼저 아버지의 상을 만나 복을 다 마치지 못하였다면 어떻게 어머니를 위하여 삼년복을 입을 수 있겠는가. 그렇다면 이것은 부모의 상이 있으면 24세에 시집을 가는 것이며 23세에 그칠 뿐이 아닌 것이다.[內則云: 女子十有五而笄, 二十而嫁. 有故, 二十三年而嫁. 言二十三年而嫁, 不止一喪而已, 故鄭並云父母喪也. 若前遭父服未闋, 那得爲母三年? 則是有故二十四而嫁, 不止二十三也.]"라는 내용이 보인다.

주자의 설은 비록 명쾌하게 변석하지 않은 듯하나 24세에 시집가는 것을 늦지 않다고 여긴 것은 이미 가공언의 소의 설을 의심한 것이다.

〔4〕 "아버지가 살아 계신 경우 어머니를 위하여 자최장기복(齊衰杖期服)을 입는다.〔父在爲母.〕"

○정례(正禮)로 헤아려보면 마땅히 15개월 되었을 때 담제(禫祭)를 지내고 한 달 뒤에 길제법(吉祭法)에 따라 담복(禫服)을 벗고 길복(吉服)을 회복하며 마음으로 슬픔을 지닌 채 3년을 마쳐야 할 것이니, 이렇게 하면 거의 "몸에는 복이 없으나 마음에는 상이 있다.〔身無服, 心有喪.〕"라는 뜻이 될 것이다.

이미 길복을 회복하였다면 그 술 마시고 고기 먹으며 평상시의 침실로 돌아가고 음악을 듣는 일 역시 모두 평상을 회복하여 구애됨이 없다는 것인가? 몸에 상복이 없는 것이 바로 복이 없는 것이니, 어찌 반드시 화려한 옷을 다 입는 것을 말한 것이겠는가.

〔5〕 "대부의 서자는 아버지의 후사인 적장자 형제를 위하여 자최부장기복(齊衰不杖期服)을 입는다.〔大夫之庶子爲適昆弟.〕"

○'서자'는 가공언(賈公彦)의 소에 "첩의 아들이다.〔妾子也.〕"라고 하였다.

'서자'는 적장자 다음의 형제들을 통틀어 가리킨 듯하다.

〔6〕 "시부모가 서부를 위하여 소공오월복(小功五月服)을 입는다.〔庶婦.〕"

○후사로 나간 아들의 처를 위하여 입는 복은 마땅히 형제의 아들의 처를 위하여 입는 복[186]에 따라야 함을 알 수 있다.

후사로 나간 아들의 처를 위하여 입는 복을 형제의 아들의 처를 위하여 입는 복에 따라 입는다면 본복(本服)에서 강복(降服)하는 바가 없는 것인데, 이를 증명할 만한 것이 있는가?

〔7〕 "시집간 딸이 아버지의 후사가 된 형제를 위하여 왜 마찬가지로 자최부장기복(齊衰不杖期服)을 입는가?〔爲昆弟之爲父後者, 何以亦期也?〕"

○오직 대부의 처만은 아버지의 후사가 된 형제를 위하여 존귀함으로 한 등급 강복하여 대공복을 입으니, 아래 고자매적인장(姑姊妹適人章)[187]에 보인다.

---

186 형제의……복 : 《사계전서》〈오복연혁도〉의 '여자가 형제의 아들의 처를 위하여〔女爲兄弟子之妻〕' 조에 따르면, 이 경우에 입는 상복은 《의례》에는 없으며, 《가례(家禮)》에는 소공복을 입고 시집갔더라도 강복하지 않으며, 조선의 법에는 대공복을 입도록 되어 있다. 《沙溪全書 卷24 家禮輯覽圖說 五服沿革圖》

187 고자매적인장(姑姊妹適人章) : 《의례》〈상복〉 '자최부장기(齊衰不杖期)' 조의 "시집간 고모·누나·여동생·딸에게 제사를 주관할 자가 없는 경우 이들을 위하여 입는다. 고모·누나·여동생도 보복(報服)으로 입는다.〔姑姊妹、女子子適人無主者. 姑姊妹報.〕"라는 구절을 이른다.

왕후와 제후의 부인(夫人)도 감히 강복하지 못하는데 대부의 처가 홀로 강복한단 말인가. 고자매적인장의 가공언(賈公彦)의 소의 설은, 대부의 처가 비록 자신을 위하여 제사를 주관할 자가 없다 하더라도 그 본친 중에 자신을 위하여 기년복을 입어줄 자에 대해 예를 낮추어서 보복(報服)을 입지 않을 수 있음을 말한 것뿐이며 아버지의 후사가 된 형제를 위하여 강복하는 것을 말한 것이 아니다.[188]

[8] "붕우를 위하여 시마복(緦麻服)에 사용하는 수질(首絰)과 요질(腰絰)을 착용한다.〔朋友, 麻.〕"
○그 복은, 머리에는 변질(弁絰)[189]을 두르고 몸에는 의최(疑衰)[190]를 입는다.……

경문에서 '붕우마(朋友麻)'라고 한 것은, 이 앞 글의 "제후의 서자가 생모를 위하여 모마(牡麻)로 만든 수질과 요질을 한다.〔公子爲其母, 麻.〕"라는 구절과 똑같이 시마복에 사용하는 수질과 요질이라는 것은

---

188 고자매적인장의……아니다 : 가공언(賈公彦)의 소에 "'가(嫁)'라 하지 않고 '적인(適人)'이라고 한 것은, 만약 '적인'이라고 말하면 곧 사(士)에게 시집감을 말하는 것이고 '가'라고 말하면 바로 대부에게 시집감을 말하는 것이기 때문이다. 대부에게 시집간 경우 본친에 대해서는 또 존귀함으로 예를 낮추어서 보복(報服)을 말할 수 없기 때문에 '적인'이라 말하고 '가'라고 말하지 않은 것이다.〔不言嫁而云適人者, 若言適人, 卽謂士也; 若言嫁, 乃嫁於大夫, 於本親又以尊降, 不得言報, 故云適人, 不言嫁.〕"라는 내용이 보인다.

189 변질(弁絰) : 조문 갈 때 소변(素弁) 위에 가마(加麻)한 것을 이른다.

190 의최(疑衰) : 왕이 대부나 사(士)의 상에 입는 상복을 이른다. '의(疑)'는 '의(擬)'의 뜻으로, 길복에 비견한다는 말이다.

의심할 것이 없다. 다만 입는 옷을 말하지 않았기 때문에 정현(鄭玄)이 뜻으로 이를 보충하여 "그 옷은 조복이다.〔其服, 弔服也.〕"라고 한 것이다. 《예기》〈단궁(檀弓)〉의 주에도 마찬가지로 "상복을 입는 것이 아니며 조복을 입고 그 위에 가마한 것이다.〔不爲衰, 弔服而加麻.〕"라고 하여 '이(而)' 한 글자를 놓았으니[191] 그 뜻이 매우 분명하다. 지금 곧바로 조복(弔服)으로 붕우를 위한 복을 삼는 것은 옳지 않을 듯하다.

〈사상례(士喪禮)〉

〔1〕 "사자(死者)의 상투에 꽂는 비녀는 뽕나무로 만든다.〔鬠笄用桑.〕"
○가공언(賈公彦)의 소에 이르기를 "사자의 상투에 꽂는 비녀는 남녀에게 모두 있다.〔鬠笄, 則男女俱有.〕"라고 하였다.[192]

191 예기……놓았으니 : 《예기》〈단궁(檀弓)〉의 "공자의 상에 문인들이 상복을 입는 것에 대해 갈피를 잡지 못하자, 자공이 말하였다. '옛날 선생님께서 안연의 초상에 아들을 잃은 것과 같이 하였으나 복이 없었고 자로의 초상에도 그렇게 하셨으니, 선생님의 상에 아버지를 잃은 것과 같이 하되 복이 없게 하기를 청하노라.'〔孔子之喪, 門人疑所服. 子貢曰: 昔者夫子之喪顔淵, 若喪子而無服, 喪子路亦然, 請喪夫子, 若喪父而無服.〕"라는 구절에 대한 정현(鄭玄)의 주에 "'복이 없다'는 것은, 상복을 입지 않고 조복에 가마하고 심상 3년을 한다는 말이다.〔無服, 不爲衰, 弔服而加麻, 心喪三年.〕"라는 내용이 보인다.
192 가공언(賈公彦)의……하였다 : 해당 경문에 대한 가공언의 소는 다음과 같다. "일반적으로 비녀는 두 종류가 있다. 하나는 머리카락을 고정시키는 비녀로, 남자와

어머니의 상(喪)에 사자의 상투에 꽂는 비녀는 없으니, 여기에서 "남
녀에게 모두 있다."라고 말한 것은 잘못인 듯하다. 소의 설은 살아 있
는 사람의 법을 말한 것이고 여기의 뽕나무로 만든 비녀를 가리키는
것은 아닌 듯하다.

[2] "단의를 진열한다.〔褖衣.〕"
○'단(褖)'이란 말은 '가선'이라는 뜻이니, 단의는 상의(上衣)와 하상
(下裳)이 연결되어 떨어져 있지 않으며 붉은색으로 가선을 둘러 포
(袍)와 함께 겉에 입는 옷이다.[193]

붉은색 가선을 두른 것은 부인의 옷이다. 현단(玄端)은 상의와 하상이
연결되어 있지 않은데 이 옷은 연결되어 있어 단의와 같은 모습이 있
기 때문에 '현단'이라 하지 않고 '단의'라고 한 것이다. 모두 붉은색 가
선을 둘러 똑같이 하는 것은 아니니, 소(疏)의 설[194]이 매우 명쾌하다.

부인에게 모두 있으니 바로 여기의 비녀와 같은 것이고, 다른 하나는 관계·피변계·작
변계이니 이것은 오직 남자에게만 있고 부인에게는 없다.〔凡笄有二種: 一是安髮之笄,
男子、婦人俱有, 卽此笄是也; 一是爲冠笄、皮弁笄、爵弁笄, 唯男子有而婦人無也.〕"
193 단(褖)이란……옷이다 : 해당 경문의 정현(鄭玄)의 주에 "붉은색 가선을 두른
검은색 의상을 '단'이라 이르니, '단'이란 말은 '가선'이라는 뜻으로 포 위에 덧입는 옷이
다.〔黑衣裳, 赤緣謂之褖. 褖之言緣也, 所以表袍者也.〕"라는 내용이 보인다.
194 소(疏)의 설 : 해당 경문의 가공언(賈公彦)의 소에 "여기의 단의가 검은색 상의와
하상임을 아는 것은 여기의 단의는 현단이기 때문이다.……다만 여기의 현단은 상의와
하상이 연결되어 있어 부인의 단의와 같기 때문에 단의라고 이름을 바꾼 것이다.……'붉
은 가선을 두른 것을 단의라고 한다.'라는 것은 《이아》의 글이다. 《이아》에서는 부인이
시집갈 때 입는 단의를 해석한 것이고, 여기에서 인용한 것은 이 단의는 비록 붉은색

〔3〕“주인이 시신의 발 쪽(북쪽)으로 돌아 서쪽으로 간다.〔主人由足西.〕”

○반함(飯含)은 음식을 먹는 도이니 의당 전(奠)을 올리는 자리를 따라 시신의 동쪽에서 반함해야 하는데 지금 시신의 서쪽에서 하는 것은 아마도 그 일을 중히 여겨 그 위치를 바꾼 것인 듯하다. “예는 바꾸는 것을 공경으로 삼는다.〔禮, 以變爲敬.〕”[195]라는 것이 바로 이 것을 말한 것이다. 남계(南溪 박세채(朴世采))는 “동쪽은 낳고 길러주는 방위이니, 지금 부모를 차마 죽은 사람으로 여기지 못하기 때문에 동향하고 반함하는 것이다.〔東是生養之方, 今不忍死其親, 故向東而含.〕”라고 하였는데,[196] 또한 하나의 의리가 된다.

반함을 시신의 서쪽에서 하는 것은 습상(襲床)[197]이 동쪽에 있기 때

가선을 두른 것은 아니지만 단의라는 명칭이 같기 때문에 이를 인용하여 증거로 삼은 것임을 증명한 것이다.〔知此褖衣是黑衣裳者, 此褖衣則玄端.……但此玄端連衣裳, 與婦人褖衣同, 故變名褖衣也.……云赤緣謂之褖者, 爾雅文. 彼釋婦人嫁時褖衣, 此引之者, 證此褖衣雖不赤緣, 褖衣之名同, 故引爲證也.〕”라는 내용이 보인다.

195 예는……삼는다 : 《예기》〈곡례 상(曲禮上)〉의 “남에게 읍을 할 때에는 반드시 그 자리를 벗어나 한다.〔揖人, 必違其位.〕”라는 구절에 대한 정현(鄭玄)의 주에 보이다.

196 남계(南溪)는……하였는데 : 남계 박세채(朴世采, 1631~1695)가 문인 정진경(鄭眞卿)의 “주인의 자리는 시신의 동쪽에 있는데 지금 반함을 하기 위해 시신의 발쪽으로 돌아 서쪽으로 가서 동향하여 시신의 얼굴을 덮은 포건(布巾)을 드는데, 주인이 동향하는 것은 무슨 뜻입니까? 동쪽은 낳고 길러주는 방위이기 때문에 자식이 차마 그 부모를 죽은 사람으로 여기지 못하여 그런 것입니까?〔主人位在尸東, 而今爲飯含由足而西, 東面而擧巾, 其所以東面者何義? 無乃東是生養之方, 故人子不忍死其親而然邪?〕”라는 물음에 “혹 그럴 수 있을 듯하다.〔似或然也.〕”라고 답한 것을 이른다. 《南溪續集 卷16 答鄭眞卿問》

문인 듯하다.

[4] "주인은 반함(飯含)이 끝나면 왼쪽 소매를 다시 입고 본래의 실(室) 안 동쪽 자리로 돌아간다.〔主人襲, 反位.〕"
○이때에는 왼쪽 소매를 벗는 것을 실호(室戶) 밖에서 하고 다시 입는 것을 실호 안에서 하며, 소렴 때에는 왼쪽 소매를 벗는 것을 실호 안에서 하고 왼쪽 소매를 다시 입는 것을 당의 동쪽에서 하는 것이니, 서로 바꾸어서 공경을 삼은 것이다.

습을 실호 안에서 하면 이것은 시신의 곁에서 한다는 것이니 온당치 않을 듯하다. 소렴 때 실호 안에서 왼쪽 소매를 벗는 것 역시 그러하다.

[5] 《서의(書儀)》의 '속백(束帛)'을 《가례(家禮)》에서는 '결백(結帛)'으로 대신하였는데, 구씨(丘氏 구준(丘濬))는 이에 대해 운운하였다.[198]

---

197 습상(襲床) : 시신의 머리를 싸고 귀를 막고 얼굴을 덮고 신을 신기고 세 벌의 옷을 입히고 이불을 덮는 등 일련의 예를 행할 상(牀)으로, 반함(飯含)을 하는 시상(尸牀)의 동쪽에 둔다. 습은 반함(飯含)을 한 뒤에 이어서 행하며, 습을 한 다음 날 소렴을 이어 행한다.

198 서의(書儀)의⋯⋯운운하였다 : 송(宋)나라 사마광(司馬光)의 《서의》〈상의1(喪儀一) 혼백(魂帛)〉에서는 "혼백은 흰 비단을 매듭지어 만든다.〔魂帛, 結白絹爲之.〕"라고 하고, 이에 대한 주에 "혼백 또한 신주의 도이다. 예에 따르면 대부로서 신주가 없는 경우에는 비단을 묶어 신을 의지하게 한다.〔魂帛亦主道也. 禮, 大夫無主者, 束帛依神.〕"라고 하였으며, 주희(朱熹)의 《가례》〈상례(喪禮) 혼백(魂帛)〉에서는 "흰 비단을 매듭지어 혼백을 만든다.〔結白絹爲魂帛.〕"라고 하였다. 또한 명(明)나라 구준(丘

속(束)과 결(結)의 차이는 알지 못하겠지만, 다만 《가례》와 《서의》에서 모두 "흰 비단을 매듭짓는다.〔結白絹.〕"라고 하여 애초에 다른 법이 없다.

〔6〕 "부인들은 실(室)에서 북상투를 한다.〔婦人髽于室.〕"

○가씨(賈氏 가공언(賈公彦))의 소에 이르기를 "자최복부터 시마복에 이르기까지 모두 포로 북상투를 한다.〔自齊衰至緦皆布髽.〕"라고 하였다.[199] 지금 정현(鄭玄)의 주를 살펴보면 다만 자최복과 참최복을 입을 부인만을 언급하였고[200] 《서의》에서도 머리카락을 거두어 상투를 하고 마끈으로 상투를 묶어 북상투를 만들며 자최 이하의 부인은 포(布)로 문(免)을 한다고 하였는데,[201] 《가례》에서도 이를 따랐

瀁)의 《가례의절(家禮儀節)》〈상례 혼백〉에서도 "흰 비단으로 만든다.〔以白絹爲之.〕"라고 하였다.

199　가씨(賈氏)의……하였다 : 가공언의 소에는 "부인의 경우, 참최상에는 부인은 마로 북상투를 하고, 자최상에는 부인은 포로 북상투를 한다.〔若婦人, 斬衰, 婦人以麻爲髽, 齊衰, 婦人以布爲髽.〕"로 되어 있다. 이에 대해 《의례경전통해》 '좌(髽)' 조 주에 "대공 이하의 북상투는, 가공언의 소를 살펴보면 자최복 이하부터 시마복에 이르기까지는 모두 포로 북상투를 한다.〔其大功以下之髽, 案賈氏疏, 則自齊衰以下至緦皆布髽.〕"라고 하였다. '북상투'는 묶기만 하고 머리싸개를 하지 않은 상투이다. 《儀禮經傳通解續 卷16 喪服圖式目錄 五服式 髺髮免髽圖》

200　정현(鄭玄)의……언급하였고 : 정현의 주에 "처음 초상이 났을 때 부인으로 장차 참최복을 입을 사람은 비녀를 제거하고 머리싸개를 하며, 장차 자최복을 입을 사람은 동물의 뼈로 만든 비녀를 하고 머리싸개를 한다.〔始死, 婦人將斬衰者, 去笄而纚, 將齊衰者, 骨笄而纚.〕"라고 하였다.

201　서의에서도……하였는데 : 사마광(司馬光)의 《서의》〈상의1(喪儀一) 소렴(小斂)〉에 "소렴이 끝났을 때 남자와 부인은 모두 머리카락을 거두어 상투를 하고 먼저

으니,202 이른바 '북상투[髽]'를 하는 사람은 다만 자최복과 참최복을 입을 부인만을 가리킨다는 것을 알 수 있다.

'자최 이하의 부인이 포로 문을 하는 것'은 이른바 "포로 북상투를 한다."라는 것이니, 그 말이 바로 가공언의 소와 합치된다. 다만 《가례》에서는 《서의》의 이 구절을 채택하지 않았으니 간소함을 따른 뜻에서 나온 듯하다.

[7] "대렴을 위해 동쪽에 진열하는 것으로 변(籩) 2개는 입구에 테두리를 두르지 않는다.〔兩籩, 無縢.〕"
○밤을 좋은 것으로 선별하지 않은 것203은, 밤은 그릇에 가득히 담는 뜻을 취하고 좋은 것을 정하게 가려 쓰지는 않는 것이니, 또한 상사(喪事)에는 〈특생궤식례(特牲饋食禮)〉 등의 길제(吉祭)와 조금 달리하는 것이다.

마끈으로 상투를 묶는다.……부인의 북상투 역시 마를 꼬아 끈을 만든다. 자최 이하는 마찬가지로 포나 비단으로 문을 한다.〔於小斂訖, 男子婦人皆收髮爲髻, 先用麻繩撮髻.……婦人髽亦紐麻爲繩, 齊衰以下, 亦用布絹爲免.〕라는 내용이 보인다.

202 가례에서도 이를 따랐으니 : 《가례》〈상례(喪禮) 좌(髽)〉에 "북상투는 괄발(括髮)과 마찬가지로 마끈으로 상투를 묶으며 대나무나 나무로 비녀를 만든다.〔髽, 亦用麻繩撮髻, 竹木爲簪也.〕"라고 하였다.

203 밤을……것 : 《의례》〈사상례(士喪禮)〉 '대렴(大斂)' 조에 "동방에 진열하는 것들은 다음과 같다.……변은 2개이니, 입구에 테두리를 두르지 않았으며 앞에 진열한 전물(奠物)과 함께 포건(布巾)으로 덮어둔다. 담는 것은, 하나는 선별하지 않은 밤이며 다른 하나는 말린 육포 4개이다.〔東方之饌.……兩籩, 無縢, 布巾, 其實栗不擇, 脯四脡.〕"라는 내용이 보인다.

상전(喪奠)은 비록 간소하게 하지만 어찌 좋고 나쁨을 가리지 않고 오직 그릇에 가득 채우는 것으로만 예를 삼겠는가.《의례》〈특생궤식례 기(記)〉의 "변(籩)에 담는 대추와 밤은 좋은 것을 선별하여 익혀서 쓴다.〔棗烝栗擇.〕"라는 구절에 대한 정현(鄭玄)의 주에 "변(籩)에 포건(布巾)을 덮어두는 것은 과일이란 물건이 껍질과 씨가 많기 때문에 높은 분을 예우할 때에는 이를 익혀서 싸두어야 하기 때문이다. '증(烝)'과 '택(擇)'은 호문으로 말한 것이다.〔籩有巾者, 果實之物多皮核, 優尊者, 可烝裹之也. 烝、擇互言.〕"라고 하였으니, 그렇다면 이른바 '선별한다'는 것은 껍질과 씨를 벗기고 제거하여 그 먹을 수 있는 것만을 선별하여 취한다는 것이다. 선별하기 위해서는 익혀야 하며 익힌 것은 따뜻하게 해야 하기 때문에 포건으로 이를 싸두는 것이니, 모두 높은 분을 예우하기 위한 것이다. 내 생각은 이와 같은데 옳을지 모르겠다.

〔8〕 "대렴을 위해 부인들은 시신의 서쪽에서 동향하고 선다.〔婦人尸西, 東面.〕"

○《예기》〈상대기(喪大記)〉에서 주인은 소변(素弁) 위에 환질(環絰)을 두르고서 시신을 염하는 것을 보니,[204] 그렇다면 여기에서는 소렴 때 착용했던 마(麻)로 된 수질(首絰)을 제거하고 별도의 흰 천으로 된 환질을 문(免)과 괄발(括髮)[205]을 한 위에 두르는 것이다.

---

204 주인은……보니 :《예기》〈상대기(喪大記)〉에 "군주의 상에 장차 대렴을 하려고 하면 자식은 소변(素弁) 위에 환질을 두르고 당 위 서(序)의 끝에 나아간다.〔君將大斂, 子弁絰, 卽位于序端.〕"라는 내용이 보인다.

'문(免)'은 관(冠)을 대신하는 것이니²⁰⁶ 상투 역시 그래야 한다. 그러므로 《예기》〈단궁(檀弓)〉에 "관을 벗고 괄발을 한다.〔投冠而括髮.〕"라고 한 것이다.²⁰⁷ 문과 괄발 위에 환질(環経)을 두른다면 문과 괄발 위에 소변(素弁)을 더할 수 있는 것이니, 관이 둘이 아닌가 하는 혐의가 없겠는가?

〈특생궤식례(特牲饋食禮)〉

〔1〕 "축이 당을 내려가 술잔을 씻어 들고 당에 올라가 술을 따라 실(室)로 들어가 올린다.〔祝洗, 酌, 奠.〕"
○《가례(家禮)》에서 사당에 들어가 차례로 선 뒤에 두 번 절하는 의식이 없는 것은, 이미 "제사 지낼 날을 고하는 의식과 같이 한다.

---

205 문(免)과 괄발(括髮) : '문'은 포로 만들며 관(冠)과 비슷하다. '괄발'은 정현의 주에 따르면 '비녀와 머리싸개를 제거하고 마로 머리카락을 묶는 것〔去笄纚而紒〕'으로 일종의 상투라고 할 수 있다. 《의례》〈사상례〉에 따르면 주인은 소렴 때 비녀와 머리싸개〔纚〕를 제거하고 마(麻)로 괄발한 뒤 수질(首経)을 두르며, 중주인(衆主人)은 관을 벗고 문(免)을 한다.
206 문(免)은……것이니 : 《예기》〈문상(問喪)〉에 "혹자가 물었다. '문은 무엇 때문에 하는 것입니까?' 대답하였다. '관을 쓰지 않는 사람이 착용하는 것이다.'〔或問曰: 免者, 以何爲也? 曰: 不冠者之所服也.〕"라는 내용이 보인다.
207 예기……것이다 : 《예기》〈단궁 상(檀弓上)〉에 "숙손무숙의 어머니가 죽었는데, 소렴을 마친 뒤에 시신을 드는 자가 시신을 들고 나와서 시신이 실호(室戶)를 나오자, 숙손무숙이 윗옷의 왼쪽 소매를 빼어 허리에 꽂고, 또 그 관을 벗고 괄발을 하였다.〔叔孫武叔之母死, 旣小斂, 擧者出, 尸出戶, 袒, 且投其冠, 括髮.〕"라는 내용이 보인다.

〔如告日之儀.〕"라고 하였으니[208] 그 절을 하는 것을 알 수 있기 때문에 글을 생략한 것뿐이다.

차례로 선 뒤 두 번 절하는 의식이 없는 것은 어쩌면 별도로 뜻이 있어서가 아니겠는가.

　〔2〕"첫 번째 여수례(旅酬禮) 때 시동에게 가작(加爵)을 올린 중빈장(衆賓長)이 시동에게 형갱(鉶羹) 남쪽에 놓아두었던 잔의 술을 마시라고 청한다.〔爲加爵者作止爵.〕"[209]
　○그 마시지 않고 놓아두었던 술잔을 들어 마심으로써 장형제(長兄弟)에게 술 마실 것을 권해주라는 말이니, 이때에도 중빈장은 이전

208　가례(家禮)에서……하였으니 : '사당에 들어가 차례로 선 뒤에 두 번 절하는 의식이 없는 것'은 《가례》〈제례(祭禮) 사시제(四時祭)〉의 "주인 이하가 각각 성복을 입고 손을 씻고 손을 닦은 뒤 사당 앞에 나아간다. 여러 장부가 차례로 서기를 제사 지낼 날을 고할 때의 의식과 같이 한다.……모두 북향하여 동쪽을 상위로 하여 선다. 주인이 동쪽 계단으로 올라가 홀을 꽂고 향을 사른 뒤 홀을 꺼내어 다음과 같이 고한다.……〔主人以下各盛服, 盥手帨手, 詣祠堂前. 衆丈夫敍立, 如告日之儀.……皆北向東上立定. 主人升自阼階, 搢笏焚香, 出笏告曰……〕"라는 구절을 가리킨다. '제사 지낼 날을 고하는 의식'은 《가례》〈제례 사시제〉의 "이미 제사 지낼 날을 얻은 뒤 축이 중문을 열면 주인 이하가 북향하여 초하루와 보름에 참례할 때의 위치와 같이 선다. 모두 두 번 절한다. 축이 고하는 말을 들고 주인의 왼쪽에 꿇어앉아 다음과 같이 읽는다.……〔旣得日, 祝開中門, 主人以下北向立, 如朔望之位. 皆再拜. 祝執辭跪於主人之左, 讀曰……〕"라는 내용을 가리킨다.

209　첫……청한다 : 앞뒤의 경문은 다음과 같다. "첫 번째 여수례 때 시동에게 가작을 올린 중빈장이 시동에게 형갱 남쪽에 놓아두었던 잔의 술을 마시라고 청하는데, 장형제가 가작을 올릴 때의 의절과 같이 한다.〔爲加爵者作止爵, 如長兄弟之儀.〕"

에 마시지 않고 놓아두었던 잔의 술을 먼저 마시고 다시 술을 따라 수주(酬酒)를 올린다. 이것은 시동을 대신하여 수주를 올리는 것 이다.

"장형제의 의절과 같이 한다.〔如長兄弟之儀.〕"라는 것은 앞 글의 '장 형제가 시동에게 가작(加爵)을 올릴 때 좌식(佐食)에게는 술을 올리 지 않고 잔을 씻어 주인과 주부에게 술을 보내는' 등의 의절을 가리키 는 듯하니,[210] 이 참판의 해석이 매우 잘못되었다.

〈소뢰궤식례(少牢饋食禮)〉

〔1〕"생체(牲體)를 시조(尸俎)에 담는데, 좌식 2명 중 상좌식인 상리 가 양고기를 담는다.〔佐食二人, 上利升羊.〕"[211]

210 앞 글의……듯하니 : 해당 경문은 다음과 같다. "장형제가 술잔을 씻어 당에 올라 가 술을 따라 들고 실(室)로 들어가서 시동에게 가작을 올리는데, 처음 빈장이 시동에게 삼헌을 올릴 때의 의절과 같이 한다. 다만 좌식에게는 헌주하지 않는다. 장형제가 잔을 씻어 주인과 주부에게 술을 보내기를 처음 빈장이 시동에게 삼헌을 올릴 때와 같이 한다. 다만 따라 올리는 음식은 없다.〔長兄弟洗觚爲加爵, 如初儀, 不及佐食. 洗致如初, 無從.〕"

211 생체(牲體)를……담는다 : 앞뒤의 경문은 다음과 같다. "생체를 시조(尸俎)에 담 는데, 좌식 2명 중 상좌식인 상리가 양고기를 담는다.……견·비·노·순 격은 조 (俎)의 양쪽 끝에 담고 척·협·폐는 조의 중앙에 담는데, 견·비·노는 조의 상단(上 端)인 왼쪽에 담는다.〔佐食二人, 上利升羊.……肩、臂、臑、膊、骼在兩端, 脊、脅、肺、 肩在上.〕"

○경문의 다음에 나오는 '견(肩)' 자는 연문(衍文)인 듯하다.

이미 '상(上)' 자를 조(俎)의 상단(上端)으로 해석하고서 또 '견(肩)'
자를 연문이 아닐까 의심하니, 그렇다면 척(脊)·협(脅)·폐(肺)를
조의 상단에 담는다는 것인가? 의심스러워 할 것이 아닐 듯하다.

[2] "주인이 빈 잔을 들고 일어나 실(室)을 나간다. 재부가 뭉친
찰기장밥을 빈 변으로 받는다.〔執爵以興, 出. 宰夫以籩受黍.〕"212
○살펴보면 여기의 '진제(振祭)'는 다음에 나오는 소(疏)의 뜻에 근
거하면 찰기장밥과 메기장밥을 젓갈에 찍어서 시동에게 주는 것이
다.213 지금 주인은 뭉친 찰기장밥을 받았기 때문에 그 젓갈을 흔들어
서 고수레한 것이다.

---

212 주인이……받는다 : 앞뒤의 경문은 다음과 같다. "주인이 앉아서 잔을 내려놓고
일어나 재배계수한다. 다시 일어나 조금 앞으로 나아가 뭉친 찰기장밥을 받아서 자리로
돌아와 앉아 진제(振祭)하고 조금 맛본 뒤에 뭉친 찰기장밥을 공손히 가슴에 품었다가
왼쪽 옷소매 속에 넣고 소매 끝을 새끼손가락에 건다. 잔을 들고 일어났다가 앉아서
잔의 술을 다 마신다. 잔을 들고 다시 일어났다가 앉아서 잔을 내려놓고 절한다. 시동이
답배한다. 주인이 빈 잔을 들고 일어나 실(室)을 나간다. 재부가 빈 변(籩)으로 뭉친
찰기장밥을 받는다. 이때 주인이 뭉친 찰기장밥을 재차 맛보면 재부가 이를 받아 안에
들여 넣는다.〔主人坐奠爵, 興再拜稽首, 興受黍, 坐振祭, 嚌之, 詩懷之, 實于左袂, 挂于
季指, 執爵以興, 坐卒爵, 執爵以興, 坐奠爵拜. 尸答拜. 執爵以興, 出. 宰夫以籩受嘗黍.
主人嘗之, 納諸內.〕"
213 소(疏)의……것이다 : 해당 경문에 대한 가공언(賈公彦)의 소 중 "《시경》〈소아
(小雅) 초자(楚茨)〉시 정현의 주에 '축원하는 말을 내려주는 예는 다음과 같다. 축(祝)이
찰기장밥과 메기장밥, 희생의 고기와 생선을 젓갈에 두루 찍어 시동에게 준다.……'라고
하였다.〔注云: 嘏之禮, 祝徧取黍稷牢肉魚擩於醢, 以授尸.……〕"라는 구절을 가리킨다.

○'내(內)'는 내침(內寢)인 듯하니, 신의 은혜를 중히 여긴 것이다.

'찰기장밥과 메기장밥을 젓갈에 찍는다'는 것은 의심스럽다. "안에 들여 넣는다.〔納諸內.〕"라는 것은 변(籩) 안에 들여 넣는다는 뜻일 듯하다.

〈유사철(有司徹)〉

〔1〕"시동이 자리에서 내려가 상빈(上賓)인 삼헌에게서 빈 잔을 받아 술을 따라 삼헌에게 답잔을 준다.〔尸降筵, 受三獻爵.〕"
○빈(賓)이 이미 주인에게 헌주했으니 주인은 마땅히 빈에게 답잔을 주어야 한다. 그러나 빈은 낮아서 주인과 예(禮)를 대등하게 행할 수 없기 때문에 시동이 대신하여 술을 따라서 주인의 뜻을 전달한 것이다. 정현(鄭玄)이 "빈의 뜻을 이루어준 것이다.〔遂賓意.〕"라고 한 것이 이것이다.[214]

시동은 빈의 헌주를 받으면 곧바로 빈에게 답잔을 주어야 한다. 그러나 빈의 뜻이 먼저 유(侑)와 주인에게 헌주한 뒤에 스스로 마시고자 했기 때문에 이때에 이르러서야 비로소 답잔을 준 것이니, 이것이 바

---

214 정현(鄭玄)이……이것이다 : 정현의 주에 "이미 주인에게 술잔을 보내었으니, 시동이 이에 답잔을 주어 빈의 뜻을 이루어준 것이다.〔旣致主人, 尸乃酢之, 遂賓意.〕"라고 하였다.

로 "빈의 뜻을 이루어준 것이다."라는 것이다. 그 설이 앞 글의 "시동이 주인에게 답잔을 준다.〔尸酢主人.〕"라는 구절에 대한 가공언(賈公彦)의 소에 자세히 보인다.[215]

---

215 시동이……보인다 : 가공언의 소는 다음과 같다. "다만 〈특생궤식례〉와 〈소뢰궤식례〉에서는 주인이 시동에게 헌주하면 시동이 곧바로 주인에게 답잔을 주고, 주인은 이어서 축과 좌식에게 헌주하였다. 그런데 여기 〈유사철〉에서는 시동이, 주인이 유에게 헌주하기를 기다렸다가 비로소 주인에게 답잔을 주어서 다르게 한 것은, 〈유사철〉의 시동은 낮아서 주인의 뜻이 먼저 유에게 술을 올리고서야 스스로 마시고자 한다는 것을 알아 통하게 하고자 해서이다. 〈특생궤식례〉와 〈소뢰궤식례〉에서는 시동이 존귀하여 주인의 뜻을 통하게 하지 않고 스스로 자신의 뜻을 통하고자 하였기 때문에 먼저 주인에게 답잔을 주고 이어서 주인으로 하여금 축과 좌식에게 헌주하도록 한 것이다. 그러므로 다른 것이다. 이 때문에 다음 글에서 빈장(賓長)이 시동에게 헌주하고 주인에게 잔을 올린 뒤에야 시동이 비로소 빈장에게 답잔을 주어서 빈장의 뜻을 이루어주는 것이니, 또한 여기와 비슷한 뜻이다.〔但特牲、少牢主人獻尸, 尸卽酢主人, 主人乃獻祝及佐食, 此尸待主人獻侑乃酢主人, 不同者, 此尸卑, 達主人之意欲得先進酒於侑, 乃自飮. 彼尸尊, 不達主人, 欲自達己意, 故先酢主人, 乃使主人獻祝與佐食, 故不同. 是以下文賓長獻尸, 致爵主人, 尸乃酢之, 遂賓意, 亦此類也.〕"

지은이 **김이안(金履安)**

1722(경종2)~1791(정조15). 18세기에 활동한 문인으로, 본관은 안동(安東), 자는 정례(正禮), 호는 삼산재(三山齋), 시호는 문헌(文獻)이다. 서울 지역에 세거한 안동 김문의 적통으로서 김창협(金昌協)의 증손자이자 김원행(金元行)의 아들이다. 가학을 잘 계승하여 김장생(金長生)과 김집(金集) 부자에 비유되곤 하였다. 1759년(영조35) 38세에 진사시에 합격하여 이후 보은 현감, 금산 군수, 밀양 부사 등을 역임하였다. 학행(學行)으로 천거되어 경연관에 기용되었다. 63세 되던 1784년(정조8)에는 지평, 보덕, 찬선 등을 거쳐 1786년 좨주에 제수되었으나 모두 사직소를 올리고 나가지 않았다. 북학파 학자인 홍대용(洪大容), 박제가(朴齊家), 아버지의 문인이자 성리학자인 박윤원(朴胤源), 이직보(李直輔), 오윤상(吳允常) 등과 교유를 맺었다. 예설과 역학에 조예가 깊었다. 저서로 《삼산재집》 12권이 있다.

옮긴이 **이상아(李霜芽)**

1967년 전북 정읍에서 태어났다. 공주사범대학 중국어교육과, 성균관대학교 한문고전번역협동과정 석사와 박사과정을 졸업하였다. 민족문화추진회 부설 국역연수원 연수부 및 상임연구부에서 한문을 수학하였다. 한국고전번역원 번역전문위원을 거쳐 현재 성균관대학교 대동문화연구원에 재직하고 있다. 석사 논문은 〈다산 정약용의 『가례작의』 역주〉, 박사 논문은 〈다산 정약용의 『제례고정』 역주〉이다. 번역서로 《무명자집 7, 8, 15, 16》, 《삼산재집 1, 2》, 《일성록》(공역), 《국역 기언 1》(공역), 《대학연의 1, 2, 3, 4, 5》(공역), 《국역 의례(상례편)》(공역), 《교감학개론》(공역), 《주석학개론 1, 2》(공역), 《사고전서 이해의 첫걸음》(공역), 《석견루시초》(공역) 등이 있다.

권역별거점연구소협동번역사업 연구진

연구책임자	이영호(성균관대학교 HK 교수)
공동연구원	이희목(성균관대학교 한문학과 교수)
	진재교(성균관대학교 한문교육과 교수)
	안대회(성균관대학교 한문학과 교수)
책임연구원	김채식
	이상아
	이성민
선임연구원	이승현
	서한석
연구원	임영걸
교열	임정기(한국고전번역원 자문위원)
윤문	정미경

삼산재집 4

김이안 지음 | 이상아 옮김

2019년 12월 31일 초판 1쇄 발행

편집·발행 성균관대학교 출판부 | 등록 1975. 5. 21. 제1975-9호

주소 (03063) 서울시 종로구 성균관로 25-2

전화 760-1253~4 | 팩스 762-7452 | 홈페이지 press.skku.edu

조판 김은하 | 인쇄 및 제본 영신사

ⓒ 한국고전번역원·성균관대학교 대동문화연구원, 2019

Institute for the Translation of Korean Classics·Daedong Institute for Korean Studies

값 25,000원

ISBN 979-11-5550-361-4 94810

　　 979-11-5550-204-4 (세트)